제3세계의 기억

민족문학론의 전후 인식과 세계 표상

박연희(朴娟希, Park Yoen-hee)

연세대 국문학과 BK21플러스 사업단 연구교수. 동국대에서 「한국 현대시의 형성과 자유주의 시학」으로 박사학위를 받았으며 주로 해방 후 한국문학과 냉전문화사를 연구하고 있다. 주요 논문으로는 「김수영의 전통 인식과 자유주의 재론」, 「서정주와 1970년대 영원주의」, 「김현과 바슐라르」, 「1950년대 후반 시인들의 문학적 자기-서사」 등이 있고, 공저로는 『아프레걸 사상계를 읽다』, 『다시 보는 한하운의 삶과 문학』, 『미당 서정주와 한국 근대시』, 『비평현장과 인문학 편성의 풍경들』, 『할리우드 프리즘』, 『미국과 아시아』, 『동아시아 역사와 자기서사의 정치학』 등이 있다.

제3세계의 기억

민족문학론의 전후 인식과 세계 표상

초판 인쇄 2020년 8월 15일 **초판 발행** 2020년 8월 31일
지은이 박연희 **펴낸이** 박성모 **펴낸곳** 소명출판
출판등록 제13-522호 **주소** 서울시 서초구 서초중앙로6길 15, 2층
전화 02-585-7840 **팩스** 02-585-7848
전자우편 somyungbooks@daum.net **홈페이지** www.somyong.co.kr

값 33,000원
ISBN 979-11-5905-541-6 93810
ⓒ 박연희, 2020

한국연구원
동아시아
심포지아
7
EAS 007

제3세계의 기억

민족문학론의 전후 인식과 세계 표상

박연희

The World Representation and
Post-war Perception in National Literature

책머리에

프랑스 학자 소뷔A. Sauvy에 의해 제안된 제3세계Third World는 본래 제3신분(부르주아)에서 착안된 용어였다. 프랑스와 알제리 간의 전쟁이 시작될 무렵 『롭세르바퇴르L'Observateur』(1952)에서 소뷔는 프랑스혁명 이후 새롭게 등장한 제3신분과 항쟁을 지속할 수밖에 없는 구식민지를 동일시하는 가운데 세계사의 전환점을 모색했다. 제3세계라는 용어가 새로운 세계사의 전망이 요청될 시점에 등장해 『갈색의 세계사』(비자이 프리샤드, 2015)의 역자가 밝힌 소회처럼 이제 시효를 다했다고 하더라도 그 이념의 정치적, 진보적 의의는 여전히 기억될 필요가 있다. 그렇기에 냉전기 한국 지식사에서 세계질서의 급변을 자기화하거나 때론 타자화하는 하나의 방법론으로서 제3세계의 용례는 여전히 간과할 수 없는 문제라고 생각된다. 적어도 한국문학에서는 기념비적인 학술용어로서 제3세계가 재론되어 왔다.

이 책은 제3세계론을 개념사로 접근하거나 체계적으로 살핀 글이기보다는 제국주의 이후 전개된 민족문학 담론을 '제3세계' 개념을 매개로 하여 정리한 것이다. 해방기 탈식민의 전후戰後 감각은 달라진 세계성의 인식 지평을 보여준다. 해방을 세계 전후의 시간 개념으로 전환시키는 상대적 역사의식을 지닌 텍스트나 좌우 문학의 이념형을 탈각시킨 텍스트는 서구적, 식민지적으로 위계화된 후진성의 한계에 반발하며 대안을 모색한 제3세계적 인식과 맞닿아 있었다. 인도네시아 반둥에서 열린 제3세계 연대회의에 한국이 참여하지 않아 지식인의 반응이 적었음에도, 그로부터 무려 20~30년 동안 제3세계의 이념이 보수적/진보적 가치로 전유되는 여러 경로는 매우 흥미로운 대목이었다. 보수와 진보를 규정하는 범주에 대해서는 심도 있게 다루지 않았으나 탈식민, 탈냉전, 탈서구의 문제의식을 표출했던 개인, 집단, 매체를 중심으로 제3세계론의 성격을 살폈다. 알다시피 문학장에서 제3세계론은 백낙청에 의해 주도되었고 이 책의 여러 군데에서 이를 재독하려고 노력했다.

> 구미 선진공업국 문학에의 정신적 종속관계를 청산하면서도 어디까지나 인류사회 전체를 향해 개방된 문학의 자세를 정립하려는 것이 민족문학론이 뜻하던 바였던 만큼 제3세계와의 새로운 연대의식을 모색하게 된 것은 당연한 귀결이었다. 그리고 이것이 단순한 전술적 모색이 아니고 세계사와 세계문학 전체에 대한 인식의 진전을 보여준다는 것이 민족문학론의 입장이었다.
> — 백낙청, 「제3세계의 문학을 보는 눈」, 『제3세계문학론』(한벗, 1982)

위의 글은 1980년대 초반 제3세계에 대한 출판이 호황을 이루던 때에 유일하게 문학을 표제로 발간된 『제3세계문학론』 중 백낙청이 쓴 총론의 일부이다. 제3세계문학론의 필연적 동기를 요약한 구절들에서 민족문학을 탈식민주의 관점에서 확립하려는 문제의식이 확연하다. 비서구 문학을 중심으로 재구성되는 세계문학을 새롭게 범주화하여 논의한 것이다. 핵심은 서구에 종속된 민족문학이라는 전형적인 탈식민의 문제가 제3세계와의 연대의식을 공고히 하면 해소되리라는 믿음 아래 촉발된 제3세계론의 방향 부분이다. 이 시기 제3세계문학의 목록들로부터 시작해 한국에 수용된 제3세계의 담론과 표상을 다룬 주제로 한국연구재단의 학술연구교수지원과제를 수행했고 마침내 이 책을 준비할 수 있게 되었다.

제3세계에 대한 나의 관심은 민족문학의 전망을 냉전체제라는 단절된 사상과 감정 속에 편입시켜 후진성을 내면화한 해방 후 문인들에 주목하면서 시작되었다. 해방을 세계사적 전환기로, 한국전쟁을 세계대전으로 거침없이 명명하던 논자들은 세계/한국의 전후 담론 속에서 승전국 미국의 아시아 정책에 대해 비판적으로 반응하면서도 새로운 세계성에 의해 가시화된 후진성을 자신의 한계로 수용할 수밖에 없었다. 국제정치의 급변을 분석할 때나 외국문학자와 직접 교류하고 서구문화를 번역, 수용할 때도 이들은 민족의 보편성을 심도 있게 재성찰하기 이전에 식민지, 아시아, 분단 등을 범주로 후진성 담론을 재생산했다. 제3세계론은 냉전의 정치적 산물 및 대타의식만이 아니라 정치, 사회, 문화, 경제 등의 전방위적으로 후진성을 자각하고 위기의식에 대응해 나가는 과정의 일부였다고 할 수 있다.

비동맹적 중립의 탈식민적 이념과 이상을 제3세계의 개념으로 이해해보면 비평과 문학에 등장하는 제3세계란 미국 주도의 냉전문화에 반응하는 다양한 수사적 형식처럼 읽혀진다. 자유, 민족, 세계, 민중, 평화 등의 탈식민적 가치가 냉전체제의 구조적 모순에 대한 비판적 검토를 바탕으로 재조정되는 것이다. 바꿔 말해 탈서구, 탈식민, 탈냉전의 문제의식이 민족문학론으로 표출되는 과정에서 광의의 제3세계 개념은 지속적으로 기억되고 또 참조되었다. 더욱이 박인환, 김수영, 백낙청, 김지하, 최원식 등처럼 제3계적 시각이 아메리카니즘으로 소비되거나 자유주의, 민중주의, 민족주의, 근본주의, 동아시아의 이념으로 변주되는 사례에 주목해볼 때 한국 지성사에서 제3세계론은 간과하기 어렵다.

이 책은 박사논문의 일부를 첫 지면에 싣고 당시의 의욕과 아쉬움을 동력으로 삼아 엮은 것이다. 해방기문학을 공부하며 썼던 학위논문에는 1945년 이후 1960년대까지 현대시의 시적 자율성^{autonomy}을 통시적으로 고찰한 내용이 포함되어 있다. 이를 자유주의의 가치가 제도화, 보수화되는 일련의 과정으로 설명했는데, '자유주의'라는 통념에 스스로 발목이 잡혀 더 많은 텍스트를 살피지 못하고 고민 끝에 책으로 완성하지 못했다. 이 책에서 김기림, 박인환, 김수영 등 모더니스트들이 해방기에 보여준 자유에 대한 논의를 1장에 포함시킨 것은 학위논문에 담긴 문제의식을 다른 개념과 이념 속에서 결론짓고 싶은 의도가 있어서이다. 이렇듯 내가 가진 학적 동력은 아직까지 박사논문에서 나오고 있다. 학위논문을 심사해주신 홍신선, 한만수, 김춘식, 유성호, 권보드래 선생님과 연구자로서의 삶에 여러 조언과 배려를 해주신 황종연, 장영우, 이종대, 박광현 선생님께 깊이 감사드린다. 연세대 BK 연구실 선생님들, 오랜 시간 세미나를 함께한 문학예술팀, 창비팀, 시민팀과 마음의 전쟁팀 선생님들께 감사하고 소심한 글들에 출간의 기회를 마련해 준 박진영 선생님, 그저 지친 시기에 새로운 활력을 만들어주셨다. 김윤경에게도 응원과 고마움을 전한다. 죄송하게도 이 지면에 이름을 올리지 못한 여러 선생님들과 선후배님께도 감사드린다.

아직도 딸 걱정을 내려놓지 못하고 계시는 아버지께서 이 책을 가장 먼저 반겨주실 것 같다. 착한 언니와 오빠, 형부, 조카들도 기뻐하리라.

항상 분주해하는 며느리 때문에 평안하시지 못하는 시부모님께는 죄송하고 감사드린다. 지친 하루 끝에 언제나 웃음과 여유를 주는 경민, 경윤은 행복의 이유이다. 이러한 행복을 공유하며 오늘도 책은 언제 나오는지 궁금해하는 이철호에게도 새삼 고마운 마음을 전한다. 부족함이 많지만 이 책이 감사 인사를 드린 모든 분들에게 어떤 의미로든 기쁨이 되기를 바란다.

차례

한국문학과 제3세계의 개념과 인식

1. 전후 인식과 교차하는 제3세계

한국의 경우 제3세계론은 정부가 제5차 비동맹 정상회의(1978)에 참가한 이후에 뒤늦게 급부상한다. 1950년대에도 제3세계 지역에 관한 논의가 없지 않았지만 지식 장場에서 본격적으로 쟁점화되지 못했다.[1] 그런 이유로 1970년대에 제3세계문학론을 제기했던 백낙청은 제3세계의 자료와 정보가 "아직껏 국문으로"[2] 번역된 적이 없다는 사실을 지적하기

---

[1] 최일수의 「동남아의 민족문학」(1956)은 1970~1980년대 제3세계론과의 연속성을 보여주는 텍스트로 거론된다. 이에 관해 장세진, 「안티테제로서의 반둥정신과 한국의 아시아 상상」, 『사이』 15, 국제한국문학문화학회, 2013; 오창은, 「'제3세계문학론'과 '식민주의 비평'의 극복」, 『우리문학연구』 24, 우리문학회, 2008; 한수영, 『한국 현대 비평의 이념과 성격』, 국학자료원, 2000; 이상갑, 「민족과 국가, 그리고 세계―최일수의 민족문학론」, 『상허학보』 9, 상허학회, 2002 등

도 했다. 그의 한탄처럼 동시대 제3세계발發 정보를 감별할 만한 지적 토양이 없었던 것이다. 1950년대 중후반에 언론은 비동맹운동을 "아시아적 제3세력론"[3]에 불과한 것으로 진단하고 이로써 아시아와 아프리카의 단합 및 연대가 불가능하며 냉전을 불식시키기에 미약하다고 전망했다. 반둥회의Bandung Conference(1955)는 동남아조약기구 시토SEATO(1954)에 유입되어야 할 불안정한 세력에 지나지 않았던 것이다.

반둥에서 열린 아시아-아프리카 회의는 네루J. Nehru의 평화지역론이 확대되는 과정에서 이루어진 냉전사적 사건이었다. 인도의 초대 수상 네루는 일찍이 중립외교를 선언했고,[4] 중화인민공화국과의 국교 수립(1950.4) 이후에는 베이징에서 '평화공존 5원칙five principles of peace'(1954.4)을 채택했다. 평화공존 5원칙은 상대국의 영토와 주권에 대한 상호존중, 상호불침략, 상호내정불간섭, 평등과 호혜, 평화적 공존을 주된 내용으로 한다. 네루는 이를 인도-중국 간의 협정이 아닌 세계분쟁을 소멸시킬 국제정책으로 규정하고자 했다.[5] 국제 평화 체제를 주도하기 위한 새로운 외교채널이 등장한 것이다. 하지만 한국 언론은 반둥회의 결의안이 오히려 네루의 중립노선을 붕괴시키고 "중공의 반미선전무대"[6]로 확장될 가능성만을 중점적으로 보도했다. 주지하듯 반둥회의 초청국가 명단에서 제외되었던 한국 정부는 중국과의 '공존'에 대해 반대 입장을 명확하게 밝

---

2   백낙청, 「제3세계와 민중문학」, 『창작과비평』, 1979.가을, 50면.
3   「아시아는 하나가 아니다」, 『동아일보』, 1955.4.20.
4   「중립외교불변경」, 『경향신문』, 1952.4.1.
5   「네루와 주은래 환혹의 평화오원칙」, 『경향신문』, 1954.8.22.
6   「『반둥』 회의의 결산」, 『동아일보』, 1955.4.27; 「기만과 분열의 무대 국부측 반둥회의 평」, 『동아일보』, 1955.4.19.

히고 있었다. 반둥회의는 아시아의 적대 전선이 미국 대 소련의 대립에서 미국 대 중국이라는 구도로 이동하게 된 중요한 계기였다.[7] 한국이 제3세계 비동맹운동의 중심 국가가 아니었음에도 제3세계론(문학론)의 위상이 주목되는 이유가 여기에 있다. 냉전체제하에서 한국의 지정학적인 분단 구도와 반공/중립의 문제는 미국을 매개로 재구축된 한국 사상사의 측면에서 중요하다. 제3세계는 한국의 반공 아시아화, 그리고 이 과정에서 서로 개입하고 반발해온 신생국 지식인의 담론을 드러내는 데에 있어 핵심적인 논제일 수밖에 없다. 따라서 선행 연구도 활발하게 진행 중이다. 제3세계 개념이 한반도 냉전을 극복하는 국제적 감각으로 활용된 사례를 찾아 이를 아시아의 탈식민화 과정으로 해명한 연구,[8] 탈근대화, 민족/민중담론에서 모색된 제3세계와의 지역적 연대의식의 의미를 다층적으로 고찰한 연구[9] 등이 있으며, 이러한 선행 연구는 제3세계가 지식(이념) 생산의 토착적 이론 및 방법론으로 개발되었던 한국 지식 장의 특수한 역학을 보여준다. 이를 통해 진척된 냉전 연구는 1990년대 이후의 아시아적 가치론이 탈냉전의 지성사 속에서 지닌 의미를 시사한다.[10]

---

7 장세진, 앞의 글, 139면. 장세진은 반둥회의 기사를 면밀히 살펴 '반둥 죽이기'의 목표인 중국에 대한 각 냉전진영의 국제정치학적 태도를 설명했다. 그의 연구는 제3세계의 핵심이 아시아 탈식민과 중국의 지정학적 재배치에 있음을 심층적으로 보여주었다.

8 김예림, 「1960~1970년대의 제3세계론과 제3세계문학론」, 『상허학보』 50, 상허학회, 2017; 공임순, 「1960~70년대 후진성체제와 자립의 반/체제 언설들—매판과 자립 그리고 '민족문학'의 함의를 둘러싼 헤게모니적 쟁투」, 『상허학보』 45, 상허학회, 2015; 장세진, 앞의 글 등.

9 고명철, 「구중서의 제3세계문학론을 형성하는 문제의식」, 『영주어문』 31, 영주어문학회, 2015; 이상갑, 「제3세계문학론과 탈식민화의 과제—리얼리즘론의 정초 과정을 중심으로」, 『한민족어문학』 41, 한민족어문학회, 2002; 고명철, 「민족주의 문학을 넘어선 민족문학론—1970년대의 제3세계문학론을 중심으로」, 『인문사회과학』 36, 인문사회과학연구소, 2005; 이진형, 「민족문학, 제3세계문학, 그리고 구원의 문학」, 『인문과학연구논총』 37, 명지대 인문과학연구소, 2016 등.

제3세계는 라틴 아메리카, 아프리카, 아시아를 통칭하는 지역적 범주이자, 제국주의와 식민주의 극복을 위한 신생국의 정치적, 경제적, 군사적 의제가 내포된 개념이다. 즉, 전후 체제에 반발하거나 반제국주의, 반인종주의 등의 제3세계적 의제를 통해 개최된 반둥 아시아-아프리카 회의(1955), 제1차 비동맹 정상회의(1961), 알제리 제1차 77그룹 각료 회의(1967) 등 신생국의 정치적 환경을 의미한다. 제3세계라는 이념과 표상을 통해 국제정세의 지식과 정보가 유통되고 탈식민 국가들의 경제적, 문화적 이상이 전세계로 전파되었다. 하지만 한국의 경우 전지구적으로 비동맹운동이 고조된 1950~1960년대에 제3세계 개념을 무엇보다 반공주의적 시각에서 수용했다. 그런 이유로 지금까지 제3세계 연구는 1970~1980년대 탈냉전의 징후 속에서 산출된 민족론, 민중론의 의의를 해명하는 데 집중되어 왔다.[11] 이 책은 한국의 제3세계론의 흐름을 이해하기 위해 1970~1980년대 제3세계론에 국한되지 않고 해방기부터 나타난 제3세계적 전후戰後 인식이라는 맥락에서 탈식민화 과정을 재론한다.

제1부 「탈식민의 상상 이후 자유아시아와 제3세계」를 해방기, 1950

---

10 장세진, 『숨겨진 미래』, 푸른역사, 2018; 권보드래 편, 『미국과 아시아』, 아연출판부, 2018.

11 장세진, 앞의 글, 139면; 프레드릭 제임슨·백낙청, 앞의 글, 293면. 1970~1980년대 변혁운동에 대한 선행 연구 중 제3세계 이념을 다룬 논문으로 허윤, 「1980년대 여성해방운동과 번역의 역설」, 『여성문학연구』 28, 한국여성문학학회, 2012; 손유경, 「1980년대 학술운동과 문학운동의 교착」, 『상허학보』 45, 상허학회, 2015 등. 백낙청의 제3세계문학론 연구로는 이수형, 「백낙청 비평에 나타난 지정학적 인식과 인간본성의 가능성」, 『외국문학연구』 57, 외국문학연구소, 2015; 안서현, 「백낙청의 제3세계문학론 연구」, 『한국현대문학회 자료집』, 한국현대문학회, 2014; 박연희, 「제3세계문학의 수용과 전유」, 『상허학보』 47, 상허학회, 2016 등.

년대 냉전문화에 집중해 엮은 이유가 여기에 있다. 이 시기 개별 문학자, 문학 단체의 전후 인식이 제3세계적 범주 속에서 구축 또는 전이되는 과정을 알아보기 위함이다. 총 3부로 구성된 이 책은 제3세계에 대한 개념과 인식이 한국 지성사에서 차지하는 의미를 거칠게나마 정리하려는 데서 출발한다. 지정학적으로 '제3세계 한국'의 출현은 1943년부터 시작된 루스벨트^{Franklin D. Roosevelt}의 신탁통치정책과 국제주의, 1947년 트루먼^{Harry S. Truman}의 대소봉쇄와 국가주의 등 2차 세계 대전 전후^{前後}의 미국 대외정책에 입각하여 이해될 여지가 있다. 해방기에 급증했던 세계평화론과 약소민족 담론은 이 시기 미소 양극체제에 저항하는 과정에서 제기된 것이었다. 비자이 프라샤드^{Vijay Prashad}에 따르면 제3세계 개념은 그 고유의 정체성, 특성, 책임이 있는 것이 아니라, 제3세계로 균질화되지 않는 개별 민족의식에 내한 관찰이 더 중요하다. 곧 반식민주의 의제에 합류해 구성된 "국제주의적 민족주의"에 대한 연구가 필수적이다.[12] 따라서 이 책을 통해 세계 전후 사회에 진입하는 해방기 지식인의 국제적인 시각과 민족주의의 인식을 제3세계 개념의 편차를 통해 새롭게 상론하려고 했다.

가령 제2, 3부에서는 민족-세계의 관계 속에서 등장한 문학 담론에 주목했다. 더 구체적으로는 1970년대 말 제3세계문학론을 통해 냉전 인식의 임계점을 다층적으로 살펴보았다. 백낙청은 민족문학과 제3세계문학 사이의 연대 가능성을 "구미 선진공업국 문학에의 정신적 종속관계를 청산하면서도 어디까지나 인류사회 전체를 향해 개방된"[13] 민족

---

12 비자이 프라샤드, 박소현 역, 『갈색의 세계사』, 뿌리와이파리, 2015, 33면.
13 백낙청, 「제3세계의 문학을 보는 눈」, 백낙청·구중서 외, 『제3세계문학론』, 한벗, 1982,

문학 개념으로부터 전망했다. 탈서구적인 역사 인식과 세계사의 인간적 발전을 민족문학의 선결 과제로 내세웠다. 즉, 폐쇄적인 민족의식을 경계 또는 구분하며 백낙청은 선진적인 민족문학의 가능성을 "전세계의 양심적 문학인, 지식인들과의 연대의식"[14]을 통해 마련하고자 했고, 『문학과 행동』(1974) 등을 출간하며 네루다[Pablo Neruda], 파농[Frantz Fanon], 루쉰[魯迅] 등의 비서구 문학을 적극적으로 소개했다. 이를테면 그가 강조하는 '전세계의 양심적인 지식인과의 연대의식'이란 제3세계문학론의 문제의식을 공유하고 있는 것이다.

이 책에서 제3세계론을 본격적으로 다룬 지면이 제3부 「제3세계문학의 수용과 전유」이다. 여기서는 1970년대 민족문학론과 세계문학론이 정위되고, 그 과정에서 제3세대 개념이 전유되는 양상을 살폈다. 흥미롭게도 1980년대에 이르러 백낙청의 제3세계 인식은 한국사회의 분석을 위한 정치경제적, 변혁적 이론의 논쟁에 원용되어 세계자본주의체제 내 '제3세계=주변부'의 구조주의적 개념으로 재평가된다. 종속이론의 비판적 수용을 거치면서 제3세계 개념은 세계자본주의체제의 구조적 모순의 결과물로 여겨졌다. 이는 1990년대에 들어 한국의 국제적 시각을 제3세계론으로부터 새롭게 갱신하려는 논의로 이어진다. 탈냉전기 한국사회 정체성의 대안 모델을 모색하려는 움직임 속에서 특히 최원식은 동아시아적 시각과 연대를 촉구했다. 제3세계론이 다각도로 전개되는 과정에 주목하며 이 책은 해방 이후부터 1990년대 초까지 한

15면.

14 백낙청, 「민족문학 개념의 정립을 위해」(1974), 『민족문학과 세계문학』 1, 창비, 2011, 169면.

국 지식인들이 동원한 탈서구 지향의 개념과 인식을 정리하고 탈/냉전 사적 관점에서 제3세계 담론의 공과를 논의하고자 했다.

2. 해방기 제3세계의 표상과 역설—세계평화론과 세계화론의 격차

미국 논픽션 부문 베스트셀러였던 웬델 루이스 윌키W.L Willkie(1892~1944)의 『하나의 세계The One World』(1943)가 한국에 번역되어 출간된 것은 1947년이다. 웬델 L. 윌키는 1940년 미국 대통령 선거에서 루스벨트에 패배한 이후 루스벨트 행정부의 국세주의 정책에 협력하며 세계평화론을 개진했다. 루스벨트 대통령의 개인 특사 자격으로 1942년 7주간 전시 외국 순방을 마친 뒤에 각국의 지도자, 국민에 대한 인상기를 『하나의 세계』에 기록했는데, 이 책에는 루스벨트 행정부의 대소

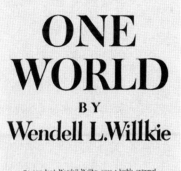

〈사진 1〉 W. L. Willkie, *The One World*(1943)

연방 외교는 물론 그의 세계평화론이 상세하게 다루어져 있다. 예를 들어 "민족과 그 세계 사이에 현재 균등"[15]을 세계평화의 가능성으로 강조하며 식민지 아시아의 해방에 많은 비중을 할애한 부분은 인상적이다. 웬델 L. 윌키는 약소민족과 세계강국 사이의 힘의 격차가 세계 전쟁을

---

15 웬델 L. 윌키, 옥명찬 역, 「소아시아」, 『하나의 세계』, 서울신문사, 1947, 35면.

초래했다고 비판하며 제국주의의 종언을 세계평화론의 핵심으로 삼았다. 책이 발간될 무렵은 세계대전에서 중립을 표방했던 미국이 1941년 일본의 진주만 공격 이후 적극적으로 참전한 상황이었고, 웬델 L. 윌키는 약소민족-세계강국 힘의 균등을 특히 아시아를 중심으로 서술했다.

일본은 진주만을 공격하고 이어서 필리핀, 버마 등 남태평양 지역의 대부분에 침투했고 주지하듯 중일전쟁에서 확대된 아시아 지역의 국제전이 세계 전선戰線 변화에 큰 영향을 주고 있었다. 따라서『하나의 세계』의 상당 부분은 「중국은 오년간 싸워왔다」, 「중국서부의 개발」, 「자유중국은 무엇을 가지고 싸우는가」 등 중국에 대한 소개와 논평에 해당한다. 웬델 L. 윌키는 일본을 언급하며 "동양에 있어 한 명백한 예"를 통해 세계평화의 균열이 "살빛"에 있는 것이 아니라 "제국주의적 이론"에 있고 따라서 그 어느 때보다 아시아적 관점이 요청된다고 강조했다.[16] 이처럼 '제국주의 아시아/동맹국 아시아'의 표상을 중심으로 표명된 미국의 아시아적 세계평화론이란 신생국인 한국과도 무관할 수 없으므로, 해방기에 번역된『하나의 세계』는 정세 전망의 한 쟁점이었다.

이『하나의 세계』는 그 내용을 일견(一見)하여도 알지만 결코 미국의 전시 중 아전인수적 선전에 끝나는 책자는 아니다. 그가 진정한 민주주의 세계의 건설에 서부인다운 정열과 꿈을 경주하고 있었다는 것은 이 저서에서도 충분히 우리가 급취(汲取)할 수가 있을 것이다. 그는 자국인 미국에 대하여도 미온적이거나, 혹은 유아독존적이 아니고 도리어 신랄하게 미국내의 제국주의

---

16 웬델 L. 윌키, 옥명찬 역, 「우리 국내의 제국주의」, 위의 책, 227면.

의 반성과 청산에 언급한 점에서도 추찰할 수가 있다. 윌키는 이『하나의 세계』에서 소련에 관한 부분을 제외하고는 거의 문제의 전부를 아시아의 자유해방에 집중시키었다. 누차의 인류전쟁 발발이 '아시아의 비극'의 반영이었으며 또 사실로 세계평화의 관건이 아시아문제에 의존된 점에 비추어볼 때 그의 소견은 주목할 가치가 있다. 더욱이 아시아의 행방이 식민지 예속상태에서 탈각하여 민주주의적 자주독립에 있다는 것은 췌언할 필요가 없는데 그 진보적 민주주의사회의 일(一) 표본을 역사적으로 변동하는 소련에 있는 것으로 보는 그의 미국인으로서의 대범한 소견은 우리 조선사람으로서도 주목하며 관심을 아니 둘 수가 없을 것이다.[17]

역자에 의하면『하나의 세계』는 미국 내부의 제국주의에 대한 반성과 청산, 아시아 중심의 세계평화론, 소련의 진보적 민주주의를 쟁점화했다는 점에서 주목되는 번역서였다. 아시아의 독립과 해방이 지닌 세계사적 의미가 더할 나위 없이 강조된『하나의 세계』는 해방기 지식인에게 있어 그야말로 한국의 탈식민적 정체성을 구현하는 텍스트였던 셈이다. 김기림이 '하나의 세계'에 대한 "윌키 씨의 말"[18]을 자주 인용했던 데서 짐작할 수 있듯,『하나의 세계』는 해방기에 민족국가 건설과 미소대

---

17 웬델 L. 윌키, 옥명찬 역, 「역자의 말」, 위의 책, 249~250면.
18 김기림, 「세계문학의 분포(하)」(『문학개론, 1946),『김기림 전집』3, 심설당, 1988, 62면; 「하나 또는 두 세계」(『신문평론』, 1947),『김기림 전집』5, 심설당, 1988, 251면. 김유중에 의하면『하나의 세계』를 김기림은 진작부터 인지하고 있었고, 전후 세계에 대한 구상이 대전 전 자신이 꿈꾸었던 이상 세계의 모습과 상당히 흡사하다는 점 또한 잘 알고 있었다. 특히 세계의 모든 민족들이 인종적, 이념적, 사회문화적 편견과 선입관을 뛰어넘어 궁극적으로 세계가 하나로 연결되어야 한다는 윌키의 주장에 전폭적으로 공감했다. 김유중, 「해방기 김기림의 공동체 의식과 신질서 수립을 위한 구상의 의의 및 한계」,『한중인문학연구』52, 한중인문학회, 2016, 84면.

립이라는 현안과 그리고 자유와 평화의 이념이 서로 결합된 흥미로운 사례였다. 김기림은 신문 논평을 통해 미소공동위원회(1946.1~1947.10)에 대한 관심을 피력하는 가운데 한국의 후진성 극복의 가능성을 특히 세계평화론의 맥락에서 모색하고자 했다.[19] 요컨대 전승연합국 간에 아시아의 독립 문제가 첨예한 쟁점이 되면서 웬델 L. 윌키의 세계평화론은 널리 참조되고 있었다.[20]

1946년 5월부터 3회에 걸쳐『신천지』를 통해『하나의 세계』가 처음 번역되기 시작한 시점은 1차 미소공동위원회(1946.3~5)가 무기한 휴회로 들어섰을 무렵이었다. 모스크바 외상회의의 공동성명서(1945.12)에 입각하여 한반도를 신탁통치하기 위해 열린 미소공동위원회는 3월 20일부터 5월 6일까지 무려 24회 개최되었지만 합의에 이르지 못한 채 휴회가 결정된다. 창간호부터 신탁통치와 국제정치, 중국의 분열과 통일, 3차 대전와 원자탄 등의 전후 세계의 변화를 집중적으로 다루었던『신천지』의 매체 성격을 상기해볼 때[21] 미소공동위원회의 난항 속에서 미소의 입장 차이가 격렬해질 시기에 웬델 L. 윌키의「우리의 동맹-소련」을 연재하기 시작했다는 점은 간과할 수 없는 부분이다.

연합국의 동남아작전은 미국, 영국, 소련의 테헤란 회담(1943.12) 이후

---

19 김기림,「민족과 문학의 열성에 필히 성공되기를 열원」,『경향신문』, 1947.6; 박연희, 「한국 현대시의 형성과 자유주의 시학」, 동국대 박사논문, 2012, 33~34면. 김기림이 표방했던 '하나의 세계'는 제1부「해방기 중간자 문학의 이념과 표상」을 참조할 것.
20 "세계평화건설은 아세아민족의 자유해방에 있다고 미공화당 대통령 후보가 책『사해일가』에서 강조 (…중략…) 조선에 대한 미소영의 전후처리는 극동평화공작의 초석으로서 기대와 신뢰를 가지고 있다."「극동평화의 선결조건」,『동아일보』, 1946.5.26.
21 김인호,「신탁통치와 민중의 반향」(1946.1); 조나단 킬본,「원자탄의 원리」(1946.1); 「설문 : 제3차 세계대전이 일어나겠다고 생각하십니까」(1946.5); 정진석,「조선과 중국의 장래」(1946.7) 등.

최종적으로 확정되었다. 독소전쟁에서의 연합국 승리가 명확해지자 전쟁 처리 및 전후 문제를 논의하기 위한 연합국 회의가 9차례 진행되었는데 그중 테헤란 회담은 소련의 대일전 참전 여부를 결정하는 중요한 자리였다. 그런데 테헤란 회담 이후 동남아 전선에서 소련의 중요성이 더욱 부각되었던 반면에 중국의 영향력은 축소되었다. 사실 연합국의 정상회담은 본래 소련과의 강력한 유대관계를 위해 계획된 것이지 중국을 위한 것은 아니었다.[22] 웬델 L. 윌키도 『하나의 세계』의 핵심적인 대목에서 동맹국 소련의 인

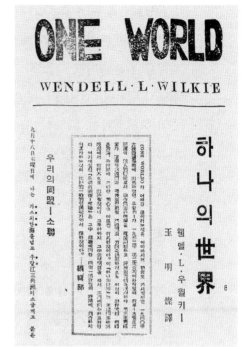

〈사진 2〉『신천지』(1946.5)에 실린 웬델 L. 윌키(옥명찬역)의 「우리의 동맹-소련」 첫 지면

상기를 다소 장황하게 전한다. 「우리의 동맹-소련」에서는 스탈린과의 격의 없는 장기간 회담을 묘사하면서 공산주의를 "공포가 없는 경제적, 사회적, 정치적 민주주의"로 재평가하고, 소련을 "새로운 사회", "미래의 세계"에 미국과 협력할 친선국가로 격상시킨다.[23]

---

22 기세찬, 「태평양전쟁시기 미국의 종결전략과 중국」, 『중국근현대사연구』 57, 중국근현대사학회, 154~159면.

23 웬델 L. 윌키, 옥명찬 역, 「우리의 동맹-소련」, 『하나의 세계』, 서울신문사, 1947, 64~65・106면. 권보드래에 따르면 루스벨트의 친소정책을 가장 명백하게 예증한 텍스트가 『하나의 세계』이며, 이는 제국주의에 대한 반대 입장을 통해 아시아, 아프리카, 소련과 연합함으로써 '자유롭고 독립적인 나라'를 제방에 건설할 수 있다고 믿는 데서 드러났다. 권보드래, 「중립의 꿈 1945~1968-냉전 너머의 아시아, 혹은 최인훈론을 위한

『하나의 세계』가 출간되기 전에 『신천지』에서 서둘러 소개한 소련 인상기는 전후 양극체제를 해소하고 1940년대 초 미소의 외교적 협력 관계를 우선시하려는 의도가 있어 보인다. 특히 3차 대전 발발에 대한 설문과 나란히 실린 「우리의 동맹─소련」의 경우 "시기에 적합하지 않은가 하여"[24]라며, 역자는 미소공동위원회 이후 통일정부 수립을 둘러싸고 좌우 대립이 심화되던 당시의 상황을 편집 배경으로 강조하기도 했다. 해방기 지식인들에게 애초부터 미소공동위원회는 "조선해방의 의의"[25]와 직결된 문제였고 루스벨트 시절의 세계평화론을 환기하는 것은 『신천지』뿐만이 아니었다. 루스벨트의 친소정책에 대한 평가가 "동맹국에 대한 일시적 친선"을 넘어 "인류의 영원한 행복"[26]으로 회자된 점은 눈여겨볼 만한데, 이처럼 미소협력의 기간 중 공산주의와 서구 민주주의와의 공존가능성이 전후 양극체제의 공존가능성으로 재전유된 논의가 적지 않았다.[27] 반제국주의적인 '하나의 세계', 곧 웬델 L. 윌키의 세계평화론이 유통되었을 당시에 인도, 베트남, 흑노 등 제국주의의 청산 문제를 주요 이슈로 다루려는 시도들이 있었다.[28]

시론」, 『상허학보』 34, 상허학회, 2012, 275면.

24 웬델 L. 윌키, 옥명찬 역, 위의 글, 8면. 『신천지』의 매체이념에 관해 김준현, 「단정 수립기 문학 장의 재편과 『신천지』」, 『비평문학』 35, 한국비평문학회, 2010; 이봉범, 「잡지 『신천지』의 매체 전략과 문학」, 『한국문학연구』 39, 동국대 한국문학연구소, 2010 참조.
25 이갑섭, 「미소공위와 조선문제」, 『신천지』, 1946.6, 29~39면. 미소공위의 의의를 강조하기 위해 한반도를 전후 세계문제의 중심으로 강조하는 논의가 많았다. 「세계문제 해결의 시험장이 된 조선」, 『동아일보』, 1946.9.3.
26 「미국의 대외정책」, 『동아일보』, 1946.9.17.
27 「UN총회와 평화공작(1)」, 『동아일보』, 1946.10.27.
28 인도네시아 중심의 동남아시아 기사, 약소민족에 대한 특집의 지면은 박지영, 「해방기 지식 장의 재편과 '번역'의 정치학」, 『대동문화연구』 68, 성균관대 대동문화연구원, 2009; 정재석, 「타자의 초상과 신생 대한민국의 자화상」, 『한국문학연구』 37, 동국대 한국문학연구소, 2009.

1945년 인도네시아, 베트남, 1946년 필리핀, 1947년 인도, 1948년 버마, 실론, 말레이시아 등 구식민지의 독립 과정에 대한 해방기 지식인의 관심에는 "약소민족들이 두 개로 쪼개져"[29] 대립하는 아시아의 냉전블록에 대한 제3세계적 시각이 포함된다. 미국의 대소 봉쇄정책으로 선언된 트루먼 독트린(1947.3) 이후 미국의 한반도정책은 급변한다. 미소공동위원회가 결렬되면서 미군정의 한국문제가 UN으로 이관되자 전후처리 문제가 2, 3블록 국가를 경계하는 냉전 구도로 이월되고 만다. 미소의 합의가 대립할수록 해방기 지식인들은 '제3의 블록'을 중립적인 세계인식으로 표현하기도 했다.[30] 그러나 1948년 초에 이르면 미소 양극체제에 포함되지 않는 약소국가, 제3의 블록 지대에 대한 입장은 찾아보기 어려워진다. 단독수립이 확실해지면서[31] "고故 루즈벨트, 윌키의 세계일가적 국제민주주의노선에 의한 대소협조정책"은 이제 세계평화의 방법론이자 표상이 아닌 민족진영을 분열시키고 좌익을 강화해 인민항쟁을 초래한 선택으로 비판되기 시작한다.[32] 웬델 L. 윌키의 세계평화론은 더 이상 한반도에서 참조 불가능한 것이 되었다. 해방직후 미소의 정치적 동맹의 분명한 사례로서 회자되었던 '하나의 세계'는 단정수립 이후의 국민화 과정에서 마침내 소거된다. 미국의 신탁통치 구상과 그 철회가 단기간에 진행되면서 세계평화의 모델은 '하나의 세

---

29 오기영, 「인도의 비극」, 『신천지』, 1947.11.
30 오기영, 「전쟁과 평화」, 『신천지』, 1948.6.
31 「통일 위한 총선거 참가거부면 적화 초(招)」, 『경향신문』, 1948.3.23.
32 「우리에게 '최선을 주라' 웨데마이어 특사를 맞으며」, 『동아일보』, 1947.8.27. 남한단독수립 이후 본격화된 양극체제 속에서 웬델 L. 윌키의 세계평화론은 시대착오적인 이념으로 재인식된다. 「'태맹'의 역사적 의의」, 『동아일보』, 1949.8.13; 「자유진영 대 공산진영」, 『경향신문』, 1962.1.1.

계'보다는 냉전의 위계질서에 부합하는 방향으로 고안된다.[33]

  그런 점에서 전후 반공주의 담론은 1970~1980년대 제3세계론의
전개 과정의 일부로서 중요하다. 해방기에 드러난 제3세계적 자기 인
식은 1950년에 이르러 이승만의 외교정책과의 밀접한 연관 속에서 제
3세계주의로 다르게 인식된다. 제3세계 연결체에서 반공블록에 해당
하는 한국의 위상은 제3세계 자체를 담론화할 때 난제일 수밖에 없
다.[34] 반둥회의에 둔감했던 시기에 한국은 제3세계지역 반공국가로서
의 선진성을 추구하고 있었다. 한국정부는 중화민국, 필리핀, 베트남
등의 국가 원수들과 긴밀히 협의하며 태평양동맹을 통해 아시아집단안
보체제(아시아민족반공연맹APACL)의 결성을 모색했다. 전후 미국이 대소
집단안보책으로 북대서양조약기구NATO를 결성하자 아시아와 태평양
지역에서도 그와 유사한 태평양동맹의 결성 문제가 빈번하게 논의되었
다.[35] APACL의 결성은 아시아태평양 지역에 대한 한국외교의 영향력
이 동남아 지역까지 확대되고 관제적 민간외교단체의 활동도 증가하는

---

33 「세계평화의 관건은 자유국가 번영에」, 『동아일보』, 1949.6.13.

34 김예림, 앞의 글, 443면. 김예림에 따르면 반공3세계로서의 한국의 위치와 역할을 소거
했기 때문에 민족문학론, 제3세계문학론의 성립이 가능해졌다.

35 태평양동맹안에 대한 찬반은 비교적 뚜렷했다. 인도의 네루 수상 같이 아시아 국가에서
도 반대가 있었고 미국무성 측도 국내정권의 불안정성, 내란의 가능성, 지역 이해관계
의 불일치 등을 이유로 반대했다(미국무성의 입장에 대한 이승만의 비판과 동맹결성에
대한 주장 등에 관하여 이호재, 「태평양동맹 제창」, 『한국외교정책의 이상과 현실―이
승만 외교와 미국정책의 반성』, 법무사, 2000, 382~385면). 한편 장개석은 동아시아
반공의 최전선으로서 중국의 지위를 인정받고 재기의 기회로 삼기 위해 반공연맹 결성
에 태국, 월남 대표 참가를 주선하는 등 주도적인 역할을 담당했으며 이승만과 공동주
관자로 1954년 진해 결성대회를 성공시켰다. 이봉범은 1950년대 아시아 및 중립주의
에 대한 미소의 상호 상승적 경제원조 경쟁을 경제냉전의 신국면으로 설명하며 미국의
대한원조의 성격과 냉전문화 구축이 양상을 구명했다(이봉범, 「냉전과 원조, 원조시대
냉전문화 구축의 역동성」, 『한국학연구』, 인하대 한국학연구소, 2015).

계기가 되었다. 유네스코 한국위원회(1954)가 설치되자 한국의 대외적 위상에 대한 기사량이 증가했으며, 유네스코 사업의 일환으로 『한국총람』(1957)이 발간된 이후 한국문화의 해외수출 가능성에 대한 논의도 활발해졌다.[36] 아시아 외교활동의 증가는 한국의 반공 아시아적 가치가 제3세계적 입장에서 득세하는 양상을 암암리에 보여준다. 이 책의 제2부에서 다룬 한국 펜클럽에 대한 글들은 미국의 대아시아 정책과 원조사업 등 다양한 냉전문화의 스펙트럼을 보여준다. 이를 통해 제3세계를 바라보는 상이한 시각이 확인된다.

3. 제3세계성 인식의 재설정—『창작과비평』의 탈/냉전 담론의 연계

한국은 1976년 8월 스리랑카의 콜롬보에서 개최된 제5차 비동맹정상회의부터 적극적으로 제3세계 국제회의에 참석한다. 제5차 비동맹정상회의는 선진국과 개발도상국 간의 균등한 경제 질서 확립을 핵심 의제로 하여 열렸다. 개막에 앞서 경제행동계획안을 제출한 비동맹외상회의 경제위원회는 생산자협회, 1차 산품 비축의 공동기금 창설, 개발도상국의 다국적기업육성, 농업개발을 위한 국제농업개발기금의 설치 등

36 한국의 국제적 위상에 관해 「'유네스코'와 한국」, 『경향신문』, 1954.3.16; 「유네스코위원회의 의의」, 『경향신문』, 1954.1.30. 9차 유네스코 총회(1956)에서 79개국이 공동결의 한 「동서문화교류 십년 계획실천안」의 일환으로 유네스코 한위는 『한국총람』을 간행한다. 간행위원회에 이하윤, 김광섭이 참여했고 3년 동안 기획, 감수, 집필, 편집 등에 동원된 인원이 370~380명 정도였다(「출판을 통한 문화교류」, 『경향신문』, 1956.1.8). 지식인 집단의 대부분이 참여해 한국의 교육, 과학, 문화의 전통, 발전과정 및 현황을 정리, 집약하는 발간사업이 진행되는 동안 민족문화 담론에 끼친 영향관계를 핵심 필진을 중심으로 밝히는 문제도 중요해 보인다.

을 주장했다. 이처럼 1970년대에 이르면 제3세계의 주권 확립이라는
아젠다는 경제 문제로 급선회한다.[37] 제1차 비동맹 정상회의(1961)라는
협력구조를 형성한 이후 제2차 카이로 비동맹 정상회의(1964)부터 제3
세계 지역은 정치적 요소보다 경제적 요소를 강조하는데, 더욱 실질적
인 분기점은 1973년 알제리 제4차 비동맹국정상회의에서 마련되었다.
제4차 회의에서는 강대국에 대한 개발도상국의 적대감이 상대적으로
감소한 반면에 경제관계 개선의 필요성이 적극적으로 표명되었다. 즉,
제4차 알제리 회의에서 NIEO^New International Economic Order(신국제경제질서)
구축이 촉구되며 정치적 문제보다 경제적 해방을 중심으로 비동맹의 새
로운 전환점이 마련되기 시작한다. 이와 관련해 눈여겨볼 부분이 1980
년대 학술장에 증폭된 제3세계론이다. 이는 비동맹국의 달라진 경제적,
이념적 국제 전략에 따른 한국의 지정학적 담론이었다고 볼 수 있다.

「경제선언」에서 "착취를 일소하는 것이 양도할 수 없는 권리"임을 선언하
여 현재의 세계의 경제구조, 특히 자본주의 경제구조의 변혁을 주장함으로써
신국제경제질서의 수립을 요구했다. 다시 말해 반제국주의, 반식민주의 등은
일찍이 60년대의 비동맹운동사에서도 볼 수 있으나 신국제경제질서 수립에
대한 요구는 70년대 비동맹운동의 새로운 현황인 것이다. 알제이 비동맹회의

---

37 「비동맹정상회의 80국 대표 참석 개막」, 『매일경제』, 1976.8.9; 「비동맹정상회담 '콜롬
보' 개막」, 『매일경제』, 1976.8.16; 「비동맹의 방향전환모색」, 『동아일보』, 1976.8.5.
제3세계는 브뤼셀 반제국주의연맹(League against Imperialism, 1927), 반둥 아시
아-아프리카 회의(Asian-African Conference, 1955), 카이로 아프리카-아시아 인
민연대회의(Afro-Asian Peoples' Solidarity Conference, 1957), 베오그라드 비
동맹운동(Non-Aligned Movement, 1961), 알제리 77그룹 각료회의(UN 내 개발도
상국들의 상호협력을 위한 국제회의, 1967) 등의 변천 과정으로 지역 외교가 형성된다.

에서 현재화된 비동맹운동의 반서구적 성격은 회의 직후 발발한 1973년 10월 4일 중동전에 그대로 반영되어 아랍석유수출국 즉 OPEC제국에 의한 석유무기화조치 및 석유가의 인상 등은 세계자본주의 경제구조에 일대혼란을 야기시켰던 것이다. (…중략…) 수적으로 비대하여진 5차 비동맹수뇌회의가 보여준 또 하나의 문제점은 회원 상호간의 보조불일치, 강온(強穩) 양파 간의 의견대립 노정, 주도권쟁투의 치열화 등으로 확대되어 비교적 강한 집중력을 발휘하면서 전개시켜 오던 비동맹운동의 리더쉽에 균열이 일어났다.[38]

위의 인용문은 본격적인 한국의 비동맹 외교사를 전망하며 비동맹운동의 변화, 특히 대립과 갈등의 지점을 지적하고 있다.[39] 오일쇼크(1973) 이후 천연자원을 둘러싼 냉전구도의 급변에 주목하며 발표된 연구논문 중 하나이다. 식유 수출가격을 인상하는 데 성공한 OPEC(석유수출국기구)의 새로운 경제적 위상은 NIEO 구축의 가능성을 고무시키는 계기가 된다. 제3세계의 NIEO 구축이라는 과제는 오일쇼크 직후인 1974년 제6회 UN 특별총회에서 '신국제경제질서 수립선언' 및 '신국제경제질서

---

38 하경근, 「비동맹운동과 한국」, 『국제정치논총』 20, 한국국제정치학회, 1980, 110~111면.
39 1980년대 초 정치외교학의 연구 경향을 보면, 제3세계 지역 경제 전략의 프레임 속에서 제4차 알제리 비동맹정상회의는 친소 노선이 노골적으로 드러난 반제국주의, 반식민주의의 성격으로서 주목된다. 이는 제3차 비동맹조정위원회 하바나 외상회의(1975)에서 북한의 비동맹 가입이 승인되고 한국은 부결된 데에 대한 비판을 수반한 것이다. 당시 학계는 비동맹운동이 지닌 냉전의 중립적, 포괄적 성격을 좌경화의 문제성 속에서 소개하고 있는데, '신국제질서하의 한국과 제3세계'라는 주제의 연례학술발표회(한국국제정치학회, 1982.12.10~11)가 대표적이다. 하경은(중앙대)의 「신국제질서와 제3세계」, 유종해(연세대)의 「한국의 비동맹정책방향에 관한 연구」, 박준영(이화여대)의 「국제구조와 제3세계」, 엄기문(중앙대)의 「비동맹과 제3세계의 구조」, 김한식(국방대학원)의 「한국과 제3세계」, 박치영(한양대)의 「미국과 제3세계」 등의 논문이 발표되었다.

의 수립에 관한 행동계획'이 채택되면서 그 중요성을 인정받았다. UN 특별총회가 끝난 후 NIEO의 수립에 관한 선언 및 행동계획에 대한 토의가 국제회의에서 연이어 제기되었고,[40] 알제리 회의 직후부터 미국, 일본, 독일, 이탈리아, 영국, 프랑스, 캐나다 등의 선진자본주의 G7국가와 신생국 정부 간의 상호협약 및 지역협약이 활발히 체결되면서 서구중심주의에 저항하던 제3세계 지역에 변화가 일어났다. 본래의 제3세계는 서구 중심의 경제질서에 도전하는 정치구조를 창안하고 탈식민의 새로운 정치적 재구성을 모색하는 연대의식을 시사한다. G7의 협약들은 각국에 약간의 주변부적 이익을 줬지만, 한편으로 제3세계의 연대를 약화시키고 불평등 구조를 지속시키는 문제를 초래했다.[41]

반둥체제에서 주류 집단은 비동맹운동으로 수렴되는 반면, 제3세계 개발도상국은 유엔의 의제 안에서 77그룹의 위상과 권한을 강화했다. UNCTAD(유엔무역개발회의, 1964)를 통해 결성된 77그룹은 제3세계의 경제개발 플랫폼으로서 제4차 알제리 비동맹운동 정상회의에서 NIEO를 제안한 성과가 있었으나, 제3세계 참여국가의 현실적인 이해관계가 1, 2세계에 투영되면서 심화된 체제경쟁에 따라 결국 실패했다. 가령 석유파동을 시발점으로 중남미는 신자유주의와 이에 입각한 세계은행,

---

40 1974년 12월 제29차 UN총회에서는 NIEO의 수립을 촉진시키며 또한 공정하고 평등한 기초 위에 국제경제관계의 발전을 위한 기준을 성문화하고 개발하기 위한 첫 단계로서 '제국가의 경제적 권리 및 의무 헌장', 1975년 2월 비동맹국 각료회의에서는 '원료에 관한 개발도상국회의의 다카르선언, 결의, 행동계획', 동년 9월 제7차 UN특별총회에서는 '개발과 국제경제협력에 관한 UN결의' 등이 채택되었다. 하지만 실질적인 성과는 크지 않았는데 특혜관세, 수입문호의 개방 등 NIEO의 수립을 통한 수혜국이 적었기 때문이다. 손명환, 「신국제경제질서에 관한 일고찰」, 『경상논집』 5-2, 경영경제연구소, 1983, 154~160면.

41 비자이 프라샤드, 박소현 역, 앞의 책, 303~304 · 349면.

국제통화기금의 구조조정정책에 따라 외환위기를 겪게 된 반면에, 개발도상국은 활발한 경제성장이 목격된다.[42] 앞의 인용문에서 강조하는 제3세계에 대한 문제성도 NIEO 구축을 모색하며 발생한 비동맹의 위계화에 있다. 제3세계 지역 비동맹운동의 변모양상에 대해서는 백낙청도 간과할 수 없는 현안으로 지적한 바 있다. 1979년 『창작과비평』에서 제3세계문학 특집을 기획하면서 백낙청은 국제사회에서 제3세계론이 자멸하게 된 과정을 우회적으로 언급했다. 1955년 반둥회의 이후 열린 "특정기구, 회의"와 무관하게 지극히 경제발전의 측면에서 "개발도상국 전부"이거나 "석유 같은 자원을 못 가진 진짜 빈국"으로 제3세계가 구획되고 무엇보다 "제3세계 여러 나라들 사이의 충돌과 이합집산과 혼란" 속에 소략해지고 있다는 진단이 바로 그러하다. 뒤늦게 한국지식사에 수용된 제3세계는 백낙청에게 여전히 "하나의 진보"인 유일한 민중적 시각이지만,[43] 한편 이는 동시대의 제3세계 프로젝트와 동떨어진 실천이기도 했다.

1980년대 한국의 제3세계론은 비동맹운동의 공과를 중심에 놓고 제3세계의 외재적, 내재적인 성공 및 실패의 요인을 분석하며 한국적인 특수성을 타진하는 방향으로 달라졌다. 학계에서는 개발도상국으로서 한국의 선진화 전망을 논의하며 종속이론이 쟁점화되는데, NIEO 수립에의 요구도 종속이론의 논리로 중요하게 다루어졌다.[44] 1980년에 『제

---

42 김태균·이일청, 「반둥 이후─제3세계론의 쇠퇴와 남남협력의 정치세력화」, 『국제정치논총』 58-3, 한국국제정치학회, 2018, 73~74·80면.
43 백낙청, 「제3세계와 민중문학」(1979), 『민족문학과 세계문학』 1, 창비, 2011, 580~584면.
44 하경근, 『제3세계 정치론』, 한길사, 1982(1980), 185면.

3세계와 종속이론」(염홍철 편, 한길사), 『제3세계의 경제발전」(변형윤 외편, 까치)이 동시에 출간되며 A. G 프랑크^{Frank}, S. 아민^{Amin} 등의 종속이론이 주목받았다. 이를 통해 남미의 막대한 대미 외채, 저개발경제의 악순환에 대한 설명이 가능해졌다.[45] 그럼에도 한국의 경우 종속이론은 남미에 국한하지 않고 '제3세계에 대한 제3세계적 시각'으로 알려지기 시작해 사회구성체 논쟁의 주요 쟁점이 된다.[46] 종속이론에 대한 관심이 커지자 박현채는 전형적인 종속의 관계를 지닌 "라틴아메리카적인 상황의 소산이며 이제 겨우 아프리카적 외연"[47]을 드러내고 있을 뿐이라면서 종속이론의 실질적 배경과 관련해 한국에 적용될 개연성은 적다고 지적했다. 즉, 종속이론의 제3세계적 시각은 주변부 사회구성체를 지역적으로 유형화하는 데 그쳤다는 것이다. 종속이론에 대한 박현채의 지적은 백낙청의 제3세계문학론으로 향하기도 했다. 한 좌담회에서 박현채가 백낙청의 제3세계에 대해 현학적이고 특수한 이념으로 제3세계문학론을 추구한 나머지 종속이론의 한계를 고스란히 드러냈다고 비판하자, 백낙청은 종속이론이란 제3세계주의에 국한되는 문제여서 제3세계문학론의 보편주의와는 변별된다고 항변했다.[48] 하지만 박현채

---

45 「책 이야기49−제3세계와 종속이론」, 『한겨레』, 1991.12.27.

46 1980년대 중반을 넘어서면 종속이론과 국가론은 그 이론들이 태동했던 사회적 맥락이 우리와 판이한데도 불구하고 한국에 무분별하게 적용되었다는 비판을 받게 된다. 종속이론의 경우 제3세계 일반으로서의 효력을 맹신하여 한국의 상황에 피상적으로 적용시키는 수준의 연구에 관한 논란이 있었다. 정승현, 「1980년대 진보학술운동과 탈서구중심 기획」, 『현대정치연구』 9-1, 서강대 현대정치연구소, 2016, 157면.

47 박현채, 「현대 한국사회의 성격과 발전단계에 관한 연구(1)−한국 자본주의의 성격을 둘러싼 종속이론 비판」, 『창작과비평』, 1985.10, 325면. 종속이론은 사회구성체 논쟁의 기폭제가 되는데 이에 관련해 손유경, 앞의 글.

48 박현채·최원식·박인배·백낙청, 「80년대의 민족운동과 한국문학」(1985.2), 『백낙청 회화록』 2, 창비, 2007, 133면.

는 제3세계적 시각이야말로 모든 문제를 단선적인 것으로 만들어 도리어 제3세계의 억압적인 상황을 공고히 한다고 일축해 버렸다. 요컨대 백낙청은『제3세계문학론』(1982)에서 '제3세계적 시각'이란 용어를 통해 전세계 민중의 억압과 소외 문제를 새롭게 해결할 수 있다고 주장했지만, 박현채가 보기에 그것은 서양문학의 중심부를 탈서구주의적으로 해명하고자 고안된 개념이기보다는 제3세계인, 제3세계 민족, 제3세계 문학의 주변성, 후진성을 재차 확인하는 용어에 불과했다.

　이처럼 1980년대 중반에 이르러 백낙청의 제3세계적 시각은 한국사회의 분석을 위한 정치경제적, 변혁적 이론의 논쟁에 원용되어 세계자본주의체제 내 '제3세계=주변부'의 구조주의적 개념으로 재인식된다. 종속이론의 비판적 수용을 통해 재정립된 제3세계 개념은 세계자본주의체세의 구조적 모순의 결과물로 여겨졌다. 진보적, 비판적 사회구성체 논쟁이 촉발되기 시작한 무렵에 내한한 S.아민은 한국을 주변부자본주의에 적용할 수 없다는 입장을 밝힌다. '한국의 발전과 종속이론의 쟁점'(1985.6)이라는 주제로 서울대학교 사회과학연구소가 주최한 학술행사에 초청된 S.아민은 한국, 대만, 싱가포르 같은 아시아 신흥공업국가들의 경우 중심국 자본주의에 진입했기 때문에 주변부 구성체에서 예외라고 설명했다. 이후 언론은 세계 석학의 입을 빌어 종속이론에 부합하지 않고 제3세계를 초과하는 한국 또는 동아시아의 위상을 활발하게 보도했다.[49] 한국의 제3세계론은 1980년대 중반에 이르러 라틴 아메리카, 아프리카, 아시아의 개발도상국을 지칭하는 지역 용어로서 그

---

49 「종속이론의 대가 아만 박사 초청 토론」,『경향신문』, 1985.6.12; 「대만, 싱가포르 경제석학과 인터뷰 "아시아 신흥공업국"엔 종속이론 적용될 수 없어」,『매일경제』, 1985.7.11.

시효를 다한다.

　사구체적 분석이라는 것을 할 때에 그 분석대상의 단위가 무엇이며 무슨 근
거로 그렇게 잡았느냐는 데 대해서 기본적인 합의가 없다면 공연한 어려운
이야기밖에 안될 것 같아요. (…중략…) 제가 보기에는 홍콩이나 싱가포르,
대만, 이런 부분국가들이 한국하고는 물론 경우가 다르긴 하지만 또 어떤 공
통성도 있는 것 같아요. 가령 그 네 나라가 갖는 공통성을 해명하면서 그 가운
데서 한국이 갖는 특수성을 해명하고 그것을 자본주의 전체의 어떤 일반성의
원리하고 연결시켜줄 수 있는 그러한 이론이 필요하다는 생각입니다. 저로서
는 그것이 필요할 뿐만 아니라 또 가능하기도 하다는 생각입니다. (…중략…)
하나의 사회구성체인지 의문이 간다는 사회들이 원래는 좀더 온전한 사회구
성체의 일부였을 거 아녜요? 그러던 것이 반반씩으로 갈라져 나오든 조그만
조각으로 떨어져 나오든 떨어져 나올 때에는 그것이 뭔가 당시 세계의 지배
적인 질서, 그것을 제국주의라 하든 국가독점자본주의라 하든 그 필요에 의
해서 이루어진 것 아니겠어요?[50]

　제3세계의 담론과 표상은 해방 이후에 코스모폴리탄의 탈식민적 자
기 인식 속에서 간헐적으로 표출되었지만, 라틴아메리카, 아프리카 지
역이 IMF식 세계화에 의해 붕괴되고 동아시아 신흥공업국으로서 한국
의 위상이 부각되기 시작한 무렵에 이르면 또 다른 정체성 담론으로 재
론되기 시작한다. 인용문은 당시 사회구성체적 성격에 대한 논의가 복

---

50 백낙청·정윤형·윤소영·조희연, 「현 단계 한국사회의 성격과 민족운동의 과제」,
　『창작과비평』, 1987.6, 70면.

잡해지자 그 정리와 전망이 필요하다는 문제의식 속에 마련된 창작과 비평사 좌담 중 백낙청의 발언이다. 백낙청은 무엇보다 한국사회의 구체적인 성격은 분단문제를 통해 드러날 수밖에 없다는 전제하에 분단의 이론화 과제를 제기하며 토론을 진행했다. 경제학자 윤소영이 대만, 홍콩, 싱가포르 같은 부분국가들의 경우 독자적으로 사회구성체론을 제기하지 못한다면서 분단의 이론화가 사회구성체의 차원에서 아무런 효과가 없다고 논평하지만, 그럼에도 백낙청은 독특한 사회구성체로서의 이론틀이 더 절실하게 요청된다고 역설한다. 예컨대 필리핀이나 대만을 식민지종속형 자본주의의 전후 발전의 한 하위범주로서 설정해 한국의 분단문제를 이론적으로 설명해 보자는 것이다. 백낙청의 분단체제론은 위의 좌담회에서부터 암시되는데 그 논리는 제3세계문학론의 경우와 흡사하다. "온전한 사회구성체"를 상상하되 이를 민족, 민중 등의 단일한 보편 이념으로 환원시킨다.

제3세계론의 배경 중 하나는 사회주의가 서구 자본주의, 제국주의의 대안이 되지 못한 것과 관련되어 있다. 따라서 동구권의 몰락 이후 제3세계 개념의 시사점은 달라질 수밖에 없었다.[51] 백낙청에게 한국의 분단문제는 제3세계 민족문제의 특수한 한 형태이며 동시에 동아시아 닉스^{NICs}(신흥공업국) 현상으로 유형화되기도 했다. 1980년대에 OECD국가들보다 평균 3배 정도 빠른 성장률을 보이며 한국경제가 급성장하자[52] 세계 지식인들에게 한국사회는 신흥공업국의 산업화 과정을 통해 새롭게 인식된다. 닉스 현상은 제3세계 발전도상국으로부터 벗어나 선

---

51 백낙청, 『백낙청 회화록』 2, 창비, 2007, 130면.
52 「국제경제면, 6개국 분석, 전망, 신흥공업국 1981년은 밝다」, 『경향신문』, 1981.1.7.

진공업국에 도달한 아시아적 가치에 대한 재평가를 촉발했다. '아시아의 네 마리 작은 용' 등의 지정학적 통념이 만들어지고 제3세계적 후진성 문제에서 벗어나 선진국과 대등한 아시아의 동질성을 추구하는 여론이 형성되었다.[53] 『창작과비평』은 한국자본주의의 성격, 분단문제를 파악하기 위해 동아시아의 정치, 군사적 종속이라는 문제를 닉스 현상의 차원에서 지속적으로 거론한다.[54] 제3세계 국가에 공통된 피식민의 역사적, 정치적 상황은 더 이상 한국이 직면한 경제적, 군사적 조건보다 우선시될 수 없었다. 아시아 닉스는 단순히 경제구역이 아닌 "반공보루"[55]의 냉전구역으로 형성되었음을 자각하며 백낙청은 프레드릭 제임슨Fredric Jameson과 대담하는 자리에서 한국의 경제적 발전이 가능했던 이유를 분단체제론의 차원에서 설명한다. '전환기의 세계와 마르크스주의'(1989)라는 국제학술회의에 참석하기 위해 내한한 제임슨은 당시의 세계적 변환을 "계획 혹은 시장과 같은 개념의 합법성 단계"로 재론하며 후기 자본주의의 관점에서 문화, 경제, 정치 등에 대한 총체적인 시각을 강조했다.[56] 제임슨은 계획경제의 실패 이후 자유시장체제를 대안적으로 모색하던 다른 발표자들과 달리 시장 이데올로기의 중요성을 강조했는데, 이 부분에 집중하여 백낙청은 제임슨의 이론적 배경인 포스트모더니즘의 개념과 양식 등을 중심으로 대담을 이어갔다.

잘 알려진 대로 제임슨은 자본주의의 역사적 단계를 국민국가, 제국

---

53 「아시아의 새벽은 오는가」, 『경향신문』, 1988.8.2.

54 백낙청·정윤형·안병직·김승호, 「민주주의의 이념과 민족민주운동의 성격」, 『창작과비평』, 1989.12, 16~28면.

55 백낙청·정윤형·윤소영·조희연, 앞의 글, 29면.

56 프레드릭 제임슨, 「포스트모더니즘과 시장」, 『전환기의 세계와 마르크스주의』, 경남대 극동문제연구소, 1990, 19면.

주의, 그리고 후기자본주의 등으로 제시하면서도 각 단계의 특징이 중첩되어 나타나는 공간 이론을 분명히 했다. 대담에서도 그는 한국을 "제1, 2, 3세계를 모두 겸한 셈"이라며 "다차원적인 제3세계의 현실"[57]로 이해하는 발언을 자주 했고 제3세계야말로 일국주의와 세계체제의 차원, 특수성과 보편성의 도식에서 온전히 설명할 수 없는, 오히려 대립 관계의 동시성을 드러낸다고 보았다. 포스트모더니즘의 시각에서 제3세계가 중요하게 다루어진 맥락에는 "동아시아 이 지역들에서 이룩한 놀라운 공업화"[58]에 대한 충격이 있었다. 제임슨은 아시아 닉스라는 세계자본의 예외적인 현상을 포스트모던 공간의 전형성으로 설명하면서도 아시아의 변화를 설명해온 여러 학설들에 민감하게 반응한다. 예를 들어 당시 아시아 학자들이 동아시아의 경제 발전을 유교 자본주의를 토대로 이해한 관점에 의문을 제기하며 백낙청에게 부연설명을 요청하는 등 아시아 닉스 현상의 시사점을 확인하고자 했다. 아시아 학계의 유교적 발상은 자본주의 세계체제 내에서의 동아시아 헤게모니를 강조하는 것이며 서구 중심주의를 벗어나기 위한 지적 모색이라 할 수 있다.[59] 백낙청은 동아시아의 경제적 발전이 가능했던 이유로 분단체제에서 초래된 군사적, 정치적 구조의 종속성의 문제를 강조했고, 이어서 제임슨은 국제주의와 지역주의 사이의 새로운 종류의 변증법으로서 한국의 탈근대적 공간 표상을 언급했다. 물론 유교 자본주의부터 백낙청, 제임슨의 논의까지 해석의 층위는 다르지만 제3세계론과 같은 한국의

---

57 프레드릭 제임슨·백낙청, 「맑시즘, 포스트모더니즘, 민족문화운동」, 앞의 책, 286면.
58 위의 글, 293면.
59 정종현, 「'동아시아' 담론의 문제와 가능성」, 『상허학보』 9, 상허학회, 2002, 40~41면. 유교 자본주의론에는 김요기, 뚜 웨이밍, 후쿠야마 등의 논의가 대표적이다.

지정학적 담론이 탈냉전 이후 '동아시아'를 통해 재론되기 시작했음은 분명하게 드러난다. 이렇듯 1990년대에 들어 한국의 세계사적 시각은 제3세계론만으로는 불충분한 것이 된다. 제3세계의 개념과 인식이 냉전의 산물이라면, 분단과 통일을 학술적 의제로 삼아 개진된 이 시기의 동아시아론은 탈냉전의 또 다른 제3세계적 시각이라 할 만하다.

동구의 변혁으로 제2세계가 자본주의 시장에 통합되고, 제3세계의 사회주의 지향의 나라들 가운데 대부분이 변혁의 전략을 포기하고 있는 현실 속에서 제3세계론의 입지는 심각히 훼손된 것이 사실이다. 그러나 70년대 말에 제기되었던 우리 사회의 제3세계론의 골자는 "세계를 셋으로 갈라놓는 말이라기보다 오히려 하나로 묶어서 보는 데 그 참뜻이 있는 것이며, 하나로 묶어서 보되 제1세계 또는 제2세계의 강자와 부자의 입장에서 보지 말고 민중의 입장에서 보자는 것"(백낙청)이니, 우리의 제3세계론은 제3세계 국가들이 뭉쳐서 제1세계와 제2세계의 극복을 외치는 단순한 지역주의를 이미 넘어서고 있었던 것이다. 피압박민족의 해방운동으로 대두된 제3세계가 비동맹을 하나의 구호로 내세웠음에도 이 지역 국가들 또한 냉전시대의 구체적 맥락속에 존재했기 때문에 실제로는 친소와 친미의 양극단 사이에 다양한 편차대로 도열해 있어서 진정한 통일성의 성취는 매우 어려웠던 것이 사실이다. 이 점에서 냉전체제가 붕괴된 지금이야말로 제3세계 민중의 시각은 오히려 절실하다.[60]

---

60 최원식, 「탈냉전시대와 동아시아적 시각의 모색」(1993), 『생산적 대화를 위하여』, 창비, 1997, 401~402면.

최원식은 냉전 이후 한국사회의 생산적 모델을 모색하는 가운데 동아시아적 시각과 연대를 촉구했다. 동구권의 몰락, 사회구성체적 사고와 닉스 현상 속에서 최원식은 동아시아 정체성, 통일 과제와 탈서구중심주의 등에 대한 대안론을 모색하는 가운데 동아시아 담론의 중요성을 역설했다. 무엇보다 일국적 이념과 냉전 지역주의를 극복하면서 동시에 백낙청의 제3세계적 시각을 견인할 제3세계론 이후의 대안모델을 동아시아적인 것으로부터 발견하고자 했다. 1970~1980년대에 제3세계의 담론과 표상이 임계점에 도달했을 때 최원식이 "제3세계론의 동아시아적 양식"[61]을 창안할 필요성에 대해 언급했음을 상기해보면, 동아시아론은 제3세계론의 변주로 이해된다. 제3세계가 서구/동구의 냉전체제에 기반하여 등장한 대항이념이라면, 동아시아는 동구권의 몰락 이후 서구식 냉전체제를 의식하지 않고도 동아시아식 자본주의/동아시아식 사회주의를 포괄하는 거시적 관점이다. 인용문에 분명하게 드러나듯 제3세계론의 한계는 냉전기의 양극화 속에서 지역주의의 극복과 비동맹의 과제가 실현될 수 없었다는 데에 있고, 이것은 냉전체제가 붕괴된 시점에 이르러 새로운 지정학적 발상이 요청됨을 시사한다. 동아시아의 개념과 인식은 '전환기 한국'이라는 아젠다를 설명할 새로운 국제적 시각이라 할 수 있다. 최원식은 동아시아를 세계사적 지역으로 간주함으로써 "탈냉전시대로의 평화적 이행"이라는 조건을 모색했다.[62] 요컨대 「동아시아문학론의 당면과제」(『대학신문』, 1994) 등에서 거

---

61 백낙청이 제3세계 이념을 동원해 쟁점화 시킨 민중적 시각은 최원식이 보기에 "냉전체제를 유지"하는 것과 다르지 않아 방법론의 차원에서 좀더 "창조적으로 구체화"될 필요가 있었다. 최원식, 「민족문학론의 반성과 전망」(1982), 『민족문학론의 이론』, 368면.

62 최원식, 「탈냉전시대와 동아시아적 시각의 모색」(1993), 앞의 책, 409면.

듭 강조되는 일국주의 모델을 넘어선 국제화의 성취란 탈냉전시대의 평화 이념을 매개로 하여 뚜렷해지는 한반도의 세계적 위상이다. 물론 민족주의와 국제주의를 횡단하는 중도로서 '비판적 지역주의'를 실험하는 데 목표를 둔 최원식의 동아시아론은 한반도의 남북관계를 우선시한 까닭에 동아시아를 공간적 인접의 의미로만 환기시키는 데 그쳤다고 평가되기도 한다.[63]

해방 이후 한국 지식인들이 동원한 탈서구 지향의 개념과 인식은 냉전을 지정학적으로 전유하는 과정에서 드러났다. 그런데 객관적 혹은 주체적으로 한국사회를 전망하기 위해 도입한 세계주의적, 제3세계적, 동아시아적 시각이 과연 냉전의 전선을 초과하는 수준에서 유의미하게 작동될 수 있었을까. 냉전시대에 열전熱戰을 경험한 한국의 경우 제3세계 연구가 불가피한 이유가 여기에 있다고 생각된다.

4. 글을 맺으며

이 책은 탈식민적 정체성의 이론과 자기 서사를 구성했던 지식인들의 냉전 인식을 재구하되, 특히 제3세계를 바라보는 시각을 통해 상이한 여러 주체 및 담론의 형성 과정을 역추적하고, 제3세계성 연구를 국민화 과정 및 근대적 주체 형성의 방법론으로 심화시키고자 한다. 제3

---

63 류준필, 「분단체제론과 동아시론」, 『아세아연구』 52, 고려대 아세아문제연구소, 2009, 57·67면; 전성욱, 「최원식의 동아시아 담론 연구」, 『우리문학연구』 61, 우리문학회, 2019, 351면.

세계 개념과 인식의 제 양상이라는 다층적인 경로를 통해 좁게는 해방기 세계평화론, 넓게는 1970년대 이후 학술·문학 영역에서 제3세계의 영향 및 세계성의 구축이라는 문제에 접근할 수 있었다. 지정학적 질서로서 냉전은 미소 중심의 외교관계에서 작동되었고 한국정부는 미국의 안보 체제에 편입되어 대안적 이념을 갖기 어려웠다. 1970년대 중반 이후의 제3세계론이 1950~1960년대 비동맹 중립주의 운동과 시차가 있었다면 그것은 반공 이념에 의해 제한된 세계성 인식 때문이다. 바꿔 말해 백낙청이 선점한 제3세계론은 1970년대 데땅뜨 국면에서 가능해진 세계성의 재인식 가운데 드러났다.

제2부에서 정리한 대로 『창작과비평』은 닉슨^{Richard Nixon}의 베이징 방문 무렵에 닉슨독트린(1969)의 모순과 한계를 폭로하는 글을 수록하는데 이는 미국의 외교정치에 관한 비판론이면서 세계평화에 대한 재해석이기도 했다. 닉슨 행정부는 베트남 정책이 실패한 직후 군사력 축소를 강조했지만 오히려 닉슨독트린을 통해 우방국을 평화유지의 보조원으로 만들어 군사적 책임을 분담하게 했다. 닉슨의 세계평화의 구상에 따라 한국도 남북적십자 회담, 7·4남북공동성명이 성사되고 국제적 데땅뜨에 합류했지만, 정부는 남북의 체제경쟁 논리를 강화하기 위한 내부의 정치적 억압 장치로 이를 활용했다.

1970년대 한국의 데땅뜨는 분단을 고착화, 내면화하는 계기였던 것이다.[64] 통일주체국민회의와 같은 급조된 헌법적 기구와 대외정책들을 통해 정부가 평화-통일의 개념을 독점했지만 그럼에도 평화와 통일의

---

64 홍석률, 『분단의 히스테리』, 창비, 2012, 386~397면 참조.

개념적 연관을 전혀 다른 방식으로 사유해보려는 움직임도 분명 있었다.[65] 정부 주도의 통일정책에 반대하며 백낙청은 '분단시대'라는 용어를 문학적으로 전유해 통일, 평화, 민족, 민중 이념의 당위성을 개진했다. 「분단시대의 민족문화」(『창작과비평』, 1977) 좌담에서 백낙청은 분단시대라는 에피스테메[epistme]를 통해 광의의 문화적 인간해방운동의 필요성을 강조하는데, 그로 인해 통일담론의 저변이 여성, 제3세계 등의 하위 주제로 달라지기 시작했다.

독립과 통일에 대한 담론적 모색은 무엇보다 해방기에 가장 긴급한 과제였다. 2차 대전 중 루스벨트의 국제연맹에 대한 이상은 국제연합[UN]의 성립으로 구체화되고 트루먼 행정부로 이월되지만, 루스벨트의 친소 외교사는 전후 독립과 평화 담론 기저에서 여전히 회자되기도 했다. 앞서 루스벨트의 국제주의 정책에 밀착된 웬델 L. 윌키의 『하나의 세계』를 좌우 이념대립의 극복을 위한 해방기 세계평화론으로 다룬 것은 그 때문이다. 웬델 L. 윌키의 소련 인상기에 대한 번역은 미소공동위원회 결렬과 통일독립의 가능성이 희박해지는 현실을 염두에 두고 이를 극복하기 위한 하나의 기획이었다. 『신천지』에서는 냉전질서의 재편 과정에서 제국의 주변부로 전락한 제3세계 민족, 특히 민족해방운동이 활발하게 전개된 인도, 홍콩, 베트남에 대한 지면을 포함해 「중국문단 동향」의 특집(1947.9) 등 냉전 아시아 중심의 제3세계성을 부각시켰다. '세계평화-한반도 평화'의 연쇄적 구조에 대한 상상이야말로 양극체제에 반발하는 중립주의의 이상을 견인함과 동시에 제3세계적 가치의 현재성을 확인하게

---

65 장세진, 「7·4남북공동성명과 함석헌의 반국가주의적 평화 개념」, 『숨겨진 미래』, 푸른역사, 2018, 373면.

해준다.

제3세계의 관점은 전후 한국사회의 미국화 경향을 심도 있게 이해하는 데에도 중요하다. 백낙청이 표방하는 제3세계의 경우 일본, 미국, 유럽도 "잠재적으로 제3세계의 일부"[66]이며, 중심-주변 및 제국주의 열강-식민지 종속국의 지정학적 이념을 초과하고 있다. 한국에 수용된 제3세계는 미국 주도의 아시아 데탕트 국면에서 부상했기 때문에 '반둥정신'의 심상지리만으로 온전히 이해되지 않는다. 예를 들어 백낙청의 제3세계적 시각은 아프리카문학보다 미국 흑인문학 분석에 더 적절했다. 『하나의 세계』를 의욕적으로 번역하며 세계평화론을 "서부인다운 정열과 꿈"[67]으로 승화시킨 옥명찬에게도 아메리카니즘이 내재한다. 『하나의 세계』의 연재가 끝나자 그는 『신천지』의 아메리카니즘 특집(1946.9)에 필진으로 참여해 프런티어 정신에 다시 주목했다. 제3세계의 문학적 표상을 각별하게 다룬 박인환도 이 특집에 글을 쓰지만 오히려 개척정신에 은폐된 정복성과 환상성을 폭로하며 비판적 프론티어론을 보여주었다. 주지하듯 그는 1950년대에 프론티어를 재조명하며 창조적인 개척정신으로서 전후 한국문화에 참조하자는 주석을 달기도 했다.

종속이론, 사회구성체이론 등 변혁적 사회이론이 급증하면서 일련의 비판에 직면하게 되자 제3세계 개념은 그 담론적 활력을 상실했다. 동아시아론까지 포함해 제3세계론은 냉전 이념에 내재된 서구 중심주의를 적극적인 비판의 대상으로 삼아 왔다. 이 담론적 가치는 비서구

---

66 백낙청, 「제3세계와 민중문학」, 『창작과비평』 53, 1979.가을, 78면.
67 웬델 L. 윌키, 옥명찬 역, 앞의 책, 249면.

지역의 탈식민기 과정을 보다 넓은 상관관계 속에서 보여주는 것이며, 그런 의미에서 제3세계는 여전히 한국 지식인이 냉전의 양극시대를 극복하고자 개발한 지정학적 대상이자 영역으로 남아 있다. 해방기부터 한국에서 지속적으로 전유된 제3세계의 개념과 인식은 탈냉전 이후 글로벌한 전환기가 초래한 지식장의 변천과 관련하여 재조명될 필요가 있다.

탈식민의 상상 이후
자유아시아와 제3세계

제1장

해방기 중간자 문학의 이념과 표상

---

1. 해방기 모더니스트들의 좌파적 상상

―제3세계 민족 표상과 신식민주의 비판

해방 이후 시문학 텍스트 중에는 전후 세계를 새로운 형태의 제국 질
서로 이해하고, 탈식민적 상상을 가동하여 제3세계 민족과 한국을 비교
하는 흥미로운 경향이 있었다. 즉 소련과 미국이 투사하는 냉전 이데올
로기 구조를 통해 해방기 문학은 다시 '서구'라는 상징 질서와 대면한
다. 2차 세계 대전 이후 전세계의 과학자, 예술가, 농민, 노동자, 상인에
이르기까지 아메리카의 힘을 인식했다는 언술은 상식적인 견해였다.[1]

---

[1]   오상영, 「아메리카즘은 어데로?」, 『백민』, 1946.12, 20면.

해방기 아메리카니즘론 가운데서 김수영의 경우, 모방과 추종의 대상으로 당연시되었던 서구 세계를 다른 방식으로 인식하고 있어 살펴보려고 한다. 이는 해방기 모더니즘의 특수성을 방증하는 사례이기도 하다.

> 가까이 할 수 없는 서적이 있다
>
> 이것은 먼 바다를 건너온
>
> 용이하게 찾아갈 수 없는 나라에서 온 것이다.
>
> 주변 없는 사람이 만져서는 아닌 될 책
>
> 만지면은 죽어버릴 듯 말 듯 되는 책
>
> 캘리포니아라는 곳에서 온 것만은
>
> 확실하지만 누가 지은 것인 줄도 모르는
>
> 제2차 대전 이후의
>
> 긴 긴 역사를 갖춘 것 같은
>
> 이 엄연한 책이
>
> 지금 바람 속에 휘날리고 있다
>
> (…중략…)
>
> 그 책장은 번쩍이고
>
> 연해 나는 괴로움으로 어찌할 수 없이
>
> 이를 깨물고 있네![2]

먼 시간을 두고 물속을 흘러온 흰 모래처럼 그들은 온다

---

2 김수영, 「가까이 할 수 없는 서적」(1947), 『김수영 전집』 1, 민음사, 2009, 20~21면. 이하 김수영 시의 인용은 이 책의 면수로 대신한다.

U·N 위원단이 매일 오는 것이다

화환이 화환이 서울역에서 날아온다

모자 쓴 청년이여 유혹이여

아침의 유혹이여[3]

　해방기 국제정치에 대한 김수영의 현실 감각을 두드러지게 보여주는 것이 위의 시편들이라 할 수 있겠다. 특히 「가까이 할 수 없는 서적」에서 "서적"은 전후 냉전기 미국의 존재를 결코 간과하지 않았던 김수영의 중의적 표현이다. 김수영은 해방이라는 정치적 자유가 미군정 체제로 말미암아 왜곡된 상황을 '아메리카 타임지'와 중첩시키거나(「아메리카 타임지」, 1947), "가까이 할 수 없는 서적"을 통해 해방기 한국사회의 모순과 비애를 비범하게 표현해 냈다. 물론 선행 연구자들이 상술했듯이 "서적"을 금기시하는 이유가 외국 서적을 사기 어렵던 당대의 궁핍한 생활난이나,[4] 현대 자본주의 문화에 대한 긴장과 그로 인한 괴로움,[5] 근대의 유혹에 휩쓸리지 않으려는 의지의 소산[6]에서 비롯할 수도 있다. 그러나 이 시에서 "서적"이 대륙으로서의 미국을 상상하게 만드는 "캘리포니아"라는 기표에 밀착되어 "제2차 대전 이후의" 역사적 내력을 지닌 채 "지금 바람"처럼 당대의 분위기를 압도한다는 시 구절은, 미국에 대한 김수영의 불편한 심리를 암시한다. 「가까이 할 수 없는 서적」

3　김수영, 「아침의 유혹」(1949), 31면.

4　김명인, 『김수영, 근대를 향한 모험』, 소명출판, 2002, 96면; 황현산, 「김수영 시 자세히 읽기」, 황정산 편, 『김수영』, 새미, 2002, 188면.

5　박윤우, 「전후 현대시의 상황과 김수영 문학의 논리」, 『문학과 논리―한국 전후문학의 형성과 전개』 3, 태학사, 1993, 143면.

6　이기성, 「고독과 비상의 시학」, 황정산 편, 『김수영』, 새미, 196면.

이 미소공위의 결렬 시점에 발표되었다는 사실은 물론 "UN 위원단"이 등장하는 또 다른 시편 「아침의 유혹」까지 염두에 둔다면, 이 시기 김수영의 시는 미국과 미국이 주도하는 냉전 질서에 대한 반발을 드러낸다는 점에서 탈식민적 가능성을 충분히 보여준다.

흥미롭게도 이 시기에 흑인종에 대한 미국 사회의 편견과 억압을 비판하는 이른바 '흑인시'가 새롭게 등장한다. 흑인시의 등장은 김수영의 시편과 나란히 배치할 만한 시대적 조건을 시사한다. 배인철의 경우 흑인문학에 대한 관심을 촉발시킨 '흑노黑奴'적 정체성의 형상을 중심으로 해방의 역사적 의미를 재인식했다.[7] 그 대표적인 텍스트가 「인종선」이다. 이 시는 흑노의 역사와 운명을 다루는 데 그치지 않고, 흑인의 개인사 / 가족사가 태평양을 넘어 남한에서도 재연되고 있음을 상기시켜 준다. 즉 "인종선은 늬 곳에만 있는 줄 아느냐 / 동무들이 찬미하던 이 땅에서도 / 나라 있는 곳마닥 / 온 세계에 전선戰線은 펼쳐 있는 것이다"[8] 등 식민주의의 맥락 속에서 흑인종의 문제는 해방기 배인철 자신의 민족적 정체성과 연결되고 있다. 예를 들어 "온 세계에 펼쳐 있는 전선"이라는 표현은 해방 이후의 신식민 질서를 직설적이고 단정적인 어투로 예각화한다.

배인철은 새로운 세계 질서 속에서 흑과 백 사이의 경계선을 피식민

---

7 배인철은 1947년에 요절하기까지 5편 정도의 작품만을 남겼는데 모두 흑인시였다. 배인철의 특이한 작품 이력은 그가 영문학을 전공하면서 흑인문학에 관심을 갖게 되고, 해방 당시 인천에 진주한 미군의 통역관으로 활동하다가 미군 흑인부대 병사들과 깊은 교우관계를 맺는 사적 경험과 관련이 깊다. 윤영천, 「배인철의 흑인시와 인천」, 『황해문화』 55, 새얼문화재단, 2007 여름, 232면. 대표적인 배인철 연구는 엄동섭, 「'色 있는 슬픔'의 연대성」, 문학과비평연구회, 『탈식민의 텍스트, 저항과 해방의 담론』, 이회, 2003.

8 배인철, 「인종선」, 『1947년판 조선시집』, 아문각, 1947; 「발굴 : 배인철의 흑인시」, 『창작과비평』, 1989.봄, 197면.

자와 식민자의 전선으로 재인식함으로써 그 전선에 존재하는 억압과 불평등을 지적했다. 따라서 그의 시에는 필연적으로 식민 역사의 연속성을 부정하는 저항적 주체가 등장할 수밖에 없는데, 흑인 최초의 권투 챔피언 '조 루이스Joe Louis'의 형상이 그러하다. 배인철은 루이스를 등장시켜 백인선수를 "백선으로 / 아니 노예상으로" 보고 맞서 싸우라는 저항의 목소리를 만들어낸다. '조 루이스'의 상징성은 "BLACK AMERI-CA는 아니 / 온세계 약소민족"[9] 간의 탈식민적 연대를 암시한다. 이처럼 흑인시가 적극적으로 소개된 이례적인 현상은[10] 해방기 한국사회를 탈식민적 공간으로 받아들여 민족적 정체성을 새롭게 모색하고 재규정하려 했던 움직임과 무관하지 않다. 그런 의미에서 이 무렵에 집중적으로 발표된 박인환의 현실 지향적 시편 역시 그 개인의 이례적인 면모라고 볼 수 없다.

1947년 이후 가파르게 진행된 미소에 의한 세계 분할은 한국뿐 아니라 아시아의 전후 처리 문제가 온전히 해결되지 않는 지역에서 민족의식의 다양한 표출로 이어졌다. 냉전질서의 재편 과정에서 제3세계 민족이 또 다시 제국의 주변부로 처리되고 아시아에서는 민족해방운동이 활발하게 전개된다. 그 가운데 박인환은 「남풍」과 「인천항」(1947)이나 「인도네시아 인민에게 주는 시」(1948) 등 반제국주의 경향의 적지 않은 시들을 발표한다.

이 시들은 일제 식민 헤게모니로부터 이양된 민족과 국가를 재영토화

9　배인철, 「쪼 루이스에게」, 『문화창조』, 1947.3; 「발굴 : 배인철의 흑인시」, 앞의 책, 199~200면.

10　"8・15해방 이후 미국시의 이입양상에서 흑인시가 집중적인 유입된 특이한 현상이 나타난다." 김학동, 「미국시의 이입과 그 영향」, 서강대, 발행년도 불명, 13면.

하는 국민문화 건설에 있어 하나의 균열을 예시한다. 박인환의 초기시는 식민 지배라는 동일한 역사적 체험을 공유한 제3세계 아시아 민족을 대상으로 삼았다. 특히 「남풍」은 『신천지』의 '인도특집' 지면과 나란히 배치되어 실렸는데, 여기에서 인도는 "우리조선이나 중국과 마찬가지 수천 년의 낡은 역사를 가졌건만 현재 완전한 자유 독립을 달성치 못하고 있다는 점이, 더욱 오늘의 우리 조선인들로 하여금 적지 않은 흥미와 주목을 이끌고 있는"[11] 구식민지로서 소개된다. 과거 제국주의 식민지의 경험을 환기시키며 제3세계와 한국사회의 현실을 동일시한 것은 불안한 국제정세 때문이었다.

1947년은 세계의 냉전 블록이 고정되기 이전, 그러니까 두 개의 양립할 수 없는 세계관이 전 지구적으로 확대되면서 신생 국가의 지식인들이 그중 하나의 체제 속으로 편입되는 것을 불안하게 받아들였던 시기였다. 이러한 위기의식은 전투적이고 선동적인 어투와 함께 「인도네시아 인민에게 주는 시」에서 가장 잘 드러난다. 이 시에서 '박해, 모략, 야욕, 폭압' 등 자유의 구속과 박탈을 일컫는 용어가 빈번하게 등장하고 '우리'라는 제3세계와의 연대의식이 강조되고 있다. 박인환은 무엇보다 시에서 반제국주의적 투쟁을 고무하는 데 집중했다. 즉 한 개인 / 민족을 보존하는 차원이 아니라, "식민정책을 지구에서 부숴내기 위해" 전 지구적인 차원에서, 해방공간의 신식민지화를 경계하는 가운데 자유의 가치를 첨예하게 부각시켰다. 모더니스트들에게 해방의 경험은 이처럼 제3세계 민족의 탈식민적 가능성을 모색하는 중요한 계기였다.

---

11 함경덕, 「인도에 다녀와서」, 『신천지』, 1947.7, 6면.

따라서 반미적 구호가 아니더라도 미소 중심의 냉전 질서에 반발하는 좌파적 지식체계가 해방기 문학에서 표면화될 수 있었다.

해방기 모더니즘 문학의 특수한 현상은 배인철과 박인환이 문학가동맹으로 대변되는 좌파 문인이라는 사실에 주목하게 한다. 실제 배인철은 문학가동맹에 가담한 이력이 있고, 박인환도 고서점 마리서사를 운영하면서 좌익서적 총판을 맡거나 오장환, 김기림, 이흡 등 좌파문단의 전위 작가들과 친밀한 관계를 유지해 나갔다.[12] 그러나 이러한 사실이 지시하는 바는 '좌파 문학자'라는 레테르가 아니라 이념적 좌표로 획일화될 수 없는 해방기 자기 정체성의 실존이다. 이들은 일제 식민지 기억과 해방된 민족 감정을 통해 자기 정체성을 증명하려 한 것이 아니라, 흑노, 베트남, 인도 등 청산되지 않은 제국의 주변인으로서 자기 존재를 재구성했다는 점에서 문제적이다. 2차 내전 이후 정치적인 식민관계가 청산되었을지언정 문화적이고 의식적인 식민관계는 그렇지 못했다. 배인철과 박인환을 비롯한 해방기 모더니스트들은 새롭게 주조되는 전후 세계 질서와 미소공동위원회 결렬 이후 분단이 공고화되었던 남한의 정치적 현실에 민감할 수밖에 없었고, 여기에 대응하거나 대항하는 탈식민적 자기 표상을 습득했던 것이다. 이러한 문학적 행보는 당대 문학계의 분위기와도 관련 깊다. 이 무렵에 이르게 되면, 사상서의 발간이 감소하고 시집의 간행이 급격하게 증가하거나, 좌우파뿐 아니라 중도적 입장의 문학이념이 등장하는 등 문학계의 역동적인 변화가 확연히 드러나 보인다.

---

12 이중연, 「시인, 고서점을 경영하다(2)—박인환과 마리서사」, 『고서점의 문화사』, 혜안, 2007, 190~193면.

2. 좌우 이념 대립과 그 잉여—'미소공위' 전후前後의 시인들

1) 중간파 문학으로 읽는 해방기

1947~1948년 사이에 간행된 개별 시집을 보더라도 전체 45종 중에서 23종이 좌파 또는 중간파 시인들의 시집이다.[13] 즉 "문학서가 사회과학서를 밀어내고 점차 출판의 '중심'으로 떠오르"거나 "좌파문인, 또는 좌파에 심정적으로 동조하던 문인의 작품이 많이 간행"[14]되고 "시집 유행가와 그리고 좌익서적이 최고도에 달"했다.[15] 요컨대 시 텍스트가 증가하는 출판문화계의 현상은 탈정치적=문학적 상황을 대변하지 않는다. 오히려 문학자들 각자의 이념적 주체 표상이 문학 텍스트를 통해 더욱 분명하게 표현되었다고 보아야 할 것이다. 이러한 변화가 반드시 미군정의 정책 변화에서 기인한 것은 아니다. 1차 미소공위(1946)부터 지속적으로 출판문화계에 대한 미군정의 검열과 규제는 엄격했지

---

13 이러한 합계는 『1949년 출판대감』(조선출판문화협회)에 근거하여 임화(2권), 오장환(2권), 설정식(3권), 이병철(1권), 김상훈(1권), 임학수(2권), 김광균(1권), 김기림(2권), 유진오(1권), 조벽암(1권), 여상현(1권), 양상향(1권), 김상민(1권), 김용호(1권)의 개별 시집을 포함한 것이다. (족적이 묘연한 시인들을 제외하면) 우파계열 역시 좌파 계열의 시집과 비슷하거나 오히려 낮은 비율이다. 이 무렵 우익 문인들의 출판문화활동은 다양한 창작입문서 발간을 중심으로 전개되었다.

14 이중연, 『책, 사슬에서 풀리다』, 혜안, 2005, 82~83면. 연도별 출판 현황을 보면 1946년(555종), 1947년(475종), 1948년(436종)이다. 해방기 출판 종수가 가장 많았던 시기는 1946년이지만 이는 1945년에 계획한 책들이 1946년에 대량 출판된 것이어서(조대형, 「미군정기의 출판연구」, 중앙대 석사논문, 1988, 89면) 사실상 출판물이 가장 많이 증가했던 시기는 1947년이라 할 수 있다.

15 최영해, 「출판계의 회고와 전망」, 김창집 편, 『출판대감』, 조선출판문화협회, 1949, 6면. 물론 이것은 출판의 현황이고 판매의 측면에서 볼 때, 1945년 말 문학청년 동인지 『백맥』이 "형편없는 모양"에도 불구하고 "1만부를 찍어 매진"되었을 정도로 시 텍스트는 이미 인기가 대단했다. 이종석, 「출판 20년」, 오소백 편, 『해방 20년』, 세문사, 1965, 187면.

만, 문학만큼은 비교적 자유로웠다.[16] 즉 1947년 무렵부터 표출된 다양한 문학 이념은 시인들의 정치 활동이 적극적인 문학 활동으로 이어진 맥락과 관련 있다. 이를테면 김광균처럼 좌우 편력기의 문단을 비판했던[17] 중도적 입장의 목소리가 부각되었다. 그는 중국의 저명한 사상가이자 문학자인 '루쉰魯迅'을 매개로 자신의 이념적 정체성을 피력했다.

김광균이 갑자기 루쉰을 화제로 올리고 있는 것은 루쉰 문학이 해방 이후 "부활기"[18]를 맞이한 데서 비롯한다. 일제의 식민통치와 그 이후 냉전 체제로의 편입이라는 점에서 중국은 한국과 유사한 역사적 경험을 지닌다. 1946년 중국 공산당과 국민당 사이의 내전이 벌어지자 한국의 지식인들은 "중국의 정치정세 여부가 조선의 정치형태를 결정"[19]할 수 있다고 전망하는데 이는 신식민지화를 우려하는 입장에서 당연한 것이었다. 국공내전은 "전후 제국주의직 냄새"가 나는 "선후 미소의 성급한 세계공작"[20]이라는 비판적인 시각에 포착되어 중국에 대한 관심을 증폭시켰다. 『노신장편소설집』(한성출판사, 1946)이 발간되거나 1946년에 「아Q정전」이 상연되고 '노신 서거 11주년을 기념하는 강연회'가 서울대 문리과대

16　임경순, 「검열 논리의 내면화와 문학의 정치성」, 『상허학보』 18, 상허학회, 2006.10, 269면. 이 외에 해방기 검열과 관련하여 임헌영, 「미군정기의 좌우익 문학논쟁」, 『해방 전후사의 인식』 3, 한길사, 2006, 507~511면; 이봉범, 「해방공간의 문화사」, 『1945 년 8 · 15 해방의 드라마』(상허학회 학술대회 자료집), 2008.11, 6~7면 참조.

17　김광균, 「문학의 위기」, 『신천지』, 1946.12, 116면. 해방 직후 '문학가동맹' 소속으로 활동했던 김광균은 이 글에서 국치일기념일 문예강연회에 참석한 소감과 함께 "예술성을 상실한 시란 정치에 기여는 고사하고 모체인 문학까지 상실하는 우수꽝스러운 결과를 맺을 뿐"이라고 정치행사시로 변해가는 시단을 염려했다.

18　박재우(朴宰雨), 「解放後魯迅研究在韓國-1945~1996」, 『중국현대문학』 11, 한국중국현대문학학회, 1996.12, 187면.

19　「편집 후기」, 『신천지』, 1946.7, 210면. 이 글은 '중국 특집'의 기획의도를 설명한다.

20　배성룡, 「세계정세와 중국 문제」, 『신천지』, 1946.7, 56면.

학에서 개최되는 등[21] 루쉰에 대한 문화계의 반응은 이러한 미국의 아시아 정책에 대한 반응과 무관하지 않다. 김광균 역시 해방기의 혼란상을 주시하면서 루쉰을 언급했으나 그가 특히 주목한 것은 혁명운동에 복무하면서도 비판을 받고 결국 문학적 대업을 완성하지 못한 루쉰 개인의 인간적 면모였다.

김광균은 「노신의 문학 입장」(1946)에서 '좌익이기 전에 애국자'라는 표제와 함께 루쉰에 주목했다. 실제 루쉰의 혁명이 애국, 민족의 개념을 함의한다는 점을 감안했을 때, 루쉰에 대한 그의 해설은 정확한 셈이다. 다만 이 글이 문제가 되는 것은 김광균이 루쉰을 항일문학과 신문학의 선각자로 소개하지 않은 데 있다. 그가 "이야기하고 싶은 것은 이것이 아니라, 1928년을 전후"[22]한 시기의 루쉰이기 때문이다. 즉 이 글은 1928년의 혁명문학 논쟁을 둘러싸고 젊은 프롤레타리아 문학파에 의해 기회주의자로 낙인찍힌 루쉰과 그 역사적 맥락을 대상으로 삼고 있다. 루쉰은 이 논쟁 중 소비에트 정권에서 통용되는 프롤레타리아 수입 문학이론보다 문학의 독자적인 혁명성에 충실할 것을 설파했으나 오히려 이로 인해 이전의 문학마저 비프롤레타리아 문학으로 폄하되었다.[23] 김광균은 이 지점에서 루쉰을 옹호하려 했다. 예컨대 문학청년들이 소위 "정치 청년들"처럼 보이는 해방기 문단의 좌경화 일색을 "보들레르나 시가나오야의 일화보다는 고리키나 루쉰 이야기에 열

---

21 김광주, 「노신과 그의 작품」, 『백민』, 1948.1, 23면.
22 김광균, 「노신의 문학적 입장」, 『예술신문』, 1946; 김학동·이민호 편, 『김광균 전집』, 국학자료원, 2002, 386면.
23 루쉰에 대해서는 히야마 히사오, 정선태 역, 「마르크스주의의 루쉰적 수용」, 『동양적 근대의 창출』, 소명출판, 2001; 정종현, 「루쉰의 초상」, 『사이』 14, 국제한국문학문화학회, 2013.

중"[24]하는 모습으로 풍자했듯, 루쉰은 대개 사회주의 문학자로서 평가되고 있었다. 그런데 김광균은 루쉰의 혁명성이 좌파적 문학 혁명의 분위기에서가 아닌 "동양적인 체념", "약소민족의 오열이며 전동양의 통곡",[25] 즉 탈식민적 민족의식에서 나온 것임을 분명히 밝히고자 했다.

김광균이 유난히 '1928년 루쉰'에 주목하면서 여기에 민족의 구원을 전제한 좌익문학이라는 주석을 달아놓은 것은, 문학가동맹 소속이지만 문인들의 정치 참여를 비판했던 자신의 문학적 입장 때문이다. 당시 김광균은 김동석에게 "시단의 제3당"(『경향신문』, 1946.12.5)이라는 비판을 받았다. 루쉰에 의탁하여 스스로를 예술과 시대의 대립을 지양한 시인이라고 착각하고 있다면서 김동석은 김광균의 중간자적 입장을 노골적으로 비난하기도 했다. 그런 점에서 이 시기 발표한 「노신」은 김광균의 자전적인 측면에서 읽힌다. 특히 "시를 믿고 어떻게 살아가나"라고 문학적 신념을 자문하는 대목부터가 그러한데, 자신의 문학적 태도를 교란시키는 원인으로 형상화한 "뺨"과 "돌팔매"[26] 등 모종의 권력과 폭력은 문단의 대립과 갈등을 암시한다. 이를테면 김광균은 루쉰을 "하나의 상심한 사람" 그럼에도 "굳세게 살아온 인생"[27]으로 위로하며

---

24 김광균, 「문학청년론」, 『협동』, 1947.1; 김학동·이민호 편, 앞의 책, 392면. 이처럼 한국에서 루쉰은 프롤레타리아 문학관이 풍미했던 1920년대에 「광인일기」, 「아Q정전」 등의 소설이 번역되면서 알려졌다. 해방 이전 루쉰 작품의 번역 사례에 대해서는 박홍규, 『자유인 루쉰』, 우물이있는집, 2003, 41~44면.

25 "민족을 단위로 생각하는 문학과 계급을 단위로 생각하는 문학이 있을 것이고 개인의 정밀한 세계나 꽃과 들을 노래하는 것으로써 역으로 민족이나 계급의 운명에 통하는 사람도 있을 것이다. 개성의 존중은 절대로 필요한 소치다." 김광균, 위의 글, 388면.

26 김광균, 「노신」, 『신천지』, 1947.3·4, 128면.

27 위의 글, 129면. 당시 중간파적 입장을 설파했던 백철 역시 루쉰의 「아Q정전」 연극을 관람한 뒤 신문에 기고한 바 있는데, 이 글에서 루쉰 문학을 "오늘의 우리 현실에 암시적"인 텍스트로 긍정한다. 백철, 「문화」, 『예술조선』, 1946.12.4.

자신의 중도적 정체성을 해명하는 하나의 표상으로 활용했을 가능성이 크다.

해방기 문학에서 중도적 입장이란 이른바 "조선문학가동맹에 깊이 관여하지 않았고 전조선문필가협회에 가담하지 않은"[28] 불분명한 문학적 이념과 태도를 가진 문학자들을 통칭한다. 이러한 입장은 백철이 「정치와 문학의 우정에 대하여」에서 문학자가 정치를 논할 수는 있어도 시민으로서가 아닌 문학자로서 가능하다고 주장한 데서 연유한다. 백철은 여기서 '중간파'라는 명명을 사용하지 않지만 자신의 글이 "문화주의적 입장이나 또는 양자를 영원 대립시키는 이원론으로서 해석이 되지 않기를 희망"[29]한다면서 제3의 문학적 입장을 우회적으로 대변하려 했다. 해방기에 중간파 문인이라는 개념은 고정된 것이 아니라 오히려 이들의 불명확한 태도에 대한 좌우 문학자들의 비판에 의해 부각된 측면이 크다. '시단의 제3당'(김동석), '제3문학관'(임긍재) 등은 해방기 문단에서 중간파 표상이 독자적인 이념이나 정체성으로 귀결되지 못한 일종의 공허한 상징적 기호였음을 시사한다.[30] 그러나 백철이 1947년

---

28 권영민, 「해방공간의 문단과 중간파의 입장」, 『한국 민족문학론 연구』, 민음사, 1988, 411면. 우익 문학자를 '전조선문필가협회'와 '조선청년문학가협회'의 활동을 기준하여 파악하고, 좌익 문학자를 '문학가동맹'의 가담 여부에 따라 분류할 수 있다. 이 모두에 포함되는 문인을 '중간파 문인'이라 통칭한다. 문학사에서 백철, 염상섭, 서항석, 박영준, 박계주, 김영수, 손소희, 계용묵 등이 중간파 문인이다. 조석제, 「해방문단 5년의 회고」, 『신천지』, 1949.10, 251면.

29 백철, 「정치와 문학의 우정에 대하여」, 『대조』, 1946.7, 123~124면.

30 중간파 문학자에 관한 기존의 연구는 "정치시대에 독자적인 예술의 세계를 고양시킨 특이한 존재로 재음미"(신형기, 「중간파 문학론」, 『해방 직후의 문학운동론』, 화다, 1988, 173면)할 필요성과 "좌우의 편향된 시각을 지양할 수 있는 유일한 길"(권영민, 「해방공간의 문단과 중간파의 입장」, 앞의 책, 422면)로 평가되어야 한다는 긴요한 문제의식을 포함하고 있음에도 불구하고, 결국 "좌우 통합을 끌어낼 수 없는 중간파란 실질적으로 아무런 의미도 없는 것"(안한상, 「해방기 문단 조직과 문학론 연구 : 소위 '중

문학계를 정리하면서 문학운동이 비교적 자유롭게 전개된 시기로 지적했듯,[31] 해방과 독립, 냉전과 탈식민의 당면 과제에 구속되면서도 무엇보다 그러한 현실을 재구성하는 문학자 개인의 이념적 성찰과 의지 역시 적극 발휘되었음을 간과할 수 없다. 김광균처럼 중간파적 위치를 강조하고 나서지 않더라도 민족과 계급의 공동체적 운명에서 이탈하여 다양한 자기 정체성을 주조해 낸 문학자는 해방기 문학의 유효한 논점이 된다.[32]

간파'의 입장과 문학론을 중심으로」, 『전농어문연구』 8, 서울시립대 국문학과, 1996.3, 39면)이라는 결론에 멈추는 선례를 만들었다. 따라서 좌우 이념과 문단으로 회수되지 않는 문학자들을 어떻게 이해하고 재정의할 수 있는가라는 좀 더 근본적인 문제 제기가 요구된다. 해방기에 좌우의 민족문학 이념을 적극적으로 수락하지 않았던 무정형의 문학적 정체성이 존재했음은 의심할 수 없는 사실이다. 다만 '중간파'라는 표상에 골몰하여 이들을 또다시 극좌, 중도, 극우라는 편의적인 용어에 대입시키는 순간 이들의 문학사적 위상을 소홀히 다룰 우려가 있다. 오히려 '중간파'라는 공직 합의의 명명법을 '중간자'로 변경했을 때 불확정적인 개별 문학자들의 문학적 정체성을 재인식할 수 있다. 이 글에서는 '중간파/중도파'라는 기존의 명칭을 그대로 사용하여 논의하되, 문인의 소속단체와 무관하게 시적 표현과 논리를 중심으로 중간파 문인의 카테고리를 좀 더 확장시킬 것이다.

31 백철, 「문학계 47년도의 동향」, 『민주조선』, 중앙청공보부 정치교육과, 1947.12, 38~39면.

32 1945년 12월 모스크바삼상회의에서는 2차 대전 전후문제 처리를 협의하면서 미국, 영국, 중국, 소련 4개국에 의한 최고 5년의 신탁통치를 거친 후 한국을 독립시킨다고 결정했다. 이러한 신탁통치 문제는 좌우측의 헤게모니에 의해 반소, 반미 감정으로 변질되어 갔다. 신탁통치를 찬성하는 좌익의 삼상결정지지 선언(1946.1) 이후 '찬탁'과 '반탁'의 명명법 자체가 좌파와 우파의 정체성을 분별하는 하나의 유력한 기준이 되었다는 것은 익히 알려져 있다. 박태균, 「반탁은 있었지만, 찬탁은 없었다」, 『역사용어 바로쓰기』, 역사비평사, 2006, 156~159면. 요컨대 오기영은 해방 직후 민중들의 정치적 견해가 "'신탁통치 절대 배격'과 '삼상회담 절대 지지'의 두 가지로 확연히 분별된"(오기영, 「민중」, 『신천지』, 1946.3, 167면) 세태를 어느 부부의 에피소드를 통해 풍자한 바 있다. 이 이야기는 우익 정당이 주최한 '건국부녀동맹의 웅변'을 듣고 온 아내와 좌익 정당의 '여자국민당의 정강정책'을 살펴보고 온 남편이 신탁통치안에 대하여 서로 다른 입장을 피력하면서 벌어지는 해프닝을 다루고 있다. 오기영의 글은 결국 좌우 이념이란 '건국'이 상상되는 과정에서 형성된 일종의 집단적인 효과였다는 점을 시사해준다. 다시 말해, 해방기에 많은 사람들이 정치에 몰두했으며, 그러한 정치적 열정은 물론 식민

2) 해방기 모더니스트 김기림과 중간자적 정체성

해방기 시인들은 미국의 전후 처리 방식에 찬성/반대하면서 자신의 정치적 입장을 만들어 갔다. 해방기 문학 텍스트들은 지자의 좌우 이념의 활동을 대변하는 것이 아니라, 신탁통치와 같은 해방기의 역사적 현실을 증언한다는 엄중한 책임 의식을 공공연하게 표방한 것이기도 하다. 특히 해방기의 정치 현실에 직접적으로 반응했던 좌파시인들의 경우, 자신의 시집이 "거센 역사의 조류 속에 티끌처럼 떠나려가는 것을 붙들어 기록"[33]했다는 것, 혹은 연대의 불연속성에서 연유한[34] 해방기의 특수한 역사적 산물이었다는 것을 발간사마다 적어두면서 그처럼 불가해한 시대 상황을 규명하려는 노력 자체에서 좌우 이념을 표출했다. 그 대표적인 사례로 문학가동맹과 미군정청에서 동시에 활동한 설정식을 들 수 있다.[35] 해방기에 가장 많은 시집을 발간했던 설정식 역시도 다른

적 억압의 무게만큼 민족독립의 의지가 강하게 표출되었던 해방기 현실을 증언한다. 특히 신탁통치 문제는 일반인들의 정치 참여 요구를 증폭시키고 민족 이데올로기를 이분화하는 중요한 계기였다. 즉 해방기 좌우의 대립과 갈등은 피식민 주체에서 해방 주체로 이행하는 과도기적 혼돈이라는, 이념적 정체성의 단속과 모순 속에서 만들어진 측면이 강하다.

33 여상현, 『칠면조』, 정음사, 1947, 145~146면.

34 오장환, 「'나 사는 곳'의 시절」, 『나 사는 곳』, 헌문사, 1947, 92면.

35 해방기 설정식의 활동에 관해서는 티보 메레이, 「한 시인의 추억」, 사상계, 1962.9, 224면 참조. 이 글은 헝가리 출신의 특파원이었던 티보 메레이(Tibor Meray)가 1951년 휴전회담에 북한 측 대표의 차석 통역관으로 참석한 설정식을 인터뷰한 중요한 사료이다. 여기서 그는 1947년부터 적극적으로 좌파를 지향했다고 언급했다. 물론 설정식은 1946년 2월 문학가동맹 소속 명단에 이름이 있으나, 당시에는 전국문학자대회에 우파 시인들도 참여했던 사정을 고려할 때, 오히려 인터뷰의 내용에 근거하여 설정식의 정치적 행적을 검토하는 편이 온당하다. 이처럼 양가적인 면모를 다분히 지닌 설정식은 중국 유학과 미국 유학을 모두 다녀온 점, 미군정청 요원으로 정치활동을 하다가 공산당에 가입하고 문학가동맹 외국문학부위원장을 역임한 점, 1953년 남로당계 숙청 일환으로 기소되어 임화, 김남천, 이원조와 함께 처형되었다는 점 등으로 인해 해방기의 "문제적 시인"(박정호, 「설정식론」, 『한국어문학연구』 15, 한국어문학연구회, 2002.2, 89

좌파 시인들과 마찬가지로 "내게로 쏠리는 이 세대의 커다란 천재의 힘"[36]이라는 발간사를 통해 역사적 전환기를 하나의 영감과 시적 창조력의 원천으로 삼았다. 홍명희가 설정식과의 대담 자리에서 "설정식이더러 말하라면 대번 문학가동맹을 들고 나오겠지"[37]라고 그를 전형적인 좌파 시인으로 대했듯, 설정식은 대표적인 문학가동맹의 시인이다. 하지만 그는 인민의 혁명과 항쟁에 골몰하지 않고 해방의 역사적 의미를 재인식할 수 있는 문학적 표현을 찾는 데 훨씬 더 많은 무게를 두었으며, 정지용으로부터 당대 최고의 문예서를 썼다는 호평을 들었을 정도로[38] 좌파 시인으로서 이례적인 면모를 보여주었다. 또한『종』(1947),『포도』(1948),『제신의 분노』(1948) 등 일련의 시집들은 좌파의 카테고리로 단순화할 수 없을 정도로 역사를 해석하고 인식하는 방식이 이채롭다.

두고 두고 노래하고

또 슬퍼하여야 될 팔월이 왔오

꽃다발을 엮어

아름다운 첫 기억을 따로 모시리까

면; 김영철,「설정식의 시세계」,『관악어문연구』14, 서울대 국문학과, 1989, 38면; 김윤식,「소설의 기능과 시의 기능」,『한국현대소설비판』, 일지사, 1988, 169면)으로 주목받았다.

36 설정식,「발」,『포도』, 정음사, 1948, 111면.

37 「홍명희, 설정식 대담기」(『신세대』, 1948.5), 임형택·강영주 편,『벽초 홍명희와『임꺽정』의 연구 자료』, 사계절, 1996, 220~225면.

38 정지용은 설정식의『종』을 해방기 좌파문단에서 예외적인 텍스트로 보고 "8·15 이후에 잇을 수 있는 조선 유일의 문예서"라고 호평한 바 있다. 정지용,「시집『종』에 대한 것」,『경향신문』, 1947.3.9; 김학동 편,『정지용 전집』2, 민음사, 2003, 404면.

술을 비저놓고 다시 몸 부림을 치리까

그러나 아름다운 팔월은 솟으라

도로 찾은 깃은 날으라 그러나

(…중략…)

아름다운 팔월 태양이

한번 소사 넓적한 민족의 가슴 우에

둥글게 타는 기록을 찍었오

그는 해바라기

해바라기는 목마른 사람들의 꽃이오

그는 불사조

괴로움밖에 모르는 인민의 꽃이오

오래 오래 견디고

또 기다려야 될 새로운 팔월이 왔오[39]

『종』은 설정식이 미군정청 과도입법원의 사무차장 일을 그만두고 좌파적 정치노선을 분명히 했던, 곧 그의 좌우 이념적 활동이 공존했던 시기에 발간된 시집이다. 가령 『종』에서는 '태양'(세계 전후사적 의미에서의 해방)과 '해바라기'(민족 전체나 개개인에게 있어 아직 도래하지 않은 해방)의 심상을 통해 미진한 해방을 독자에게 비판적으로 각인시키고도 줄곧

---

39 설정식, 「해바라기 쓴 술을 비저놓고」, 『한성일보』, 1946.8; 『종』, 백양당, 1947, 50~53면.

해방의 역사적 사건을 부정하며 단절의 역사관을 드러냈다면, 이후 시에서 해방의 형상은 '역사적 유실물'이 아닌 '역사적 성과물'로 반전된다. 예컨대 설정식은 「헌사」에서 "천년", "뿌리", "역사가 스스로 구을리고 또 / 떨어뜨리는 과실果實"[40]이라는 표현을 통해 민족의 과거와 현재를 역사 발전의 연속적인 흐름 아래 재구성한다. 이는 그가 본격적으로 건국의 이데올로기를 내면화했다고 판단할 수 있는 맥락을 보여주는데, 이 시가 공교롭게도 2차 미소공위가 재개된 무렵에 '미소공동위원회에 드리는'이라는 부제를 달고 발표된 사실은 주목해 둘 필요가 있다. 설정식은 미소공위의 재개(민족국가의 상상)와 결렬(분단과 전쟁의 징후)이라는 하나의 역사적 상황을 통해 자신의 이념적 성향을 스스로 확인하고 이를 명확히 발화하고자 했다. 이 외에도 "이십년 삼십년을 / 바위를 흙가루인양 / 꾸역 꾸역 밀고 일어선 송백"[41] 등 민족의 혁명적인 역사를 적극적으로 긍정하는 또 다른 시편도 『문학』에서 기획했던 '미소공위 특집호'에 실렸다. 여기서 그는 "홀로 도저히 설 수 없는 해바라기"[42]라는 표현을 통해 미소공위의 협의 없이 홀로 독립할 수 없는 민족현실을 피력하며 다른 어떤 시보다도 민족국가 건설에 대한 의지를 강조했다.[43] 여상현이 "'공위' 휴회 후, 원정園丁은 때때로 먼 허공만 바라

---

40 설정식, 「헌사 : 미소공동위원회에 드리는」, 『포도』, 정음사, 1948, 6~8면.
41 설정식, 「내 무엇을 근심하리오」, 『문학』, 1947.7, 20면.
42 위의 글, 20면.
43 '미소공위 특집호'에서 '문학가동맹' 소속의 시인들은 미소공위 재개 소식을 통해 민족의 '적'을 재차 분명히 규정하거나(김상훈, 「송피(松皮)」) '문학가동맹'의 정치적 구호를 강조하면서도(이병철, 「나의 전구(戰區)」) 미소공위 재개가 좌우 이념적 대립을 해결해 줄 수 있는 "단비"와도 같은 사건(유진오, 「공위여」)임을 분명하게 형상화했다. 『문학』, 1947.7, 20~22면.

〈사진 1〉 2차 미소공동위원회 재개(1947.5.21)

볼 뿐",[44] "진정 눈앞에 해방은 없다"[45]면서 제2의 해방을 권고하거나, 김상훈이 미소공위 휴회 이후 정치적 혼란이 급박해진 상황에 대해 "미소공위엔 돌팔매가 들고" "우리들의 8·15를 함성에 젖게 하자"[46]며 해방과 독립의 구호를 분명히 했듯, 미소공위의 원활한 협상 가능성은 이들 시인들이 당대를 역사적 전환기로 새롭게 수용하고 인민 주체를 뚜렷하게 형상화하는 계기가 되기에 충분했다.

그 당시 미디어에 의해 1947년은 "오늘의 화제는 완전히 '미소공위'

---

44 여상현, 「분수」, 『칠면조』, 정음사, 1947, 8면.
45 여상현, 「영산강」, 『신천지』, 1947.10, 131면.
46 김상훈, 「8·15의 노래」, 『독립신보』, 1947.8.15; 박태일 편, 『김상훈 시전집』, 세종출판사, 2003, 39면.

〈사진 2〉 미소공동위원회를 지지하는 데모관중(1947.7)

가 어데로 갈 것이냐에 집중"[47]된 시기로 활자화되고 있었다. 미소공위
는 모스크바 삼상결정에 입각하여 한반도에 임시정부를 수립하고 신탁
통치 실시 문제를 협의하기 위해 결성되어 예비회담(1946.1~2), 1차 미
소공위(1946.3~5), 2차 미소공위(1947.5~10)의 순서로 진행되었다. 1
차 미소공위가 무기한 휴회로 전개되자 38선을 기준으로 한 남북분단
은 1947년 이후 탈식민적 국가 건설에 있어 매우 문제적인 현상으로
인식되었다.[48] '38선'은 해방 직후 당대의 불가피한 상황 또는 일시적

---

47 홍중인, 「미소공위재재에 제(際)하야」, 『신천지』, 1947.6, 34면.

48 미소공위에 관해서는 심지연, 「미소공동위원회 연구」, 『국사관논총』 54, 국사편찬위
원회, 1994; 박찬표, 「남한국가의 기반확대 및 개혁 시도와 좌절」, 『한국의 국가형성과
민주주의』, 후마니타스, 2007 참조. 미·소 진영의 이념 대립은 해방기에 정치, 문화,

인 현상으로 해석되었으나,[49] 1947년에 들어서면서 3차 대전의 기폭제가 될 수도 있는 세계평화의 장애물로 표상되고,[50] 1947년 중반에는 미소의 대립 과정에서 반드시 해결해야 할 현안으로 부각되었다.[51] 다시 말해, 지식인들은 한국에 대한 미소의 입장이 합의되기 어려운 상황을 지켜보면서 세계의 양극화에 주목하게 되었던 것이다.

이는 『신천지』에서 마련한 미소공위 재개의 가능성에 대한 설문을 통해서도 알 수 있다. "조선의 위기가 조선만에 그침이 아님을 양국 측도 잘 알기 때문에"[52] 미소공위가 속개될 수밖에 없다는 입장이나, "만일 이번에 성과를 얻지 못하면 조선해방의 의의는 없어지는 것이오 세계평화는 위기에 직면"[53]할 것이라는 의견 등이 제출되면서, 해방기 지식인들은 건국의 비전과 전쟁의 징후를 동시에 경험하기 시작한다.[54]

경제 모든 생활에 걸쳐 하나의 기준점이 되었으며, 그중 강력한 냉전 이미지가 바로 연합군의 분할 점령선인 '38선'이었다. 일찍부터 김동석은 38선을 "자본주의와 사회주의가 균형을 얻은 실력선"(김동석, 「시와 정치―이용악 시 「38도에서」를 읽고」,(『신조선』, 1945.12.17~18), 『김동석 평론집』, 현암출판사, 1989, 128면)으로 보고 독립만이 이 선을 없애는 길이라고 역설했다. 이처럼 38선은 온전하지 않은 민족의 해방을 전경화하면서 세계 전선(戰線)의 확장이나 영구적인 분단국가를 예고하는 위기의 상징물로 인식되었다.

49 삼상회의 지지의 언설 속에서 38선은 신탁통치와 함께 전후 처리 과정에서 충분히 해결 가능한 것으로 설명되었다. 백세명, 「38선과 신탁통치」, 『대조』, 1946.1, 210면. 또한 해방 직후『동아일보』사설에서도 38선은 미소의 군사작전상 편의적이고 일시적인 현상으로 이해되어 비교적 낮은 수위에서 그 철폐가 논의되었다. 「38장벽과 우리의 결의」, 『동아일보』, 1945.12.5, 1면. 다른 한편 예비 미소회담이 진행될 때는 38선이 곧 철폐될 것이라는 전망에서 남북과 원활한 교통, 통신 등의 문제를 서둘러 기사화했을 정도로(「38장벽 철폐돼도 통운은 가망없다」, 『동아일보』, 1946.1.25, 2면) 냉전 의식이 크게 부각되지는 않았다.

50 최희범, 「특집 38선이 열린다면: 38선 철폐 후의 조선정계의 동향」, 『신천지』, 1947.1, 33~35면.

51 설의식, 「미소 대표에 보내는 말」, 『신천지』, 1947.7, 20면.

52 염상섭, 「설문」, 『신천지』, 1946.12, 49면.

53 이갑섭, 「설문」, 위의 책, 49면.

한국의 독립뿐 아니라 전후 세계평화재건 문제, 제3차 대전의 위기감과 더불어 미국과 소련의 관계를 가늠하는 차원에서 미소공동위의 재개는 지식인들의 관심을 증폭시켰다.[55] 말하자면 한국에서 세계 평화의 가능성이 열린다는 인식이 형성된 것이다.

여상현, 김상훈 등 좌파 계열의 시인들이 남긴 시편 역시 미소공위 등 냉전의 메커니즘이 한반도에 현실화되는 사건들 속에서 그에 연쇄적으로 반응하여 얻어낸 문학적 성과에 해당한다. 이처럼 개별 문학자들의 정치편향성과 그 편향성이 여지없이 표현된 시편들은 해방 인식의 전환 과정을 첨예하게 보여주는 냉전기 텍스트라 할 만하다. 좌파 시인들뿐만 아니라 일부 모더니스트들 또한 단정수립을 전후로 하여 민족과 국가의 간극을 받아들여야 하는 불가피한 상황 인식 속에서 글쓰기를 시삭했다. 이러한 사정은 모더니스트들의 이념적 정체성이 단순히 좌우의 헤게모니 속에서 만들어진 대타의식의 산물만이 아니라 '냉전'이라는 위기의식에 대응해나가는 과정의 일부였음을 환기시킨다.

특히 문학가동맹의 시부 위원장이던 김기림의 경우 좌파 시인이 아니라 여전히 모더니스트로서 세계 전후의 역사적 과제를 해소하고 탈냉전의 역사인식을 요청하는 진보적인 문학적 궤적을 보여준다. 즉 그는 정치공동체와 혈연공동체로 양분된 좌우 문단의 민족 표상에 얽매이지 않고, 당대의 시적 아포리아였던 분단과 전쟁 사이의 냉전을 전

---

54 1947년 2차 미소공위의 재개는 한국의 독립뿐 아니라 전후 세계평화 재건 문제나 제3차 대전의 발발 위기와 더불어 미국과 소련의 관계에 대한 관심을 증폭시켰다. 이갑섭, 「미소공위와 조선문제」, 『신천지』, 1947.6, 29~39면; 오기영, 「공위에 여함」, 『민성』, 1947.5·6; 오기영, 『민족의 비원 자유조국을 위하여』, 성균관대 출판부, 2002, 356~357면.

55 이갑섭, 「미소공위와 조선문제」, 『신천지』, 1947.6, 29~39면.

지구적 시각에서 인식하고자 했다. "더구나 민족 앞에 제국주의의 위협이 환영 이상의 것으로 자꾸만 다닥치는 오늘의 현실에 있어서라"[56]라면서 1947년 이후 더욱 첨예해진 현실 인식을 보여준다. 김기림 역시 미소공위에 대한 시론時論을 발표하거나,[57] 『경향신문』 지면을 통해 '미소공위'에 대한 절박한 관심을 피력했다. 그는 "미소공위가 속개되어 성공의 서광이 보이는 오늘날"이라는 구체적인 현실 인식을 통해 "후진국가인 우리가 급속히 부강한 국가로"[58] 발전할 수 있는 길을 미국과 소련의 관계에서 모색하고 있다. 이는 민족국가 건설에 국한된 것이 아니라 민족을 초월하여 세계평화 질서에 대한 관심과 문제의식을 포괄하는 것이다.

세계가 하나가 되었으면 좋을 것 같다. 한 옛날에는 산이 막히고 내가 질려서 온 세계가 조각조각이 나서 살았다. (…중략…) 이윽고 사람들은 화물선을 만들었고 비행기를 날려서 이 거리의 난관을 이번에는 기계의 힘을 빌어 해결하였다. **이리하여 세계는 끊임없이 그 조각난 상태로부터 분할되지 않은 한 세계로 향해서** (…중략…) 저 두 차례의 세계대전을 생각해 보기만 해도 한번 뚜렷해진

---

56 김기림, 「시와 민족」, 『신문화』, 1947; 『김기림 전집』 2, 심설당, 1988, 151면. 이하 『전집』 1~6으로 표기함. 조영복은 새로운 자료를 통해 김기림 연구의 지평을 넓혀 주었다. 그는 김기림이 1947년까지 '나라 만들기'의 열망을 표면화하는 데 주력했으나, 1949년 보도연맹의 설립과 동료 문인들의 월북, 좌익 소탕 작전 이후에는 그러한 욕망과 의지가 거세되면서 자기 성찰 의식이 두드러지게 된다고 지적한 바 있다. 조영복, 「김기림의 연구의 한 방향」, 『우리말글』 33, 우리말글학회, 2005, 436~439면. 그러나 이 글에서는 1947년 이전과 1949년 이후의 텍스트를 비교하기보다 이러한 변화가 진행된 1947년부터 1949년까지의 김기림 텍스트에 주목하고 그 의미를 미소공위와 냉전의식의 맥락에서 해명하고자 했다.

57 김기림, 「민주주의의 위기」, 『문학』, 1947.7, 14면.

58 김기림, 「좌담회 : 민족과 문학의 열성에 필히 성공되기를 열원」, 『경향신문』, 1947.6.

역사의 방향이면서도 그것을 방해하고 혼란케 하는 수없는 요소가 얼마나 복잡 거대한 모양으로 뒤볶이는가를 알 수 있을 것이다. (…중략…) **적어도 세계를 두 세계로 가르려는 계획은 오늘 분명히 우리 눈앞에서 현실적으로 육박하고 있다.** (강조는 인용자)[59]

김기림은 「하나 또는 두 세계」에서 한 국가나 민족의 구성원이 압제와 혹사의 염려 없이 골고루 자유와 행복을 누릴 수 있는 하나의 세계를 구상한다. 세계의 전후 현실을 비판하며 김기림이 표현했던 '하나의 세계'는 사실 당대 지식인들에게는 익숙했던 냉전기의 자유 표상이다. 가령 『신천지』는 '원자시대'로 진입한 시대의 위기에 관해 「하나의 세계냐 세계의 파멸이냐」[60]라는 논설문을 번역하여 연재했다. 그런데 이 무렵부터 3차 내전의 발발 가능성에 대한 논의가 한국사회 내부에서 확산되기 시작했고, 그 같은 전쟁 담론을 통해 소개된 원자폭탄과 로켓 등 새로운 전술에 대한 공포감이 가중되었다. 전쟁과 세계 분열에 대한 불안이 과열될수록 지식인들은 전 세계의 자유와 평화를 지향하며 '하나의 세계'라는 표상에 더욱 주목했다. 이미 2차 대전 중에 발간됐던 『하나의 세계*One World*』가 한국에 뒤늦게 번역되어 나온 점이 그러하다. 이 책은 전시 일본에서 먼저 널리 소개되었고 한국에는 1946년경 『신천지』(1946.5~8)에 연재되다가 1947년에 단행본으로 유통된다. 비교적 미국의 급진적인 정치가에 속했던 저자는 전후 세계평화의 중심에

---

59 김기림, 「하나 또는 두 세계」, 『신문평론』, 1947.4; 『전집』 5, 251~253면.
60 덱스터 마스터스·케더린 웨이 편, 임근수 역, 「하나의 세계냐 세계의 파멸이냐」, 『신천지』, 1946.10~12. 3차대전 담론에 관해 정재석, 「해방과 한국전쟁, 3차 대전론의 단층들」, 『상허학보』 27, 상허학회, 2007.10, 199~200면.

아시아를 두고 제3세계 민족의 탈식민적 자유를 주된 논의의 대상으로 삼았다. 요컨대 하나의 세계가 의미하는 것 역시 "경제적으로나 정치적으로나 사회적으로나 자유인 자주적 세계"[61]이며, 김기림이 하나의 세계를 강조하며 드러내고자 한 것도 코스모폴리턴적인 자유였다. 그의 코스모폴리턴적 감각은 일찍이 식민지 말기에 그가 보여준 세계성에 대한 열망과 달리, 여기서는 냉전을 극복하기 위한 자유의식과 결합하여 나타났다.

그는 하나의 세계에 대한 기대를 다양한 형태로 여러 지면에서 언급하며 비판적 지식인으로서 자신의 독자적인 입론을 세워 나갔다. 가령 1946년에 김기림은 「건국동원과 지식계급」 좌담회에 참여하여 "좌우 양익의 통일"[62]이 중요하고, 이를 위해 좌우 정당이 아닌 진보적인 지식인 정당이 필요하다고 강조했다. 이 좌담회는 국가 건설의 단계에 있어 바람직한 지식인의 태도에 대해 논의하고자 마련되었으며, 따라서 신탁통치안과 관련된 정치적 혼란이 주요한 논제가 되었다. 여기에서 김기림은 탁치 문제를 놓고 감정적으로 좌우가 대립하고 있는 현실을 비판하면서 좌우 통일적 지식인 정당을 거론한 것이다. 김기림이 지식인 정당에 대해 언급하면서도 더 이상 구체적으로 설명하지 않은 것을 볼 때, 아마도 그는 이념적 갈등의 고조를 우려하면서 그 대안 중 하나로 중도적 입장의 정당을 구상한 듯하다. 사실 이 좌담회가 열렸던 1946년 7월은 좌우합작운동이 본격적으로 진행되던 시기와 겹친다.

---

61 웬델 L. 윌키, 옥명찬 역, 『하나의 세계』, 서울신문사, 1947, 251면.

62 김기림·백철·박치우·정근양, 「건국동원과 지식계급」, 『대조』, 1946.7; 송기한 외 편, 『해방공간의 비평문학』 2, 태학사, 1991, 123면.

좌우합작운동은 당대 지식인들이 독립 국가를 구상하며 가장 열광적
으로 주창 가담한 민족사적 기록의 한 부분이라 할 정도로,[63] 해방과 분
단을 냉전의 역사적 구조로서 새롭게 해독할 수 있는 계기였다. 좌우합
작운동은 미소공위 결렬 이후 재건의 구상이 미국과 소련이라는 전승
국의 냉전 패러다임을 떠나서는 완성될 수 없다는 자각에서 출발한
다.[64] 즉 해방기 지식인들은 신탁통치안과 미소공위 문제를 계기로 어
느 순간 해방을 "연합국의 산물"[65]로 인식하며 냉전 구도에 수렴될 수
밖에 없는 민족의 불구성을 자각하게 된다. 이러한 상황 속에서 제출된
김기림의 발언은 좌우합작운동이 진행되는 상황과 이에 대한 그의 동
조적인 입장을 표현한다. 따라서 좌·우의 문제나 반미·반소의 입장
을 떠나 전 지구적 민족의 소통과 이해를 갈망했던 김기림을 문학가동
맹의 이력이나 월북시인이라는 명명법으로 온전히 해명할 수는 없다.
'김기림'은 해방기 정치와 문화의 동향을 파악하게 해 주는 일종의 문
제적인 텍스트이다. 이를테면 「시와 문화에 부치는 노래」(『문화창조』,
1947.3)는 민족 감정과 세계의식을 공유하는 문학의 영역을 암시하고
있어, 해방기에 드러난 이분법적 인식을 넘어선다. 시에서 그는 도연
명, 한용운, 루쉰, 타고르, 단테, 보들레르, 고리키, 오닐 등 세계의 정

---

63 임헌영, 「해방직후 지식인의 민족현실 인식」, 『해방전후사의 인식』 2, 한길사, 2006,
   486면.
64 예컨대 이를 자각한 일부 우익 주체들이 반탁에서 국제 협력의 구조를 수용하는 입장으
   로 변모하기 시작했다. 안재홍을 중심으로 신탁통치안, 미소공위, 좌우합작운동 등의
   역사적인 사건이 진행됨에 따라 해방이 지닌 국제제약성을 재인식하고 국제협조를 도
   모하기 시작한 사정에 관해서는 김인식, 「좌우합작운동에 참여한 우익주체의 현실인식
   변화」, 『근현대사강좌』 11, 한울, 2000, 159~162면.
65 오기영, 「좌우합작의 가능성」, 『민성』, 1946.8; 오기영, 『자유조국을 위하여 민족의 비
   원』, 성균관대 출판부, 2002, 107면.

전을 열거하면서 문학이란 민족의 시대에도 민족을 초월하여 "피아닌 계보", "세계와 고금에 넘쳐흐르는" 사뭇 다른 장을 형성한다고 강조한다. 세계사적 관점과 민족사적 시각을 동시에 지녀야 했던 김기림의 고초는 1950년 초 월북한 동료 문인 이원조에게 썼던 서신에서 얼마간 드러난다. "국제정국의 선풍 속에서 시달리는 우리 민족의 고난"[66]을 외면할 수 없어 월북하지 않았다는 그의 고백을 순진하게 믿지 않는다고 하더라도 해방기에 그가 수락한 '민족' 이념에 20세기 '전후'의 세계사를 관통하는 현실 인식이 포함된다는 사실을 간과할 수는 없다.

3. '해방'의 담론과 '초근대인'의 이상

문학사에서 해방은 민족국가 건설의 과제를 인식하고 실천하는 담론 공간을 재구축하는 데 중요한 계기가 되었다. 특히 해방을 언표하는 글쓰기는 일제, 근대, 전쟁, 민족, 언어, 정치 등 식민 기간 내 개인의 자유를 억압한 모든 형태의 이념과 제도를 새롭게 규정하는 기제로 작용했다. 이를테면 『해방기념시집』에 수록된 26편의 시들은 민족의 식민지적 기억을 고난과 투쟁의 산물로 균질화하고, 새로운 민족국가의 정치적·문화적 좌표를 알리는 상징적 기호로서 '해방'을 시화한다. 시인들의 이념적, 문학적 입장의 편차와 관계없이,[67] 해방의 문학적 상징은 식

---

66 김기림, 「평론가 이원조군」, 『이북통신』, 1950.1; 『전집』 6, 140면.

67 중앙문화협회에서 발간된 문집이지만 임화, 여상현, 이병철, 이흡, 조벽암 등 해당 시기 좌파 성향의 시인들도 사화집에 참여하고 있다. 해방 직후 좌우파 문인의 불분명한 정체성에 관해서는 김용직, 『한국시와 시단의 형성전개사』, 푸른사상, 2009, 63면 참조.

민지 시기의 암울한 시간을 극복한 민족 공동의 운명을 여실히 보여준다. 김광섭의 「속박과 해방」이 대표적인데, 이 시는 "잘 가거라 일본아"라는 시행을 한 켠에 두고 일본을 타자화하면서, 여기서 연유한 새로운 민족의 위상을 진솔한 어감으로 표현하고 있다. 여기에서 김광섭은 "폐허에 누운 헐벗은 손님"에 불과했던 황국신민에서 "일하고 배우고 건설하려느니 영광스러운 헌신"[68]의 국민 주체로 민족의 정체성이 복권되는 과정에 주목하고 있다.

『해방기념시집』은 좌우 시인들 모두 해방의 감격으로부터 자연스럽게 도출될 수 있는 민족 감정을 전면에 내세우고 있다. 김광섭의 시처럼 '일본은 떠났고 우리 민족만 남았다'라는 식의 광복光復의 메시지에서 해방의 의미를 발견하고, "우리들 적의 손에 잡혀"[69] 간, "기인 침묵에 살어 / 어려운 행동에 죽"[70]은 독립운동가의 희생을 통해 억압과 해방의 민족 역사를 반추하거나 또는 김광균의 「날개」와 같이 "혁명이여 / 나에게 장대한 꿈을 주렴아"[71]라면서 해방을 혁명의 시기로 삼아 비상의 이미지를 만들기도 했다. 홍명희와 임화의 시편에서 작고한 동료를 추모하고, 정지용의 「그대들 돌아오시니」에서 해외 혁명 투쟁가들의 귀국을 환영하는 형식 모두 해방을 자축하고 민족의 저력을 강조하는 맥락에서 크게 벗어나지 않는다. 오장환이 해방의 파토스를 언어화할 수 없는 '아우성'으로 재현했던 것처럼,[72] 민족 감정에 국한된 시적

68 김광섭, 「속박과 해방」, 중앙문화협회 편, 『해방기념시집』, 평화당인쇄부, 1945, 28면.
69 홍명희, 「눈물 섞인 노래」, 위의 책, 11면.
70 임화, 「길」, 위의 책, 59면.
71 김광균, 「날개」, 위의 책, 25면.
72 김용희는 오장환의 「8월 15일의 노래」(『병든 서울』, 정음사, 1946)를 언어화 불능의

표현은 갑작스러운 현실의 변화를 직설적인 감정으로 드러냈던 해방기 시단의 흐름을 대변한다.

더욱이 이념적 차이를 드러내지 않고 민족적 일체감을 축적해 나가고 있는『해방기념시집』전반의 시적 경향은 "아름답지 못한 과거를 불질러버리고 (…중략…) 갱생하는 조국의 광복만을"[73] 기록하자는 편집자의 의도와도 부합한다. 12명의 순국선열을 기리는 정인보의 「십이애」가 사화집 첫 장에 배치된 것에서도 짐작할 수 있듯, 서문은 "아름답지 못한 과거" 대신 애국투사라는 희생과 투쟁의 상징을 통해 민족적 자의식을 고취시키고 있다. 즉 과거가 부정된 끝에 남는 것은 신국가 건설의 과제와 대칭되는 민족문학 건설의 맹목적인 자의식이었다. 서문에서 기획된 민족의 형상처럼, 해방을 기념하는 시 창작은 별다른 역사적 전망을 내놓지 못하고, '님'(이흡, 안재홍, 양주동), '아가'(박종화), '누이'(이헌구)라는 친근한 형상을 통해 민족 이미지들을 관념적으로 재생산하는 데 그쳤다. 그런데 이 사화집에 수록된 김기림의 「지혜에게 바치는 노래」는 '근대'라는 역사적 관점에서 해방을 비교적 이성적이고 객관적으로 조망하고 있어 이채롭다.

「지혜에게 바치는 노래」는『해방기념시집』의 기획 의도를 염두에 두고 쓰인 시이다. 그만큼 이 시는 해방의 의미를 전면에서 다룬 텍스트이다. "강철 꿈을 아는 동물"이라는 표현을 빌려 민족의 정체성이 근대적인 문명에서 형성된 것임을 강조한 첫 연부터 다른 시들과 구별된

극단적 환희라는 해방 체험의 시라 분석했다. 김용희, 「해방이라는 숭고한 대상과 언어적 공황」,『국어국문학』139, 국어국문학회, 2005.5, 139면.

73 이헌구, 「서」, 중앙문화협회 편, 앞의 책, 3면.

다. 이 시에서 김기림은 사화집에 수록된 다른 시처럼 해방을 일본에 의한 억압과 폭력에서 구원된 감격스러운 순간으로 기념화하지 않는다. 요컨대 김기림은 식민지적 정체성의 질곡과 해방이 아니라 근대적 정체성의 모순과 탈환을 폭넓게 모색했다. 김기림에 따르면 서구적 근대를 중심으로 문명화된 민족은 이제 "황량한 '근대'", "'헬라쓰'의 오래인 후예 이 방탕한 세기"를 초월해야 한다. 서구 근대 문명의 "잿빛 신화는 사라졌다고 사람마다 일러줘라"라는 마지막 연은 근대사의 단절을 시사한다. 하지만 그러한 역사적 전환이 의미하는 바가 반드시 민족국가 건설로 수렴되는 것은 아니다. "날랜 타원형 하나—새로운 별의 탄생"은 전 지구적 차원에서의 새로운 민족의 탄생을 함의한다. 이러한 논리는 해방 이후 첫 번째 시집인 『바다와 나비』 서문에서 보다 더 분명하게 진술된다.

> 1939년 제2차 세계대전의 발발은 벌써 피할 수 없는 '근대' 그것의 파산의 예고로 들렸으며 이 위기에선 '근대'의 초극이라는 말하자면 세계사적 번민에 우리들 젊은 시인들은 마조치고 말었던 것이다. (…중략…) 8월 15일은 분명 우리 앞에 위대한 '낭만'(로맨틱)의 시대를 펼쳐 놓았다. (…중략…) **인제야 우리 앞에는 대전이전에 좀처럼 상상할 수 없었던 새로운 세계가 탄생하려하고 있다. 조선은 문을 열고 이 세계와 마조서게 되었다.**(강조는 인용자)[74]

여기서 김기림은 2차 대전을 충분히 의식한 나머지 1945년 8월 15

---

[74] 김기림, 「서문」, 『바다와 나비』, 신문화연구소, 1946; 『전집』 1, 157면.

일을 '해방'이 아닌 '전후'로 기억하고 있어 이채롭다. 그것은 마치 「조선문학에의 반성」에서 "오늘이라는 것의 역사적 성격"에 골몰했던 식민지 말기의 글쓰기 방식과 유사한 것이다. 김기림은 1940년 파리 함락 이후 근대의 파산을 절감하고 개인주의, 자유주의, 민주주의 등 근대정신 속에서 새 시대에 유산으로 넘길 것과 버릴 것을 고민했었다. 이것은 당대가 새로운 시대가 아니라 근대의 결산 과정일 뿐이라는 자기 해석의 실천적 방향성을 보여주는 것이다. 잘 알려진 대로 근대의 위기를 극복하고자 했던 김기림의 노력은 그가 파시즘 체제에서 고안된 대동아공영권 논리에 협력하지 않음으로써 중단되었다. 오히려 그는 근대를 극복하는 원리가 구라파에만 있지 않다는 자각에서 아시아 지식인의 초조와 흥분이 발생했고, 이것으로 말미암아 식민지 지식인들이 대동아공영 담론에 매료되었다고 비판했다. 이렇듯 서양 중심주의를 비판하면서 동시에 대동아담론의 식민주의적 파시즘을 경계한 나머지 침묵했던 김기림은,[75] 근대의 초극이라는 의제를 "당분간"[76]이라는 부사를 사용하여 지연시킨 바 있다. 따라서 위의 8월 15일은 김기림에게 일제 파시즘의 위험 요소로부터 벗어나 '당분간' 보류했던 근대의 사슬로부터 자유로워지는 계기였던 것이다.

해방을 근대 극복의 계기로 삼았던 이러한 역사 인식은 그가 전국문학자대회에서 강연했던 「우리 시의 방향」을 통해 이미 언급된 바 있다. 프로예맹과 문학건설본부의 통합으로 구성된 조선문학가동맹은 해방

---

75 김재용, 「동시성의 비동시성과 침묵의 저항」, 『협력과 저항』, 소명출판, 2005, 218~221면.
76 김기림, 「조선문학에의 반성」, 앞의 책, 45면.

이래 처음 전국적 규모의 전국문학자대회(1946.2.8~9)를 성공적으로 개최하고 여기서 민족문학 수립을 제창했다. "계급문학이라기 보담도 '새로운 민족문학'을 수립하려는 취지에 찬동"[77]한다는 축하 메시지처럼, 그것은 노동자계급에 한정되지 않는 포괄적인 의미에서의 민족문학을 의미한다. 민족문학의 주창은 문학자대회가 열린 시점과 그 역사적 맥락을 충분히 고려하여 이해되어야 한다. 문학자대회가 구상된 시점은 1945년 12월, 즉 삼상회의 결정의 한국 관련 내용이 국내에 보도된 직후였다.[78] 뿐만 아니라 축사를 맡았던 여운형이 "건국의 꽃이 되어 사러진 세 학병"[79]을 먼저 거론한 장면에서 알 수 있듯, 전국문학자대회는 민족국가의 건설을 상상하고 체험하는 혼란의 과정 속에서 개최되었다. 이태준은 이미 「해방 전후」(『문학』, 1946.8)에서 탁치문제와 학병동맹사건 등을 언급하며 선국문학자대회 전날을 민족 최대의 정치적 시련기로서 묘사했다. 따라서 문학가동맹 측은 정치적 혼란 속에서 신

---

[77] 백남운, 「전국문학자대회에 보내는 메시지」, 조선문학가동맹 중앙집행위원회서기국 편, 『건설기의 조선문학』, 1946, 7면.

[78] "전국문학자대회는 거의 2개월의 준비 기간을 가지고 사전준비에 철저"(김동욱, 「해방 직후 민족문학론 전개과정 연구」, 연세대 석사논문, 1988, 45면)했다는 연구 결과를 참조할 때, '전국문학자대회'의 시대적 배경을 이해하기 위해서는 개최일로부터 2개월 전인 1945년 12월의 정치 상황을 염두에 둘 필요가 있다.

[79] 여운형, 「축사」, 문학가동맹 중앙집행위원회서기국 편, 앞의 책, 1946, 4면. 신탁통치로 말미암은 좌우익의 분열은 해방기의 격렬한 정치적 혼란을 예고했다. 이를 방증하는 사례로 '학병동맹사건'(1946.1.19)을 언급하는 것은 무리가 아닐 것이다. 반탁운동에 참여한 극우파 청년단체와 학병동맹의 대립으로 야기된 이 사건에서 학병 세 명이 희생되었다. 이들은 해방 이후 식민지 역사가 청산되는 과정에서 발생한 좌우 이데올로기 대립의 희생양이다. 따라서 학병동맹사건은 "왜놈도 죽이지못한" 식민적 희생양을 "기어히 죽인것은 우리였구나 // (…중략…) // 좌익도, 우익도, / 모자를 벗어라!"라고 좌우 갈등의 모순을 자각하게 된 섬뜩한 사건이었다. 東嶺, 「모자를 벗자」, 『신천지』, 1946.3, 329면. 이 외에도 김기림, 김광균, 오장환 등 16명의 시인들이 학병동맹사건에 관한 '송가'를 발표했다. 이춘영, 『학병』 2, 조선정판사, 1946.2, 42~68면.

〈사진 3〉 서울 기독교 청년회관에서 열린 전국조선문학자대회 행사(1946.2.8~9)

국가 건설의 당면 과제를 염두에 두고 "모든 계급적 언어를 떠나서 대중적"[80]인 민족문학을 우선적인 표제로 피력한 것이다. 요컨대 문학자대회에서 합의한 민족문학은, 일련의 정치적 사건들을 통해 민족국가 건설의 문제가 무엇보다 국제 제약성을 지닌다는 사실을 통렬하게 인식하는 과정에서 추진되었다. 민족의 개념 속에는 민족국가 건설을 현실적으로 해결해 줄 수 있는 연합국의 의사 결정 층위가 공존할 수밖에 없었다. 행사 무대에도 태극기를 중앙에 두고 우측에 미국과 영국, 좌측에 소련과 중국의 국기가 걸려 있었고,[81] "우리 민족에게 완전 자유독립의 길을 열어준"[82] 연합국에 감사하는 내용의 보고문이 연달아 공표되기도 했다. 중앙집행위원장으로 추대된 홍명희는 한국이 "운명적

---

80 여운형, 위의 글, 5면.
81 문학가동맹 중앙집행위원회서기국 편, 앞의 책, '보고연설광경' 사진 참조.
82 「결의문」, 위의 책, 20면.

으로 세계의 한 약소민족이니 앞으로 강대한 제 민족 틈에 끼어서서 존재의 가치를 주장"[83]해야 하는 입장에 놓였다는, 미소 중심의 상상지리 속에서 만들어진 비서구 민족 해방 담론을 구체적으로 표현하기도 했다. 민족의 지정학적 위상을 염두에 두면서 문학자대회는 민족문학의 정당성을 표명하는 일반보고 연설로 이어지고 그 열기를 더해갔다. 소설(임화), 희곡(한효), 문학비평(이원조), 아동문학(박세영) 등 여러 문학영역에서 민족문학 수립의 정당성이 언급되었는데, 시 부분은 김기림이 맡아 강연했다.

우리는 일찍이 이번 전쟁이 일어나던 1939년에 이 전쟁이야말로 '르네상스'에 의하여 전개되기 시작했던 '근대'라는 것이 한 역사상의 시대로서 끝을 마치고 그것이 속에 깃들인 뭇 모순과 불합리 때문에 드디어 파산할 계기라고 보았으며 또 계기를 만들어야 되리라는 견해를 표명한 적이 있다. (…중략…) **우리들의 신념은 오늘에 있어서도 그것을 수정할 아무 필요도 느끼지 않는다.** 오늘 전후의 세계는 물론 '근대'의 결정적 청산을 가져오지 못하고 있다. 또 이 나라 안에서만 해도 8·15 이후 오늘까지 이르는 동안의 혼란한 정치적 정세는 우리들이 기대하는 새로운 세계의 탄생의 진통으로만 보기에는 너무나 별적인 데가 있다. 그럼에도 불구하고 우리는 주장한다. 우리는 이 땅에서 실패한 근대의 반복을 보아서는 아니 될 것이다. 새로운 시대가, 근대를 부정하는 새로운 시대가 지구상의 어느 지점에 시작되어도 상관이 없을 것이다. **세계사의 한 새로운 시대는 이 땅에서부터 출발하려 한다.** 또 출발시켜야 할 것이다. 봉건적 귀

---

83 홍명희, 「인사 말씀」, 위의 책, 1면.

족에 대하여 한 근대인임을 선언하는 것은 '르네상스'인의 한 영예였다. **오늘에 있어서 다시 초근대인임을 선언하는 것이야말로 새 시인들의 자랑일 것이다.**[84] (강조는 인용자)

김기림이 전국문학자대회에서 "오늘에 있어서 다시 초근대인임을 선언"하는 장면은, 우선 '초근대인'이라는 레토릭 때문에 새롭게 느껴진다. 초근대인은 민족국가 건설에 대한 당대 지식인들의 논의나 문학가동맹의 행사에서는 잘 눈에 띄지 않던 명명법이다. 김기림은 해방 이후 개인의 정체성을 초근대인으로 규정하면서, 민족을 세계사적 전환기의 차원에서 논의하고자 했다. 아마도 이것은 해방기의 긴요한 해결 과제였던 반봉건·반제국주의 문제를 모더니스트의 탁월한 언어 감각으로 재구해 낸 결과일지 모른다. 다만 김기림은 문학가동맹의 이념적 헤게모니를 드러내지 않고 민족주의와 식민주의가 착종된 근대성의 구조를 부정한다. 근대의 초극 담론을 연상시키기도 하는 초근대인이라는 표현은 다른 글에서 다시 발견되지는 않는데, 그러한 까닭에 그동안 해방기 김기림에 대한 연구에서 주된 논의의 대상이 아니었다. 그러나 김기림이 전국문학자대회에서 초근대인을 역설하고 있는 맥락은, 그가 해방 이전 "희망의 원천"[85]으로 삼았던 근대 문명의 청산 문제를 해방 이후에도 수정할 아무 필요도 느끼지 않고 다시 거론했다는 점에서 중요하다. 식민지 말기에 '세계=서구'라는 상상적 도식이 폐기되면서 김기림은 민

---

84 김기림, 「우리 시의 방향」, 위의 책, 70~71면.

85 김유중, 「김기림의 역사관, 문학관과 일본 근대 사상의 관련성」, 『한국현대문학연구』 26, 한국현대문학회, 2008.12, 272면.

족을 전 지구적 공동체로서 개념화했었다.[86] 초근대인의 개념을 통해 세계사의 한 새로운 시대를 이 땅에서부터 출발하자는 김기림의 주장은, 사실 해방 이전 근대의 파산에서 빚어진 세계적 감각으로부터 진전된 것이다. 즉 식민지 말기에 획득 했던 코스모폴리턴적 감각은 민족국가 건설기에 있어서는 비서구 주변부의 지위로부터 벗어나 세계 민족으로서의 해방된 한국을 상상하는 것이며, 나아가 탈식민적 정체성을 모색하는 것으로 확장된다. 이러한 민족의식과 주체상은 그의 시에서 반복된다. 대표적인 작품이 「세계에 외치노라」(1945.12)이다.

> 부스러진 거리거리 이즈러진 육지에
>
> 화염연기 걷히는 날
>
> 오래인 병식에서 이러나는 것처럼
>
> 한 새로운 세계의 얼골은 떠오르리라—
>
> 어지럽던 지옥의 지리가 끝난 곳에
>
> 묻노니 역사여 너는 무엇 때문에
>
> 그렇게도 배부를 줄이 없이
>
> 수없이 청춘과 또 꿈
>
> 박물관과 도서관과 대학
>
> 가장 비싼 세계의 재산을 삼켰더냐

---

86 김기림, 「장래할 조선문학은」, 『조선일보』, 1934.11; 『전집』 3, 132~135면. 1930년대 김기림의 비평문학에 관해서는 김동식, 「1930년대 비평과 주체의 수사학」, 『한국현대문학연구』 24, 한국현대문학회, 2008, 192~199면.

'자유와 그리고 새로운 세계'
그밖에는 이 커다란 살육을 용서할
오색논리로 단장한 아모러한 구실도 거짓이리라.

(…중략…)

'힌두스타니'는 얼골 검은 종족에게 주라
여왕님. 진주 목도리는 독목주(獨木舟) 선수들의 것입니다.
사막과 금강석은 말 달리는 주민에게 돌리라.
분주한 문명이라는 시장에 그들은 지각한 죄밖에 없었으니—
지구에 휘감긴 삭은 사슬을 아직도 지키려는 자 누구냐

(…중략…)

화토불에 날라 어서 살워버려라.
세계에 금을 그은 저 요색선들과
대포와 조병창(造兵廠)과 투구들도—
전쟁은 벌서 끝나지 않었느냐.
제국도 강국도 다 역사의 가슴에 달린
부질없는 사치한 장식이 아니냐.

(…중략…)

세계에 웨치노니 어서 길을 비끼라

저기 새로운 날은 녹쓰른 사슬을 끄은 채

거만한 '푸로메티우쓰'처럼 그러나 늠늠히 오지않느냐.[87]

김기림의 이 시는 "국제정세의 압력을 느끼며 이에 항거하는"[88] 내용으로 평가된 적이 있듯 탈식민적 상상이 두드러진 작품이다. 곧 "제국, 강국" 중심의 세계 체제의 몰락 이후 주변부 식민지의 독립건국에 대한 열망을 징후적으로 보여주고 있다. 이 시에서 김기림은 "힌두스탄을 얼굴 검은 종족에게 주라 / 여왕님"이라고 명령조로 말하면서 영국의 식민지였던 인도의 민족해방운동, 곧 제3세계의 민족해방운동을 지지하는 입장을 취한다. 이 시에서 2차 대전 이후의 세계질서와 탈식민적 주체의 형상화는 프로메테우스 신화를 통해 알레고리적 의미를 획득한다. 프로메테우스야말로 그가 구상했던 '초근대인'의 시적 형상일지도 모른다. "거만한" 프로메테우스 신은 아무도 거역할 수 없었던 제우스의 권위에 도전하면서, 그 형벌로 바위에 묶여 영원한 고통을 겪는다. 김기림은 프로메테우스를 통해 제국주의의 모든 억압과 권위로부터 벗어난 뒤 맞이할 새로운 날을 강조한다. 그 배경에는 물론, 해방과 세계 전후라는 당대 역사적 조건이 암시되어 있다. 가령 프로메테우스를 결박한 "녹이 쓴 사슬"은 곧 "화염연기", "이즈러진 육지", "지옥" 등 2차 대전 이후 파괴된 근대 시민사회를 상징한다. 그리고 "박물관과 도서관

---

87 김기림, 「세계에 웨치노라」, 『바다와 나비』, 신문화연구소, 1946.4; 『전집』 1, 210~213면.

88 광현, 「우리의 시와 8·15」, 『민성』, 1948.8; 송기한 외편, 『해방공간의 비평문학』 3, 태학사, 1991, 168면.

과 대학"등 근대 문명의 상징적 공간들이 바로 그 근대적 모순에 의해 자멸하게 된 사정을 환기시키며, 2연에서 그 모든 억압과 고통의 경험적 실체를 제국주의 역사와 중첩시켜 놓는다.

김기림은 오늘의 역사를 "세계에 금을 그어 놓은" 제국의 심상지리가 파괴된 시대이자 동시에 "지구에 휘감긴 삭은 사슬을 아직도 지키려는" 제국의 야만성이 공존하는 시대로 파악한 것이다. '세계에 외치노라'라는 이 시의 제목은 전후의 역사 인식을 통해 제3세계 신생국의 해방을 주장하는 제유적 의미를 지닌다. 이는 제국적 상징이 사라진 공백을 신생국의 집단적·보편적 의식으로 채우는 과정에서 나타났던 해방기 좌우 이념적 대립과는 분명 다른 차원이다. 김기림은 민족의 좌우 이념형에서 좀 더 유연한 태도로 세계 전후의 민족을 상상하는 이른바 탈식민적 민족 표상을 구현하고자 했던 것이다.

4. 코스모폴리턴적 감각과 건국의 멘탈리티
—전후 인식과 제3세계적 관점의 발아

진보적 모더니스트로서의 김기림의 정체성은 해방 이후에서도 여전히 유효한 것인가? '1945년'이라는 역사적 전환기를 김기림이 어떻게 감각하고 재현했는가의 문제는, 여기서부터 출발한다. 김광균이 해방기 김기림을 가리켜 "항상 신영토를 향하여 달리지 않고는 못백이던 그에게도 이 역사의 대해는 심히 험한 뱃길일 것"[89]이라고 평한 것처럼, 해방기의 급류가 김기림의 정체성에 균열을 만들어낸 것만은 분명하다. 그러한 시대적 변모와 단절은 김기림이 문학가동맹에 소속되어 인민적 공동체의식을 그의 새로운 문학적 징표로 삼는 데서 발견된다. 이로 인해 문학가동맹과 관련된 김기림의 문학적 궤적은 좌파 경력이 농후한 일종의 과도기로 이해되어 왔다. 그래서 김기림 연구에서 해방기는 "작품의 예술적 가치가 거의 없는 좌경적인 정치주의 시집"[90]을 썼던 시절이나 "잠시 시류에 휩싸인"[91] 시기로 소략하게 다루어지기 쉽다. 물론 최근 들어 해방기 김기림 문학이 주목되고 있으나, 여전히 인민문학을 강조했던 김기림에 설득당한 채 이 시기 김기림의 문학적 정체성을 온전하게 해명하지 못하고 있다. 해방기 김기림의 문학적 정체성을 문학가동맹과 관련하여 주목하는 것은 정당하지만, 그것은 문학가동맹=김기림을 좌파 문인의 정체로 규정하기 위해서가 아니라, 오히려 좌파적 성격으로 회수되지 않는 김기림의 개별성을 판별할 수 있기 때문에 중요하다.

> 식은 화산 밑바닥에서
>
> 히미하게 나부끼던 작은 불낄
>
> 말발굽 구루는 땅 아래서
>
> 수은처럼 떨리던 샘물
>
> 인제는 목단(牧丹)같이 피어나라 어린 공화국이어
>
> 그늘에 감춰온 마음의 재산

89 김광균, 「바다와 나비―김기림의 시집 평」, 『서울신문』, 1946.5.19; 김학동·이민호 편, 앞의 책, 358면.

90 문덕수, 『한국 모더니즘 시 연구』, 시문학사, 1981, 154면.

91 김학동, 『김기림 평전』, 새문사, 2001, 57면.

우리들의 오래인 꿈 어린 공화국이어

음산한 '근대'의 장열(葬列)에서 빼앗은 기적

역사의 귀동자 어린 공화국이여[92]

　김기림이 해방기에 발표한 시들은 주로 민족의 신생 이미지를 두드
러지게 나타내는 특징이 있다. 김기림은 본격적으로 민족국가의 주체
를 언급하기 위해 역사적 시원始原의 시적 형상화를 시도했다. 이 시 역
시 화산 폭발 이후 새로운 인류 문화가 창조되는 장면으로 시작하며,
이때 "어린 공화국"은 해방된 민족국가를 암시한다. 어린 공화국이 "식
은 화산 밑바닥"에서 탄생되었다는 김기림의 시적 상상력은 신생국이
해방 이전의 제국성이나 근대성 일반이 파괴되고 소멸된 시공간에서
출발한다는 것을 의미한다. 즉 신생 국가의 이미지를 식민주의 역사의
유산과 절연한 새로운 역사의 탄생으로 나타낸 것이다. 그는 식민성과
제국성의 소멸을 통해 "음산한 근대의 장렬" 곧 근대의 파국을 형상화
하고, 어린 공화국의 정체를 근대적 전환기의 산물로 파악한다.
　여기서 "식은 화산 밑바닥에서 / 히미하게 나부끼던 작은 불낄", "말
발굽 구루는 땅 아래서 / 수은처럼 떨리던 샘물"로 형상화된 탄생의 이
미지들은 식민지적 근대와 단절된 새로운 역사성을 보여주는데, 김기
림은 이와 같은 민족의 신생을 "기적"처럼 성스러운 형상으로 예찬하
는 데 주력한다. 이러한 이미지들은 『바다와 나비』에 수록된 다른 시에
서도 자주 원용된 이른바 창세기의 모티브이다. "이브와 카인의 한울"

92　김기림, 「어린 공화국이여」, 『신문예』, 1946.7; 『전집』 1, 166면.

(「무지개」), "오- 팔월로 도라가자 / 나의 창세기 에워싸던 향기론 계절로"(「우리들의 팔월로 도라가자」), "창세기처럼 그 우에 피어날 새로운 산과 들"(「전날밤」) 등이 그러한데, 인류의 역사가 태동하는 장면들은 민족을 새로운 역사적 주체로서 내세우는 데 힘을 실어 준다. 민족은 그늘지고 음산했던 근대의 장례 행렬에서 빠져나와 새로운 국가 건설의 주체가 되는 것이다. "어린 공화국이여"라는 제목에서도 알 수 있듯 신생국은 다수 대중이 정치에 참여하는 공화주의 국가 형태로 표상된다. 즉 김기림은 이 시를 통해 공화주의적 비전을 가미한 자유주의관을 피력한 셈이다. 따라서 김기림의 민족의식은 좀 더 분명한 집단 주체와 그 존재성을 전제하고 있다. 그가 해방기에 빈번하게 사용했던 공동체, 인민의 표현은 김기림의 민족의식과 정치적 성향을 보여준다.

가령 『문학』 창간호에서 김기림은 당대 시단의 주된 경향이 민족 공동의 운명을 형상화한 데 있다고 말했다.[93] 「시단 별견」에 따르면 해방시를 통해서 고양된 것은 공동체의 의식이었다. 그런데 여기서 김기림은 공동체 의식이 전위파, 민족주의, 주지주의 계열의 시인들 모두에게서 나타났지만 그것이 각기 다른 문학적 이념형으로 표출되고 길항하는 혼란을 만들었다고 강조한다. 이러한 그의 지적은 새로운 사태(해방-인용자)와 마주설 정신적 자세에 대해 이 글 서두에서 밝힌 문제의식과도 재차 연결되는 것이다. 결국 김기림은 여러 유파적, 이념적 성향의 시인들이 나중에는 한 길로 향하여 각각 자신들의 특수한 지리와 경사로부터 정신적 자세를 바로 갖추어 갈 수 있는 공통된 시대정신 내지

---

93 김기림, 「시단 별견-공동체의 발견」, 『문학』, 1946.7, 145면.

민족의식의 필요성을 주장한다. 이때 요구되는 공동체 의식은 문학적 태도뿐 아니라 해방이라는 역사적 사건을 동일하게 이해하고 해소할 수 있는 신생국의 귀속(소속)을 내면화하는 이념이기도 하다. 더구나 「공동체의 발견」은 「새나라송」과 나란히 수록되어, 가장 적극적으로 신생국의 건설의지를 주창했던 이 시와 동일한 의미맥락을 지닌다. 즉 공동체 의식은 「새나라송」에서 "온백성의 새나라 키어가자", "새나라 세워가자", "새나라 굳은 터 다져가자"[94]라는 건국의 멘탈리티에 해당한다. 따라서 민족 공동체는 특정한 정치적 주체를 아우르는 표현들과 긴밀한 관련성을 지닌다.

> 사치한 말과 멋진 말투
> 시의 귀족도 한량도 아니라
> 그대 그슨 얼골 흙에 튼 팔뚝이 사로워
> 그대 속에 자라는 새날 목노아 부르리라
>
> ─「나의 노래」, 『서울신문』, 1946.4

> 백성들의 슬픔 노염 몸부림 속에서
> 시시각각 커가는 꿈 백성의 나라
> 지층 흔들며 파도치며 그는 거기
> 우리들 곁에 닦아 오지않느냐
>
> ─「다시 팔월에」, 『독립신문』, 1946.8.2

---

94 김기림, 「새나라송」, 『문학』, 1946.7, 89~91면.

공동체 의식에 대해 논평하던 즈음에 김기림은 계속해서 인민을 형상화한 시들을 발표했다. 김기림의 글에서 공동체나 인민의 개념이 특화되기 시작했던 무렵은 그가『바다와 나비』시집을 비롯하여 가장 많은 시를 발표했던 때였다. 동시에 김기림이 문학가동맹의 시부 위원장에 선출되고, 좌경 색채의 공립통신에서 편집국장으로 재직한 시기이기도 하다.[95] 짐작하건대 그의 문학관은 그만큼 문학가동맹 내부의 정세 변화에 민감할 수밖에 없다. 문학가동맹 기관지『문학』이 창간되면서 임화는 "해방된 국토 위에서 문화와 예술의 새로운 적인 반민주주의 십자군과 직면"[96]했다는 현실 인식 아래 미국을 '새로운 적'으로 규정하고 미국에 대한 비판적 수위를 강화해 민족문학의 건설을 주장한다. "국제 파시즘의 재연"[97]에 따른 위기의식이 전면화되면서 창작 활동에 있어서도 해방 직후 표면화된 해방의 감격에서 벗어나 당파성을 매개로 하는 선전선동시가 연이어 등장한다.[98] 조선공산당의 신전술 채택과 관련된 문학가동맹의 행동 강령에서 "문학주의라고 규정지을 수 있는 일련의 사상"을 "문학의 적"[99]으로 선포한 것을 보더라도, 특히 이 시기는 문학의 도구화 경향이 지배적이었음을 확인할 수 있다.

김기림이 위의 시들처럼 문학의 귀족적 성격에서 벗어나 인민의 생활을 대변하는 시를 쓰겠다고 다짐한 부분도 문학가동맹의 전술 변화

---

95 조영복,『문인기자 김기림과 1930년대 '활자-도서관'의 꿈』, 살림, 2007, 270면.
96 임화,「조선에 있어 예술적 발전의 새로운 가능성에 관하여」,『문학』, 1946.7, 121면.
97 임화,「민주주의 민족전선」,『인민평론』, 1946.3; 송기한 외편,『해방공간의 비평문학』1, 태학사, 1991, 226면.
98 특히『문학』1947년 4월호에는 박산운의「노래」, 유진오의「시월」, 조남령의「나의 눈물 나의 자랑」등 10월 인민항쟁 직후 격렬해진 선전선동의 시가 전면에 수록된다.
99 「권두언: 문학주의와의 투쟁」,『문학』, 1947.4, 6~7면.

와 관련이 깊다. 다시 말해 위의 시들은 전위시인 김상훈의 시처럼 "나도 어느듯 대열에 선 병사인 듯 / 농민의 믿어운 아우인듯 뜻이 푸르르다"[100] 등 시인이 인민의 대열에 들어서야 한다는 논리를 전경화한다. 즉 김기림이 강조했던 공동체라는 용어는 어떤 면에서는 "역사적, 사회적으로 규정된 비민족적인 것을 제외하고서"[101] 이념화된 임화의 인민 개념과 자연스럽게 연결된다. 임화에 의하면 인민은 곧 민족으로 환원되며, 반봉건 투쟁의 주체인 노동자, 농민, 소시민 등만이 민족이 될 수 있다. 김기림은 「시와 민족」에서도 "공동체 의식의 유지자", "우리 민족의 실체"[102]로 인민 주체를 상술한 바 있다. 상기한 김기림의 시들도 인민을 "그대 속에 자라는 새날", "백성의 나라" 등 신국가 건설의 엄연한 주체로 상정하고 있다. 햇볕에 그을린 얼굴과 흙 묻은 팔뚝으로 형상화되고 있는 노동자, 농민은 가난과 억압의 대상이 아니라 격변하는 현실에 역동적으로 대응하는 민족 주체이다.

그러나 김기림이 "오늘의 시인은 인민 속으로 들어가야 한다"라고 제창한 맥락에는 그러한 시들이 정치운동의 매개항이 아니라 역사적 전망을 제시하는 뛰어난 작품이어야 한다는 전제가 내포한다.[103] 김기림이 인민의 문학을 강조했다고 해서 반봉건 투쟁의 계급주체를 통해 민족 국가의 이데올로기를 완성하자고 주장한 것은 아니다. "오늘의 시인은 오늘의 문제를 스스로 해결해야 하며 다시 내일의 문제를 찾아나가야 할 것이다. 그러면 시인이 끌어안는 문제란 어떤 범위의 것이냐. 그

---

100 김상훈, 「버드나무」, 『대열』, 백우서림, 1946, 44면.
101 임화, 「민족문학의 이념과 문학운동의 사상적 통일을 위하여」, 『문학』, 1947.4, 12면.
102 김기림, 「시와 민족」(1947), 『전집』 2, 150면.
103 김기림, 「우리 시의 방향」, 조선문학가동맹 중앙집행위원회서기국 편, 앞의 책, 71~72면.

것은 시인의 내부에서 시작하여 민족에로, 다시 민족을 넘어서 세계에로 확대한다. 그뿐만 아니라 공간을 넘어서 역사의 세계에까지 전개한다."[104] 김기림은 당대 시인의 임무를 민족 내부의 갈등을 해결하는 데 한정하지 않고 코스모폴리턴적 주체 구성의 문제로까지 확장했다. 김기림은 이미 식민지 말기에 2차 대전을 목도하면서 근대의 결산과정을 역설하고 "민족은 민족을 부른다. (…중략…) 미국조차 그 발언은 어떤 단일한 민족적 보증을 얻으려 하고 있다. 그래서 이번 역사의 전환은 한 철인이나 문인의 창조이기보다도 각 민족 즉 그 성원의 집단적인 체험과 의욕의 투자를 요구한다. 그러나 여기는 한 한계가 있다. (…중략…) 한 민족을 건질 수 있는 것은 동시에 세계적인 원리이어야 한다"[105]며 민족의 문제를 세계 역사적 지평에서 필연적인 현상으로 제시했다.

식민지 말기 그의 코스모폴리턴적 감각은 해방 이후에 '인민'을 포괄함과 동시에 '전후'의 세계성을 함의한 민족 표상을 통해 유지되었다. 세계대전 전후 개념은 참전국의 종전을 뜻할 뿐만 아니라, 더 중요하게는 세계사적인 냉전체제의 구축을 의미한다. 아시아 지역에 있어 세계대전과 그 종전이 끼친 영향을 역사적으로 해명하기 위해서는 바로 이 전후 개념에서 출발할 필요가 있다.[106] 가령 개인은 한국전쟁과 세계대전을 각각 지칭하는 전후의 명명법에 의하여 자기정체성의 상상적 표상을 달리할 수 있다. 한국전쟁 이후를 가리키는 전후는 민족주의적 효

---

104 위의 글, 72면.
105 김기림, 「조선문학에의 반성」, 『인문평론』, 1940.10, 45~46면.
106 백원담은 세계사적인 냉전체제의 구축기로서 유의미한 '전후'라는 시간성에 관하여 살펴보고 있다. 백원담, 「냉전기 아시아에서 아시아주의의 형성과 재편 (1)」, 성공회대 동아시아연구소 편, 『냉전 아시아의 문화풍경』 1, 현실문화, 2008, 31면.

용이 보존된 전쟁 경험으로부터 국가, 민족, 전통 등의 관념을 재생산하지만, 세계대전 이후를 지시하는 전후는 제국의 식민지적 입장에서 탈식민적 또는 코스모폴리턴적 관념과 결합된다. 전쟁을 통해 형성되는 주체성 역시 한국전쟁 전후인식의 경우 민족적 정체성을 구성하며 그것을 중심으로 국민됨을 일괄되게 추구하지만, 세계대전의 개념은 바로 그 신념이나 사상의 유연성 덕분에 다양한 주체화의 가능성을 얻는다. 한국문학에서 전후라는 개념을 둘러싼 역사적 괴리는 한국전쟁 자체가 아닌 그보다 앞서 이질적인 이념 간의 공존이 가능했던 해방기로부터 원천적으로 체감되는 것이어서 더욱 중요하다. 이를 통해 1950년대 말부터 1980년대까지 진보적인 문학 이념의 주요 원천을 제3세계적 관점으로 재검토할 수 있을 것이다.

김기림의 경우 신생국을 건설할 인민 주체를 언급하면서도 해방을 (세계대전) 전후의 시간 개념으로 전환시키는 상대적인 역사의식을 보여주었다. 그 결과 좌우 이념의 헤게모니로부터 벗어나 중도적 지식인 정당의 필요성을 언급하거나 전 지구적 공동체 의식을 갈망하기도 했다. 또한 배인철과 김광균 등이 남긴 시편들은 좌우 문학의 이데올로기적 한계를 초과했다는 점에서 해방기 모더니즘 문학을 재인식할 실마리를 제공해 준다. 요컨대 김기림이 해방을 세계사의 전환기로 명명한 데서도 알수 있듯이, 그는 해방 이후 민족에의 앙양을 민족감정의 표출 현상으로만 파악하지 않고, 그것이 근대 서구 개인주의에 대립하는 집단성을 보여주고 세계사 그것의 발전의 방향에 연이어져야 하는 것임을 역설했다 (「시와 민족」). 다시 말하자면, 김기림에게 공동체, 민족, 인민은 좌우 헤게모니로부터 급조된 민족문학의 이념이 아닌 세계 전후라는 전 지구적 시간성 속에서 발견한 의제였다. 이를 첨예하게 드러내는 것이 앞서 살펴봤던, '초근대인'이라는 개념이다.

김기림은 해방기에 이례적으로 초근대인 개념을 언급했다. 초근대인은 반근대적인 봉건주의의 억압, 비근대적인 전체주의의 폭력으로부터 자유로운 주체 표상이다. 해방된 민족 주체를 매개로 한 자유의 기제는 "찬란한 자유의 새나라"[107]라는 민족국가의 수식어와 결합한다. '초근대인'이라는 주체 표상은 민족국가 건설이라는 당대의 상징적 패러다임을 공유하면서도 이와 변별되는 탈이념적 민족 표상을 보여준다. 김기림은 「시와 민족」에서 공동체 의식의 유지자 또는 우리 민족의 실체로 인민 주체를 빈번하게 상술했지만, 그것은 인민을 민족 내부의 몇몇 계층보다 더 넓은 코스모폴리턴적 주체로까지 확장한 것이었다.

---

107 김기림, 「모다들 도라와 있고나」, 『서울신문』, 1946.2; 『전집』 1, 159면. 이 시는 '전국문학자대회'에서 낭독된 시이다.

제2장

전후, 실존, 시민 표상
청년 모더니스트 박인환의 경우

―――――

1. 실존주의와 세계 전후戰後의 문화 담론

한국에서 실존주의에 대한 관심은 1920년대부터 1940년대까지 계속 제기되었으나 하이데거에 관한 박종홍의 경성제대 논문(1933)을 제외하고는 그 논의가 미미했다. 주지하듯 실존주의는 전체(국가, 민족)보다 개인을, 그리고 본질(사상, 이념)보다 실존을 우선시하는 새로운 세계관에 기반을 두고, 한국전쟁 이후 전쟁의 혼란을 극복하려는 열망에서 본격화되었다.[1] 이러한 실존 사상의 철학적 의미는 조가경에 의해 가장

―――――

[1] 박종홍은 실존 사상이 그 이전에도 문제되어 온 것이 사실이나, 부산 피난을 계기로 일반화되었다고 언급했다. 박종홍, 「전환하는 현대철학」(1961), 『박종홍 전집』 2, 민음사, 1998, 461면.

심도 있게 조명되는데, 그에 따르면 실존 철학이 단순한 유행으로 끝나지 않은 이유는 외부 세계에 환멸을 느끼고 고립화된 개인의 내면적 자각을 표현하고 현실의 피난처를 마련해 준 점 때문이다.[2] 그러나 소외된 개인의 고립과 환멸이란 굳이 한국전쟁기에 국한될 것이 아니라, 세계 전후의 지적 담론으로서 이미 해방공간에서도 익숙한 것이었다.

1945년 이후 대부분의 언론 매체에서는 프랑스, 일본, 미국, 독일 등의 최신 문화계 소식을 전하면서 '전후'라는 수사를 적극 활용했다.[3] 이시기에 이미 전후는 세계적 규모의 경제, 정치, 문화 격변을 지시하고 전파하는 중요한 개념으로 정착되었다. 박인환 역시 1946년에 '전후세계의 현대시의 동향과 새 시인 소개'라는 문학행사를 기획한 바 있듯이,[4] 전후는 단순히 서구 문화의 경향을 대변하는 데 그치지 않고 새로운 한국 문화 운동의 창조적 시야를 열어주는 심미적 계기로 적극 활용되었다. 그것은 냉전기라는 새로운 국제정세나 미국의 세계 원조정책,[5] 서유럽의 자본주의화[6] 등 일련의 사회 변화 속에서 더욱 각광을 받기 시작했다. 전후 관념은 1948년 남한 단독정부 수립 이후에 더욱 빈번

---

2 조가경, 『실존철학』, 박영사, 1961, 422면.
3 리오 라니아, 윤태웅 역, 「전후 구라파문단의 동향」, 『신천지』, 1947.11・1948.2; 클라우만, 「전후의 독일문단」, 『신천지』, 1948.11/12(합집); 필자 미상, 「전후의 일본문단」, 『민성』, 1948.10; 모윤숙, 「전후 각국의 신여성」, 『부인』, 1949.2.3; 박인환, 「전후 미영의 인기배우들」, 『민성』, 1949.11; 김삼규, 「전후 세계사조론」, 『신사조』, 1950.1 등. 신문은 「전후세계는 의연혼란!」, 『동아일보』, 1947.2.23; 「어떠케 움지기고 있는가 전후의 세계의 약소국」, 『동아일보』, 1947.8.15 등.
4 이 행사는 진행되지 못했으나, 여기에 참여하기로 한 인적 구성을 바탕으로 하여 신시론 동인이 결성된다. 엄동섭, 「해방기 시의 모더니즘 지향성 연구」, 중앙대 박사논문, 2000, 32면.
5 장철수, 「제2차 대전 후의 미국외교」, 『신천지』, 1950.2.
6 박봉남, 「전후 서구라파 총평」, 위의 책.

하게 활용되는데, 이는 1948년에서 1949년 사이 베를린의 긴장 상태로 냉전의 충돌이 가시화된 국제적 지역 질서 및 세계의 분할이 시작되는 냉전 지형의 변농에 따른 결과였다.[7]

즉 2차 대전 중심의 세계 변화를 시사하는 전후 개념은 냉전의 문화사·사회사·사상사적 전망과 긴밀하게 연접하여 발휘된다. 가령 문학에 있어 전후 관념은 무엇보다도 프랑스와 미국에 대한 특유의 심상지리를 형성하는 중요한 근거이기도 하다. 한국 신문학에 지대한 영향을 미쳤던 프랑스는 2차 대전 종전 이후 자국의 경제와 문화가 급속도로 미국화되는 현상에 직면해야 했다.[8] 그리하여 "종전은 미국문학이 더 이상 영국문학의 일단이 아니라 세계문학을 리드한다는 것을 일깨워 주었다"[9]거나 "미국은 2차 대전을 전후로 세계연극에 확고한 지위를 점령"[10]했다는 식의 진단이 부각되면서 점차 전후 미국 문화의 우수성이 자명한 것으로 받아들여졌다. 이렇듯 세계체제의 미국 헤게모니는 정치와 경제뿐 아니라 학문과 문화의 중심부를 자처하도록 만들었다. 냉전 체제는 승전국 중심의 심상지리를 지속적으로 재생산했고, 이 과정에서 미국식 실존주의가 전후사회의 지식, 사상, 문화를 지도하는 새로운 문화담론으로 한국에 널리 유입되었다.

실존주의는 2차 대전 이후 전 지구적인 문화 질서가 새롭게 조성되는 과정에서 형성된 전후의 문화적 산물이었다. 다만 해방기 실존주

---

7   1948년 이후 냉전 블록의 형성에 관하여 Bernd Stöver, 최승완 역, 『냉전이란 무엇인가』, 역사비평사, 2008, 67~83면.
8   G. 페레트, 김병달 역, 「구라파문화와 아미리가문화」, 『신천지』, 1949.8, 145면.
9   허백년, 「전후미국문학전망」, 『신천지』, 1951.12, 113면.
10   허집, 「전후미국의 연극동향」, 『민성』, 1948.6, 57면.

의 수용은 철학 개념과 사상 자체가 아닌 특정 철학자에게 대중적 관심이 집중되는 방식으로 이루어졌다. 사르트르가 저널리즘에 의해 전후 새로운 지식인상, 반공주의자상으로 널리 부각된다. 청년 사르트르는 1945년 10월 『현대*Les Temps Modernes*』지를 창간하는데, 이 잡지는 세계 변혁에 관한 다양한 논쟁을 불러일으키면서 큰 성공을 거둔다. 이를테면, 『현대』 창간사에서 사르트르는 참여문학을 언급하는 가운데 문학의 사회적 기능과 문학적 성취를 모두 긍정하고, 다른 한편 공산당을 거부하면서도 프롤레타리아의 해방을 주장했다. 이처럼 모호한 철학적, 이념적 입장 때문에 그는 당시 좌파에 경사된 지식인들에게 커다란 반향을 불러일으켰다. 그러면서 전후 사회에서 이른바 사르트르의 시대가 열리게 된다.[11] 사르트르에 집중된 전 세계적 관심은 한국의 경우에도 마찬가지여서 "1945년에서 1950년대까지는 한마디로 사르트르에 대한 수용과 관심이 증폭된 시기"[12]로 회자된다. 사르트르는 주로 『신천지』를 통해 맑스 이후 새롭게 등장한 개인주의적 사회주의자[13] 또는 공산주의의 적[14]이나 부르주아 지식층도, 공산주의자도 아닌 지식층[15]으로 소개되었고, 실존주의 담론은 "자료의 부족"[16]으로 인해 심지어는

11　장프랑수아 시리넬리, 정명환 외역, 「프랑스 지식인과 정치─서론」, 『프랑스 지식인들과 한국전쟁』, 민음사, 2004.

12　조남현·구인환·최동호, 「좌담회 : 한국문학과 실존사상」, 『현대문학』, 1990.5, 43면.

13　박호윤 역, 「라스키와 사르트루─구라파지성은 모색한다」, 『신천지』, 1949.10, 230면.

14　이 글은 루카치가 파리에 나타나 사르트르를 공산주의의 적이라 선적했던 소식이 번역된 글이다. 기영 역, 「실존주의는 공산주의의 적인가」, 『신천지』, 1949.11, 178면.

15　하와르 콜러어맨, 「예술을 통해 본 파리의 자태」, 『신천지』, 1948.2, 138면.

16　실존주의에 관하여 많은 글을 쓴 양병식조차 "자료 부족으로 그 내용은 미국 잡지를 통해 알 수 있었다"는 아쉬움을 토로하고 있다. 양병식, 「사르트르의 사상과 작품」, 『신천지』, 1948.10, 82면.

명확한 저자명이나 출처도 없이 미국 잡지의 기사를 중역하는 과정을 통해 수용되기도 했다.[17] 즉 실존의 의미에 대한 철학적 인식이 수용 단계에서 과감히 생략되고 사르트르 개인의 유명세를 드러내는 미디어적 증폭 현상 속에서 실존주의 담론이 유통되었던 것이다.

그런데 김동석, 양병식, 박인환 등이 참여한 『신천지』의 '사르트르의 실존주의' 특집(1948.10)에는 사르트르보다 실존주의에 대한 비판적인 논평이 주를 이루고 있어 주목된다. 이 특집은 실존주의에 대한 엄밀한 논평 대신에 필자들의 정치적 견해가 강조되는 한계도 있지만 한국 지식인 사회 내부에서 최초로 제기된 실존주의 담론에 대한 진지한 평가였다는 점에서 적지 않은 의의가 있다. 김동석은 마르크스주의의 입장에서 사르트르의 중간파적 태도를 자유주의적 인테리의 현실 도피로 비판했고,[18] 양병식은 새로운 모랄이 아니라 낡은 절망을 새롭게 표현한 것이라고 실존주의에 대해 논평했는데,[19] 이들의 입장은 실존주의의 유행에 매몰되지 않으려는 지식인 나름의 비판적인 시각을 드러내고 있다. 「포기, 고민, 절망의 철학」으로 표기된 특집호의 제목처럼 이들이 한결같이 실존주의의 무비판적인 수용을 경계했던 것은 사르트르의 실존주의를 단순히 고민, 불안, 절망 등 패전 경험에서 나온 비관적인 정서로 파악하고 여기서 새로운 문학의 활력을 찾을 수 없다고 판단했기 때문이다. 특히 박인환의 경우 2차 대전 후 최대문학운동으로 추앙

---

17 그만큼 1940년대 후반부터 1950년대 초반까지 미국에서 사르트르의 실존주의에 관한 개론서, 작품집이 집중적으로 쏟아져 나왔기 때문인데, 이러한 관심은 프랑스의 산물처럼 소개된 실존주의를 짧은 기간 내 미국식으로 재생산하게 만들었다. Vincent B. Leitch, 김용권 외역, 『현대미국문학비평』, 한신문화사, 1993, 211면.

18 김동석, 「실존주의 비판—사르트르를 중심으로」, 『신천지』, 1948.10, 76~77면.

19 양병식, 앞의 글, 86면.

받는 실존주의를 1차 대전 이후 나타난 초현실주의나 다다이즘과 비교해 사르트르 문학에 대해 심리적이며 형이상학적이라 평가하며 상대적으로 평가절하했다. 김동석의 논의와 마찬가지로 사르트르의 실존주의를 반파시즘적 항전 패열 이후 철학적 회의과 인텔리겐차의 쇠약한 정신의 상징물이라 일축해 버린 것이다.[20]

비록 실존주의를 회의적으로 평가하고 있지만, 한국전쟁이 예고될수록 모더니스트들은 실존주의를 문학운동의 차원에서 다시 신중하게 검토하려 했다. 해방기 지식인들의 실존주의에 대한 관심과 몇몇 모더니스트들의 실존적 감수성은 김기림의 「문화의 운명」에서 보여지듯 한국전쟁이 임박하면서 더욱 구체적이고 직설적인 냉전 인식으로 드러난다. 김기림은 한국전쟁 직전에 「문화의 운명」을 발표하는데, "현대가 나닥친 박다른 골목" 또는 "한꺼번에 몰려드는 역사"[21]의 급변 속에서 실존주의를 리얼리즘 이후 선택할 수 있는 새로운 정신적 태도라고 언급한다. 그에 따르면 실존주의는 이념적으로 경직된 시기에 고려할 수 있는 최선의 리얼리즘이다.

김기림은 이를 카뮈의 「페스트」를 통해 설명하며 특히 페스트에 대항하는 보건대의 연대 의식을 "공동체의 공동 목적을 위한 협동"으로 읽고 이것이 "오늘날 문화의 운명"에 대해 "까뮈가 도달한 해답"이라며 실존주의를 긍정했다.[22] 이 무렵 김기림이 실존주의를 군이 거론한 연유는 당대를 실존의 위기 상황으로서 강조하고 이를 극복하려는 데 있

---

20 박인환, 「사르트르의 실존주의」, 『신천지』, 1948.10, 92~93・95면.
21 김기림, 「문화의 운명」, 『문예』, 1950.3, 143면.
22 위의 글, 143면.

었다. 김기림은 마치 한국전쟁을 직감한 듯 이 글 전반에서 "냉정전쟁冷靜戰爭의 형식을 거쳐" "실존의 전쟁이 중화해소"될 수 있는 방도와 물리적 전쟁을 회피할 합리적인 국제기구가 절실하다는 등 세계평화에 관한 논평을 주요하게 다루었다.[23] 인간과 인간의 연대의식을 보여준 카뮈의 실존주의 문학은 그 어떤 "관념보다 더 피부에 부닿는 가치"[24]로서 전쟁에 직면한 민족과 세계의 운명을 해소하는 데 절실한 정신적 태도였던 것이다. 한국전쟁이 일어나기 열흘 전에 『문학』(『백민』의 改題)의 특집 좌담회에서 논자들은 실존주의를 분단 이후 새로운 한국문학에 필요한 "고민하는 정신", "세계의 정신"[25]이 될 만한 문학적 기제로 다시 언급했다. 이 무렵에 박인환은 「1950년의 만가」(『경향신문』, 1950.5.16)라는, 실존적 분위기가 농후한 시 한 편을 발표했다.

2. 박인환과 불안 의식

불안한 언덕 위에로

나는 바람에 날려간다

헤아릴 수 없는 참혹한 기억속으로

나는 죽어간다

아 행복에서 차단된

---

23 위의 글, 143~144면.
24 위의 글, 143면.
25 박종화 외, 「새로운 문학의 방향을 논함」, 『문학』, 1950.6, 119면.

지폐처럼 더럽힌 여름의 호반

석양처럼 타올렀던 나의 욕망과

예절 있는 숙녀들은 어데로갔나

불안한 언덕에서

나는 음영처럼 쓰러져 간다

무거운 고뇌에서 단순으로

나는 죽어간다

지금은 망각의 시간

서로 위기의 인식과 우애를 나누었든

아름다운 연대를 회상하면서

나는 하나의 모멸의 개념처럼 죽어간다[26]

　불안 의식이 직접적으로 표출된 박인환의 「1950년의 만가」는 한국
전쟁 발발 직전에 발표된다. 이 시는 불안, 절망, 고뇌, 죽음 등 마치 한
국전쟁 이후 모더니즘 시세계를 보는 것 같은 실존적 정서가 팽배하다.
실존적 정서에 결부된 불안 의식은 반복적으로 등장하는 '쓰러지고, 날
려가고, 차단되고, 죽어가는' "나"의 실존 상태와 이 모든 절망적인 상
황의 배경이 되는 "불안한 언덕"을 통해 구체적으로 형상화된다. 다시
말해 곧 허무하게 사라지고 말 현실 세계의 가치("지폐", "욕망", "숙녀")와
그것을 인식하는 실존적 자아가 서로 극명하게 대비되어 있는 것이다.
또한 실존적 자아의 불안과 절망이 해방 직후(1945~1948) "서로 위기

26　박인환, 「1950년의 만가」, 『경향신문』, 1950.5.16.

의 인식과 우애를 나누었던 아름다운 연대"에 대한 향수로 인해 더욱 심중해진다는 점에서, 그 '아름다웠던 과거'와 '불안한 언덕' 역시 묘한 대비를 이룬다.

"불안한 언덕"은 박인환이 이 시를 발표했을 때의 어수선한 시대 상황을 환기시킨다. 그 당시 한국사회는 단독선거 찬성과 반대 세력으로 극렬하게 양분되어 있었다. 일군의 지식인과 문화인들이 남북 협상을 지지하는 성명(1948.4.14)을 거국적으로 발표했고,[27] 문인들은 명동의 다방과 술집에서 서명 참여 여부를 놓고 논쟁하는 일이 허다했다. 이들로 인해 해방 이후 한동안 수그러들었던 통일 여론이 다시 조성되기도 했다.[28] 이 무렵부터 분단과 통일을 제재로 한 다양한 시적 표현과 함께 불안 의식이 여과 없이 표출되기 시작했다. 이를테면 "끝없이 서로 합치 못할 / 슬픈 운명으로 매련된 두 줄 레일" "국토의 가슴위에 금",[29] "빛깔 다른 옷 속에 / 서로 통하는 마음이 갇혀 있다",[30] "하나도 아니요 둘도 아니요 셋도 아닌 땅"[31] 등 남북과 미소의 정서적, 이념적 단절이 시적 화자의 불안 심리에 적극적으로 반영되었다.

이러한 심미적인 분단 인식은 1946~1947년에 가시화되었던 분단

---

27 교수, 문인, 학자, 변호사, 언론인 등 108명은 '남북협상만이 구국에의 길'이라는 남북 협상을 지지하는 성명을 발표했다. 김규식이 이 성명의 호소력과 그 내용에 감동하여 남북협상 참가 결정을 했을 정도로 이 성명서는 영향력이 컸던 사건이었다. 성명 내용과 참가 명단은 윤민재, 『중도파의 민족주의 운동과 분단국가』, 서울대 출판부, 2004, 366면; 김용직, 앞의 책, 130~131면. 성명서의 의의와 단정 수립 이후 문화인들의 이념적 분화 과정에 관해 이봉범, 「단정 수립 후 전향의 문화사적 연구」, 『대동문화연구』 64, 성균관대 대동문화연구원, 2008.12.
28 최하림, 『김수영 평전』, 실천문학, 2001, 124면.
29 김상훈, 「경부선」(1948.1), 박태일 편, 앞의 책, 52면.
30 조벽암, 「촌길」(1948.2), 이동순·김석영 편, 『조벽암 시전집』, 소명출판, 2004, 203면.
31 설정식, 「붉은 아가웨 열매를」, 『제신의 분노』, 신학사, 1948, 53~54면.

의 형상화 방식과는 사뭇 다른 것이었다. 해방 직후 함경도에서 공산당의 대항세력으로 활동하다가 옥고를 치른 뒤 신변의 위협을 느껴 월남했다고 알려진 김동명의 경우,[32] 「삼팔선」은 자신의 월남서사를 보여주듯 해방기의 혼란을 "약소민족 해방의 성부대가 몰고 온 / 붉은 도야지 떼의 도살장"[33]이라면서 소련식 공산주의의 확장과 침탈로 단번에 규정하고, 유진오는 "모저리 짓밟어 놓은 삼팔이남. // (…중략…) // 사람들은 북으로 북으로 쏠리는데 / 권력은 동으로 동으로 / 태평양 저쪽으로"[34] 등처럼 미국식 자유민주주의 노선을 비판하며 단정수립 이전 좌우의 극심한 갈등을 형상화했다. 반소, 반미의 이념을 분명하게 표방하고 있는 문학에 비해 1948년 이후 분단의 표상들은 생경한 이념의 논리가 아닌 불안과 절망을 토로하는 감정 그 자체로서 드러났다. 그만큼 분단의 징후에 관한 절박한 심정이 한결 고조된 것이다. 아마도 박인환이 "아름다웠던 과거"를 "1946년에서 1948년 봄"[35]까지로 회고한 것은 이러한 현실 변화와 무관하지 않을 것이다. 따라서 이 시기는 단정 수립을 계기로 분단이 고착화되기 이전에 해당하며, 더 중요하게는

---

32 김동명은 1946년 3월 함흥학생의거로 구속되어 옥고를 치르다가 1947년 월남한다. 김월정, 「나의 아버지 초호 김동명」, 『문예운동』, 2005.여름. 김동명의 회고람에 관해 박연희, 「1950년대 후반 전후 인식의 시학적 전유」, 『민족문학사연구』 71, 민족문학사연구소, 2019.

33 김동명, 「삼팔선」, 『삼팔선』, 문융사, 1947, 119면.

34 유진오, 「삼팔이남」, 이병철 편, 『전위시인집』, 노농사, 1946, 65면.

35 박인환, 「이봉구 형」, 김광균 외, 『세월이 가면』, 근역서재, 1982, 228면. "요즘 죽지도 못하고, 그거 정신을 잃고, 바닷가의 무덤을 헤매고 있습니다. 부산은 참으로 우리와 같은 망각자가 살아 나가기에는 가열(苛烈)의 지구입니다. (…중략…) 1946년에서 1948년 봄에 이르기까지 우리의 아름다운 지구는 역시 서울이었습니다" 피난지 시절 박인환의 편지에 나타난 '가열의 지구'와 '아름다운 지구'의 대립된 표상은 단순히 부산 / 서울이 아닌 한국전쟁 / 해방기(단정 수립 이전)의 인식에서 비롯한다.

국민의 정체성으로 규율되지 않은 개인과 그 이념적 자율성의 표현이 가능했던 때이기도 하다. 흥미롭게도 이 시기는 박인환이 고서점 마리서사를 운영하던 시절과 정확히 일치한다. 박인환이 직접 운영했던 마리서사는 민족주의에 의해 과잉 규정되었던 해방 공간의 역사적 실체를 재조명하는 데 흥미로운 참조점이 된다.

3. 무정형의 개인, 탈식민적 가능성

박인환의 마리서사는 아직 이데올로기적 재배치가 이루어지지 않은 해방공간에서 구미의 문예서적뿐만 아니라 좌익서적 총판[36]의 역할까지 겸하고 있었다. 해방과 함께 갑자기 늘어난 책의 수요와 부족한 신간으로 인하여 고서점이 증가하고 있던 1945년 말, 수집과 애서 취미가 남달랐던 박인환은 직접 모은 자신의 장서를 바탕으로 문예 전문 서점을 표방하는 독특한 고서점을 경영하기 시작한다. 2차 대전 이후 세계 동시대적 감각 아래 마리서사와 같이 진귀한 외국 서적이 즐비한 전문 고서점에는 문예인들의 발길이 끊이지 않았다. 김광균의 증언대로 박인환이 책을 파는 것보다 시와 시인에 관한 대화에 목적을 두고 있었던 만큼[37] 마리서사는 그 당시 문예인들의 만남을 매개하는 중요한 문

---

36 남로당 기관지 『노력인민』의 광고를 보면, 좌익전문 출판사에서 간행한 서적의 총판이 마리서사로 명기되어 있다. 이중연, 「시인, 고서점을 경영하다 2─박인환과 마리서사」, 『고서점의 문화사』, 혜안, 2007, 192~193면.

37 김광균, 「마리서사 주변」, 김광균 외, 앞의 책, 138면. 이처럼 동시대인들에 의해 '자유의 공간'이라 일컬어졌던 '마리서사'는 특수한 공간이었고, 이를 통해 민족문학의 재건이라는 좌우 문화단체의 문학이념에 합의하지 않고 새로운 문학적 연대를 목적할 수

화 공간이었다.

이미 상당한 외국어 실력을 갖춘 청년 모더니스트들은 "마치 외국 서점에 들어온"[38] 듯한 기분으로 외국의 현대시집, 잡지, 문화총서가 즐비했던 마리서사를 자유롭게 드나들었다. 김윤식이 "마리서사 그룹"이라고 집단적 정체성을 부여할 정도로, 이들은 마리서사가 제공하는 서구적 교양의 세례 속에서 비로소 "신세대의 빛깔"을 드러낼 수 있었던 셈이다.[39] 김수영, 양병식, 이봉구 등의 모더니스트들뿐만 아니라 오장환, 김기림, 이흡 등 좌파 문단의 전위 작가들 역시 거리낌 없이 마리서사에 출입하는 가운데 좌·우 구분이 없는 자유로운 문예 공간이 형성되었고, 결국 박인환을 중심으로 한 신시론 동인의 인적 구성 역시 여기서 가능했다.[40]

가령 이 시기에 박인환은 "주관만 세워 가지고 시단과 타협할 생각"이었으나 "시대조류 속에서 똑바른 세계관과 참다운 시정신"을 "현대시의 필수 조건"[41]으로 삼고 새로운 현대시의 에콜 활동에 집중한다고 밝혔는데, 이는 전쟁, 해방, 분단 등 일련의 역사적 모더니티가 부각되는 상황을 결코 간과하지 않은 청년 모더니스트의 내적 발화일 수 있겠다. 해방 직후의 박인환에 대한 검토는 그간 "냉전 논리에 의한 선입관

있다. 이것은 이 시기에 민족의 문제도 계급의 문제도 부차적인 것으로 판단하는 "가장 어수선하고 상대적으로 표현의 자유가 폭넓게 용인되었던"(전상인, 『고개 숙인 수정주의』, 전통과현대, 2001, 17면) 시기 특유의 활력이 존재했기에 가능했다.

38 양병식, 「한국 모더니스트의 영광과 비참」, 김광균 외, 앞의 책, 94면.
39 김윤식, 「모더니티의 파탄과 초월」, 『심상』, 1974.2, 134면.
40 이중연, 앞의 글, 189~190면.
41 박인환, 「시단시평」(『신시론』 1집), 엄동섭, 『신시론 동인 연구』, 태영출판사, 2007, 부록.

으로 접근하기 쉬운 해방 공간"[42]의 실상을 구체적으로 재인식할 여지를 준다. 이를테면 문학 조직의 가입 여부와 창작 성향 등을 근거로 당시 문단의 좌·우 이데올로기 편향을 단편적으로 이해했던 연구 방식을 교정할 수 있다.[43] 따라서 문학사에서 1950년대 모더니스트들로 배치되어 온 이들을 해방기 문맥 속에서 재검토하는 작업은 해방기 좌우 문단에 분명 존재했던 또 다른 주체성 혹은 주체 표상을 탐색하는 계기가 된다. 즉 해방기 모더니스트들의 자유주의적 정체성은 극좌나 극우의 대표적인 문학자들과 그 계보에 천착하여 해방기 시문학을 일괄적으로 재단할 때 감지하기 어려운 부분이다.[44] 일례로 앞서 보았던 박인환의 반제국주의 경향의 시들은 그가 마리서사를 경영하던 무렵에 발표된 것이다.

박인환은 초기시에서 '세계'라는 시적 심상을 통해 초국가적 가치를 우선시하는데, 이러한 탈민족주의적 관점은 제3세계 민족으로부터 저항과 해방의 파토스를 기대하는 주된 이유가 된다. 박인환의 초기시는

---

42 최원식, 「해방 직후의 시론」, 『민족문학의 논리』, 창작과비평사, 1988, 268면.

43 사회적 상황에 있어서도 마찬가지다. 당시 일어났던 사회 갈등 혹은 사회 운동은 자율적 구심력을 가진 내재적 안정적 실체로서의 공동체가 아니라 특정 국면마다 상대적으로 친밀한 관계의 선을 따라 형성되는 인적 네트워크에 따라 전개되었다. 그만큼 사회 전반적으로는 대단히 유동적이고 복합적인 측면을 드러낸 것으로 이해할 수 있다. 전상기, 앞의 글, 173면.

44 가령 김용직의 『한국시와 시단의 형성 전개사』(푸른사상, 2009)처럼 기존의 해방기 시문학사는 좌우 문단 정확히 말하자면 문학단체의 형성 과정을 중심으로 서술되었다. 따라서 양측의 대표 시인과 텍스트가 주된 분석대상이 되고 다른 개별 시인들은 '중간파'와 '제3영역'으로 비교적 소략하게 언급되며, 1948년 이후 텍스트에 관하여는 '우파 문단의 재형성' 정도에서 더 이상 문제의식이 확장되지 못한다. 그러나 이용악과 노천명 시편으로 구성된 『현대시인전집』1~2(동지사, 1949)이 1949년에 발간된 사실은 단정수립 이후에도 여전히 "우익 출판사라 하여 우익책만 낼 수 없었"(이대의, 「1940년대와 1950년대를 회고하면서」, 『출판문화』, 2000.1, 24면)던 해방기 문학을 점검하게 한다.

탈식민적 역사 인식을 토대로 급진적인 자유주의의 이상을 구현한다. 광의의 자유주의 개념에서 보자면 이들 해방기 모더니스트들의 탈식민적 상상력은, 국가의 자율성과 국제적 평등을 지지하는 자유주의의 특성에 부합한다.[45] 해방기 박인환 시의 현실 비판적 측면은 좌파적 지식인으로서의 면모에서 기인하기보다, 파시즘 이후 신식민화가 진행된 세계사적 전환기에 그들 리버럴한 모더니스트들이 스스로 받아들인 세계 전후 감각의 일부인 것이다.

여기서 전후라는 관념은 "멋진 식물, 동물, 시계, 정치, 경제, 수학, 철학, 천문학, 종교의 요란스러운 현대 용어"[46] 등을 수용하는 세계적 규모의 문화적 감각뿐 아니라, 현대 세계문화에 참가할 자기 정체성의 근간으로서 이해할 수 있다. 다시 말해 박인환은 새로운 유형의 지식이 자유롭게 번역되고 치환되는 과정 속에서 가능해진 자유로운 세계 인식을 통해 중심과 주변 세계 사이의 거대한 불균형을 비판하는 안목까지 갖게 되는데, 이는 자기 표상을 그러한 제1세계와 제3세계 사이에서 찾는 결과를 만든다. 이를테면 박인환은 등단작인 「거리」(1946)에서부터 "스코올, 코코아, 아세틸렌, 크리스마스" 등 이국취향의 문명어를 등장시킨 댄디풍의 시인이면서, 그에 못지않게 동시대 제3세계 아시아의 현실에 주목한 자유주의자이기도 하다.[47]

---

45 L. T. Hobhouse, 김성균 역, 「자유주의의 미래」, 『자유주의의 본질』, 현대미학사, 2006, 206면.
46 김수영, 「마리서사」(1966), 『김수영 전집』 2, 민음사, 2009, 106면. 이하 김수영의 산문은 이 책의 면수로 대신한다.
47 김예림은 2차 대전 이후 냉전이라는 국제적 환경과 국민국가 건설이라는 국내적 요구에 의해 '아시아 상상'이 전개되는 양상을 심도있게 검토했는데, 이때 박인환의 초기시를 "드물지만 이 시기 한국의 아시아 상상이 구체적으로 재현되고 있는 중요한 자료"로

해방기 모더니즘 문학은 탈식민적 관점은 물론 분단국가나 세계 냉전의 새로운 정치적 감각 속에서 재구성된 자유주의의 정신에 기반을 두었다. 가령 해방 이후 등단한 청년 모더니스트의 경우 해방기 문단의 혼란을 문학 집단(예컨대 '문학가동맹'(1946.2)과 '청년문학가협회'(1946.4)) 이 아닌 개별의 문제의식으로 이해했다. 이들 세대들의 상대적인 자율성은 김수영이 회고했듯, 좌우 문학자들의 "우정관계"에 의해 다분히 "본의 아닌 우경 좌경"[48]을 동시에 취했던 데서 연유한다. 즉 마리서사와 같은 문화 공간에서 좌우 헤게모니의 민족문학의 가치와 변별되는 새로운 주체 표상을 상상하며 이에 몰두했다. 1949년에 발간된 『새로운 도시와 시민들의 합창』(1949.4)이라는 앤솔러지가 그 결과물이다.

모더니스트들은 『새로운 도시와 시민들의 합창』을 통해 '새로운 도시파', '2세대 모더니스트', '중간파 계열' 등의 정체성을 보여주었다. 앤솔러지가 발간된 시기는 일제로부터 해방된 신생국에서 비로소 공식적인 국민국가로 진입한, 해방 이후의 현대사에서 가장 중요한 전환기에 해당한다. 국민국가로의 진입과 함께 내셔널리즘이 강조되던 이 시기에 시민이라는 새로운 주체상이 언급된 앤솔러지가 발간된 것은 흥미롭다. 한 논자는 『새로운 도시와 시민들의 합창』이 시민들과 함께 새로운 시대를 노래하자는 메시지를 담고 있다고 언급했으나[49] 오히려 이 앤솔러지는 그처럼 '새로운 시대'의 국민적 정체성으로 회수되지 않는

거론했다. 김예림, 「냉전기 아시아 상상과 반공 정체성의 위상학」, 『상허학보』 20, 2007, 317~321면.

48 김수영, 「연극 하다가 시로 전향」(1965), 332면.

49 조제웅, 「앤솔러지 『새로운 도시와 시민들의 합창』 연구」, 영남대 석사논문, 2003, 59면; 정끝별, 「'신시론' 동인의 모더니티와 은유」, 『어문연구』 25-3, 한국어문교육연구회, 1997.

동인들의 자기 정체성의 중요한 표현을 담고 있다.

동인의 핵심 인물이었던 김경린에 따르면, 앤솔로지의 제호는 이른바 '도시의 메커니즘' 속에서 얻은 경험을 이미지화한 것이다.[50] 그러나 도시 표상만으로는 이 앤솔로지의 신선한 명제들을 해명하지 못한다. 김경린의 회고보다는 오히려 앤솔로지 발간 직후 신문에 게재된 장만영의 서평이 주목할 만하다. 이를테면, 장만영은 "싱싱한 에스프리 시는 새로운 시대와 함께 돌진한다는 구호 소리가 어디선가 들려오는 것 같다. (…중략…) 이 앤솔러지는 청년들의 것"[51]이라고 하면서, 새로운 시대의 주역으로 '청년'을 강조하고 있다. 장만영은 김광균과 함께 모더니즘의 활력을 되찾기 위해 중도적 입장에서 이들 청년 모더니스트 그룹을 후원했던 지지자였다. 장만영의 서평에 기대어 볼 때, '시민들의 합창'은 새로운 시대의 청년들이 내는 힘찬 구호 소리에 해당한다. 여기서 '시민들의 합창'이 '청년들의 구호 소리'로 이해되는 데는 물론 동인의 신인 이력이나 젊은 연령대가 직접적인 동기로 작용했을 것이다.

알려진 대로 청년이라는 주체상은 시대적 전환기에 새로운 사상, 문화, 사회질서를 만들어낼 일종의 이념적 표상으로 사용되어 왔다. 정치사회적 개념의 일환으로 이미 그 영향력을 획득한 바 있는 청년이라는 주체상은 구세대와 분별되는 어떤 성격을 드러낼 필요성에 의하여 언급된다. 단정 수립 이후 시기를 염두에 둘 때 장만영이 앤솔로지의 제호와 관련하여 '시민'을 '청년'으로 언급하는 맥락에는 시대적 전환기를 암시하는 새로운 주체 표상에 대한 인식 체계, 상상 체계가 내재해

---

50 김경린, 「『새로운 도시와 시민들의 합창』과 우리의 메커니즘」, 김광균 외, 앞의 책, 33면.
51 장만영, 「신시론 동인의 감각: 새로운 도시와 시민 합창을 읽고」, 『태양신문』, 1949.8.5.

있다. 앤솔로지 제호에서 시민은 청년 모더니스트들이 국민국가 안에서 자족적인 자기 정체성을 함의하고자 표현한, 비정치적 영역에서의 문화적 주체 표상인 것이다. 시민과 청년 주체의 자율성은 앤솔러지에서 박인환이 언급한 '자유의 시정신'으로 이어진다.

4. 자유의 시정신

나는 불모의 문명 자본과 사상의 불균정한 싸움 속에서 시민정신에 이반된 언어작용만의 어리석음을 깨달었었다. (…중략…) 풍토와 개성과 사고의 자유를 즐겼든 시의 원시림으로 간다 (…중략…) 아 거기서 나를 괴롭히는 무수한 장미들의 뜨거운 온도[52]

박인환은 앤솔로지 서문에서 세 가지의 시정신[53]을 언급했다. 첫 번째가 '불모의 문명과 불균정한 이념 대립'에 대항하는 시정신이라면 두 번째는 시인으로서 가장 원초적인 '사고의 자유, 개성'을 표현하는 시정신이다. 즉 초역사적인 시인의 정신이라 할 수 있다.[54] '시민정신'과

---

52 박인환, 「서문」, 김경린, 『새로운 도시와 시민들의 합창』, 도시문화사, 1949, 53면.
53 기존 논자들은 박인환의 '현실인식'을 설명할 때 '시민정신'을 언급한다. 그리하여 "문화, 역사의식의 각성과 이념적 싸움"(오세영, 「『후반기』 동인의 시사적 위치」, 『20세기 한국시 연구』, 새문사, 1987, 278면), "해방기 신식민지적 타자로 전락한 주체에 대한 비판적 현실 인식"(하상일, 「아시아 신식민지인으로서의 공동체의식」, 맹문재 편, 『박인환 깊이 읽기』, 서정시학, 2006, 205면), "제국주의의 아수라장이 된 정국을 극복해나갈 주체"(맹문재, 「목마를 타고 떠난 숙녀를 품다」, 맹문재 편, 『박인환 깊이 읽기』, 서정시학, 2006, 21면) 등 앤솔로지에 재수록된 초기작과 관련하여 이를 해명했다. 그러나 '시민정신'은 1949년 즈음 새로운 자기정체성의 긴장을 노출시키는 시정신이다.

'시의 원시림'은 인과관계이면서 동시에 공존하기 어려운 두 개의 시적 세계관에 해당한다. 이렇듯 비판정신과 원초적 자유정신이 공존할 때 '장미들의 가시'처럼 시인을 괴롭히는 이질적인 감수성이 세 번째 시정신이다. 변증법적 과정을 충분히 의식한 박인환의 시정신은 그가 "불안과 희망의 두 세계"[55]를 부인하지 않고 모순되는 감정 사이의 긴장을 유지하고 있음을 암시해 준다. 이러한 시정신은 단정 수립 이전 누리던 정치적 낭만성을 부정하지 않은 채 새롭게 요구되는 시대정신으로 건너가는 교량적인 역할을 한다.[56]

단정 수립 이후 박인환은 명동의 다방에서 술을 마시며 새로운 정신을 요구하는 시대상에 대해 불안한 내면을 드러냈다고 한다. 그 불안 의식은 새로운 시대에 대한 예술가적 고민이었을 것이다.[57] 앤솔로지의 발간을 앞두고 그 해 발표한 「정신의 행방을 찾아서」(『민성』, 1949.3)에는 그에 관한 좀 더 풍부한 암시가 제공되어 있다. 흥미로운 사실은 「정신의 행방을 찾아서」의 시적 표현들 중 상당수가 앤솔러지의 서문에서 사용한 수사적 표현과 중첩된다는 점이다. 즉 이 시는 앤솔로지 서문의 '시민정신'과 '시민들의 합창'이라는 제호가 비판정신과 자유정신 등의 관념들을 지시하고 포괄하는 개념임을 짐작하게 해 주는 것이다.

---

54 '영원의 일요일'과 '시의 원시림'은 평일에서 해방된 일요일의 자유이며 풍토와 개성과 사고의 자유가 펼쳐지는 초역사적인 시인의 정신이다. 오문석, 「박인환의 산문정신」, 문승묵 편, 『사랑은 가고 과거는 남는 것』, 예옥, 2006, 69면.

55 박인환, 「후기」, 『선시집』, 산호장, 1955, 239면.

56 박인환은 C. D. 루이스의 말을 차용하여 "좋은 시란 실제 인생이 잘 알고 있는 가까운 측에서 잘 알지 못하는 측에 걸려진 다리와 같은 것이다"라고 강조했다. 박인환, 「시에 대한 몇 가지 생각 (상)」, 『조선일보』, 1955.11.28, 4면.

57 윤석산, 『박인환 평전』, 모시는사람들, 2003, 122면.

선량한 우리의 조상은

투르키스탄 광막한 평지에서

근대 정신을 발생시켰다.

그러므로 폭풍 속의 인류들이여

홍적세기(洪績世紀)의 자유롭던 수륙(水陸) 분포를

오늘의 문명 불모의 지구와 평가할 때

우리가 보유하여 온 순수한 객관성은 가치가 없다.

(…중략…)

영원한 바다로 밀려간 반란의 눈물

화산처럼 열을 토하는 지구의 시민

냉혹한 자본의 권한에 시달려

또다시 자유정신의 행방을 찾아

추방, 기아

오 한없이 이동하는 운명의 순교자

사랑하는 사람의 의상마저

이미 생명의 외접선에서 폭풍에 날아갔다

온 세상에 피의 비와 종소리가 그칠 때

시끄러운 시대는 어디로 가나

강렬한 싸움 속에서

자유와 민족이 이지러지고

모든 건축과 원시(原始)의 평화는

새로운 증오에 쓰러져 간다.

아 오늘날 모든 시민은

정막한 생명의 존속을 지킬 뿐이다.

「정신의 행방을 찾아서」에서 박인환은 근대성의 모순을 극복하기 위해 자유정신을 지향하는 개인 주체를 표현하고 있다. 이 시는 한 민족을 발전시켰던 "근대정신"으로 인해 "자유롭던 수륙분포"가 "문명불모의 지구"로 변해간다는 역설적인 사실을 환기시키면서 근대의 폭력성을 비판한다. 더구나 "자유와 민족이 이지러지고"만 오늘날의 상황에서 더 이상 근대성이 이상적인 삶의 가치일 수 없음이 반복된다. 여기서 온전한 자유와 민족의 가치가 사라졌다는 판단은 초기시와 마찬가지로 "냉혹한 자본의 권한"에서 연유하지만, 그에 비해 더욱 주목할 만한 변화는 무엇보다 문명 불모의 세계를 극복할 보편적인 가치에 대한 상실감과 더불어 새로운 "정신의 행방"을 향한 열망이 강렬하게 표현되어 있다는 점이다. 게다가 근대의 불합리성에 맞서는 대결의식이 확고한 투쟁 의식이 아닌 분열된 주체 양상으로 현시되고 있어 박인환 시의 변화가 충분히 엿보인다. 주체성의 혼란은 '자유정신의 행방을 찾아 화산처럼 열을 토하는 지구의 시민'과 '적막한 생명의 존속을 지킬 뿐인 시민', 즉 역동적인 주체와 무기력한 주체로 분열된 채 드러난다.

이 시에서 발견되는 시민 표상은 단일한 주체 표상이 아니라 긍정과 부정의 주체상으로 양분되어 있다. 즉 시에서 박인환이 사용한 '시민'이라는 명명법은 국민국가 이데올로기의 제도화 과정에서 그에 통합되지 않는 개인 주체를 첨예하게 드러내는 전략적 방식이다. 분열된 주체와 그로 인한 정신적 혼란은 그가 1948~1949년에 선진적으로 받아들인 실존주의 담론을 중심으로 한 불안 의식과 무관하지 않다. 해방기 실존주의 담론이 비록 엄밀한 철학사조가 아니라 저널리즘의 유행에 불과했더라도, 그것은 역사적 위기 속에서 개인이 자신의 존재 방식을 갱신하는 데 유효하게 활용된 것이다. 요컨대 「정신의 행방을 찾아서」는 해방과 관련하여 다양한 입지점을 지닌 개인들이 국민적 정체성으로 통합되는 시기에 발표되었음에도 오히려 그러한 통합에 균열을 드러내는 방식으로 개인 주체의 표상을 구체화한다는 점에서 이례적이다. 그리고 그것은 '자유정신'을 분명히 드러낸 시민 주체 표상이라는 점에서 중요한 의미를 지니는 것이다. 다시 말해 이 앤솔로지의 의의는 해방된 민족이나 국민국가에 천착하지 않고 시민(김경린), 현대인(김수영), 제3세계 민족(박인환), 소시민(임호권) 등 민족주의에서 이탈한 주체 표상을 주조해 낸 데서 찾을 수 있다.

국민화 과정nation-building에서 만들어진 자아의 정체성은 고유한 역사를 보증하고 그 가운데 자기 동일성을 회복하지만, 박인환의 경우에는 민족의 고유성에 천착하는 대신에 그 세계를 제국주의의 새로운 판본으로 인식하고 역사적 변혁을 이루어낼 "아름다운 새날"(「열차」, 1949.3)을 염원했다. 국가단위 사회에서 민족에 관한 신념 체계를 강화하거나 확장하여 소속감을 획득하기보다 더욱 광범위한 세계 영역에서 새로운 정체성의 효과를 만들어내려는 데에는 어떠한 헤게모니에도 쉽사리 동일화되지 못하는 개인의 불안한 심리가 작용하고 있었다. 박인환이 10년간의 시작 활동을 회고하면서 특히 해방기를 가리켜 "이 세대는 세계사가 그러한 것과 같이 참으로 기묘한 불안정한 연대"[58]라고 표현하는 데에서 알 수 있는 것처럼, 그는 정치사회적 모델이 부재한 불투명한 시대상황 속에서 자기 실존의 정당성을 모색하고자 했다. 그의 시는 이 러한 내면의 고투와 시대적 응전의 산물이라고 말하지 않을 수 없다.

이 시기에 흥미롭게도 김수영 역시 이례적으로 실존주의적 색채가 농후한 두 편의 시를 발표한다. 1948년에서 1949년 사이에 씌어진 「웃음」과 「토끼」가 그것이다. 일반적으로 실존에 대한 글쓰기는 전쟁 의 경험과 그 상상력에 기반을 두고 만들어지기 때문에 한국의 경우 한 국전쟁의 원체험을 통해 본격화되었다고 보는 것이 정설이지만, 굳이 물리적 전쟁이 아니더라도 단정 수립 이후 분단과 전쟁의 위기감이 고 조되는 가운데 김수영은 이미 「웃음」과 「토끼」 등에서 실존적 감수성 을 분명하게 드러냈다. 모더니스트들은 민족이라는 초역사적 산물이 아닌 역사적, 시대적 산물인 실존의식에 기반하여 자신을 드러낼 수 있 었다. 이러한 정신적 지형에 김수영의 「웃음」과 「토끼」를 놓아 둘 때, 김수영의 시편들도 박인환 못지않게 실존주의의 영향을 받은 현실인식 이 두드러지는 텍스트라 할 만하다.

웃음은 자기 자신이 만드는 것이라면 그것은 얼마나 서러운 것일까

푸른 목

귀여운 눈동자

진정 나는 기계주의적 판단을 잊고 시들어갑니다

---

58 박인환, 「후기」, 『선시집』, 산호장, 1955, 238면.

마차를 타고 가는 사람이 좋지 않아요

웃고 있어요

그것은 그림

토막방 안에서 나는 우주를 잡을 듯이 날뛰고 있지요

고운 신이 이 자리에 있다면

나에게 무엇이라고 하겠나요

아마 잘 있으라고 손을 휘두르고 가지요

(…중략…)

오랜 시간이 경과된 후에도

이 웃음만은 흔적을 남기고 있을 것이라고 믿는 것은

어리석은 일

시간에 달린 기이다란 시간을 보시오

내가 어리다고 한탄하지 마시오

나는 내 가슴에 또 하나의 종지부를 찍어야 합니다[59]

「웃음」은 밀폐된 공간인 토막방 안에서 우주를 잡을 듯이 날뛰고 있는 공허하고 부조리한 자기 존재성을 역설적으로 보여준다. 일반적으로 웃음은 외부의 자극에 행복하게 반응하는 주체의 감각기제로서 결코 선험적이지 않은 자아상을 나타낸다. 그러나 이 시에서 보여준 자아상에는 이미 자기 존재를 의심하고 분열시키는 실존적 감수성이 포함되어 있다. 김수영은 '웃음'마저 "기계주의적 판단"에 의해 만들어질

---

59 김수영, 「웃음」(1948), 24~25면.

수밖에 없는 고립된 세계, 곧 "토막방"의 부조리와 모순을 자각하면서, "고운 신"마저 잃어버린 비극적인 자유와 자아의 절망을 전경화했다. 이 시는 '실존은 본질에 선행한다'라는 사르트르의 명제처럼, "웃음"과 "시간"에 대한 합리주의적인 확신을 부인하고 "내 가슴에" "종지부를 찍"는 스스로의 주체적 행위를 강조한다.

실존주의의 주요한 전제인 자유와 책임의 문제는 김수영 세대에게 있어 새로운 모럴과 상황이 절박할 때 요구되는 시대의 핵심적인 과제였다. 제국주의 시대의 몰락과 불확실한 냉전질서의 등장이라는 역사적 전망의 이중적 부재상황은 이들 세대로 하여금 공허와 상실을 드러내기에 충분한 조건으로 작용했다. 이를 암시하듯, 「토끼」에서 역시 "탄생과 동시에 타락을 선고"[60]받았다는 인간 소외의 한 극단적인 표현이 예각화된다. 그런데 김수영이 실존 개념을 하나의 문학적 표현으로 내면화하거나 박인환이 사르트르를 소개했던 때가 1948년 이후였다는 사실은 주목할 만하다. 민족의 분단이 가시화된 1948년부터 오기영이 전 지구적 위기를 "총성없는 냉정전쟁冷靜戰爭"이라고 비로소 명료하게 개념화했듯,[61] 1948년 이후는 또 다른 정치적 위기의식이 팽배해진 때였다. 김수영을 비롯하여 이들이 실존적 자아를 내세웠던 시기는 이러한 민족적, 세계적 정세와 긴밀하게 연관되어 있다.[62]

---

60 김수영, 「토끼」(1949), 26면.

61 '냉전'의 개념은 1946년 이후 미국의 정치 토론에서 사용되다가, 1947년 저널리스트 리프먼(Walter Lippman)의 *The Cold War*라는 제목의 팸플릿을 통해 공식적으로 회자되었다. Bernd Stöver, 최승완 역, 『냉전이란 무엇인가』, 역사비평사, 2008, 16면. 1948년 무렵부터 오기영은 "냉정(冷靜)"을 활발하게 사용하며 한반도 분단 인식을 세계체제의 변동 속에서 명명했다. 오기영, 「단선의 실질」(1948.4.5) · 「전쟁과 평화」(1948.6.12) · 「적색과 백색」(1948.6.25) 등.

5. 분실된 연대

분단과 냉전의 경험을 통해 민족·세계의 해체를 실존적으로 자각해 나갔던 김수영의 시적 파토스는 그와 같은 모더니스트들이 해방기의 좌우 좌표 어디에도 포함되지 않으면서 거기에 공존할 수 있었던 독특한 문학적 정체성의 한 선례에 해당한다. 가령 불안하고 무의미한 정조 情調는 조병화와 김춘수의 텍스트에서도 발견된다. 조병화가 "시대의 기형아"[63]라는 자기 인식에서 줄곧 '고독'의 심상을 형상화하거나, 김춘수가 시집 서문에서 분단을 예각화하는 가운데 "나도 아니고, 그도 아니고, 아무것도 아니고"[64]라는 허무주의적 자아상을 구현하는 방식은 이들 세대 공통의 실존적 감수성이다. 특히 조병화는 김기림의 조언으로 첫 시집을 출판하고 김광균, 장만영, 이봉구, 양병식, 김경린 등이 모여 출판기념회를 열어 줄 정도로 당대 모더니스트 계열의 신세대[65]로

---

62 흥미롭게도 이 무렵부터 실존주의가 전후문학의 새로운 가능성으로 재궁정되기 시작했다. 요컨대 양병식은 1950년에 들어서면 로버트 잠펠의 번역 글 「사르트르의 실존주의」(『신사조』, 1950.1)와 동년 5월 『학풍』에 실은 「전후의 불란서문학과 사상」을 통해서 이전과 달리 실존주의를 "선진적이고 획기적"인 문학정신으로 고평하기도 했다. 사실 박인환도 실존주의 계열의 시인들에게는 호의적이었다.

63 조병화, 「후기」, 『버리고 싶은 유산』, 산호장, 1949, 83면.

64 김춘수, 「서풍보(西風譜)」, 『구름과 장미』, 행문사, 1948, 47면. 김춘수의 경우 해방 직후부터 청년문학가협회의 경남 지부에서 활동하며 서정주, 청록파 시인들의 시에 감화를 받았던 청년 문학도의 시절을 보냈다. 더욱이 『구름과 장미』의 출판기념회를 문협에서 유치환과 함께 열어줄 정도로 그는 우파 문학자들과의 유대가 돈독했다. 김춘수, 『왜 나는 시인인가』, 현대문학, 2005, 72~74면. 그러나 "내 나이 스물이 되었을 때" "쉐스토프를 읽고 있었다"(김춘수, 「그늘」, 『김춘수 시전집』, 현대문학, 2004, 648면)에서 짐작할 수 있듯 해방기 그의 시적 원천은 세스토프(Leon Chestov)라는 실존주의자와 긴밀한 관계가 있다. 김춘수가 니혼대학에서의 유학 시절 접했던 세스토프는 이성의 전능에 대한 실존의 절망적인 저항을 보여준 사상가였다. 허만하, 「김춘수와 실존」, 『현대시학』 429, 현대시학회, 2004, 20~25면.

여겨졌다. 이때 장만영이 저쪽(문학가동맹)과 이쪽(한국문학가협회)에서 출판기념회를 열어준다고 해도 응하지 말라고 충고했던 에피소드는[66] 모더니스트 그룹의 독자적인 행로를 보여주는 흥미로운 대목이 아닐 수 없다. 좌우 편력기에 나온 조병화의 독자적인 문학성은 "큰 바다 기슭엔 / 온종일 / 소라 / 저만이 외롭답니다"(「소라」, 『버리고 싶은 유산』, 산호장, 1949)라는 시 구절로 요약된다. 이는 세계와의 모순과 대립에 괴로워하는 고독한 개체의 형상화와 직결되어 있다. 조병화가 첫 작품인 「소라」에서 해방기의 불안한 현실과 거기서 어떤 꿈도 꿀 수 없었던 스스로를 각각 '바다'와 '소라'에 비유했다고 밝혔듯,[67] 그의 시적 원천은 해방기 청년의 혼란스러운 자의식을 반영한 데서 출발했다.

---

65 양 문학단체는 문학자대회를 통해 "신진문학자의 성장을 원조하고 특히 민중자신의 문학적 창조능력을 발견육성하며 새로운 전환의 길 위에 설 문학자의 창작활동을 용이케"(조선문학가동맹서기국 편, 『결정서』, 『건설기의 조선문학』, 1946, 199면)할 것과 "조국과 민족을 지킬 청년문인이여 모이라. 문화로나 경제로나 민족으로나 진정한 해방과 존엄을 갈망하는 자는 우리의 동지"(「청년문학가대회특집」, 『청년신문』, 1946.4.2; 김용직, 앞의 책, 69면)라는 언설로, 신세대 문학자를 통해 좌우 문학 이념의 실천을 확대할 역량을 모색했다. 따라서 『청록집』(을유문화사, 1946)과 『전위시인집』(노농사, 1946)을 발간했던 박두진, 박목월, 조지훈과 이병철, 김광현, 김상훈, 유진오, 박산운은 해방 이전 등단 이력을 불식시키고 해방기 신세대 문학의 대표성을 획득한다. 가령 조지훈은 청년문학가협회 창립 대회의 기조강연에서 "어떤 주의의 편당성에보다도 전인간적 공감성"에 기반을 둔 "순화된 사상"(조지훈, 「해방시단의 과제」(1946.4.4), 『조지훈 전집』 3, 나남출판, 1996, 223~224면)을 순수시의 방향으로 강조하고, 「낙화」, 「산사」 등의 시편을 통해 『청록집』에서 초역사적인 민족과 전통을 유력한 시제로 삼았다. 김상훈 역시 김기림, 오장환, 임화의 각별한 관심과 찬사 속에서 등장하여 인민의 주체성을 뚜렷하게 형상화하는데, 가령 "팔할이 굶주리"(김상훈, 「田園哀話」, 이병철 편, 『전위시인집』, 노농사, 1946, 19면)는 당대 현실을 비판하고 "대열을 지어" "북을 치며 가자"(김상훈, 「바람」, 위의 책, 28면)라고 민중을 정치적 인민주체로 호명했다. 이처럼 청록파나 전위시인군이 분명하게 민족인식을 형상화하며 유력한 신세대 시인으로 거론된 데 비해 해방 이후 등단한 청년 모더니스트의 경우 그러한 두 가지 경향에 쉽게 포함되지 않고 문학사 안에서도 해방기 신진 문인으로 주목받지 못했다.

66 조병화, 『나의 생애, 나의 사상』, 둥지, 1991, 94~106면.

67 위의 책, 97면.

즉 조병화의 고독의 시편은 인간의 본질적이고 근원적인 조건으로 채워진 서정적 감수성과는 다르다. 예컨대 그것은 비극적인 현실인식에서 발아된 개체의 기투企投 행위이다. 「소라」에서 발견되는 '소라'의 심상은 「소라의 초상화」로 이어지는데 이 시는 앞의 시보다 더 과감한 고립의 구조를 보여주었다. "당신네들이나 / 영악하게 잘 살으시지요 / 나야 나대로히 / 나의 생리에 맞는 의상을 찾았답니다"라는 4행의 짤막한 시편은 외부적 강제와 관련 없이 존재의 선택과 자유를 발화하는 청년 모더니스트의 내면을 시사한다. 장만영은 모더니스트 일군을 일컫는 '거리의 시인'에 관하여 이들이 시대적 고민을 '고독'의 심상으로 해석할 수밖에 없는 불행한 종족이라고 설명했다. 그러한 고독의 심상은 좌우 문단의 민족 표상에 수렴되지 않고 해방기 혼란 속에서 자아와 세계의 균열을 감지한 실존적 자기 표상이었다는 점에서 중요하다. 해방기 조병화 시의 주된 정서는 다른 청년 모더니스트, 예컨대 제3세계 아시아의 현실에 주목한 박인환이나 '흑노黑奴'적 정체성의 형상을 중심으로 해방의 역사적 의미를 재인식한 배인철(1920~1947) 등이 제국의 주변인으로 자기 존재를 재구성하면서 드러낸 소외감과 크게 다르지 않다.

따라서 박인환이 자신의 문학적 정체성을 형성하고 정당화하는 데 더없이 유효했던 것이 2차 대전 이후 주목된 실존주의 담론이었다고 말할 수 있다. 다시 말해 실존을 육체적, 물리적 의미로만 해석할 것이 아니라 실존이 "상식인 것"[68]처럼 존재했다는 회고대로 무의식적인 자

---

68 장용학, 「실존과 요한시집」, 『한국전후문제작품집』, 신구문화사, 1960.

기존재 증명의 표지로 이해할 필요가 있다. 즉, 당대 실존주의는 박인환이 부정과 긍정을 거듭하면서 그 담론을 받아들였던 사실에서 알 수 있듯이 철학 담론 자체로서보다 개인의 정체성 형성에 영향력을 행사하는 중요한 문화 담론의 일부로 활용되었다.[69] 가령 단정 수립 이후 냉전과 분단의 압력 속에 개인은 국민으로 재단되는데, 이러한 제도화된 정체성의 혼란은 실존적 불안과 분열을 가중시켰다. 박인환의 경우 '시민'이라는 불분명한 주체 표상에 기대어 분열된 자의식을 드러내면서 정치적 전환기를 통과했다.

이처럼 실존주의 담론은 단순히 전쟁의 참혹한 체험을 통한 인간 존재의 유한성, 불안이나 우울의 정서적 표현만을 함의하지 않으며, 오히려 단정수립 이후 독특한 실존적 정체성을 형성하는 데 유의미했던 측면이 있다. 다시 말해 한국전쟁 이전 모더니스트들이 표현하고 있는 실존적 자아는 전쟁이라는 극단적 상황의 체험에서 초래된 실존문학의 그것과도 다르고, 그것이 이들 모두에게 공통된 문학적 역량의 근원이라고 하기에도 미흡한 측면이 있다. 이들은 그리 낙관적인 전망만으로 실존주의를 소개하지는 않았지만, 박인환과 김수영 등은 이 시에서 분단과 전쟁 사이의 긴장감을 실존적 자아를 통해 해소하고 있다. 실존의식은 이처럼 한국전쟁 이전에 이미 모더니스트들의 냉전 인식 속에서 전유되고 있었다. 그것은 현대 문명에 예민하게 반응하는 모더니스트들이 그 특유의 감각으로 세계 전후 질서를 민첩하게 감지하고 그 정서

---

69 이러한 이해 방식은 1955년 실존주의 담론을 고찰하면서 실존이 신세대의 문학적 권위를 실어주는 지식 권력의 역할을 담당했다는 김건우의 논의와도 같다. 김건우, 「한국 전후세대 텍스트에 대한 서론적 고찰」, 『외국문학』, 1996.겨울, 209면.

적 분위기를 시적 원천으로 삼았던 것과 관련 있다. 물론 이들은 1950년대 모더니스트처럼 실존 개념을 모더니즘의 세계관과 연결하려는 작업을 수행하지는 않았다. 다만 한국전쟁의 징후처럼 나타났던 해방기 박인환과 김수영의 실존적 글쓰기는 식민지 시대와 분단 시대 사이의 '분실된 연대'를 민족 표상에 경사되지 않고 다른 방식으로 해명하고 표상할 수 있었던 문학적 자의식의 결과물이었다. 좌우 헤게모니 투쟁이나 반공의 심미적 갈등에서 자유롭고자 했던 이들 모더니스트들은 실존적 자아를 통해 해방과 분단의 모순된 역사, 곧 미완의 모더니티를 비판적으로 재인식한 자유주의의 시정신을 보여주었다.

그러나 단정 수립을 계기로 모더니스트들은 '마리서사' 시절과 공통되면서도 변별되는 주체성을 강조했다. 좌우 이데올로기적 대립과 갈등에서 역설적으로 정치적 자유를 향유할 수 있었던 이들은 이제 정치적, 문화적 정체성의 일치를 국민의 전통으로 간주하는 민족주의와 고통스런 방식으로 대면할 수밖에 없었다. 가령 청년 모더니스트들과 좌파 지식인들 간의 자유로운 소통은 국민국가의 반공 정책에 의해 차단된다. 박인환의 경우 좌파 지식인과의 교류로 인하여 1949년 7월 국가보안법 위반으로 체포되기도 하는데,[70] 이 사건은 남한 단독정부 수립이 곧 공공영역에서의 좌파 세력에 대한 전면적인 배제와 억압을 뜻한다는 점을 보여준다.[71] 이와 같이 동인들 간의 이념적 갈등이 뚜렷해지

---

70 『자유신문』 기자였던 박인환은 다른 4명의 기자와 함께 남로당 평당원으로서 국가보안법 2항을 위반한 혐의로 체포된다(「유엔한국위원단 출입기자 2명, 국가보안법 위반 혐으로 송청」, 『조선중앙일보』, 1949.8.4). 그러나 박인환이 곧 석방된 것에 비추어볼 때 남로당과는 거리가 있지만 언론사에 침투해 있던 좌파 인사들과 어울리면서 남한 단독정부 수립에 불만을 가지고 있었던 것으로 짐작해 볼 수 있다. 방민호, 「박인환 산문에 나타난 미국」, 문승묵 편, 앞의 책, 605면. 각주 12 참조.

면서 결국 앤솔러지를 끝으로 신시론 동인은 사실상 해체된다.

즉 김기림을 위시하여 해방기 모더니스트들이 지닌 탈식민적 자유주의의 면모는 1950년대 국가재건의 과정, 예컨대 문단과 아카데미즘의 제도화 과정 속에서 배제되거나 봉합되기에 이른다. 박인환에게 나타난 해방기 문학의 비결정적인 자기인식 과정은 50년대 이후 달라진다. 이를 통해 전후 한국사회의 분단을 문학적 화두로 삼아 그 역사적 의의와 한계를 통찰했던 일군의 해방기 모더니스트들의 놀라운 응전력이 1950년대 이후 세계성 인식에 어떤 영향을 끼쳤는지를 탐색할 수 있을 것이다.

---

71 박찬표, 앞의 글, 301면.

제3장

해방기 미국문화 붐,
아메리카니즘 비판론의 지점

1. 박인환과 영화

시 「단층」, 「거리」로 1946년에 등단한 박인환은 약 30편의 영화비평을 발표하며 전후 영화비평 담론에 적극 관여했다.[1] 시인 박인환이 영화에 남다른 애착을 보였다는 것은 전후 모더니즘 시인들의 다양한 영화 활동에 견주어볼 때 그리 특별하지 않다. 박인환과 함께 후반기

---

1 박인환의 영화비평 규모는 맹문재 편, 『박인환 전집』, 실천문학사, 2008(이하 『전집』으로 표기함)을 기준으로 정리했음을 밝힌다. 1950년대 영화비평가로서 또한 박인환의 영화비평가적 위상은 전지니, 「잡지『영화세계』를 통해 본 1950년대 영화 저널리즘의 정체성」, 『근대서지』 7, 근대서지학회, 2013, 486~487・491면. 전지니에 의하면 국산영화의 입장세 면세 조치(1954) 이후 한국영화가 활발하게 제작되고 영화 저널리즘이 불가피했다. 『영화세계』(1954)는 그중 단명하지 않고 필진, 담론상의 위력이 상당한 영화잡지였다. 가령 "『영화세계』의 필진은 당시 영화계를 대표하는 인사"라는 인상과 함께 주요 필자이자 좌담자였던 박인환의 남다른 면모가 짐작된다.

동인에 참여했던 이봉래는 「삼등과장」(1961), 「월급쟁이」(1962) 등의 작품을 통해 코미디 영화감독으로서 왕성하게 활동했으며, 그와 함께 김규동은 영화입문서를 발간하고 영화에 대한 취미와 지식을 시론에 직접 반영하기도 했다. 가령 그의 시론에는 서정주, 청록파 등이 전유한 전통적 시어(음악성)를 낡은 창작방법론으로 지적하며 영화매체의 시각성 내지 시네마스코프 시스템 등의 영화기술(과학)의 진보를 부각시켜 시의 현대성을 논의한 대목이 상당하다.[2] 이들 시인들은 영화를 현대시 창작의 활력으로 삼고 당대를 "스크린 시대"(『영화입문』)의 전성기로서 평가하며 현대 세계를 이해하는 데 있어 영화가 지닌 기능과 위상을 각별하게 다루었다. 요컨대 이봉래와 김규동이 발간한 영화입문서에 따르면, 현대시 창작의 활력이 된 영화는 단순히 대중 오락물이 아닌 교양과 이념을 유통시키는 새로운 활자이고 근대적 경험의 원천과 표상이다.[3] 이처럼 영화가 현대성의 좌표로서 특화된 사정의 배경에는 이 시기가 외국영화 상영을 포함해 한국의 영화산업 부흥기였고[4] 동

---

2   김규동은 시론에서 시의 시각적 이미지와 효과를 강조함은 물론 특히 1940년대 이탈리아 영화운동인 네오리얼리즘을 현대 현실사회를 성공적으로 재현한 사례로 제시하며 리얼리즘, 이미지즘, 초현실주의 등의 시운동의 발전 방향을 여기서 찾으려고 했다. 또한 시의 비평과 언어를 과학적으로 접근하자는 시론을 통해 과학기술의 진보에 맞춰 발달한 영화처럼 시 역시 하나의 매체로서 동시대적인 혁신과 도약의 과정이 요구됨을 역설한다. 김규동, 『새로운 시론』, 산호장, 1959, 11·54·68면. 전후 시인의 시론과 영화의 친연성은 김창환, 「'후반기' 동인의 시론과 영화의 상관성에 관하여」, 『사이』 2, 국제한국문학문화학회, 2007; 김은영, 「김규동의 시세계 연구」, 『국어국문학』 156, 국어국문학회, 2010 참조할 것. 또한 한국 미평담론에서 할리우드 영화에 대한 분열적 태도와 그 대안으로 한국영화평론가들이 네오리얼리즘에 주목한 사정은, 이순진, 「한국영화의 세계성과 지역성, 또는 민족영화의 좌표」, 『한국어문학연구』 59, 한국어문학연구학회, 2012, 118면.

3   김규동·이봉래, 『영화입문』, 삼중당, 1960, 21면.

4   백문임 외, 『매혹과 혼돈의 시대』, 소도, 2003, 8·205면.

시에 전후 문화의 수용을 통해 세계주의가 지식인들에게 내면화되기 시작했다는 사실과 밀접하게 연관되어 있다.

한국전쟁 이후 영화에 대한 관심은 대중지나 신문의 영화소개, 영화 평을 통해 확연히 드러나지만 지식인 잡지 역시 예외가 아니어서 『사상계』의 경우 1960년대에 들어 「지난달의 영화」(1960.10~1961.11), 「영화편상」(1962.1~1964.5)을 통해 세계 교양과 문화의 산물로서 여러 외국영화를 소개하고 고평하기도 했다.[5] 다시 말해 해방 후 문화담론 안에서 영화는 한국의 대중문화 형성 과정뿐만 아니라 양차 세계대전 이후의 현대 세계를 파악하는 계기로서 의미가 크다. 가령 1950년대 『사상계』의 논의에 따르면, 과학적인 요소가 강력해진 20세기의 시대성을 그대로 반영하고 이에 따른 표현양식의 변화와 진보의 가치를 뚜렷하게 보여주며,[6] 무엇보다 세계문화를 일가―家로 만드는 데 공헌한 현대예술이 바로 영화였다.[7] 『사상계』의 교양 특집 가운데 하나로 배치된 영화론은 이처럼 과학, 현대, 세계의 표상체계로 수렴되었고 따라서 영화는 현대의 사상과 세계관의 변동에 예민했던 당대 지식인들에게 관심의 대상이 되지 않을 수 없었다.

『사상계』의 대표적인 편집위원인 안병욱은 민족주의 원리에서 벗어난 세계주의적 개인을 교양인, 현대인의 전형으로 제시하며 교양강좌 성격의 지면을 새롭게 마련했는데, 여기서 현대는 태평양 중심의 문화,

---

5 한영현은 상기한 영화 지면이 후진성을 이유로 당대 한국영화 및 대중문화를 배제하는 대신에 외화 중심으로 영화의 예술성을 강조한 점을 비판적으로 고찰했다. 한영현, 「『사상계』와 대중문화 담론」, 사상계연구팀, 『냉전과 혁명의 시대 그리고 『사상계』』, 소명출판, 2012.

6 양기철, 「영화론」, 『사상계』, 1958.1, 117~118면.

7 김팔봉, 「특집 : 지성과 교양을 위하여―학생과 예술」, 『사상계』, 1955.6, 139면.

곧 미국 중심의 서구 문화를 기반으로 한다.[8] 전후 지식인의 현대성 및 세계성 인식과 맞물려 박인환의 영화 평론 활동을 살펴 볼 수 있다. 박인환 영화 비평의 핵심은 구라파와 아메리카라는 이항대립적 구분법을 구사하는 데 있으며,[9] 더욱이 해방기와 1950년대에 그가 보여준 미국 인식의 변모는 한국사회에 도저한 아메리카니즘의 이념과 욕망을 이해하는 데 있어 주목할 만하다.

박인환의 경우 해방기에는 미국의 신식민적 경향을 비판하고, 한국 전쟁 후로는 미국 중심주의 담론을 수용한 전형적인 선례로 평가될 만큼 미국 인식의 변화가 비교적 뚜렷하다. 특히 1955년 3월에 대한해운공사에서 화물선의 사무장 자격으로 갔던 미국 서부지역 기행은 그의 미국영화평을 이해하는 데 주된 참조점이 된다. 서부 신화를 실감하게 된 박인환의 미국기행은 1950년대 아메리카니즘의 향방을 가늠케 해주는 이채로운 사례이자, 상업적인 미국영화에 대한 비판을 새롭게 긍정하는 계기이기도 했다. 하지만 어떠한 계기로 그의 미국 인식이 해방기와 정반대로 변모하게 되었는지에 대해서는 미국기행만으로 설명되지 않는다. 미국행 이전에 발표된 영화비평만 하더라도, 해방기 시에서 보여준 반제국주의적 태도나 미국을 경계의 대상으로 바라보는 시각이란 더 이상 발견되기 어렵다. 또한 미국기행이 강렬한 인상과 경험을

---

8 안병욱, 「연재교양 : 현대사상강좌 8 – 현대적 세계관(상)」, 『사상계』, 1956.4, 311~314면.
9 방민호, 「박인환 산문에 나타난 미국」, 오문석 편, 『박인환』, 글누림, 2011, 239면. 방민호는 1926년생인 박인환이 대동아주의의 세례를 받은 세대였다는 점을 논거로 삼아 서구의 이분법, 곧 정신의 구라파와 물질의 미국을 구분한 방식이 일본적인 오리엔탈리즘의 소산임을 강조했다. 박인환이 소개한 영화는 미국(78편), 영국(30편), 프랑스(20편), 이탈리아(5편) 등 미국영화 비중이 크다(242면).

가져왔더라도 미국에 대한 박인환의 경각심을 해소하기에는 부족한 면이 없지 않다. 따라서 그에게 "일상생활의 중요한 취미와 방편의 하나"였다는 영화적 경험, 특히 미국영화에 대한 비평적 글쓰기를 고찰함으로써 한국에 수용된 미국영화의 규모와 그 담론화 과정 속에서 아메리카니즘의 굴절 양상을 살펴보고자 한다.

해방기 박인환의 미국영화 비평에는 미국문화의 역사적 기원과 정체성에 대한 폭로뿐 아니라 자본주의, 산업주의, 상업주의 등 미국경제의 과장된 이미지에 대한 거부감까지 노골적인 비판이 있었다. 그런데 "아메리카 영화의 독특한 마술과 도박성, 공허성, 그리고 광폭성, 우열성, 넌쎈스, 에로틱시즘 등"을 비판하며 "미국영화지상주의"[10]를 경계하는 내용은 당시만 해도 미국영화 비판론의 전형에 해당했다. 해방기 영화평들을 보면 2차 세계 대전 이후보다 이전에 제작된 미국영화에 "양심적인 작품"[11]이 더욱 많다고 판단하고 있었다. 2차 세계 대전 이후 영화

---

10 이태우, 「미국영화를 어떻게 볼 것인가」(『경향신문』, 1946.10.31), 이명자, 『신문, 잡지, 광고 자료로 본 미군정기 외국영화』, 커뮤니케이션북스, 2011, 47면에서 재인용.
11 "일즉이 〈갇혀진 지평선〉, 〈우리집의 낙원〉, 〈스미쓰 워싱톤으로 가다〉 등의 케프라" 영화가 "상업○○에 휩쓸리기 전에 한두 번은 ○○하는 양심적인 작품에서 그것을 보아온 것이다." 「미국영화의 신경향」(『중앙일보』, 1947.12.7), 이명자, 앞의 책, 84면에서 재인용. 여기서 '갇혀진 지평선'은 박인환이 '잃어진 지평선'으로 번역한 영화 〈Lost Horizon〉이다. 해방기에 상영된 미국영화는 일제 말기 외국영화 수입 차단과 태평양전쟁기 해외 수출이 차단된 1938~1943년에 제작된 영화가 다수를 이루고, 이를 분석한 김승구는 마치 미국의 영화 재고 물량을 소비하는 것과 같은 인상을 준다고 언급한다. 김승구, 「영화 광고를 통해 본 해방기 영화의 특징」, 『아시아문화연구』 26, 가천대 아시아문화연구소, 2012, 203면. 1948년의 한 신문기사에 따르면, 당시 한국극장에는 외국영화가 독점하다시피 상영되었지만("20여 극장에서 60여 편이 외국영화") 해방 후 수입된 최신영화는 10여 편뿐, "15년 전 〈왕중왕〉이란 무성영화를 위시하여 30여 편이 수백 번째 재상영"될 정도였다. 「외국 영화 독점일색―지난달의 서울 흥행계」, 『동아일보』, 1948.12.12. 즉 해방기에는 최신 미국영화가 상영되기 어려웠다. 박인환이 1930년대 영화의 비평만 주로 발표한 사정도 여기에 있을 것이다.

를 대상으로 논평한 박인환의 경우에도 미국영화가 물질주의적 가치를 더욱 노골화하기 시작한 데 대한 비판적 입장이 역력했다. 즉 2차 세계 대전 이후 미국영화는 일상생활의 윤택을 의도적으로 영상에 담아 미국문명에 대한 판타지를 재생산했다는 것이다.[12]

미국의 정치적, 경제적 가치를 정당화하는 할리우드 영화의 이데올로기적 기능은 냉전기에 뚜렷하게 고착화된다. 해방 후 미국영화의 압도적인 상영 비율과 패션이나 여가에 나타난 미국문화의 영향력은[13] 박인환이 언급한 미국영화의 판타지적 성격을 이해하기에 충분한 논거가될 수 있다. 미국영화의 수입과 상영 소식이 신문에 매번 보도가 될 정도로[14] 미국영화에 대한 소비 욕구는 컸고, 이것이 아메리카니즘에 대한 강렬한 욕망으로 심화될 가능성이 적지 않았다. 특히 영화를 통해새구성되는 미국에 대한 인식과 변화는 할리우드 스타론의 소비를 계기로도 확연히 드러났다. 연애(잉그리드 버그먼), 결혼 생활(험프리 보가트)

---

12 박인환, 「아메리카 영화에 대하여(설문)」, (『신천지』, 1948.1), 『전집』, 332면. 미국영화에 나타난 판타지는 스크린을 통해 미국인 스스로 인정하고자 하는 생활의 이상이기도 했다. 김일태, 「아메리카 영화와 아메리카 국민」, 『신천지』, 1948.3, 153면.

13 1946년 수도극장에서 상영된 21종의 외화 중 19종이 미국영화였을 정도로 외국영화 가운데 미국영화에 대한 소비가 가장 많았다. 이는 미국을 모델로 한 근대에 대한 상상을 가동시키며 미국문화에 대한 모방심리를 유발하는 데 충분한 계기가 된다. 이명자, 「미군정기 외화의 수용과 근대성」, 『영화연구』 45, 한국영화학회, 2010, 289~290・303~306면.

14 「미국서 오는 신영화 12편」(『한성일보』, 1946.3.31), 「미국영화 연 100편 배급」(『한성일보』, 1946.4.12), 「미국영화 온다」(『조선일보』, 1947.4.17) 등. 비대해진 미국영화의 규모에 대한 우려와 비판의 목소리도 물론 있었다. 한국의 문화계가 "미국영화의 한낱 상품시장"이 되지 않도록 선후 대책을 마련하자는 의견이나(「미영화의 시장화/억압되는 조선문화」, 『동아일보』, 1947.2.5) "미국영화 상영관은 언제든지 초만원인 풍경"이지만 한국영화의 발전을 염두에 둘 때 "업자의 민족적 자각심"이 필요하다는 내용이 그러하다.(「범람하는 외국영화/적절한 수입제한을 요망」, 『독립신문』, 1947.8.19), 이명자, 『신문, 잡지, 광고 자료로 본 미군정기 외국영화』에서 재인용.

이나 연기력(빅터 맞추어), 영화비평가들의 평가(게리 쿠퍼) 등 스크린 밖의 정보를 번역해 소개하기에 바쁘다는 박인환의 비판과 토로가 이해되는 대목이다.[15] 그중 스웨덴 출신의 여배우 잉그리드 버그만에 대한 스캔들은 한국에서도 연일 화제였고,[16] "남편의 담판도 무효, 서유럽의 명화名花 버그만은 어디로"(1949.8.11), "미국의 인기 여배우 버그만 이혼 제소"(1949.12.22), "여우女優 버그만 생남生男"(1950.2.4) 등의 제목처럼 노골적으로 배우의 사생활이 활발하게 기사화되고 있었다.

이러한 가십성 기사는 미국의 대중적 표상을 유형화하는 담론적 성격을 보여주었다. "전후 사회상의 가장 특징적인 일면으로 애정이나 성윤리 관념의 한층 개방된 것을 들 수 있지 않을까 한다. 구미 특히 미국에서는 이 경향이 퍽 뚜렷하다. 그중에도 가장 극한 데가 영화부 헐리웃이다"처럼,[17] 해방기의 스타 담론 안에서 공고해진 잉그리드 버그만의 통속적 이미지는 이렇듯 '유럽'이 아닌 '할리우드'로 상징되는 미

---

15 "나의 일상생활의 중요한 취미와 방면의 하나로서 남들의 이해보다도 오해를 받아가며 보고 듣고 한 영화의 여러 부분에서 특히 인기배우에 관해서 쓸 것을 요구당한 나는 공허감은 이루 말할 수 없는데" 박인환, 「전후 미·영의 인기 배우들」(『민성』, 1949.11), 『전집』, 334~336면. 이처럼 영화평론가로서 스타론을 생산하는 역할을 할 수밖에 없었는데 박인환은 이러한 종류의 청탁을 부담스러워했다. 알다시피 영화의 영향력은 관람 못지않게 담론의 역할도 중요한데 영화의 힘은 영화의 텍스트적, 이데올기적 기능을 스타 담론 속으로 확장시킴으로써 증대된다. 가령 1950년대 미국영화의 시각적 이미지와 스타 배우에 대한 가십거리가 한국 현대 여성의 정체성 형성에 끼친 영향에 관해, 이선미, 「1950년대 여성문화와 미국영화」, 『한국문학연구』 37, 동국대 한국문학연구소, 2009.12. 스타론에 대한 논점은 리처드 드코르도바, 「미국에서의 스타시스템의 출현」, 크리스틴 글레드힐 편, 조혜정 외역, 『스타덤—욕망의 산업』 1, 시각과언어, 1999, 60면.

16 미국 영화주간에서 표결한 미국 인기배우 결과가 신문에 실렸는데 1위가 잉그리드 버그만이고 클라크 케이블과 게리 쿠퍼는 각각 5, 6위를 차지했다. 「미국의 인기배우는 누구」, 『독립신보』, 1947.12.9. 잉그리드 버그만의 뛰어난 미모와 연기에 대한 미국의 반응에 관해서는 「인그리드·벨그만」, 『신천지』, 1948.3, 93면.

17 남성인, 「세기적 사랑을 택한 두 사람—잉그리·벅만 양과 로벨토·로쎌리니의 경우」, 『민성』, 1950.6, 32면.

국의 개방된 성적 윤리의 한 예로서 전달된다. 이것은 그동안 미국영화에서 보여준 여성의 성적 욕망과 탈선이 일반화된 측면도 없지 않다. 여기에 익숙해진 관객은 판타지가 아닌 현실에서 목도된, 미국발 스캔들을 아메리카니즘으로 재구성해 인식했던 것이다. 박인환이 해방기 영화평론에서 비중 있게 다룬 영화 〈공작부인Dodsworth〉(1936) 역시 주인공 프랜은 스캔들을 일으키는 여성이다. '도스워스'라는 영화의 원제목을 '공작부인'으로 번역한 데서 알 수 있듯―그런 점에서 박인환의 영화평론에서 가장 흥미로운 대목은 그가 프랜보다 그녀의 남편인 도스워스를 더욱 문제적인 인물로 해석한다는 데에 있다. 프랜이 미국문명의 속물성을 드러내기에 적합한 인물이라면, 도스워스는 그 자신이 대표하는 미국적 정체성의 불안을 다름 아닌 영국 본토와의 관계 속에서 해명하도록 요구하는 인물이라 할 수 있다. 박인환이 보기에 〈공작부인〉은 단순히 미국 자본주의의 한계를 보여주는 것이 아니라, 이 영화를 통해 아메리카니즘을 욕망하면서도 정작 콜로니colony 미국의 탈식민적 욕망을 보지 못하는 한국사회의 맹목을 드러내기에 유효했다. 그런 점에서 「아메리카 영화 시론」(1948)은 해방기 박인환 영화평론의 핵심인 아메리카니즘론을 집약하고 있는 중요한 글이다.

2. 프론티어 정신의 재전유

— 〈공작부인Dodsworth〉(1936), 〈잃어버린 지평선Lost Horizon〉(1937)론

1) 〈공작부인〉—팍스 아메리카의 재인식

영국을 그리워하는 마음 이것은 기계 문명 속에서 시달린 아메리카 인의 향수다. 도즈워스는 건전한 아메리카 정신을 구현한 것이고, 그의 처 프랜은 향수를 잊은 아메리카의 자칭 문명인을 대표한 것이다. 캐프라와 리스킨의 이상향의 꿈처럼 기계문명과 물질문명에 골머리가 난 아메리카 인은 간혹 현실사회에서 떠나고 싶어 한다.

위에서 인용한 「아메리카 영화 시론」(『신천지』, 1946.9)에서 박인환은 물질문명의 풍요로움과 대척되는 미국사회 특유의 상실감을 지적하고 이를 "향수의 판타지"라고 표현한다. 소멸한 것에 대한 향수는 물질주의 문명사에 등극한 미국의 "비극"을 환기시킨다. 그것은 예술적 가치를 상업화하고 오락성을 추구하는 "아메리카 영화의 숙명"을 에둘러 말하기 위해서다. 이 글에 의하면 미국영화는 물질문명에 대한 이상을 미래에 대한 전망 대신 과거 또는 비현실적 세계를 통해 보여줄 수밖에 없고 이는 미국식 자본주의 문화와 정신의 한계를 보여준다. 가령 〈공작부인〉에서 미국인 부부의 위기를 통해 물질과 정신의 불균형을 부각시키거나, 〈잃어버린 지평선Lost Horizon〉(1937)에서 "기계문명과 물질문명에 골머리가 난" "아메리카 인"의 혼란과 절망을 강조하는 것이 그러하다.

먼저 싱클레어 루이스Sinclair Lewis 원작의 영화 〈공작부인〉은 자동차

회사 사장인 도즈워스가 은퇴 후 부인인 프랜과 함께 유럽을 여행하며 겪는 갈등을 담고 있다. 20여 년간 비교적 충실하게 가정을 돌보며 살아온 프랜은 유럽 여행을 계기로 영국, 프랑스, 독일 남성과 연이어 연애를 하고 점차 속물적인 욕망을 드러낸다. 영화는 이러한 프랜과의 관계를 해결하는 도즈워스의 선택에 더욱 주목한다. 그런 점에서 영국 국적을 갖고 이탈리아에서 새로운 삶을 사는 미국 여성 코트라이트의 존재가 중요해진다. 도즈워스의 선택에서 프랜이 미국의 안정된 삶을 가리킨다면 코트라이트는 유럽의 진취적 삶을 의미하기 때문이다. 박인환이 이 영화를 '아메리카의 향수'라는 주제로 부각시킨 이유도 프랜과 도즈워스로 대변되는 미국문명의 불안한 정체성에서 연유한다. 박인환이 강조하는 미국문명의 정체성이란 "영국에서 건너온 아메리카인의 소상들이 가지고 있던 건전한 건설의 정신", 곧 청교도정신^{Puritanism}에서 추동된 건국정신에 있다. 프랜을 "아메리카 여성의 진실을 잊어버린" 문제적인 인물로, 코트라이트를 "아메리카 여성을 상실하지 않"은 긍정적인 인물로 각각 해석하고, 특히 청교도 이주민을 떠올려 도즈워스가 영국의 등대불을 보고 흥분했던 장면을 인상 깊게 인용한 이유가 여기에 있다. 실제 영화에서 이 장면은 진정한 미국적 가치의 체현자를 프랜, 도즈워스, 코트라이트 순으로 보여주고 있는 듯하다. "저 사람의 영국 숭배는 못 말려"라고 푸념하는 프랜과 이와 대조적으로 "영국. 모국, 홈 (…중략…) 내 친척 모두가 영국에서 왔죠"라고 감동하는 도즈워스, 그리고 이들의 모습을 관조하는 코트라이트는 이를테면 박인환이 언급한 콜로니 세계의 주체화 과정을 상징적으로 재현한다.

박인환에 의하면 도즈워스가 기억해낸 구대륙에 대한 향수는 미국문화의 전통 결핍에서 비롯한다. 그런 점에서 전통의 결핍을 구현하고 있는 도즈워스는 아내 프랜과의 갈등, 곧 가정의 상실을 통해 불안한 정체성을 피력하는 인물로 설정될 수밖에 없다. 영화 〈공작부인〉(1946년 한국 상영)이 한국에 뒤늦게 상영된 점을 감안하더라도 그가 이 영화를 각별하게 다루는 이유 역시 유럽에 대한 여러 등장인물들의 상이한 태도와 입장에서 짐작할 만하다. 즉 도즈워스의 향수를 신세계 미국의 태생적 한계, 더 나아가 정신적, 예술적 가치와 절연된 "아메리카 영화의 이면"으로 재해석할 수 있기 때문이다.

가령 박인환은 "지금까지 아메리카 영화의 예술적 작품은 모두 구라파의 영화 작가들의 것", 곧 미국영화의 창조성 혹은 독자성을 의심하고 유럽의 예술성과 전통성에 대한 미국의 열등의식과 모방의식을 강하게 비판하며 미국영화 발전의 원천이 유럽에 있음을 역설했다. 이것이 미국영화의 상업적 스타일과 그 아메리카니즘을 노골적으로 거부하고 있는 이유 중 하나였다. 미국으로 이민 혹은 이주한 에른스트 루비치Ernst Lubitsch, 프랑크 카프라Frank Rosario Capra, 프리츠 랑Fritz Lang, 루이스 마일스톤Lev Milstein 등의 유럽 출신 영화감독을 열거한 대목에서 짐작할 수 있듯,[18] 박인환은 유럽 전통으로부터 이탈된 미국의 문화적 궁핍에 주목해 이 글을 발표했다.

---

18 프랑크 카프라는 1900년대, 루이스 마일스톤은 1910년대, 프리츠 랑과 에른스트 루비치는 1920년대에 각각 미국으로 건너 온 영화감독이다. 1900년대 이후 유럽의 사회적 혼란과 경제적 위기, 그리고 미국 경제의 호황기에 이민자 수가 급격하게 증가하거나 1930년대 대공황 이후 감소하는 등의 미국 이민사, 또는 미국문화의 현대화 과정에서, 상기한 영화감독의 이력은 유럽계 출신 예술가들의 공헌 등을 시사한다. 손영호, 「미국 이민정책에 관한 연구, 1982~1924」, 『미국사연구』 4, 한국미국사학회, 1996, 167~169면 참조.

이처럼 미국영화의 예술성을 조롱하고 상업성을 강하게 비판한 것은 이 글이 미국 자본주의를 경계하려는 목적에서 『신천지』(1948.1)가 기획한 특집에 실렸다는 사정과 무관하지 않다. 채정근이나 옥명환 같은 사회주의 성향의 지식인들을 필자로 하여 마련된 '아메리카 영화 특집'은 파라마운트, MGM 등의 거대 제작사가 독점해 운영되는 영화 산업 시스템을 빌려 미국의 자본주의 물질문명의 폭력성과 헤게모니를 우려하고 비판한다. 그런데 이 지면 가운데 박인환의 글이 유독 눈에 띄는 것은 미국 물질주의 속에 결핍된 정신적 가치를 유럽에서 찾고 있기 때문이다. 다시 말해 박인환은 미국영화의 기업화, 상업화 논리를 곧바로 유럽의 예술성에 미달한 증거로 제시했다. 아메리카니즘이 예술, 지식, 교양의 층위에서 논의되던 1950년 이전, 그는 유럽의 문화적 우월의식을 한편에 두고 미국(영화)에 대한 부정적인 담론을 만들어냈다. 물론 청교도 이래 미국의 건국사가 상징하는 신생의 이미지나 자본주의 문화의 문제성은 극히 상식적인 것이다. 그러나 박인환처럼 이를 영화 분석을 통해 구체적으로 논의한 글은 드물다.

2) 〈잃어버린 지평선〉—프런티어 정신에 관한 재전유

카프카와 리스킨의 이상향의 꿈처럼 기계문명과 물질문명에 골머리가 난 아메리카인은 간혹 현실사회에서 떠나고 싶어 한다. 그리고 〈오페라 해트〉, 〈잃어진 지평선〉은 옛 작품이었으나 그 영화적 가치는 항상 높이 평가할 수 있을 것이다. (…중략…) 아메리카 영화 예술가는 관념적이나마 재래예술의 본질인 외면 묘사에만 고집되지 않았다. 그들은 판타지를 그려냄으로써 불건

강한 생리를 돕고 물질의 허식으로 된 아메리카의 사회에서 도피하였다. 판타지는 가까운 의미의 생활에의 반항이다. 향수의 판타지 이것은 시대의 유동으로 변화된 아메리카인의 가장 큰 꿈이요, 현실에 대한 예민한 감수성은 현실사회의 표면적 현상인 결함을 폭로하고 있다.

「아메리카 영화 시론」은 위의 인용처럼 프랭크 카프라 감독의 〈잃어버린 지평선〉을 상세하게 다룬다. 속악한 물질문명에 대한 박인환의 힐난은 이 영화를 통해 유토피아적 상상의 긍정으로 이어진다. 사실 박인환은 한 설문에서 선호하는 미국 영화감독으로 프랭크 카프라를 언급했는데[19] 카프라는 가장 미국적인 성향의 영화 제작자이자, 냉전체제 이후 미국정부조직과 상호의존적인 관계를 유지한 연출가이기도 하다. 그런 의미에서 박인환의 미국에 대한 입장은, 적어도 영화를 통해서 만큼은 미국의 전형적인 가치와 이상을 순차적으로 수용해나가고 있었다고 생각해볼 수 있다. 그렇다면 박인환의 경우 카프라 영화 중 어떤 장면들에 특히 매료되었던 것일까.

미국으로 귀화한 영국 소설가인 제임스 힐턴James Hilton의 소설을 원작으로 한 이 영화는 2차 대전의 전운이 감돌던 시기에 우연히 '샹그릴라'라는 유토피아에 체류하게 된 영국인들의 이야기이다. 외교관 콘웨인은 중국의 한 폭동 속에서 영국인들을 피신시키는 임무를 수행하던 중 납치되어 샹그릴라에 체류하게 된다. 폭동을 보며 중국 토착민을 "미개인"이라고 부르던 이들은 샹그릴라도 "문명세계의 끝"으로 여기

---

19 「앙케트」, 『신태양』, 1954.8. 카프라의 냉전의 정체성에 관해 기시 도시히코 · 쓰치야 유카 편, 김려실 역, 『문화냉전과 아시아』, 소명출판, 2012, 65~86면 참조.

사진 1)〈左〉 박인환이 선호했던 미국 영화감독 프랭크 카프라(Frank Capra, 1897~1991)
사진 2)〈右〉 〈잃어버린 지평선(Lost Horizon)〉(1937)

는데 사실 이 마을은 인간문명의 축소판이라고 여겨질 만큼 예술적, 지적인 풍요로움이 넘치는 낙원이다. 더욱이 샹그릴라는 200년 전에 이곳을 건설한 하이라마라는 유럽 신부가 여전히 생존해 있을 만큼 영원한 시간이 가능한 공간이어서 제국주의로 인해 파멸의 위기에 처한 서구 물질문명을 대체할 희망의 원천으로 그려진다.

그러나 영화는 샹그릴라의 존재 가능성을 의심한 콘웨인이 영국으로 귀환함으로써 결국 이상향을 상실하는 것으로 끝난다. 전후 문명을 복구하고 서구 물질문명을 극복할 대안을 잃어버린, 콘웨인의 상실감은 샹그릴라를 일종의 노스탤지어로 여기게 만든다. 「아메리카 영화 시론」에서 박인환이 "향수의 판타지"라는 용어를 의미심장하게 사용한 것은 그러한 노스탤지어의 상상력이 "시대의 유동으로 변화된 아메리카 인의 가장 큰 꿈"이자 "물질의 허식으로 된" 결함을 폭로한다고 여겼기 때문이다. 다시 말해 영화를 통해 박인환이 재조명한 아메리카니즘은 "콜로니의 세계의 전형적인 절망"이 전부였다. 시종일관 건전한 미국(인)에 대해 자문하는 영화 〈공작부인〉[20]이나 마치 유럽판 서부개척시대를 연상시키는 〈잃어버린 지평선〉[21]을 통해 박인환은 청교도정신과 개척정신으로 대변되는 아메리카니즘을 일종의 판타지로 폄하한다.

그런 점에서 「아메리카 영화 시론」은 미국영화 자체보다 오히려 아메리카니즘에 대한 비판론과 비교할 때 의미가 배가된다. 앞서 설명했듯 미군정에 대한 반감이 극에 달해 각종 파업과 인민항쟁이 중요한 사회적 문제로 대두된 무렵에 『신천지』는 아메리카니즘에 대한 특집을 전면적으로 다루었다. 이 특집에서 프런티어 정신은 미국 자본주의 체제를 구축한 힘이자 아메리카니즘의 핵심으로 이해된다.[22] 그중 해방기에 주로 조선문학가동맹(1946)에서 활동한 문학평론가 박치우의 글에는 박인환의 경우와 유사한 논의가 있다. 미국이 유럽 전통과 퓨리타니즘의 부채에서 벗어난 계기를 프런티어 정신에서 찾는 일반적인 견해에 관해, 박치우는 서부시대 성공의 비밀은 실은 "주인 없는 금덩어리들이 무진장으로 있었다는 소문"에 있었다면서 아메리카니즘을 탈신화화한다. 서부 개척시대를 상징하는 캘리포니아의 금광 발견은 아메

---

20 도즈워스가 여행을 떠나며 말한 것은 "세상구경을 해 미국에 대한 시각을 갖겠다"였다. 영화에서 프랜과 코르라이트의 두 여자 사이에 놓인 도즈워스는 미국적인 것의 위기와 혼란을 대변한다.

21 샹그릴라는 황금지대를 발견해 만든 새로운 영토라서 마치 미국의 서부개척 시대를 연상시킨다. 영화 속 소수의 서구인이 토착민을 상대로 영어를 가르치며 모든 것을 문명화시키는 장면도 그러한데, '잃어버린 지평선'이라는 표제 역시 프런티어(Frontier), 국경을 떠나 구축되는 문명의 경계선을 의미하는 듯해 흥미롭다.

22 다글러스·오버튼, 「아메리카 정신」, 『신천지』, 1946.9, 85면.

리카니즘의 물질주의, 개인주의의 역사적 맥락을 공고히 한다. 박치우를 비롯해 좌파 지식인의 비판적, 저항적 미국문화론에는 프런티어라는 미국의 사상적, 정신적 고유성에 대한 의심과 혐오가 내재한다. 가령 프런티어의 숭고한 개척 정신은 "이해타산에서만 움직이며 (…중략…) 가장 현세주의적인 자본주의세계"만을 시사할 뿐이다.[23]

이처럼 해방기에 급부상한 아메리카니즘의 비판 담론은 미군정 이후 변모한 부정적인 미국관을 전형적으로 보여주며[24] 박인환의 미국관 역시 여기서 크게 벗어나지 않았다. 그런데 서부의 황금시대와 같은 미국의 유토피아적 이미지는 1950년대에 아메리카니즘을 긍정하는 논리에도 반복적으로 동원된다. 해방 후 10년 동안 박인환의 글에서 드러난 미국관의 모순된 격차는 결국 18세기 미국의 자기정체성 형성에 대한 (재)평가였다고 해도 과언이 아니다. 따라서 그가 미국에 대한 물질성을 어떻게 다른 이질적인 문화담론으로 전위轉位시키고 아메리카니즘에 대한 활력을 재평가하게 되는지가 중요해진다. 그것은 전후 미국, 유럽, 그리고 한국의 아프레après 문화 간의 관계를 재배치하는 작업과 밀접하게 연동되어 있다. 해방기 박인환의 프런티어론의 핵심이 개척정신에 은폐된 정복성과 환상성을 비판하는 데 있었다면 1950년대에는 다시 창조적인 개척정신으로 논의된다.

---

23 박치우, 「아메리카의 문화」, 『신천지』, 1946.9, 92면.
24 비민주, 자본주의, 인종차별, 성폭력 등의 미군정 시기 미국관의 변화와 문학의 재현방식에 대해 이행선, 「해방공간 미국 대리자의 출현 조선의 미국화와 책임정치」, 『한국문학연구』 45, 동국대 한국문학연구소, 2013.12 참조.

3. 한국전쟁과 아메리카니즘의 시차時差

— 〈젊은이의 양지〉(1951)론

박인환의 미국 인식이 해방기에 비해 달라진 것은 한국전쟁 직후부터
였다. 그러한 변화는 미군의 활약상을 중점적으로 다룬 여러 편의 산문
에서 먼저 찾아볼 수 있다.[25] 한국전쟁 경험은 박인환의 경우에도 중요
한 문학적 원천이 되었다. 『박인환 선시집』(1955)은 전쟁을 형상화한 시
가 대부분이며 신, 죽음, 우울 등의 그의 핵심적인 시적 심상 모두 여기
서 주조된다.[26] 박인환이 겪은 전쟁이란 가령 서울 수복 전까지 미처 피
신하지 못하고 숨죽여 지내거나, 1·4후퇴 후 경향신문사 종군기자로
활동하며 존 스타인벡John Steinbeck의 소련 종군기행문 『러시아 기행』
(1948)을 번역하고,[27] 심지어 관변단체인 자유예술인연합(1952)에 참여
하는 등[28] 반공주의의 내면화 과정이었다고 해도 과언이 아니다. 따라서

25　강계숙은 박인환의 미국 여행시 중 "환상인가" 자문하는 시구절을 분석하며 전쟁기의
　　산문에 주목했다. 강계숙에 따르면 시에서 여행지 아메리카에 대한 환상은 전쟁기에
　　경험한 미국관("강한 아버지의 자리")과의 착종된 상태를 시사한다. 강계숙, 「'불안'의
　　정동, 진리, 시대성—박인환 시의 새로운 이해」, 『현대문학의 연구』51, 한국문학연구
　　학회, 2013, 439면.

26　전쟁 경험을 중심으로 시세계를 고찰한 연구 가운데 박인환 시를 실존주의적 전쟁문학
　　일반으로 살핀 김종윤, 「전쟁체험과 실존적 불안 의식」, 『현대문학의 연구』7, 한국문
　　학연구학회, 1996; 전쟁 후 달라진 박인환의 현실 인식에 관해 송기한, 「역사의 연속성
　　과 그 문학사적 의미」, 『문학사와 비평』1, 문학사와비평학회, 1991; 전쟁에 관한 박인
　　환의 미학적 대응에 관한 고찰은 박슬기, 「박인환 시에서의 우울과 시간의식」, 『한국시
　　학연구』33, 한국시학회, 2012; 박현수, 「전후 비극적 전망의 시적 성취—박인환론」,
　　『국제어문』37, 국제어문학회, 2006; 홍성식, 「박인환 시의 현실의식과 탈색의 과정」,
　　『새국어교육』73, 한국국어교육학회, 2006.8, 463면.

27　대구 백조사에서 발간한 이 번역서는 『소련의 내막』이라는 표제로 1952년에 발간된다.

28　김광섭의 주도로 부산 정치파동 당시에 창립한 자유예술인연합은 반공주의의 관변단
　　체로 추정된다. 박인환이 창립 멤버였던 '후반기' 동인의 경우 저 단체에 가담하는 문제

박인환에게 한국전쟁은 이전과의 뚜렷한 사상적, 문학적 격차를 만든 결정적 계기였음에 틀림없다. "회상도 고뇌도 이제는 망령에게 팔은 / 철없는 시인 / 나의 눈감지 못한 / 단순한 상태의 시체"(박인환, 「살아있는 것이 있다면」, 1952.11)라면서 전쟁의 이념적 도식에 갇힌 자기 자신을 반성하는 저 시구절은 박인환의 다른 전후시에도 만연해 있다. 전쟁에 희생된 "망령" 앞에서 해방기의 진보적 성향은 무색해진다. 박인환의 현실인식은 삶과 죽음만으로 분별되며 시는 이를 영탄적으로 명제화한다.

저 묘지에서 우는 사람은 누구입니까.

저 파괴된 건물에서 나오는 사람은 누구입니까

검은 바다에서 연기처럼 꺼진 것은 무엇입니까

인간의 내부에서 사멸된 것은 무엇입니까.

일 년이 끝나고 그 다음에 시작되는 것은 무엇입니까.

전쟁이 뺏어 간 나의 친우는 어데서 만날 수 있습니까
— 「검은신이여」,(『주간국제』 3, 1952.2) 일부

로 인해 해체되기까지 할 정도로 자유예술인연합은 정치적 성향이 농후했다. 엄동섭·염철 편, 「작가연보」, 『박인환 문학전집』 1, 소명출판, 2016, 449~451면.

옛날 식민지의 아들로

검은 땅덩어리를 밟고

그는 죽음을 피해

태양 없는 처마 끝을 걸었다.

어두운 밤이여

마지막 작별의 노래를

그 무엇으로 표현하였는가.

슬픈 인간의 유형(類型)을 벗어나

참다운 해방을

그는 무엇으로 신호하였는가.

적을 쏘러

침략자 공산군을 사격해라.

내 몸뚱어리가 벌집처럼 터지고

뻘건 피로 화할 때까지

자장가를 불러 주신 어머니

어머니 나를 중심으로 한 주변에

기총을 소사(掃射)하시오 적은 나를 둘러쌌소

— 「신호탄」(공군문인단 기관지 『창공』, 1952.5) 일부

이 무렵의 박인환 시는 종군문학의 맥락에서 재독된다. 가령 「검은
신이여」는 국방부정훈국에서 발행한 『전시 한국문학선 시편』(1955)에,

「최후의 회화」는 대한군사원호문화사에서 발행한 『애국시삼십삼인집』(1952.3)[29]에 실릴 정도로 당시 그의 불안과 우울의 미적 반응은 생경한 전쟁문학으로 소환되고 있었다. 종군기자 시절에 쓴 "군대는 북으로 북으로 갔다 / 토막에서도 웃음이 들린다"(「서부전선」, 1952)라든가, "참다운 해방을 / 그는 무엇으로 신호하였는가"(「신호탄─수색대장 K중위는 신호탄을 올리며 적병 삼십 명과 함께 죽었다」, 1952)라고 되묻는 구절로 알 수 있듯 당시에 그는 전승의 기운과 전쟁 영웅의 비극사를 반복적으로 다루었다. 그런 점에서 인천에 상륙한 미군의 이미지가 결코 박인환에게 무심한 인상은 아니었을 것이다. 9·28 서울 수복에 대한 묘사와 회상을 다룬 부분에서 『타임』에 실린 미 해병대의 시가전(「서울역에서 남대문까지」, 『신태양』, 1952), 미군의 혁신적인 전술과 무기(「암흑과 더불어 3개월」, 『여성계』, 1954)가 강조된 것은 이미 박인환에게 미국이란 확실한 우방국이었음을 시사한다. 물론 종군기자 시기(1951.2~1952.5)에 국한해 박인환을 한국 전후세대 특유의 보수성으로 재단할 필요는 없다. 다만 여기서 절망, 폐허, 불안 등의 전쟁 경험 가운데 등장한 미군의 선진 표상이 박인환의 후진국 인식과 세계주의 열망을 가속화시키는 계기였음을 확인할 수 있다. 따라서 이 무렵부터 더욱 활발해진 그의 영화비평은 여러모로 흥미로운데 특히 미국영화에 대한 입장이 확연하게 달라졌다는 점이 주목된다.

서구영화를 무려 140편가량 소개할 정도로 박인환은 단순한 영화 애호가가 아닌 정력적인 영화평론가이자 시인이었다. 여기서 〈영화평론

---

29 엄동섭·염철 편, 「작가연보」, 앞의 책, 462·446면.

가협회〉(1950)의 창립멤버였다는 이채로운 경력을 염두에 둘 필요가 있다. 물론 영화평론가협회를 계기로 영화평단이 전문성을 확보하거나 활성화된 측면은 크게 눈에 띄지 않는다. 이 협회는 1950년 피난지인 임시수도 부산에서 오종식을 필두로 허백년, 이청기, 황영빈이 주도하고 박인환, 이봉래, 오영진, 유두연, 이진섭 등 11명이 결속해 만든 해방 후 최초의 영화비평단체였으나 박인환이 상임간사(1954)로 참여했을 당시에는 극소수의 신문 지면을 통해 산발적인 영화 관계 글(주로 국산영화 장려 정책)이 발표되었을 뿐 빈약한 전후 한국의 영화평단을 혁신할 만한 활동은 극히 드물었다.[30] 하지만 이 협회의 결성 이후 박인환은 영화 평론가로서 공식적인 발표 지면을 얻고 활발한 비평 활동을 개진했다.

한국의 아메리카니즘과 대중문화의 메커니즘 안에서 자연스럽게 영미영화를 비평 대상으로 삼고 있지만 그 주된 분석틀은 전후 서구의 불안과 극복, 유럽적인 가치와 미국적인 가치의 대립 양상에 있었다. 유럽의 문화적 우월의식을 전제로 경박한 미국문화를 비판하거나, 반대로 전후 유럽의 황폐함을 배경으로 역동적인 미국의 활력을 보여주는 영화에서 아메리카니즘을 새롭게 긍정하는 것이 대부분이다. 그럼에도 미국영화의 상업성과 오락성은 해방기의 미국영화 비판론과 달리 더 이상 냉전 헤게모니의 산물에 그치지 않는다. 박인환도 한국 전후사회

---

30 김종원, 「비평의 불모지에서 출발한 '영평' 30년의 발자취─한국영화평단의 형성과 영화평론가협회의 결성 전후」, 『공연과 리뷰』 5, 현대미학사, 1995.12, 27~28면; 김수남, 「시와 회화의 시각, 그리고 영화사적 탐구와 비평 담론」, 『공연과 리뷰』 57, 2007.8, 10~11면. 김규동은 이 단체의 결성 시기를 다르게 회고한다. 그에 따르면, 영화평론가협회는 1953년 서울에서 발족했고 '후반기' 모임을 재정비하기 위한 시점에서 협회 모임이 본격화되었다. 김규동, 「한줄기 눈물도 없이」, 김광균 외, 『세월이 가면』, 근역서재, 1982. 박인환은 종군작가(1951~1952) 이후 환도한 후에 협회에 가담한 것으로 보인다.

〈사진 3〉〈젊은이의 양지(A Place in the Sun)〉(1951)에서 박인환이 가장 주목한 '조지 이스트먼'의 사형 직전의 장면

의 세계화 및 현대화, 선진화 등의 욕망을 실현시키는 차원에서 서구의
위계질서를 재인식하는 가운데 급성장한 미국영화에 주목했다. 다만
그에게는 전후의 현대성을 매개로 축적된 문제의식이 있었고 이에 기
반을 두고 점차 미국영화의 우수성을 실감하기 시작했다. 이를 구체적
으로 밝힌 것이 바로 〈젊은이의 양지ᴬ Place in the Sun〉(1951)를 분석한 글
이다. 예를 들어 "전후의 가장 우수한 영화", "지금까지의 저속한 영화
문화의 향상"을 보여주는 지표로서 이 영화를 중요하게 다루며 미국영
화에 대한 인식을 달리한다.

　이 영화는 시어도어 드라이저의 『미국의 비극ᴬn American Tragedy』(1925)을
각색한 작품으로 이미 요제프 폰 슈테른베르크Josef von Sternberg 감독이 영
화(〈아메리카의 비극〉, 1934)로 만든 적이 있다. 박인환이 「아메리카 영화
시론」(1948)에서 논제로 삼고 있는 "오늘날의 아메리카의 비극"은 요제
프 폰 슈테른베르크 작 〈아메리카의 비극〉의 표제를 차용했을 가능성이

농후한데, 1934년작과 1951년작 모두 출세와 성공을 위해 자신의 아이를 가진 여인을 버리고 살인(모사)까지 저지른 미국 청년의 비극을 주요 내용으로 다룬다. 다만 〈젊은이의 양지〉(1951)는 수정된 제목처럼 모든 비극적 사건을 미국 자본주의 사회의 구조적 모순보다 세대나 개인의 문제로 형상화한다. 1930년대 영화가 살인사건, 수사, 처벌로 이어지는 범죄이야기로 만들어졌다면 1950년대에 와서 이야기는 로맨스로 변모하고 그 과정에서 시장의 논리가 작용한 측면이 크다.[31]

박인환 역시 이전과 달리 미국에 대한 강한 비판의식보다 현대 청년 세대의 불안과 위기를 강조하며 〈젊은이의 양지〉 비평을 발표했다. 「자기 상실의 시대」라는 제목에서 연상되듯 이 글은 주인공 조지 이스트먼이 저지른 참혹한 행위가 "전후에 있어서" "하나의 불길한 공통된 세대"[32]의 문제임을 무엇보다 강조한다. 영화에서 주인공이 고속도로에 설치된 백부 회사의 대형 광고판을 동경하고 지나치는 고급 스포츠카에서 눈을 떼지 못하는 첫 장면은 미국 청년의 위험한 욕망을 단적으로 보여준다. 박인환은 조지 이스트먼을 "세계 어떤 나라에서도 손쉽게 찾을 수 있는 전형적인 청년"으로 이해하고 미국이 아닌 "현대의 청년"으로서 그의 불운을 동정한다. 이처럼 물질적 성공을 숭배하는 청년의 문제로 이 영화를 다루는 방식은 당시 아카데미 감독상 수상 소식과 함께 신문에 게재된 여타의 비평론과 다르지 않다.[33] 아직까지도 이 영화는 올바른 판단을 할 수 없는 청년 세대에게 추천할 명화로 기억될 정도이

---

31 이향만, 『미국 소설과 영화의 만남』, 동인, 2005, 179면.
32 박인환, 「자기 상실의 세대-영화 〈젊은이의 양지〉에 관하여」(『경향신문』, 1953.11.29), 『전집』, 363면.
33 「영화 〈젊은이의 양지〉」, 『자유신문』, 1953.11.24.

다.[34] 하지만 박인환은 영화 주인공의 내면과 죽음에 대한 공감 속에서 당대 아메리카니즘의 역사적 의미를 갱신하게 된다.

〈젊은이의 양지〉는 현대 아메리카 영화의 앞으로의 진로에 큰 지표가 될 것이며 지금가지의 저속한 영화 문화의 향상을 말하는 것 같다. '자기 상실의 세대'의 좋은 관념은 영화에 있어서나 도는 우리들에게 처하여서나 항시 부단한 자기반성을 권유할 것이며 이것은 마치 조지 이스트맨이 살인은 결코 하지 않았으나 지금가지의 스스로의 경우가 살인한 것과 다름없었다…… '한 여자가 죽어갈 때 구출할 수 있었음에도 불구하고 또 다른 여자만을 생각했다……'는 것을 통감하고 처음으로 참다운 인간으로 돌아가듯이 요즘에 와서의 아메리카 영화 제작의 의도는 〈젊은이의 양지〉를 계기로 좋은 길을 걷고 있는 것 같다.

—「자기 상실의 시대」(『경향신문』, 1953.11.29) 부분

조지 이스트먼에게 보내는 박인환의 위로와 동정, 이를 통한 미국영화에 대한 찬사는 다른 비평에 비해 좀 더 구체적이다. 박인환이 관심을 둔 것은 조지 이스트먼의 비극이 아니라 후회와 반성 등의 심리적 변화였다. 그가 조지 이스트먼을 "자기 상실의 세대"라고 명명한 데에서 짐작할 수 있듯 그가 자기 잘못을 깨닫고 "참다운 인간"으로 되돌아가는 감옥 안의 장면은 이 글에 장황하게 묘사되어 있다. 다시 말해 사회적 약자인 조지 이스트먼의 비극이란 미국의 구조적 모순에서 유발

---

34 민병록, 「〈젊은이의 양지〉─물질만능주의에 찢긴 젊음」, 『월간샘터』 21, 1990.12, 99면.

한 것이 틀림없지만 박인환이 보려는 이 영화의 미덕은 타락한 청년의 욕망이 윤리적으로 순화되는 방식에 있었다. 이를테면, 사형 직전의 장면에서 비교적 차분하게 묘사된 주인공의 내면은 미국영화의 새로운 가능성—물질주의에 대한 자기반성과 정신적 가치에 대한 재발견을 의미하기에 충분했다.

4. 전후 문화담론으로 재배치된 아메리카니즘
— 「서구와 미국영화」(1955)

우리들은 오랫동안 진부한 미국영화만을 보아 왔었으나 금년 가을 시즌이 되자 두 가지의 주목할 만한 우수한 작품 〈내가 마지막 본 파리〉(리처드 브룩스 감독)와 〈로마의 휴일〉(윌리엄 와일러 감독)을 보게 된 것은 참으로 반가운 일이다. 이 두 작품은 모두 최근의 미국영화의 대표작이며 소재와 내용은 다르나 그 작품이 전개하는 배경의 땅이 구라파, 거기서도 파리와 로마에서 시종일관되어 있다는 것은 지극히 흥미로운 일이다. (…중략…) 미국인의 전통에 대한 욕구는 오늘에 와서 완전히 열등감에서 벗어나고 있다는 것을 우리는 알아야 할 것이다. 그것은 조지 거슈윈의 〈랩소디 인 블루〉나 〈파리의 아메리카 인〉과 같은 음악을 그 후에 만들어 냈고 싱클레어 루이스의 〈애로스미스〉나 〈도즈워스〉, 드라이저의 〈아메리카의 비극〉이 나왔다는 사실이다. 1940년대에 이르자 구라파는 고독해졌다. 2차 대전을 겪으며 그들은 미국의 청춘의 힘을 빌리지 않을 수 없었고 저명한 예술인의 대부분은 미국에 건너가 새로운 예술을 발견하여야만 하였다. 몽파르나스를 헤매던 문학청년은 이젠 전 세계의 주목을 끄는 노벨문학상 수상자가 되고 어느 사이 에른스트 루비치나 그레타 그르보, 디트리히는 영화계에서 사라지고 말았다. 즉 아메리카 인은 미국 예술의 새로운 발전에 대해서 자신을 갖고 더욱 우월감을 갖게 된 것이다. 〈로마의 휴일〉이나 〈내가 마지막 본 파리〉는 이러한 전통에 대한 자신과 우월감을 그대로 나타내고 있는 것이라고 생각한다.

— 「서구와 미국 영화 - 〈로마의 휴일〉, 〈내가 마지막 본 파리〉를 주제로」

(『조선일보』, 1955.10.9~11) 일부

인용한 글은 1950년대에 들어 본격적으로 미국적인 가치를 쟁점화한 「서구와 미국영화」(1955)의 서두에 해당한다. 「서구와 미국영화」는 "미국인의 전통에 대한 욕구" 내지 "열등감"이 더 이상 문제가 되지 않는 내신에 미국영화의 우수성을 본격적으로 논평한 글이어서 더욱 주목된다.[35] 여기서 박인환이 어떻게 해방기와 다른 방식으로 미국-유럽의 관계를 재인식하고 서구 문화의 표상체계를 재조정하게 되는지 구체적으로 비교해볼 수 있다. 가령 인용한 글에서 박인환은 「아메리카 영화 시론」(1948)과 마찬가지로 여전히 유럽계 미국 영화인을 거론하지만 오히려 그들이 "영화계에서 사라지고" 더 이상 미국의 문화와 예술을 책임질 필요가 없어졌다는 점을 강조한다. 다시 말해 유럽의 전통과 예술을 모방하지 않고도 독자적인 가치를 보여줄 수 있을 만큼 미국영화가 성장했다는 평가이다. 그런 점에서 〈로마의 휴일〉은 각별하다. 〈로마의 휴일〉을 빌려 그가 설명하는 "작품이 전개하는 배경의 땅이 구

---

35 위의 글, 426면.

〈사진 4〉 로마 현지 촬영을 강조하는 〈로마의 휴일〉 첫 자막

라파, 거기서도 파리와 로마에서 시종일관되어 있다는" 최근의 미국영화의 특징은 예사롭지 않다. 〈로마의 휴일〉의 첫 자막에 유럽 촬영지에 대한 안내가 상세하듯, 1950년대 미국영화의 새로운 특징 가운데 하나가 바로 외국 현지 제작이나 유럽 국가와 할리우드 간의 합작영화 생산에 있었다. 이것은 미국이 전후 영화의 세계시장을 회복하기 위해 마련한 저돌적인 마케팅의 전략이었다.[36]

미국영화의 현지 제작과 성공은 아메리카니즘의 매혹적인 프론티어 표상을 다시 떠올리게 한다. 유럽의 저명 예술가를 불러 자국의 영화를

---

36 이순진, 「한국영화의 세계성과 지역성, 또는 민족영화의 좌표」, 『동악어문학』 59, 동악어문학회, 2012, 104면.

만들어내고 유럽 어디로든 진출해 현지 영화도 거뜬히 제작할 수 있는 "미국의 청춘의 힘", 여기에 매료된 순간 박인환은 '정복'으로서 프론티어 표상을 비판했던 이전의 입장에서 확연히 달라진 것이다. 인용글에서 박인환이 유럽의 현지 촬영에 매료된 것은 신생新生 미국의 예술적인 저력을 실감했기 때문이다. 이는 동시에 미국의 세계화 전략에 반사적으로 경도된 일면을 보여준다. 박인환은 〈내가 마지막 본 파리The Last Time I Saw Paris〉(1954)나 〈파리의 아메리카 인An American In Paris〉(1951)을 예로 들어 미국영화가 결국 유럽의 예술과 문화를 미국인의 사랑 이야기의 배경과 소품으로 만들어 버린 데 대한 놀라움을 표현한다. 이는 박인환의 미국 인식과 표상, 즉 영국과 미국의 예술적 우월감-열등감이라는 심상지리에 주목할 만한 변화가 일어났음을 시사한다. 예컨대 구라파의 전통을 좇던 미국의 향수는 "과거"와 "회상"[37]의 차원일 뿐 더 이상 구라파의 예술은 미국이 도달해야 할 대상이 아니다. 해방기부터 서구의 상징질서와 그 변화를 탐색한 박인환에게 있어 유럽적인 것의 영향력으로부터 벗어나 새로운 전통과 개성을 개척해가는, 아메리카니즘 내지 전후 현대성의 선례가 바로 미국영화였다.

1955년에 한국에서 개봉한 영화 〈로마의 휴일Roman Holiday〉(1953)은 고풍스러운 유럽의 왕실과 천진난만한 공주의 등장 자체만으로도 대중적 코드가 되기 충분한데 여기에 낭만적인 로맨스가 더해져 경이로운 흥행을 기록하게 된다. 비평가 유종호 역시 이 영화를 왕국과 공주의 시대착오적인 설정에도 불구하고 동화적인 매력을 발휘한 최고의 대중영

---

37 박인환, 앞의 글, 428면.

화로 회고한 바 있다.[38] 그러나 〈로마의 휴일〉에 대한 인상 비평이 박인 환만큼은 달랐다. 오드리 햅번의 로맨스보다는[39] 〈로마의 휴일〉에 재 현된 유럽과 미국의 관계를 중시하는 가운데 마침내 "미국 예술의 힘" 을 발견하기에 이른다. 그런 맥락에서 '서구와 미국영화'라는 표제는 그 자체로 유럽의 위계질서에 포함되지 않는 미국(영화)의 저력을 환기 시킨다. 유럽·서구 표상을 통해 미국영화를 비평하는 방식은 아마도 해방기에 그 스스로가 폄하했던 미국의 유럽적 전통, 즉 아메리카니즘 의 허구성 비판을 전면 수정하는 현재의 입장에 대한 정당화일 것이다. 유럽적인 서구는 미국의 새로운 세계질서와 일정한 간극과 접점을 이 룰 뿐 동일하지 않다.

영화에서 그러한 유럽과 미국의 이분화된 표상은 물론 앤 왕녀와 존 브래들리 기자가 보여준다. 어린애처럼 잠옷을 입은 채 침대에서 뛰어 내려오고 연회에서 귀빈과 인사하다가도 구두가 벗겨지던 앤 공주가 왕 녀로서의 위엄을 찾게 된 것은 미국 청년과 보낸 하루 이후였다. 박인환 의 경우 일탈과 방황을 꿈꾼 앤 왕녀에게 왕실과 모국에 대한 애정과 책 임의식을 부여한 계기가 미국인이란 사실이 흥미로웠던 것이다.[40] 해방 기에 박인환이 〈공작부인〉을 통해 강조한 것과 달리 유럽은 더 이상 미 국인의 자기성찰과 자아 찾기의 길잡이가 아니다. 거꾸로 미국이 그런 역할을 자처하고 있다. "빈민가의 공주"라 표현할 정도로 유럽 왕족에게

---

38 유종호, 『내가 본 영화』, 민음사, 2009, 52면.
39 당시 오드리 햅번을 중심으로 한 〈로마의 휴일〉의 대중적 영향력은 이선미, 앞의 글 참조.
40 "평소 불성실한 한 미국 신문 기자가 "로마에의 방문은 나의 생애가 끝날 때까지 나의 기억에서 영원히 사라지지는 않을 것입니다"라는 말을 왕녀의 입을 통해 나오게까지 만들어 놓았다." 박인환, 앞의 글, 427면.

위축되지 않고 오히려 앤 왕녀에게 로마의 명소를 자각시켜 주며, 심지어 그녀의 처세와 운명에 결정적으로 관여하는 인물은 다름아닌 미국인이다. 해방기에만 하더라도 박인환은 전후 한국의 사회적, 문화적 조건을 제3세계의 관점에서 비판적으로 인식했고, 다른 한편 유럽적 전통과 정신문화를 고평하면서 일련의 영화평론을 발표했다. 하지만 1950년대 이후 그는 탈유럽화하는 세계질서의 변동과 미국문화의 현대성에 민감하게 반응하는 가운데 결국 아메리카니즘을 긍정하기에 이른다.

5. 세계주의와 미국주의의 경계를 넘나들며
─박인환 영화비평의 맥락

미국화Americanization는 단순히 미국의 근대성을 확보하는 문제라기보다 분할된 냉전 세계의 경계를 자기정체성의 표준으로 내면화하는 과정의 일부이기도 하다. 따라서 미국화 경향으로 쉽게 파악할 수 없는 문화 주체, 담론, 표상 가운데 코스모폴리탄적인 제3세계성을 상상하거나 분단국가와 후진국으로서의 자의식, 비민주적인 한국 정치에 대한 저항 담론이 생산되는 지점 역시 아메리카니즘 연구의 중요한 논의 대상이다. 가령 김수영은 노먼 메일러Norman Mailer를 적극적으로 소개하며 저항문학의 일례로서 미국 비트문학The Beat Generation을 언급했고[41] 백

---

41 노먼 메일러는 미국사회의 위선과 획일성, 폐쇄성을 비판하며 비트세대의 저항정신을 대변한 미국의 대표 지성이다. 유럽의 전위적 현대성에 무감각해질 무렵 메일러의 강렬한 정치풍자적 픽션에 주목했다. 김수영, 「벽」(1966), 『김수영 전집』 2, 민음사, 2009, 114면.

낙청은 영미문학에서 미국 흑인문학을 분리해 제3세계문학으로서 고평하며 여기서 한국 리얼리즘 문학의 가능성을 발견했다.[42] 최일수의 경우 또한 선진적으로 제3세계적 탈식민주의의 문학운동을 전개할 때 표본을 "신흥 미국 문학"[43]으로 삼았다. 탈식민적, 현실참여적 문학 가운데 한국에 토착화할 대안으로서의 세계문학은 다름아닌 미국문학이었다. 미국은 비판하거나 탈피하거나 극복해야 할 유럽 서구문학과는 분명 다른 새로운 판본의 서구문학이었다. 박인환도 미국 표상을 통해 냉전 경험을 자기화했다.

승전국 미국이 한국사회에 강대국으로서 등장한 것은 해방기였으나 박인환은 유엔군을 통해 이를 보다 강렬하게 경험했다. 박인환의 탈식민주의적 진보 성향은 단정수립 이후 조선문학가동맹 탈퇴 성명서(1949.9), 전향 성명서(1949.12)를 연이어 발표하고 한국문학가협회에 가입(1949.12)하면서 급변한다. "아름다운 연대年代를 회상하며" "불안한 언덕 위로 / 나는 바람에 날려 간다"(「1950년대의 만가」, 1950.5)라는 자기연민의 시구절은 박인환에게 1950년대가 해방기와 단절된 일종의 전환기였음을 여실히 보여준다. 종군문인 가운데 박인환의 미군 표상에 주목하고 미국 대중문화의 열풍 속에서 발표된 그의 영화 비평을 남다르게 살핀 것은 해방기와 전후 한국사회를 스스로 이분화했던 그의 태도 때문이다. 그런 점에서 박인환이 영화평론가협회에 적극적으로 가담하며 다수의 미국영화를 소개한 것이 후반기 동인(1951~1954) 해체를 전후로 한 시기

---

42 백낙청, 「제3세계와 민중문학」, 『창작과비평』, 1979.가을, 78면.
43 최일수, 「문학의 세계성과 민족성」(1957~1958); 「민족문학과 세계문학」, 『현실의 문학』, 형설출판사, 1976, 109면에서 재인용.

라는 점이 주목된다. 전향 이후 유일했던 모더니즘 그룹이 후반기이며 그 특집 지면에서 박인환은 해방기에 경도되었던 코스모폴리탄의 시각을 의욕적으로 드러내기도 했다. 가령 「현대시의 불행한 단면」(『주간국제』, 1952.6)에서 박인환은 19세기 상징주의시가 아니라 엘리엇, 오든, 스펜더의 문학을 현대시의 전범으로 삼으며 제1차, 제2차 세계 전후사의 "불행한 단면"을 강조했다. 한국시의 전후성을 세계사적 흐름 속에서 재발견하려는 그의 시도는 후반기 해체 이후 미국영화를 통해 가속화된다. 미국영화를 긍정하는 가운데 그는 "자기표현의 수단"[44]으로서 적극적으로 미국화를 선택했다. 18세기 미국의 신생 표상을 동원해 아메리카니즘의 세계 지향을 자명한 역사로 확인했던 박인환의 일련의 비평 작업은 미국이라는 새로운 서구에 대한 욕망, 곧 세계성을 획득하려는 후진국 지식인의 범례에 해당한다. 나만 한국사회의 모순을 미국 중심의 세계 인식을 통해 해소할 수 있다는 믿음에는 해방기에 보여준 탈서구적, 탈식민적 청년 모더니스트 특유의 코스모폴리탄적 감각이 포함된다.

---

44 『아메리카나이제니션』에서 유럽 청년세대의 미국화 문제를 다룬 관점은 박인환의 아메리카니즘 인식을 해명할 때 유용하다. "유럽의 지식인들이 우려를 표시하곤 했지만 그 우려는 미국화를 더 이상 극복해내기 어려울 것 같다는 자기 고백에 가까운 것이었다. 지식인들의 눈에 비친 미국화는 단순히 포섭적인 것만은 아니었다. 특정 집단은 미국화를 자기표현의 수단으로 활용하기도 했다. 청소년들이 유럽의 기성세대에 대한 불만의 표현으로 자신들의 방식대로 소화해낸 미국화 등이 그 예다."(김덕호·원용진 편, 「미국화, 어떻게 볼 것인가」, 앞의 책, 29면) 수동적으로 미국화에 경도된 사례보다 박인환의 경우 해방기와 다른 자기의 이념적 표식으로서 미국화를 활용했을 가능성이 농후하다.

제4장

1950년대 한국 펜클럽과
아시아재단의 문화원조

---

1. 아시아재단과 한국 펜클럽

1950~1960년대는 문화냉전기라고 특화될 만큼 미국의 공보, 선전 활동이 치밀한 전략과 프로그램을 통해 실현된 시기이다. 체육, 교육, 사회과학 등의 광범위한 분야에서 국제적인 민간 교류가 활성화되고, 1955년 문화예술계를 총평하는 『경향신문』의 한 좌담에서 "국제교류면"이 중요한 성과 지표로 논의될 정도였다. 좌담자들은 "한국에서 이만큼 할 줄은 몰랐다"는 국제적인 반응과 평가를 세계 음악회와 미술전의 참가 후기로 대신하며 격상된 한국 예술의 위상을 재확인했다. 이때 한국 예술에 대한 우수성과 자부심이야말로 국제성 인식과 감각의 한 축이 된다. 축적된 국제교류 경험은 제국주의 시대의 중심과 주변, 식

민과 피식민 등 위계화된 구조와 일방적인 참여가 아닌 쌍방향적 교류의 가능성으로 내면화될 수 있었다. 그런 측면에서 볼 때 좌담 중 "문단의 금년의 수확"이 한국의 국제 펜클럽International PEN 세계작가회의(이하 펜대회) 참가라고 강조되는 장면은 당시로서는 과장된 표현이 아니다.[1] 한국문학의 식민성 내지 후진성을 역전시키는 새로운 국제성의 감각을 살펴보는 데 있어 펜클럽은 중요한 논의 대상이다.

1950년대 지식인에게 뚜렷하게 나타난 세계주의의 열망은 미국의 문화원조 전략 속에서 보다 실증적으로 드러난다. 국제 펜클럽 한국본부the Korea PEN Club(이하 한국 펜)는 뚜렷한 문학운동 내지 문학 담론을 전개하지 않았지만, 토착 문화단체와 구별되는 국제적인 위상이 창립 초기에는 언론에 의해 주목받았다. 1958년 파스테르나크Boris Pasternak 사건과 맞물려 공식적인 힝의시를 발표하는 국세기구,[2] 그리고 아시아 분쟁과 미소의 핵무기 위협에 대응하는 과정에서는 일종의 세계 평화 단체 등 한국 펜은 전후에 급증한 문화단체 중 대외적인 활동이 가능한 기구로서 인식되었다.[3] 그런데 이 시기에 한국 펜의 국제 활동이 보다 적극적일 수 있었던 것은 아시아재단The Asia Foundation의 원조 프로그램과 무관하지 않다.

아시아재단은 전후 아시아 지역의 개인 및 단체를 후원하는 미국의 민간 원조 단체로서 예총, 문화자유회의, 한국비교문학협회, 펜클럽 등 한국의 여러 문화단체와 긴밀한 관계를 맺고 있었다. 아시아재단의 설

---

1 「을미년문화계회고 문학, 연극, 미술, 음악 좌담회 (4)」, 『경향신문』, 1955.12.22.
2 「자유문협과 펜클럽, 문학의 자유를 강탈, 파스테르나크 사건에 항의」, 『동아일보』 1958.11.2.
3 양병식, 「문학자의 아유와 권리 세계공감의 합치점을 위하여 (상)」, 『동아일보』, 1958.3.8.

립 시기와 같은 해인 1954년에 한국 펜이 창립되는데, 재단은 1950~1960년대까지 한국 펜이 주최하는 문학연구회, 문학강습회, 창작기금, 한국 단편소설의 영문판 간행 사업 등을 적극적으로 후원했다. 특히 한국 펜의 경우 모윤숙, 주요섭, 이하윤, 김광섭, 피천득, 이헌구, 변영로, 백철, 손우성, 조용만, 정인섭 등 초창기 멤버 대부분이 식민지기 외국문학자라는 특수한 인적 네트워크에서 출발해 외국문학과 한국문학 상호간의 번역과 소개가 용이했다. 일어 중역에 대한 문제성을 쟁점화하며[4] 개별적으로 외국문학연구회, 번역문학가협회 등에서 중추적인 역할을 담당했다. 이러한 단체 특성을 고려해 아시아재단이 한국 펜 초창기에 실제로 비중을 두었던 원조사업은 국제 행사 참여를 위한 여비 지원에 있었다. 이는 한국 펜과 같이 학술계, 언론계, 교육계, 문화계를 대표하는 한국 인사를 후원하는 방식이며 주로 세계교직자단체총연합회[WCOTP], 세계자유노동조합연합회[ICFTU], 국제언론기구[IPI], 태평양과학회, 국제식량농업기구[FAO]나 유네스코 같은 유엔 가맹단체 참가에 대해 여비 원조가 이루어졌다.[5] 널리 알려진 것처럼, 한국 펜 회원 대부분 미국 아시아재단의 원조를 받아 국제대회에 참가했고, 이 과정에서 한국 문학을 국제적으로 홍보하거나 반대로 세계의 여러 지식과 정보를 국내에 전달하는 일을 수행했다.[6]

---

4 펜클럽 한국본부는 번역문화의 권위와 정상화를 위해 일어 중역을 배격할 것을 결의했다. 이봉범, 「1950년대 번역 장의 형성과 문학 번역」, 『대동문화연구』, 성균관대 대동문화연구원, 2012, 505면. 이하윤, 정인섭 등 펜클럽 회원인 식민지기 외국문학자의 상향 조정된 해방 후 위상은 박지영의 1950년대 번역론 연구에서 상세하게 다루어졌다. 박지영, 「1950년대 번역가의 의식과 문화정치적 위치」, 『상허학보』 30, 상허학회, 2010, 354~356면.

5 아시아재단, *The ASIA FOUNDATION IN KOREA 1964*, 아시아재단, 1964, 11면.

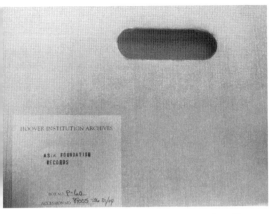
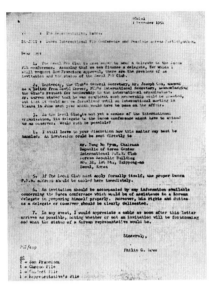

〈사진 1〉 Philip O. Rowe to The Representative, Dacca, December 7, 1954, PEN CLUB KOREA Organization, BOX NO.P-60, The Asia Foundation Papers, Hoover Institution Archives

아시아재단은 경제원조뿐 아니라 정치적으로 한국의 펜클럽 가입과 원활한 대회 참석을 진행하는 데도 적극적이었고,[7] 세계대회에 참석할 대표 문인을 선발하고 여비를 지원하는 과정은 재단의 문화원조 전략 과 무관하지 않다. 아시아재단의 여비 원조는 한국 펜의 위상을 가늠하 는 데 결정적인 단서이다. 그것은 미국 재단이 한국의 외교 활동에 개

---

6 국제 펜대회에 참석할 때마다 문인들은 아시아재단의 관심과 후원을 여러 지면을 통해 특별히 강조했는데 가령 "여비조달에 있어 비용의 태반을 자진 담당하여준 미국인 사설 단체 아세아재단"(「국제 펜클럽의 사명―27차년 대회에 대표를 파견」, 『동아일보』, 1955.4), "펜대회에 대표를 보낼 때마다 다소라도 도움을 준 데가 있다면 그것은 아시 아재단뿐"(이인석, 「펜클럽이 가는 길」, 『자유문학』, 1957.7, 111면) 등.

7 일례로 이승만 정권의 반일 정책으로 한국 문인의 도쿄 세계대회 참석이 어렵게 되자 한국지부 대표가 재단 본부에 이승만 대통령을 설득해 줄 것을 요청하자 곧바로 이 문제 가 해결된 바 있다. James Greene The Asia Foundation Representation, Korea, February 18, 1957, PEN CLUB KOREA Organization, BOX NO.P-60, The Asia Foundation Papers, Hoover Institution Archives, p.7.

입하는 것과 마찬가지의 효과를 보여주었다.

〈사진 1〉은 스탠포드대학 후버 아카이브the Hoober Institution Archive에 소장되어 있는 아시아재단 자료이다. 샌프란시스코에 소재한 아시아재단 본부와 한국을 포함한 인도네시아, 홍콩, 필리핀 등의 아시아 각국 지부 간에 주고받은 공문서들이 국가, 미디어, 인물, 컨퍼런스와 같은 카테고리로 후버 인스티튜션에 보관되어 있다. 그 가운데 NO.P-60 박스에 있는 한국 펜클럽 파일은 펜클럽의 결과물, 영수증, 서한, 그리고 한국문학 전반(문인, 단체, 매체 등)에 관한 보고서 등 한국지부 발신의 공문서뿐 아니라 다채로운 형태의 한국 정보가 포함되어 있다. 재단의 첫 번째 보고서는 아시아재단 한국지부 대표(Philip O. Rowe)가 파키스탄 펜클럽 다카Dacca 센터 대표에게 보낸 문서였는데 발신 시점이 한국의 국제 펜클럽 가입(1955) 이전이다. 문서의 내용은 제26차 다카 펜대회 (1955) 때 경비를 재단에서 지원할 경우 한국 대표 문인을 참관인observer 의 자격으로 초청하라는 요청으로 요약된다. 다른 한편 한국지부 대표도 관련 보고를 통해 아시아재단의 위원장에게 한국의 다카 펜대회 참석이 이듬해 국제 펜총회의 가입 결정에 중요한 계기가 될 것이며 아시아재단의 인트라 아시아 지분intra-Asian interests에 보탬이 될 것이라고 언급하기도 했다. 그렇다면 아시아재단의 문화원조 이후 한국 펜클럽 및 한국문학은 어떻게 변모했는가. 상기한 질문에서 출발해 한국문인들이 펜대회를 전유하는 방식과 계기를 추적하고, 이를 통해 아시아재단의 1950년대 문화원조가 한국문학에 끼친 영향이 어느 정도였는지를 살펴보고자 한다.

2. 예술원 파동, 자유문학상, 한국 펜클럽

한국에 아시아재단 지부가 설치된 시기는 한국 문학단체가 문단 헤게 모니를 둘러싸고 첨예하게 대립, 분화하던 때였다. 그런 점에서 아시아 재단이 수집한 문학단체 관련 정보 가운데 대부분은 문학그룹의 상이한 성격과 관계를 섬세하게 구별하는 것이었다. 아시아재단 보고서는 1954~1955년 사이에 인적 구성을 재정비한 전국문화단체총연합회(이 하 문총)에 주목해 한국에 3개의 문학그룹 및 네트워크가 존재한다고 분 석했다. 아시아재단이 한국문단 상황에 각별한 관심을 기울인 이유는 문 화원조의 효과를 극대화하기 위해서였다. 주지하듯 예술원 선거(1954) 에서 모윤숙, 김광섭, 이헌구, 이하윤 등 '문총' 계열의 문인은 선출되지 못했고 이를 계기로 문인의 파벌의식이 공고해진다. 선거 직후에 인선에 관여한 김동리와 한국문학가협회(이하 문협)가 문총에서 제명되었고 이 를 대신하는 문총 산하단체가 새롭게 발족했다. 펜클럽 회원 대부분이 이때 결성한 한국자유문학자협회(이하 자유문협)의 멤버이다. 예술원 선 거 이후의 상황을 주시한 아시아재단은 '문협'과 '자유문협' 그룹, 그리 고 기타 독자적인 노선(단체에 소속되지 않은 문인) 등으로 한국문단의 인적 지형을 파악하고 있었다. 이것은 또한 한국 펜 원조 방향과 무관하지 않 다.[8] 1954~1955년도 한국지부 예산안에서 재단은 관변 단체보다 자발 적인 문화단체를 중심으로 점진적인 원조계획안을 수립했는데, 후자에

8　Mary C. Walker to The President, The Asia Foundation, April 3, 1956, PEN CLUB KOREA Organization, BOX NO.P-60, The Asia Foundation Papers, Hoover Institution Archives, p.35.

해당하는 단체가 문총에서 제명된 문협일 가능성이 크다.[9]

이때 아시아재단 문서에는 문협을 보수적인 문학단체가 아닌 "the younger, more energetic, and yet good, creative-writers"[10]라고, 기득권이 없는 신생의 이미지로 묘사하게 된다. 이에 아시아재단은 『현대문학』(1955)에 2년간 용지를 지원했던 것을 포함해, 1956년에는 자유문학상 수상자 전원이 문협의 대표 문인으로 선정되기도 했다. 문협은 재단의 적극적인 후원을 받는 단체로 급부상하게 된다. 그런데 자유문학상 수상과 관련해 선정의 객관성에 대한 문총의 항의와 문인들의 논쟁이 잇따랐다. 이 무렵 아시아재단 문서를 살펴보면, 문협과 자유문협의 대립 그리고 문총의 분화에 대해 주의 깊게 정보를 수집하려

---

9 1954~1955년도 한국지부의 예산안에 명시된 내용을 살펴보면, 아시아재단은 전국문화단체총연합회(문총)에 5,000달러 예산을 승인하지만 문총을 일종의 관변단체로 파악하고 문총 이 외의 자발적인 민간단체에 대한 원조 증액을 강조하는 방식으로 예산 규모를 재정비한다. 문총(1947년 결성~1961년 5·16후 해산)은 "민족문화의 수립과 공산진의 타도"(한국문인협회 편, 『해방문학 20년』, 정음사, 1966)를 목적으로 문필가협회, 중앙문화협회, 청년문학가협회, 극예술연구회 등 전국의 학술, 문화, 예술 단체를 산하조직으로 둔 한국 냉전기 민족주의 진영의 문화 기구이다. 펜클럽의 김광섭과 이헌구가 초창기 문총에서 출판부장과 총무부장을 맡는 등 문총, 자유문협과 펜클럽의 인적 네트워크의 협력 관계를 추측할 수 있다. 재단은 1955년 이후 한국 문학단체를 "Korean Writers' Association"와 "Free Writers' Association" 등의 두 그룹으로 파악해 본부에 보고하는데, 이는 한국문학가협회(문협, 1949)와 한국자유문학자협회(자유문협, 1955)을 지칭한 것으로 추정된다. 1954년에 창설된 예술원 회원으로 김동리, 서정주, 조연현 등의 문협 중심의 문인이 선출되자 여기서 배제된 김광섭, 모윤숙, 이헌구, 이하윤 등의 문총계 인사가 문협을 탈퇴하여 1955년에 자유문협을 새롭게 결성, 문총에 가입했다. 이른바 예술원 파동으로 회자되는 이 사건을 통해 김동리와 문협은 문총에서 제명되고 자유문협이 유일한 문총 산하 문학단체로 인정된다. 홍기돈, 「김동리와 문학권력」, 문학과비평연구회, 『한국 문학권력의 계보』, 한국출판마케팅연구소, 2004, 139~141면. 재단의 보고서는 예술원 파동에 관해 문협이 시끄럽게 굴어서("a bit obstreperous") 문총에서 제명되었다고 설명한다.

10 Mary C. Walker to The President, The Asia Foundation, April 3, 1956, PEN CLUB KOREA Organization, BOX NO.P-60, The Asia Foundation Papers, Hoover Institution Archives, p.35.

했을 뿐만 아니라, 자유문학상 수상과 관련해 문인들의 분쟁과 갈등을 서둘러 해결하려 했다는 정황이 포착된다. 자유문학상은 연간 3,500달 러 규모로 아시아재단에서 재정 지원을 했던 프로그램 중 하나였던 만 큼 "미국이 전후 한국사회와 문학을 재건하고자 공헌한 상"으로 남아 야 했다.[11] 그러나 제3회 자유문학상의 공정성 논란은 아시아재단이 문 단의 대립 상황에 더욱 밀착할 수밖에 없도록 만들었다.

문총은 제3회 자유문학상 수상에 대해 "모 협회의 회원상과 같은 감 을 주게 된 것은 유감된 일이며 심위구성서부터 물의"[12]가 있다고 재심 사를 촉구하는 성명서를 발표했다. 문총의 성명 이후 조연현 등 문협 중심의 심사위원단은 서둘러 판정의 기준과 심사 과정을 설명했고,[13] 아시아재단 책임자(조동재)는 심사위원 결정에 대한 전폭적인 지지를 선언했다.[14] 그럼에도 일부에서는 "다수결에 의한 상 결정 방식이 곧 문 학의 권위가 될 수 없"[15]다고 이의를 제기했다. 자유문학상 논란은 문단

---

11 「문학부흥과 재건협조 제2회 수상의 자유문학상」, 『동아일보』, 1955.2.4. 이처럼 제2 회 수상까지 자유문학상은 수상 작가 내지 작품에 대한 관심보다 '미국의 원조와 후원' 이 더욱 강조되어 홍보되었다.

12 「문화상 시상 공정성을 위한 성명서」, 『경향신문』, 1956.2.28. 문총의 성명서에 따르 면 염상섭, 김동리, 서정주, 박목월 등 자유문학상 제3회 수상자는 물론 한국문학에 지 대한 공헌 했지만 당시에 문학상을 수상할 만큼 활발하고 우수한 창작활동이 없었다. 또한 1인 심사위원 사퇴한 가운데 진행. 전년도 창작물(제3회부터 단행본뿐 아니라 1 편의 작품도 수상 자격, 심사 대상)을 대상으로 아시아재단이 확정한 심사위원단이 수 상자를 결정했다.

13 조연현, 「자유문학상 심사의 공명성-문총성명에 대한 구체적 답변」, 『새벽』, 1956.5. 이 글에서 조연현은 심사 기준을 설명하는데 공로 역시 가산점, 작품의 양적 심사보다 질적 심사, 심사 과정은 단순한 다수결 아닌 비평정신의 결론이란 점에 역점을 두고 논 란을 불식시키려 노력했다.

14 「심위결정지지 아(亞) 재단 조씨 담(談)」, 『동아일보』, 1956.2.28.

15 이봉래, 「문학과 문학상의 경위-자유문학상 수상작품의 구체적 비판」, 『새벽』, 1956.5, 73면.

의 파벌 논쟁이 가시적으로 드러난 것이다.

아시아재단은 펜클럽의 범문단적 성격을 강조하며 펜클럽 회원 43명 가운데 16명은 자유문협, 3명은 문협, 8명은 독자적인 그룹, 16명은 확인하지 못했다고 보고한다. 여기서 중요한 것이 가장 많은 비중을 차지하는 자유문협 출신의 펜클럽 문인이다. 보고서는 자유문학상 심사의 공정성을 비판한 그룹이 자유문협이라는 사실을 심각하게 받아들이면서 자유문학상의 심사위원 위촉 과정을 본부에 상세하게 설명한다.[16] 제3회 자유문학상의 심사위원은 박종화, 조연현, 오상순, 곽종원, 박영준(제1회 수상자), 유치진, 김동명(제2회 수상자), 구상(사퇴)이며 펜클럽 회원이 아니면 문협 계열의 문인으로 구성된 것을 알 수 있다. 여기서 주목할 점은 심사위원 위촉을 거절한 이헌구에게 아시아재단이 곧바로 런던 펜대회 여비 지원을 결정했다는 사실이다. 아시아재단이 이헌구에게 특별히 런던 펜대회 여비를 지원하게 된 것은, 앞서 언급한 대로 문협과 자유문협 간의 대립을 어느 정도 해소하려는 의도에서 비롯되었다.

아시아재단은 런던 세계대회 기간 동안 한국인으로서는 유일하게 이헌구에게 왕복 비행뿐 아니라 개인 지출도 허용하는 개별 보조금 150달러를 지원했다.[17] 그 대신에 런던 대회의 모든 일정(감사세션 포함)에 적극적으로

---

16 "자유문협은 공식적으로 자유문학상 심사가 공정하지 않다고 밝혔다. 그들 중 3명을 심사위원으로 초빙할 것이다. 이것이 펜클럽에 여비보조하는 우리 결정을 매우 신중하게 평가해야할 증거이다" Mary C.Walker to The President, The Asia Foundation, April 3, 1956, PEN CLUB KOREA Organization, BOX NO.P-60, The Asia Foundation Papers, Hoover Institution Archives, p.35.

17 아시아재단의 펜클럽 관련 파일에는 당시 한국 펜클럽 위원장이었던 변영로가 재단 본부에 보낸 문서가 있는데 그는 경비 지원에 대한 감사 인사와 함께 문인들의 해외여행 경비를 한국 센터에서 감당하기 어려운 사정과 지속적인 여비 원조의 중요성을 재차 강조한다. 알려진 바와 다르게 펜클럽의 여비 지원은 한시적인 프로그램이었음을 보여

참여하고 귀국 후 한 달 이내에 국제 펜클럽의 참가 경험을 발표해 복사본을 송부할 것을 요구한다.[18] 이헌구는 1956년에 제28차 런던 펜대회의 참관기로서 영국 기행문을 연재했고 여기서 탈유럽의 심상지리를 강조했다.[19] 이헌구의 참관기에 드러난 전후 인식과 세계성의 관점은 다른 문인과 동떨어진 부분이 있어 보인다. 1921년 영국 런던에서 설립된 펜클럽의

준다. 여비 지원(주로 왕복 비행료)은 재단 예산안의 고정된 항목이 아니었거나 공식적인 예산 내역에 포함되어 있지 않았다. 아시아재단 한국지부 대표가 한국 펜클럽의 요청을 토대로 추가예산에 대한 미국 본부의 승인을 받았는데, 런던 세계대회의 경우 한국 펜클럽 사무처장(주요한)이 재단 원조를 요청해 여행경비를 위한 예산이 추가되었다. Mary C. Walker, The ASIA FOUNDATION SEOUL OFFICE, PEN CLUB KOREA Organization, BOX NO.P-60, The Asia Foundation Papers, Hoover Institution Archives, p.12. 이것은 예산 확정 이후에 한국 펜클럽 위원장(변영로)이 아시아재단 한국지부 대표(Mary C. Walker)에게 보낸 서한을 봐도 어렵지 않게 파악할 수 있다. Yung-ro Pyen to Miss Mary C.Walker, March 8, 1956, PEN CLUB KOREA Organization, BOX NO.P-60, The Asia Foundation Papers, Hoover Institution Archives, p.13. 펜클럽 지원의 목적 및 중요성과 성격을 엄밀하게 파악하기 위해서는 재단 예산안에서 한국의 국제회의 참가(1954~1955 : 12,000달러 규모) 항목 가운데 펜클럽의 여비지원이 어느 정도 비중을 차지하는지 비교해 살필 필요가 있다. 런던 펜대회의 경우 다른 문인의 여비지원 내용보다 이헌구에 대한 재단합의서(indicating Foundation agreement to subsidize one delegate)만 있었다.

18 Mary C.Walker to Mr. Rhee Huen Koo, June 8, 1956, PEN CLUB KOREA Organization, BOX NO.P-60, The Asia Foundation Papers, Hoover Institution Archives, p.9 아시아재단의 한국지부는 펜클럽 활동에 관련한 기사를 수집해 언론의 규모에 대해 본부에 보고했다. 한국 펜 기사(대회 참가 문인이 쓴 글이나 그에 대한 뉴스, 인터뷰)에 대한 1956년 보고서에 의하면 펜클럽에 대한 국내 보고는 한국일보 11회, 조선일보 9회, 동아일보 7회, 경향일보 4회, 서울일보 31회, 평화일보 3회, 새벽 2회, 희망 1회, 고려대학 주간지 2회, 신흥대학 주간지 5회다. BRIEF HISTORY AND ACTIVITIES OF THE KOREAN P.E.N. CLUB, PEN CLUB KOREA Organization, BOX NO.P-60, The Asia Foundation Papers, Hoover Institution Archives, p.15 그러나 행사 보도 또는 게재된 펜클럽 문인의 글은 이보다 더 많다. 한국에 대한 재단의 정보력이 부족하거나 다른 기준이 있어 보인다.

19 이헌구, 「주간우람초(走看愚覽抄)(3)」, 『경향신문』, 1956.9.24. 이헌구는 왕실 초청의 경험을 이채롭게 다루며 담배 피우는 여왕의 모습을 상세하게 묘사하고 "전후(戰後)의 변전되는 새로운 이단현상은 드디어 신사의 나라 영국"도 예외가 아니라고 강조했다. 아프레걸(après girl) 표상을 영국 여왕의 이미지에 덧씌운 이 독특한 왕실 경험담에서 유럽의 고유한 문명, 전통과 권위는 미국 중심의 세계 표상에 의해 타자화된다.

역사를 상기하지 않더라도, 당시 런던 세계대회의 강연자 대부분이 영국과 프랑스 문인일 수밖에 없었던 국제 펜클럽 내 유럽문학의 위상을 염두에 둘 때 더욱 그러하다. 당대 한국 문인들은 국제 펜클럽의 세계대회를 수차례 경험하며 여전히 구라파문학에 대해 찬탄하는 글을 남기고 있었다. 영국 센터 의장의 개회사를 듣고 이하윤이 "과연 '쵸서'를 섬기고 '밀튼'을 애끼고 '쉑스피어'를 자랑할 줄 아는 민족의 후예라는 것을 뼈저리게 느꼈다"[20]거나, 모윤숙이 전년도의 세계대회를 떠올려 "모두 구라파인이고 미국도 세찬 입장이 돼있지 않더군요"[21]라고 발언한 것은 적어도 그것이 유럽문학의 전통을 중시한 국제 펜대회의 일반적인 분위기였기 때문이다. 이헌구의 경우 미국적 시각을 보여주지만, 역설적이게도 아시아재단의 지원은 이헌구 세대(혹은 자유문협 세대)가 보여준 세계성의 재인식에 크게 영향을 끼치지 못했고 한국문학단체의 대립을 해소한다는 목표를 달성하지도 못한 것으로 판단된다.

20　이하윤, 「제28년차 대회의 개황」, 『자유문학』, 1956.12, 245면. 제28차 국제 펜클럽 세계작가회의는 1956년 7월 8일부터 14일까지 '작가와 독자'라는 주제로 런던에서 열렸고 여기서 논의된 신비평을 백철이 귀국하여 이후 한국문단에 소개했다는 점은 널리 알려진 사실이다. 세계작가회의에 참석한 한국 대표자 명단은 다음과 같다.

	26년차 국제펜대회	27년차 국제펜대회	28년차 국제펜대회	29년차 국제펜대회	30차 국제펜대회
개최지 (날짜)	동파키스탄 다카 (1955.2.22~23)	오스트리아 비엔나 (1955.7.12~18)	영국 런던 (1956.7.8~13)	일본 동경 (1957.9.2~9)	독일 프랑크푸르트 (1959.7.19~25)
주제	종교와 문학	우리의 시대적 표현으로서의 극장	저자와 독자	동서문학의 상호영향	과학시대의 문학
위원장	변영로	변영로	변영로	정인섭	주요섭
참석자	주요섭	변영로, 김광섭, 모윤숙	이헌구, 이하윤, 백철, 이무영	정인섭, 모윤숙, 전영택, 정비석, 김종문, 이인석, 전숙희, 최완석, 조경희,	주요섭, 조병화, 조경희, 전숙희, 김성한

21　「국제 펜클럽 28차 세계대회 참가대표 좌담회 (1)」, 『경향신문』, 1956.7.1.

3. 세계작가회의와 두 개의 아시아 표상

한국이 처음 참석한 펜대회가 유럽이 아닌 파키스탄이었다는 점에 주목할 필요가 있다.[22] 다카^{Dacca} 세계대회는 세계=서구에 한정된 시각에서 벗어나 국제화된 아시아를 경험할 수 있는 실질적인 계기였을 뿐아니라, 전후 아시아에 대한 새로운 인식을 마련하는 담론 형성의 경로이기도 했다. 주지하듯 펜대회가 열린 다카는 1947년 영국령 인도로부터 동서 파키스탄으로 분리되어 독립한 이슬람 지역이며, 내전 끝에 1971년에 파키스탄령으로부터 방글라데시를 국호로 독립한 동파키스탄의 수도이다. 개최국 동파키스탄은 최빈국이자 첨예한 분쟁지였기에 세계문학의 이상을 대표할 리 없었으나, 전후 독립국이라는 점에서 아시아 지역을 대변할 만했다. 한국 펜문인에게 전후 아시아의 표상이 반공국가였음은 참가 후기에서 확인된다. 한국인을 반공 용사라며 격렬하게 환영한 것이나, 파키스탄의 독립 후 좌익 문인의 전향 증가와 반공 사상으로서 종교의 위상 등에 대한 묘사가 상세하고, 파키스탄의 전

22　서론에서 언급했듯 아시아재단은 한국의 국제 펜클럽 가입을 성사시키기 위해 다카 펜대회에 참관인을 보내려고 재정적인 지원을 아끼지 않는다. 그런데 옵서버로 다카 펜대회에 참석한 주요섭은 비엔나 회의가 다카 회의로 급작스럽게 변경되었다고 의아해한 바 있다. 주요섭, 「펜클럽 보고」, 『새벽』, 1955.5, 115면. 이는 인도 수상 네루의 중립노선이 표방된 이후 급박하게 제기된 아시아 지역의 정세와 무관하지 않을 것이다. 서구의 냉전 전략에 저항하는 아시아적 연대, 비동맹국가의 평화 촉구는 1954년 콜롬보회의(동남아시아 5개국 수상회의)에서 출발하는데 파키스탄 역시 중요한 참가국이었다. 한국 펜클럽을 국문학 최초로 연구한 김미란도 국제펜대회의 이 묘한 타이밍을 거론했다. 그는 "허나 한국펜은 이 시기 아시아 민족주의와 비동맹운동에 철저하게 무관심했다"고 설명하면서 펜클럽의 서구에 대한 동경과 인식을 살폈다. 김미란, 「문화 냉전기 한국펜과 국제 문화 교류」, 『상허학보』 41, 상허학회, 2014, 344면. 그러한 펜클럽의 아시아/서구/세계의 표상과 인식을 학술적으로 개진한 계기와 과정을 이 글에서 밝히려 한다.

통 문화를 구경하며 "우리나라하고 아주 같은 것이 많"다고 감회 또한 두드러지게 나타났다. 그런데 한국과 비등한 전후 아시아의 현실 외에도 그가 유난히 강조하는 대목이 있다. 그는 가게 물품 대부분이 일본산 수입품이고 문학자대회임에도 불구하고 무역을 위해 일본 영사 부인이 참석하는 등 "일본인이 장사에는 눈이 밝다"고 논평했다. 비록 비판적인 입장이라고 하더라도, 주요섭은 일본이 보여준 예외적인 경제성장을 국내에 생생하게 전하고 있다. 이 글은 암암리에 전후 아시아 대 일본이라는 세계성의 인식을 보여준다. 즉, 반공 진영이라는 단일한 지역권을 통해 구축된 아시아의 '탈식민화'와 그와 다른 측면에서 아시아의 '선진화' 과정이 교착 상태에서 전달된다.

1950~1970년대 무렵 미국의 아시아 전략 및 지역 연구 프로젝트는 일본을 동원해 자유 아시아 진영을 재편하는 데 목적이 있었다.[23] 대외적으로는 전승국 미국과의 관계를 회복하고 대내적으로는 경제성장을 이루어내면서 일본은 아시아의 롤 모델이 된다. 다카 펜대회에서 주요섭이 일본을 풍자한 부분은 이렇듯 일본 중심으로 위계화된 아시아 표상에 대한 반감을 보여준다. 그가 인상적으로 묘사한 일본의 외교 및 수출 증대 전략은 냉전 패러다임에 그대로 노출된 시각이다. 물론 한국 펜클럽의 다양한 국제 경험 내에서 아시아의 감각과 인식이 서구문학(인)에 대한 관심보다 중요했던 것은 아니다. 더욱이 정부의 반일 정책과 내면화한 반일 정서를 상기해볼 때, 주요섭의 경우보다 더 노골적인 일본 비판론도 눈에 띈다. 가령 외국문인들 사이에서 잔뜩 주눅 들어 있는 모

---

23 해리 하르투니언, 윤영실·서정은 역, 『역사의 요동』, 휴머니스트, 2006, 97~100면.

습,[24] 영어를 못하거나 연설이 서툴러 망신을 당하는 모습,[25] 선정적이고 기회주의적인 모습[26] 등의 참관기에 재현된 것은 저열한 일본인 그 자체였다. 그렇다면 다카 펜대회로부터 3년 후 1957년 제29차 동경 펜대회에 참가한 한국문인들의 일본, 아시아, 서구에 대한 인식은 어땠을까?

> 우리는 우리의 현대문학에서 또는 최근의 한국동란 중에 우리의 정신적 본
> 향생활에다 서양과학을 포섭할 수 있다는 능력을 보였습니다. 이렇게 함으로
> 써 우리는 여하한 정치적 혹은 문화적 침략과도 싸울 장비를 갖추고 있는 것
> 입니다. 일언이폐지하면 현대한국문학은 '제국주의 및 공산주의에 대한 항쟁
> 의 문학'이라고 호칭될 수 있는 것입니다.[27]

동경 펜대회의 공식 제목이 '농양과 서양의 문학이 미적 가치와 생활 양식 양면에서 현재 미래의 작가에게 주는 상호적 영향'인 것처럼, 여기에는 동서양 문화 교류를 지향하는 개최 목적이 반영되어 있다. 동양의 역사적 범주를 고려하지 않는 방식에서 펜대회가 마련되었지만 정인섭(펜클럽 대표)은 한국 펜을 대표해 동서문학의 영향을 한국 현대문학의 형성 과정과 관련해 설명하며 가장 큰 장애가 일본의 식민지 정책이라고 신랄하게 비판했다. 세계문학사에서 한국문학의 위축과 고립의 원인을 일본 제국주의로 규정하는 방식은 당시 흔한 논법이지만 그 장소가 동경 펜대회였다는 사실은 눈여겨볼 만하다.[28] 일본에 대한 정인

---

24 변영로 외, 「27차 펜대회 보고 좌담회」, 『새벽』, 1955.9, 53면

25 주요섭, 앞의 글.

26 김종문, 「한국 국제 펜대회 일본」, 『자유문학』, 1957.10·11(합본).

27 정인섭, 「현대문학과 현대한국작가」, 『자유문학』, 1957.10·11(합본), 213면.

섭의 비판적인 언설이 당시에 동경 펜대회 참석도 어려울 정도로 강력했던 반일 정책의 감시와 통제를 어느 정도 의식한 것이라고 해도 한국의 일본에 대한 대타 의식이 이처럼 국제적으로 발화된 경우는 흔치 않다.[29] 동경 펜대회에서 아시아문학 일반의 성격을 일본문학의 특징으로 환원하는 외국문인의 시각이 두드러지자 전도된 회의 주제에 불만을 토로하거나, 오히려 일본에 한국문학의 존재를 알리는 것을 펜대회 참가의 성과로 언급하기도 했다.[30] 그에 반해 펜대회 주최 측은 아시아문학에 대한 관심을 촉구하며 서양문학과 전혀 다른 일본문학의 새로움에 대해 역설하거나,[31] 문명과 교양으로서 동서양 문학의 공통점을 찾으며 일본문학을 언급하고,[32] 최초의 동양 작품 경험이 타고르의 일본문학 비평이었다는 등[33] 유럽 문인들은 제국주의 이후 새롭게 재편된 냉전 체제에서 아시아(문학)에 대한 신뢰를 일본을 거점으로 만들어 갔다.

아시아에 대한 새로운 관심과 기대, 동서양 문학의 교류와 연대가 확산될 때 국제 펜클럽의 이념과 존립이 정당화될 수 있다. 아시아 공동체를 상상하는 방식, 곧 '하나의 아시아'의 슬로건은 국제적인 평화주의

---

28 김종문은 정인섭의 연설이 당시에 물의를 빚었던 에피소드를 전하며 동시에 한국에서의 지지를 자랑스럽게 언급했다. 김종문, 앞의 글. 언론에서 정인섭이 "일제의 문학탄압을 공격"했다고 연일 보도할 정도로 국제대회의 저 연설은 탈식민의 언설로서 회자되었다. 『경향신문』, 1957.9.6.

29 이하윤은 한국의 국제적 활동과 활약을 점차 늘려야 한다고 주장하며 "아세아에 있어 인도나 일본에게 헤게모니를 빼앗기지 말아야한다는 것을 절실히" 느꼈다고 국제 펜대회의 경험담을 정리하기도 했다. 「좌담회 (3)」, 『경향신문』, 1956.7.3. 외국작가의 내한을 펜클럽에서 적극적으로 추진한 것 역시 동경 펜대회을 의식한 점이 눈에 띈다. 『자유문학』 지면 배치가 이를 시사한다.

30 김종문, 앞의 글, 166면.

31 앙가스 윌손, 「먼저 번역자를」, 『자유문학』, 1957.10·11(합본), 176~177면.

32 이브 강동, 「서양정신과 불란서」, 위의 책, 189~190면.

33 「각국의 책무를 가지고」, 위의 책, 201면.

정책론이라 할 수 있다. 앞서 언급했듯 1차 대전 직후에 창설된 국제 펜클럽은 인류 문화의 평화적인 창조 및 건설과 자유를 위해 지적으로 협력하고 친화를 도모하는 국제교류 단체를 표방했다. 요컨대 하나의 국제사회를 건설하기 위해 '평화'는 국가 상호 간에 "자기가 가지고 있는 문화와 남의 문화"를 통합 내지 협력으로 재조정하기 위해 필요한 "평화적인 무엇"[34]에 해당하는, 일종의 보편성을 일컫는 수사적 개념이다. 반공 진영으로 통합할 공통 감각으로서 '평화'는 정치적으로든 윤리적으로든 거부하기 어려운 이념이었다. 아시아재단의 펜클럽 원조 역시 세계 보편성의 중요성을 자각하고 열망하고 소비하는 미국의 후진국 재건 프로그램과 동일하다. 미소의 경쟁체제에서 미국 내 대학과 연구소들은 정책적, 경제적인 지원을 통해 지역 연구를 확산하며 과거의 구미식 오리엔탈리즘과 다름없는 방식으로 공산주의를 인류 보편의 발전과 진보에 미달한 이념과 정체성으로 규명하는 연구 결과를 진척시켰다. 선행 연구에 따르면 미국 학술기관의 지역 연구는 학문적 관심보다 전략적인 관점(공산주의 봉쇄정책 및 미국의 대 아시아 외교정책)에서 성립되었다.[35] 미국의 아시아에 관한 지식과 정보는 정치, 경제, 문화 등의 다양한 영역에서 냉전 아시아적 보편성을 생산하는데, 유감스럽게도 동경 펜대회에서 한국문인들은 아시아의 "평화적인 무엇"을 발견하지 못했다. 일례로 최완복의 참관기에서 농후하게 드러난 반일정서는 하나의 아시아에 저항하는 당시 한국문학의 태도를 보여주고 있다.

---

34 임한영, 「유네스코와 하나의 세계」, 『새벽』, 1955.5, 113면.
35 황동규, 「냉전 시기 미국의 지역 연구와 아시아 인식」, 『동북아역사논총』, 동북아역사재단, 2015, 16~18면; 김경리, 「전후 미국에서 지역 연구의 성립과 발전」, 『지역연구』, 서울대 국제대학원 국제학연구소, 1996.

주최자측이 의식하건 안하건 그말(동경펜대회 주제-인용자) 배후에는 동서양의 합류, 하나의 세계, 인류는 하나라는 현세계의 정치적 사회적 구호가 그대로 암시되어 잇는 것만은 사실이다 (…중략…) 막상 회의에서 문학이 토의되는 것을 보려는 우리는 특히 문학에 있어서 너무나 서로 먼 거리에 서있는 것을 느끼지 않을 수 없었다. (…중략…) 동양이라고 하는 이 권내에는 얼마나 많고 복잡하고 알려지지 않은 다른 문학이 들어있는가. 이런 것을 생각할 때 동양과 서양이라는 두 권내에 가로놓인 심연보다도 못지않게 동양문학 사이에 놓인 심연이 크다는 것을 새삼스러이 느끼지 않을 수 없었다.[36]

그들과 비슷한 모습을 한 아시아제국(諸國)의 여러 작가에게는 환영은커녕 따뜻한 말 한마디 없었다. (…중략…) 아시아 나라는 일본이 전시 중에 죄를 저지른 곳이니 응당 더욱 따뜻한 말 한마디가 있어야 하지 않았을까[37]

외국문학자 최완복은 동경 펜대회에 참석한 소감을 신문과 잡지 등에 수차례 발표하는데 1960년대부터 외교관으로 활동했던 이력만큼 한국문학 또는 한국 펜의 성과를 앞서 다루기보다 펜대회에서 드러난 일본 및 국제사회의 관계, 그 변화를 무엇보다 강조했다. 개회식 무대를 장식한 23개국의 국기를 "마치 문학의 국제연합이었다"[38]라고 비유적으로 묘사한 데서 알 수 있듯 그는 문학을 중심으로 여러 국가의 다양한 역사성과 민족성을 총망라하는 펜의 국제적 규모에 감탄했다. 이와 동

---

36 최완복, 「펜대회 보고기 (3)」, 『동아일보』, 1957.9.22.
37 최완복, 「펜대회 보고기-일본을 다녀와서 (6)」, 『동아일보』, 1957.9.26.
38 최완복, 「펜대회 보고기 (2)」, 『동아일보』, 1957.9.20.

시에 민족을 초과하는 국제성의 인식 속에서 최완복의 참관기는 인용문처럼 그 한계를 지적하는 부분이 현저하게 많았다. 펜대회 주제가 "동서양의 합류, 하나의 세계, 인류는 하나"라는 최신의 정치적 슬로건을 노골적으로 드러내고 있지만 여기에 식민주의의 역사와 그를 통해 위계화된 세계에 대한 논의와 반성이 없기 때문에 문학의 연대와 교류가 현실적으로 어렵다는 입장이다. 막상 회의에서 동서양 문학의 공통성을 발견하기가 순조롭지 않았다고 경험을 토로했다. 일본 제국주의의 역사를 소거할 경우에 아시아문학(사)에 대한 정당성은 확보하기 어렵다. 그러나 하나의 아시아는 식민지 역사를 희석하는 데서 재구성된다. 그가 제기한 "동양문학 사이에 놓인 심연"이라는 문제는 문학사적 관계만을 일컫지 않았다. 여기에 일본 제국주의에 대한 비난과 경계가 크게 작용한 것은 물론, "아시아 제국諸國"에서 일본을 타자화하는 논리가 암암리에 드러난다. 그러나 미국의 자유 아시아 담론은 우선 식민지 역사를 배제하며 반공 체제로서 아시아 지역을 새롭게 재편하는 문제가 시급했고[39] 냉전의 감각을 전유해 한국 펜 역시 동일한 패러다임을 보여준다.

---

39 미국 민주당 대통령 후보였던 스티븐슨은 세계일주여행 중 한국을 방문한다. 그의 기행문에 드러난 아시아 인식이 여러 지면에서 회자되었는데, 가령 스티븐슨은 반공사상이 미약한 아시아를 타이틀로 삼아 식민주의 경험을 청산하고 아시아 지역이 새로운 국제관계를 형성해야 한다고 거듭 강조했다. "그들(피식민자―인용자)의 가슴 속으로부터 이러한 감정을 아주 씻어버리는 데는 상당히 오랜 시간이 필요할 것이다. 그러나 이것을 우선 완화시킬 수는 있는 것이다." 스티븐슨, 「내가 본 아시아」, 『새벽』, 1955.1, 101면.

4. 세계문학으로서의 '전후문학'

세계작가회의에 참석한 한국 문인들은 국제적 연대의 가능성을 불신하면서도 다른 한편 한국문학의 독자적 역할과 세계적 위상에 대해서는 자신감을 드러내기도 했다. 이를 엿볼 수 있는 장면 중 하나가 런던 펜대회 참가를 기념하는 한 좌담회인데, 한국문학의 향후 과제를 모색하는 가운데 한국 펜 문인들은 한국전쟁의 참상과 반공 사상을 문학적 소재로 적극 활용할 필요성을 제기한다. 이헌구가 냉전질서의 동시대적 경험을 표현할 "모든 소재"가 "한국에 있다는 것을 알리는 것이 이번 기회의 중요한 모멘트"라고 논평했고, 김광섭과 이하윤 등은 그것을 세계문학 내의 한국문학의 헤게모니로까지 강조했다. "이번 대회에서 우리가 들고 나갈 것은 하나" "공산주의 사상을 가지고 있는 나라와 싸운 것은 우리나라가 역사상 처음"이라는 것이 국제대회에 참석한 한국 문인의 포부라는 공감대 속에서 심지어 모윤숙은 비엔나 펜대회에서 경험한 한국문학의 위상을 한국전쟁에 따른 "코리아라는 현상"이라고 표현하기도 했다.[40]

---

40 「국제 펜클럽 28차 세계대회 참가대표 좌담회 3」, 『경향신문』, 1956.7.3. 그러나 당시에 전쟁문학은 본격화되지 않았다. 좌담에서 한국전쟁이 세계문학을 향한 최적의 소재라는 이들의 주장은 심지어 『자유문학』, 『펜』 등에서조차 기획 지면을 확보하지 못했다. 1970년대에 7・4남북공동성명 등의 일련의 정치 변화 속에서 분단의식과 함께 민족, 민중문학 담론이 급부상할 때 전쟁세대의 문학이 회자되었다. 가령 당시에 본격적인 전쟁문학이 형성되지 못한 이유가 반공의 엄중한 자기검열 속에서 "한쪽 입장에 서서 봐야하는 제약 때문에 좋은 작품이 안 나오는 것"이라고 한 진단이 일반적인 논의였다. 김우종・홍성원・김원일, 「우리 문학 속의 전쟁과 분단─작가 좌담」, 『동아일보』, 1979.6.25. 즉 세계문학에 대한 욕망을 보여주는 펜클럽 문인들의 저 발언은 오히려 한국의 전쟁문학이 양적, 질적인 차원 모두에서 한계가 분명했던 지점을 시사한다.

좀 더 살펴볼 부분이 많지만, 한국 펜 문인들이 제기한 소위 세계문학으로서 한국 전쟁문학은 단순히 재난이 초래한 불안 심리나 저항 의식의 산물이 아니다. 이들에게 한국전쟁은 세계의 동시성 속에서 한반도가 고유한 냉전사적 위상을 갖게 되는 결정적인 계기였던 만큼, 전쟁문학의 경우, 세계문학과의 거리를 좁히게 되었다는 일종의 나르시시즘에 경도되기에 충분했다.

그런 맥락에서 보자면 세계문학은 이식과 모방의 대상으로 그쳐서는 곤란하다. 손우성은 세계문학의 보편성을 자국문학의 "특수한 전통"을 바탕으로 이해하고 단순한 번역과 수용의 차원에서 "세계 고전의 국문화"가 섣불리 진행되는 것을 신랄하게 비판했다. 마찬가지로 실존주의 역시 한국 전쟁문학에 토착화되기보다 한국문학의 수준을 향상시킬 지식, 정보, 교양으로 소개할 필요가 있었다.[41] 요컨대 절망, 불안, 부조리 등의 주제는 프랑스 실존주의 사상을 수용하며 이른바 한국의 전쟁문학 형성에 중요한 동력이 된다. 전쟁문학의 사상적 원류로서 실존주의가 한국문단에 소개될 때 불문학자 손우성의 역할이 컸는데, 그가 펜클럽 창립 대회에서 강연한 「불문학의 동향」은 실존주의를 소개한 대표적인 글 중 하나이다.[42] 물론 『해외문학』의 초창기 동인이었던 손우성이 한국 펜 행사에 빈번하게 참석한 것은 당연한 일인지 모른다. 하지만 그가 동시대의 다른 비평가들처럼 프랑스 문학에 나타난 실존주의를 한국적 상황으로 치환해 설명하기보다[43] 서구 철학으로서 실존주의

---

41 손우성, 「번역문학의 과정」, 『경향신문』, 1959.4.27.
42 「펜클럽 창립 문학 강연 대회」, 『경향신문』, 1954.12.3
43 조연현, 「실존주의 해의」, 『문예』, 1954.3; 최일수, 「실존문학의 총화적 비판」, 『경향신문』, 1955.4.13~15 등.

를 소개하는 데 열중했다는 사실은 주목할 필요가 있다. 오히려 한국문학에서 실존주의를 "천박"[44]한 수준으로 활용한 데 대해 쓴소리를 할 정도로 그는 한국문학의 세계화가 한국전쟁 등의 자생적인 소재, 주제, 사상에서 가능하다고 판단했다.

초기에 전쟁동원론, 문화전선구축론 등 반공사상을 배가시키는 차원에서 출발한 전쟁문학론은 애국, 민족, 휴머니즘을 구체화하는 중요한 창작론 중 하나였지만, 백철, 이헌구, 김광섭 등에게 그 모든 의의란 무엇보다 세계문학의 가능성으로 공감되었다. 한국 전쟁문학에서 휴머니즘이라는 주제는 "금일의 주요한 세계문학의 신방향과 크게 통하는 문학적인 대도大道"[45]이고 한국의 전통서정시가 아니지만 6·25 체험시는 한국적인 것으로서 "구미시단의 첨단"[46]이 될 수 있었다. 한국문학—전쟁문학—세계문학으로 명기되는 전후문학에 대한 초점화 방식은 한국 펜클럽이 세계작가회의에 참석하는 기회가 잦아질수록 더욱 구체화될 수밖에 없었다. 여기서 한국 펜이 주조한 전후문학의 범주와 성격

---

44 『사상계』의 월평에서 손우성은 한국문단을 "국문학도"와 "외국문학도"로 구분해 국문학도의 문학이 오히려 "세계에 빛나는 문화언어를 만들" 가능성이 크고 외국문학도의 피상적인 창작활동의 한계를 염려한다. 이는 불문학 전공자 오상원이 예외적인 경우임을 강조하며 이어지는데 그러한 맥락에서 실존주의라는 외래사조의 수입이 한국문학에 올바르게 정착되지 않은 것, 실제로 소설 내용에 미친 영향이 극히 빈약하다고 진단한다. 손우성, 「주류의 생성 전기—제14반기 소설 개관」, 『사상계』, 1955.6, 218~219면. 『해외문학』 동인들은 외국문학의 수용을 강력하게 촉구하면서도 맹목적인 서구 추수주의를 경계했다. 번역 역시 한국어와 한국문화/문학의 맥락 속에서 전유되어야 할 실천적 행위임을 강조하며 비교문학적 자의식을 우선시했다. 해외문학파의 외국문학 번역, 연구의 독자적인 성격은 박성창, 『비교문학의 도전』, 민음사, 2013, 188~190면; 서은주, 「식민지 시대 문학 장의 역학」, 『민족문학사연구』, 민족문학사연구소, 2005, 45~46면.

45 백철, 「인간성의 옹호와 문학—6·25를 계기한 한국문학의 전진」, 『조선일보』, 1954.6.26

46 김광섭, 「6·25는 시사에 남을 것인가—전란과 그 이후 시문학의 경향」, 『조선일보』, 1958.6.25.

을 보다 광범위하게 가늠해 볼 수 있다.

한국 펜의 전후문학에 관한 담론과 표상은 아시아재단의 홍보 전략과 무관하지 않다. 아시아재단 보고서는 "외국 펜클럽 회원이 한국을 볼 것이다"[47]라는 문구가 시사하듯 펜대회에 참가할 때마다 한국 펜과 한국문학 관련 홍보자료 준비 등을 각별하게 지시했다.

> 회의에 영어로 읽을 수 있는 페이퍼를 준비해라.
> 다른 대표단에서 유통시키거나 보여줄 한국문학의 영역본을 모아라.
> 녹음된 한국 민요와 영어로 번역된 시, 한국 그림, 옻칠한 제품과 인형을 포함한 한국 예술품을 영국 센터에 보내라.
> 태극기를 국제 펜본부에 보내라.[48]

상기한 내용처럼 한국 펜에 대한 철저한 경영과 관리가 이루어졌고 이는 민간 조직 간의 교류를 지원하는 재단의 업무에 포함되었다. 아시아재단의 원조가 냉전을 매개로 아시아를 구조적으로 파악하고 미국의

---

47 LEE Eui-Kwan to The President, The Foundation, September 3, 1957, PEN CLUB KOREA Organization, BOX NO.P-60, The Asia Foundation Papers, Hoover Institution Archives, p.5. 동경 펜대회 때의 홍보물 제작에 130,000환 비용 요청 Laurence G.Thompson to Mr.Zong In-sob, President The Korean P.E.N, June 4, 1957, PEN CLUB KOREA Organization, BOX NO.P-60, The Asia Foundation Papers, Hoover Institution Archives, p.6.

48 A Tentative Plan for the London Congress in June, 1956, PEN CLUB KOREA Organization, BOX NO.P-60, The Asia Foundation Papers, Hoover Institution Archives, p.18. 이에 따라 세계문학회의에서 소개한 변영로의 영역시는 "ONE CORNER IS MISSING", "OLD HOME VISITED"(제27차 비엔나 펜대회), "AZALEA", "HEARING INTO RAIN"(제28차 런던 펜대회) 등이다. 대부분이 문총에서 발간한 영역시 『한국의 노래들』(1948)에 수록된 작품이다.

〈사진 2〉 1957년 7월 17일 국제 펜클럽 회원들이 서부전선을 방문, 해병대 전차부대를 둘러보고 있다. 사진 속의 전차는 M-4 셔먼으로 한국전쟁 당시 해병대의 주력 전차였다. (『국방일보』 자료 재인용)

냉전 정책을 반영하는 계기가 되었다는 점은 선행 연구에서 밝혀진 내용이다.[49] 앞에서 한국에 대한 홍보 전략이 한반도의 현재 정치, 경제, 문화에 초점을 두지 않고 전근대적인 전통과 예술로 특화된 데에는, 이미 서술했듯 제국주의 역사를 소거한 채 한국의 특수성을 한국전쟁으로 부각시키려는 일종의 냉전 담론 전략이 작용했다.

그런 점에서 1957년 국제 펜클럽 외국문인의 방한은 전후 한국에 대한 담론과 홍보에 용이한 행사였고 고도古都와 휴전선을 오고가는 시찰 일정은 한반도를 자유전선의 선두에 위치시키는 실감을 주기에 충분했다.[50] 『자유문학』 동경 펜대회 특집에는 한국에 초청된 외국문인의 한

---

49 오병수, 「아시아재단과 홍콩의 냉전-1952~1961」, 『동북아역사논총』, 동북아역사재단, 2015.
50 해외작가초빙을 "건국 이래 처음" 성과라고 국가적인 차원에서 행사의 의의를 선전했다. 「해외작가단 착한(着韓), 건국 이후 초유의 문화적 성사」, 『동아일보』, 1957.9.14.

〈사진 3〉 정인섭의 『한국문단논고』(1958)에 수록된 '1957년 외국작가 17명의 경무대 예방 기념 사진'이다. 이승만이 "'펜'은 무기보다 강하다"라고 격려해 일동을 감격시켰다고 소개되어 있다.

국 인상기가 동경 펜대회 소식만큼 비중 있게 다루어졌다. 한국에 대한 외국문인의 짧은 인상기는 예외 없이 한국전쟁의 이미지와 결부된 자유 아시아 또는 재건 한국의 정신적 가치를 고평하는 발언이 대부분이다. "자유를 위해서 영웅적으로 싸운"[51] 한국에 대한 감탄과, "집이 가

이처럼 언론은 한국 최초의 외국문인 그룹의 내한 소식을 전하며 행사 경비가 총 약 4백만 환이고 재단의 후원 소식과 국민의 협조를 강조하며 일정을 내한 외국작가의 방문 일정을 상세하게 보도했다. 일정은 9월 13일 반도호텔 환영연, 14일 이승만 대통령 방문, 창경원 수정에서 오찬회, 비원에서 전통음악 아악의 감상, 문인 간찬회, 15일 덕수궁 민속박물관 관람, 구회의장(국회문교분과위원장 이존화 씨) 초대 만찬회, 16일 서울대 시찰, 초청작가 강연회(서울대 강당, 시립극장), 17일 휴전선 시찰, 18일 신라 고도경주행, 19일 석굴암 박물관 왕릉의 관람, 20일 서울 위환, 서울시장 초청 만찬회, 한국 연극 및 영화 감상, 21일 출국, 한국 인형, 문학출판물, 라선칠기, 동양화, 풍속도 등 선물 증명. 「민간문화외교 활발」, 『동아일보』, 1957.8.17.

51 J. 라스트(네덜란드 소설가), 『자유문학』, 1957.10 · 11(합본), 216면.

난"해도 "정신은 하늘 높이 솟아" 있고[52] "교양이 높은 문화인이 되리라"[53]는 기대, 그리고 자유와 반공을 위한 치열한 투쟁 역사에 공감한 역사적 연대의식[54] 등으로 일목요연해진다.

무엇보다 초청 외국작가 모두 한국 소재의 문학을 창작할 것을 약속한 대목은 국제기구로서 펜클럽이 실질적인 문화외교를 가능하게 했음을 보여준다. 한국 펜은 세계문학의 패러다임 속으로 한국의 위상이 격상될 가능성을 경험할 수 있었을 것이다. 이른바 도쿄 펜대회의 후속 프로그램으로서 일본 펜대회에 참석한 외국문인 17명(13개국)을 초청한 이 행사는 외국 작가의 발화를 통해 한국(문학)을 홍보할 기회 그 자체였으며 아시아재단 측에서도 고무적으로 경제적 원조를 감행했다. 요컨대 아시아재단에서 내한 외국작가의 "국제적 명성은 좋은 이야기를 만들 것"이라고 이른바 홍보지침 내지 참조사항을 전달할 때[55] '좋은 이야기'가 바로 한국발 냉전 자유 담론이다. 한국 펜의 전쟁문학에 대한 제안 배경으로 이러한 장면 또한 중요한 계기가 된다.

기관지 『펜』에서 파키스탄 펜대회를 특집으로 다루면서, "우리들의 문학은 먼저 우리나라 국어의 문학인 동시에 즉시 세계문학의 한인 것이다"(5면)라고 강조한 한국문학=세계문학의 논리는 외국문학자인 펜클럽 문인들에게 익숙한 인식 틀이다. 그러므로 펜대회 경험을 통해 문

---

52 F. A. 도치(오스트리아 평론가), 『자유문학』, 1957.10 · 11(합본), 151면.
53 M. 그레이그(호주 소설가), 위의 책, 168면.
54 A. 마루프(인도네시아 시인), 위의 책, 167면; 라저스 지라히(헝가리 망명 작가), 「정신의 연합체」, 위의 책, 162~163면.
55 Margaret E.Pollard Organization Relations Division to The Asia Founation Representation, Korea, December 17, 1957, PEN CLUB KOREA Organization, BOX NO.P-60, The Asia Foundation Papers, Hoover Institution Archives, p.3.

인들이 반공 표상으로서 한국문학을 재발견할 수 있었다면 그것은 한국을 아시아라는 카테고리를 경유하지 않고 전후戰後 세계를 전유함으로써 실현 가능했다고 해도 과언이 아니다. 이렇듯 전후문학=세계문학의 등식이 한국문학의 좌표를 결정하는 핵심적인 조건으로 구상되기까지의 과정을 좀 더 살펴보자.

백철의 신비평 연구뿐 아니라 동경 펜대회를 전후로 하여 펜클럽의 하위 조직으로 비교문학연구회가 결성되고 이는 1950년대 후반부터 한국문학의 새로운 연구방법론을 활성화하는 데 중요한 역할을 한다.[56] 가령 정인섭이 1950년대 후반에 발간한 『한국문단논고』(1958)와 『세계문단산고』(1960)는 1957년 도쿄 펜대회와 무관하지 않은 저서이다. 먼저 첫 장에 배치된 펜대회 사진과 연설문, 스타인벡John Steinback을 만난 인상기에서 정인섭이 한국 펜 회장으로서 세계 문화교류의 경험을 저 책에 실었음을 짐작할 수 있다. 그 경험이란 애초에 『해외문학』(1927)을 발간한 영문학자로서의 자의식을 바탕으로 한다. 소위 해외문학파로서 정인섭은 김진섭, 이하윤, 손우성, 이선근, 김명화, 김온 등의 동경 유학생과 함께 외국 언어 및 해외 문학 등을 식민지기 민족문학 수립의 주요 요건에 추가했다. 창간호의 권두사에 따르면 번역문학은 외국문학 연구 자체보다 "신문학 건설"의 초기 작업으로서 중요한 의미를 지닌다. 민족문학과 프로문학의 편향된 지형에서 벗어난 한국문학의 개

---

56 한국 펜클럽의 '비교문학연구회'는 '비교문학서설'(이하윤, 1957.3.28), '한국문학을 중심으로 한 비교문학'(주요섭, 1957.4.25), '비교문학의 영역'(정인섭, 1957.5.23), '쏘네트에 대하여'(피천득, 1957.6.27), '자연주의와 창조파'(전영택, 1957.7.25) 등의 강연에서 비교문학의 개념 및 범주뿐 아니라 문학이론, 한국문학사를 포함해 정기적으로 월례 세미나를 개최했다.

방적인 성격을 염두에 두고 번역문학을 수립해 "외국문학을 받아" 한국 근대문학의 범주를 확대하려는 목적이 크다.[57]

따라서 민족파, 계급파로 양분된 기성 문단에서 해외문학파는 외국어에 능통한 전문인들의 가치중립적인 집단으로 이해되었다.[58] 해외문학파가 민족 이념을 구현하는 방식은 번역에 있으며 모국어를 새롭게 "정돈"[59]하는 계기가 바로 번역문학이라고 역설했다. 다시 말해 식민지 지식인으로서 선진적으로 "사회에 보급할" 문학과 문화의 성격을 구상하는 가운데 이들은 무엇보다 세계문학의 가능성에 역점을 두고 "가장 충실한 (외국—인용자) 작품의 소개"[60]를 맡을 일종의 번역 기관을 자처하며 '외국문학연구회'(1926)를 결성했다. 『해외문학』 동인들은 구미문학을 번역, 소개, 연구한 결과를 한국문학 발전의 동력으로 삼아 식민지 사회에 기여한다는 입장을 분명히 했다. 정인섭은 해외문학과 한국문학의 긴밀한 영향 관계를 아래의 글처럼 세계문학의 실현을 촉구하는 차원에서 거론했다.

---

57 『해외문학』 창간호의 권두사는 김연수, 앞의 글 재인용, 126면. 김연수는 『해외문학』지에서 괴테의 세계문학 개념이 지속적으로 인용되는 맥락을 추적해 당시 세계문학 개념의 왜곡된 이해 방식과 그 원인을 상세하게 밝혔다. 김연수, 「조선의 번역운동과 괴테의 '세계문학' 개념 수용에 대한 고찰—해외문학파를 중심으로」, 『괴테 연구』, 한국괴테학회, 2011.

58 서은주, 「번역과 문학 장의 내셔널리티」, 『한국 근대문학의 형성과 문학장의 재발견』, 소명출판, 2004, 49면.

59 정인섭은 외국문학 소개의 어려움을 토로하며 그 원인을 한국어가 체계화 되지 않고 번역어가 부족한 데서 찾는다. 정인섭, 「『해외문학』의 창간」(1926), 『한국문단논고』, 신흥출판사, 1958, 18면. 조재룡에 따르면, 정인섭에서 번역은 한국어의 발전과 문법 범주의 확장 가능성을 실현할 신조어의 고안이나 고어의 재발견을 통한 한국어 어휘의 풍부화를 도모할 유일한 수단이자 방식으로 인식되었다. 조재룡, 「정인섭과 번역의 활동성」, 『민족문화연구』 57, 고려대학교 민족문화연구원, 2012.12, 516면.

60 정인섭, 위의 글, 24면.

한국의 문학은 세계의 문학을 소화해야 된다. 그리하여 세계문학의 양과 질도 증가되어 간다. 그리고 한국 사람에게만 이해되는 한국문학은 반드시 위대하다고 할 수 없다. 한국 사람에게도 감상되면서 세계의 다른 사람들에게도 깊이 감동을 주는 것이야말로 세계의 문학 가운데 대표적인 수작이라고 할 수 있고 협의의 '세계문학'일 수도 있다. (…중략…) 한국문학은 이와 같은 위대한 세계문학을 향해서 나아가야 한다. 그래야 비로소 외국문학에 까지 큰 영향을 줄 수 있는 것이다.

— 「세계문학과 한국문학」(1940)[61]

정인섭은 "세계문학"과 "세계의 문학"이라는 표현에서 세계문학의 협의 및 광의의 범주를 분별하는데 "세계문학"은 국가 간의 문학(정전)을 일컫는 협의의 개념이고 "세계의 문학"은 세계문학의 보편적인 유형, 본질을 뜻하는 광의의 개념이다. 협의 개념으로 괴테, 짐멜, 모울튼의 세계문학론을 간략하게 소개할 뿐이어서 저 글이 해외문학파의 세계문학론, 번역운동론 전체를 암시한다고 보기 어렵다.[62] 다만 한국문학이 세계문학의 소위 보편성을 공인받는 스테레오타입을 소화해 세계문학의 반열에 올라야하는 이유가 흥미롭다. 정인섭은 세계문학이라는 인식을 통해 "비로소 외국문학에 까지 큰 영향을 줄" 조건과 위상을 무엇보다 중요하게 언급했다. 요컨대 그는 한국문학을 단일한 민족문학에 국한시키지 않고 세계문학의 개별적 단위로서 곧 "외국문학"으로 새롭게 재배치한다. 세계문학의 총체성을 자각하는 순간에 문학의 보

---

61 위의 글, 15면.
62 김연수, 앞의 글.

편성과 특수성의 대립이 그 상호 교류 속에서 공존한다는 시각은 알다시피 비교문학론적 관점이다. 그는 "세계문학의 양과 질도 증가"하는 데 한국문학이 수신자로서 기능할 가능성을 들어 번역문학 운동과 외국문학 연구를 중요하게 다룬다. 그럼에도 "각국 사람들의 직접 간접의 조력과 교시敎示"[63]를 절실하게 요청할 만큼 정인섭은 식민지 현실을 도외시할 수 없었다. 그렇다면 국제 펜클럽 가입 이후에는 세계문학에의 구상이 달라졌을까?

오늘날 어느 나라의 현대 국문학에 있어서도 외국문학의 영향이 여간 크지 않기 때문에 위에 말한 소위 '비교문학'이라는 방법으로도 교류의 자취를 찾아내기가 곤란 하리 만큼 변질된 것도 있다. 이렇게 된 이상에는 자국의 문학 자체가 일종의 '세계문학'이라는 견지에서 고찰될 수도 있을 것이다. 물론 현대의 각국 문학이 어느 정도까지는 그 민족적 요소를 갖고 있지마는 그것을 '세계문학'으로서 이해하는 데 반드시 방해가 되지 않는다. (…중략…) 각국에 있어서 국내적 협조의 실천은 비교문학 연구가들이 직접 회합해서라도 해 왔지만은 국제적인 교섭에 있어서는 주로 간접적이라고 할까 즉 문서를 통해서 연락되어 왔었다. 그러다가 '국제 펜클럽'이 수립된 후로는 직접 인적(人的) 교류까지 하게 되고 각기 기관지를 통하여 회보 교환까지 하게 될 뿐만 아니라 국제적인 회합을 통하여 비교문학 연구의 과감한 실천을 하게까지 되었다.

— 「비교문학과 동서문학교류」(1957)[64]

---

63 정인섭, 앞의 글, 17면.
64 정인섭, 『한국문단논고』, 신흥출판사, 1958, 220~221면.

위의 글에 따르면 더 이상 번역을 매개로 하지 않아도 이른바 문화외
교를 통해 각국의 민족문학은 세계문학을 구현할 수 있다. 다시 말해
세계 각국의 문학을 "직접 만난다는 의식"[65]은 보편성에 미달한 후진국
으로서의 소외의식을 뒤바꾸는 결정적인 논리나 마찬가지였다. 따라서
서구-비서구, 세계 중심부-주변부로서의 종속적인 문학의 경계가 저
글에서 보이지 않고 있는 사실은 주목할 점이다. 그저 "자국의 문학 자
체가 일종의 '세계문학'이라는 견지"라고 간주할 정도로 정인섭은 한
국문학을 세계문학의 중심부로 재구성하는 동시성의 인식을 아무 거리
낌 없이 내면화하게 된다. 한국 펜 내부에 비교문학연구회를 설치한 직
후에 쓴 이 글은 당시 국제 교류의 문학적 경험이 로컬의 위계화된 구
조에서 벗어나 세계문학의 보편적 가치를 전유할 기회를 부여했음을
시사한다.[66] 국민국가의 경계나 문학과 다른 영역들 사이의 경계를 뛰
어넘는 비교문학은 바로 그러한 거시적 기획의 가장 최전선에 서 있는
학문이다.[67] 한국의 비교문학을 염두에 두고 설립된 최초의 기구를 정
당화하는 차원에서도 정인섭의 이 글은 의미심장하다. 그가 식민지 시

---

65 김미란, 앞의 글, 338~341면. 김미란은 해외문학파의 식민지기 번역활동에서 펜클럽
까지의 뚜렷한 인식 차이가 직접성의 내포에 달렸다고 본다. 일역본이 아니라 직접 수
집한 세계문학을 번역할 때의 자부심에 이어 이 무렵에 국제 교류 관념을 내포한 직접성
은 민족문학의 개방된 상상력을 발휘할 동력이다.

66 한국문학의 위상을 새롭게 평가(확대 또는 제한)할 수 있었던 국제 펜대회는 참가자가
아닌 동시대의 다른 문인에게 있어서 보다 다양한 정치적, 문학적 경험이기도 했다. 펜
클럽 문인의 인식변화가 당대 문인과 어떠한 연속성과 차이성을 보여주는지 파악할 필
요가 있다. 그러나 당대 문단에서 차지하는 펜클럽의 협소한 위치 때문인지 아쉽게도
이에 관한 다른 문인의 다양한 비평을 찾을 수 없었다. 이는 제3세계문학론에 대한 제2,
부 내용에서 추가적으로 논의하였다.

67 박상진, 「세계문학 문제의 지형」, 김경연 · 김용규 편, 『세계문학의 가장자리에서』, 현
암사, 2014, 193면.

기에 참조한 괴테의 세계문학론, 곧 개별 민족의 차원보다 인류 보편적 가치를 지닌 문학에 주목했던 세계문학 개념은 이 글에서도 여전히 유효하다. 다만 한국문학과 세계문학의 관계를 설정하는 태도에 변화가 있었다. 해외문학파가 번역문학이 중요한 과제임을 역설하며 괴테의 세계문학론을 사상의 근저로 삼았지만 암암리에 특수/보편, 민족/세계 등의 이분법적 위계를 하나의 전제로 상정해온 사실을 고려해 볼 때[68] 한국문학-세계문학의 대등 관계를 암시하는 위의 글은 한국 펜의 경험 이후 달라진 면모를 보여준다.

5. 1950년대 문학장 재편과 한국 펜의 위상

지금까지 한국 펜이 1950년대 문학 장에서 차지하는 역할과 위상을 아시아재단의 문화원조와 관련해 살펴보았다. 주로 한국 펜의 설립과 운영에 대한 아시아재단 보고서를 검토해 재단의 후원을 받은 몇몇 문인의 국제성 및 세계성 인식의 변화를 파악했다. 따라서 이 글은 아시아재단의 성격과 한국문학에 관련된 미국 원조의 규모 전체를 해명하는 데는 일정한 한계가 있다.

아시아재단의 보고서에 따르면 우선 한국의 국제 펜클럽 가입에서부터 아시아재단의 원조 효과가 드러나는데 그 시기란 국제적으로는 콜롬보회의를 중심으로 아시아적 연대, 비동맹국가의 평화 촉구가 일어

---

68 김연수, 앞의 글.

낳고 국내에서는 예술원 파동 이후 문인의 경쟁과 파벌 의식이 공고해진 때였다. 즉, 국제정세의 변화 및 새로운 문단 권력의 형성 등과 맞물려 아시아재단 문화원조의 효과가 극대화될 수 있었다.

이를 실증적으로 밝히기 위해 한국 펜에 대한 원조 예산을 추적했고 대부분이 세계작가회의의 여비 지원에 있었다는 점에 주목했다. 그 결과 아시아재단이 급격히 변화하는 한국문단 상황에 대처하는 과정에서 이헌구와 같은 작가를 우연하게 지원하는 흥미로운 사례가 드러나기도 했다. 이처럼 예외적인 원조를 포함해 이 글은 아시아재단, 곧 한국에 대한 미국의 문화원조 가운데 한국 펜 문인들이 재단의 후원을 통해 경험한 냉전 감각 및 세계성 인식을 파악해 1950년대 한국문학에 끼친 원조 효과와 공과를 고찰했다. 더 자세하게는 한국 펜이 아시아-서구-세계라는 분절된 도식에 한국(문학)의 좌표를 재배치하는 과정을 살펴 그것이 학술적으로 개진된 계기와 과정을 알아보았다.

한국 펜은 한국문단 주도권의 계보에 속하지 않는 국제기구였다. 한국의 자생적인 문학단체가 아니라는 사실 외에도 회원 다수가 자유문협 계열의 문인이기 때문에 전후 문학장의 형성 과정에 큰 영향을 주지 않았다. 다시 말해 문협 중심의 문단 재편 과정에서 밀려난 구세대 문인의 네트워크였고 문협처럼 자기 존재를 증명하는 특별한 문학 이념을 재생산하지 않았다.[69] 오히려 한국 펜은 전후 학술장에 개입했다. 한국 펜의 하위 조직으로 결성된 비교문학연구회는 한국비교문학회와 비

---

[69] 김미란은 조연현의 말을 빌어 펜의 미온적인 존재와 활동이 문단의 세대교체와 관련 깊고 국제펜과 달리 한국펜은 관에 의존하면서 쉽게 관변단체("우익쪽 국제기구")로 몰락했다고 설명했다. 김미란, 앞의 글.

교문학 연구 관련 국어국문학회 산하 연구회, 대학 부설 연구소 등의 전신으로서 소홀하게 다룰 수 없다. 특히 정인섭은 "국제 펜클럽 한국 본부가 국내적으로는 비교문학회의 역할", "세계문학으로서의 한국문학이라는 수준을 지향", "한덩어리로서의 한국문단이 국내적으로 또는 국제적으로 협동하게 되는 계기"[70] 등 비교문학을 통해 한국문학의 후진성을 극복하는 논리를 개발했다. 그것은 "자국의 문학 자체가 일종의 세계문학"이라는 명제를 만드는 데까지 나아간다.

한국 펜 문인들을 중심으로 1950년대에 비교문학, 번역문학이 활성화되면서 세계문학 개념이 한국문학의 전망을 평가하는 중요한 이념과 가치로서 강조되었다. 이것은 펜클럽 세계작가회의 참가 등의 국제적인 문화외교를 통해 문인들이 한국문학의 후진성 내지 세계 주변부로서의 종속적인 위상을 역전시키는 새로운 경험이 없었다면 불가능했을 것이다. 아시아재단 문화원조의 결과로 구체화된 한국 펜클럽은 1970~1980년대에 세계문학을 인식하고 상상하는 방식으로서 형성된 제3세계문학론 이전에 이미, 미국식 비교문학 곧 신비평의 영향 속에서 세계문학을 한국 전후문학에 접속시키는 작업을 선취한 셈이다.

---

70 정인섭, 「비교문학과 동서문학교류−1957」, 『한국문단논고』, 신흥출판사, 1959(1958), 223~224면.

제5장

제29차 도쿄 국제펜대회의
냉전문화사적 의미와 지평

---

1. 한국 펜PEN과 해외번역

　1921년 영국에 창설된 국제 펜클럽International PEN은 본래 유럽 중심의 문인 교류단체에 불과했다. 하지만 코펜하겐 대회(1948)에서 「국제 펜 헌장」이 통과된 이후 아시아 신생국을 비롯한 비서구 지역의 가입국이 증가하며 국제적인 위상도 높아졌다. 파키스탄, 인도, 한국 등 피식민지 국가가 국제 펜클럽에 연이어 가입했고, 특히 한국이 가입한 1954년경 에는 세계 50여 개국에 국제 펜클럽 본부가 설치되었다. 국제 펜클럽 한국지부(이하 한국 펜)은 아시아재단The Asia Foundation의 적극적인 여비 지 원 덕분에 이듬해 제27차 비엔나 세계작가회의에서 정식으로 국제 펜 클럽에 가입함으로써 국내외 문학(인) 교류의 공식적인 채널이 되었다.

아시아재단은 자유아시아위원회Committee for Free Asia(1951)로 출범해 냉전기에 아시아 주요 국가의 재건사업과 반공교육, 문화활동 등을 지원했던 미국의 비영리 단체이다. 피원조국에 사무실을 마련해 각종 문화원조 프로그램에 대한 현지 문인들의 참여를 적극 유도했고, 국제기구와 긴밀한 협력 관계를 체결할 수 있도록 지원했다. 이와 관련해 주목되는 아시아재단의 원조 목적은 아시아재단과 비슷한 이념과 목적을 지닌, 국제 원조단체와의 협력을 강조하고, 아시아 역사, 문화 등에 대한 미국인들의 이해를 증진시키는 데에 있었다. 한국의 경우에 그 원조 시스템은 무엇보다 한국문학의 국제적 저변을 확보하는 데 기여했다.

국제 펜클럽을 매개로 하여 특정 단체 및 개인을 지원하는 시스템은 아시아재단 원조의 목표가 범아시아적인 연대를 통해 전후 세계문학의 선진성을 지향하는 데 있었음을 보여준다. 한국 펜 원조의 경우에도 아시아재단이 기대한바는 한국문학을 이른바 자유 아시아의 문학으로 수렴시킴과 동시에 세계문학으로 격상시키는 것이었다. 이 글에서 한국 펜에 대한 해외 번역 과정에 주목하는 이유가 여기에 있다. 출판 규모에 한정하지 않고 한국문학의 해외 진출을 광범위하게 이해할 때,[1] 비록 개별적이고 산발적이더라도 1950년대 한국문학의 해외 소개와 번역은 아시아 냉전질서의 위계가 재구축되는 임계점에서 이루어진 문화

---

1 한국 펜의 각종 번역사업—아시아작가번역국 설치, 『아시아문학』 발간 등—이 가시적인 성과를 보인 것은 1970년 서울 펜대회 이후였다. 이상경, 「제37차 국제펜서울대회와 번역의 정치성」, 『외국문학연구』, 외국문학연구소, 2016. 한국문학의 외국어 번역과 해외 출판이 한국정부 주도로 본격화된 것도 한국문화예술진흥원의 설립(1973) 이후라고 할 수 있다. 1980~1990년에 한국문예진흥원의 지원으로 해외에 출간된 한국문학에 관해서는 권영민, 「한국 문학의 해외 소개, 그 실상과 문제점」, 유종호 외, 『한국 현대 문학 50년』, 민음사, 1995 참조할 것.

교류로서 주목된다. 장세진에 의하면, 고려대학교 아세아문제연구소를 발족시킨 김준엽은 미국 유학을 계기로 중국문제 전문가로 명성이 높은 페어뱅크John K.Fairbank와 각별한 네트워크를 유지했고, 포드재단의 총 28만 5천 달러 지원을 비롯한 미국 원조에 힘입어 아시아 민족주의론을 전개했다.[2] 즉 미국은 아시아 내셔널리즘을 적극적으로 지원하면서 자유 아시아의 저변을 조성하고자 했다. 아시아재단은 번역사업, 문예지 발간 및 여비 지원, 문학상 제정 등 아시아 지역의 문학/문화생산에 다양한 방식으로 관여했다. 무엇보다 한국문학의 해외 번역 및 소개가 제도적으로 안착된 것은 아시아재단의 원조와 개입을 통해 1954년 국제 펜클럽 한국본부가 창설된 이후였으며, 1950년대 후반에 이르면 유네스코 한국위원회 사업이 구체화 되면서 번역출판의 문화외교론이 쟁점화 되기 시작했다. 문화외교 담론을 촉발한 계기로서 한국 펜이 주력한 외국어 번역 사업은 냉전문화 시스템의 일면에서 살펴본 연구주제이다.

이와 관련해서는 제29차 일본 국제펜대회(1957)에서 통과된 「번역에 관한 결의안」이 중요하다. 여기서 동양문학 수용의 필요성과 작품 선정, 홍보, 원조 등의 세부 방안이 확정될 수 있었다. 이는 유네스코 세계대회에서 79개국이 공동 결의한 「동서문화교류 십년 계획 실천안」(1957~1966)과 밀접한 연관이 있다. 유엔 전문기구로서 유네스코는 주로 교육, 과학 및 문화 분야를 담당했고, 국제 펜클럽은 유네스코 산하의 문학활동 전담 기구였다. '동서문학의 상호영향'이라는 주제 아래 일본에서 개

---

2 장세진, 「안티테제로서의 '반둥정신(Bandung Spirit)'과 한국의 아시아 상상(1955~1965)」, 『사이』 15, 국제한국문학문화학회, 2013, 149면.

최된 국제 펜대회에서는 아시아문학과 세계문학 사이의 가교로서 일본의 중요성이 강조되었고, 특히 일본 펜클럽 회장인 가와바타 야스나리 Kawabata Yasunari의 역할이 부각되었다. 동서의 정신적 가교로서의 일본문학이란, 번역출판과 관련된 국제기구의 장기 프로젝트 중 하나였을 뿐만 아니라, 가와바타 야스나리의 문학적 캐치프레이즈이자, 그가 노벨문학상을 수상하게 된 결정적인 이유가 되기도 했다. 이와 같은 맥락에서 도쿄 펜대회의 냉전문화사적 성격과 이후 달라진 한국 펜의 사업 내용, 아시아발 번역 및 관련 서평의 증가 양상 등을 검토하고, 더 중요하게는 1959년 『엔카운터』에 실린 황순원 문학의 해외 수용 과정에 대해서도 상론할 것이다. 요컨대, 1950년대 도쿄 펜대회의 결과로서 형성된 해외 번역 장의 일부를 살펴보고 냉전기 한국문학의 이념과 성격을 재확인하려고 한다.

2. 한국 펜의 외교활동과 유네스코의 냉전 프로젝트

한국 펜은 창립 멤버 대부분이 식민지기 외국문학 전공자라는 특수한 인적 네트워크에서 출발한 만큼 외국문학과 한국문학 간의 상호 번역이나 소개가 수월한 편이었다. 이로 인해 전후 문학장 안에서 주류에 영합하지 않는 국제기구로서의 독특한 위상을 확보할 수 있었고, 세계작가회의에 참가해 민요, 그림, 공예품부터 영역된 문학작품까지 한국문화를 지속적으로 홍보하며 국제문화교류의 실질적인 통로가 되었다. 하지만 세계대회 참석 위주의 국제문화교류 사업에 대한 재평가가 이루어지

면서 비판의 대상이 된다. 국제 펜대회의 경험과 문화교류의 재인식에
는 기여했으나, 한국문학의 해외 소개가 뚜렷하게 진척되지 못했다는
지적이었다. 1961년부터 을유번역문학상(개칭 한국번역문학상)이 펜클럽
으로 이관되자, 외국문학의 번역과 수용에 편향된 교류방식을 비판하며
한국문학의 해외 수출을 우선시하자는 논의가 이어졌다. 영문판 『한국
단편소설 선집*Collected Short Stories from Korea*』(1961), 영문기관지 *The Korea PEN*
(1962) 등을 발간하면서 한국문학의 외국어 번역과 해외 소개에 역점을
둔 국제기구로서의 성격을 강화했지만, 한국 펜이 외국문단과 연동되는
시스템을 마련하지 못한 상황에서 기관지 외의 다른 해외 출판은 사실상
불가능했다.[3] 이렇듯 국제행사에 충실할 수밖에 없는 구조 속에서 한국
펜의 위상은 관제적 성격으로 고착화되고 한국 문학장에서 세계문학론이
만개하는 시점에서는 비판적으로 재고된다.[4]

유네스코 한국위원회, 국제 펜클럽 한국지부가 설치된 이후 세계문
학에 합류하는 대외활동 방안과 한국문학의 국제화 전망을 다분히 오
리엔탈리즘적인 시각에서 이해한 논의들이 잇따랐다. 곽종원은 서구문
화인의 "구미를 끌 수 있는" 동양적인 품목이 한국의 후진성을 극복할
해결방안임을 강조했고, 마해송은 "민족의 체면"을 위한 것이라며 문

---

3 「국제문화교류와 PEN」, 『경향신문』, 1961.11.3; 양주동, 「번역문학상 소감」, 『경향신
문』, 1957.11.22; 「좌담 : 갑오면 문화계의 회고 (상)」, 『경향신문』, 1954.12.16.

4 최일수는 "교류나 언어나 판로시장의 집중적인 외면적인 힘"에 의존해서는 한국문학의
세계성은 실현 불가능하다고 단언하며 반둥회의 이후 가장 선진적으로 동남아문학론을
주장했다. 최일수, 「민족문학과 세계문학」, (『현대문학』, 1957.12~1958.4), 『현실의
문학』, 형설출판사, 1976, 105면. 그는 동남아문학이 식민지 역사 속에서 정상적으로
세계문학과 교류하지 못한 한계를 비판적으로 열거하고 탈식민과 자주적인 세계문학
진출이라는 당면과제와 맞물려 전통론을 전개했다. 국제문화외교 담론은 한국의 세계
문학론 형성 과정에서 민족문학의 방향성을 정립하는 담론의 한 축을 담당하기도 했다.

화교류의 조급증을 드러냈다.[5] 특히 백철은 1955년의 한 신년사에서는 노벨상 수상을 목표로 삼는 '야심'을 창작의 자세로 요청하며 노골적으로 세계문학 시장의 진출을 독려했고,[6] 한국 펜 위원장(1963~1970)이었던 시기에는 1960년대를 "문화교류의 시대"[7]라고 명명하며 한국예술의 국제진출을 당면 과제로 내세웠다. 한국문학의 지방성이 세계문학의 보편성으로 수용될 수 있음을 확신하며 세계문학장의 변동을 통해 문화교류의 시대를 표방했다. 그러나 한국문학-세계문학의 관계에 천착해온 백낙청은 한국문학의 외국인 독자를 늘리기 위한 각종 해외 번역의 필요성 자체에 의구심을 피력한 바 있다. 그는 번역사업과 홍보 활동을 지엽적 문화교류에 불과하다고 비판하면서, 특히 "동서문화의 교류"라는 외교적 관심사가 한국문학의 창작과 비평에 끼치는 부정적인 영향을 경계했다.[8] 이는 1957년 일본에서 열린 국제 펜대회의 주제인 '동서문학의 상호영향'과 무관하지 않은 맥락에서 1960년대 중반까지 지속된 국제문화교류 담론의 과열 양상을 지적한 것이다.

앞서 언급한 대로 제29차 일본 펜대회는 유네스코 창립 10주년 기념 사업인 「동서문화교류 십년 계획 실천안」의 일환으로 개최된 국제학술

5 　마해송, 「문화외교의 긴요성 (하)」, 『동아일보』, 1957.4.24; 곽종원, 「1957년의 반성 (상)」, 『동아일보』, 1957.12.13.

6 　백철, 「세계적 시야와 지방적 스타일─지금 우리에게 필요한 것은 야심이다」(『자유신문』, 1955.1.1), 『백철문학전집 1─한국문학의 길』, 신문문화사, 1974, 517면.

7 　백철, 「예술의 지방성, 국제성」(『중앙일보』, 1967), 위의 책, 520면.

8 　백낙청, 「새로운 창작과 비평의 자세」, 『창작과비평』 창간호, 1966, 22~23면. 임지연은 백낙청의 이 글을 통해 김진만이 제시한 정확한 번역이나 백철의 한국 펜 중심의 직접적 국제 연대 같은 방식에서 벗어난 1960년대의 세계문학론의 전개 과정을 설명했다. 임지연, 「60년대 세계문학론의 코드화 과정」, 『우리문학연구』, 우리문학회, 2016, 362~363면.

회의였다. 유네스코 창립 10주년 기획은 유네스코 한국위원회(1954)가 설립된 이후 핵심 사업 중 하나가 되었고 1957년에 문화 분과위원회(위원장: 이하윤)가 조직되면서 본격화된다. 유네스코 한국위원회가 설립된 직후 한 신문사 좌담회에서 "가만히 앉아서 세계문화를 한손에 쥘 수 있으니 유네스코의 사업은 한국서 가장 으뜸가는 사업"[9]이라고 선전할 정도로 국제교류 장에서 유네스코 사업의 중요성이 부각되고 교육, 과학, 문화 분야에 속하는 국내 36개 단체의 활동을 유네스코가 총괄하게 되었다. 유네스코 한국위원회 측에서 쏟아낸 기대와 흥분은 문학 영역에서는 세계문학에 진출하는 새로운 시스템을 상상할 수 있는 것이다. 그럼에도 한국 펜의 외교활동 가운데 등장한 세계문학 담론은 미국의 냉전정책에 경사된 논의에서 벗어나지 못하고 한국비평사에 실질적인 영향을 끼치지 못했다.

동서문화교류안은 79개국이 결의한 각국 문화정책에 대한 유네스코의 10개년 실천안이었다. 유네스코는 창설 초기부터 정보와 매스미디어의 문제를 부각시키며 전체 활동 중 출판문화 교류사업을 핵심적으로 추진했다.[10] 유네스코 프로그램의 일환으로 유네스코 한국위원회는

---

9 김호직·현명·김동일·안용백·이하윤·정대휘·장내원·오종식, 「유네스코와 한국」, 『경향신문』, 1954.3.14.

10 유네스코 헌장 1조에 명시된 규정은 다음과 같다. "도서 예술작품 및 역사적 과학적 기념물의 세계적 유산을 적확히 보존하며 필요한 국제협정을 체계하도록 관계각국에 건의할 것이며, 교육, 과학 및 문화의 각 분야에서 활동하고 있는 인물의 국제적 교류와 간행물의 예술적 과학적 관심의 제 대상 및 기타 정보자료의 교환을 포함한 지적 활동의 모든 분야에 걸친 각국 간의 협력을 장려, 각국에서 발간된 인쇄물과 간행물에 접할 수 잇는 길을 모든 나라의 인민에게 열어주기 위하여 적절한 국제적 협력방법을 발안하다." 이를 위해 유네스코 사무국 도서 출판부는 1년 예산으로 1955년도 174,000불, 1956년도 141,000불을 계상하고 각종 정기 부정기 간행사업을 추진, 출판물은 영·불·서반어로 사용하되, 이외 언어권을 위해 번역사업과 각 지역 문학작품 및 출판물

한국과 세계 각국과의 실질적인 문화교류를 위해 일종의 한국문화의 백과사전이라고 할만한 『유네스코 한국총람』(1957)을 3년에 걸쳐 준비해 발간했다. 또한 총람을 영문으로 번역 간행할 목적 아래 '번역대상 한국문학작품 선정위원회'라는 명칭의 협의회를 구성하고 유네스코 본부로부터 2천불 원조를 지원 받아 영문판 *UNESCO Korean Survey*(1960)을 간행했다. 유네스코 총람 발간 사업의 중요성을 실감할 수 있는데 여기서 핵심적인 역할을 한 인물이 이하윤이었다. '번역대상 한국문학작품 선정위원회' 위원장으로 임명된 이하윤은 유네스코 한국위원회 설치령이 대통령령으로 공포되기까지 준비부위원장을 맡아 활약했고 한국위원회 초대 부위원장, 문화분과위원회 위원장 등을 역임하며 유네스코 사업에 적극적으로 관여했다. 한국 펜 창립멤버였던 이하윤은 한국 펜에서 조직된 외국문학연구회, 번역문학가협회, 한국비교문학회 등의 학술단체에서 위원장을 맡으며 중추적인 역할을 담당한 인물이기도 하다. 그가 유네스코 한국위원회 창립까지 중요한 위치에 있었던 것은 1956년 일본에서 열린 유네스코 아주회의(아시아지역 유네스코 국내위원회 대표자회의, 2.28~3.3)에 참석해 결의안을 통과시키는 성과를 얻은 이후였다.

유네스코 지역에서 아시아 17개국 대표와 옵저버가 대거 참석한 제1회 아주회의는 그해 12월 뉴델리에서 열리는 유네스코 전체회의에 대한 준비를 목적으로 개최되었고 암묵적으로는 원자력의 평화목적 사용을 일반에게 홍보하기 위한 순업전시의 의도가 있었다. 1953년에 아이

을 동 3개국어로 번역해 국제적으로 교환하는 사업을 원조한다. 이러한 국제활동에 호응하여 유네스코 한국위원회는 1956년도에 『한국 문화총람』 간행, 문학작품의 번역 등 2개 사업을 기획한다. 「출판을 통한 문화교류—유네스코 한위의 신년계획」, 『경향신문』, 1956.1.8.

젠하워가 선언한 '평화를 위한 원자'의 방안은 UN 창립 10주년기념 총
회뿐 아니라 유네스코 회의에서도 원자력의 평화산업전용을 위한 연구
소 설치 등의 프로그램이 적극적으로 논의되는 등 우선적으로 강조되
었다.[11] 1955년에 이미 미국과 원자력협정을 체결한 한국의 경우 그 위
상이 당시 유네스코 아주회의장에서 남다를 수밖에 없었고 실제로 한
국위원회에서 제안한 결의안이 모두 통과되는 성과를 거두기도 했다.
한국의 반공주의적 역할은 아주회의 이후 수개월 만에 개최된 제 28차
런던 펜대회에서도 그대로 유지되었다. 런던 펜대회 참가 직전의 한 좌
담회에서 이하윤은 한국문학의 국제적 위상과 관련하여 발언하는 가운
데 인도나 일본 같은 아시아국가에게 헤게모니를 빼앗겨서는 안 된다
고 강조했고, 김광섭과 백철 역시 공산주의에 맞선 나라가 세계문학과
국제대회에 들고 갈 것은 오식 반공주의라고 화답했다.[12] 제 29차 도쿄
펜대회의 아젠다가 제 28차 런던 펜대회 때부터 이미 준비된 주제였다
는 점에 주목할 때 도쿄 펜대회는 냉전문화사적 위상으로 재검토할 필
요가 있다.

　1956년 런던 펜대회는 참가인원이 약 750명, 주최측인 영국의 230
명을 제외하더라도 40개국에서 520명의 대표작가가 참가했을 정도로
"어느 국제회의에서도 일직이 보지 못한 대인원"[13]의 큰 규모였다. 유
네스코의 동서교류안이 개시되는 제 9차 뉴델리 유네스코 세계대회
(1956.9)를 불과 두 달 남짓 남기고 개최된 런던 펜대회에서 유네스코

11　「문화인들의 새 태세」, 『동아일보』, 1955.1.9; 「원자력순행전시등 유네스코 결의안 30
　　건을 채택」, 『동아일보』, 1956.3.5
12　「국제 펜클럽 28차세계대회 참가대표 좌담회 3」, 『경향신문』, 1956.7.3.
13　「제28년차대회의 개황(概況)」, 『자유문학』, 1956.12, 242면.

관련 번역사업에 대한 원조계획과 비정부기구로서의 연석위원회 구성에 관한 회의가 비중 있게 진행되었다. 펜클럽에 대한 국제사회의 원조가 증가했다는 데이비드 카버^{David Caver} 국제사무국장의 보고연설은 유네스코의 사업에 합류하면서 더욱 확장된 펜클럽의 규모를 시사한다. 여기서 도쿄 펜대회의 주제와 일정이 확정된다. 그런데 '동서문학의 영향'은 단순히 동서문화교류사를 다루는 주제라기보다 두 문화 사이에 존재하는 권력 관계와 새로운 교류 가능성을 모색하려는 의도에서 기획되었다. 다시 말해 동서의 문화적, 역사적 단절과 불균형을 극복하기 위한 논의의 시작이었고, 이 과정에서 펜 문인들은 「번역에 관한 결의안」을 통해 합의점을 도출하기에 이르렀다. 유네스코는 결의안을 통과시키기 위해 협의 과정의 일환으로 국제회의를 활발하게 개최했는데, 일본 펜대회의 주제인 「동서문학의 상호영향」은 유네스코의 장기 프로젝트 중 하나로서 산하단체인 동서문화진화론연구회(파키스탄), 동아문화접촉사연구회(일본), 아세아문화개념연구회(호주), 동서문화교류사연구회(인도), 동서양발전사연구회(일본) 등의 학술심포지엄과 연속성을 지닌다.[14] 즉, 유네스코는 동서문화교류사를 재평가하는 학술회의를 아시아 지역에서 집중적으로 개최함으로써 유네스코 사업에 대한 가맹국의 협조와 지지를 얻고자 했다. 그런 이유로 1956년 일본에서 열린 유네스코 아주회의는 고무적인 절차였다. 동서문화론, 동서문화비교론, 동서문화교류론, 더 나아가 하나의 세계론은 냉전질서를 구축하는 가운데 전파되었고, 연쇄적으로 "소련 블록을 제외한 아시아인의 단결"[15]

---

14 장내원, 「국제문화의 새자세 5」, 『동아일보』, 1957.4.25; 장내원, 「문화세계의 신여명 ―동서문화교류십년계획에 대하여 (상)」, 『동아일보』, 1957.11.16.

이 문화외교의 측면에서 합의되고 있었다. 동서의 상호협력과 교류, 국제평화기구의 프로젝트가 진행됨에 따라 반공블록인 아시아의 단결과 결속이 증가된 것이다.

3. 도쿄 펜대회와 유네스코의 번역 원조 시스템

도쿄 펜대회에서 합의된 「번역에 관한 결의안」은 영국 대표인 앵거스 윌슨^{Angus Wilson}이 제안하고 폴란드와 한국 대표가 수정해 작성된 것이다. 내용은 크게 5가지 항목으로 요약된다.

① 동양에 많은 번역자를 양성하고 경우에 따라 서양인 번역자를 파견한다.
② 경제적 이익이 없는 장르의 번역, 출판은 '펜', '유네스코'에서 직접 맡아 원조한다.
③ 서양 작가는 동양 각국의 저작권 인세를 면제한다.
④ 서양에서 동양 작품의 우수한 번역에 대해 상금을 수여한다.
⑤ 이를 위해 동양 작품의 서평을 서양 매체에 적극적으로 수록한다.

유네스코의 번역 사업은 30개 센터의 펜 문인들이 지지한 「번역에 관한 결의안」을 바탕으로 시행되었는데 국제 펜은 번역 작품을 심의, 선정하는 역할을 담당했다. 유네스코의 번역사업은 1946년 UN총회

---

15 이하윤, 「문화교류와 문화외교-유네스코 아주회의 참가 보고」, 『새벽』, 1956.5, 117면.

제1회기에서 권유된 사항이며 1948년부터 유네스코 프로그램으로 논의되다가 1950년대에 들어 본격적으로 실행되었다. 세기적인 사업을 추진하기 위해 유네스코는 아랍문학기ー이탈리아문학기ー라틴아메리카문학기ー페르샤문학기ー아시아문학기 등의 5기로 나누어 전체 계획을 수립하고 당시에 43개국에 본부를 둔 국제 펜과 협조 관계를 유지하며 번역 작품의 성격과 규모를 조정해 나갔다. 한편 1952년부터 아시아문학에 중점을 둔 유네스코의 번역 사업이 한창 진척되어 가던 시기에 국제 펜과 유사한 단체가 새롭게 결성된 점을 눈여겨보아야 한다. 1954년 12월 유네스코 본부는 국제번역가대회를 소집한 후 국제번역가연맹^{FIP} 조직, 번역가의 권익보장 및 국제적 기관지 발간에 대한 논의를 결의했다. 국제번역가연맹은 1955년도 기준으로 12개국의 번역가들과 그 전문기구가 집결한 단체로 유네스코와는 비교적 독자적인 협력관계를 유지하고 있었다.[16] 1950년대의 시각에서 동서양교류안은 UNESCO―PEN―FIC의 협의 구조를 기반으로 하여 세계 각국에 널리 확산되고 또 정책으로 구현된 것이라고 이해된다.

유네스코는 산하 단체의 학술 세미나를 통해 인적 네트워크를 확대하고, 공신력 있는 협약과 기술 및 재정 원조를 바탕으로 교육, 학술, 문화 등의 개별 활동을 지원했다. 일례로 미국인 유네스코 사무총장 루터 H. 에반스$^{Luther\ H.\ Evans}$의 재임기간(1953~1958)에는 세계저작권 협약(1952), 전시 문화재보호 협약(1954), 출판물의 국제교환에 관한 협약(1958), 국가간 공식출판물 및 정부문서의 교환에 관한 협약(1958) 등

---

16 장내원, 「국제문화의 새자세 5」, 『동아일보』, 1957.4.25; 「유네스코의 번역사업」, 『경향신문』, 1957.6.21; 길리버(Gulliver), 고원 역, 「번역과 세계문학」, 『경향신문』, 1955.11.8.

출판문화 분야의 협약이 집중적으로 증가했다.[17] 동서의 지식과 정보를 자유롭게 유통시키기 위한 번역, 출판, 원조 전략은 비블록화된 아시아를 고스란히 냉전체제로 재편하려는 정치적 의도를 보여준다. 한국의 경우 유네스코 번역사업의 첫 번째 수혜자가 모윤숙이었음은 시사적이다. 펜 활동을 포함해 모윤숙의 문화외교는 반공적 관변 지식인이 보여줄 수 있는 성과의 최대치라 할 만했다.[18]

1956년에 아시아재단 총재인 로버트 블룸Robert Blum이 수신한 보고문서에는 국제 펜의 비가입국 소련과 유네스코에서 배제된 중국을 각각 견제하기 위해 인도와 일본을 국제대회 개최지로 제안하는 내용이 포함되어 있다.[19] 이 시기에 증가한 미국의 원조는 미소 냉전의 패권적 대외정책 중 하나였을 뿐만 아니라 냉전의 주변부에 해당하는 국가, 지역을 양진영의 세력권 안으로 재편입시키는 중요한 계기와 경로였다.[20]

---

17 정우택, 「유네스코의 권력구조 및 정치적 성격 연구」, 서강대 박사논문, 1999, 106~108면. 에반스는 유네스코 아주회의 직후에 내한한다. 1956년에 쏟아진 에반스 내한 기사는 유네스코의 아시아 정책에 관한 관심을 증폭시키는 계기가 된다.

18 '여류'의 정체성을 통해 드러난 모윤숙의 친일, 반공활동은 공임순, 「스캔들과 반공」, 『한국근대문학연구』, 한국근대문학회, 2008 참조할 것. 유네스코에서 선정된 모윤숙의 『렌의 애가』(1951)는 트랜스내셔널한 냉전문화의 래퍼토리 중 하나였다. 『렌의 애가』는 1959년에 국제 펜의 심사와 추천을 거쳐 유네스코 문학부 심사위원회에서 영역 출판하고 세계 81개국 도서관에 비치하기로 결정된다. 번역은 피터 현(현웅)이 유네스코의 추천과 저자의 승인을 얻어 담당했으며 출판은 쟝 머레(John Murray) 출판사로 예정되어 있었다. 「모윤숙 저 『렌의 애가』 유네스코 파리본부서 영역출판통고」, 『경향신문』, 1959.1.28. 전집에 실린 약력에 의하면 『렌의 애가』 중 '3부 한국전쟁'에 관한 내용에서 소련에 대한 서술이 당시에 문제가 된 듯하다. 이와 관련해 모윤숙 문학의 해외 출판을 살피는 작업은 후일에 완성된 논문으로 보충하겠다.

19 *29th INTERNATIONAL Conference Tokyo*, Box NO : P-89

20 이봉범, 「냉전과 원조, 원조시대 냉전문화 구축의 역동성」, 『한국학연구』, 인하대 한국학연구소, 2015, 235면. 미국의 대외경제원조는 동남아시아 원조가 1950~1954년에 16.8%의 비중이 1955~1959년에는 50.5%로 대폭 증가한다. 이현진, 『미국의 대한경제원조정책 1948~1960』, 혜안, 2009, 40면; 이봉범, 앞의 글, 239면에서 재인용. 아

전후 아시아에서 발생할지 모를 새로운 정치적 분열과 양극화는 자칫 기존의 냉전체제를 붕괴시킬 우려가 있었다. 중국이 반둥회의에 적극적으로 참가한 것은 공산국가를 넘어 아시아, 아프리카의 비동맹 시역으로 냉전의 좌표를 재설정하려는 목적이 충분했고,[21] 미국은 '일본'이라는 선진화된 냉전 아시아 표상을 동원해 이 지역의 중립 노선을 냉전체제로 포섭하려 했다. 그것은 미일 평화조약(1951) 이후에 대외적으로는 미국과의 동맹, 우방 관계를 회복하고 대내적으로는 미국의 대아시아 전략에 적극적으로 편승하면서 경제성장을 도모한 일본의 이해와 부합하는 것이었다. 그런 점에서 세계문학회의 최초의 아시아 개최지가 일본이었던 점은 간과할 수 없다. 일본 펜대회와 관련해 아시아재단이 보고 받은 첫 문서에서도 이러한 기대가 드러나 있다.

가와바타 야스나리는 잘 알려진 소설가이며 일본 펜 대표이다. 그는 9월 1일부터 9일까지 열리는 29차 도쿄 펜대회와 관련해 재단의 역할과 참여 부분에 대해 우리와 상의했다. 첫째, 회의를 부분적 원조를 얻는 방식에 대해. 그러나 우리는 확실한 정보가 생길 때 이를 논의할 것이다. 가와바타는 펜클럽이 일본 유네스코와 함께 같은 주제의 심포지엄을 할 계획이라고 우리에게

시아재단의 원조가 냉전을 매개로 아시아를 구조적으로 파악하고 미국의 냉전정책을 반영하는 계기가 되었다는 점은 선행 연구에서 밝혀진 바이다. 오병수, 「아시아재단과 홍콩의 냉전(1952~1961)」, 『동북아역사논총』, 동북아역사재단, 2015.
21 옥창준 외, 「미국으로 간 '반둥 정신'」, 『사회와 역사』, 한국사회사학회, 2015, 284면. 반둥회의에서 인도가 비동맹국가가 아닌 공산 중국의 참가를 적극적으로 지지한 것은 '중립 아시아'라는 구상에서 중국의 역할이 지대하다고 전략적으로 판단했기 때문이다. 즉 중국의 참가로 인해 비로소 아시아라는 지역 단위를 커버하게 된다. 장세진, 앞의 글, 143~144면.

알렸다. 펜 회원에 국한하지 않고 심포지엄에 참석할 수 있고 뛰어난 작가, 지식인, 사상가, 철학가 등이 참석할 것이라 기대된다. 심포지엄은 컨퍼런스에서 가능한 것보다 더 광범위, 학술적일 것이다. 가와바타는 심포지엄에 참석하는 여러 대표단이 일본에 올 때 어떤 타입의 원조를 받을 수 있는지 걱정이다. 이것은 아시아 지역에서 최초 개최하는 국제 펜대회이기 때문이다. 일본의 주변 지역에서도 관심이 많고, 일본 여러 분야 리더들은 그들의 지지를 표명해 왔다.[22]

위의 글은 아시아재단 일본지부 대표인 로버트 홀Robert B. Hall이 이듬해에 열릴 제 29차 일본 펜대회에 대해 샌프란시스코 본부에 보고한 내용의 일부이다. 재단의 원조와 역할을 협의하기 위해 작성된 1차 보고서로서 여기에는 일본 펜클럽 회장인 가와바타 야스나리의 이력, 행사 프로그램의 성격과 규모, 일정 등이 상세하게 서술되어 있다. 일본 펜대회는 21개국 30개 센터에서 외국인 160명, 일본인 183명 등 총 340명가량이 참석한 대규모 행사로 개최되어 국제적인 관심도 매우 높았다.[23] 『뉴욕 타임즈』는 "이보다 나을 수 없다"라는 격한 반응을 보이기도 했다. 이 기사는 말미에 가와바타 야스나리를 영국을 대표하는 작가 스티븐 스펜더와 비교하고 있어 흥미로운데 스펜더는 펜대회에서 기금을 후원하는 입장이었다.[24] 작고 금욕적인 카리스마의 가와바타, 크고 와일드한 스펜

---

22 Robert B.Hall to Representation, December. 1956, Box NO : P-89
23 일본 펜대회의 규모는 참관기에서 상세하게 드러난다. 가령 초연비와 식사비를 제외하고 회의비 예산이 일화 5,000만 원(한화 1억 2,500만 환)이고, 동원된 외국인력도 통역진 16명, 번역진 25명, 사무진 18명, 수십 명의 게이샤 등으로 초대형 규모로 일본 펜대회가 개최되었음을 알 수 있다. 최완복, 「대회보고기 동경을 다녀와서 6」, 『동아일보』, 1957.9.26.

더라는 전형적인 오리엔탈리즘의 수사는 다소 과장되기는 해도 펜 대회가 지닌 의미를 잘 시사해준다. 가와바타의 여성적이고 종속적인 이미지는 미국발 '동맹국 일본'의 대중적 표상이다.[25] 이런 맥락에서 '동서문학의 상호영향'이라는 심포지엄의 주제가 동/서라는 이분법적 논리를 바탕으로 동양의 특수성을 본질화하는 논제였음은 자명하다.

그런데 이와 관련해 주목할 장면이 있다. 도쿄 펜대회 문학 심포지엄에서 「번역에 관한 결의안」이 통과될 때 스펜더는 "내가 편집하고 있는 『엔카운터』지에서 서양제국 이외의 작품의 우수한 번역자와 원작자에 대해서 일백 파운드의 상금을 수여하겠다"라고 발언해 참석한 펜 문인들로부터 큰 호응을 받았다.[26] 일본 펜대회에서 스펜더는 제국주의 시대를 포함해 역사적으로 동서양이 긴밀한 영향관계를 형성해 왔음을 강조하며 동서양 문화교류의 필요성에 공감을 표시했다.[27] 제국주의적

문화종속론을 정당화하는 몇 가지 발언에 문제가 있었지만 동서 문화교류에 찬성하는 그의 입장은 충분히 전달되었다. 그런 점에서 비서구 대상의 문학상 공모 제안은 일본 펜대회에서 가결된 「번역에 관한 결의안」에 대한 그의 전폭적인 지지를 보여준다. 문화자유회의가 동구

24　Excerpt from *NEW YORK TIMES* Book Review Section(by Elizabeth Janeway), October 6, 1957, Box NO : P-89.

25　이와 관련해 뉴욕 미술계에 나타난 1950년대 일본붐과 젠붐의 형성과 전파는 조은영, 「적에서 동맹으로-20세기 중반 미국미술 속의 일본 내셔널리즘」, 『서양미술사학회논문집』, 서양미술사학회, 2009; 거세당한 패전국 일본의 내셔널리즘 구축 과정과 여기서 나타난 아메리카니즘은 요시미 순야, 「냉전 체제와 '미국'의 소비」, 요시미 순야 외, 허보윤 외역, 『냉전 체제와 자본의 문화』, 소명출판, 2013.

26　김종문, 「제29차 '펜'대회의 종합과제 1-정치와 문학」, 『경향신문』, 1957.10.3.

27　스티븐 스펜더, 「혼합된 스프」, 『자유문학』, 1957.10・11(합본), 181~182면.

권 작가들을 견제하기 위해 일본 펜대회의 준비과정에 적극적으로 개입한 사실이 최근에 알려진 것처럼, 이들의 반공주의적 입장이 기관지격인 『엔카운터』를 통해 실현되는 일련의 과정은 한편으로 당연해 보인다. 손더스[F. S. Saunders]의 『문화적 냉전 CIA와 지식인들』에 따르면, CIA는 펜클럽을 미국 정부의 이익을 대변하는 수단으로 삼고자 노력했고 세계문화자유회의[Congress for Cultural Freedom](반공주의 지식인들의 국제적 조직), 더 정확하게는 『엔카운터』를 매개로 국제펜클럽 사무총장인 데이비드 카버와 일정한 이해관계를 만드는데 제 29차 도쿄 펜대회를 적극적으로 활용했다.[28] 그런데 스펜더가 제시한 백 파운드 상금의 첫 번째 수혜지역은 한국이었다. 『엔카운터』 문학상 공모[Authors' and Translator' Story Competition](1959.5)의 입선작으로 익히 알려진 황순원의 「소나기[Shower]」는 말하자면 도쿄 펜대회에서 합의된 문화원조의 결과물이기도 한 것이다.

다음 사진은 『엔카운터』에 처음 번역된 한국소설 「소나기」와 하단에 박스 처리되어 배치된 작가, 작품에 대한 간단한 정보들이다. 신흥대학 교수 및 작가, 한국 학술원(예술원 포함) 회원의 작가 약력, 유의상이라는 번역자의 성명, 국제 펜과 공동 제정한 문학상의 당선작이라는 번역작품의 소개 등이 지면의 편집 배경을 설명한다. 『엔카운터』란, 스펜더와 크리스톨[J. Kristol]이 공동편집한 잡지이면서 문화자유회의의 영국 지부 기관지이다. 널리 알려진 대로 창간호부터 연 3만달러의 CIA의 보조금으로 발간된 정황이 확인되면서 『엔카운터』는 사실상 CIA가 공급한 매체로 평가된다. 유네스코와 국제 펜에서 집중적으로 수행한

---

28 프랜시스 스토너 손더스, 유광태 외역, 『문화적 냉전 CIA와 지식인들』, 그린비, 2016, 615면.

Hwang Soon Won

Shower

THE boy stood by the stream and saw the girl and placed her as old Yun's great-granddaughter. She had both hands playfully in the running water, as if she had never seen such a clear stream.

For several days now she had been playing by the water on her way home from school, and until yesterday she did her water-stirring by the bank. To-day she was squatting on one of the stepping stones in mid-stream.

The boy decided to sit down on the bank to wait for her to return. Soon a farmer happened by and she stood up to make way for him to cross the stream. The boy crossed over too.

* * *

The next day he came to the bank a little later and there she was at the same rock, washing her face. She was wearing a pink sweater, both sleeves rolled up, and her wrists and the nape of her neck were a glistening white.

Washing done, she looked intently into the running water, at her reflection, no doubt. She scooped water up—oh, that must be a tiny fish she has spotted.

> This story, which has been translated from the Korean by Yu E. Sang, won a prize in our recent Authors' and Translators' Story Competition (organised in association with International P.E.N.). Hwang Soon Won is a Professor in the Department of Literature, Sinhung University, Seoul, and a Member of the Korean Academy. He is author of several novels and collections of stories and poems.

Perhaps she noticed him on the bank, perhaps not. She just went on scooping up the water, absorbed in her game, and apparently not budging unless someone came by.

Now she picked something up out of the water: a white pebble. She jumped to her feet, started to hop across the stones to the other side. One step short of the bank she turned back: "Oh, silly boy!" and the pebble came flying towards him.

He started up. Her pigtail flapping on the back of her head, she made a dash for the reed bushes. The reed tops swished silkily in the autumn sunlight.

She could only come out over there at the other end of the reed bushes. Quite a while, but no sign of her yet. He tip-toed, then a wisp of reed tops stirred, and she was back in sight with an armful of reed tuft, walking away leisurely. The bright sun was on the tassels that rose high over the girl's head and it looked as if a tuft, not a girl, was slowly moving down the path.

He kept on standing there until the reed tuft was out of sight. Then he looked down and saw the pebble she hurled at him. It was almost dry now. He picked it up, put it into his pocket.

The next day he came out to the bank much later. She was nowhere to be seen, and it was a relief. She was not there the next day, or the next. As days went by without her showing up at the stream, a strange emptiness began to form deep down inside the boy, and with this, a habit of reaching down to finger the pebble in the pocket.

One day he tried to squat on the stepping-

〈사진 1〉 『엔카운터』(1959.5)에 실린 「소나기」

아시아 지역의 번역, 출판의 원조사업이 냉전 지역의 문화적 헤게모니를 재편하려는 의도였음은 비교적 분명하다.[29] 1950년대 후반에는 문교부편수국(편찬과)에서 한국단편 20편, 한국 펜에서 한국단편 20편(공보실 지원), 공보실에서 전쟁문학 4편(미국 이십세기 폭스 영화사 요청) 등의 영역 출판 사업을 진행했지만 실제로 출간하지는 못했다. 이와 관련해 해외 출판에 대한 인식의 부족, 재정난, 번역진의 부족 등이 주요한 원인으로 거론되었다.[30] 오히려 한국문학의 성공적인 해외 소개는『엔카운터』문학상의 경우처럼 외부적인 계기에 의해 이루어졌다. 이를테면 비서구 작가 및 번역자에게 수여하는 문학상이 단발적으로 제정되고

---

29 황순원보다 먼저『엔카운터』에 등장한 한국인 필자로 피터 현이 있다. 그는 "Beat Zen, Squqre Zen"이라는 서구의 선 담론에 대한 비평을 1959년 7월에『엔카운터』에 발표한다. 이 글이 널리 회자되면서 스펜더는 *The International P.E.N. Billetin*에 피터 현을 중요한 필자로 소개한다. 유네스코의 영역출판 사업에 참여한 피터 현(현웅)은 한국문학의 해외 수용사에서 특이한 이력을 보여주는 인물이다. 그는 1956년 4월 *The NEW WORLD WRITING*(1951~1964) 미국 문학잡지에 한국 현대시 7편을 번역해 수록했고(김광섭, 「세계문단에 소개된 한국현대시」,『자유문학』, 1957.6, 66~67면. *The NEW WORLD WRITING*에 실린 한국시는 한용운의「님의 음성은」, 이육사의「절정」, 이광수의「님네가 그리워」, 김광섭의「개성」, 김기림의「바다와 나비」, 피터 현의「불타는 정신」등 7편이다. 김광섭에 의하면 비교적 짧은 시들이며 세계적으로 저명한 매체에 한국현대시 작품이 직접 소개된 것은 최초이며 역자가 한국시사도 간단하게 소개했다) 한국문학의 외국어 출판 상황에 비추어 볼 때 그는 비교적 일찍부터 한국시선집 영역본 *Voices of the Dawn: A Selection of Korean Poetry, from the Sixth Century to the Present Day*(1960)을 발간한 바 있다. *Voices of the Dawn*은 피터 현이 전『경향신문』특파원으로 있을 때 BBC 방송에서 소개한 한국 시조를 엮어낸 것이다.「세계문단으로 뻗는 한국문학」,『경향신문』, 1963.1.22. 발간 직후에 피터 현은 저 시선집의 불어판 출판을 유네스코로부터 제의를 받는다. 이 책은 앞서 언급한 쟝 머레(John Murray) 출판사에서 발간된다. 쟝 머레 출판사와 피터 현의 관계는 출판사 편집장인 데이루이스(Cecil Day-Lewis)가 스티븐 스펜더(Stephen Spender)로부터 피터 현을 소개 받아 가능했다.「나의 젊음, 나의 사랑 저널리스트 피터 현 12」,『경향신문』, 1997.2.21. 재미동포 저널리스트인 피터 현은 한국문단에서는 생소한 번역자였지만 서구 유럽의 주요 문화 인사들과 친분이 두터웠으며 한국문학의 비공식적인 전파자로서 비중이 있었다.

30 「우리문학의 해외소개 사무소 홀(忽), 견해의 차로 좌절, 모처럼의 계획 살릴 길은?」, 『동아일보』, 1958.7.16

황순원에게 돌아간 것이다. 그런데 황순원은 아시아재단에서 제정한 제 2회 자유문학상을 수상한 작가이기도 했다. 미국이 전후 한국사회와 문학을 부흥시키고자 제정한 상이 바로 자유문학상이다. 이는 문학상을 통해 비서구 지식인을 지원한 『엔카운터』의 번역원조의 취지와 부합한다.

공식적으로는 '자유 아시아인(人)의 자유사상을 고취시키는 데 그 제정 목적'이 있었기 때문에 자유문학상의 위상은 국제정세와 세계문학의 역학 관계 속에서 한국문학의 가능성을 모색한다는 데에 있었다. 제2회 자유문학상 수상작인 『카인의 후예』(1954)는 "소설의 주제는 공산당 치하에 살아있다는 것은 어떠한 것인가라는 문제"[31]라고 선전될 정도로 자유 아시아의 요구와 가치를 반영한 대표적인 반공 소설로 이해되었다. 황순원은 「카인의 후예」를 1953년 9월부터 『문예』에 5회 연재했는데 잡지가 폐간된 지 1년 만에 전작본을 발간해 1955년에 자유문학상을 수상하게 되었다. 『엔카운터』가 이른바 CIA의 미디어로서 기능한 시점의 절정에서 「소나기」가 게재된 데에는 무엇보다 이러한 작가 이력이 중요하게 작용한 것으로 짐작된다. 「소나기」는 월남작가의 자기검열이 심화된 무렵에 창작된 소설이며,[32] 전쟁 중에 『신문학』(1953.5)에 발표

---

31 「황순원작 카인의 후예」, 『동아일보』, 1955.1.7.

32 사실 「소나기」도 월남지식인의 레드 콤플렉스에서 자유로울 수 없는 텍스트중 하나이다. 가령 「소나기」가 처음 발표된 『신문학』(1951~1953, 4회 발간)은 호남지역에서 발간된 한국전쟁 발발후 최초의 순문예지이다. 박태일, 「전쟁기 광주지역 문예지 『신문학』연구」, 『영주어문』, 영주어문학회, 2011. 331면. 황순원은 1952년 10월 발간되는 『신문학』에 소설을 투고하지만 잡지 발간이 지연되어 「소나기」는 1953년 5월호에 발표된다. 그 사이에 황순원은 「소나기」를 「소녀」로 제목을 바꾸고 『협동』(1953.11)에 재수록한 바 있다. 이에 관해 박태일, 「황순원 단편 「소나기」의 변개 과정, 1953~1981」, 『근대서지』 8, 근대서지학회, 2013.12 참조. 선행 연구에 따르면 김현승이 책임편

되고 『학』(1956)에 수록된 이후 1960년대부터 교과서에 꾸준히 실리는 대표적인 한국 단편소설이다. 주지하듯 번역은 단순히 언어의 교환이 아니라 문맥의 변용이 중요한 정치적 행위이다. 즉 하나의 언어 텍스트와 동등한 또 다른 언어 텍스트를 만들어 내는 것이 아니라 수용되는 목적과 방식에 따라 원전의 상징적인 의미와 해석 층위가 재구성되는 것이다.[33] 이와 같이 1950년대 후반에 산발적으로 이루어진 외국어 번역의 성과는 한국문학의 특수성이 동양문학의 특수성으로 독해되지 않고서는 '번역' 불가능한 것이다.

4. 「번역에 대한 결의안」(1957) 이후, '동양문학'에 대한 원조

제네바협정 이후 상호방위조약으로 맺어진 시토SEATO(동남아시아조약기구)를 통해 자유 아시아의 지형이 본격적으로 구축되었다. 1954년에 아이젠하워 행정부 주축으로 체결된 시토는 실제적인 방위조약으로서

집한 『신문학』은 지역매체의 위상보다는 필자 대부분이 종군작가단 소속 문인, 정훈 활동을 하는 중진문인 및 주류 언론인인 종군매체의 성격이 컸다. 알다시피 국방부 정훈국에서 조직한 종군 작가단의 70% 이상이 월남작가였고 황순원도 국민보도연맹 가입 후에 공군종군문인단에 포함된다. 황순원이 1953년에 발표한 소설들, 「학」(『신천지』, 1953.5), 「카인의 후예」(『문예』, 1953.9~)을 통해 월남작가의 자기검열의 글쓰기는 전소영, 「월남 작가의 정체성, 그 존재태로서의 전유—황순원의 해방기 및 전시기 소설 일고찰」, 『한국근대문학연구』 32, 한국근대문학회, 2015 참조. 이 논문에 따르면 휴전 이후에도 텍스트를 생산하는 작가와 매체에 대한 정훈국의 감사와 통제가 있었다(97면). 그렇다면 『신문학』에 실린 「소나기」에게 대해서도 황순원 스스로의 자기검열은 존재했다.

33 로만 아루아제즈·카르멘 아프리카 비달, 윤일환 역, 「번역하기—정치적 행위」, 『번역, 권력, 전복』, 동인, 2008 참조.

취약한 부분이 많아 가맹국이 위협을 받더라도 공동방위조치를 협의하는 정도의 미온적인 대응에 머물러야 했다.[34] 즉 시토는 미국, 오스트레일리아, 프랑스, 뉴질랜드, 파키스탄, 필리핀, 타이, 영국의 8개국을 반공 군사 동맹으로 묶어 반공산주의 정권을 지지하고 제3세계 아시아의 공산화를 경계하기 위해 설치된 조약기구였다. 라오스처럼 냉전의 중립지역으로 규정된 국가를 가맹국으로 포함시켜 공산주의에 대항하는 '하나의 아시아'를 구현한다는 상징적인 의미가 더 중요했다.

이러한 맥락에서 파키스탄, 필리핀, 타이 등의 시토 가맹국이 1955년 반둥회의Bandung Conference에 참석한 것은 미국의 냉전 전략에 반발하는 새로운 노선의 탄생을 보여주는 사건이다. 미국발 자유 아시아라는 단일 표상에 저항하는 제3의 외교노선이 만들어진 것이다. 1950년대 초 중소 국경분쟁을 분수령으로 국제사회로부터 고립된 중국이 반둥회의에 참가하면서 미소 중심의 양극체제가 점차 변화할 기류가 비로소 형성되었다. "새로운 아시아 아프리카가 탄생하였다는 증거"[35]라고 한 인도네시아 대통령의 선언처럼 29개국이 참가한 반둥회의는 아시아 단위가 더 이상 미국이 주도하는 반공블록으로서만 이해될 수 없음을 보여준다. 시토는 이러한 인도-중국의 평화협력체계에 의해 불가피하게 타격을 받았다. 서방의 방위동맹 결성체인 나토NATO(북대서양조약기구)와 같이 아시아에 구축된 동맹체제 중 하나였던 반둥회의는 집단 방위 협약에 대한 반대 조항을 체결하면서 비블록화를 실현하려 했다. 그

---

34 「SEATO의 성립」, 『동아일보』, 1954.9.11. 이 글은 안보의 실제적인 기능에서 시토 조약이 서유럽의 북대서양조약기구(NATO)와 현격한 차이가 있음을 열거하며 자유 아시아 권내를 구축하는 미국의 전략을 정확하게 지적했다.

35 「인도네시아 대통령, 드디어 개막된 반둥회의」, 『경향신문』, 1955.4.20.

럼에도 한국은 반둥회의를 "공산주의침략자와 어깨를 나란히"[36]하는 것으로 규정하며 단호하게 불참을 결정했다. 오히려 반둥회의가 열리기 직전에 아시아민족반공연맹(1954)을 창설할 정도로 미국 중심의 냉전체제에서 이탈하지 않겠다는 입장을 확고히 했다.[37] 이렇듯 아시아 지역 질서가 유동적으로 전개될 때 한국은 제3세계로의 편입을 경계하며 미국 중심의 냉전체제에 부합하는 정치적, 문화적 활동을 지속했다. 1950년대 중반부터 한국 문학장에 급격하게 증가했던 국제문화교류에 대한 담론과 실천은 냉전질서의 변화와 연동된다. 1950년대의 경우, 미소 양극체제가 변화되는 시점과 맞물려 아시아에 대한 미국 원조가 대폭 강화된다. 1955년 이후 미국 원조담당기구가 FOA^Foreign Operation Administration에서 ICA^International Cooperation Administration로 개칭되면서 총 15억 3,560달러로 원조가 증액되고 방대한 규모 속에서 서방측과 원조경쟁에 돌입한다.[38] 따라서 중립지역을 포섭하기 위한 미국원조의 전략과 효과가 어느 때보다 강조되는 시기에, 전후 한국사회로 유입된 미국 자본이 어떠한 변화를 초래했는지 확인할 필요가 있다. 미국의 운크라

---

36 「현재의 조직엔 흥미 없다」, 『동아일보』, 1955.4.26.

37 타이완의 장제스와 한국의 이승만 주축으로 결성된 이 연맹은 "미국에 대한 타율적인 의존을 떠나 항상 미국과의 긴밀한 연결 밑에서 우리 아시아 민족 전체의 세계관을 구현"(배상하, 「제2차 아시아민족반공회의의 성과」, 『새벽』, 1956.5, 65면)하는, 즉 아시아 반공단체로서 이를 전신으로 1966년 세계반공연맹이 발족한다. 이와 관련하여 박연희, 「한국 펜(PEN) 이후 『자유문학』과 민족문학론의 분기」, 『한국문학연구』 61, 동국대 한국문학연구소, 2019 참조.

38 「ICA제7차보고서」, 『경향신문』, 1956.2.14. 1953년 한국전쟁 휴전에 따라 방위 목적의 군사원조에서 전후부흥을 위한 경제원조로 변경하고자 창설한 기관이 FOA인데 예상과 달리 대외원조정책의 통일성을 실현하기 어려워 1955년부터 원조기구를 재정비한다. 이대근, 『해방 후 1950년대의 경제』, 삼성경제연구소, 2002, 313~315면. 즉, 국방성의 군사원조와 이원화된 구조로 운영된 ICA는 비군사원조의 위상이 고조되는 냉전체제의 변화를 시사한다.

UNKRA 원조 사업의 1955 회계년도 만료시점과 관련해 논란이 있었던 것에서 알 수 있듯,[39] 사회 전반에서 원조의 의존성은 높아졌지만 미국 자본이 한국의 근대화, 선진화의 과정에 전면적으로 기여했다고 평가할 수는 없다. 이봉범에 따르면, 미국의 아시아 경제원조는 대부분의 아시아 국가들이 식민지적 후진성을 극복하는 과정에 실제적인 도움이 될 수 없었다. 1955년부터 원조의 비중을 높인 미국의 아시아 경제원조는 한국, 대만, 필리핀 등 주요 동맹국과의 유대를 강화하면서 동시에 중립주의를 좌절시킨다는 이중적인 목표 아래에서 진행되었다.[40]

유네스코 사업이 진행되는 과정에서 일본문학은 아시아문학을 대표하게 된다. 1948년부터 2005년까지 유네스코 간행위원회에서 번역대상이 된 작품을 보면 그러한 일본문학의 위상 변화를 어렵지 않게 파악할 수 있다. 번역 언어와 작품 수를 살펴보면 일본어가 152편으로 압도적으로 많고 스페인어(105편), 아라비아어(62편), 중국어(61편), 페르샤어(54편), 산스크리트어(49편), 포르투갈어(44편), 벵갈어(34편), 불어(34편), 한국어(31편), 영어(29편) 순이다. 또한 번역된 작품 수가 가장 많은 작가도 나쓰메 소세키(11편), 가와바타 야스나리(9편) 등으로 일본작가가 우세하다. 유네스코 번역사업 중에 일본문학의 지명도가 높아졌다는 점은 국제번역가연맹에서 발간한 월간저널 『바벨Babel』을 확인해도 드러난다. 1955년 『바벨』 창간호부터 「Translators of Japan」이라는 기사가 실리는 등 일본문학에 대한 관심이 높았다.[41] 유네스코 기관지

---

39 「원조종료란 낭설」, 『경향신문』, 1955.4.3.
40 이봉범, 앞의 글, 240면.
41 http://www.fit-ift.org

성격이 다분한 『바벨』은 전세계의 번역가들이 여러 전문분야에서 거둔 성과와 그 교류발전의 진전을 보고하는 목적에서 발간되었다. 『바벨』은 각국에서 지식보급과 문화교류 사업에 종사하는 개인 및 단체에게 그 자체로 흥미 있는 자료였을 뿐 아니라, 무엇보다 각국의 번역문학에 대한 수준과 성과를 공유함으로써 결국 세계문학 장에 유통될 수 있는 문학이 무엇인지를 분별하게 해주었다. 유네스코의 동서교류사업을 통해 해외 번역 장이 비서구 지역을 중심으로 재편되었지만 그것은 제한적으로 이루어졌다. 그런 점에서 「번역의 관한 결의안」에서 '동양문학'에 대한 원조는 과연 카자노바$^{Pascale\ Casanova}$와 모레티$^{Franco\ Moretti}$처럼 세계문학 공간, 세계문학 체제의 중심부—주변부 간의 불균형을 조정하는 의미였는지 재고해야 한다. 좀 더 과장되게 말하면 동양문학은 오리엔달리즘의 품목으로서 세계문학의 범주가 된다. 자국문학과 세계문학을 매개하는 이념적 가치로서의 '동양문학'이란 아시아 내셔널리즘을 표방하고 있더라도 결국 미국(또는 원조 프로그램) 중심의 냉전주의의 산물일 뿐이었다.

일본의 정치, 경제, 문화의 골자는 오늘날 대부분이 서구와 아시아 문명의 퓨전 산물이라는 것이다. 즉 일본은 동서양의 가교 역할을 할 수 있다. 외무부 장관의 강연 중에도 일본이 UN에 참가하자는 내용이 포함된다. 난 여기에 열렬히 동의한다. 문화영역에서 내 고민은 일본에서 서구적, 동양적 문화가 어떻게 혼합되어 나타나는가, 또는 일본 문화 자체가 그 믹스 이후의 산물인가 하는 점이다. 우리의 문화가 "동서의 가교"가 될 수 있다는 것은 어떤 점에서 확실하지 않다. 나는 그것을 해명하려고 노력하는 것이 아니다. 이 문제에 고민하는 사람들의 그룹이 있다는 것이 중요하다. 그런 사람들은 일본만 아니라 해외에도 있다. 해외란 서구만이 아니라 아시아도 포함된다. (…중략…) 문학장에서는 예컨대 과거에는 오늘처럼 엄청난 양으로 일본 작품이 영어, 유럽어로 번역되어 출판되지 않았다. 이런 접촉에서 나는 일본과 서구의 문화교류, 일본의 문화적 수출에 대해 생각해본다. 그런데 오히려 일본-동양 간의 교류가 좀처럼 있지 않다. 또 다른 한편에서 그 교류란, 9월의 국제 펜대회와 같이 다수의 외국문인이 일본에 오는 것이다.

다가올 회의, 29차 도쿄 펜대회는 유럽 밖에서 열리는 첫 번째 대회이다. 전통적으로 서유럽 중심의 문학 회의가 일본과 같이 먼 나라에서 열리는 이유도 이 때문이다. 이번 펜대회가 그 변화를 설명할 좋은 기회이다. 이는 동양과 관련해서 최초의 회의가 될 것이기 때문에 그렇게 되면 그 아젠다의 주제는 동서 문화의 교류로서 자리매김하고 유네스코의 중요한 임무 중 하나가 될 것이다. 해외 국가 간의 문화교류는 자연스럽게 고유문화에 대한 자기의식과 자기반성의 원인이 되고 곧이어 독창적인 창조가 뒤따르게 된다. 일본의 전통적이거나 전통적 동양의 성격이 건축학, 순수예술, 산업예술 등에서 전형의 형식을 고수해왔고 어떤 것은 서양 문화에 공헌하기도 했다. 그중 무엇이 오늘날의 일본문학으로서 서양어로 번역될지 궁금하다.[42]

다소 길게 인용했지만 위의 글은 가와바타 야스나리가 도쿄 펜대회 개최 직전의 소회를 밝힌 『요미우리Yomiuri신문』 기사의 일부이다. 이 글에 나타난 가와바타의 흥분과 기대는 전후 국제사회에 성공적으로

---

42 Article "Japan expected to become Bridge Spenning East and West"(by), Yomiuri, Jan 1, 1957, Box NO : P-89.

안착한 당대 일본의 정치적, 경제적, 문화적 위상과 관련된다. 가와바타는 일본의 제국주의 역사를 동서양의 "퓨전"으로 윤색하고 냉전 아시아 세력의 각축장에서 "동서의 가교"로서의 일본의 역할을 강조한다. 서구와의 대결의식을 내세우지 않고서도 마침내 일본 중심의 아시아 심상지리를 만들어낸 것이다. 이러한 주장과 수사적 표현들은 미국의 대아시아정책에서 크게 벗어나지 않는다. 더욱이 유네스코 동서교류안의 프로젝트가 끝난 시점에 가와바타는 "동서의 정신적 가교를 맺으면서 탁월한 예술성 독자성으로 모럴과 윤리의 문화의식을 표현한 작가"[43]라는 평가와 함께 노벨문학상을 수상했다. 가와바타가 세계문학에 성공적으로 진입하는 과정에서 필수적이었던 절제미, 서정미, 자연미 같은 심미적 가치란 전후 오리엔탈리즘의 시선에 의해 번역된 일본의 아시아적 정체성이었다.

일본 펜 대표로서 쓴 인용문만으로『설국』(1948)의 가와바타가 전통주의, 동양주의로 경도된 배경을 파악하기란 쉽지 않다. 다만 아시아를 대표하는 가와바타의 작가적 이력이 펜 활동을 통해 공고해졌다는 것은 비교적 잘 알려진 내용이다. 1957년부터 일본의 해외 소개가 급증하는 가운데[44] 가와바타는 1959년에 제30차 프랑크푸르트 펜대회에서

---

43 「동서양 정신 가교 천단강성(川端康成) 씨」, 『경향신문』, 1968.10.18.
44 도쿄 펜대회 이후 일본문학전집 30권이 영역 계획. 이무영, 「유린된 출판문화 당로에의 건의서에 대하여 (하)」, 『동아일보』, 1957.3.20. 노벨문학상 수상에서 가시화된 일본문학의 저력이란 펜클럽 회장으로서 야스나리의 문화적, 정치적 행적이나 위상과 무관하지 않았다. 아시아재단 후원으로 여행하며 세계문인과 교류했고 그의 문학 관련 번역물도 증가했다.(*The New York Times Book Review*(1957.1), *Atlantic Monthly*(1957.1), *New York Herald Tribune*(1957.1) 등 1957년에만 11종 저널에 소개) 이 리뷰들을 통해 가와바타 소설의 수용사를 검토함으로써 '동양적인 것'의 범주가 어떻게 냉전문학으로 재편성되는지를 좀 더 확장해서 연구할 필요가 있다.

〈사진 2〉 1968년 가와바타 야스나리의 노벨문학상 시상식

괴테상Goethe-Medaille을 수상한다. 이 상은 독일문화원(괴테 인스티투트)에서 독일의 문화교류에 공헌한 비독일국민에게 주는 공로상으로서 가와바타는 1958년에 국제 펜클럽 부회장으로 취임한 직후에 받았다. 당시 국내에서 이 소식은 황순원의 『엔카운터』 문학상 소식과 나란히 전해지면서 "저 대수롭지 않은 일본 문단서" 우연한 기회에 "최고상을 수령한 것"[45] 정도로 폄하되기도 했다. 이는 당시 반일정서가 반영된 것일 뿐, 이보다는 가와바타가 한국문학이 참조해야 할 동양문학의 전범이 되었다는 사실에 더 주목해 봐야 한다. 괴테상 수상으로부터 불과 2~3년 후에 가와바타가 노벨문학상 후보에 오르자 한국문학이 지향해야 할 모범 사례는 '가와바타식'으로 제시된다.

---

45 양주동, 「한계문단에의 요망—세계문학과 한국문학」, 『동아일보』, 1960.1.9.

가와바타의 노벨문학상 수상 직후에 "노벨문학상의 수상 여부가 세계문학에의 진출 여부를 결정지어 주는 중요 여건"[46]이라고 한 조연현의 발언은 오늘날에도 여전히 지속되는 통념이다. 노벨문학상을 기준으로 세계문학을 인식하는 것은 주변부 문학의 욕망일 수 있다. 노벨문학상을 수상 작가의 출신, 곧 민족/국가의 명예로 대입시키는 것은 일국의 문학을 초월하는 세계문학의 감각과는 모순된 것이지만, 모레티의 세계문학론을 빌어 생각하면 반주변부 문학의 이동이야말로 세계문학의 전형이다. 앞서 인용한 조연현의 발언을 좀 더 살펴보면, 그는 일본문학의 국제진출의 경로를 역추적하며 노벨문학상 수상의 계기가 세계문학 지형의 변화, 성공적인 번역 등에 있음을 역설했다. 그에 의하면 세계문학의 지형 변화 속에서 일본의 노벨문학상 수상 가능성은 "7, 8년 전부터", 그러니까 1960년 무렵부터 제기되고 있었다.[47] 가와바타의 경우에는 유럽문학에 국한되었던 노벨문학상 수상의 오랜 전통에서 벗어나려 한 스웨덴 아카데미 내부의 자발적인 노력도 일정 부분 작용했다. 보리스 파스테르나크Boris Pasternak(1958), 이보 안드리치Ivo Andrich(1961), 미하일 솔로호프Michail Sholokhov(1965), 슈무엘 아그논Samuel Yosef Agnon(1966), 아스투리아스Miguel Angel Asturias(1967)의 수상을 상

---

46 조연현, 「한국문학의 세계적 진출은 가능한가―가와바다 야스나리의 노벨문학상 수상을 계기로」, 『사상계』, 1968.12, 93면. 가와바타 야스나리의 노벨문학상의 의미, 한국에 끼친 비평적 영향에 관해 정종현, 「'노벨문학상'과 한국 문학의 자기 인식―가와바타 야스나리의 『설국』와 마르케스의 『백년 동안의 고독』을 중심으로」, 『비교어문연구』, 비교어문학회, 2016.

47 조연현, 앞의 글, 94면. 일본문학의 해외 번역작품 수/종은 1935~1945년 2/2, 1950년대 전반 3/3, 1950년대 후반 9/27, 1960년대 전반 13/38 정도로 1950년대 후반부터 급증한다. 최재철, 「일본문학의 특수성과 국제성」, 『일어일문학연구』, 한국일어일문학회, 2000, 246면 참조함.

기해볼 때 조연현의 분석은 상식적인 것이기도 하지만 이러한 변화된 조건에 대해 주지할 필요는 있다.

5. 냉전 문화지리와 한국문학

이 글은 스탠포드대학 후버 아카이브에 소장되어 있는 아시아재단의 컨퍼런스conference 분야 중 제29차 도쿄 펜대회 관련 파일을 중심으로 펜클럽 지원의 배경과 의미를 무엇보다 냉전문화라는 맥락에서 고찰한 것이다. 특히 도쿄 펜대회의 성격이 구체화되고 규모가 확장되는 여러 계기와 진행 과정을 살피는 가운데 '가와바타 야스나리'에 집중된 서류를 검토할 수 있었다. 가령 노벨문학상 수상에서 가시화된 일본문학의 저력이 다름 아닌 펜클럽 회장으로서 야스나리의 문화적, 정치적 행적이나 위상과 무관하지 않다고 판단했다. 도쿄 펜대회에서 그가 아시아 문학과 세계문학 사이의 가교로서 일본의 역할을 강조하는 부분은 국제적 프로젝트, 곧 79개국이 공동 결의한 유네스코의 「동서문화교류 십년 계획 실천안」(1957~1966)을 수행하는 내용과 부합한다. 물론 여기에 천착하여 펜클럽과 아시아재단의 원조를 살핀 것은 아니지만 미국 냉전정책을 중심으로 중심부-주변부 문학의 심상지리가 재편되는 계기 중 하나가 제29차 도쿄 펜대회였음은 분명하다. 예를 들어 반둥회의를 비롯해 신생 독립국 간의 국제회의가 순차적으로 개최되는 가운데, 국제 펜대회가 최초의 개최지로 아시아-일본을 결정한 점은 주목된다.

유네스코의 장기 프로젝트가 진행되는 과정에서 산하단체인 동서문화진화론연구회(파키스탄), 동아문화접촉사연구회(일본), 아세아문화개념연구회(호주), 동서문화교류사연구회(인도), 동서양발전사연구회(일본) 등의 학술심포지엄과 함께 개최된 도쿄 펜대회는 가와바타, 또는 일본문학이 세계문학 정전에 오를 수 있는 정치적 토대가 되었고, 이는 일본이 자유 아시아의 롤모델로서 인식되는 역사적 순간이었다 해도 과언이 아니다. 무엇보다 황순원의 『소나기』가 『엔카운터』지 문학상(1959)을 수상하게 된 결정적인 계기도 바로 일본 펜대회를 통해 이루어졌다. 1959, 1960년도는 비서구 지역 출신의 작가가 노벨문학상을 수상하기 시작한 시기이자 유네스코 번역 및 출판사업의 성과가 뚜렷하게 가시화 된 시기이기도 했다. 한국 펜클럽 본부의 경우 아시아재단의 지원으로 『영역 단편소설집』(14편 수록)과 『영역 시집』을 발간하고, 필리핀 펜클럽 본부에서 출판하는 『아시아작가 작품선집』에 한국 작품을 게재한다. 이러한 흐름 속에서 더욱 중요한 것은, 아시아재단의 원조가 한국 펜, 한국문학에 미친 영향이란 미국의 냉전 원조 시스템에서 연쇄적으로 초래한 표상과 담론에 있다는 사실이다.

1960년대 초에 해외문화 최신의 지식과 정보를 빠르게 전달했던 『사상계』가 먼저 이와 관련해 「번역문학의 반성」의 특집을 구성하는데 일본문학의 성공적인 해외진출 배경을 외국인 번역자의 조건에서 찾고 이를 한국문학 상황에 그대로 적용시키고자 했다.[48] 일본의 노벨문학상 후보 선정으로 불거진 세계문학의 보편성이란 이처럼 문학자의 처세나

---

48 박태진, 「우리문학의 해외소개에 대한 사견」, 『사상계』, 1962.11. 여기서 피터 현의 중요성이 다시 거론되기도 했다.

인적 네트워크라는 문맥에서 이해되었다. 백철은 「세계문학과 한국문학」에서 가와바타 소설을 "일본적인 서정성의 특산물"[49]이라고 노골적으로 명명하며 "구미의 사람들에게 미각을 돋구게 하는" 동양문학의 특수성을 한국문학도 발견해야 한다고 주문했다. '특산물'이란 다른 상품과의 경쟁이 불필요한 지역 고유의 상품이다. 그렇다면 『엔카운터』의 '비서구지역' 문학상도 마찬가지였다. 실제로 『엔카운터』에 실린 「소나기」에 대한 외국문인들의 반응은 즉각적으로 나타났고[50] 한국에서 황순원에 대한 평가도 달라진다. 예를 들면 "한 마디로 표현하기 어려운", "이즘의 총화"[51]라고 설명되던 황순원은 1960년대에 들어 이전 소설까지 소급해 한국적인 토속성이나 "원시적인 자연의 냄새"[52]로 재명명되는 비평 시기를 거친다. 현재까지 황순원의 해외 출간 비율이 높은 것을 포함해[53] 아시아를 블록화하는 지점에서 전유된 동양 특유의 서정성이 황순원 문학에 있기 때문이다. 해외에 한국문학의 번역장이 형성되기 시작한 1950년대 후반 무렵은 아시아적 가치가 냉전기 문화정치의 전위로서 그 성격이 새롭게 재편된 시기였다.

---

49 백철, 「세계문학과 한국문학」, 『사상계』, 1962.11,
50 주요섭은 아시아재단 지원으로 제 30회 프랑크푸르트 펜대회에 참석할 시기에 중국, 유럽 등에서 외국문인을 만나는 일정이 있었다. 그에 따르면 「소나기」를 통해 한국문학에 대한 관심이 일본문학과 더불어 증가했다.
51 곽종원 「황순원론」, 『문예』, 1952.9, 26면.
52 이어령, 「식물적 인간상」, 『사상계』, 1960.4, 259면.
53 아래 표는 김수용 외, 『한국문학의 외국어 번역』, 연세대 출판부, 2004, 23면.

작가	단편			장편		
	황순원	한무숙	김동리, 박완서, 오영수	황순원	김동리 최인훈	강신재, 안정효, 이문열, 정한숙
출간빈도	61	28	27	5	3	2

1960년대 한국비평에서 전통론이 고조되고 한국문학의 세계문학적 가능성이 공론화 되는 여러 계기 가운데 가와바타의 노벨문학상 수상은 통념적으로 일컬어지는 부분이다.[54] 미국의 문화원조의 시스템 속에서 세계문학에 접근하기 위해 한국문학은 가와바타식 냉전 오리엔탈리즘을 의식하며 지방성=고유성=세계성을 강조했다. 백철의 「예술의 지방성, 국제성」(『중앙일보』, 1957), 「세계적 시야와 지방적 스타일」(『자유신문』, 1955) 등에서 "이제부터 우리 작품을 세계시장으로 보내자!"[55]라는 흥분된 목소리에는 '지방'이라는 아시아의 지정학적 위치가 역설적으로 의미화 된다. 가령 그는 지방성 있는 작품의 세계진출이란 "이쪽의 지방성도 그대로 지역 속에 남지 않고 참된 국제교류 속에서 세계성의 일부"[56]가 된다고 단언한다. 모호한 서술이지만 액면 그대로 저 설명에 따르자면, 지방성=세계성의 논리는 아시아라는 지역성이 소거된 상태를 전제로 세계성과 지방성을 등치시킨다. 1970년대 백낙청의 민족문학론에 이르면 이러한 논리는 내재적 발전론에 기초한 제3세계적 관점 속에서 세계문학 대신에 민족문학을 보편화하는 방안으로 변주된다. 『창작과비평』 편집동인들은 그 선진적인 모델을 미국의 흑인문학에서 발견하기도 했다. 요컨대 '미국'은 여전히 한국문학이 해소해야할 세계사적 보편성의 기원이면서 비판과 성찰의 대상이었다.

---

54 신두원, 「전후 비평에서의 전통논의에 대한 시론」, 『민족문학사연구』 9, 민족문학사연구소, 1996, 269면.
55 백철, 앞의 책, 517면.
56 위의 책, 525면.

〈표 1〉 1950~1960년대 한국작품 번역목록[57]

원작자/번역자	책제목(한국어)	출판사	출판연도	장르
삭사미상/정인섭	한국설화집	Hollym	1952	고전, 기타
작자미상/정인섭	한국설화집	Kegan Paul International Ltd.	1952	고전, 기타
작자미상/정인섭	한국설화집	Routledge&Kegan Paul	1952	고전, 기타
작자미성/변영태	한국의 설화	Shingosa	1956 (1946)	고전, 기타
조병화/김동성	사랑이 가기 전에	Chang Shin Munwhasa	1957/8	현대, 시선집
현진건 외/정인섭	한국 현대단편소설집	Munho-sa	1958	현대, 소설집
작가미상/하태흥	삼국설화	Yonsei University Press	1958	고전, 기타
김소월/김동성	김소월 시선	Sung Moon Gak	1959	현대, 시선집
성충 외/현, 피터	새벽의 목소리 -한국시선집	John Murray	1960	현대, 시선집
작자미상/하태흥	한국의 민요	Yonsei University Press	1060	고전, 기타
이조년 외/하태흥	시조와 아악	Yonsei University Press	1960	고전, 시선집
안수길 외/ 주요섭 외	한국 단편소설 전집 1	Eomun-gag Publishing Company	1961	현대, 소설집
한용운 외/ 이인수 외	한국시선집	The Korean Information Service	1961	고전, 현대, 시선집
한용운 외/ 이인수 외	한국현대시선집	Moonwan-sa	1961	현대, 시선집
작가미상/박태용	한국 설화 1	Korean Literature Editing Committee	1961	고전, 기타
작가미상/ 박태용	한국 설화 2	Korean Literature Editing Committee	1961	고전, 기타

---

57 김수용 외, 『한국문학의 외국어 번역』, 연세대 출판부, 2004, 93~95면 정리. 이 표를 통해 해외 번역된 한국문학의 경향을 파악하기는 어렵다. 따라서 출간의 계기(선별 기준, 지원 등), 영향을 추적하여 한국문학의 해외 번역 장의 특징, 규모를 재조명하는 작업은 필요하다. 이번 논문에서는 국제 펜, 아시아재단 등에 국한하여 황순원의 사례를 집중적으로 살펴보았다.

원작자/번역자	책제목(한국어)	출판사	출판연도	장르
작자미상/ 심재홍	춘향전	국제보도연맹	1962	고전, 소설
오영진/ 피일, 마샬R	시집가는 날	미상	1962	현대, 희곡
임방, 이역/ 게일, 제임스S	한국설화집	Charles E.Tuttle	1962	고전, 기타
무왕 외/이학수	한국의 시	The University Press of Hawaii	1964	고전, 현대 시선집
미확인/이학수	한국시선집-고대에서 현대까지	John Day	1964	고전현대, 시선집
최충 외/바이, 이네즈 공	장백산에 기를 꽂고 -한국고전시조선	John Weatherhill	1965	고전, 시선집
한무숙/노대영	감정이 있는 심연 회	Hwimoon Publishing Company	1965	현대, 소설집
한무숙/정종화	유수암 외	Moonwang	1967	현대, 소설집
이어령/스타인버 그, 데이빗1	흙 속에 저 바람 속에	Hollym	1967	현대, 기타
유치진 외/ 정인섭 회	한국희고선	The Korean Language School for Foreigner, Chug-ang Univ.	1968	현대, 희곡집
한용윤 외/ 이학수 외	아시아문학선집	The New American Library	1969	고전, 현대 장르혼합
작자미상/ 하태홍	한국의 야담	Yonsei University Press	1969	고전 기타

제6장

1970년대 통일 담론과 민족문학론

1. 데탕트의 역설

1972년 『창작과비평』 겨울호에 리처드 닉슨^{Richard Nixon} 행정부의 외교 정책을 신랄하게 비판한 글이 번역되어 실렸다. 「닉슨-키신저의 세계전략」은 닉슨 행정부의 베트남 정책 실패 이후 변모한 미국의 세계관 및 외교 정책을 검토한 글이다. 가령 "소련과 중국이 국제음모의 중심지라고 했던 것은 이미 낡은 이야기"[1]라는, 소련 및 중국과의 평화공

---

1 리차드 J. 바네트, 리영희 역, 「닉슨-키신저의 세계전략」, 『창작과비평』, 1972.겨울, 769면. 리영희는 『창작과비평』의 창간 1주년 무렵부터 존슨 행정부의 타락한 정치권력에 대해 폭로한 글을 번역하거나(한스. J. 모겐소, 리영희 역, 「진리와 폭력-존슨 행정부와 지식인」, 『창작과비평』, 1967.2), '베트남전쟁'(1972~1975), '좌담회' 등의 지면을 통해 냉전기 미국의 문제성과 중국의 문화대혁명 연구로 이어진다.

존을 모색하는 미국정부의 공식적 입장과 아시아 데탕트의 분위기가 서두에 제기되고 있다. 국제정치에 관한 일반적인 기사처럼 보이는 이 글이 중요한 것은 번역 시기가 마침 닉슨 대통령의 베이징 방문 무렵과 겹치기 때문이며 여기서 데탕트 정국에 대한 『창작과비평』의 해석과 입장을 엿볼 수 있어서다. 「닉슨-키신저의 세계전략」은 닉슨독트린의 모순을 집중적으로 밝히고 미국 군사력 축소가 오히려 "인도양과 남부 아프리카에 미국의 새로운 결정적 이익의 말뚝을 박아 놓았다"[2]고 강조한다. 닉슨의 평화 구상이 소위 우방국을 평화유지의 보조원으로 만들어 그 책임을 분담하는 방식일 뿐이라는 것이다. 리영희의 번역으로 실린 이 글은 미국의 외교정치에 관한 비판론이며 동시에 세계평화에 대한 재해석이기에 중요하다.

주지하듯 베트남전쟁(1946~1954 · 1960~1975)을 극복하는 방향으로 미국의 군사개입을 최소화 한다는 골자로 발표된 미국의 아시아 정책이 닉슨독트린(1969)이다. 베트남전쟁의 평화적 해결을 약속하며 출발한 닉슨 정부였던 만큼 북베트남의 공격에도 미국 내의 반전 여론을 신경 써야 했고 결국 닉슨독트린을 발표하기에 이르렀다. 「닉슨-키신저의 세계전략」처럼 미국의 세계전략을 좀 더 다층적으로 접근할 수 있는 글이 『창작과비평』에 실렸던 이유는 닉슨독트린 이후 미국의 긴장완화 정책이 한국의 분단 상황에 미치게 될 영향 때문이었다. 해방과 분단이 국제정치의 역학에 의해 결정되었듯이 남북의 평화정책도 미중의 관계개선과 맞물려 있었다. 닉슨이 베이징을 방문한 1972년을 기점으로 한국

---

2   리차드 J. 바네트, 리영희 역, 위의 글, 774면.

은 남북적십자 회담, 7 · 4남북공
동성명 등의 연이은 남북관계의
정책 변화가 있었다.

그러나 7 · 4남북공동성명 직후
정부의 통일정책에 대한 비판론이
상당했다. 가령 『씨알의 소리』에
서 함석헌은 그 특유의 풍자적 문
체로 "닉슨이라는 사람이 한 번 말
한 마디를 내뱉자 우리나라 정치
계는 갑자기 마치 다 먹고 난 뼈다
귀를 내던진 때의 뜰아래 강아지
무리의 사회 같이 요란스러워졌
다"[3]라고 글의 서두를 열며 미국
정책에 의존적인 정부의 통일관
을 비판했다. 이 글에 의하면 분
단 문제는 정치의 영역에서 해결
하려고 하면 할수록 대외 의존적

〈사진 1〉 7 · 4남북공동성명을 발표하는 이후락 중앙정
보부장(1972.7.4)

〈사진 2〉 평양에서 열린 제1차 남북적십자회담(1972.8.30)

으로 될 수밖에 없다. 함석헌에게 통일문제는 국민의 자발적인 토론과
요청을 통해 해결되어야 한다. 반공 이념에 의해 제한된 통일 담론과 당
대 정치 현실을 문제 삼으며 민간 통일 논의의 가능성을 제고한 것이다.

「분단 논리와 통일 논리」라는 다른 글 역시 정부의 남북관계 개선 방

3　함석헌, 「민족통일의 길」, 『씨알의소리』, 1971.9, 10면.

향을 우려하는 내용을 담고 있다. 요컨대 "모든 외적 정세변화는 한반도의 상태를 '분단된 상태의 평화', '평화로운 공존'에로 유도하고 있다"[4]라고 미국의 데탕트 정책의 이중성을 지적했다. 이처럼 평화통일의 표어에 함의된 분단의 고착화 양상에 대해 경계하고 남북관계 개선 정책이 일종의 해프닝으로 그칠 가능성을 우려하는 글들이 당시에 있었던 진보적 통일담론의 핵심 내용이다. 다시 말해 미국 중심의 타율성을 극복하지 못하면 휴전 상태의 분단이 영구화될 수 있었기 때문에 민족 중심의 주체성을 통해 통일을 실현하자는 것이다. "민족사의 주체적 전개" 자체가 하나의 "진보"[5]임을 역설하는 이 글은 데탕트의 한국화 지형에서 형성된 진보적인 역사관을 보여준다. 국제정세의 변화로 인해 이 시기에 일종의 붐처럼 표출된 민족주의의 논의는 분단 및 통일 담론과 함께 전개된다. 이는 물론 정치와 역사의 영역에서만 생산된 담론이 아니다.

분단극복의 계기와 조건이 마련되면서 1970년대에 민족문학론이 급부상한다. 민족주의자들은 해방기의 기억을 소환해 통일에 대한 역사적 책임감을 느끼기도 했는데 장준하가 김구를 떠올리던 장면이 그러했다.[6] 김구와 김규식이 북한에 남북협상을 제안하며 국제적 협력 없

---

4   최혜성, 「분단 논리와 통일 논리」, 『씨알의소리』, 1972.9, 69면.
5   위의 글, 75면.
6   "김구 선생이 민족통일의 혈로를 뚫기 위해 몸을 던질 때 이제 내가 가는 길은 뒷사람의 이정표가 될 것이라고 말했던 그 길을 이제야 다시 가야 한다. 지금 우리가 가는 길도 다시 뒷사람의 이정표가 될 것이다. 이 길이 민족적 양심에 살려는 사람이 가는 길이기 때문이다" 장준하, 「민족주의자의 길」, 『씨알의 소리』, 1972.9, 63면. 장준하는 「민족통일전략의 현단계」에서 김구의 통일운동에 대한 재평가를 시도했다. 이와 맞물려 장준하를 추모하는 1970년대의 여러 글에서 장준하가 김구의 통일 이념이 중첩되는 것을 자주 목격할 수 있다. 성유보, 「민족통일노선의 재조명」, 『창작과비평』, 1978.겨울, 201~202면.

이 분단을 해결하려고 했을 때, 통일운동이 좌절되는 역사적 모순에 대해 장준하는 반복해 재평가를 요청한다. 해방기 남북 협상 모드에 여지없이 반공과 반민족적 논리가 작용한 것은 주지하는 사실이다.[7] 이때 문화인 108인은 분단과 분열을 해결할 수 있는 남북협상을 지지하며 남북관계의 자율적이고 평화적인 해결 방안을 촉구했다. 여기에 동참한 오기영이 "남북협상은 독립운동의 막다른 골목이다"[8]라는 김규식의 말을 인용하며 표현한 심정적 정황이 1970년대에도 그대로 재연되고 있었던 것이다.

1970년대 민족문학론이 분단 문제에서 촉발되었다는 것은 문학사적인 상식에 해당한다. 그러나 전후 한국에서 처음으로 개방된 통일담론과 그 시기적 문제성에 대한 고찰은 보다 실증적인 검토가 필요하다. 따라서 『창작과비평』, 『문학과지성』, 『월간문학』을 대상으로 이들 매체 또는 편집 구성원이 실증적으로 어떠한 시간적 계기와 상이한 담론의 흐름 속에서 통일의 과제에 접근해왔는지 살피며 민족문학론을 정리하는 데 이 글의 목적이 있다. 다시 말해 1970년대 문학에 나타난 분단인식 또는 통일담론과 이를 통해 민족문학론이 급부상하는 과정을 당시 주요 잡지의 특집을 통해 살피려고 한다.[9]

---

7 「모략을 분쇄, 백주정부수립에 방안제시 없는 통일론은 공염불」, 『경향신문』, 1948.3.17.
8 오기영, 「남북협상의 의의」(1948.4.30), 『민족의 비원 자유조국을 위하여』, 성균관대 출판부, 2002.
9 1970년대 민족문학론에 대한 기존 연구가 민족문학의 개념 및 기준을 둘러싼 『문학과지성』과 『창작과비평』의 대립구도(정희모, 「1970년대 비평의 흐름과 두 방향─민족문학론을 중심으로」, 『비평문학』, 한국비평문학회, 2002; 이상갑, 「1970년대 민족문학론의 성과와 한계」, 민족문학사연구소 편, 『1970년대 문학연구』, 소명출판, 2000; 홍성식, 「1970년대 민족문학론의 성격과 변모 과정」, 『새국어교육』69, 한국국어교육학회, 2005) 또는 진보와 보수의 문학론(권영민, 「1970~80년대 민족 민중문학론」,

예를 들어 『월간문학』은 김동리, 조연현이 편집을 담당한 만큼 해방기 문협파가 만든 소위 우파적 순수문학론의 내용을 답습하는 민족문학론을 보여주었는데, 흥미롭게도 7·4남북공동성명이 발표된 무렵에 논조가 확연히 달라졌다. 『창작과비평』의 경우 중국의 활발한 외교공세, 일본 경제력의 정치화 내지 군사화 경향, 아시아로부터의 미국 후퇴 상황 등의 데탕트 정세를 하나의 위기로 받아들이며 민족 문제를 매호 게재할 계획을 갖고[10] 주체적 민족문학의 개념 및 필요성에 관한 지면을 늘렸다. 『문학과지성』 역시 남북한의 평화 모드에 관심을 기울이면서도, 다른 한편 통일과 맹목적인 민족의식을 구분하는 입장을 견지했다. 즉 데탕트의 국제 정세와 남북 간의 관계 개선은 역설적으로 분단이 고착화되는 계기였고 이때 비판적 지식인의 면모가 다층적으로 조명된다. 그런 점에서 민족 개념의 규정 방식이 서로 다른 텍스트를 비교, 분석해 1970년대 민족문학론의 함의를 다시 해명할 필요가 있다.

『한국현대문학비평사』, 소명출판, 2000) 등을 포괄적으로 살핀 이유도 민족문학에 대한 여러 입장 차이를 시사한다. 최근 들어 비평계의 이분화를 재검토하는 논의가 활발해졌는데 김건우는 이들 4·19 세대 비평가의 공통된 정신적 기반에 천착해 그간의 통념을 다시 살폈다. 그에 의하면 당시의 민족문학론 형성에 기여한 내재적발전론의 핵심은 그것이 보편성의 강박을 지닌 국학의 범주라는 사실에 있고 이를 1970년대 비평의 기원이 된다. 김건우, 「국학, 국문학, 국사학과 세계사적 보편성」, 『한국현대문학연구』 36, 한국현대문학회, 2012

10 「편집후기」, 『창작과비평』, 1971.여름, 536면.

2. '분단시대'라는 에피스테메

백낙청은 「분단시대 문학의 사상」(1976)에서 민족문학 개념의 중요한 이념이자 조건으로 통일사상을 언급했다. 백낙청은 통일사상을 통일에 필요한 인식 및 성찰, 또는 통일을 저해하는 모든 요건에 대한 반성과 부정으로 설명한다. 즉 통일의 당위성뿐만 아니라 광의의 비판적 현실담론까지 통일사상의 범주가 된다. 정치적, 경제적, 문화적, 역사적 인식체계를 포괄하는 담론 일체가 "통일의 사상"[11]인 것이다. 그래서 백낙청은 통일사상을 통일 자체의 정책과 이념이 아니라 복잡한 현대적 과제라고 강조하고 자연스럽게 분단시대의 문학을 분석할 중요한 관점으로 제기한다.

통일사상을 민족문학론의 핵심으로 재배치하면서 백낙청은 이정한의 「부르는 소리」(1972)를 그 성공사례라고 소개하기도 했다. 「부르는 소리」는 수형생활 도중에 죄수들이 7·4남북공동성명과 남북적십자회담의 개최 소식을 접하면서 통일을 소망하게 된다는 단순한 내용의 단편소설이다. 백낙청 스스로도 시인했지만 통일에의 염원을 제재로 삼았을 뿐 이 소설은 "역사적인 전망이나 지사적인 위엄"을 갖춘 작품은 아니다.[12] 하지만 분단현실이 배경이 되면서도 민중의 관점이 드러난 소설이라는 점에서 백낙청은 이 소설을 반겼다. 그에 따르면 민족의 비원과 통일 문제가 수인囚人의 관점에서 형상화될 때 여기서 드러난 통일사상은 지식인들이 어느 순간에 내면화한 분단의식보다 더욱 건강하

---

11 백낙청, 「분단시대 문학의 사상」, 앞의 책, 36면.
12 위의 글, 39면.

고 타당하다는 것이다. 예를 들어 "통일된 조국에서는 일감도 많으리라", "그때에 이르면 모든 게 한층 더 완화될 것이 아닌가. 전과도, 나이도 묻지 않을 게 아닌가"[13]라고, 죄수들 각자가 통일 이후의 삶을 상상하는 장면은 백낙청에게 현실적이고 신선한 통일의 감각으로 여겨졌다.

그러나 백낙청이 분단문학의 통일사상에 미달한 「부르는 소리」를 굳이 선택한 연유는 그것만이 아니다. 『창작과비평』에 「까지방」(1975)과 「샛강」(1975~1976) 등 이정환의 다른 소설들이 다소 비중 있게 연재된 것과 무관하지 않다. 특히 1975년부터 1976년까지 『창작과비평』에 연재된 「샛강」은 "근래 드문 감명"[14]이라는 독자의 반응처럼 민중적 비애감과 함께 임진강 주변에 사는 빈민들의 고통과 불운을 분단이나 통일에 대한 알레고리를 통해 생생하게 드러낸 작품이다. 우선 임진강에서 갈라진 물줄기인 샛강은 소설의 배경이기도 하지만 그 자체로 분단된 민족 현실을 전경화 한다. 작가는 황희, 율곡의 화석정과 반구정에서 휴전선까지 서울 변두리의 샛강을 역사화하며 "남북회담이 시작된 그 날부터" 실향민들이 여기서 망향의 한을 푼다고 설명한다. 샛강을 작명한 실향민 김영감이 남북회담의 북측대표단 행렬을 구경하며 좋아하는 것이나 본회담도 못하고 끝난 남북회담 소식에 '서러운 샛강'이라고 자조하는 장면 등이 그러하다. 하지만 「샛강」을 포함해 「부르는 소리」 역시 문학사적으로 분단소설이라 할 만한 텍스트가 아니다. 당시에도 이정환의 소설은 분단 인식의 차원에서 중요하게 논의되지 않았다. 서민층의 소시민적 시선, 작가의 자전적인 서사, 낙관적인 세계관 등을 이

---

13 이정환, 「부르는 소리」, 『월간문학』, 1972.10, 99면.
14 「편집인에게」, 『창작과비평』, 1976.9, 408면.

정환 소설의 특징으로 설명했던 것이 일반적이다. 그럼에도 백낙청은 '분단시대'라는 용어를 사용하며 민중적 소설을 통일사상과 관련지어 특별한 텍스트로 만들었다.[15]

　'분단시대'라는 논쟁적인 용어를 사용한 백낙청의 글은 국사학계에서 도출된 통일담론을 수용했다. 즉, 이 시기에 통일문제를 쟁점화하는 분단시대의 민족사학론이 국사학계에서 새롭게 모색되고 있었다.[16] 강만길에 의하면 "일제시대의 우리 내셔널리즘은 민족의 독립과 국민국가의 수립을 지향하면서 그것이 가진 긍정적인 기능을 어느 정도 다했"고 그런 맥락에서 "민족의 통일을 지향하는 20세기 후반기의 민족사학론"이 긴요하다.[17] 식민지기의 민족사학론과 해방이후의 그것은 목적과 역할이 서로 다르다는 데 분단시대 용어의 당위성이 주어진다. 강만길은 대한세국, 식민지, 해방 이후의 역사를 구분하고 단계적으로 내셔널리즘이 국가주의적, 국민주의적, 민족주의적인 성격을 지닌다고 설명했다.

　「분단시대 문학의 사상」(1976)을 쓴 직후에 백낙청은 한 좌담에서

15　김교선, 「다양한 문제의식―이정환의 작품 세계」, 『창작과비평』, 1977.6, 637~638면. 당시 이정환 소설에 대한 비평은 그리 많지 않다. 『창작과비평』에 실린 김교선의 「이정환론」 정도가 있다. 이 시기에 『창작과비평』은 민족문화운동의 필요성을 강조하면서 민중의 통일의식이 점차 낮아지고 있는 것을 통일담론의 한계로 지적했는데, 그런 맥락에서 이정환의 독특한 분단 소재와 민중의 통일의식은 『창작과비평』의 논의에 부합한 소설이었다.

16　「좌담 : 분단시대의 민족문화」, 『창작과비평』, 1977.가을, 5~8면. '분단시대'라는 용어는 강만길이 천관우의 『한국사의 재발견』에 대한 서평을 『창작과비평』에 실은 1974년부터 사용되었다. 박찬승, 「식민사학과 분단사학 극복을 위한 분투」, 『역사와 현실』 82, 2011.12, 536면. 이 용어를 처음 사용한 강만길부터 백낙청, 임영택 등은 위의 좌담회에서 이 시대 개념을 적극적으로 사용하면서도 그러한 시대적 판단과 용어의 타당성에 대해 조심스럽게 논의했다.

17　강만길, 「'민족사학'론의 반성」, 『창작과비평』, 1976.봄, 324~325면.

강만길의 단계별 가설이 편의적으로 활용될 수 있음을 언급하고 분단시대의 용법에 매료된 사실을 밝히기도 했는데,[18] 그 무렵에 분단시대의 문학적 과제를 논하면서 '민족문학의 현단계'라는 제호를 사용하기도 했다. 「민족문학의 현단계」(1975)의 서두를 보면, 요컨대 "'분단시대 사학'이라는 명칭"이 "사학사나 일반역사에서뿐 아니라 민족문학사의 관점에서도 마찬가지"라고 부연한 데서 짐작할 수 있듯, 백낙청은 식민지이후 시기를 해방과 독립이 아닌 국토분단과 민족분열로 상정하고 이를 표현한 '분단시대'라는 개념에 적극적으로 동의하고 있었다. 다만 분단시대라는 용법이 포괄하고 있는 "너무나 막연한"[19] 역사적 범주를 고려해 강만길과 달리 백낙청은 그 시기를 4·19혁명 이후로 상정하고 민족문학의 전개를 점검했다.

「민족문학의 현단계」는 훗날 백낙청 스스로 밝힌 대로 긴급조치 9호가 발동되고 민주회복운동이 진행된 시점에서 발표된 것이다.[20] 그의 글에 따르면, 이 시기는 민족문학의 이념에 동의하지 않는 문인들도 민주회복운동에 호응했던 때였고, 백낙청도 통일의 전제조건으로서 무엇보다 민주회복을 강조했다.[21] 주지하듯 7·4남북공동성명 직후 유신헌법이 선포된다. 강만길은 이처럼 아이러니한 사태를 "역사적 배신감"[22]으로 여기며 『분단시대의 역사의식』(창작과비평사, 1978)을 출판하게 되

---

18 「좌담회 : 민족의 역사, 그 반성과 전망」, 『창작과비평』, 1976.가을, 42·44면.
19 백낙청, 「민족문학의 현단계」, 『창작과비평』, 1975.봄, 38면.
20 백낙청, 「살아 있는 신동엽」(『민족문학의 새단계』, 창비, 1990), 구중서·강형철 편, 『민족시인 신동엽』, 소명출판, 1999, 14면.
21 백낙청, 「민족문학의 현단계」, 앞의 책, 46면.
22 조광, 「나의 학문 나의 인생 강만길 분단 극복을 위한 실천적 역사학」, 『역사비평』, 역사비평사, 1993, 330면.

었다고 밝힌 바 있다. 당시 민주화운동의 슬로건으로 내건 '민주회복'이란 유신 이전의 민주사회를 회복하자는 분명하고 단기적인 목표를 지닌다. 백낙청은 5·16쿠데타 및 박정희 정권을 초래한 4·19혁명과 좌절을 민족문학의 현단계의 분기점으로 삼고 강만길의 분단극복 사학의 역사적 의의를 강조했다. 『창작과비평』에서 분단시대라는 용어가 널리 사용된 배경에는 이처럼 민주화운동이 중요한 역할을 담당했다.[23]

> 먼저 저희 주최 측의 의도를 간단히 말씀드리지요. 요즘 국제적으로나 국내적으로나 많은 변화가 일어나고 있고, 또 머지않아 더 큰 변화가 일어날 수도 있지 않겠는가 하는 생각이 듭니다. 이런 변화하는 상황에서 주어지는 기회를 우리가 주체적으로 포착해서 민족의 숙원인 통일을 이룩할 수 있느냐 없느냐에 따라서 우리 민족의 장래가 크게 달라지리라 믿습니다. 또한 이 좌담을 하나의 새로운 출발점으로 하여 분단시대의 여러 문제를 앞으로 좀 더 세부적으로 파들어가 볼까 하는 생각도 갖고 있습니다.[24]

『창작과비평』은 분단시대라는 용어를 적극적으로 사용하며 '분단시대의 민족문화'라는 좌담을 마련했고 여기서 통일을 지향하는 문화운동을 주요 의제로 삼았다. 후술하겠지만 1970년대 중반부터 선통일 후

---

23 신주백은 '분단시대'의 명명법이 전유된 배경에 대해 민주화세력이 1970년대 중반 이후 민주와 통일을 연결하여 유신 반대운동을 전개한 점을 언급한다. 특히 『창작과비평』에서 '분단시대'라는 용어와 주제를 통해 분과학문별로 좌담을 여러 차례 기획한 것도 하나의 배경이 된다. 이후 분단시대 용어가 1978~1979년 사이 학계에서 공유된다. 신주백, 「'내재적 발전'의 분화와 '비판적 한국학'」, 서은주 외편, 『권력과 학술장』, 혜안, 2014, 254~258면.
24 「좌담 : 분단시대의 민족문화」, 앞의 책, 43면.

민주, 선민주 후통일에 대한 논쟁이 있었고 백낙청은 민족운동과 정치운동을 포괄하는 광의의 문화적 인간해방운동이 필요하다고 주장했다. 이 시기 『창작과비평』의 민중문학론이 여성이나 제3세계 등의 다양한 주제로 확대된 것도 통일담론의 저변이 과학적, 인식적, 문화적으로 넓어지는 과정과 무관하지 않다. 「편집후기」를 보면 민중의 통일에 대한 무관심이 이번 좌담의 동기라고 밝히고 있어 주목되는데, 1970년대 후반은 급진적 민주화 세력이 주도한 통일운동과 함께 보다 심화된 통일담론이 확대된 시기여서 이 같은 편집진의 고민이 의문스럽다. 가령 평화, 자주, 민족적 대단결이라는 7·4남북공동성명의 합의 내용을 계기로 민주화운동과 인권운동 등의 확산이 불가피했고 폭넓은 차원에서 통일담론 및 통일운동이 전개되었다. 위의 좌담에서 백낙청은 7·4남북공동성명에 대해 정부책임자에 의해 극비리에 진행된 만큼 통일에 대한 민중의 소외를 초래했고 통일문제에 관한 개방적인 토론 역시 불가능해졌다고 이를 비판했다.[25] 그런 점에서 봤을 때 백낙청이 염려했던 민중의 소극적인 통일의식이란 유신체제와 관련해 민간 통일운동이 대중화되지 못한 이러한 정치적 상황과 맥락을 언급하는 것이다.[26]

백낙청에 따르면, 통일에 대한 대중의식이 7·4남북공동성명을 기점으로 달라진 데에는 국내외 데탕트 정책의 변화도 중요한 원인 가운데 하나였다. 앞의 인용에서 좌담의 초반에 국제정세와 통일이 강조된 부분을 다시 보자. 이 시기는 남베트남의 패전(1975)과 판문점 도끼살

---

25 위의 글, 46~47면.
26 유신 이후 민간차원의 통일인식에 관해 신주백·홍석률·정창현, 「통일운동의 역사」, 『역사와 현실』 16, 한국역사연구회, 1995, 56~58면.

해사건(1976)과 함께 무엇보다 카터^{Jimmy Carter} 정부가 추구하는 선의의 외교가 남한 안보의 위기를 초래할 수 있다는 가설이 팽배했던 시기였다. 또한 남한의 대공산권 외교와 북한의 대서방 외교가 활발해지면서 외교경쟁이 과열되고 박정희의 6·23선언(1973)처럼 상대방의 외교를 차단하고 고립시키는 정책이 노골화된 때였다.[27] 선행 연구에 의하면 남북대화의 과정에서 정부는 남북의 체제경쟁 논리를 강화시키고 이를 내부의 정치적 억압 장치로 삼았는데, 이것은 분단을 내면화하는 하나의 계기였다.[28] 그런 점에서 좌담은 분단으로 인한 기형적인 문화 또는 통일을 지양하는 문화 풍토, 서구의 분단이론의 모순 등을 주로 논의했다. 이것은 백낙청 및 『창작과비평』 그룹이 분단시대의 용어를 문학적으로 전유하며 통일과 민족문학의 당위성을 적극적으로 개진하는 계기가 된다. 요컨대 백낙청의 경우 당대를 분단시대로 규정함으로써 통일을 "문학논의에 끌어들이는 것"이 훨씬 수월해졌다.[29]

본래 강만길은 역사적으로 "우리가 지금 분단시대에 살고 있다는 사실을 철저히 의식"[30]하기 위해 분단시대라는 표현을 사용했지만, 백낙청에게 그것은 역사성이 결여된 문학론을 비판하고 민족, 민중문학론

---

27 국가안보 문제를 다루는 기관에서 「77년 경쟁과 실제」라는 특집을 다뤘는데 장원종, 「남북한의 경제력 격차─무역수지균형을 중심으로」와 강회달, 「남북한 외교경쟁」 등이 있다. 『국제문제』, 극동문제연구소, 1977.12.

28 홍석률, 『분단의 히스테리』, 창비, 2012, 386~387면; 서은주, 「'민족문화' 담론과 한국학─1970년대 분단인식과 관련하여」, 『권력과 학술장』, 209~300면.

29 백낙청, 「분단시대 문학의 사상」, 『씨알의 소리』, 1976.6, 36면. 다음 장에서 상세하게 다루겠지만 백낙청의 민족문학론과 같은 입장은 특히 『문학과지성』과 대조된다. 남북회담을 언급하면서 『문학과지성』(1972.가을)은 민족 감정이 통일 정책에 이용되는 것에 대한 비판의식이 강했다. 또한 통일에 대한 문학적 관심에 대해서도 소박한 역사의식으로 폄하했다.

30 「좌담 : 분단시대의 민족문화」, 앞의 책, 5면.

을 쟁점화하기 유리한 방법론이자 비평용어이기도 했다. 이를 염두에
둘 때, 백낙청의 김수영론은 분단시대의 문학론이 차지하는 비평적 거
리를 가늠하게 한다. 주지하듯 김수영을 시민문학론의 전거로 삼았던
백낙청은 「문학적인 것과 인간적인 것」(『창작과비평』, 1973.여름)에서 문
학의 민중적 성격과 분단의식을 강조하며 김수영의 문학을 재론했다.
이 글뿐 아니라 1973~1974년부터 눈에 띄게 늘어난 『창작과비평』의
민족문학론은 민중의식을 강조한다는 점에서[31] 통일담론의 전개 양상
과 같은 맥락을 보여준다. 당대를 분단시대로 규정하면서 분단과 함께
민중을 자각하고 역사의 주체로 재인식했던 시기 역시 1974년을 전후
한 때였다.[32] 『거대한 뿌리』가 발간되고 「풀」은 민중성으로 읽히거나
그에 미달한 상태로 분석되기 시작했다. 백낙청의 김수영론도 민중의
식의 문학적 기준이 깊숙이 개입되던 무렵에 진행된 논의였다.

최근에 와서 특히 김수영에 대한 재검토와 정리가 활발히 진행되고 있는 것
은 반가운 현상인데, 다만 그것이 단순한 시사(詩史)적인 관점을 넘어 본질적
인 역사의 차원에까지 이르러야 할 필요성을 강조하고 싶다. (…중략…) 민
족시인, 민중시인으로서의 김수영의 한계는 오늘날 점점 뚜렷해지고 있다.
(…중략…) 이러한 한계를 오늘의 과제와 좀 더 구체적으로 결부시켜서 생각
하면 필연적으로 남북통일의 문제가 부각된다.[33]

---

31 박연희, 「1970년대 『창작과비평』의 민중시 담론」, 『상허학보』 41, 상허학회, 2014.6.
32 신주백, 앞의 책, 253면.
33 백낙청, 「역사적 인간과 시적 인간」, 『창작과비평』, 1977.

「역사적 인간과 시적 인간」은 '민족문학론의 창조적 지평'이라는 부제가 시사하듯 독단적, 폐쇄적인 문학관이나 소재주의적, 내용주의적 한계 등 민족문학을 둘러싼 오해와 혼란을 쟁점화한 글이다. 1970년대에 들어서면서 민중문학론으로 외연이 확장된 민족문학에 대한 논의로서, 민족적인 것과 문학적인 것의 유기적 결합 관계를 증명해보이겠다는 의욕이 엿보인다. 그런데 이 글이 김수영에 대한 재평가가 한창이던 시기와 맞물린다는 것은 흥미롭다. 곧 민중문학론이 본격화될 무렵에 염무웅, 백낙청, 김종철, 송재영 등 『창작과비평』의 대표적 비평가들은 김수영 문학의 문제가 민중성을 외면한 데 있다고 강조했다. 이들은 민중의 삶에 무기력한 시인을 지적하거나,[34] 4·19혁명의 군중성을 체험하지 못한 것이 김수영 시의 난해성의 원인임을 강조했다.[35] 민족과 민중의 주체적 면모를 발견하지 못한 것이 김수영 문학의 한계라는 공통의 논평이 있었다.

위의 글에서 백낙청은 황동규가 「풀」을 민중성으로 해석한 것(「시의 소리, 사상의 뿌리」, 1976)을 떠올려 그 해석이 실패한 원인은 김수영의 소박한 민중주의에 있다고 언급했다. 또한 "너무나 많은 자유가 없다"거나 "미래는 기껏 남북통일에서 그치고 있다"같은 구절을 인용하면서 김수영이 인류의 평화와 민족의 분단을 모색하지 않은 점을 극도로 비판하고 있다. 김수영의 문학이 포괄하는 혁명과 자유의 비전이 민족적, 민중적 자유와 구별되고 소극적인 분단인식으로 재평가된 이유에는 분

34 송재영, 「시인의 시론」(1976), 황동규 편, 『김수영 전집 별권─김수영의 문학』, 민음사, 1997, 118면.
35 염무웅, 「김수영론」(1976), 위의 책, 164~165면.

단시대라는 세계인식의 조건이 결정적이었다. 즉, 백낙청은 상이한 이념과 가치들 사이에 있는 관계를 '분단시대'라는 문제와 범주를 통해 재배치하고 재평가했다. 이를 테면 통일의 과제란 분단 극복의 실천석 테제로서가 아니라 민족, 민족문화론을 구조화하고 고양시키는 데 결정적으로 기여했다.

3. 7·4쇼크와 민족문학론

이 시기에 『월간문학』은 김동리, 김현승, 윤병로, 김상일 등 중견 문학자가 대거 참여하는 '민족문학재론' 특집호를 마련한다(1972.10). 앞에서 언급했던 이정환의 「부르는 소리」도 이 특집에 실린 소설이다. 김동리를 제외한 모든 필자가 민족문학과 관련해 통일의 문제를 그 어느 때보다 전면에 부각시키고 있었다. 김현승은 "통일된 이후"에 본격적으로 제기될 민족문학론에 대한 기대와 흥분을 직접적으로 드러냈고,[36] 윤병로도 "민족통일에로의 시동은 걸리고 밝은 내일이 전개"될 것이라는 전망 속에 보다 주체적인 민족문학론을 역설했다.[37] 『월간문학』 주간이자 한국문인협회의 회장이던 김동리의 경우 형식적으로 이 특집에 동참했다고 추측해본다면 통일을 강조한 다른 세 편의 논점이 더욱 중요하므로 이를 좀 더 살펴볼 필요가 있다. 특히 편집장이던 김상일이 민족문학론이 아닌 7·4남북공동성명에 대해 길게 서술한 부분은 그

---

36 김현승, 「나의 민족문학관」, 『월간문학』, 1972.10, 216면.
37 윤병로, 「민족문학의 재검토」, 『월간문학』, 1972.10, 217면.

동안 현실 정치에 무관심했던『월간문학』의 성격과 차이가 크다. 가령 이 특집은 "남북적십자회담 개최"를 기념해 "분단 27년이 민족문화 형성이 끼친 영향"에 주목하고자 기획된 것이다.[38] 7·4남북공동성명이나 남북회담 개최에 대한 즉각적인 반응으로 이 같은 특집을 구성한 것은 당시에『창작과비평』을 포함해 다른 문학잡지에서도 볼 수 없었던 이례적인 일이다.

가령『월간문학』은 5·16정권이 기존의 문화단체를 통합하며 발족한 한국문인협회의 기관지였다. 김상일의 회고에 따르면 1962년에 창립한 한국문인협회는 김동리와 조연현을 주축으로 이들의 문단주도권 경쟁의 장이기도 했는데,『월간문학』은 먼저 주도권을 잡은 김동리가 정부의 자금 지원을 받아 창간한 잡지였다.[39] 초창기『월간문학』(1968~)에는 친정부적 요소가 농후할 수밖에 없었는데 위의 글에서 김상일이 통일정책에 대해 회의적인 입장을 피력하고 있어 눈에 띈다. 먼저 그는 남북관계의 변화로 들뜬 분위기를 지적하면서, 남북의 사상과 이념, 제도를 초월한다는 내용의 7·4남북공동성명은 "공상가들이 기초起草한 선전문"이며 "통일문제가 환상"[40]에 불과하다고 비판했다. 통일의 환상성이란 통일의 가능성을 현실적으로 무리하다고 판단한 표현이다. 이것은

---

38 「편집후기」,『월간문학』, 1972.10, 266면.

39 김동리는 청와대 비서실과 친분이 있는 이형기의 도움으로 박정희에게 면담 신청을 했고, 그 결과로 정부는『월간문학』을 발행할 수 있도록 별도의 지원금을 지급했다. 이러한『월간문학』의 창간 배경에 관해서는 김상일, 「황야의 7인과 '월간문학' 창간」, 한국문인협회 편,『문단유사』, 월간문학 출판부, 2002.

40 김상일, 「전술문제」,『월간문학』, 1972.10, 224~225면. 이 특집에서 윤병로는 이념과 갈등을 초월해 국가보다 민족이 우선된다는 사실을 알려준 데 7·4남북공동성명의 의의가 있다고 한 데 반해 김상일은 오히려 그것이 문제적이라고 지적했다.

반대로 분단을 "허위사실",[41] 즉 허구라고 표현하며 통일을 독려한 또 다른 입장과 비교된다. 김상일의 견해는 남북성명뿐 아니라 통일의 당위성 자체까지도 부정하고 있다.

물론 급박하게 이루어진 7·4남북공동성명 속에서 통일정책의 모순에 대한 비판은 그리 특별한 논의가 아니었다. 공동성명은 전후 최초로 남북한 당국자가 통일문제를 협의한 민족사적 성과임에는 틀림없으나 남북회담이 결렬되고 남북한 체제경쟁 구도가 악화되면서 그에 대한 평가는 그리 간단치 않다. 7·4남북공동성명은 민족 또는 민중의 자발적인 통일담론이 부재한 상태에서 일어난 일종의 정치적 사건에 멈춘 인상이 컸다. 특히 1973~1974년에 민주화 세력과 민청학련을 중심으로 남북회담의 의미를 정권강화의 도구적 계기로서 한정짓는 경우가 많았다. 실제로도 남북회담은 통일에 대한 여론이 형성될 무렵에 정부가 유신 및 경제개발정책을 위해 마련한 최소한의 안정적 환경과 시간에 불과했고[42] 1970년대 중반부터 이러한 정부의 통일론을 비판하는 대안적 통일담론이 형성된다. 요컨대 민족통일이 민주화 담론에서 중요한 의제로 대두된 사정에는 7·4남북공동성명 이후 정권의 통일 논의에 대한 비판론이 있었다.[43]

그러나 김상일의 발언은 그것이 관료적 통일담론으로부터 민족적 자유를 분리시켜 내는 당시의 비판적 통일담론과는 상당한 거리가 있다.

---

41 「대담 : 한국기독교와 민족현실」, 『창작과비평』, 1978.봄, 36면. 유신 이후 기독교의 사회참여를 강조했던 박형규 목사는 백낙청과의 대담에서 1970년대 통일 논의 전반의 흐름과 맥락을 설명하며 분단 상태를 '귀신에 사로잡혀 있는 상태', '어떤 허위에 사로잡힌 상태'라고 언급한다.
42 마상윤, 「데탕트의 위험과 기회」, 신욱희 편, 『데탕트와 박정희』, 논형, 2010, 129면.
43 문지영, 『지배와 저항』, 후마니타스, 2011, 237면.

과도기적으로 통일담론에 나타난 통일의 회의론에 해당할 수 있다. 그 무렵에 통일보다는 긴장완화를 추구하자는 의견도 있었고, 자유민주주의를 강조하는 경우 사상과 이념, 제도의 차이를 초월한 민족대단결의 통일원칙에 대해 강한 의구심을 피력한 입장도 적지 않았다.[44] 김상일의 발언은 민주화세력의 혼란스런 반응과 뒤섞인 채로 남한체제를 수호하는 보수주의의 입장을 대변했다.

긴급조치 9호 등의 폭력과 억압이 더욱 강해지면서 분단극복과 유신극복, 통일과 민주회복의 과제가 충돌할 수밖에 없었고, 이른바 선통일 후민주, 선민주 후통일에 대한 논쟁이 1970년대 후반에 벌어졌다. 『창작과비평』은 이때 현실극복을 위해 무엇보다 문화운동을 강조하며[45] 정신적, 인식적 측면에서 보자면 통일운동과 민주화운동은 본질적으로 동일하고 일련의 논쟁은 무의미해진다고 설명했다. 그럼에도 "한반도가 통일된다면 (…중략…) 월등한 민주주의"[46]가 가능하다고 판단하고 통일을 민주국가 건설의 선결과제로 제시했다. 해방이후 지식인 담론 속에서 냉전, 분단, 통일의 이념 및 문제성은 연쇄적으로 등장하지만 민족/민족주의의 감성구조는 동일하지 않았다. 김상일의 논의처럼 민족분열이나 민족의 이질성은 초월하기 어려운 것으로 이해되었고 반대로 분단극복이 모든 논의의 목표가 되거나, 또는 그것이 도달점이어서는 안 된다는 주장도 있었다. 가령 『창작과비평』은 분단시대라는 특화

---

44 홍석률, 「1970년대 민주화 운동세력의 분단문제 인식」, 『역사와 현실』 93, 한국역사연구회, 2014, 473~474면.
45 「편집후기」, 『창작과비평』, 1978.겨울.
46 백낙청, 「특집 : 민족문학과 문화운동 — 인간해방과 민족문화운동」, 『창작과비평』, 1978.겨울, 14~15면.

된 개념을 전유하면서 민중 중심의 저항적 민족주의 정립에 주력했지만, 『문학과지성』의 경우 남북관계의 변화를 간과하지 않으면서 도리어 민족주의의 확대를 경계했다.

남북적십자회담이 이제 본회담에 접어들게 되었고, 남북상호 간에 무력도발을 하지 않기를 확약하는 7·4성명이 발표되었다. 우리는 어떤 형태로든지 남북이 정상적인 방법으로 대화를 틀 수 있기를 희망하며, 그런 의미에서 그 회담과 성명의 추이를 관심 깊게 주목하고 있다. 민족은 기본문법이기 때문이다. 그러나 우리는 남북이 같은 민족이기 때문에 대화를 해야 한다고 생각지 않는다. 우리는 그것이 당연한 논리적 귀결이라고 생각할 뿐이다. 우리는 그러기 때문에 남북의 대화가 민족이라는 아리숭한 감정적 단어로 행해지지 않고 진실하고 논리적인 어휘로 행해지기를 바란다. 우리는 그러기 때문에 남북의 대화가 민족이라는 아리숭한 감정적 단어로 행해지지 않고 진실하고 논리적인 어휘로 행해지기를 바란다. 감정적 어휘 뒤에는 무언가 꺼림칙한 것이 항상 숨어 있게 마련이다. 그리고 결정적인 순간에 그 꺼림칙한 것은 항상 논리를 배반하는 법이다.[47]

『월간문학』이 '민족문학재론' 특집을 구성했던 것과 마찬가지로 『문학과지성』 동인도 7·4남북공동성명 직후에 여지없이 민족 개념을 의제로 삼았다. 앞의 발간서문을 보면 민족은 남북관계의 정상화를 기대하는 이유가 되지만, 그렇다고 여기에 "같은 민족"이라는 맹목적인 사

---

47 「창간 2주년기념호를 내면서」, 『문학과지성』, 1972.가을, 473~474면.

고가 개입하지 않는다. 오히려 이를 비판했다. 즉 민족은 "기본문법"이지 이데올로기화 되면 안 된다면서 민족이 보편성을 상실하고 "감정적 단어"가 되는 것을 우려했는데, 이는 종족적 민족 개념이나 집단적 민족주의 등 통합의 원리가 우선시되는 상황과 관련된다. 민족/민족주의에 대한 이러한 비판은 『문학과지성』의 편집동인이 초창기부터 내세운 문학관, 곧 투철한 현실인식과 보편성의 추구[48]라는 명제와 맞물린다. 창간사를 보면 분단의 문제성은 단순히 민족의 분열이 아니라 심리적 패배주의와 정신의 샤머니즘에 있다. 주지하듯 분단 현실에 대한 이와 같은 이해방식은 문학의 자율성과 지성을 표제로 삼은 『문학과지성』이 1950년대 전후문학의 허무주의와 순수문학이라는 토속성을 비판하는 가운데 두드러진 것이다.

그런데 『문학과지성』의 창간사를 좀 더 살펴보면 무엇보다 분단의식이 "정신의 파시즘화에 짧은 지름길을 제공"[49]할 수 있음을 경고한 문장이 눈에 띈다. 앞의 인용문과 겹쳐 읽는다면 이 표현은 결국 감정적으로 민족의 어휘와 개념을 소비할 때 특정한 지배 이데올로기에 무감각해질 수 있다는 것이다. 7·4남북공동성명을 둘러싼 발간서문의 저 "꺼림칙한 것" 역시 파시즘적인 민족주의를 일컫는 표현이다. 『문학과지성』에서 민족주의에 대한 비판론은 민족주의가 국가주의로 굴절되어 초래할 개인의 희생, 국수주의적 패쇄성과 보편성의 상실 등을 부각시킨다. 예를 들어 "합리성이나 보편성을 배제"한 채 "통치 수법"[50]에 동원되는 문제, "폐쇄적인 쇼비니즘이나 감상적인 코즈머폴리

---

48 김병익, 「김현과 '문지'」, 『문학과사회』, 1990.겨울.
49 「창간호를 내면서」, 『문학과지성』, 1970.가을, 5면.

터니즘을 동시에 극복"[51]하는 문제가 지속적으로 논의되어 왔다. 그런 점에서 7·4남북공동성명 직후에 「자유에 대하여」라는 마키아벨리 Machiavelli에 대한 글을 첫 장에 배치한 것은 의미심장하다. 민족분단의 문제 혹은 극복의 과제에 대해 분석하는 편집동인의 입장이 드러날 수 있기 때문이다.

정치학자 김경원의 「자유에 대하여」는 『군주론』이 지닌 공공성publicness에 대해 설명한 글이다. "오늘날 자유는 이미 하나의 환상"[52]이라고 시작된 이 글은 안정과 자유의 가치판단을 중심에 놓고 마키아벨리의 『군주론』을 분석한다. 요컨대 마키아벨리가 정치적 안정을 위해 역설한 군주, 힘, 통치 개념이란 단순히 "독재적인 야욕"이 아닌 "인간의 창조적인 의지력Virtú"과 "사회전체의 공익bene comune"[53]을 함의한 논의였다. 공동체 전체의 자유의지와 중요성에 대해 서술한 대목에서 이 글은 한국사회의 긴요한 정치적 과제와 중첩된다. 이 글에 의하면 안정과 자유 모두를 중시하는 것이 마키아벨리 사상의 핵심이 아니다. 그보다 "진정으로 자유로운 사회는 보다 튼튼한 안정을 기할 수 있지만, 안정만을 추구하는 국민은 자유를 기대할 수 없는 것이다." 자유가 제도적 산물이 아니라 주체의 의지의 문제임을 역설한다.

이 글의 후반부에서 마키아벨리의 "안정"은 암암리에 "근대화"라는 1970년대의 슬로건과 동일시된다. 7·4남북공동성명 직후의 지면에서 「자유에 대하여」를 의미심장하게 배치한 편집동인의 의도가 읽히는

---

50 진덕규, 「민족주의의 전개와 한계」, 『문학과지성』, 1974.봄, 21면.
51 천이두, 「민족문학의 당면과제」, 『문학과지성』, 1975.겨울, 1,060면.
52 김경원, 「자유에 대하여 : 마키아벨리를 중심으로」, 『문학과지성』, 1972.가을, 476면.
53 위의 글, 480면.

대목이다. 가령 성장과 번영만을 추구할 경우 "근대화는 자유의 확장이 아니라 자유에 대한 새로운 위협"[54]이고 권위주의적 경제개발의 폭력성을 은폐할 가능성을 재차 강조한다. 이를 바탕으로 추측하건대 저 발간서문은 민족 개념에 몰두하기보다 자유를 자각하는 과제가 시급하고 통일 역시 자유의지의 문제임을 시사한다.

7・4남북공동성명이 박정희의 근대화정책과 유신체제를 공고히 하고 정당화하는 계기였음은 이미 잘 알려진 사실이다. 『문학과지성』에서 민족의 집단주의가 활성화되는 것을 비판한 이유는 과열된 통일담론 및 민족주의론이 정치적으로 이용되는 상황 때문이었다. 여기에 실린 김치수의 글도 민족주의의 한계와 관련해 유사한 문제의식을 보여준다. 김치수의 「한국소설은 어디 와 있는가」는 남북분단을 한국사회의 가장 큰 문제로 제기하는 자체가 소박한 역사의식이며 현상적인 부분에만 집착한 결과라고 신랄하게 비판하고 있다. 그가 혹평하는 대상은 7・4남북공동성명 이후 새롭게 대두된 민족문학론이다. 이에 포함되는 문학이 소재주의적이고 저널리즘적인 성격을 지닌 채 한정된 현실인식만을 보여준다고 지적하며 김치수는 마치 "새마을운동에 걸맞은 농촌문학"처럼 소재주의문학이 항상 정책적인 이용물로 전락됨을 문제삼았다.[55]

문학의 통일담론은 민족문학론의 확대와 맞물릴 수밖에 없고 『문학과지성』은 이처럼 민족주의에 대한 비판론과 동일한 논리와 방식으로 민족문학론의 집단주의적 폐쇄성과 지방성을 지적했다. 알다시피 김현

---

54 위의 글, 483면.
55 김치수, 「한국소설은 어디에 와 있는가」, 『문학과지성』, 1972, 543면.

이 제기한 한국문학이라는 용어도 민족주의 문학관과 구별짓기 위한 것이다. 『문학과지성』에 연재된 「한국문학사」가 "개인적인 차원"[56]을 강조하는 가운데 내재적 발전론의 문학사적 의의를 중요시한 것도 그런 이유에서다. 「한국문학사」를 연재하면서 『문학과지성』의 편집동인은 국제사회의 혼란과 보편주의의 붕괴를 문제 삼고 이를 바탕으로 한국문화 수립이 긴요한 과제임을 강조했는데[57] 요컨대 한국문학사는 제국주의 이후 탈식민적 과제 또는 서구근대 이후의 새로운 중심과 보편을 민족 내부에서 발견해 재구성하는 기획의도가 다분한 텍스트이다. 『한국문학사』가 출간된 무렵에 한국문학의 용법에 대한 논란도 있었다.

심지어 이즈음 어떤 평론가에 의하면, "민족문학이라는 용어는 지나치게 국수주의적인 냄새를 풍기며 지나치게 복고적이며 지나치게 교조적이다. 그것이 포함하는 권력지향적 특성이 또한 싫다. (…중략…) 그런 의미에서 정신의 나치즘화에 쉽게 가담한다." 이렇듯 신랄하게 비판한 후 그는 아예 민족문학이라는 용어를 버리고 한국문학이라는 용어를 사용하고 싶다고 말한다.[58]

문화공보부가 발표한 '문예중흥 5개년 계획'(1974)을 기념하며 한국문인협회는 세계성, 세계화, 세계문학의 차원에서 민족문학 재건의 방향을 모색하는 심포지엄을 개최했다.[59] 경제개발의 최고 슬로건인 '민

---

56 김윤식·김현, 「한국문학사—I. 방법론비판」, 『문학과지성』, 1972, 199면.
57 「이번 호를 내면서」, 『문학과지성』, 1972.봄, 6면.
58 구상, 「민족문학의 의의와 그 향방」, 『월간문학』, 1974.5, 167~168면.
59 국가의 지원을 통해 작품의 질적 향상, 출판과 번역의 성장을 기대하는 곽종원의 발표와 함께(곽종원, 「문예중흥 오개년 계획과 문예정책」, 『월간문학』, 1974.6, 165~168면) 민족문학의 발전을 세계문학의 지평에서 발언하는 글이 이어졌다. 백철은 민족문

족중흥의 역사적 사명'과 동일한 의미를 내포하고 있는 문예중흥5개년 계획은 국난극복과 민족담합, 경제성장의 논리를 표방했다. 즉 전통과 고전의 계승 및 보존뿐 아니라 국가와 민족에 봉사하는 민족주체성을 고양하기 위해 재구성된 민족적-한국적 예술진흥정책으로 평가할 수 있다.[60] 그러고 보면 민족문학이 제도화 되는 과정에서 구상이 김현의 민족문학 비판론을 떠올리는 것도 이해되는 대목이다. 구상은 김현이 민족문학이라는 용어나 개념을 기피한다고 설명하며 그에 대해 불편한 심경을 드러냈다.

그런데 그가 인용한 김현의 「민족문학논의」는 『월간문학』 초기의 특집에 실린 평론이다. 김상일, 이형기 등 김동리의 측근 문인과 함께 특집의 필자로 참여해 김현은 "폐쇄적 어감"이 있는 민족문학의 용어 대신 "사학계에서 흔히 그러듯이 한국문학이라는 객관적인 용어"[61]의 필요성을 전면에서 제기했다. 구상은 김현처럼 민족문학 용어를 부정하는 경향에 대해 민족문학의 개방성 및 주체성을 강조하며 반론했다. 구상에게 있어 민족문학은 내셔널리즘과 민주주의를 근거로 형성된 문학일 뿐 아니라 분단의 민족적 실존상을 드러내는 데 적실한 용법이다. 그러나 이 심포지엄이 정부정책에 경도된 심포지엄의 성격을 상기해 볼 때 민족문학의 "권력지향적 특성"을 비판한 김현의 글이 오히려 설

학의 주체성을 "전통위주의 문학"이라고 정의하고 "세계성과 상통되는 요소"를 개발할 것을 주문했고(백철, 「민족문학과 세계성」, 『월간문학』, 1974.6, 169 · 171면) 박영준은 계급주의문학, 정치문학이 "38선 저쪽"에 있으므로 "세계문학의 일원으로서의 민족문학"에만 몰두하자고 역설했다. 박영준, 「내가 쓰고 싶은 민족문학」, 1974.6, 183면.

60 김원, 「'한국적인 것'의 전유를 둘러싼 경쟁 - 민족중흥, 내재적 발전 그리고 대중문화의 흔적」, 『사회와 역사』 93, 한국사회사학회, 2012, 198~199면.

61 김현, 「민족문학. 그 문자와 언어」, 『월간문학』, 1970.10, 191면.

득력을 준다.

『월간문학』의 경우 7·4남북공동성명의 특집호를 제외하고 이후 「문예중흥과 민족문학 심포지엄」(1974.5~6), 「한국문학 10년 어제와 오늘」(1976.11), 「한국문학 이대로 좋은가」(1977.1), 「국어의 발전과 문학의 기능」(1977.12) 등의 특집을 마련해 민족문학의 의의와 방향을 지속적으로 모색하는데, 여기에 참여한 김동리의 글 대부분이 식민지기부터 해방기에 주창한 인간성의 옹호, 곧 순수문학론(본격문학론)의 동어반복이었다. 가령 민족문학이란 "인간주의 문학의 하나"이며 "인간성 전체의 보편성"을 지니고 "세계문학"이 되어야 한다.[62] 분단과 통일의 문제를 논의하는 과정에서 급부상한 1970년대 민족문학론이 김동리에게는 그저 제3기 휴머니즘의 맥락에서 이해된다. 특히 세계보편성의 조건으로 삼은 전통은 한국사의 특수한 역사성을 소거시키는 대신에 추상적인 민족 관념을 지지한다. 그러므로 민족사학의 맥락에서 백낙청이 "진정한 의미에서의 세계주의, 국제주의에도 참여하는 그러한 분단극복, 민족통일"[63]이라고 강조한 민족 개념과는 극명한 차이를 보인다.

『문학과지성』이 민족문학과 분단을 집중적으로 조명한 것은 1979년에 이르러서였다. 그해 통일 의제가 재야 운동세력의 대안으로 제기되었는데 윤보선, 함석헌, 김대중 등을 주축으로 '민주주의와 민족통일을 위한 국민연합'이 발족되고 통일운동과 민주화운동이 결합하기 시작했다. 여기서 촉발한 통일담론을 계기로 하여 민주화 담론은 국가권력의 민주화 및 인권이라는 핵심 논제와 함께 민족, 민중, 통일의 이념

---

62 김동리, 「민족문학과 한국인상」, 『월간문학』, 1974.5, 165~166면.
63 「좌담 : 민족의 역사, 그 반성과 전망」, 『창작과비평』, 1976.9, 42면.

을 전면에 내세웠다. 통일담론을 계기로 자유주의적 민주화 담론은 점차 급진적 민주화론과 문화적 자유주의의 전망으로 분화된다.[64] 「민족, 민족문화, 분단상황」이라는 『문학과지성』 특집의 경우 민주화론의 이러한 분화와 무관하지 않다. 남북한 평화협정의 문제점을 통해 분단의 고착화와 국제사회의 평화전략을 비판적으로 검토하는 정치란도 있지만[65] 대부분의 특집 글은 민족문화론의 모순과 한계를 제시하며 통일 의제를 새롭게 이해하려고 했다. 가령 통일의 당위론에 대해 지적한 글,[66] 분단의 특수성과 민족문학론을 재고한 글,[67] 분단의식의 변천 양상을 해명한[68] 글이 그러하다. 이를 통해 해당 특집은 민족 개념으로부터 자유주의적 가치를 추출해낸다. 발간서문은 민족이라는 단위가 올바르게 정립되기 위해서 "자유를 지향하는 개인"[69]에 대한 자각이 필요하다고 밝히고, 그렇지 못한 경우의 민족주의는 후진국의 이념일 뿐이라고 강조한다. 다시 말해 신비화되거나 구호화되지 않는 민족 이념을 검토하고 민족과 분단, 민족과 문학의 복합적인 의미를 마련하는 데 특집의 기획의도가 있었다. 특집 글에 포함되지 않지만 김현의 서평은 이러한 기획이 왜 필요했는지를 암시해준다.

---

64 문지영, 앞의 책, 237~238면.

65 김학준, 「한반도평화의 국제적 조건-평화의 3단계론에 입각하여」, 『문학과지성』, 1979.봄.

66 이명현은 민족주의의 내용이 남북통일에 한정된 데 문제를 제기한다. 즉 사회전반의 여러 모순과 갈등을 오로지 분단 문제로 환원시켜 통일을 유일한 대안으로 삼을 경우 중요한 정치적, 사회적, 문화적 현상을 소홀하게 다루게 되기 때문이다. 이명현, 「민족, 역사, 그리고 지성」, 『문학과지성』, 1979.봄.

67 김주연, 「민족문학론의 당위와 한계」, 『문학과지성』, 1979.봄, 79면.

68 김병익, 「분단의식의 문학적 전개」, 『문학과지성』, 1979.봄.

69 「이번 호를 내면서」, 『문학과지성』, 1979.봄, 13면.

그 시집에서 시인이 주장하는, 차라리 선언하고 있는 것은 남북통일이 빨리 되어야 한다는 것과 남북통일이 되도록 운동하지 않고 주둥이만 놀리는 사람은 개새끼라는 것이다. 남북통일을 위해서 애를 쓰는 문학을 그는 민족문학이라고 생각하고 (…중략…) 나 같은 사람에게 시인의 그 주장은 견딜 수 없는 폭력으로 보인다. (…중략…) 다른 의견을 봉쇄한다는 점에서 가장 고약한 억압이라는 것을 나는 『새벽길』의 시인이 알아주었으면 한다.[70]

고은의 『새벽길』(창작과비평, 1978)에 대한 서평이다. 김현에게 고은의 이 시집은 시문학이 아니라 하나의 선언문과 같다. 그렇다고 여기서 정치적, 구호적인 문학을 문제 삼거나 작품의 미학적 가치를 평가하는 것은 아니다. 대표적인 인상비평에 해당하는 글이지만 『창작과비평』의 대표적 시인인 고은에 대한 혹독한 평가는 자유주의 문학자로서 당연한 해석이다. 인용문처럼 통일담론이 민족주의의 억압적 논리를 통해 등장할 경우에 통일의 당위성도 폭력이 될 수 있고 따라서 개인의 자유와 병행할 수 있는 민족의식이 요청된다. 송은영은 『문학과지성』그룹 및 김현이 당시에 분단문제를 결코 배제하지 않았고 오히려 기존의 분단담론에 새로운 문제설정을 제공했다고 고찰한 바 있다. 다만 김현의 분단인식에서는 민족, 국가, 통일보다 현실의 자유와 부자유의 문제가 더 비중이 컸다.[71] 그런 맥락에서 『문학과지성』과 『창작과비평』의 통일담론은 모종의 긴장관계를 형성하고 있었던 셈이다. 백낙청이 '분단시

---

70 김현, 「놀램과 주장의 세계」, 『문학과지성』, 1979.봄, 318~319면.
71 송은영, 「비평가 김현과 분단에 대한 제3의 사유」, 『역사문제연구』 31, 역사문제연구소, 2014, 441~442면.

대'라는 용법을 문학에서 무리 없이 사용하기 시작한 1975~1976년 이후부터『창작과비평』에 급속도로 통일담론이 늘어났다면, 그에 비해『문학과지성』은 민족주의의 허상이 개인의 희생을 강요하게 되는 사례를 문학 안에서 발견하고 비판하는 데 주력했다. 1970년대에 한국의 데탕트가 불러일으킨 통일담론과 효과는 도리어 민족 개념과 감성구조의 대치 상태를 더욱 선명하게 만들어 놓았다.

4. 분단의 감성구조

지금까지 7·4남북공동성명 이후 증가한 통일담론에 주목해『월간문학』,『문학과지성』,『창작과비평』의 시년을 살피고 여기서 민족, 민중, 민주, 자유 등의 개념이 충돌하는 논쟁적 지점들을 탐색했다. 이를 통해 국제적 데탕트와 한국의 통일정책의 급변 속에서 민족문학론이 증폭되는 과정을 순차적으로 추적하고, 통일의 의제가 상이한 문학관 및 문학담론에 도출되는 양상을 고찰했다. 가령 1970년대『월간문학』의 기획물은 전통과 언어에 정초한 민족문학론이다. 좀 더 설명하자면 전통의 현재적 가치를 발굴하려는 움직임을 포함해 한편으로 통일의 위기 징후와 함께 민족의 이념과 감성을 유통시키는 내셔널리즘적인 미디어로서 기능했다. 그런 차원에서 7·4남북공동성명의 기념 특집은『월간문학』자체로나 당시의 문학잡지 전체에서 이례적인 일이었다.

한국문인협회의 후배 세대로 구성된『문학과지성』,『창작과비평』은 공동성명 직후에 따로 특집을 마련하지 않았지만 1970년대 후반으로 갈수록 매체의 문학관이 뚜렷해지면서 상이한 통일담론을 보여주었다. 『월간문학』의 창간 8주년 기념 좌담에서 윤병로가 "남북회담을 계기"로 "민족주의 문학"이 대두된 상황을 시석했듯[72] 『월간문학』의 민족문학론은 『창작과비평』의 입장을 타자화하는 가운데 생성된 측면이 없지 않았다. 자주적 근대민족국가의 성격과 규모가 통일담론을 통해 모색되면서(강만길, 『분단시대의 역사인식』, 창작과비평사, 1978) 점차 민중의 주체적 역량에 대한 관심이 증대되었다. 1970년대 중반부터 『창작과비평』을 중심으로 대두된 농민문학론 또는 민중문학론은 민중이 주체가 되는 사회 및 자주적 통일국가의 방향과 중첩되어 형성된 측면이 농후하다.

『창작과비평』에 연재된 「샛강」은 그러한 민중문학론에 부합하는 소설이었고 독자들에게도 인기가 있었다. 무엇보다 이 소설이 흥미로운 점은 "7·4 쇼크"[73]라고 부를 정도로 강력한 충격과 동요를 동반한 공동성명의 발표 직후의 내용부터이다. 월남에서 돈을 벌고 온 곰배팔이, 가발공장에서 착실하게 돈을 번 여드름쟁이 처녀, 성불구자인 상이군인 남편을 먼저 보낸 과부 등 여러 인물의 '오입'이 공동성명의 발표와 동시에 순간적으로 허용되기 때문이다. 통일에 대한 기대와 갈망은 이 소설에서 성적 흥분과 동일시되는데, 이를테면 "남과 북을 갈라놓은 임진강"을 여성의 허연 사타구니라고 묘사하거나 "휴전선 근방을 가고 싶은 욕망에 눈이 시리다"[74]라고 표현되기도 한다. 또한 마치 당시의 남북 관계처럼 통일이 모색되고 새로운 관계를 기념하듯 이들 사이에서

---

72 「좌담 : 한국문학 10년 어제와 오늘」, 『월간문학』, 1976.11, 150면.
73 이정환, 「샛강 3」, 『창작과비평』, 1976.6, 601면.
74 이정환, 「샛강 4」, 『창작과비평』, 1976.9, 255면.

'통녀'라는 이름의 딸이 태어나기도 한다. 특히 "혼자라도 좋으니 발가벗고 싶었다"라고 빈 방에 있던 과부가 홀로 외로움을 견디지 못하고 있던 그때, 라디오에서 남북이 합의한 조국통일원칙의 항목이 발표되는 장면은 분단 이후 내면화된 사회적 금기와 억압에 대한 일종의 카타르시스를 전달한다. 소설에서 남녀관계는 남북 회담의 뉴스와 계속 오버랩 되며 회담 결과를 암시하는 장치이기도 하다. 예를 들어 예비회담이 교착상태에 빠지자 그 과부는 "남북적 소식은 몸만 망쳐놓고"[75]라며 애석해한다.

백낙청이 통일사상의 문학적 전범으로 손꼽았던 「부르는 소리」도 그러하지만 「샛강」에는 사회의 낙오자들이 바라보는 독특한 통일관이 들어 있다. 가령 공동성명 직후에 빈민촌을 어수선하게 한 흥분은 "결혼하게 될지 모른다", "좋은 일자리가 생길 것이 아닌가"[76] 등 통일국가의 판타지에서 촉발된 것이다. 소설에서 통일은 내셔널리즘의 이념과 범주를 벗어나 개인의 무능력과 실패의 경험을 해결할 낭만적인 미래가 된다. 그러나 1972년이라는 남북관계의 변화 시기에 특별히 주목했으면서도 『샛강』은 공동성명에 대한 긍정적인 반응, 통일에 대한 순박한 감정들 이외의 별다른 통찰을 보여주지 못했다. 즉 당시의 이정환론에서 그의 소설은 분단인식의 차원에서 논의되지 않았다. 서민층의 소시민적 시선, 작가의 자전적인 서사, 낙관적인 세계관 등을 이정환 소설의 특징으로 설명했다. 그럼에도 백낙청은 '분단시대'라는 용어를 사용해 이정환의 소설을 특별한 분단 텍스트로 고평했다.

---

75 위의 글, 249·252면.
76 이정환, 「샛강 3」, 앞의 책, 598~599면.

즉자적, 대자적 민중을 구분하며 한완상의 민중사회학이 구체화된 시기도 이때였다. 『문학과지성』에서 한완상은 "민중사회학은 한국적 즉자적 민중을 이해"[77]하는 것이며 즉자적 민중을 대자적 민중으로 의식화시키는 것이 지식인의 사명이라고 강조했다. 한완상의 민중사회학도 마찬가지로 통일담론에서 촉발된 민중론인데 "지배 구조의 시각에서 아니라 민중의 시각에서 통일 문제를 재조명"[78]하는 사회학적 의제를 만들었다. 『문학과지성』은 한완상의 이 글을 실으며 피지배층으로 상정한 민중 개념이 "도식이라는 우리의 회의를 피할 수 없다"[79]면서 그와 다른 편집동인의 입장을 분명하게 밝히기도 했다. 김치수가 쓴 백낙청의 『민족문학과 세계문학』에 대한 서평도 한완상의 이 글과 함께 실렸는데, 여기서 그는 "참여문학으로부터 출발하여 시민문학, 민족문학, 민중문학, 통일의 문학"[80]에 이르는 백낙청의 비평적 스펙트럼을 재조명했다. 하지만 시민문학론은 거대한 비전에 비해 논리적, 이성적 분석이 없어 설득에 실패했고 그 이후의 문학은 저자와 작품의 이념에만 몰두한 한계가 있다고 했다. 문학의 통일사상을 포함해 『문학과지성』의 편집동인은 무엇보다 과학적인 분석과 해석적 비평을 강조했다. 민족주의에 대한 비판론과 동일한 논리와 방식으로 민족문학론의 집단주의적 폐쇄성과 지방성을 비판하고, 오히려 그것이 개인의 자유를 희생시킬 가능성을 지적했다. 이러한 입장은 민족분열보다 패배주의와 샤머니즘을 경계한 발간사에 잘 나타나 있다.

---

77 한완상, 「민중사회학서설」, 『문학과지성』, 1978.가을, 900면.
78 위의 글, 902면.
79 「창간 8주년 기념호를 내면서」, 『문학과지성』, 1978.가을, 676면.
80 김치수, 「양심 혹은 사랑으로서의 민족문학」, 『문학과지성』, 1978.가을, 957면.

분단과 통일에 관한 논의를 주도적으로 만들어갔던『창작과비평』의 논객들은 공동성명 이전을 "분단이란 말조차 생소할 정도로 지리교과서에 그려져 있는 38선에 지나지 않았고",[81] "분단 문학은 유행은 커녕 금기에 가까웠다"[82]고 언급한 바 있다. 물리적인 의미에 그치거나 법령에 저해되는 것으로 인식되었던 분단과 통일의식이 공동성명 이후 달라졌다. 장준하가 이러한 급변화에 대해 "짧은 성명 한 장으로 대한민국 수립이후 일관되게 걸어온 대북적대외교 노선"을 "하루아침에 전환시키는"[83] 정치권력의 위력을 다시 한번 자각하게 된 것도 무리는 아니다. 주지하듯 7·4남북공동성명 직후 유신헌법이 선포되었다. 본문에서 언급한 대로 강만길은 이처럼 아이러니한 사태에서 '역사적 배신감'을 느껴『분단시대의 역사의식』을 발간하기도 했다. 공동성명의 정치적 효과는 유신체제와 분단체제의 고착화에 있었다.

지금까지 한국전쟁에 관한 연구는 역사학, 사회학, 정치학을 중심으로 전쟁의 기원과 성격 문제로부터 시작하여 월남인, 전쟁포로, 민간인 학살 등 다양한 주제로 확장되어 왔다. 한국전쟁에 관한 문학 연구 역시 텍스트에 재현된 이념폭력의 가해자와 피해자를 재조명하거나 전후

---

81 『창작과비평』, 1978.여름.
82 『분단시대와 한국사회』, 까치, 1985
83 장준하, 「민족외교의 나아갈 길」, 『씨알의 소리』, 1973.11, 19면. 장준하의 이 글에는 유엔의 남북한 동시 가입을 찬성하는 내용으로 정부가 발표한 「평화통일과 외교전략」 (1973.6.23)에 대해 격분하는 내용이 담겨져 있다. 그에 따르면 북한의 유엔 가입은 국제사회가 분단국가를 인정한다는 의미이며 정부의 입장처럼 '해빙 외교'는 될 수 없다. 이 성명은 남북회담 실패의 요인이 되고 이후 지식인의 통일 담론에서 7·4성명은 "정치권력의 안정을 도모하는 명분"으로 해석되기도 했다. 이 논문은 장준하가 서술한 문장, "조국의 운명은 또다시 동서 해빙시대를 장식하는 평화적 분단상태하의 공존관계로 굴러 떨어지고 말 것이다"라는 데탕트의 역설적 구조에서 초래된 오늘날의 분단상태를 염두에 두고 출발했다.

세대 작가와 문학작품을 재인식하는 등 많은 연구 성과가 있었다. 하지만 이러한 선행 연구 가운데 한국전쟁의 현재적 의미를 지식과 교양, 대중과 문화의 차원에서 면밀하게 추적한 성과는 사실상 드물다. 전쟁상태의 한국은 전지구적 평화와 자유주의를 대표하고, 분단 및 민족 문제가 오늘의 한국사회를 설명하는 변수로서 작용해왔다. 군사적 긴장뿐 아니라 사회 전반의 위기와 갈등이 분단에 관한 심리적 억압을 통해 재현되었다. 가령 이승만 체제의 반공은 공산주의=반민족이라는 등식에 의해 내셔널리즘과 결합했고, 박정희 체제에서 반공은 반전통, 반민족이라는 의미 연쇄를 통해 내셔널리즘과 결합하기도 했다.[84] 예를 들어 분단이란 세계적 차원에서의 냉전 대결이 한 민족, 두 이념으로 적대하는 국가의 수립 및 연쇄적 대결구도로 표상되었다. 1970년대 후반의 분단 인식 속에 한반도를 베트남의 역사와 동일시하는 장면은 한국의 분단 경험이 통상의 국가 간 군사적 대립과 구별되는, 즉 전쟁의 트라우마와 냉전의 공포가 작용한 결과였음을 시사한다. 1970년대에 강화된 평화론은 역설적으로 안보의 위기론으로 작동했고 유신정책의 순응 혹은 동원논리가 되기도 했다. 한국의 베트남전쟁 참전을 정당화하는 자유주의 수호의 전쟁론이나 4·19혁명 이후의 진보적 통일 논의, 무엇보다 7·4남북공동선언 이후의 통일담론은 내면화된 분단의식의 기원임에 분명하다.

---

84 이나미, 「박정희 정권과 한국 보수주의의 퇴보」, 『역사비평』 95, 역사비평사, 2011; 송은영, 「1960~1970년대 한국의 대중사회화와 대중문화의 정치적 의미」, 『상허학보』, 상허학회, 2011; 김지형, 「1960~1970년대 박정희 통치이념의 변용과 지속―민주주의와 반공주의 및 상호관계를 중심으로」, 『민주주의와 인권』 13-2, 전남대 5·18연구소, 2013.

제7장

『창작과비평』과 민중시 담론

1. 1974년, 『창작과비평』과 만해문학상

1974년 새해부터 믿지 못할 소식이 문단에 전해진다. 그것은 긴급조치 제1·2호가 선포(1974.1.8)된 지 얼마 되지 않아 발생한 문인 간첩단 사건이었다.[1] 학원, 재야 지식인을 중심으로 형성되고 있던 유신반대 분위기 속에서 문인 역시 개헌요구 성명을 발표했는데(1974.1.7) 이에 대한 정권의 단죄로 벌어진 상황이었다. 긴급조치가 발동하자 다시 수배 생활이 시작된 김지하는 이 상황을 제재로 시를 쓰기도 했다. "어두운 시대의 예리한 비수를 / 등에 꽂은 초라한 한 사내의 / 겁먹은 얼굴"

---

1 「검찰 발표 문인 지식인 간첩단 검거」, 『경향신문』, 1974.2.5.

〈사진 1〉 1974년 3월 12일 서울 형사지법 법정 (왼쪽부터) 이호철, 임헌영, 고(故) 장백일

(「1974년 1월」) 우리는 이 시 구절에서 급박한 정치적 변화와 문인들의 절망을 어렵지 않게 실감해볼 수 있다. 10·17 특별선언(1972) 이후 박 정희 정권은 긴급조치권이라는 초헌법적 통제 시스템을 통해 1970년 대를 한국사의 예외적인 정치시기로 만들었다.

문인 간첩단 사건에 대해 문인측의 항의서와 국제적인 비난 여론도 있었지만 결국 이호철, 임헌영, 김우종, 정을병, 장병희 등 5인의 문인 은 간첩이 되고 만다. 재일 조선인 종합지 『한양』을 북한 공작원의 조 총련계 잡지로 조작해 이 잡지의 필진과 관련 문인을 간첩 및 반공법위 반 혐의로 검거한 것이다.[2] 긴급조치 선포와 함께 "새해 들어 문단의 여

2 문인간첩단 사건에 관해 김병걸, 『실패한 인생 실패한 문학』, 창작과비평사, 1994, 241

러 가지 어수선한 사정"³을 『창작과비평』은 신속하게 「편집후기」에 실으며 문인 간첩단 사건의 원만한 해결을 촉구한다. 그런데 이러한 민감한 반응에는 다른 무엇보다 이호철이 연루된 사건이어서 그 파장을 염려하는 맥락이 있었다. 간첩단 사건의 실제 계기였던 문인시국 선언이 청진동 시절의 창비사 주축으로 진행되었고⁴ 창간 8주년을 맞이하며 『창작과비평』에서 야심차게 기획, 준비한 제1회 만해문학상의 심사위원 가운데 이호철이 있었기 때문이다.⁵

이호철은 백낙청과 함께 『창작과비평』의 창간호(1966)를 준비한 초창기 멤버였으며, 창간호에는 1960년대 문학을 대표하듯이 그의 소설과 김승옥 소설이 나란히 실리기도 했다. 이호철이 『창작과비평』 창간에 합류한 시기는 동인문학상을 수상한 「닮아지는 살들」(1962)이나 「소시민」(1964.7~1965.8) 등의 소설로 분단 문제를 현실세태 속에서 고발하며 문단에 적지 않은 영향을 미치기 시작한 때였다. 『창작과비평』 창간호에 실린 「고여 있는 바닥―어느 이발소에서」 역시 반공시대 소시민의 일상을 담고 있다. 『창작과비평』은 1950년대부터 분단 문제를 형상

~246면; 임헌영, 「내가 겪은 사건―74년 문인간첩단사건의 실상」, 『역사비평』 13, 역사비평사, 1990.11. 훗날 『창작과비평』의 한 지면에서 고은은 "1974년 초에 이호철씨들이 소위 문인간첩단 사건으로 구속이 되면서 석방운동"을 벌인 사건을 떠올려, 이를 계기로 상황의식이 형성되고 공동체적인 자각이 생겼다고 언급하기도 했다. 「좌담회 : 내가 생각하는 민족문학」, 『창작과비평』, 1978.가을, 28면. 곧 『창작과비평』 동인의 현실적 감각과 논리에 위의 사건이 중요한 영향을 끼친 것만은 분명하다.

3 「편집후기」, 『창작과비평』, 1974.봄.
4 이호철, 「『창작과비평』과 나」, 『창작과비평』, 1996.봄, 27면.
5 제1회 만해문학상 심사위원은 김광섭, 김정한, 정명환, 이호철, 염무웅이며 심사경위에는 최종 심사회의 과정에서 이호철이 참석하지 못한 사정이 설명되어 있다. 문인 간첩단 사건을 "문단적으로 여러 가지 어수선한 사정"으로 완곡하게 표현하고 있지만 결국 이 때문에 『창작과비평』은 수상작 발표를 연기하게 된다. 「심사경위」, 『창작과비평』, 1974.여름, 550~551면.

화한 이호철 소설의 이 같은 특징과 관련해 그를 서민(실향민의 개념의 확장)을 다루는 한국의 희소한 작가라고 고평했다. 작가 자신은 물론 소설에 등장하는 실향민의 사회적 정체성이기도 한 소시민이란, "한 사회의 와해속에서 뿌리가 뽑힌", 그리고 사회구조적, 상황의식을 통해 "소속 잃은" 서민을 의미했다.[6] 즉 『창작과비평』에서 주목한 작가 이호철은 전후작가라는 세대론적 의미 이상을 보여준다. 그는 한국전쟁부터 현재까지 안정되지 못한 사회, 정착하지 못한 불운한 민중과 민족 주체 일반을 첨예하게 다룬 예외적인 리얼리스트의 위상을 대변하고 있었다.

물론 상기한 평론은 이호철론의 대표격에 해당하지만 그렇다고 그 논의가 고스란히 백낙청 또는 『창작과비평』의 입장이라고 보기 어렵다. 오히려 백낙청은 이호철의 초기 문학에서 발견된 "훌륭한 리얼리스트로서의 재능"이 「소시민」 이후 보이지 않음을 지적한다.[7] 당시 백낙청이 고심한 한국적 시민문학의 모델에서 이호철은 전후문학의 허무주의 색채를 띤 "서민의 애탄을 수긍하는 안일한 소시민의 문학"으로 분류될 수밖에 없었다. 「소시민」에서의 비판의식도 백낙청에게는 "일종의 허장성세"로 읽혔다.[8] 이렇듯 백낙청은 문학이 역사적 전망을 상실한 소시민적 삶만을 다룰 때 시민의식이 더 이상 발전할 수 없다고 진단한다. 주지하듯 시민문학은 1920년대 한용운과 1960년대 김수영에게만 적용되어 독특한 문학사적 계보를 만든다. 그러나 유신체제 이후 민중 담론이 활발하게 공론화되면서 백낙청이 구상했던 문학사의 주요

---

6   정명환, 「실향민의 문학─이호철의 「소시민」을 중심으로」, 『창작과비평』, 1967.여름, 237·240·245면.
7   백낙청, 「시민문학론」, 『창작과비평』, 1969.여름, 499면.
8   위의 글, 500면.

대상과 범주는 초기에 비해 더욱 확대되기에 이른다.[9]

1960년대 백낙청의 시민문학론이 1970년대에 『창작과비평』의 민중문학론으로 옮겨감에 따라 문학론의 표본 역시 김수영에서 신경림으로 바뀐다. 이러한 인식 변화의 간극은 백낙청의 미국 유학(1972) 전후 4년간에 벌어지는데, 『창작과비평』의 책임편집을 신동문에게 맡기고 미국으로 출국하기 이전과 이후에 그가 발표한 김수영론과 신경림론은 흥미롭게도 시민문학론과 민중문학론에서 각각 전거가 된 시인들에 관한 논평이었다. 가령 귀국 후 『창작과비평』에 복귀하기에 앞서 쓴 『농무』(1973)의 발간사를 통해 백낙청은 이 시집에 나타난 민중의식의 문학사적 평가 외에도 신경림의 "난해하지도 저속하지도 않은 시"의 미덕에 대해 다소 격한 반응을 보인다.[10] 신경림 시의 민중적 성격을 난해성의 맥락에서 논의하는 태도는 그 이후 발표한 다른 지면에서의 김수영론과 비교된다. 예를 들어 「문학적인 것과 인간적인 것」(1973)에서 민중이 잘 알 수 없는 난해한 문학을 경계하며 김수영 문학을 재론한 부분과 대비된다. 애초에 「시민문학론」에서 백낙청이 김수영 시의 난해성을 옹호하며 발언한 부분, 가령 "우리가 김수영의 작품에서 아쉽게 여기는 것들, 예컨대 그 난해성과 단편성, 또는 완전히 극복 안 된 소시

---

9 다수의 선행 연구에서 서구문학적 준거틀의 약화, 한국문학의 특수성 인식, 주체적 시간의 강화, 분단상황의 예각화, 민족・민중적 전망의 강화 등을 근거로 「시민문학론」 이후 백낙청 비평의 급격한 변모에 주목했다. 특히 강경화는 「시민문학론」(1969)과 「민족문학 이념의 신전개」(1974)가 보여주는 비평적 간극을 중요하게 다루었다. 강경화, 「백낙청 초기 비평의 인식과 구조」, 『정신문화연구』 29-2, 한국학중앙연구원, 2006, 178, 190면.

10 백낙청, 「시집 『농무』의 발간에 부쳐」(1973), 『백낙청 평론집』, 창비, 2011, 299면 재인용.

민성조차도 우리는 그가 이 시대를 정말 자기 것으로 산 흔적으로서 아끼게 된다"[11]라는 애정 어린 시선은, 귀국 후 대표적인 난해시인의 하나로서 김수영을 재차 지목하면서 1970년대 후반에 이르러 모더니즘시의 한계를 중심으로 민족과 민중의 잠재역량을 너무나 등한히 한 혐의 등에 대한 신랄한 비판으로 바뀐다.[12]

이 글에서 살펴보려는 민중시 담론은 아마도 1973~1974년 무렵에 시집을 출판한 두 시인, 『거대한 뿌리』(오늘의 시인총서 1, 민음사)의 김수영과 『농무』(창비시선 1, 창작과비평사)의 신경림이 『창작과비평』을 통해 문학사적으로 공존하는 방식을 들여다보는 일이 될 것이다. 미국 유학 전 백낙청이 마지막 편집을 담당했던 『창작과비평』(1969.여름)에 「시민문학론」과 김수영의 유작遺作이 동시에 실린 뒤로 김수영에 대한 호의적인 평가는 찾기 힘들어진다. 반면 신동문과 염무웅 체제에서 신경림은 시뿐 아니라 농촌, 민중문학론을 쟁점화 하는 『창작과비평』의 주된 논객으로 부상한다. 또한, 「시민문학론」에서 백낙청이 김수영과 함께 강조한 한용운이 1970년대 중반에 『창작과비평』 최초의 문학상으로 전유될 무렵 민족/민중문학사 계보에서 첫 번째 수혜자 역시 신경림이었다.[13]

---

11 백낙청, 「시민문학론」, 앞의 책, 505면.
12 백낙청, 「역사적 인간과 시적 인간」, 『창작과비평』, 1977, 602면. 1970년대 후반에 『창작과비평』 전반에서 모더니스트 혹은 소박한 민중주의자로서 김수영을 평가절하하는 논의 흐름은 백낙청도 예외가 아니다. 그러나 「문학적인 것과 인간적인 것」에서는 아직까지 김수영에 대한 애정과 비판이 공존하는 것을 볼 수 있다. 예를 들어 다른 난해시와 달리 김수영의 시는 "민중 전원의 일상적인 양식이 되기보다는 주로 문학에 특별한 관심을 가진 이들에게 애독"된 측면이 있고 "민중의 편에 서서 시대가 요구하던 탐구를 하고 기여를 했던 한 전우의 기념비로서 보존되고 존중"(456면)될 필요가 있다고 주석을 단다.

〈사진 2〉 1974년 5월 제1회 만해문학상 수상자 신경림 인터뷰 기사(『경향신문』)

　　만해문학상의 제정에는 만해를 단순히 문인으로 기억하기보다 사상
가이자 독립투사로서 기념하려는 의도가 있었다. 백낙청의 경우 긴급
조치 9호 또는 박정희의 민족주의론을 비판하면서 이광수를 한용운과
비교하기도 했는데 그 역시 만해의 사상가적 면모를 강조하기 위해서
였다. 백낙청은 친일문인과 독립투사로 이들을 도식화하는 것을 경계
하면서도 이광수의 "저항정신이 결여된 절름발이 근대의식"이 "「님의
침묵」의 수준에 멀리"있음을 강조하려 애쓴다.[14] 뿐만 아니라 『창작과
비평』에서 한용운의 소설 「죽음」을 독보적으로 실었을 때 「조선독립이
유서」를 나란히 배치한 점도 독립투사의 문학의식을 부각시키는 측면

13　김나현은 만해문학상 제정을 통해 만해『창작과비평』이 한용운을 민족문학론의 아이
　　콘으로 만들며 전개한 한용운론을 상세하게 검토했다. 김나현, 「1970년대『창작과비
　　평』의 한용운론에 담긴 비평 전략」,『대동문화연구』79, 성균관대 대동문화연구원,
　　516면.
14　백낙청, 「민족문학의 현단계」,『창작과비평』, 1975.봄, 36~37면.

이 다분하다. 이처럼 『창작과비평』에서 한용운의 사상과 문학에 주목하기 시작한 것은 미발표 유작 「죽음」과 「조선독립이유서」의 현대어역을 싣게 되면서부터이다. 한용운의 시문학보나 앞서 소개된 소설 「죽음」은 그의 최초 소설이기에 『창작과비평』의 입장으로서는 더욱 의미가 깊을 수밖에 없다. 「죽음」의 내용은 간단히 말해 신문명을 추구하는 젊은이의 사랑과 갈등을 담고 있다.[15] 3·1운동에서 촉발된 민족주의의 이상에 대한 구성원 간의 합의를 지향하는 첫 단락이 소설 전반를 통어하는 핵심에 해당한다. 종철이 경성 신문사에 폭탄을 던지는 소설의 첫 장면— 영옥을 유혹하고 모함한 성열에 의분하여 종철이 던진 폭탄은 의도하지는 않았지만 "한일합병 기념일"에 터지며 그 "탕!" 소리는 "다 각기 다른 여러 가지의 마음을 비교적 단순하게 통일"시키는 역할을 한다.[16] 첫 장면을 3·1운동의 역사적 의미와 중첩시켜 『창작과비평』은 「편집 후기」에서 다른 무엇보다 독립운동가 한용운을 조명한

---

15 이는 여성 인물 영옥을 중심으로 전개되는데 그가 어머니의 유언에 따라 신식 교육을 받으며 "미래 사회의 어머니"로서 성장하고, 그의 아버지가 한문 선생으로서 "충의를 숭상하여" 독립운동에 가담하는 과정 등이 소설의 전반부에 해당한다(한용운, 「죽음」, 『창작과비평』, 1970.가을, 401·419면). 3·1운동 직후를 배경으로 한 「죽음」은 이렇듯 구세대와 신세대, 남성과 여성이 각자의 위치에서 민족에 헌신하며 공존하는 당시 조선의 지식층을 보여준다.

16 위의 글, 377면. 3·1운동 배경을 강조하는 맥락에서 영옥의 남편에 대한 복수와 자살도 일련의 민족적 저항으로 해석되었다. 가령 「죽음」에서 중심인물 영옥은 근대적 여성상을 표방하면서도 남편에 대한 의리와 순종을 무엇보다 소중하게 여기는 전통적 여성상을 보여주기도 하는데, 『문학사상』의 만해 특집 좌담에서 한용운 작품에 나타난 순종을 어떻게 평가해야하는가에 대한 논의가 있어 참조하겠다. 「박명」이라는 소설에서도 여성의 남편에 순종이 강렬하게 드러난다는 것이다. 논객들은 저마다 그것이 종교적 해석이되 동시에 "현실적인 문제에 있어서는 도리어 반항을 뜻"한다고 정리했다. 김치수·김상일·이원섭, 「좌담: 땅에의 의지와 초월의 정신—한용운의 인간과 문학」, 『문학사상』, 1973.1, 86면. 『창작과비평』의 「한국시의 반성과 문제점」, 「암흑기의 묵시문학」(황헌식, 1975.겨울)의 경우, 한용운의 추상적이고 중의적인 표현체계에 대해 심오하게 육화된 불교적 색채라고 언급했다.

다. 소설의 주된 서사와 무관하게 민족적 저항을 강조하며 독립투사 한용운을 기리고 있었다. 『창작과비평』에서 한용운을 고평하는 것도 바로 이 지점, "우리나라 최초의 근대시인이요. 3·1운동 세대가 낳은 최대의 문학자"[17]라는 데 있다. 그런 측면에서 연이어 다음 호에 한용운의 독립사상론을 배치한 것도 근대문학, 민족문학의 기점 내지 중심으로 한용운 문학을 배치하려는 기획의도라고 이해된다.

　　1970년대의 『창작과비평』은 만해를 통해 근대문학, 저항문학의 가치를 제도적으로 공식화하며 시민문학론 이후 답보 상태에 놓여 있던 매체 성격을 재정비해 나간다. 신경림의 만해문학상 수상은 이러한 매체적 변화의 징후를 뚜렷하게 보여주는 하나의 기점으로 상징적인 의미가 있는 것이다. 앞서 언급한 것처럼 정부의 통치체제가 강화되는 시점과 맞물러 제정된 만해문학상은 실제로도 그 영향 때문에 문학상의 심사와 수상이 지연되기도 했다. 그런 맥락에서 이 글은 1970년대 창비의 민중적 성격이 재편되는 여러 계기와 과정 가운데 시문학의 역할에 주목하고자 한다. 특히 신경림의 만해문학상 수상 이후 강화된 시문학 지면을 통해 민족, 민중적 현실과 그 당대적 의미를 정리하려고 한다.

17　염무웅, 「만해 한용운론」, 『창작과비평』, 1972.겨울, 727면. 이는 백낙청의 「시민문학론」에서 강조된 논의를 논거로 삼은 것이다. 초기 『창작과비평』에서 한용운 평가의 방향은 김나현, 앞의 글, 516~521면.

2. '창비'의 신인들—민중시 창작에 대한 비평적 모색

1970~1980년대의 대표적 민중시인으로 기억되는 김남주는 자신의 시 창작에 러시아 및 제3세계 시인들이 중요한 영향을 끼쳤다고 여러 차례 밝힌다. 그의 시 가운데도 하이네, 마야꼬프스키, 네루다, 브레이트, 아라공 등 저항과 혁명을 노래한 시인들을 의미심장하게 열거한 작품이 있는데, 김남주는 이들을 가리켜 "사랑마저도 그들에게는 물질적이다 전투적이다 유물론적"이라면서 시 창작의 유물론적인 관점과 시의 사회적 역할에 대해 재차 강조했다.(「그들의 시를 읽고」) 요컨대 하나의 시적 소재로서만이 아니라 저들 외국시인은 김남주가 영향을 받은 시인군이다. 김남주가 『창작과비평』으로 등단할 무렵에 적지 않은 영향을 준 시인 중 하나가 바로 네루다[P. Neruda]였다.

김남주가 회고한 문청 시절의 기록에 의하면, 하숙방에서 선배가 『창작과비평』(「고 김수영 특집」, 1968)에 실린 김수영의 시를 낭송할 때 처음으로 『창작과비평』이라는 잡지를 알게 된다. 『창작과비평』을 읽으며 그는 민중의 삶을 "알기 쉬운 말로 써 놓은" 시가 기성문단에서도 가능하다는 사실에 놀라워했는데 그가 느끼기에 김수영의 시는 그러한 종류의 시와는 무관해 보였다.[18] 김수영의 시는 1970년대 『창작과비평』에 주로 실린 시들의 일반적 형식이나 민중적 정서와는 일정한 간극이 있었다. 김남주의 이러한 인식은 1960년대를 대표하는 가장 진보적인 시인으로 여러 논쟁의 중심에 있던 김수영이 『창작과비평』의 진

---

18 김남주, 「암울한 현실을 비춘 시적 충격」, 『문학에세이—불씨 하나가 광야를 태우리라』, 시와사회사, 1994, 22면.

보적 민족문학론과 괴리를 보여주는 한 예이다. 후술하겠지만 민중시 담론 내에서 모더니즘시는 전형적인 지식인 문학으로 인식되며 이를 반성하고자 하는 움직임이 나타났다. (백낙청의 김수영에 관한 입장만이 아니더라도) 『창작과비평』은 시사詩史적으로 김수영을 "『문학과지성』의 대표적 시인"들에게 영향을 미친 비판적 지식인으로 분류한다.[19] 이처럼 1970년대의 주도적인 시적 경향에는 민중상을 발견하고 재현하는 가운데 이전의 모더니즘 시와 결별하는 문학사적 흐름이 있었다.[20] 하지만 김남주에게 김수영은 '네루다'라는 제3세계 시인의 문학과 사상을 소개하는 번역자이기도 했다.

네루다의 시가 한국에 번역되기 시작한 것은 김남주가 읽은 『창작과비평』의 지면이 최초이다.[21] 1968년 여름호에 실린 네루다의 시는 총 6편으로 적지 않은데 번역사인 김수영의 소개란에도 언급되었듯 그 시들은 초기의 대표작이 아니라 1950~1960년대에 발표한 시들이다. 네루다는 1930년대에 내면적이고 초현실주의 경향의 시집 『지상의 거처 Tercera Residencia』와 정치적 망명자로 지낸 1940년대에 서술적 역사시 『대가요집Canto general de Chile』을 발간했는데, 김수영이 번역한 시는 초현실주의적이고 정치적인 성향보다는 소박한 주제와 시어로 노래한 시풍이 두드러진다. 김수영이 네루다의 후기시가 왕년의 경향과 달리 경구조警句調의 스타일로의 변화를 보여 주며 이것이 비평가로 하여금 호평을

---

19 최하림, 「문법주의자들의 성채」, 『창작과비평』, 1979.봄, 321~322면.
20 곽명숙, 「1970년대 한국시에 나타난 민중의 의미화와 재현 양상」, 서울대 박사논문, 2006, 133면.
21 네루다 문학의 수용사에 관해 김현균, 「한국 속의 빠블로 네루다」, 『스페인어문학』 40, 한국스페인어문학회, 2006 참조할 것.

받게 했다고 소개한 사정도 여기에 있다.[22] 1950년대 중반 이후 네루다의 시가 달라진 원인은 스페인 내전과 관련 깊은데 민중에게 다가가기 위해 네루다의 시가 좀 더 단순해진 것이다.[23] 시의 내용과 무관하게 네루다는 지식인과 민중의 연대라는 점에서 상징성이 있는 시인이다. 에렌부르크[I. G. Erenburg]가 쓴 네루다론 역시 이 점을 역설한다. 네루다의 생애와 문학은 그 자체로 현대의 중요한 문제 중 하나인 민중의 노동과 투쟁, 그리고 여기서 시 창작의 새로운 과제를 제기하며 독특한 세계문학사적 위상을 지닌다.[24]

김남주는 민중의 참담한 현실을 고발한 네루다의 남다른 풍모에 매료되었고, 특히 『창작과비평』에 실린 시들의 경우에는 "10월 유신이 자행되기 며칠 전 (…중략…) 당시의 내 심정을 그대로 노래"했다고 느끼거나, "달달 외울" 정도로 문청시절에 매우 강렬한 인상을 주었다고 회고했었다.[25] 사실 김남주의 흥분은 네루다의 번역이 비교적 이른 시기

---

22 김수영, 「저자소개」, 『창작과비평』, 1968.여름, 183면.

23 R. 블라이, 김영무 역, 「네루다의 시세계」, 백낙청 편, 『문학과 행동』, 태극문화사, 1974, 192면. 이 글은 블라이가 1966년 미국에 방문한 네루다를 만난 직후에 쓴 글로서 네루다의 시선집 서문과 회견기를 번역한 것이다. 그런데 공교롭게도 이 책에는 네루다론에 이어 김수영의 「시와 행동」이 실려, 김현균은 스페인 내전, 4·19혁명 후 두 시인 모두 변화가 있었다는 공통점과 김수영의 네루다 번역 작업을 염두에 두고 이러한 편집체계를 의미심장하게 보았다(김현균, 앞의 글, 213면). 하지만 책의 목차를 보면 리얼리즘 시와 리얼리즘 소설에 관한 글이 연도별로 번역되고 그 다음에 염무웅과 김수영의 글 한 편씩이 소설과 시의 영역에 각각 배치된 것을 알 수 있다. 책임편집을 맡은 백낙청은 서구 문학이론을 단순히 소개하고 정전화하는 데 목적을 두지 않겠다면서 책에서 한국의 관점을 나란히 배치했다고 강조했다. 염무웅과 김수영의 글은 그런 차원에서 수록된 것이어서 네루다와 김수영을 의식적으로 붙여서 편집한 것 같아 보이지 않다. 백낙청, 「해설 : 현대문학을 보는 시각」, 백낙청 편, 위의 책, 21면.

24 에렌부르크, 「P. 네루다론, 조국 칠레를 사랑하듯 칠레의 술을 사랑하고」, 파블로 네루다, 박봉우 역, 『네루다 시집』, 성공문화사, 1972, 231면.

25 김남주, 「암울한 현실을 비춘 시적 충격」, 위의 책, 25, 31면.

였기 때문에 가능한 것인지 모른다. "60년대의 일방통로적인 순백색의 번역 작품"이 아닌 "제3세계의 작품의 번역 이입에 대해 약간의 물꼬가 터지기 시작"해,[26] 네루다의 시처럼 제3세계의 급진적 문학이 활발히 소개되는 1970년대 중반만 하더라도 이처럼 낯설고 충격적인 인상을 받기 어렵다. 그런 측면에서 제3세계문학이 이질적인 세계문학으로, 또한 이념적으로도 생소했던 시기에 네루다의 시를 『창작과비평』에 번역한 김수영의 행보는 예사롭지 않다. 그런데 실은 1960년대부터 에렌부르크, 예프투센코, 보즈네센스키 등의 러시아 해빙기 문학에 대해 관심을 두며, 이를 외면한 한국의 국제펜클럽이 세계적인 문학기구로서 제 역할을 못하고 있다고 지적하기도 할 정도로 김수영은 러시아, 폴란드, 독일 문학을 많이 번역했다. 네루다의 문학도 『창작과비평』에 그의 시를 옮기기 전에 『현대문학』에 J. M. 코헨의 평론(「내란 이후의 서반아시단」, 『현대문학』, 1960.4)을 번역하면서 이미 소개한 적이 있었다.[27] 다만 『현대문학』의 네루다가 다분히 4·19 직후의 문학사적 맥락에서 냉전과 혁명의 산물로 이해되었다면, 『창작과비평』의 네루다는 혁명 후 지식인의 민중의식을 진지하게 보여준 차이가 있다.

---

26 김병길, 『한국현대번역문학사연구』상, 을지문화사, 1998, 387면.

27 박연희, 「1950~60년대 냉전문화의 번역과 김수영」, *Comparative Korean Studies* 20, 국제비교한국학회, 2012, 123~127면. 1960년대 번역장의 지형 속에서 김수영의 네루다 번역이 지닌 시사적 의미를 고찰한 선구적인 논의로는 박지영, 「김수영 문학과 '번역'」, 『민족문학사연구』39, 민족문학사연구소, 2009 참조. 또한 박지영은 『창작과비평』의 동인적 성격을 번역 지면을 통해서도 매우 상세하게 고찰했다. 예를 들어 역자의 말을 달아 그 텍스트 번역의 정당성을 입증하려는 시도가 그러한데, 이는 번역 원텍스트 선택에 번역자의 의지가 가장 큰 역할을 했다는 점을 증명하고 있다. 박지영, 「1960년대 『창작과비평』과 번역의 문화사」, 『한국문학연구』 45, 동국대 한국문학연구소, 2013, 90~91면. 비록 동인의 위치는 아니지만 김수영의 네루다 번역도 그의 입장과 의지가 반영된 『창작과비평』의 지면 체계를 보여준다.

김남주는『창작과비평』에 실린 네루다의 시 가운데「야아, 얼마나 밑이 빠진 토요일이냐!」와 같이 정치적 메시지가 강한 시에 유독 관심을 보였으며, 정치적 결단이 실존적으로 형상화된『창작과비평』등단작「진혼가」부터 이미 그러한 네루다적 시풍, 즉 "전투적인 정서"[28]가 두드러졌다고 할 수 있다. 그에게 시는 "총구가 내 머리숲을 헤치는 순간" 느낀 공포와 신념을 동시에 지닌 채 나아가야 할 "싸움"의 상징적 행위이다.[29] 이처럼 김남주에게 시의 위상과 사명은 오로지 투쟁을 위한 데 있었다. 염무웅의 진술처럼 당시 그에게 가장 중요한 했던 문제는 문학이 아니라 현실참여였고[30] 따라서 그의 시적 분위기와 특징은 매우 명료하다. 김남주의 첫 시가 유신의 가혹한 유신통치에 저항한 옥중시였다는 점은 잘 알려진 바이다. 신인임에도 불구하고 현실참여적 문학 이상의 뚜렷한 정치적 입장을 과감하게 드러낼 수 있었던 것은『창작과비평』의 혁신적인 등단제도 덕분이었다.

김남주(1974)뿐만 아니라 최민(1969), 김창범(1972), 이종욱(1975)은『창작과비평』에서 등단한 이후 지속적으로 시와 평론을 발표한『창작과비평』의 대표적인 신인들이다. 김수영이 전후의 문단추천제에 대해 개성 있는 시인의 대망을 가진 사람이라면 매너리즘에 빠진 오늘날과 같은 치욕적인 추천제도에 응하면 안 된다고 강조했듯(「문단추천제 폐지론」, 1967) 문단권력의 타성으로부터 새로운 등단제도의 재편이 요구되

---

28 브레히트, 네루다 등의 혁명시인들로부터 김남주가 영향을 받은 것은 시의 형식적 측면보다 내용적 측면이고, 특히 김남주 스스로 계급적 관점을 전투적인 정서로 단순화하여 명료하게 표현하는 것을 시의 목표라고 했다. 김남주, 위의 책, 260면; 염무웅·임홍배,『김남주 문학의 세계』, 창비, 2014, 314면.
29 김남주,「진혼가」,『창작과비평』, 1974.여름, 273면.
30 염무웅,「역사에 바쳐진 시혼」, 염무웅·임홍배, 앞의 책, 87면.

는 상황에서『창작과비평』은 기존의 추천제와 과감히 절연한다. 물론
『창작과비평』이 신인추천제를 거부했다고 해서 신인 발굴에 무관심했
던 것은 아니다. 잡지에 작품을 수록한 신인은 다른 절차 없이 기성 작
가로서 활동할 수 있었고『창작과비평』은 암암리에 이들의 시집 발간
을 지원했다. 이는 문학지로서『창작과비평』의 권위를 보여주는 방식
이기도 하다.[31]『창작과비평』은 추천제 대신에 편집자가 직접 자신의
이념에 부합하는 작가와 작품을 발굴하거나 투고작을 심사해 게재하
는 파격적인 편집체계를 취했다.[32]『창작과비평』에 실린 신진 작품은
매체의 이념과 성격, 편집위원의 비평관을 공고히 하는 중요한 계기
중 하나였다. 가령『창작과비평』에서 비교적 이른 시기에 민중문학을
공론화했을 때[33] 앞서 언급한 신인들 중 최민은 이미 신경림이나 김지
하와 함께 1970년대 민중시 계열에 포함되어 있었다. 최민 시를 통해
소위『창작과비평』계열의 민중시가 확대되는 비평 구조를 읽어볼 수
있겠다.

　「민중언어의 발견」(1972)은 민중적인 주제와 언어가 드러난 시를 소

31　이승하, 「산업화 시대의 시인들」, 『한국의 현대시와 풍자의 미학』, 문예출판사, 1997,
　　222면.
32　고봉준은 문단 권력의 온상으로 비판 받던 추천제 대신 신인의 투고작을 그대로 게재하
　　는『창작과비평』의 파격적인 편집 체제를 4・19세대의 새로움과 진보성의 표현으로
　　설명한 바 있다. 고봉준, 「민족문학론 속에 투영된 지식인의 욕망과 배제의 메커니즘:
　　백낙청과『창작과비평』을 중심으로」, 문학과비평연구회 편, 『한국 문학권력의 계보』,
　　한국출판마케팅연구소, 2004, 264면.
33　이경란에 의하면 여러 학문분야에서 언급된 민족과 민중, 민주주의, 여성 등의 문제는
　　1970년대 중후반이 돼서야 민중이라는 통합담론으로 만들어지는데, 문학의 경우 민중
　　에 대한 접근이 상당히 빨랐다. 그것은『창작과비평』에 실린 조태일의 글(「민중언어의
　　발견」, 1972.봄) 때문이다. 이경란, 「1950~1970년대 역사학계와 역사연구의 사회담
　　론화」, 『동방학지』 152, 연세대 국학연구원, 2010, 375면.

개한 글이지만 아울러 이들 시인에게 공통된 시적 경향, 곧 '창비의 시'라고 할 만한 성격과 특징을 소개하는 데 역점을 둔 글이기도 하다. 가령 글의 서두는 최근 풍성한 시단의 시들이 "외국 시론의 실험실습장"이고 "미세, 말초적인 것"을 경박하게 표현할 뿐이라고 힐난하고 있지만 결국 『창작과비평』의 시가 이와 다른 경향에 속해 있음을 강조하는 방식으로 논지가 전개된다. 그 가운데 신인 최민은 "역사의식과 상황의식", 곧 염무웅이나 백낙청이 표방한 리얼리즘 문학론의 조건에 부합하는 텍스트로 고평된다.[34] 이듬해 신경림에 의해서도 시어가 투박하지만 그 감동이 현실적이라는 호평을 받으며[35] 최민은 『창작과비평』에서 비교적 많은 시를 발표할 수 있었다.

> 길 바닥에 주저앉아 우는 아이는
> 어디서 그 울음을 보상받을까?
> 나는 모른다
> 내 귀청에는 울리지 않는 시끄런 고함들이
> 공기를 가득 채우고 있는 것도 나는
> 모른다[36]

> 반대한다
> 내 두개골이 내 얼굴을 밀어내듯

---

34 조태일, 「민중언어의 발견」, 『창작과비평』, 1972.봄, 81 · 93면.
35 신경림, 「현실에 대한 깊은 갈등 부각」, 『경향신문』, 1974.8.21.
36 최민, 「나는 모른다」, 『창작과비평』, 1969.여름, 442면.

거울 속에서 나는

반대한다[37]

　하지만 최민의 등단시는 이처럼 내면의 갈등을 난해하게 표현하는
관념적인 경향의 시였다. 가령 이 시에서 강조되는 것은 당대 현실의
분명한 이미지가 아니라 우울한 시적 분위기를 전달하는 화자의 불분
명한 심리상태에 있다. 우는 아이를 외면하지도 달래주지도 못하는
'나', 거역의 목소리를 거울 속 무의식의 세계를 통해서만 확인하는
'나'는 극도의 긴장과 분열된 상태로 재현된다. 이는 분명 냉혹한 현실
또는 억압 받는 주체를 시사한다. 하지만 중요한 것은 그에 대한 비판
적 어조가 분노의 직접적인 표출이 아니라 순화된 시적 정서와 자기 응
시로서 현실과 일정한 거리를 유지하고 있다는 점이다. 흥미롭게도 초
기시에서 보여준 불안하고 혼란스런 독백은 1970년대 시대적 흐름과
맞물려 "철문앞 웅기중기 모여선 사람들 아무도 모른다 왜 문이 닫혔는
지 갑자기 왜 쫓겨나게 되었는지"[38]를 묻는 자의식으로 바뀐다. '모른
다'라는 서술어의 주체가 나로부터 노동자로 변했을 때 그의 시는 이제
국가경제의 발전으로부터 소외된 민중의 삶과 분노를 표현하는, 이른
바 민중시 계열로 재진입하게 된다.

　조태일이 최민의 시를 민중시의 가능성으로서 평가한 맥락을 다시
살펴보면 그의 시는 도시적인 병든 삶과 소시민적 삶을 철저하게 비판
한 극히 현실지향적인 행동의 미학이다.[39] 개인의 감수성과 개별적 일

37　최민, 「저녁 식사 중의 확인」, 위의 책, 446면.
38　최민, 「폐문」, 『창작과비평』, 1975.여름, 13면.

상이 아닌 군중의 삶을 드러낸 문학이 바로 최민의 시였다. 그런데 행동의 미학, 행동의 시란 백낙청이 소시민적 경향의 문학에 대해 신랄하게 비판하면서 이와 변별되는 차원으로 김수영 문학을 일컬어 사용한 수사이기도 했다. 「시민문학론」 직전에 백낙청은 김수영 문학을 행동(삶)과 시가 일치하는('행동의 도구로서의 시가 아니라 행동의 시') 것으로 고평한 「김수영의 시세계」(1968)를 발표했다. 이 글은 김수영 사후 그의 문학에 대한 최초의 평가라고 알려져 있는데[40] 1960년대 참여문학론으로부터 김수영을 분리해 시민문학론의 전범으로서 전유하는 맥락도 간과할 수 없다. 민중을 선도하는 차원에서의 시가 아니라 민중적 삶에서 시적 언어를 모색하자는 조태일의 저 글은 삶과 일치하는 문학에 대해 역설했던 백낙청의 글과 서로 닮아 있다. 요컨대, 1970년대 초반만 하더라도 민중시 개념과 범주는 백낙청 초기 비평의 자장 안에 머물러 있었다.

4·19혁명 이후 부상한 시민의식은 1970년대에 들어 토착화된 용어와 이념으로 설명되는데 「한국문학과 시민의식」(1974)에서 강조하는 한국적 시민의식과 비교해보면 그 변화가 비교적 뚜렷하다. 농민문학을 시민문학으로 호명하는 이 글에서는 지역적, 계급적인 주체와 인식의 문제가 시민문학론의 맥락과는 전혀 다른 맥락에서 논의되고 있었다. 백낙청은 서구 시민계급의 부르주아 의식을 극복하는 한편 무엇보다 반제, 반봉건적 시민의식이 긴요한 당대 현실에 대해 언급하며 무

---

39 조태일, 「민중언어의 발견」, 앞의 책, 92면.

40 황동규, 「양심과 자유, 그리고 사랑—머리말을 대신하여」, 『김수영 전집 별권—김수영의 문학』, 민음사, 1997, 11면.

엇보다 "절실한 민중적 체험에 근거한 농민문학의 시민문학적 의의"[41]를 강조하고 있기 때문이다. 백낙청이 이처럼 반제 반봉건의 민족, 민중 의식에 입각한 논의로 시민의식의 의미망을 확대한 시기는 1974~1975년 무렵이다. 이는 민족적 모순과 위기를 은폐시키기 위해 더욱 강화된 통치체제의 변화에서 기인한다.

3. 민족·민중 용어의 교두보—「서평」에 나타난 민중시 담론

> 주지하다시피 정부에서는 이른바 한국적 민주주의를 표방함과 거의 때를 같이하여 민족문화의 중흥을 위해 막대한 국가예산을 투입하고 있다. (…중략…) 민족문학의 이름이 이렇듯 민족적 현실과 동떨어진 허구의 문학, 더 나쁘게는 완연한 어용의 문학을 위해 동원되고 있음을 볼 때, 아예 이처럼 더럽혀진 이름을 버리고 싶은 충동도 일어난다. (…중략…) '4월도 알맹이만 남고……' 그리하여 1970년대의 중턱에 선 우리는 4·19혁명에 의해 시작된 역사적·문학적 과업이 바로 오늘 우리의 과제라는 인식이 뚜렷해지게 되었다. 뿐만 아니라, 지난 2~3년간 그 어느 때보다 혹독했던 시련에도 불구하고 머지 않아 이 과제가 일단의 완수를 보리라는 확신에 차게 되었다. (…중략…) 민주회복이야말로 민족문학 본연의 사명에 밀착된 목표이며 현단계의 가장 시급한 과제임을 다시금 절감하는 것이다.
>
> —「민족문학의 현단계」, 『창작과비평』, 1975. 봄

---

41 백낙청, 「한국문학과 시민의식」(『독서신문』, 1974.10.6), 『민족문학과 세계문학』 1, 창비, 2011, 102면.

1971년 대선을 앞둔 시기에 민족적 경제성장에 관한 논의는 국민경제와 민족경제의 범주가 혼동된 상태로 진행되었다. 박현채, 조용범 등을 필진으로 하여 1970년대 중반부터 민족경제론이 『창작과비평』에 대거 실리지만[42] 초기에 발표된 「경제발전과 민족적 주체성」만 하더라도 친정부적인 발언이 적지 않았다. 예컨대 경제개발 5개년 계획을 수립하여 다른 나라 사람들도 경탄하는 고도성장률이 국가 간의 경쟁력을 높이고 이로써 민족적 주체성의 확립, 유지, 발전이 가능하다며 국가 성장주의에 대한 민족적 전망을 제기한 글도 『창작과비평』에서 어렵지 않게 찾아볼 수 있다.[43] 따라서 민족 혹은 민중 개념을 통치 이데올로기와 변별하여 전유하는 것이 주요과제가 된다. 백낙청 역시 민족의 역사성을 배제한 채 순수문학, 어용문학으로 민족문학의 개념이 남용된 측면을 비판하면서도 민족문학의 타당성은 민족경제라는 개념의 의의만큼 중대하기 때문에 쉽게 다른 개념으로 바꿀 수 없다고 지적했다.[44] 다시 말해 「민족문학의 현단계」에서 드러난 백낙청의 염려처럼 민족문학은 유신의 통치 담론에 연루될 가능성을 해소하기 위해서라도 새로운 개념이나 담론을 창안할 필요가 있었다. 민족, 시민, 민중 개념이 통치권의 범주로 전유되는 상황이 도래하자 『창작과비평』의 담론

42 한영인, 「1970년대 『창작과비평』 민족문학론 연구」, 연세대 석사논문, 2012 참조.
43 신용하, 「경제발전과 민족적 주체성」, 『창작과비평』, 1971.가을, 755·758면. 1971년 대통령 선거에서도 박정희는 민족적 민주주의 담론을 표방하며 정권의 정당성을 확보해가고 있었고, 민족과 국가를 위한 경제건설이라는 레토릭은 실제 탈민족, 탈국가, 탈정치 논리를 관철시키며 일상과 의식을 통제하는 이데올로기에 불과했다. 홍석률, 「1971년 대통령선거의 양상―근대화 정치의 기능성과 위험성」, 『역사비평』 87, 역사비평사, 2009.5, 488면.
44 백낙청, 「민족문학이념의 신전개」(『월간중앙』, 1974.7), 『백낙청 평론집』, 창비, 2011, 155면.

지형도 변화하기 시작한다.

1970년대 중반으로 갈수록 『창작과비평』은 근대화 과정에서 희생된 민족문학(인)과 한국의 현실정치에 관심을 두면서 지배권력에 대한 비판의 수위를 높여나간다. 앞서 인용한 「민족문학의 현단계」는 훗날 백낙청 스스로 밝혔듯 긴급조치 9호가 발동되고 민주회복운동이 진행된 시점에서 발표되었다.[45] 유신 이후 "온갖 공포 분위기"를 절감하며 개헌청원지지 성명, 자유실천문인협의회 선언 등의 집단적 행동이 일어나는 때와 맞물려, 4월 혁명은 이제 세계보편의 시민의식보다 "건강한 민족의식, 민중의식을 부분적으로나마 되찾아준 사건"으로서 의미가 크다.[46] 여기서 '부분적'이라고 제한을 둔 것은 4·19가 미완의 혁명인 까닭도 있지만 이를 서구식 자유민주주의 사상의 승리로서 평가해온 관점 때문이다. 백낙청에게 있어 한국적, 민속적, 토속적이라는 범주는 "민족적 저항의 최후의 거점"[47]으로서 당대 리얼리즘 문학에 있어 필수조건이 된다. 따라서 신동엽의 '사월의 알맹이', '동학년의 아우성'이라는 시구절을 곱씹으며 백낙청은 4·19 이후 문학의 쇄신 방향은 무엇보다도 반제, 반봉건적 민족의식과 민중의식, 곧 정치의식과 역사의식의 구현이며 이를 통해 억압적인 통치성, 조국 근대화 구호의 허구성을 폭로할 수 있다고 거듭 강조한다.

그런데 시민문학 대신에 민중문학이 급부상하게 된 시점은 백낙청뿐 아니라 『창작과비평』의 성격 및 편집체제가 변화한 시기와도 맞물려 있

---

45 백낙청, 「살아있는 신동엽」(『민족문학의 새단계』, 창비, 1990), 구중서·강형철 편, 『민족시인 신동엽』, 소명출판, 1999, 14면.
46 백낙청, 「민족문학의 현단계」, 『창작과비평』, 1975.봄, 39~40면.
47 위의 글, 62면.

어 주목된다. 이호철의 발언에 주목해 보자. 그는 1970년 봄호(제15호)를 『창작과비평』 변모의 이른바 분수령으로 강조하며 "16호 이후 대개 26호까지, 그러니까 연대로 치면 69년 말부터 72년까지"를 "처음의 모더니즘 취향"에서 "토착적인 어떤 터"로 자리 잡기 시작한 것으로 정리한바 있다.[48] 이호철이 언급한 이 시기가 「시민문학론」을 발표한 뒤 유학을 떠난 백낙청의 『창작과비평』 공백기간과 정확히 맞물려 의미심장하기도 한데, 가령 원고청탁을 담당한 염무웅의 비평관이 4년 사이 『창작과비평』에 실린 작품의 성격을 뚜렷하게 만든 셈이다. 그렇다면 『창작과비평』에서 등단해 활동한 시기(1969~1977)를 염두에 둘 때, 앞서 살핀 최민은 『창작과비평』의 변모시기 및 민중시의 과도기적 흐름에 등장한 신인으로 이해된다. 1970년대에 들어서면 그는 어느덧 등단 초기의 방황과 혼란에서 벗어나 시대의 모순을 적나라하게 표현하고 과격한 시어를 구사할 뿐만 아니라 그에 대한 비평적 관심도 더욱 확장된다.

『창작과비평』에서 최민의 시는 문학적 표현의 한계가 분명해도 비평 대상으로서 소홀하게 다루어지지 않았다. 이는 민중시의 성격과 개념이 비평적으로 안착되지 않은 상태에서 가능했던 일인지 모른다. "우리들의 해골들이 오글오글 비명 지르며 모여 사는 서울",[49] "우리 모두

---

48 「『창비』 10년―회고와 반성」, 『창작과비평』, 1976.봄, 11면. 권보드래 역시 이 좌담에서의 이호철 발언에 주목해 방영웅의 『분례기』를 중심으로 『창작과비평』 초창기의 성격을 고찰한 바 있다. 권보드래, 「4월의 문학혁명, 근대화론과의 대결」, 앞의 책, 295~304면. 『창작과비평』의 편집방향 내지 매체성격에 관해 여러 논자들도 지적했듯 초기 『창작과비평』은 모더니즘 계열의 필자가 공존하며 뚜렷한 성격을 보이지 못했다. 이현석, 「4·19혁명과 60년대 말 문학담론에 나타난 비-정치의 감각과 논리」, 『한국현대문학연구』 35, 한국현대문학회, 2011.12, 김현주, 「1960년대 후반 자유의 인식론적, 정치적 전망―『창작과비평』을 중심으로」, 『현대문학의 연구』 48, 한국문학연구학회, 2012.
49 최민, 「여행」, 『창작과비평』, 1971.가을, 710면.

도살장 앞마당에 모인 개새끼들"[50] 등 인간의 존엄성을 상실하거나 또는 유린당한 시대 풍경이 비록 생경한 이미지로 드러난다고 해도, 민중적 삶과 시각을 추구했다는 점에서 최민의 시는 끊임없이 주목을 받았다. 요컨대 서구의 쉬르풍 대신에 토착적인 정서와 사상, 아픔을 특별하게 강조한 조태일에 의해 최민의 생경하고 저항적인 시어들은 광범위한 차원에서 민중언어로 승격되었고[51] 신경림 시에서 드러난 농촌의 토착어라든지 김지하의 풍자와 민요정신와 함께 민중적 시로 분류되었다.

   물론 최민 문학을 민중적인 성격으로 단정 짓지 않는 다른 논평도 있었다. 당시 유종호는 조태일 등의 『창작과비평』 비평가들과 달리 최민의 시집 전반을 대상으로 삼아, 특히 「나는 모른다」를 비롯해 유독 초기시가 보여준 내면의 분열된 이미지에 주목했다. 또한 「추수」, 「밤의 서울」, 「끝장」 등의 현실비판적인 시 역시 민중직 싱격이 가미된 시로 이해하지 않았다. 다만 "사회현실에 대한 관심" 정도로 소박하게 규정하고 오히려 이를 "스테레오타입이란 복병", "최악의 구절"로 혹평한다.[52] 김지하를 비롯해 신경림, 조태일, 고은 등의 시처럼 유신과 개발독재, 피해계층에 관심을 기울인 문학이 당시에 주도적인 시적 흐름으로 등장했고 그에 따라 현실지향적인 신인의 문학도 늘어났지만 현실적, 민중적 시문학의 붐에 대해 비평가들은 저마다 선택적인 용어와 담론을 사용할 수밖에 없었다. 이러한 사실은 민중시라는 개념 자체가 1970~1980년대 전유물로서 차지하는 독특한 역사성과 담론의 배경

---

50 최민, 「끝장」, 『문학과지성』, 1971.겨울, 897면.
51 조태일, 「민중언어의 발견」, 앞의 책, 82면.
52 유종호, 「초판 해설: 초민의 시세계─출발과 동행」(1974), 최민, 『상실』, 문학동네, 2006, 127면 재인용.

을 보여준다.

여러 논자들이 밝히듯 민중시는 뚜렷한 유파적 공통성도 없이 모호한 관념 상태에서 사건발생적으로 싱징하고,[53] 분명한 개념 규정 없이 젊은 시인들 사이에서 확대되었으며,[54] 민중과 동일한 범주와 개념으로 이해된 용어였다.[55] 『창작과비평』의 경우 민중시의 용례는 1974년부터 목격된다. 「시와 정치」라는 글에서 민중시는 1960년대 후반 이후의 현실 지향적인 시를 통칭하는 개념으로 쓰이고 있다.[56] 이처럼 아직까지 민중시의 용어가 보편적으로 사용되지 않을 무렵에는 민중의 범주, 민중을 지향하는 관점 또한 뚜렷하지 않아서 민중시가 단순히 리얼리즘 문학의 하나로 사용되었을 뿐이다. 처음으로 민중시 개념을 사용하고 있는 「시와 정치」는 시의 소외와 고립에 대해 쓴 일종의 서평이다. 1974년부터 마련된 『창작과비평』의 서평란은 유난히 시집 소개가 많고 선택된 신간 시집에 대한 논평이 『창작과비평』에서 모색하는 담론의 지형을 드러내고 있어 좀 더 면밀하게 살펴볼 필요가 있다.

이성부(7회), 조태일(7회), 신경림(7회), 이시영(6회), 민영(6회), 양성우(5회), 최하림(4회), 황명걸(4회), 이가림(4회), 정희성(4회) 등은 1980

---

53 황정산, 「70년대의 민중시」, 민족문학사연구소 편, 『1970년대 문학연구』, 소명출판, 2000, 224면.

54 권영민, 「산업화과정과 문학의 사회적 확대」, 『한국현대문학사 1945~1990』, 민음사, 1995, 233면.

55 강정구, 「민중시 형성의 한 과정」, 김윤식·김재홍 외, 『한국현대시사연구』, 시학, 2007, 427면. 강정구는 신경림을 중심으로 민중시의 기원을 살펴보는데 당시 민중시라는 용어가 사용되지 않는 점을 예로 들어 실제 민중시 형성에 대한 정신사적, 양식사적, 방법론적인 측면을 고찰했다. 신경림의 경우는 「나는 왜 시를 쓰는가」(1979)에서 민중시라고 썼지만 『창작과비평』의 경우 1974년에 민중시 용어가 사용되고 있었다.

56 백승철, 「시와 정치」, 『창작과비평』, 1974.가을, 758면.

년까지 『창작과비평』에 창작시를 가장 많이 발표한 시인들이며 모두 시문학사에서 현실주의 문학의 위상을 지닌다. 그와 함께 '이것이 민중의식이다'라고 할 만한 시들이 1970년대 중반 이후 지속적으로 증가하면서 이른바 창비 계열이라는 독자적인 시풍이 조성되기에 이른다.[57] 민중시를 중심으로 『창작과비평』의 시문학에서 뚜렷한 성격과 성과가 가시화되자 다른 한편으로 이를 문제 삼는 발언도 당시에 있었다. 가령 창간 10년을 맞이해 진행한 좌담에서 한 편집위원은 "요즘 『창작과비평』의 시들을 보게 되면 대개 이 『창작과비평』이라는 잡지를 너무 의식하고 쓴 시가 아닌가 하는 인상을 받아요. 30호 뒤에 가서 더 그런 현실이 고조"된다고 민중지향적인 시들에 편중된 『창작과비평』의 투고작 내지 편집방향을 지적하기도 했다.[58] 여기서 '『창작과비평』 30호 뒤의 현실'이란 1974년부터의 지면 현황을 일컫는데 백낙청이 복귀하고 1년이 지난 후에 서평란이 새로 구성되고 논문의 단독 지면이 늘어났다. 논문의 경우 문학 이외에도 역사학과 경제학, 신학 등으로 다양해지고, 서평은 시의 역사성과 현실성을 강조하는 논의에서 점차 민중과의 연대의식을 역설하는 방향으로 진전되었다.

---

57 소위 창비 계열의 시는 『창작과비평』에 게재된 시의 유형뿐만 아니라 '창비 시선'을 통해 설명하는 것이 더욱 타당할 것이다. 대중으로부터 소외된 시와 달리 1970년대에는 시집이 대량 생산된다. 이승하는 이를 '시집의 상품화 현상'으로 보면서 그 원인 가운데 하나로 "계간지를 내는 특정 출판사에서 평론가의 격찬을 등에 업고 나온 시집이 판수를 거듭하는 경우", 즉 일정한 이념과 유파를 지향하며 출간된 다수의 시집을 논했다. 이승하, 앞의 책, 223면. 계간지의 시대에 엿볼 수 있는 등단과 문학상, 출판 등의 문제는 제도의 문제이면서 동시에 담론의 위계질서에서 초래된 것이기도 하다. 그런 맥락에서 『창작과비평』의 민중시 담론을 검토하는 다른 한편에서 그 제도적 영향을 '창비 시선'을 통해 고찰할 필요가 있다. '창비 시선'을 포함해 1970년대 계간지의 출판전략과 담론지형, 정전의 문제에 대해서는 다른 지면을 통해 좀 더 면밀하게 살필 계획이다.

58 「『창비』 10년」, 앞의 책, 24면.

민중시의 필요성과 더불어 한계점 역시 쟁점화되면서 개별 시인에 대한 평가도 달라지는데, 가령 박두진의 경우 청록파지만 역사의식이 두드러진 시인으로 해석되다가 개인주의 문학의 전형으로 비판되는 비평적 낙차를 보인다. 『창작과비평』에는 박두진의 『고산식물』(1973)과 『야생대』(1977) 두 권의 시집에 대한 서평이 실렸다. 1974년에 구중서는 박두진의 최근 시집보다 초기시세계를 재조명하며 그의 시에 드러나는 의인의식이 순수지향적인 동년배 시인들과 다르다고 평가했다. 가령 「푸른 하늘 아래」에서 '양떼'를 무찌르는 '이리'를 세계열강, 일제, 권력자 등의 시대적 알레고리로 해석하며 청록파로서의 그의 정체성을 현실주의적인 면모로 돌려 설명한다.[59] 반면 1978년에 김종철은 '현실 체험의 이미지가 매우 드물다'라면서 구중서가 특화시킨 박두진의 역사의식과 전혀 다른 해석을 보이며 박두진 문학에 대해 다소 불편해한다. "시인은 성자가 아니고 가장 타락되고 오염된 세상 가운데서 타락의 힘에 의지하여 진실에 이르려는 사람"[60]이라는 인상 깊은 서두와 함께 이 글은 박두진 시의 종교적 관점과 여기서 드러난 문제성을 전면적으로 비판하는데, 시인의 종교의식 자체가 문제라기보다 왜곡되고 타락한 현실 속에서 진실을 구체화하거나 밝혀내지 못한 시의 관념성을 지적하고 있는 것이다. 박두진의 문학적 변모를 충분히 감안하더라도 1970년대 후반에 이르러 달라진 평가는 예사롭지 않다. 사실 박

---

59 구중서, 「시와 역사의식」, 『창작과비평』, 1974.가을, 718~720면. 이와 같은 논평이 가능했던 것이 당시 박두진이 유신체제 아래 문학인들의 정치적 성명서에 적극 동참하며(김웅교, 『박두진의 상상력 연구』, 박이정, 2004, 49면) 비판적 지식인으로서의 행보를 보였던 데 있지 않나 추측해 본다.

60 김종철, 「시와 역사적 상상력」, 『창작과비평』, 1978.봄, 219면.

두진뿐만 아니라 이 무렵에 다른 서평에서 시에 드러난 종교적 관점에 대한 비판적 논의가 종종 있었다. 이러한 평가의 대부분은 "개인적인 신앙의 형태"[61]에 머문 기독교적 시의식을 문제로 삼는다.

억압받는 피지배층 또는 저항계급으로서 부각된 민중이 1970년대 한국시의 중요한 문학담론으로 자각된 것은 이 시기의 주변 학문 또한 마찬가지여서 더욱 중요한데, 이를테면 유신체제의 성립 이후 1970년대 말까지 민중론은 민중신학 분야에서도 논의가 활성화되었다.[62] 1970년대에 들어서자 기독교장로회 일부는 성서에 대한 민중적 해석을 전파하며 영혼 구원으로서의 인간해방을 민중해방의 논리로서 역설했다. 특히 1975년 이후 민중신학은 본격화된다. 그해 3월 1일 민청련 사건에 연루된 교수들의 석방을 환영하는 자리에서 안병무는 「민족·민중·교회」라는 세목으로 강연했고, 이는 1970년대 민주화투쟁과 민중신학론에 있어 하나의 이정표이자 분기점이 된다. 안병무는 민중 개념과 관련해 라오스^{laos}와 오클로스^{ochlos}라는 성서적 어원을 언급하며 교회의 민중지향적 종교 활동을 정당화했다. 그에 의하면 라오스는 오늘날의 국민이고, 오클로스는 가난한 사람들, 불구자들, 절뚝발이 등의 권외적인 대중 또는 받은 권리를 향유할 수 없는 무리이다.[63] 그런 점에

---

61 위의 글, 220면.
62 1970년대는 산업화의 진전과 저항집단의 성장으로 인하여 민중론이 새롭게 대두될 수 있는 객관적 조건이 마련된 시기였으며 이때의 민중은 지식인들이 정치적으로 의식화할 대상으로 논의된 만큼 이후 민중론이 본격화된 1980년대에 비해 지식인의 역할이 크다. 장상철, 「1970년대 '민중' 개념의 재등장」, 『경제와사회』 74, 2007.여름, 116, 129~136면.
63 안병무, 「민족·민중·교회」(『기독교사상』, 1975.4). 김창락, 「민중의 해방투쟁과 민중신학 1」, 『신학연구』 28, 한신신학연구소, 1987.9, 94~95면 재인용.

서 한국의 오클로스를 구원하고 해방시키는 민중신학이 본격화된 시점이 이때부터라고 해도 무리가 아닌데, 한완상이 『창작과비평』에 발표한 「서민 예수와 그 상황—그의 사회의식을 중심으로」도 같은 맥락에 놓인 글이다.

'서민 예수'라는 제목에서 암시되듯 새로운 구원사로서 이 글에는 식민지기 한국기독교의 독립운동사, 해방 후 기독교의 보수화, 유대인의 박해와 십자가에 못 박힌 예수의 복음 등의 여러 내용이 비교적 상세하다. 이를 통해 한완상은 지금이야말로 민중해방의 복음을 전파할 때임을 강조하고 나선다.[64] 안병무와 마찬가지로 한완상도 민중을 특권층에 대립되는 개념으로 사용하며 정치적, 경제적, 문화적 억압으로부터의 민중 해방을 강조했다. 그것은 기독교가 공동체적 관점이나 사회적 문제를 실천하고 해소하는 데에 있어 긴요한 원천임을 보여준다. 이렇게 민중신학의 측면에서 보자면 개인적 신앙으로 이해되는 박두진 시의 종교의식은 문제적일 수밖에 없었다.

박두진의 시집이 발간된 무렵에 이성선, 함혜련, 김수복, 문익환, 장이두 등 종교의식이 뚜렷한 시집들이 연이어 발간되고 『창작과비평』은 이들 문학을 전폭적으로 「서평」란에 소개한다. 가령 문익환의 경우 미성숙한 시적 구조와 기교의 한계를 비판하면서도 그보다 중요하게 평가한 것은 민주, 민중의식을 구제하기 위해 애쓰는 목사 시인의 면모였

---

64 "짐진 자들로 하여금 편히 쉬게 하겠다는 기쁜 메시지, 곧 복음을 전파하였다. 이 뜻을 우리는 우리 상황에서 깊이 음미해 보아야 한다. (…중략…) 억울하게 압력을 받음으로써 지게 되는 무거운 짐을 진 소외되고 눌린 민중에게 그는 짐을 풀어 주는 기쁜 소식을 전한 것이다. 곧 해방의 기쁨을 전해주는 것이다. 이 기쁜 소식은 개인의 환상 속으로 침전되어야 할 것도 아니요, 개인의 자기만족의 구실로 끝나서도 안된다." 한완상, 「서민 예수와 그 상황」, 『창작과비평』, 1975.봄, 209면.

다.[65] 문익환이 윤동주의 순교자적 이미지와 나란히 배치되었다면, 불교 시인 장이두에 관한 논의 속에는 한용운의 유신론이 중첩된다. 서평에 따르면 장이두의 『겨울 빗소리』(1978)는 실향민의 고통을 '구도적인 여행자의 시선'에서 포착해내되 민중에 대한 애정과 공감을 비교적 절박하게 드러낸 시이다. 이에 대한 짤막한 비평은 후반부로 갈수록 종교의 문제가 부각된 동시대 민중론의 지형을 시사하고 있어 주목된다. 가령 민중의 현실을 도외시하고 권력에 순응하는 종교를 질타하는 가운데 한용운의 「조선불교유신론」을 인용해 종교적 쇄신을 요구한다.[66] 이처럼 1970년대 후반에 이르면 기독교와 불교적 인식이 민중시의 중요한 내용과 형식으로 초점화되는 것을 쉽게 목격할 수 있다.

박두진과 마찬가지로 함혜련의 『강물이 되어 바다가 되어』(1977)에 대해서도 '자기애의 사랑'에 그친 종교시라는 혹독한 비판이 있었는데, 시에 드러나는 종교적 자아가 개체보다 공동체의 삶을 통해서 성서적 구원을 얻어야 했다는 지적이 우세했다. 그런데 이같은 평가 가운데 '수직적 태도'와 '수평적 태도'의 구분이 눈에 띈다. 이러한 표현은 각각 개인주의적, 또는 반대로 민중주의적인 종교의식을 대변하고 있었기 때문이다.[67] 기독교적인 윤리로서 '이웃사랑'이라는 표현은 Horizontalismus 즉 수평주의로서 번역되는데[68] 사회정치적 또는 사회비판적 참여와 구원의 태도가 여기에 포함된다. 이와 같이 1970년대에 등장한 다양한 관점의 종교시가 후반기에 이르러 민중신학론과 결합되

---

65 민영, 「시와 인간의 구제」, 『창작과비평』, 1978 가을, 347~348면.
66 위의 글, 351면.
67 정호승, 「수직적 삶의 시와 수평적 삶의 시」, 『창작과비평』, 1978.봄, 233~235면.
68 박상래, 「세계의 인간화와 교회의 사명」, 『창작과비평』, 1974.12, 1155면.

자, 그것은 민중시의 중요한 범례가 되었다. 즉, 민중은 이웃이자 구원의 대상이며[69] 시인은 엘리트를 청산하고 민중이 공감하는 시를 창작해야 마땅하다는 것이다. 초창기 『창작과비평』의 현실주의 시에서 비롯한 시인의 각성과 난해성 문제는 이처럼 민중에 대한 사랑과 연대라는, 이른바 민중적 종교시의 조건 속에서 다시 부각된다. 하지만 『창작과비평』의 민중시가 특권화되는 과정에서 중요한 계기가 하나 더 있다. 『창작과비평』에 집중되어 있었다고 해도 과언이 아닐 농촌문학이 그것인데, 여기서 신경림의 역할은 매우 중요했다.

4. 유신, 『창작과비평』의 토착화와 신경림

나는 지난해의 모든 일 중에서도 가장 으뜸가는 것이 바로 '10월 유신'이었다고 믿습니다. 우리 옛말에 '시작이 반'이라는 말이 있듯이 유신의 결단을 내린지 2개월 만에 우리는 내외로 공약한 그대로 유신질서 위에 민주헌정을 떳떳하게 회복하였습니다. (…중략…) 우리가 수행하고 있는 이 유신과업은 국력을 하루 속히 증강하여 작게는 나 자신과 나의 가정이 안정과 번영을 누릴 수 있게 하기 위한 것이며, 크게는 조국의 평화통일을 앞당겨서 민족의 영광을 드높이려는 것입니다.

— 박정희, 「대통령각하신년사」, 1973[70]

---

69 이성부, 「시의 정도」, 『창작과비평』, 1977.봄; 최민, 「소시민의식의 극복」, 『창작과비평』, 1977.여름, 678면; 이시영, 「도덕적 시각의 문제」, 『창작과비평』, 1977.가을, 227~228면; 정호승, 「수직적 삶의 시와 수평적 삶의 시」, 위의 책, 237면 등.

70 박정희, 「특별홍보─대통령각하신년사」, 『도시문제』 8-1, 대한지방행정공제회, 1973,

유신 선포 직후에 박정희는 여러 담화를 통해 유신을 민족사적 위업이자 민주주주의 구현의 핵심과제로 제시했다. 유신헌법이라는 유례없는 체제가 한국의 특수한 여건에서 불가피한 것으로 강조함으로써 유신은 민족주의는 물론 민주주의적인 합의에 기초한 성과가 된다. 이 때부터 소위 한국적 민주주의의 정치적 슬로건이 보편화되는데 여기서 민주적 시민사회의 구상보다 안정, 번영, 능률과 같은 경제적 가치가 우선시된다.[71] 물론 이것은 통치체제를 합리화하는 정치적 수사이자 권력 담론이고, 특히 새마을운동 등의 농촌근대화 사업도 그 일환으로 진행되고 있었다.[72] 그런데 정권의 폭력에 대응하는 가운데 민중에 바탕을 둔 민족문학의 필요성이 점차 확산되었고, 동시에 민중이 저항담론의 핵심으로 급부상했다. 신경림 문학의 의의는 바로 여기에 있었다.

예컨대 신경림 문학에 등장하는 농촌은 정부가 주도하는 경제개발론의 낙관적 전망과 일치하지 않는다. 「농촌현실과 농민문학」(1972)에서 신경림은 오히려 새마을운동을 예로 들어 "썩은 초가지붕이 기와나 슬레이트로" 대체되는 것에 불과한, 궁핍한 농촌의 본질적 문제를 외면한 농촌의 근대화 열풍을 강하게 비판하고 심지어 경제발전에 대해 낙관하는 태도를 경계한다.[73] 신경림의 민중시론은 애초에 이와 같이 박정희 체제의 모순에 대한 신랄한 비판으로부터 출발했다고 볼 수 있다. 대선 직후 신경림이 『창작과비평』에 실은 비판적인 내용은 현실정치의

5~6면.

71 「한국적 민주주의를 토착화」, 『동아일보』, 1972.10.27.

72 「'새마을'은 한국적 민주주의 실천 도장」, 『경향신문』, 1975. 10. 7.

73 신경림, 「농촌현실과 농민문학―그 전개과정에 나타난 문제점」, 『창작과비평』, 1972. 여름, 271·278·290면.

문제성을 문학 담론으로 전이시킬 뿐만 아니라『창작과비평』식 리얼리즘의 이념적 성격을 보다 분명히 하는 계기가 된다. 주지하듯 등단 직후 공백기가 있었던 탓에 신경림은 "얼마 전까지만 해도 우리에게 비교적 생소한 이름"[74]으로 소개될 만큼 당시 문단에서 그리 익숙하지 않은 시인이었다. 그런 신경림이『창작과비평』담론의 중요한 생산자로 급부상하였기에 주목된다.

신동문 편집체제하의『창작과비평』이 재정난을 겪으며 결호를 내기도 한 무렵에 신경림은 유종호의 주선으로『창작과비평』에 시를 발표하며 1970년대 문단에 재등장했다.『창작과비평』10주년 좌담회에서 언급된 후일담을 잠시 인용해보면, "신경림 씨의 작품 다섯 편이『창작과비평』에 처음 나왔을 때는 흥분하다시피 했었습니다. (…중략…)『창작과비평』이 특히 어려웠던 기간에 이루어 놓았다고 자부할 만한 그런 일 가운데 하나가 아닌가 합니다." 백낙청이 감탄했다고 언급한 시 5편은 「눈길」,「그날」,「파장」,「벽지」,「산1번지」이다. 이 시들 대부분이 민중의 억울한 사연을 담담하게 들려주고 있다는 점에서 표현이 과격했던 동시대 리얼리즘시와는 변별된다. 신경림의 시에서 "어리석고 억울하게 죽은" 남편으로 인해 "이제 남은 것은 힘없는 두 주먹뿐"인 시골 주막의 아낙은 아편과 육백으로 암담한 세월을 보내고 있다. (「눈길」) 가난을 이기지 못해 아버지는 복어알을 구해와 모두 죽자고 하고, 애비 없는 애를 밴 처녀는 벼랑에서 몸을 던지는 산1번지에는 "통곡이 온다."(「산1번지」) 이와 같이 신경림 특유의 구체적인 장면묘사와

---

74 조태일, 「민중언어의 발견」, 앞의 책, 82면.

화법은 비참한 현실을 더욱 생생하게 표현해낸다.

비애, 절망, 분노 등의 구체적인 정서와 그로 인해 고조된 진정성은 이 시들 모두 신경림이 직접 경험한 에피소드에서 연유했기에 가능했다. 시작 노트에 의하면 신경림은 1950년대 말부터 경제난으로 창작을 못하고 전국을 떠돌아다니며 잡다한 일을 했는데 그때 만난 민중의 삶을 이후에 그대로 시로 옮겨 적었다고 한다.[75] 신경림에게 있어 그때의 경험은 민중의 고통을 직시할 수 있는 새로운 안목을 주었다. 곧 당대 민중의 소외와 궁핍이 실은 해방 전후부터 해결되지 못한 여러 정치적, 경제적 문제에서 비롯된 것이라는 인식 아래 새로운 경향의 민중시가 다수 발표되었다. 「눈길」에 나오는 주막집 아낙은 다른 무엇보다 그 남편이 보도연맹 학살의 희생자라는 사실에서, 「산1번지」의 한스런 사연은 농촌 붕괴와 도시 빈민이 실향빈 농민의 현실이라는 점에서 이 시들은 전후 한국사의 모순을 웅변해준다. 신경림의 시에 표현된 그 울분과 절망은 근대적 내셔널리즘이 오히려 민중의 삶을 파괴하고 분열시키는 상황을 고발한다.

농민문학론의 초석이 된 「농촌현실과 농민문학」도 식민지기부터 해방후까지의 농지개혁 정책의 역사적 전개과정을 추적하는 가운데 농촌 근대화라는 통치 이데올로기에 은폐된 농촌의 궁핍과 억압을 고발한 글이어서 위의 시 창작 배경과 무관하지 않다. 이 글에 의하면 새마을 운동으로 촉발된 농촌에 대한 최근의 관심은 결국 "도시에 대한 내국식민지"(269면)로서의 농촌을 만드는 것이다. 따라서 이중의 통치와 억압

---

75 신경림, 「내 시의 뒷이야기」, 『삶의 진실과 시적 진실』, 전예원, 1983, 296~311면.

구조가 발생할 수밖에 없다. 신경림은 내재적 발전론을 농촌근대화에 적용시켜 농촌의 자립과 발전을 모색하고 있었다. 당시 농민문학론은 『창작과비평』에서 염무웅이 근대화, 산업화, 서구화 등 도시의 급속한 변화가 초래한 농촌 문제와 더불어 이른바 농촌문학의 필요성을 역설한 이후 공론화된다.[76] 이와 관련된 논쟁에서는 도시와 농촌의 유기적 관계에 치우친 나머지 농민문학론이 단순히 소재주의 차원으로 전락했다고 지적되기도 했으나,[77] 적어도 신경림의 경우에는 예외라 할 만하다. 농촌에 대한 지역적 개념이 도시의 식민화정책에 따른 수탈과 억압을 내포한다는 그의 지적은 농촌 개념을 역사적, 사회적 범주로 재정립할 필요성을 제기했다는 점에서 중요한 의의를 지닌다. 그러한 논의는 농민뿐 아니라 '민중 배제의 문학'을 문제적으로 다루며 이듬해부터 소위 민중론으로 진전된다.

이호철이 지적한, 『창작과비평』의 토착적인 성격이란 신경림뿐만 아니라 홍이섭(「30년대 초의 농촌과 심훈 문학」), 박현채(「일제 식민지 통치하의 한국농업」) 등이 점차 농민 문학, 농촌 문제의 확산을 중시하는 편집 방향을 보여주면서 뚜렷해진다.[78] 더욱이 그 변모 시기는 우연하게도

---

76 염무웅, 「농촌 현실과 오늘의 문학」, 『창작과비평』, 1970.가을, 475면.

77 농촌 소재에 역점을 둔 소설을 하나의 문학적 이념으로 상정하려는 염무웅의 태도에 김치수는 문학의 소재주의, 지방주의라 비판하며 도시, 농촌 소설의 분리된 비평관을 문제로 삼았다. 이에 관해 홍성식, 「1970년대 농민문학론의 형성과 한계」, 『한국문예비평연구』 16, 한국현대소설학회, 2005, 이봉범, 「농민문제에 대한 문학적 주체성의 회복」, 민족문학사연구소, 『1970년대 문학연구』, 소명출판, 2000 참조.

78 농민문학론을 필두로 하여 민중시가 활발하게 발표되기 전, 1970년에 농촌에 대한 글이 일시에 많이 실린 적도 있었다. 그리고 공교롭게도 여기에 신경림의 시가 발표되었다. 신경림 스스로도 『창작과비평』 18호를 "그때 『창작과비평』이 마침 무슨 농촌문학 특집 같이 되었지요"라고 회고하기도 했다. 「『창비』 10년」, 『창작과비평』, 1976.봄, 15면. 운영난으로 특히 얇게 발간된 18호에는 박경수의 농민문학이 지닌 의미를 탐색

신경림의 제1회 만해문학상 수상 시기와 맞물린다. 『창작과비평』담론의 이러한 변화 가운데 신경림은 일종의 수혜자로서 『창작과비평』유일의 문학상을 수상한 것이다. 심사평을 보면 '농촌의 상황시'가 난해성을 극복하고 리얼리즘시의 가능성을 보여준다는 데 방점이 찍힌다.[79] 1970년대에 들어 민족, 민중적 시의식이 강조되는 과정에서 서구 편향의 근대시 정착이 문제시되기도 했는데 위의 심사평은 그 나름의 해결을 실천한 것으로 이해된다. 가령 염무웅은 상징주의 이후 서구적 근대시의 명맥이 이어져 난해시마저 등장했고 그 같은 경향이 한국 시단에 횡행한 점을 비판하며 시에 민중적 생활과 이해가 필요하다고 강조한다.[80] 또한 김홍규는 좀 더 논리적으로 이식문학사를 비판하고 상징주의자(서구주의자)들의 자유시에 담겨진 근대성, 곧 자유와 해방이 하나의 환상이었다고 주장했다.[81] 그런데 이처럼 근대 초기의 상징주의 시를 비롯한 식민지기 문학을 『창작과비평』이 비판적으로 검토할 때 유독 한용운만이 그러한 비판으로부터 제외되었다.

만해문학상 제정 이후 한용운에 대한 문학사적 재평가가 처음으로 이루어진 것은 「한국시의 반성과 문제점」이었다. 『창작과비평』은 창간 10주년을 맞아 역사, 문학, 정치 등의 여러 분야에서 그 동안 주요하게

하는 염무웅의 글부터 당시 비평가들로부터 농촌소설가로 거론되어온 오유권, 하근찬의 소설이 실렸다.

79 김광섭, 「수상작에 대하여」, 『창작과비평』, 1974.여름, 552~553면. 간첩단사건으로 이호철을 제외하고 김광섭, 김정한, 정명환, 염무웅 등 네 명의 심사위원이 모여 수상자를 결정했다.

80 염무웅, 「근대시 이해의 기초문제─한국 근대시 사론 1」, 『창작과비평』, 1973.가을, 752면. 이 글이 발표된 시점은 백낙청이 귀국 후 민족문학론의 서두를 준비할 무렵이다.

81 김홍규, 「'근대시'의 환상과 혼돈─1910년대 후반에 나타난 이른바 '근대 자유시'의 성격과 역사적 의미」, 『창작과비평』, 1977.봄, 75~82면.

부각된 담론이나 쟁점을 정리해가는 기획좌담을 연이어 기획했는데[82] '근대시 70주년'을 기념해 한국시의 전통과 근대를 재론한 좌담회에서 만해 문학이 집중적으로 거론된다. "근대시 70년의 발자취를 더듬이 무엇을 배우고 무엇을 반성해야할 것인가를 탐색하는"[83] 이 좌담에서 '반성'의 대상은 최남선, 주요한 등의 자유시의 선구자들이며 '탐색'의 대상은 만해 한용운 문학의 계보를 잇는 시인들에 집중된다. 염무웅과 김흥규가 내린 결론처럼 한용운은 "서구사조가 물밀듯이 밀려오는 혼돈 속에서도" "민족의 시적 전통을 창조적으로 계승・발전"시키고 동시에 "복고주의에 빠지지 않았다"[84]는 데에서 새로운 민족문학사의 기점이자 선례로 손색이 없었다. 이는 한용운 연구가 급증했던 1970년대 초반에도 찾아볼 수 없는 평가였다. 한용운전집이 간행된 무렵에 『나라사랑』(1971), 『문학사상』(1973) 등의 여러 매체는 큰 규모로 만해 특집을 마련했고, 사상, 종교, 문학 등 다각적으로 검토가 이루어졌지만, 그럼에도 한용운 시의 근대성을 전통적 율격과 정서를 계승한 독특한 개성의 산물로 고평한 글은 없었다.

이처럼 근대문학의 기점을 새롭게 규정하려는 민족문학 진영의 요구에 부응하여 한용운은 『창작과비평』에서 더욱 주목을 받았다.[85] 이는

---

82 창간 10주년 이후 좌담회는 「민족의 역사, 그 반성과 전망」(1976.가을), 「한국시의 반성과 문제점」(1977.봄), 「분단시대의 민족문화」(1977.가을), 「농촌소설과 농민생활」(1977.겨울), 「분단현실과 민족교육」(1978.여름), 「내가 생각하는 민족문학」(1978.가을), 「국문학연구와 문화창조의 방향」(1979.봄), 오늘의 여성문제와 여성운동」(1979.여름), 「대중문화의 현황과 새 방향」(1979.가을) 등

83 「편집 후기」, 『창작과비평』, 1977.봄, 410면.

84 구중서・최하림・김흥규・염무웅, 「한국시의 반성과 문제점」, 『창작과비평』, 1977.봄, 20면.

85 한국근대문학의 기점 처리문제는 "70년대에 들어 와서 별안간 평단의 관심거리로 대두

문단사적으로 자유시 문학에 한정해 신문학의 기점을 설정하는 방식에
의혹을 제기한『창작과비평』의 논점과 맞물린다. 앞서 거론한 염무웅,
김홍규의 상징주의에 대한 비판도 이와 같은 맥락에서 이해할 필요가
있다. 여기에는 문학사적 단절을 부정하는 한편 근대문학의 기점을 조
선시대로 끌어올려 민족문학사를 재구성하려는 의도가 포함된다. 국사
학계에서 본격화된 이른바 내재적 발전론의 영향을 받아[86] 1970년대
중반 이후『창작과비평』은 적극적으로 민족문학론을 전개하는데 흥미
롭게도 이때부터 시문학 지면이 눈에 띄게 증가한다.

연도	지면(편수)	시인명
1968.봄	시(5)	김현승
1968.여름	시(13)	김광섭, 신동엽, 네루다(김수영 역)
1968.가을	특집	고 김수영
1968.겨울	시(20)	이성부, 최하림, 김춘석, 민용태(신인)
1969.봄	시(13)	김재원, 황명걸, 정현종
1969.여름	시(15)	김수영, 조태일, 최민(신인)
1969.가을겨울	시(2)	김광섭
1970.봄	시(17)	신동엽(유고), 정공채, 이중
1970.여름	시(20)	천상병, 김관식, 김준태
1970.가을	시(15)	김현승, 신경림, 황동규
1970.겨울	시(17)	박성룡, 이성부, 박경석, 김관식
1971.봄	시(14)	박재삼, 조남익, 윤상규
1971.여름	시(11)	신석정, 조태일, 마종하
1971.가을	시(15)	신경림, 최민, 이시영

되고 있는 문제"였다. 여기에는 근대문학의 개념을 서구문학사에 맞춰 이해할 것인가,
근대의 계기를 서구적 충격으로 한정해 볼 것인가 등 내재적 발전론의 입장이 포함되어
있었다. 김용직,『한국문학의 비평적 고찰』, 민음사, 1974, 25면.

86 김건우,「국학, 국문학, 국사학과 세계사적 보편성－1970년대 비평의 한 기원」,『한국
현대문학연구』36 참조.

연도	지면(편수)	시인명
1972.봄	시(10)	김현승, 이가림
1972.여름	시(10)	이성부, 박경석
1972.가을	시(6)	천상병, 양성우
1972.겨울	시(17)	김광섭, 조태일, 김창범(신인)
1973.봄	시(10)	박성룡, 최민
1973.여름	시(11)	박재삼, 김창범
1973.가을	시(15)	임강빈, 신경림, 이가림, 마종하, 박정만
1973.겨울	시(11)	신석정, 이성부, 김종해, 이시영
1974.봄	시(14)	김현승, 신기선, 박이도, 양성우
1974.여름	시(17)	김광섭, 박용래, 조태일, 김남주(신인)
1974.가을	시(13)	박두진, 기소영, 김준태, 정희성
1974.겨울	시(16)	신경림, 문병란, 최하림, 이시영
1975.봄	시(30)	김지하, 고은, 유경환, 이유경, 이성부, 김광협, 김남주
1975.여름	시(17)	박봉우, 민영, 황명걸, 최민, 권지숙
1975.가을	시(12)	서정주, 문병란, 정희성, 양성우, 송수권
1975.겨울	시(14)	김광섭, 김춘수, 강태영, 이종욱(신인)
1976.봄	시(15)	조병화, 김규동, 문익환, 이근배, 조태일
1976.여름	시(11)	김상옥, 박용수, 강우식, 김남주, 권지숙
1976.가을	시(16)	박두진, 홍윤숙, 황명걸, 이시영, 조재훈, 이종욱
1976.겨울	시(18)	이인석, 허영자, 이가림, 양성우, 김준태, 정호승
1977.봄	시(26)	고은, 민영, 강은교, 김창완, 김만옥
1977.여름	시(15)	김석규, 박경석, 민윤기, 정희성, 이동순
1977.가을	시(15)	박봉우, 신경림, 김윤희, 임정남, 김성영
1977.겨울	시(16)	김상옥, 황명걸, 이유경, 김연균, 나태주
1978.봄	시(22)	민영, 최하림, 김창범, 송수권, 김남주, 박몽구
1978.여름	시(27)	문익환, 인태성, 고은, 권오운, 박주일, 김명수
1978.가을	시(17)	김규동, 이성부, 마종하, 김명인, 이동순
1978.겨울	시(17)	박두진, 천상병, 문병란, 조태일, 신경림
1979.봄	시(30)	이인석, 정현웅, 민영, 강우식, 이가림, 이운룡, 이시영, 하종오
1979.여름	시(12)	김상옥, 황동규, 이성선, 이동순
1979.가을	시(21)	양성우, 신동집, 김종원, 이성부, 김창완, 김광규, 구자운
1979.겨울	시(27)	박봉우, 이기철, 정호승, 이현우, 이태수, 하종오, 김수복

한용운을 전거로 삼아 식민사관을 극복한 데 이어 만해문학상 제정을 통해 그의 문학을 제도화한 『창작과비평』은 그 시문학사적 계보를 잇는 신경림에 주목했다. 물론 수상작인 『농무』는 『창작과비평』뿐 아니라 문단 전체에서 새로운 기류를 만든 동력이 되기도 했다. 최원식은 『농무』를 4월 유산으로 끌어올려 혁명 후 각성된 민중의식으로 말미암아 "우리 문학의 새로운 변화를 모색하는 분위기나 사회적인 분위기와 맞아 떨어졌다"[87]고 평가한 바 있다. 신경림이 1960~1970년대의 대표적 민중시인이라는 사실은 재론의 여지가 없지만, 그에 못지않게 시대와 저널리즘의 요구에도 절묘하게 부합했다. 앞의 표가 시사하듯 신경림의 등장 이후 급증한 민중지향적 시들도 마찬가지다.

애초에 시문학은 『창작과비평』을 대표하는 분야가 아니었다. 오히려 『창작과비평』이 창작시 지면을 마련한 것은 창간 1주년이 지나서였다. 시문학 지면이 창간호부터 확보되지 못한 것은 시를 담당할 편집동인이 없었기 때문이라고 추측해 볼 수 있다.[88] 이러한 짐작이 틀리더라도 초창기 『창작과비평』의 문학지면이 시 중심이 아닌 것만은 분명하다. 그런데 위의 표에서 알 수 있듯 1974년을 전후로 시인이 4~5명 정도로 증가하고 1975년에는 한 호에 시가 무려 30편 가량 실리게 된다. 시 평론도 서구 영향의 식민지 문단을 재평가하거나[89] 민중의식, 역

---

87 구중서·백낙청·염무웅 편, 「신경림 시인과의 대화」, 『신경림 문학의 세계』, 창작과 비평사, 1995, 30면.
88 신경림은 비공식적으로 1970년대에 『창작과비평』에 게재할 시를 선별하는 역할을 담당했다고 회고한다. 「신경림 시인과 함께 하는 문학콘서트」, 동국대 한국문학연구소, 2013.5.10
89 염무웅, 「근대시 이해의 기초문제―한국 근대시 사론 1」(1973.가을), 이선영, 「식민지 시대의 시인의 자세와 시적 성과」(1974.여름), 김흥규, 「육사의 시와 세계인식―육사

사의식을 담고 있는 신간 시집을 소개하고[90] 시 지면에서 보여주는 규모와 논점이 이 무렵에 비교적 분명해진 것을 엿볼 수 있다. 좀 더 과장하자면 신경림의 만해문학상 수상 이후에 벌어진 지면의 변화였던 셈이다. 또한 소재적으로도 농민, 도시 노동자의 삶과 정서가 가미된 시 창작 경향도 도드라진다.[91]

신기원의 「잔디」는 궁핍한 농촌의 현실을 반영하며 "논두렁 밭두렁 / 가난한 자리만 가려 찾아 / 같이 같이 먹고 / 같이 같이 산다 // (…중략…) 짓밟혀도 / 같이 같이 모여서 / 금빛같이 산다"[92] 등으로 농촌공동체를 소재로 삼고 있고, 또 다른 시에서는 분단, 제국의 침략(「서부이촌동」, 「돌」)과 같은 민족 문제도 다룬다. 하지만 민중 또는 민족사에 대한 집요한 탐색과 성찰 없이 그같은 시적 주제는 소재적 차원에 그치고 만다. "오늘밤 기러기는 북녘 뻘에서 / 남쪽 기슭을 찾아 날아온다"(「겨울새」), 또는 "장대 같은 빗발과 맞서서 농부는 달려간다 / 한마디 말도 없이 그저 달려간 / 쟁기를 움켜 쥐고 비에 쫓겨서"(「뇌우정경」)[93] 역시 마찬가지다.

『창작과비평』의 편집자들도 지적한 대로 이러한 문제는 신경림 문

및 식민지시대 시의 분석, 평가에 대한 반성」(1976.여름) 등.

90 「시와 역사의식―박두진 시집」, 「민중감정의 시적 표현―박경석, 양성우 시집」(1974. 가을), 「소시민의식의 극복―정대구, 황명걸, 이시영 시집」(1977.여름), 「시와 역사적 상상력―박두진, 고은 시집」(1978.봄) 등 3장의 내용을 참조할 것.

91 앞서 거론했듯, 물론 이것은 당시 시문학 전반의 특징이자 민중시의 한계이기도 하다. 신경림은 "열이면 열의 목소리가 똑같다"는 민중시에 가해지는 핀잔과 비판에 대해 언급하며, 이러한 상투적인 시적 인식, 빈곤한 상상력과 시어의 문제를 생생한 생활의 체험 속에서 극복해나갈 것을 주문하기도 했다. 신경림, 「민중문학의 참길」(1978, 『이화』), 『신경림 시론집―삶의 진실과 시적 진실』, 전예원, 1983, 33~36면.

92 신기원, 「잔디」, 『창작과비평』, 1974.봄, 11면.

93 김조영, 『창작과비평』, 1974.가을, 577~581면.

학에 대한 호평에 편승해『창작과비평』에 게재된 소박한 민중시로 정리해 볼 수 있다. 다시 말해 1970년대 민중시 창작 및 담론의 대개가 통치체제의 폭력으로부터 자유롭지 못한 자아의 시련을 다분히 소재주의의 차원에서 고발하거나 비판했다는 한계를 지닌다. 그럼에도 불구하고『창작과비평』에서 시문학 지면이 뒤늦게 배치된 것에 비해 빠르게 확산된 민중시는 문학사적으로 주목할 만한 현상 가운데 하나임에 틀림없다. 더욱이 1970년대 중반부터「서평」란을 통해 구체화되는『창작과비평』의 민중시론은 서민, 농민, 노동자 등의 패배와 저항의 감정,[94] 그에 대한 유대감[95]에 근거해 리얼리즘 문학의 가능성으로 모색되었다. 조태일이 먼저 제기한 민중언어의 중요성, 곧 민중의 감정을 친숙하고도 평이하게 담아내는 문제 역시 시인의 반성과 민중의 자각을 기반으로 하여 진행된 민중시 담론 안에 자리한다.

5. 소결

지금까지 1970년대 민중시 개념이『창작과비평』을 통해 전유되는 과정을 살펴보았다. 이를 통해 1970년대 민중시에 나타난 '민중'의 위상 변화를 추적하고, 그것이 점차 저항적인 역사 주체를 호명하는 관념으로 각광을 받게 되는 사정을 해명하려 했다.『창작과비평』의 경우, 백낙청의 미국 유학을 전후로 이루어진 편집체제의 변화가 우선 중요

---

94 이성부,「민중감정의 시적 표현」,『창작과비평』, 1974.가을, 730면.
95 정희성,「현실과 시인의식」,『창작과비평』, 1976.겨울, 527면.

하다. 이를 계기로 민중시 담론이 확대되면서 몇몇 신인이 민중시인의 전형으로 규정되는 일종의 과도기를 거쳐 이후 '창비시선'으로 대표되는 독자적 시풍이 조성되기 시작하는데, 특히 만해문학상과 시집 서평란을 통해 당대 민중시 담론의 일단을 확인할 수 있었다.

『창작과비평』에서 민족문학 진영에 부응하며 급부상한 '만해'의 상징성은 국사학계에서 본격화된 이른바 내재적 발전론의 영향을 받아 제국과 도시의 통치와 폭력으로부터 식민사관을 극복하는 한편, 농민과 민중을 진보적인 개념이나 수사로 재인식하고 이를 공유하는 계기가 되었다. 만해문학상 제정 이후 농민문학, 민중문학에 대한 논의가 활발해지면서 민중이 역사적 모순을 타개할 정치적 주체로 부각되었고, 그에 따라『창작과비평』에 민중시의 용례도 증가했다. 초창기『창작과비평』이 시 지면을 확보하지 못할 정도로 담당 편집동인이 부족했던 상황을 떠올린다면, 이처럼 민중시의 용어가 상용화되고 민중지향적 시가 대거 발표되면서 시 지면이 확연히 증가하는 현상은 민중시 담론의 조건과 연동해 중요한 대목이다. 특히『창작과비평』의 시평론이 민중신학과 관련해 시의 난해성 문제가 다시 불거지고 민중시의 공동체적 관점, 사회비판적 참여와 구원의 태도, 시인의 엘리트, 특권의식에 대한 각성, 민중과의 연대의식이 강조되는 것은 민중시 담론의 새로운 특성으로 눈여겨볼 만하다.

이 글에서 민중시 담론을 재론해 보고자 했던 것은, 최근의 연구에서 『창작과비평』이 형성한 민족·민중문학론에 대한 독자적인 정서와 이념의 장은 활발하게 논의된 데 비해 시 분야의 편집 방향 및 담론에 천착한 성과가 드물고, 더 중요하게는『창작과비평』의 시 지면이 확대되는 과정에 주목해 그 내·외부적 환경과 요인을 확인할 필요가 있었기 때문이다. 물론 박정희의 통치성의 변화와 『창작과비평』의 문학상 제도와 무관하게 1970년대 민중시의 창작과 담론 분석은 신경림의 「문학과 민중」이라는 글을 통해서도 가능하다. 주지하듯 「문학과 민중」은 민중에 대한 지식인의 자기반성을 촉구하고 민중적 관점에서 시문학사의 계보를 재구성한 신경림의 대표적인 민중시론이다. 민중적 시문학의 필요성을 주장하기 위해 신경림이 거론한 '시로부터의 민중의 추방, 시에 대한 민중의 소외' 등의 문제는 이후 민중시 담론에서 유효하게 언급되기에 이른다. 그러나 신경림이 『창작과비평』의 주요 논객으로 호명된 배경에 대해서 유의할 경우, 만해문학상을 수상한 시기에 불거진 문인 간첩단사건과 시국선언, 자유실천문인협회의의 발족 등의 문인 주도의 유신체제에 대한 저항과 박정희의 경제개발론을 합리화하는 정권의 폭력이 상호 작용하면서 역설적이게도 피해자 민중에 대한 문학적 관심을 촉발하고 『창작과비평』 민중시를 리얼리즘의 유력한 대안으로 만든 사실을 재차 확인할 수 있다.

제8장

『세계의문학』과 제3세계적 세계문학론

1. 백낙청과 김우창

『창작과비평』의 창간사가 되었던 「새로운 창작과 비평의 자세」(1966)의 주장은, 지금에 돌이켜 보면 극히 비전형적인 주장으로서 (백낙청 씨 자신이 글의 주장을 수정 내지 부정한 바 있다) (…중략…) 그에게 중요한 것은 18세기 프랑스의 계몽 문학과 개혁적 정열을 표현한 19세기 러시아의 문학이고 비록 그 발전단계가 다르다고는 하지만, 한국작가의 사명도 이들의 계몽적 사회 참여의 선에서 파악되는 것이다. (…중략…) 계몽주의의 전통이 괴테, 쉴러, 스땅달 또는 발자크와 같은 서로 다른 생활과 정치적 입장에 서있던 사람들 가운데 어떻게 이어졌었던가를 이야기하고 또 그것이 톨스토이나 죠지 엘리어트 또는 로렌스에게 또다른 변주로서 구현되는가를 지적했다. (…중략…) 그러나 백낙청씨의 이성에 대한 태도는 이러한 확대 수정의 필요에 대한 강조로서 완전히 특징지워지지 않는다. (「시민문학론」(1969)에서 — 인용자) 그에게 훨씬 중요한 것은 다른 종류의 이념, 차라리 비합리적 또는 비이성적인 이념들이다[1]

인용문은 백낙청의 첫 평론집이 나온 직후에 김우창이 쓴 서평 중 「새로운 창작과 비평의 자세」와 「시민문학론」의 변화를 다룬 부분이다. 위의 글을 보면 백낙청의 문학론 가운데 민족문학 일변도에서 벗어나 예술적 자율성을 비평 기준으로 삼은 이례적인 글이 「새로운 창작과 비평의 자세」이다. 하지만 「시민문학론」에 이르면 예술적 비평관이 자기비판의 대상이 되고 그 대신에 "비합리적 또는 비이성적인 이념들"에 경도되기 시작한다. 즉, 백낙청이 한국사회 내부에서 발견해낸 전통적 가치체계는 서양위주의 발전사관에서 벗어나 존재하는 거룩하고 본질적인 역사와도 같다. 김우창은 그러한 역사관이 서구적 보편주의를 극복했다기보다는 사실상 서양의 진보적인 주제로 하는 한도에서만 세계사적인 의의를 지닐 뿐이라면서 내재적 발전론의 모순을 지적한다. 또한 민족적 양심이나 지사적인 태도로서 우리 민족사의 선진성을 강조하는 백낙청의 방식이 정작 사회 구성원의 소통 체계, 제도 등의 현실정치를 증명하기 어렵다고 일축했다.[2] 이렇듯 김우창은 내재적 발전

---

1   김우창, 「서평 — 민족문학과 양심의 이념」, 『세계의문학』, 1978.여름, 177~179면.
2   위의 글, 184~190면. 김우창의 「서평 — 민족문학과 양심의 이념」에 이어 『문학과지성』도 백낙청의 첫 평론집 『민족문학과 세계문학』에 대한 서평을 수록한다. 여기서 김치수는 주정적인 비평 용어의 한계를 지적했다. 백낙청이 사용한 사랑, 양심, 거룩한 것, 인간의 본마음 등의 비평적 수사 및 개념이 감정적인 용어라서 수준 미달의 해석이 우려될 뿐만 아니라 단선적인 문학사의 인식을 초래하고 저 비평적 이상을 만족시킬

론을 정당화하는 백낙청의 비평 용어에 주목해 민족문학론의 한계를 검토했다. 광의의 동양론을 연상시키는 저 논리가 과연 실천적이고 저항적인 민족문학론의 비평적 전거가 될 수 있는가 하는 강한 의구심이 김우창의 서평에서 드러난다.[3]

　김우창은 백낙청의 시민문학론이 대두된 계기와 위상에 주목하며 그가 보편-특수의 도식적인 관계를 민족문학론에 주입하는 태도를 비판한 것이다. 1970년대 초 『세계의문학』에 발표된 김우창의 예술론에는 백낙청 또는 『창작과비평』에 대한 일종의 대타의식이 두드러진다. 민족문학과 세계문학을 이해하는 방식에 있어서 더욱 그러한데, 한국문학의 세계적, 보편적, 전지구적 가치를 모색한 김우창의 비평적 원천 중 하나는 내재적 발전론에 대한 비판에서 연유한다. 당시 세계문학 개념이 당대 비평계에서 쟁점으로 급부상하게 된 데에는 무엇보다 내재적 발전론과 그로 인한 민족문학론의 확대가 중요한 원인으로 작용했다. 김건우에 따르면 「새로운 창작과 비평의 자세」에 드러난 백낙청의

작가를 쉽게 발견하기 어려운 한계가 있다고 일축한다. 그 사례로 언급한 김수영의 경우 모든 이념을 스스로 거부하고 파괴하는 "자유로운 정신"의 소유자로 다시 고평되기도 했다. 김치수, 「서평: 양심 혹은 사랑으로서의 민족문학」, 『문학과지성』, 1978.가을, 970~974면.

3　백낙청은 김우창의 지적에 대해 즉각적으로 반응한다. 「내가 생각하는 민족문학」 좌담에서 고은, 유종호, 구중서, 이부영 등의 참석자들이 함석헌의 씨알 개념과 민족주의 비판론에 대해 반론을 제기한 이후 (이상록에 따르면 저 논객들의 예민한 반응은 민족주체성을 재구축하며 이를 세계적 보편주의로 승격시키려는 전략 속에 포스트 식민 지식인의 모방 욕구와 양가적 태도가 내장되어 있었기 때문이다. 이상록, 「1970년대 민족문학론」, 『실천문학』108, 실천문학사, 2012, 129~130면) 화제가 예술성 부분으로 넘어갈 무렵에 김우창이 쓴 저 서평이 거론되었다. 백낙청은 서구적, 이성적인 합리성을 무조건 배제하자고 주장한 것이 아니고 '합리성 이전=이성과 감성의 구분 이전=진정한 합리성=행동과 실천과 책임이 있는 이성'을 역설한 것이라고 반박했다. 「좌담: 내가 생각하는 민족문학」, 『창작과비평』, 1978.여름, 23~25면.

전통단절론은 당시 국사학계에 형성된 내재적 발전론의 영향 속에서
단절론적 입장에 대한 자기반성 모드로 전환된다. 불과 2~3년 사이
전통을 바라보는 백낙청의 관점 변화도 한국학의 패러다임에서 급부상
한 내재적 발전론의 영향력을 시사한다.[4] 이에 『창작과비평』과 『세계
의문학』을 중심으로 1970년대에 제3세계의 개념이 한국의 문학계에
전유되는 과정, 아울러 내재적 발전론을 매개로 리얼리즘, 민족문학,
세계문학 구상이 분화되는 과정 등을 살펴보고자 한다.

2. 백낙청과 『세계의문학』

1976년에 『창작과비평』은 잡지의 발전 방향을 모색하는 좌담회를
마련한다. 창간 10주년을 기념한 이 좌담에서 백낙청, 신동문, 이호철,
신경림, 염무웅 같은 초기 멤버들은 『창작과비평』이 개방적이고 선진
적인 민중문학, 민족문학 담론의 진원지가 되어 온 과정을 회고했다.
좌담 중에 이들은 방영웅, 신상웅, 신경림 등이 고평되고 농촌문학이
강조되기 이전의 『창작과비평』을 두고 과도기라고 규정하며 그 성격을
"외래지향적 취향"이라 설명했다. 바꾸어 말해 『창작과비평』의 민중적
민족문학론이 본격화되면서 비로소 외래지향적 분위기의 지면이 "청
산"된 것이다.[5] 그것은 단순히 서구 지향의 모더니즘에 대한 경계만을

---

4 김건우, 「국학, 국문학, 국사학과 세계사적 보편성」, 『한국현대문학연구』 36, 한국현대
   문학회, 2012, 535~537면.
5 「좌담 : 『창비』 10년 — 회고와 반성」, 『창작과비평』, 1976. 봄, 11면.

의미하지 않았다. 이호철은 초창기『창작과비평』에 착종된 외래지향성에 대해 소위 강단비평의 논객들을 예로 들어 설명한다. 여기서 '외래지향성'이란 서구 문학이론의 언어관이나 세계관을 중시하는 비평적 자의식을 일컫는 것인데, 특히 정명환, 유종호, 김우창을 거론하며 외국문학 전공자들이 대학 강단에서 생산한 문학비평을 문제시했다.[6] 이처럼 1976년의 시점에서 좌담회의 주요 논자들은『창작과비평』의 이념적 성격을 민중, 민족 중심의 내재적 문학론으로 역설하는 대신에 김우창과 유종호의 비평관을 외래지향적 취향이라 비판하고 있는 셈이다. 그런데 바로 그해에 백낙청은 김우창, 유종호과의 대담 자리에 나가 민족문학에 대해 열띤 논쟁을 벌이기도 했다.

『세계의문학』의 창간 기념 권두대담에서 김우창과 유종호는『창작과비평』의 논객들이 비판한 외래지향성을 오히려『세계의문학』발간 배경으로 쟁점화 했다. 즉, "실제 대학 같은 데서 외국문학 특히 서양문학과가 많은데 이 외국문학과가 자연발생적으로 한국문화에 기여하겠지 하는 막연한 전제 하에서 연구가 되고 있는 데 대해서 이런 것을 반성적, 의식적으로 종합화해서 한국문화나 한국문학의 의미 있는 일부가 되도록 하는 것"[7]을 시급한 문제로 삼고자 했다. 본격적인 외국문학

---

6   위의 글, 11면. 초창기『창작과비평』에 정명환은 사르트르의『현대』지 창간사를 번역했고, 김우창은「감성과 비평」(1966),「시에 있어서의 지성」(1967),「신동엽의「금강」에 대하여」(1968) 등을 발표했으며, 유종호는「한국문학의 전제조건」(1966),「한글만으로의 길」(1969) 등을 게재했다. 여기서 강조된 자유주의적 면모, 지성과 서구에 대한 문학사적 인식은 한영인,「1970년대『창작과비평』민족문학론 연구」, 연세대 석사논문, 2012 참조.

7   김우창·백낙청·유종호,「어떻게 할 것인가—민족, 세계, 문학」,『세계의문학』1, 1976. 가을, 19면.

연구를 통해 한국문학을 세계문학의 수준으로 향상시키겠다는 『세계의문학』의 발간 취지는 백낙청이 "민족문학을 올바로 파악하고 추진하는 것이 외국문학을 그저 공부하고 소개하는 것보다 급선무"[8]라고 밝힌 『창작과비평』의 경우와 정면으로 대립된다. 물론 이들의 상반된 태도는 외국문학과 민족문학 간의 대립 자체라기보다는 "민족, 세계, 문학" 가운데 보편성의 역점을 어디에 둘 것인가에 대한 시각 차이에서 촉발된 것이라고 볼 수 있다.

김우창　특히 중요한 것은 우리가 좋든 궂든 외국문화의 중요성을 인정하면서도 외국문화 혹은 외국문학이 단편적으로 받아들여지기 때문에 실제 그것이 객관적으로 평가되고 또 우리사회나 문화에서 제대로 작용하고 수용되고 혹은 거부되지를 못하고 무비판적으로 수용되거나 무비판적으로 거부되는 것 같은데 (…중략…) 따라서 『세계의문학』에서도 문학을 그저 문학으로 보는 것이 아니라 저 사람들의 역사적인 상황, 역사적인 문화라는 전체적 상황 속에서 파악하고 검토하는 일을 해야 하지 않을까 생각합니다. (…중략…) 다시 요약해 본다면 『세계의문학』이란 구미편중에서 벗어나, 온 세계가 **현재 나아가고 있는 전체적 상황 속의 세계문학이어야 한다는 뜻이지요.**

백낙청　대서양문화권의 문학을 현재 서양역사의 어떤 전체적인 상황 속

---

[8]　위의 글, 22면.

에서 볼 때, 그것을 보는 우리의 시각을 민족문학이라는 관점에서 잡는 것이 가장 타당한 것이 아닌가 생각합니다. 흔히 민족문학 하면 세계문학과 반대되는 개념으로 생각하기가 쉬운데, 지로시 는 우리문학을 우리의 전체적인 상황에서 볼 때도 그렇지만 외국 **문학을 저들의 전체적인 상황 속에서 볼 때도 역시 한국이나 다른 이른바 후진국의 민족문학이라는 것이 특별한 세계사적인 의의를 갖는다고 봅니 다.**(강조는 인용자)

먼저 이들이 외국문학과 민족문학의 세계적 의미를 규정하는 방식을 보자. 김우창과 백낙청 모두 추상적인 의미에서의 세계문학을 동원해 문학의 세계적, 보편적, 전지구적인 가치를 발굴하고 입증하는 문제에 주목했다. 그러나 김우창이 유럽 중심적인 사고방식에서 벗어나 세계문학의 전체적 상황 속에서 한국문학을 연구할 필요성을 제안한 데 비해, 백낙청은 외국문학 대신에 민족문학을 보편화하는 방안에 더 관심이 있었다. 백낙청은 후진국의 민족문학, 곧 제3세계문학이 서구 보편의 식민주의를 폭로하는 계기로서 세계사적인 의의가 있음을 재차 강조한다.

일반적으로 세계문학 개념은 국민, 민족국가를 매개로 하는 문학지식인들의 초국적 교류나 관계망(괴테) 또는 일국적 편향성과 편협성을 넘어서는 전지구적 문학장(맑스)을 의미한다.[9] 훗날 백낙청이 괴테-맑스적인 세계문학의 기획을 통해 분단체제 극복의 차원에서 민족문학론을 강화한 일련의 논의를 염두에 둘 경우, 이 대담은 한국 민족문학이

---

9 유희석, 「세계문학의 개념들」, 『한국문학의 최전선과 세계문학』, 창비, 2013.

세계문학의 운동사적 이념과 성격을 획득할 가능성에 대해 재고하는 자리였다고 볼 수 있다. 그럼에도 김우창은 제3세계로서의 한국이 오히려 선진제국보다도 보편적인 사고를 할 수 있다는 백낙청의 주장에 대해 "실현가능성"을 의심하며[10] 그가 민족문학의 보편화 전략을 위해 외국문학 연구의 중요성을 홀대한다고 보았다. 『세계의문학』의 권두대담에서 외국문학과 민족문학 혹은 문학의 동시성과 비동시성의 상대적 관계가 논의되는 가운데 세계문학이 첨예한 쟁점으로 부각되었다.

3. 민족문학과 제3세계의 탈식민적, 저항적 위상 형성

『세계의문학』이 창간된 시기는 민족문학론이 본격화되며 세계사적 지평에서 민족문학의 위상을 새롭게 재정립하려던 때였다. 1970년대 민족문학론은 『월간문학』의 특집(1970.10)에서 시작되었고 한국문인협회는 「문예중흥과 민족문학 심포지엄」(1974.5~6), 「한국문학 10년 어제와 오늘」(1976.11), 「한국문학 이대로 좋은가」(1977.1), 「국어의 발전과 문학의 기능」(1977.12) 등의 특집을 마련해 민족문학의 의의와 방향을 지속적으로 모색했는데, 특히 '문예중흥5개년 계획'(1974)을 기념해 열린 「문예중흥과 민족문학 심포지엄」에서는 민족문학의 세계적 동시성이라는 과제가 중요하게 다루어졌다. 국가의 지원을 통해 작품의 질적 향상, 출판과 번역의 성장을 기대한다는 곽종원의 발표와 함께[11]

---

10 김우창·백낙청·유종호, 앞의 글, 25~26면.
11 곽종원, 「문예중흥 오개년 계획과 문예정책」, 『월간문학』, 1974.6, 165~168면.

김동리는 순수문학론을 반복하며 민족문학이 인간성 전체의 보편성을 지닌 세계문학이 되어야 한다고 천명했고,[12] 백철은 민족문학을 전통위주의 문학으로 한정하며 세계성과 상통되는 요소를 개발하자고 요청했으며,[13] 박영준은 계급주의문학, 정치문학이 "38선 저쪽"에 있으므로 "세계문학의 일원으로서의 민족문학"에만 몰두하자고, 냉전인식 속에 세계문학을 역설했다.[14] 이처럼 민족문학 재건의 방향이 세계성, 세계화, 세계문학의 차원에서 모색되었고, 이때 쟁점이 된 전통론은 한국사의 특수한 역사성이 소거된 대신에 추상적인 민족 관념이면서 냉전 이데올로기에 경사된 이념적 한계를 드러냈다.

『창작과비평』역시 세계문학과의 관계에서 민족문학의 성격과 규모를 모색했다. 『창작과비평』에서 논의된 세계문학과 민족문학은 구체적인 역사인식, 곧 국제적 데탕뜨와 한국의 통일정책을 배경으로 전개된다. 가령 한 좌담에서 백낙청은 7·4남북공동성명 이후 고착된 분단의식을 경계하고 이를 극복하기 위해서 "세계주의, 국제주의에도 참여하는 그러한 분단극복, 민족통일"[15]이 필요하다고 주장했는데, 이처럼 민족의 통일 문제를 세계사적인 과제로 확대시키는 가운데 민족문학의 지역성도 제고되기 시작했다. 가령 세계문학 개념에 제3세계의 문제의식이 포함되면서 민족문학은 전위적이고 저항적인 성격이 강화되었다.

통상적으로 저개발국 그룹 또는 진보적인 성격의 국제사상운동 그룹으로 이해된 제3세계의 개념은 점차 서구중심주의, 발전주의 이념을

---

12 김동리, 「민족문학과 한국인상」, 『월간문학』, 1974.5, 165~166면.
13 백철, 「민족문학과 세계성」, 『월간문학』, 1974.6, 169, 171면.
14 박영준, 「내가 쓰고 싶은 민족문학」, 위의 책, 183면.
15 「좌담 : 민족의 역사, 그 반성과 전망」, 『창작과비평』, 1976.가을, 42면.

비판하기 위한 이론적 토대로 활용되었다. 그럼에도 제3세계문학은 민족문학의 특정한 성격을 강화하는 데에 동원되기도 했다. 『창작과비평』특집에는 정치와 경제면에서 달라진 제3세계의 국제적인 위상에 대해 주목한 글이 많다. 주지하듯 제3세계 개념은 냉전 패러다임의 산물로서 혁명적, 민중적, 탈식민적 뉘앙스가 짙은 용어이다. 백낙청에 따르면, 제3세계 작가의 현실인식은 무엇보다 탈식민적 저항과 민중적 연대를 모색하는 가운데 부각되며 특히 분단 극복이야말로 식민지 청산의 가장 적실한 계기라 할 수 있다. 그는 분단의식을 민족문학의 특수성이자 제3세계문학으로 진입할 수 있는 최적의 요건으로 설명한다. 일찍이 민족문학의 제3세계성에 대한 논의가 추상적이라고 비판한바 있던 그였기에, 분단의 구체적인 사건 및 조건을 통해 민족문학의 제3세계적인 성격을 재론하게 된다. 즉, 분단 문제는 제3세계의 이념적 표상을 한국적으로 전유할 비평적 준거가 된다. 제3세계문학-후진국문학-세계문학의 관계를 연쇄적으로 거론하며 백낙청은『창작과비평』의「제3세계의 문학과 현실」특집에서 제3세계문학의 현실인식 및 표현방식을 우선 리얼리즘으로 파악해 작가의 사회의식에 주목하고 이를 다시 민족문학 담론으로 끌어온다.

제3세계의 문학을 어느 정도만 읽어 보아도 금세 눈에 뜨이는 한 가지 사실은, 우리가 흔히 일컫는 작가의 '사회의식'이라는 것이 하나의 대전제처럼 되어 있다는 것이다. (…중략…) 그러나 현대 서구문학의 주된 흐름과 뚜렷이 구별되는 점은 작가의 사회의식, 현실의식이 거의 누구나 알아볼 수 있을 정도로 드러나 있다는 것이다. 이 점이 바로 그들의 '후진성'이라고 말하는 평자들도 있겠지만, 아무튼 하나의 현상으로서 우리의 주목을 끈다. 뿐만 아니라 서구문학의 기준에 심취된 평자라 할지라도 이들을 일괄적으로 후진적이라고 나무라기는 어렵게 되어 있다. 노벨상을 받고 그리하여 우리 독서계에도 제3세계에 대한 관심이 일기 전부터 소개된 과떼말라 작가 아스뚜리아스의 『대통령각하』『강풍』 같은 소설이라든가 칠레 시인 네루다의 시들은 좋은 본보기이다. 또 노벨상은 안 받았지만 프랑스문단을 비롯하여 국제적으로 널리 알려진 마르띠니끄의 에메 쎄제르, 세네갈의 쌍고르 등 시인도 마찬가지다.[16]

태생적으로 식민지 역사에서 출발한 제3세계문학은 서구 문화에 대해 후진성을 드러낼 수밖에 없으며, 탈식민적 관점이 피상적인 수준에 머물러있다는 점에서도 유럽 리얼리즘 문학에 못 미친다.[17] 그런데 백낙청이 제3세계문학의 전위성을 강조한 맥락 역시 여기에 있다. 그는 다른 지면에서 로렌스[D. H Lawrence] 소설을 언급하며 식민주의와 제국주의의 모순을 극복할 수 없는 서구문학 주체의 한계를 언급했다. 로렌스가 아메리카 인디언이나 멕시코 등을 형상화하더라도 탈식민지, 탈서구적 시각에서 현실을 다루지 못하고 오히려 서구 내부의 단절과 자기 상실 문제가 복합적으로 발생할 뿐이다. 여기서 백낙청은 "오늘날 제삼세계의 문학이 서구문학을 포함한 전세계 문학의 진정한 전위가 될"[18] 가능성을 서둘러 강조한다. 다시 말해 백낙청은 비서구세계로 개방된

---

16 백낙청, 「제3세계와 민중문학」, 『창작과비평』 1979.가을, 55~56면.
17 구중서, 「제3세계의 문학과 리얼리즘」, 『제3세계문학론』, 한벗, 1982, 53~54면.
18 백낙청, 「현대문학을 보는 시각」, 『문학과행동』, 1974, 43~44면. 특히 네루다는 『창작과비평』과 밀접한 관련이 있는데 김수영에 의해 그 시가 1960년대에 이미 번역되고 이후 민족문학론이 안착되는 과정에서 민중시의 선례로 언급된 사실은 익히 알려져 있다.

세계문학의 변화에 예민하게 반응하면서 제3세계성에 새삼 주목하고, 이를 통해 민족문학의 개념을 재정립하고자 했다. 또한 제3세계문학의 세계성과 보편성을 민족문학론의 비평적 전거로 삼아 탈서구적, 내재적, 주체적 시각을 확보할 것을 요청했다.

이때 제3세계문학이 세계문학으로 진입하기 위한 보편적 조건으로 백낙청이 강조한 것은, 서구의 한계를 생경하게 폭로하는 민중문학, 곧 네그리뛰드Negritude의 시처럼 "프랑스어를 비프랑스화함으로써" 탈식민의 정치적 의미가 드러나는 사례였다. "민중들의 호흡"을 드러내면서 "세계문학의 정상"에 오른 라틴아메리카 시인도 마찬가지였다.[19] 이러한 제3세계문학을 그는 "어느 정도 읽어"보았다면서 참조한 국내 잡지를 열거했다. 가령 라틴아메리카 문학은 『문학사상』(1975.4), 아프리카 문학은 『세계의문학』(1976~1978)을 그 대표적인 예로 언급한다.

『문학사상』은 방대한 분량의 라틴아메리카 문학을 일찍부터 소개했는데, 반독재와 탈식민의 변혁 의지를 표방하는 「라틴 아메리카의 예술 선언」(1969)이 특집 전면에 게재되기도 했다. 이를테면 『문학사상』은 '문제지역의 문제작가'라는 특집 제목처럼 페루, 칠레, 아르헨티나 등에서 발생한 독재정권, 쿠데타 및 내란의 불안한 정치 상황을 배경으로 제3세계 용어에 내포된 민중적 저항성을 살폈다.[20] 즉 '라틴아메리카의 민

---

19 백낙청, 「제3세계와 민중문학」, 앞의 책, 66면. "제3세계의 여러 민족과 민중에게 안겨진 현단계 인류역사의 사명에 부응하는 문학만이 그 나라의 진정한 민족문학이요 우리가 더불어 손잡아야할 제3세계문학이며 훌륭한 세계문학의 일원인 것이다."

20 여기에는 20여 편의 작품이 국가 별로 실렸다. 비평(패트 맥니즈 만치지, 이태주 역, 「압박받는 자의 대변자들—라틴 아메리카의 현대문학」), 대담(리타 리베르트 기사, 한상길 역, 「해동하라, 그리고 생각하라—네루다와의 대화」), 소설(마리오V.로사, 「일요일」; 주안 보슈, 「2달러어치의 물」; 르네 마르께스, 「만하탄의 섬」; 조르게 아마도,

중시'라는 부제를 달고 생소한 시작품을 대거 싣거나 '문학의 행동주의'라는 표제로 파블루 네루다의 인터뷰 기사를 번역하는 등 노골적으로 민중적 성격을 드러냈다.[21] 반면 『세계의문학』은 제3세계문학에 편중해 외국문학을 소개하기보다 「오늘의 세계문학」이라는 고정 지면을 통해 동시대 전지구적 차원에서 일어나는 새로운 문학 현상에 주목했다. 가령 해빙기 소련의 도스토예프스키 출판과 연구 붐,[22] 전후 말레이시아의 참여문학,[23] 1960~1970년대 미국의 힙스터 문학과 유태계 문학의 퇴조[24] 등 가변적이고 유동적인 세계문학의 현주소를 충실히 보여준다. 한국과 유럽, 미국, 특히 스페인의 세라노 뿐센라, 콜롬비아의 마르께스, 아프리카의 생고르, 에메 세젤, 폴란드의 부츠코브스키와 스타니슬아브 디가크 등 전후의 서구 문학과 제3세계문학은 물론 데탕트기 동구권 문학 등 레퍼토리가 다양한 편이었다.

이 무렵에 『세계의문학』은 「오늘의 세계문학」란을 통해 보르헤스, 마르께스, 옥타비오 파스 중심의 라틴아메리카 문학을 심도 있게 분석하고 창간 1주년 특집으로 마르께스 단편선을 기획하기도 했다. 마르께

「땀」, 조르게 L. 보르헤스, 「죽음과 나침반」, 마리아 루이자 봄발, 「나무」), 시(곤잘로 로자스, 파블루 네루다, 오토 르네 카스틸로, 옥타비오 파즈, 자비이르 헤라우드, 루이스 니에토, 마르코 안토니오 플로레스, 자비이르 헤라우드, 페르난도 고르딜레 세르반테스, 미셸레 나즈리스)

21 1971년 노벨상 수상 직후 네루다는 다양한 방식으로 활발하게 소개되었는데, 세계적 수준의 라틴아메리카 문학(「라틴 어메리커 문학 네루다의 노벨상 수상으로 살펴본」, 『경향신문』, 1971.10.23), 참여 문학(「파리의 네루다 철저한 참여시인의 산 증인」, 『경향신문』, 1971.11.1), 정치가로서 공산당 활동 이력 등이 부각되었다(「노벨문학상 탄 칠레의 급진 시인 네루다 소(蘇) 규탄하는 공당원 외교관」, 『경향신문』, 1971.10.22; 「올 노벨문학상 수상 네루다의 인간과 작품」, 『매일경제』, 1971.10.23)

22 박형규, 「소련의 도스토예프스키론─그 형가의 변화」, 『세계의문학』, 1977.가을.

23 이인복, 「말레이시아와 인도네시아의 문단현황」, 『세계의문학』, 1978.여름.

24 김종운, 「오늘의 미국소설문학」, 『세계의문학』, 1978.가을.

스 특집에서 "현대 구라파 소설"의 사실주의가 "너무 극단화하고 이질적"이 된 점을 비판하며 "이럴 때 눈을 돌려 남미의 소설을 보면 광활한 신천지를 보는 기분"[25]이라고, 현실과 환상이 공존하는 이른바 마술적 사실주의의 형식을 소개한다. 『세계의문학』의 시각은 『문학사상』에서 논의된 마르께스를 인용하며 백낙청이 "좀 더 넉넉한 민중문학의 가능성"[26]으로 평가한, 이른바 제3세계 민중문학론과는 극명한 차이가 있다. 「오늘의 세계문학」의 다른 글은 마르께스를 "현대 중남미 토착문학의 대표"로 소개하고, 보르헤스는 그 스스로가 밝힌 "형이상학 속에 길 잃은 아르헨티나인"라는 말을 인용해 환상문학이라는 범세계적인 스타일의 선구자로 주목한다. 옥타비오 파스의 경우에는 "멕시코 토착적인 요소를 버리지 않고 동양사상"을 수용한 작가임을 강조했다.[27] 라틴아메리카 문학에서 토착성의 향빙을 추적하는 저 비평도 제3세계의 탈식민적, 저항적 성격을 강조하는 민중문학론의 서술 방식과 다르다. 다시 말해 토착적인 것의 변화와 굴절은 제3세계문학의 고유성이 세계문학과 어떠한 역학관계를 형성하는지를 시사해준다.

세계의 소설의 흐름이라는 관점에서 볼 때, 라틴 아메리카의 작가의 대두는 근래에 있어 가장 중요한 현상의 하나이다. 이것은 서양에 있어서 한동안 많이 이야기되던 '소설의 죽음'과 흥미 있는 대조를 이룬다. 그러면서 이 대조

---

25 김명렬, 「소설의 새로운 가능성―족장의 겨울」, 『세계의문학』, 1977.가을, 235~236면. 이 글은 『세계의문학』 창간 1주년에 실린 「오늘의 세계문학」이며 여기에 마르께스 단편선도 기획되었다.

26 백낙청, 「제3세계와 민중문학」, 앞의 책, 68면.

27 김현창, 「토착문화에의 향수」, 『세계의문학』, 1977.봄, 162~168면.

는 소설이라는 문학형식에 대하여 하나의 중요한 관찰을 가능하게 한다. (…
중략…) 현대의 서양 소설들이 개인적인 불만 또는 이것을 일반화하여 현대
인의 소외 또는 인간조건을 그 주된 소재로 삼는 것은 이러한 연관에서 생각
될 수 있다. 다른 한편으로 서양사회의 복지화로 인하여 제거된 갈등은 제3세
계로 옮겨졌다. 이렇게 옮겨짐으로써 관리된 복지사회가 가능해진 것이라고
해야 할 것이다. 보편적인 정신보다는 권력과 이익의 냉엄한 논리에 의하여
이루어지는 모든 결정이 그렇듯이 서양사회를 지탱하는 구조적 결정들도 갈
등을 불가피하게 하는 것이지만 이 갈등이 그대로 노출되는 것은 제3세계에
있어서이다. (…중략…) 그런데 서구 소설이든 제3세계 소설이든 소설의 이
러한 특징들은 다시 한번 그것이 특정한 사회형태에 관계되어 뚜렷한 모습을
갖추는 문학 장르라는 것을 말하여 준다.[28]

김우창은 제3세계문학에 주목하더라도 이로써 한국 민족문학과 제3
세계와의 국제적 연대를 특별히 강조하지 않는다. 이러한 태도는 자국
문학의 주변성을 극복하고 세계문학의 보편성을 확보한다는 문제의식
과 이에 제3세계문학론을 주창한 『창작과비평』 계열의 민족문학론과
는 확연히 구별되는 지점이다. 가령 위의 인용문이 수록된 『제3세계문
학론』에서 구중서는 아시아 아프리카 작가회의의 로우터스상 수상자
(1975) 김지하를 특별히 언급하며 제3세계 민족해방문학의 중요성, 세
계문학의 주류로서 제3세계문학의 위상, 그리고 탈식민적 문학의 연대
를 무엇보다 강조한다.[29] 그러나 김우창에게 제3세계문학론은 '세계'와

---

28 김우창, 「제3세계 소설의 전망」, 『제3세계문학론』, 한벗, 1982, 161~262면.
29 구중서, 「제3세계문학으로서의 한국문학」, 위의 책, 296~298면.

'문학' 단위에서 중요할 뿐이며, 세계문학사적 분기점으로서 더 유의미한 것은 라틴아메리카의 등장이다. 인용문에 따르면, 1960년대 많은 미국 평론가들이 대중매체의 등장과 소설의 종말을 논할 때 라틴아메리카의 새로운 소설 경향은 이러한 패러다임을 바꾼 문학사적인 사건으로 이해되었다.

창간부터 현재까지 '오늘의 세계문학'란이 『세계의문학』에서 차지하는 역할은 이처럼 특정 지역의 문학을 전체적인 시각에서 살펴 문학 자체의 전지구적 스펙트럼을 확인하는 데 있었다. 여기서 소개하는 외국문학을 '세계문학'이라는 지면으로 재배치할 경우 그것은 민족문학의 내부와 외부의 문제가 아니라 모든 민족국가들의 문학적 발언과 역사를 내포한다. 즉, 『세계의문학』의 매체적 위상은 외국문학 중심이라기보다 문학이리는 보편성을 다시 파악하는 문세, 다시 말해 전체로서의 세계문학의 관점을 재정립하는 데 있었다. 그런 맥락에서 김우창은 모든 문학의 연구에 "비교문학적 조작"이 이미 개입되어 있고 "세계문학의 이념"이 비교적 관점에 동원되는 "공통된 바탕"이라고 강조했다.[30] 『세계의문학』에서 비평적으로 재구해낸 세계문학장은 개별 민족문학 간의 비교를 통해 정전화의 양상을 파악하는 통상적인 수준이 아니다. 그것은 보편으로서의 세계문학이 서구 중심의 정치적 헤게모니에 의해 구성된 데에 따른 문제성을 절감하고 경우에 따라서는 제3세계문학이 보편적 이념의 담당자가 될 가능성마저도 염두에 둘 수 있는 전체적 관점과 감각을 시사한다.[31] 전체에 대한 감각, 세계문학에 대한

---

30 김우창, 「문학의 비교 연구와 세계문학의 이념」(1979), 『김우창 전집』 2, 민음사, 1993, 191~192면.

감각은 당대 민족문학론자가 보편성을 탐색하는 방식과 다를 수밖에 없다. 포스트 제국주의 시대에 세계문학을 상상하는 비교문학적 조작은 서구=세계=보편으로서의 그것을 내신할 수사가 필요했다. 다시 말해 이 무렵에 제3세계문학론이 증폭된 계기는 제3세계 자체보다 저 도식처럼 세계문학이라는 용어를 전유해 자신의 민족문학론의 비평적 전거로 삼으려는 데 있었다고 해도 과언이 아닐 것이다.

4. 1970년대 민족문학론과 김우창의 초월론

「궁핍한 시대의 시인」(1973)에서 김우창이 한용운의 시를 가리켜 이른바 내재적 초월의 선례로 고평한 것은 잘 알려져 있다. 그는 루시앙 골드만Lucien Goldman이 『숨은 신』에서 파악한 '비극적 세계관', 즉 존재와 부재의 형이상학을 다시 『님의 침묵』에서 포착하고자 했다. 김우창이 보기에 한용운의 『님의 침묵』에서 과연 님이 누구인가를 묻는 것은 "추측놀이"에 불과하며 오히려 여기서 정치, 사회, 종교적 실존을 관통하는 "어떤 근본적인 존재 방식"을 고찰하는 것이 의미 있다. 그것은 부재하기에 존재하고, 가장 절망적인 상황에서 희망을 말할 수 있는 인간 삶의 역설적인 가능성을 문학에서 발견하는 일이기도 하다. 그래서 "님이 부재하면 부재하는 만치 그는 존재하는 것"이고 바로 그 "부정의 힘"이 궁핍한 시대를 살아가는 시인의 몫이 된다.[32]

---

31 위의 책, 198~199면.
32 김우창, 「궁핍한 시대의 시인」(『문학사상』, 1973.1), 『심미적 이성의 탐구』, 솔, 1992,

김우창은 한용운의 시에 내재된 부정의 변증법이 무엇보다 개인과 사회에 관한 통찰을 보여준다고 말한다. 님이 부재하므로 탈속적 은둔을 선택하거나 세속과 타협하는 것이 아니라, 부재하는 님을 강렬하게 의식하는 가운데 매순간 이루어지는 개인의 주체적 결단이 삶의 전체성으로서의 님을 현시해준다는 것이다. 김우창은 「잠 없는 꿈」의 한 구절을 예로 들어 이를 설명한다.

즉 완전한 초월적 입장은 완전한 개아적(個我的) 입장과 같은 것이다. 대화자는 계속하여 "사람마다 저의 길이 각각 있는 것이다"라고 말한다. 그리고 님을 구하려면 "네가 너를 가져다가 너의 가려는 길에 주어"야 한다고 한다. 즉 언뜻 보면 님과는 상관이 없는 것 같은 나의 길을 가야 하는 것이다. 여기에서 대화의 진반은 일단락이 되지만 여기까지 이르고 보면 처음의 역설은 다시 해석되어야 한다. 즉 "너의 가려는 길은 너의 님이 가려는 길이다"라는 것은, 네가 여는 길이야말로 님이 내려오는 길, 혼미 속에 방황하며 노력하는 너야말로 진리의 일꾼이라는 입언(立言)이 된다.

(⋯중략⋯)

그러면 어떻게 개개의 주관적인 의식이 보편을 의식할 수 있는가? 이것은 철학적으로도 중요한 문제이겠지만, 단지 그런 관점에서가 아니라 현실생활에 있어서 매우 초급한 의미를 갖는 문제이다. 어떻게 하여 개별 의식이 하나의 의식으로 또 개별 의지가 하나의 의지 '일반 의지'로 합쳐질 수 있느냐, 또는 어떤 개별 의식이나 의지가 보편적인 관점을 대표한다고 할 수 있느냐 하

---

191 · 193면.

는 문제는 정치생활에 있어서 또 우리의 일상적인 인간관계에 있어서 가장 핵심적인 문제가 되는 것이다. 한용운은 '님'의 문제에도 이러한 국면이 있다는 것을 생각은 했던 것 같다. 「잠 없는 꿈」은 사람마다 저의 길이 각각 있으며, 곧 이것이 님의 길이 될 수 있다고 한다.[33]

'너의 가려는 길은 너의 님이 가려는 길이다'라는 구절이 암시하는 바는 비교적 명확하다. 개체의 진리는 전체 속에, 주체의 진리는 공동체의 삶 속에 있다는 것이다. 다시 말해, 전체적 삶은 개인의 부분적 삶을 통해 구체성을 획득하고, 개인의 일상 또한 공동체적 삶의 세계로 인해 이상적 질서를 형성하게 된다고 할 수 있다. 개인과 사회의 문제를 다룬 「나와 우리」(1975)에서 시적 언어를 논하는 가운데 "시적 언어에서 언어는 가장 개성적이면서 또 세계 그것의 요구에 화답하는 것"[34] 이라고 말한 이유도 그러하다. 그래서 김우창의 초월론과 관련해 심미적 이성이 이론적 이성이나 실천적 이성을 포섭한다고 이해되기도 하고,[35] 문학의 자율성과 문학의 실천성 모두와 구별된 심미적 이성의 권능이 주목받기도 한다.[36] 이러한 초월의 경험은 물론 심미적 이성이라는 표현이 일러주듯 다른 무엇보다 예술에 특유한 것이다.

「예술과 초월적 차원」(1977)에서 김우창은 범속한 현실을 초월하려는 것이 인간의 근원적 충동이며, 그 초월 가능성을 풍부하게 암시하는

---

33 위의 글, 202~203면.
34 「나와 우리」(1975), 『심미적 이성의 탐구』, 솔, 1992, 285면.
35 이에 관해서는 특히 김상환, 「심미적 이성의 귀향」, 도정일 외, 『사유의 공간』, 생각의 나무, 2004, 162면.
36 황호덕, 「체념과 해방」, 위의 책, 140면.

것이 바로 예술임을 입증하기 위해 이탈리아 르네상스나 신라 향가부터 김소월의 시편까지 두루 고찰했다. 그런데 이 글의 말미에 이르면 김우창은 식민지기를 예로 들어 그처럼 엄혹한 시대에 "어떤 종류의 조화된 인간의 발전이 있을 것인가?"[37]를 묻는다. 유일한 선택지가 '부정의 보편성'이라는 답변은 이미 「궁핍한 시대의 시인」에서 다루어진 대로다. 하지만 비록 "참다운 의미의 보편적 인간에의 초월"[38]은 불가능하다 해도 여전히 예술을 통한 보편적 조화의 가능성을 버릴 수는 없다는 것이 또 다른 답변이다. 이렇듯 김우창은 공동체적 삶 속에서 유일하게 창조적 주체성의 실현이 가능하다는 입장을 유지했는데, 솔 벨로우Saul Bellow 문학은 바로 그런 입장이 잘 구현된 사례였다.

『세계의문학』 창간호에 실린 「작가 쏘올 벨로우─모더니즘 이의」는 솔 벨로우 특유의 긍정적 문학관을 소개하며 문학사적으로는 허무주의적 모더니즘 세계, 정치사적으로는 전후 세계와 공존하며 벨로우가 어떻게 창조적 주체성을 형상화해내는지를 검토했다. 저 글은 모더니즘 문학의 세례를 받은 벨로우가 주인공들의 자기정체성 혼란과 소외의식을 새롭게 긍정하게 되는 방식에 주목하며, 벨로우의 비평적, 학자적 이력에 견주어볼 때 "당대의 묵시록파의 절망"에 충분히 "동조"할 소지를 가지고 있으면서도 "결론 단계에서는 본질적 회전"을 했다고 벨로우 문학의 모럴을 고평했다.[39]

처녀작 「허공에 매어달린 사나이」(1944)에 등장하는 주인공 조셉의

37　김우창, 「예술과 초월적 차원」, 『세계의문학』, 1977.가을, 32면.
38　위의 글, 32면.
39　김종운, 「작가 쏘올 벨로우─모더니즘 이의」, 『세계의문학』 창간호, 1976.가을, 137면.

태도 변화가 그러하다. 조셉은 전쟁이 일어나자 서둘러 직장을 그만두고 군입대 영장을 기다리지만 이민자여서 1년이 지나도 영장이 발급되지 않아 군인도 민간인도 아닌 난처한 상황("허공")에 처하게 되는 인물이다. 소설은 제목처럼 조셉이 불확실한 정체성으로 인해 고군분투하는 1년의 시간을 다룬다. 미국사회의 이방인으로서 조셉은 결국 "적절하다고 생각하는 이념형"과 "현실" 사이의 "괴리"를 통렬히 자각하는 순간에 자원입대를 결심한다. 『세계의문학』의 벨로우 비평은 바로 이 장면을 의미심장하게 인용했다. "나는 자기결정의 필요성이 없는 자유의 해소 상태에서 남의 수중에 들어 있다. 정신근무 만세! 정신의 감독자 만세! 규제생활 만세!" 소외의 현실을 "수용"으로, 무정형과 무질서의 상태를 "질서지향적"으로 전환시키는 가운데 벨로우 소설의 특징을 '수용적 태도'로서 부각시킨다. 이는 전후 모더니스트의 허무주의와 달리 긍정적인 문학관과 내지 인생관을 만들어낸다.[40]

『세계의문학』에 소개된 바로 그 해에 노벨문학상을 수상한 벨로우는 한국에서는 같은 작품이 한 사람의 번역으로 6~7곳의 출판사에서 출간될 만큼 번역 붐을 이룬 미국 작가였다.[41] 벨로우는 "노벨문학상을

---

40 김종운, 「작가 쏘올 벨로우—모더니즘 이의」, 위의 책, 140~141면.

41 변문균, 「한국에서의 솔 벨로우 작품 번역에 관한 고찰」, 『미국소설연구』, 미국소설학회, 2005. 김병철에 따르면 1970년대에 솔 벨로우의 번역 수는 이전에 비해 약 5배 증가했다(김병철, 『한국현대번역문학사연구』 상, 을유문화사, 1998, 519면). 솔 벨로우가 노벨문학상을 수상하자 『세계의문학』 편집진은 벨로우를 창간호에서 다룬 데 대해 흥분하기도 했는데 이를 계기로 보다 적극적으로 동시대 세계문학의 현황을 공동의 관심사로 삼을 것이라고 다짐하는 「편집 후기」가 인상적이다(「편집 후기」, 『세계의문학』, 1976.겨울, 490면). 『세계의문학』은 이후에도 벨로우 문학을 적극적으로 소개했다(W. J. 웨더비, 「쏘올 벨로우 회견기」, 『세계의문학』 1977.봄; 「소설문학의 어제와 오늘—쏠 벨로우의 소설론」, 『세계의문학』, 1977.겨울). 이 외에도 미국문학을 설명할 때 벨로우적인 요소를 거듭 강조했다. 「존 바드의 실험」, 『세계의문학』, 1979.봄, 「버나

차지하는 7번째 미국 작가"[42]라는 타이틀 정도로 단순하게 소개되었다.
그런데 노벨상 수상 이전에 김우창은 장편 『비의 왕 헨더슨』(1958)을
번역했다. 이때의 독서와 번역 체험을 바탕으로 1973년에 벨로우 문학
전반을 가리켜 "사회적인 것의 개인적인 것에 의한 초월"[43]이라 논평했
다. 다시 말해, 벨로우의 수용적 태도는 모순된 현실을 초월하는 창조
적 주체성의 표본이다. 「허공에 매어달린 사나이」에 등장하는 조셉의
결심이 그처럼 비범한 이유는 개인의 일상적 삶과 사회와의 연계를 깨
닫고 사회에 "소속은 되지만 그 일부가 되지는 않겠"[44]다는 의지에 있
으며, 또 다른 소설 「오기마취의 모험」에서는 현실의 불합리성을 고발
하면서도 이를 있는 그대로 받아들이는 "수용적인 태도"[45]의 놀라운 가
능성이 더 적극적으로 묘사된다. 말하자면 『세계의문학』에서 수용적
태도의 솔 벨로우 문학은 김우창식의 초월론을 잘 예증해주는 텍스트
였던 셈이다. 『세계의문학』의 경우 동인이나 협회가 아닌 출판사에 고
용된 편집 체제여서 창간 당시부터 계간지의 이념이나 방향을 명확히
드러내기 어려웠는데,[46] 창간 1주년 기념호에 발표된 「예술과 초월의

드 맬라무드의 어려운 승리」, 『세계의문학』, 1979.가을 등
42 「솔 벨로우의 작품세계」, 『새가정』 254, 새가정사, 1976, 92면.
43 김우창, 「현대에 있어서의 개인: 소울 벨로우의 세계」, 『현대세계문학전집』 15, 신구문
화사, 1973, 363면(『사유의 공간』 문헌 연보에서 이 글은 김우창 편저, *Saul Bellow :
Seize the Day*, 신아사, 1977로 표기). 저 표현은 이 책 서문에서 재차 반복된다. 1990년
대 이후 미국 평단에서 솔 벨로우 문학은 에머슨의 계보에 놓인 초월주의적 세계관으로
이해된다. 송정현, 「초월주의적 관점에서 본 『험볼트의 선물』」, 『인문과학연구』 41, 강
원대 인문학연구소, 2014, 66면.
44 김우창, 「현대에 있어서의 개인 — 소울 벨로우의 세계」, 위의 책, 357면.
45 위의 글, 362면.
46 정부의 감시를 피하기 위해 외국문학을 강조해 잡지의 제호 역시 이미 등록된 상태였고
출판사와 친분이 있는 고은 등의 필자도 정해져 있었다. 김우창 외, 『유종호 깊이 읽기』,
민음사, 2006. 잡지를 발행한 지 1년이 경과했음에도 여전히 편집진은 분명한 성격을

차원」에서 김우창은 문학과 현실의 심미적 구조를 해명하는 것이 『세계의문학』의 핵심 과제임을 부각시켰다. 초월론은 이 잡지의 문학관, 세계관을 대표하는 비평 논리 중 하나라고 할 수 있다.

초월은 범속한 삶, 억압적 현실이 어떤 원리나 이념을 통해 고양되는 것이다. 좀 더 구체적으로 말하자면 나와 우리, 부분과 전체, 개인적 실존과 동시대적 체험, 현실과 역사적 지평, 구체와 보편 사이의 변증법적 조화라 할 만하다. 김우창은 그 초월성을 문학의 심미적 척도로 삼았다. 가령 식민지 초기 '애국시'가 이육사의 시보다 더 감동적인 이유는 전자가 "영웅적인 자기투영"의 방식이 아니라 "순수한 자기초월"[47]을 보여주기 때문이다. 이육사에 대한 그의 평가는 이른바 저항문학 일반에 대해서도 유효하다. 김우창은 탈식민적 저항을 다룬 작품만을 민족문학에 포함시키는 방식에 의문을 제기한다. 개별 텍스트를 전체의 문맥에서 이해할 것을 요구하는 그에게는 설령 식민지 시대의 문학이라 하더라도 얼마든지 다양한 문학적 충동과 표현이 가능한 것이다.[48]

앞서 언급한 김우창의 글 「궁핍한 시대의 시인」은 1970년대 초반 전집 출간을 계기로 고조된 한용운 연구와 무관하지 않은 맥락에 있다.

보여달라는 요청에 직면해야 했다. 「창간 일주년에 부쳐서」, 『세계의문학』, 1977.가을, 13면.

47 「예술과 초월적 차원」, 『세계의문학』, 1977.가을, 19면.

48 황종연, 「한국문학의 변증법적 이성」, 도정일 외, 앞의 책, 78~79면. 당시에 서평에서도 이같은 특징을 강조하며 보편적 주체성과 상황의 자기초월에 관한 김우창의 비평관을 언급했다. "모든 글이 각각 다른 기회에 씌어진 것임에도 불구하고 원초에 개념적으로는 동시적인 체계적 발상에 입각되었을지도 모르리라는 생각을 품게 하는 것은, 그 각각의 글이 그와 같은 일반적인 공통의 관점으로써 일제하의 우리 문학을 각각 다른 차원에서 조명하고 있기 때문이다" 곽광수, 「서평 : 비평의 창조성―김우창의 『궁핍한 시대의 시인』」, 『세계의문학』, 1977.겨울, 292~293면.

그런데 '만해문학상'을 제정할 만큼 가장 적극적으로 한용운을 부각시켰던 계간지는 다름 아닌 『창작과비평』이었다. 『창작과비평』이 표방한 민족문학사의 기점이자 저항문학의 핵심이 바로 한용운이었고, 그 덕분에 백낙청의 시민문학론 이후 얼마간 답보 상태에 놓여 있던 매체의 성격이 확고한 방향을 획득하게 되었다. 그런데 김우창은 한용운을 한국 근대문학의 예외적인 성과로 고평하면서도 『창작과비평』과는 상이한 평가 기준을 제시한다.

한용운의 '비극적 세계관' 또는 '내재적 초월'은 개인의 주체적 결단을 그리되 전체와의 연관을 결코 포기하지 않았기에 가능했다. 그 영웅적인 인간상은 물론 『님의 침묵』에서 분명하게 나타나지만 부조리한 현실을 수용하는 가운데 비범한 인간성의 성취를 보여준 솔 벨로우의 문학에서도 두드러진다는 것이 김우창의 판단이다. 그런데 이때의 '초월'이란 종교적이고 형이상학적인 성격을 지닐 만큼 "근원적인 통찰"[49]이기에, 이를테면 백낙청이 말하는 '시민정신'이 틀리지는 않다 해도, 그것이 다시 말해, 전부인 것은 아니다. 내재적 초월이라는 관점에서 볼 때, 한용운의 진가는 민족문학론의 틀만으로는 충분히 해명되기 어렵다. 그래서 김우창은 민족문학의 당위성을 거듭 강조하는 백낙청에게 되묻는다.

또 한 가지는 제가 최근 일제하의 작가상황이나 문학을 검토하는 기회에 부딪친 문제인데 많은 작가들이 일제 식민지 하라는 분명한 의식이 없이 작품

---

49 김우창, 「궁핍한 시대의 시인」, 앞의 책, 208면.

활동을 한 것이 눈에 뜨이더군요. (…중략…) 그런 의미에서 본다면 민족문학이 좁은 영역을 설정함으로써 문학적 효과를 상실할 수도 있지 않느냐 하는 것을 생각하게 됩니다.[50]

인용문은 『세계의문학』 창간호에 실린 권두대담의 일부다. 유종호의 사회로 열린 김우창과 백낙청의 대담을 통해 우리는 『세계의문학』의 독자적인 성격이 『창작과비평』에 대한 대타의식 속에서 명료해졌을 가능성을 놓칠 수 없다. 김우창은 당대 민족문학 개념과 범주가 식민지기 한국문학을 이해하는 '전체'로서는 매우 제한적이라고 비판하고 있다. 그에 비해, 『세계의문학』이란 "온 세계가 현재 나아가고 있는 전체적 상황 속의 세계문학"[51]이라는 점에서 '전체'라는 이름에 값한다. 식민지기에 대한 관점만이 아니라 민족문학의 주요 창작방법론인 '리얼리즘'에 관해서도 이의를 제기하고 있어 흥미롭다.

서론에서 언급했듯이, 김우창은 『세계의문학』(1978.여름)에 백낙청의 『민족문학과 세계문학』 서평을 게재했다. 여기서 그는 작가와 작품을 동일시하는 대신에 작품의 미적 완결성은 부차적인 것으로 취급하는 백낙청의 관점이 "반드시 리얼리즘의 입장에 당연히 따르는 귀결점은 아닌 것"이라고 지적했다. 리얼리즘 원칙에 충실하기로 하자면 "현실에 대한 사실적 탐구" 못지않게 "작품의 구조 또는 기교의 문제도 현실의 구조를 탐구"하는 것이기 때문이다.[52] 그 이듬해에 발간된 김우창,

---

50 김우창 · 백낙청 · 유종호, 「어떻게 할 것인가—민족, 세계, 문학」, 앞의 책, 36면.
51 위의 글, 20면.
52 김우창, 「서평 : 민족문학과 양심의 이념」, 『세계의문학』, 1978.여름, 181 · 182면.

유종호 공역의 『미메시스』는 고대 비극에서 버지니아 울프까지 리얼리즘의 거대한 역사를 조망한 저작으로, 상기한 맥락에서 보자면, 민족문학론의 리얼리즘 이해에 대한 우회적인 비판이라는 인상을 준다. 이렇듯 리얼리즘을 이해하는 방식에서도, 그리고 식민지기 한국문학을 바라보는 방식에서도 『세계의문학』은 『창작과비평』과는 다른 독자성을 갖고자 했다.

백낙청이나 김우창 모두 서구 문학의 보편성을 자명한 것으로 받아들이지 않았다. 그렇기 때문에 이제 세계문학의 중심이 제3세계여야 한다는 것이 백낙청의 입장인 데 비해, 김우창은 그 보편성 자체가 끊임없이 유동하는 세계문학을 상정한다. "오늘날의 보편화의 동력은 늘 내일의 힘에 의하여 도전을 받으며 또 그것에 의하여 대체된다."[53] 다른 한편, 한용운 문학의 역사적 의미를 제대로 알기 위해서라도 17세기 유럽문학이 중요하듯 서구적 가치는 여전히 유효한 것이기도 하다. 이는 문학의 근대성만이 아니라 더 넓게는 한국사회의 근대성 문제와도 밀접한 연관이 있다. 예를 들어, 「일제하의 작가의 상황」(1976)을 통해 개인의식의 기원이 토착적 전통이 아닌 서구 문학에 있음을 역설한 김우창은 민족문학론의 토대 중 하나인 내재적 발전론과 일정한 거리를 두고자 했다. "현대 한국 문학의 발생과 전개"에 관해 글을 썼지만 "현대 한국 문학이 마치 제 스스로의 역학 속에 성장한 것처럼 토의"[54]되는 경향에 동의하지는 않았던 것이다. "한쪽만의 선택은 우리에게 현실의 전모를 돌려주지 않"[55]기에 김우창 비평에서는 "잠재적으로 인간의 모든 것을

---

53 김우창, 「문학의 비교 연구와 세계문학의 이념」(1979), 앞의 책, 194면.
54 김우창, 「개인과 사회―일제하의 작가의 상황」, 『문학과지성』, 1976.가을, 643면.

포함하는 전체"[56]가 중요하다. 요컨대 '내재적 초월론'은 당대 한국학계의 쟁점이었던 내재적 발전론에 대한 김우창의 비판적 답변이었다.

5. 내재적 발전론과 제3세계적 관점의 정위

제3세계에 대한 관심은 반유신 민주화 운동이 본격화된 시기에 한국문학의 위상을 재조정하려 한 저항문학 담론의 문제의식과 긴밀히 맞물려 있다. 『창작과비평』의 경우 라틴 아메리카 문학을 민중적 입장에서 활발히 소개했고, 김수영은 데탕트 시기에 네루다 문학을 적극적으로 번역했다. 주지하듯 제3세계문학론은 1970년대에 급부상한 민족문학론 및 민중문학론이 세계 보편성의 개념과 논리를 자기화하는 과정에서 형성되었다. 다시 말해, 제3세계적 시각은 식민주의와 자민족중심주의를 극복하고 제3세계문학의 민중성 내지 전위성을 세계 보편성의 원리로 고양시키는 가운데 널리 수용되었다. 가령 백낙청의 「현대문학을 보는 시각」(『문학과 행동』, 태극출판사, 1974), 「제3세계와 민중문학」(『창작과비평』, 1979.가을)과 구중서의 「제3세계의 문학론」(『씨알의 소리』, 1979.9), 「제3세계와 라틴아메리카」(『창작과비평』, 1979.가을) 등처럼 『창작과비평』 계열의 평론은 비서구세계로 개방된 전후戰後 세계문학의 변화에 예민하게 반응하면서 제3세계성에 새삼 주목하고, 이를 통해 민족문학의 개념을 재정립하고자 했다.

---

55 위의 글, 641면.
56 위의 글, 659면.

〈표 1〉「오늘의 세계문학」 목록

	국가	필자(소속)	제목
1976 가을	미국	김용권(영문학)	「현대작가와 술」
	일본	김윤식(국문학)	「타인과 가면」
	프랑스	김화영(불문학)	「새 사상 혹은 탈사상」
	독일	송동준(독문학)	「현대극의 확인」
	스페인	장선영(스페인어학)	「세라노 뽄셀라」
1976 겨울	프랑스	김치수(불문학)	「누보 로망에 있어서의 현재」
	아프리카	김화영(불문학)	「검은 영혼의 춤−셍고르」
	독일	손재준(독문학)	「독일의 현대시」
	미국	존업 다이크	「미국작가의 문학적 상황」
	폴란드	이상옥(영문학)	「생존의 방식에 대한 의문들−「디드니랜드」와 「검은 급류」」
	한국	이선영(국문학)	「민족사관과 민족문학−「꿈하늘」에 대하여」
1977 봄	한국	김병걸	「민중과 문학의 지평」
	라틴아메리카	김현창(서반어학)	「토착문화에의 향수−남미의 현대문학과 동양사상」
	아프리카	민희식(불문학)	「에메 세젤」
	한국	김병무(문학평론가)	「민중과 문학의 지평」
	영국	라영균(영문학)	「금빛 노우트북−도리스 레씽」
	미국	W. J. 웨더비	「쏘올 벨로우 회견기」
1977 여름	영국	정종하(영문학)	「제국의 몰락−안토니 저제스의 「말레이 삼부작」」
	한국	홍기삼(문학평론가)	「시의 음악적 부활」
1977 가을	콜롬비아	김명열(영문학)	「소설의 새로운 가능성−「족장의 가을」」
	소련	박형규(러시아문학)	「소련의 도스토예프스키론−그 평가의 변화」
	한국	임헌영(문학평론가)	「분단의식의 전개」
	독일	한일섭(독문학)	「여상의 인간−헤세의 소설문학」
1977 겨울	영국	스티븐스펜더 심명호 역(영문학)	「오오든과 1930년대」
	한국	신동욱(국문학)	「진실한 삶의 길을 비추는 이야기의 힘」
	미국	이태동(영문학)	「소설문학의 어제와 오늘−솔 벨로우의 소설론」
1978 봄	한국	구중서(문학평론가)	「비평과 창작의 방향」
	서인도제도	김화영(불문학)	「프랑스어권의 흑인문학과 혼혈문학」
	독일	송동준(독문학)	「1945년 이후 독일문학의 경향」
	프랑스	이동열(불문학)	「진실한 삶의 목소리−장 게엔노의 에세이」

	국가	필자(소속)	제목
1978 여름	동남아시아	이인복(국문학)	「말레이시아와 인도네시아의 문단현황」
	미국	천승걸(영문학)	「새로운 형식의 가능성에의 추구」
	독일	한일섭(독문학)	「동화로 이야기한 세세사—귄터 그라스의「넙치」」
	프랑스	윤영애(불문학)	「언어의 해학, 사랑의 이야기—보리스 비앙의「물거품 같은 나날」」
1978 가을	미국	김종운(영문학)	「오늘의 미국소설문학」
	영국	이상옥(영문학)	「낭패와 실의의 땅—V.S.네이폴의 세계」
	독일	차봉희(독문학)	「1970년대 독일문학의 경향」
1978 겨울	미국	이영걸(영문학)	「상징주의적 자연시—제임스 딕키론」
	영국	김진만(영문학)	「뿌리의 영문학」
	프랑스	신현숙(불문학)	「프랑스 현대극에 나타난 비극적 제양상—1920년대에서 1950년대 사이를 중심으로」
	한국	임헌영(문학평론가)	「민족문학의 사적(史的) 전망」
1979 봄	미국	조성규(영문학)	「존 바드의 실험」
	오스트리아	발트라우트 미트구취 여을문 역	「1945년 이후의 오스트리아 시문학」
	프랑스	김화영(불문학)	「프랑스 지성사의 유령—드리와 라 로셀」
1979 여름	미국	김명열(영문학)	「비허구설」
	동구권	김윤식(국문학)	「동구권문학의 한 모습」
	한국	장석주(시인)	「70년대의 시인의식」
1979 가을	미국	여을문(영문학)	「버나드 맬라무드의 어려운 승리」
	프랑스	원윤수(불문학)	「유럽과 현대문명의 위기—모리스 드류옹의 문명관」
	한국	김현(불문학)	「미국의 웃음—장영수의 시 한편의 분석」
1979 겨울	독일	차봉희(독문학)	「독일 현대소설에서의 인용과 몽타주 테크닉」
	한국	김홍규(문학평론가)	「시와 경험적 연대의 재건」

　　그런데『세계의문학』의 경우, 제3세계문학에 관한 연구와 소개 방향
이 탈서구적, 탈식민적인 관점에 국한되지 않는다.

　　다음의 표에서 알 수 있듯『세계의문학』에 참여한 필자 대부분은 당
시 민족문학론의 주요 담당층인 문학비평가가 아니라 한국비교문학회
소속의 외국문학 전공 교수였다. 주지하듯 비교문학은 서구중심주의적

시각으로부터 결코 자유로울 수 없다. 그러나 1960년대부터 비교문학에 내재된 문화제국주의와 엘리트주의도 크게 변화해[57] 전통적으로 주변부라 간주되어온 지역의 보편성에 대한 관심이 증폭되기 시작했고 앞의 표에서 『세계의문학』의 여러 지면들 역시 이를 보여준다. 『세계의문학』은 개별 국민국가라는 기본 단위로 하여 지구적 차원의 교류와 전이의 패러다임에 주목했다는 점에서 『창작과비평』, 『청맥』 같은 저항담론의 제3세계문학 수용과 구별된다.

1980년대의 한 좌담에서도 김우창은 "제3세계적 관점"을 다시 언급한다. 『외국문학』의 권두좌담에서 다른 참석자들이 제3세계적 관점을 가리켜 서구문학에 대한 열등의식을 극복한 사례이자 "리얼리즘 계통으로 외국문학을 인식"한 소위 창비 계열의 성과로 논의한 데 비해, 김우창은 서구문학을 대하는 성숙한 태도가 반드시 "문학 내부의 계기"라기보다 "정치적인 의식의 고양", 곧 제국주의적 속성이 "억압자이면서 동시에 문화적으로 우러러 보이는 양면적 존재"라는 정치적 자각에서 비롯한 것임을 강조했다.[58] 이와 같이 식민지기 문학의 성과를 토착적 전통의 근대화로서 설명하지 않는 김우창 특유의 관점은 이미 그의 1970년대 비평에서 살펴보았다.

「개인과 사회—일제하의 작가의 상황」(1976) 등에서 김우창이 보여준 이른바 전체성의 지향은 『외국문학』의 권두좌담에서 민족문학의 가치와 범주를 고유성과 보편성의 차원에서 언급할 때 좀 더 분명하게 나

---

57 김현균, 「라틴아메리카 비교문학의 동향과 전망」, 『이베로아메리카』 9-2, 부산외국어대학교 이베로아메리카연구소, 2007.

58 정명환·김우창·김윤식, 「외국문학의 수용과 한국문학의 방향」, 『외국문학』 창간호, 1984.6, 21~23면.

타난다. 김우창에 따르면, 민족문학의 고유성은 세계문학의 보편성에 내재된 특성이기에 마치 "동전의 앞뒤를 이루는 관계"(39면)처럼 개별 사로서의 역사적 한계를 넘어 세계사적인 소통이 가능할 수 있다. 말하 자면 김우창은 한국문학사에 내재한 보편성을 발굴하고 실증해온 내재 적 발전론의 패러다임과는 애초부터 다른 포지션을 보여준다. 예컨대, 그는 "우리가 민족문학이라고 할 때도 일정한 방향성에만 강조를 두지 말고 다양한 관점에 대해서 조망할 수 있는 시각의 확대가 이루어져야 할 것"(40면)을 요청한다. 따라서, 『세계의문학』은 단순히 외국문학을 선진적으로 소개하는 역할보다 당시 한국사 전반에 팽배한 내재적 발 전론, 곧 내부의 시선으로부터 역사를 재구하는 방식에 의문을 제기한 의의를 지닌다.

앞서 살펴본 대로, 1970년대에는 세계문학 개념을 동원해 한국문학 의 세계적, 보편적, 국제적인 가치를 발굴하고 입증하는 문제가 주요 현안으로 대두되었고 이를 구체화하는 방식에 따라 문학적 입장의 차 이가 분명해졌다. 『창작과비평』은 후진국의 민족문학, 곧 제3세계문학 이 서구의 식민주의를 폭로하는 계기로서 세계사적인 의의가 있음을 강조했으나, 김우창에게 있어 내재적 발전론에 기초한 제3세계적 관점 이란 서구식 근대의 발전 경로를 한국사에 투박하게 적용하는 것과 다 르지 않았다.[59] 다시 말해, 『창작과비평』은 세계문학 대신에 민족문학 을 보편화하는 방안에 더 관심이 있었지만, 『세계의문학』은 유럽 중심

---

[59] 2000년대 내재적 발전론에 대한 비판적 논의를 참조해볼 수 있겠다. 박찬승, 「한국학 연구 패러다임을 둘러싼 논의」; 김정인, 「내재적 발전론과 민족주의」, 『역사와 현실』 77, 한국역사연구회, 2010; 이영호, 「'내재적 발전론' 역사인식의 궤적과 전망」, 『한국 사연구』 152, 한국사연구회, 2011.

적인 사고방식에서 벗어나 세계문학의 전체적 상황 속에서 한국문학을 연구할 것을 제안했다.

김우창의 내재적 초월론이란 바로 이 지점에서 시작된다고 할 수 있다. 그는 백낙청과 다른 맥락에서 한용운 문학을 재평가하고, 『미메시스』 번역을 통해 민족문학론의 리얼리즘 이해를 암시적으로 비판했으며, 더 나아가 한국문학을 세계문학의 중심으로 상상하는 대신에 오히려 끊임없이 유동하는 세계문학의 전체성 속에서 직시할 것을 제안했다. 1970년대 『세계의문학』과 김우창의 예술론이 식민지기 한국문학만이 아니라 리얼리즘과 세계문학을 바라보는 이례적인 관점을 제시했다면 그것은 무엇보다 당대에 널리 유행한 제3세계 담론에 대한 독자적인 수용과 인식에서 비롯한 결과이다.

제3부

제3세계문학의 수용과 전유

제9장

『청맥』과 제3세계적 민족문학론

1. 한일회담,『청맥』, 김수영
─제3세계 민족주의 담론과 참여지식인의 표상

우리의 시와 소설은 아직껏 후진성을 탈피하지 못하고 있다. 요즘 잡지사가
그전보다 좀 깨었다고 하는 것이, 외국 말을 아는, 외국에 다녀온 문인들을 골
라서 글을 씌우고 싶어 하는 경향이다. 그러나 자세히 보면 이것도 구역질이
나는 경향이다. 역시 탈을 바꾸어 쓴 후진성이다. (⋯중략⋯) 필경 나도 누구
를 지식인이 아니라고 욕할 만한 권한이 점점 희박해져 가는 처지에 있고, 그
런 절망적인 처지에 이길 가망이 도저히 없는 도전을 계속하고 있는 것은, 소
련의 현대시인 솔제니친의 시에 나오는 개미와 같은 낡은 생리가 아직 남아
있기 때문인지 모른다.[1]

번역가로서 김수영이 토로한 한국문학의 후진성은 『청맥』(1964.8~
1967.6)에 실렸던 「모기와 개미」라는 짧은 에세이에 비교적 상세하다.
이 글에서 김수영은 다른 판본의 역서를 마음대로 '베껴도 좋다는 식'
으로 청탁하는 최근 출판계의 번역 붐 현상을 언급하며, 전문번역가로
서의 자의식이 부족한 나머지 번역을 허드렛일 정도로 여겼던 자기 자
신도 후진성의 대상으로 삼는다. 따라서 「모기와 개미」는 해당 시기 번
역장의 문제를 시사하는 글로 종종 인용되어 왔다.[2] 그런데 김수영이
비판하는 '후진성'은 물론 직접적으로는 번역 시스템의 부조리를 가리
키지만 암시적으로는 세계적인 것, 서구적인 것에 대한 맹목적인 소비
열망까지도 포함하는 듯하다. 번역 수준을 번역자의 외국 유학이나 체
류 여부로 판단하는 것은 '서구'라는 표상을 통해 자기정체성을 성형하
는 식민성과 다를 바 없다. 서구 지식에 대한 고립되고 근시안적인 수
용은 무엇보다 문화적 식민주의의 내면화를 의미한다. 김수영이 글의
마지막에 인용한 솔제니친의 에세이는 그런 점에서 인상적이다. 개미
들이 서식하는 통나무에 불이 번졌을 때 개미들은 불을 피하다 다시 통
나무에 오르고 결국 타죽고 만다는 것이다.

　　개미의 낡은 생리는 통나무와 자신을 결코 분리하지 못하는 인식론
적 맹목에서 연유한다. 다시 말해, 중심 세계로부터 개인을 분리하지
못하는 타율성에 대한 반성을 통해 세계, 민족, 문학을 바라보는 김수
영의 입장을 확인할 수 있다. 이를테면 「시여, 침을 뱉어라」(1968)에서

1　　김수영, 「모기와 개미」, 『청맥』 15, 청맥사, 1966.3, 61~62면.
2　　박지영, 「1950년대 번역가의 의식과 문화정치적 위치」, 『상허학보』 30, 상허학회,
　　　2010, 351~396면.

김수영은 민족주의에 기대지 않고 "38선을 뚫는 길"을 주장하며 통념화된 민족 개념에 저항하기도 했다. 그처럼 민족주의 담론을 비판하는 방식으로 개진된 김수영의 민족문학론은 1960년대 참여문학-민족문학 담론의 자유주의적인 성격을 파악하는 데 중요하다. 1960년대는 참여문학론이 활발하게 전개되었으나 민족문학 자체가 논의의 중심이 되지는 못했다. 1960년대 민족문학론은 대개 순수참여 논쟁사에 국한해서, 또는 『창작과비평』을 통해 급부상한 1970년대 민족문학론의 전사前史로서 이해되어 왔다.[3] 그러나 김수영을 중심으로 민족주의 담론을 재고할 경우, 1960년대 민족문학의 재인식이 가능할 수 있다. 특히 '불온시 논쟁'으로 이해되어 온 참여문학론의 경우 김수영이 집필진으로 적극 참여했던 『청맥』의 특집을 고려한다면, 단순한 문학논쟁이 아니라 국내의 정치권력, 더 중요하게는 세계전후체제의 다극화 양상에 대한 통찰로서 재독될 여지가 있다. 앞서 언급한 민족문학의 후진성 비판은 바로 『청맥』의 지식인론 특집을 배경으로 이루어졌으며, 참여지식인의 문학적 표상도 반외세적 민족주의론과 접속됨으로써 비로소 가능해진 것이다.

『청맥』은 「한국 지식인」(1966.3)이라는 특집을 마련해 식민지, 해방, 분단의 현대사 속에서 지식인 문제와 그 전망을 모색했다. 이 무렵 에

---

3   소시민논쟁, 리얼리즘논쟁에 주목할 경우에 1960년대 민족문학론은 『문학과지성』, 『창작과비평』의 매체이념, 문학이념을 촉발시킨 계기로서 파악된다. 전상기, 「문화적 주체의 구성과 소시민 의식」, 『상허학보』 13, 상허학회, 2004, 477~506면; 이현석, 「4·19혁명과 60년대 말 문학담론에 나타난 비-정치의 감각과 논리」, 『한국현대문학연구』 35, 한국현대문학회, 2011, 223~254면; 전승주, 「1960~1970년대 문학비평 담론 속의 '민족(주의)' 이념의 두 양상」, 한신대 인문학연구소 편, 『1960~1970년대 한국문학과 지배-저항 이념의 헤게모니』, 역락, 2007, 171~207면.

드워드 실스^{Edward Shils}의 이론을 중심으로 근대화론 인텔리겐차가 확산 되는 등 다양한 지식인론이 전개되고 있었다. 위의 특집에서는 미국발 자유주의 지식인, 서구 교양주의, 기능적 지식인 등의 개념에 만빌해 이른바 한국형 지식인 이론을 정립하려는 시도가 중요하게 다루어졌는 데,[4] 여기서 '한국형'이란 냉전 아시아 또는 후진국 약소민족의 일원으로서 한국 지식인에게 부과된 과제, 즉 역사와 문화의 현대적 재인식을 통한 민족주체성의 확립을 염두에 둔 표현이다. 극렬한 한일회담 반대 시위와 계엄 정국 하에서 창간된 만큼 『청맥』의 지식인들은 한일협정 이후 국제정치적 상황을 신식민주의가 도래하는 전환기로 파악하고 아시아민족주의, 신민족주의 등 이른바 제3세계 민족주의의 관점에서 반외세적 지식인 표상과 담론을 공론화하고자 했다.[5] 특히 국제정세의 변

---

4 「한국 지식인」(1966.3)이라는 제호의 특집 글에는 황성모의 「지식인의 한국적 과제」, 이진영의 「지식인과 역사의식」, 김철순의 「소외된 지식인과 대중」, 이정식의 「사회변화와 지식인」이 포함된다. 필자들은 대량생산된 근대화론 인텔리겐차의 입장에 대해 우려와 경각심을 보이며 소위 기능적 지식인군이 정부의 정책에 개입하고 매스미디어를 통해 지식대중과 소통하는 방식, 주체적 역사의식이 결여된 모습 등을 암암리에 지적한다. 이들이 판단하게에 정치, 조직, 운동, 이론, 사상, 윤리, 생활 등의 차원에서 지식인이 책무를 하기 위해서는 올바른 민족주의의 현실인식, 역사의식에 참여해 대중과의 거리를 극복해야 한다.

5 이기원, 「신식민주의와 민족주의의 갈등」, 『청맥』 6, 청맥사, 1965.3, 66~72면. 5·16 군사정권은 경제개발 5개년계획과 함께 한일회담을 강행하고, 저자세 외교에 분노한 학생들의 데모가 거세지자 비상계엄을 선포, 대학생 348명을 구속했다. 김승옥의 「서울, 1964년 겨울」(1965)에서 대학원생 '안'이 "그냥 꿈틀거리는 거죠"라고 중얼거렸던 "데모"에 대한 소시민적 심상도 6·3사태로 불리는 한일회담 반대운동에 대한 강경진압 사태를 떠올리게 하는 표현이다. 4·19 세대 지식인들이 경험한 한일회담은 개인, 민족, 세계에 대한 인식과 판단을 새롭게 재정립하는 계기가 되었음에 분명하다. 이를테면 1970년대에 『창작과비평』이 제기한 제3세계문학론도 한일회담 이후 저항담론이 보여준 여러 인식 변화 가운데 하나이다. 가령 "지금 돌이켜 생각해 보면 63년에 시작해서 64년 65년에 걸쳐 더욱 심화 확대되었던 한일회담에 대한 굴욕외교 저지 사건은 단순히 반일감정을 촉발시킨 것은 아니고 우리 자신을 제3세계적 시선 속에서 새로 확인해 봐야 하겠다는 자각을 갖게 한 역사적 상황을 제기시켰던 것으로 이해됩니

화 속에서 지식인의 정치참여를 정당화하는 동시에 보수적, 반공적 민족주의 담론을 무력화시키기 위해 급진적인 정치성을 매체 전면에 드러냈다.

일례로 「국제권력의 재편성」이라는 특집은 1964년에 있었던 세계의 3대 사건(중공의 핵실험, 소련의 지도층 경질, 영국 노동당의 집권)에서 시작된 국제정세론을 다룬다. 핵무기 보유를 중심으로 재편되는 국제 헤게모니에서 중공의 위상을 남다르게 평가하며 "냉전의 냉혹성이 유화되고 세계의 지도이념이 이데올로기 집단에서 단위국가 중심으로 환원"[6]된다는 전망하에 냉전 진영의 도식에서 벗어난 아시아 중심의 국제질서를 예견했다. 여기서 주체적인 민족주의는 "우리가 다름 아닌 '아시아' 사회의 '못가진 나라' 군의 일원이라는 자각"[7]에서 비롯한다. 탈냉전의 국제정세론에 많은 비중을 할애하는 가운데 서구 냉전구도에 틀어박힌 '자유진영을 대변하는 한국'이 아니라 '제3세계에 소속된 민중/민족'의 가능성에 주목한다. 탈냉전 인식은 한일회담이 조속히 재개되면서 한일기본조약이 가조인된 무렵(1965.2) 일련의 특집으로 구체화된다. 이를테면『청맥』편집진은 회담 성사에 적극적인 관심을 보인 미국이 "무엇을 바라고 있는가"에 주목하고 이를 "본지의 중요한 명제"라고 재차 강조할 정도로,[8] 한일회담 이후 미국의 대아시아정책과 세계

다." 김치수 · 박태순, 「왜 우리는 제3세계문학을 논하는가」,『외국문학』2, 1984, 138~139면.

6　서동구,「특집 : 국제권력의 재편성-신생강대국의 대두가 의미하는 것 : 남북한시대의 도래와 사나운 후진의 바람」,『청맥』6, 청맥사, 1965.3, 48면.

7　임방현,「특집 : 국제권력의 재편성-도전받는 한국의 좌표-변화의 감각에서 변화의 인식으로」, 위의 책, 81면.

8　「편집자의 말」,『청맥』8, 청맥사, 1965.5, 248면. 남재희는 한일회담을 미국의 대아시

전후체제의 다극화 양상을 집중적으로 다루었다. 한일회담 비판론과 동시에 창간호에 배치된 「아프리카 지도자 신상 일람표」, 「한국민족수 난사연표」, 「일본의 대중공정책」에서도 알 수 있듯『청맥』의 핵심적인 편집방향은 제3세계 민족주의에 있었다. 서구추수적, 타율적 태도를 매판적, 식민적 관점에서 재인식하려 한 「이것이 매판이다」(1965.10), 「한국 지식인」(1966.3), 「문화식민론」(1966.6) 등의 특집기획이 여기에 해당하며,[9] 김수영의 「모기와 개미」도 그중 하나였다.

서구문화 수용의 타율성을 경계하며 쓴 김수영의 자기비판적 지식인 론은 「거대한 뿌리」로 대표되는 민족문학론, 즉 전통을 탈식민적, 탈냉 전적 측면에서 새롭게 재인식한 지점과 맞물려 있다. 가령 이어령과 벌 인 순수참여논쟁에서 김수영이 보여주었던 관제적 민족주의, 관변 지 식인론에 대한 비판도『청맥』과 연관하여 재독될 필요가 있다. 널리 알 려졌듯『청맥』은 1960~1970년대 비판적 지식인의 이념과 정체성을 갱신하는 데 중요한 역할을 담당한 진보 매체였다. 또한 김수영 고유의 민족의식, 시간의식, 참여의식과 관련하여 중요하게 다루어지는 「제 정신을 가진 사람은 있는가」(1966.4~8)와 「가장 아름다운 우리말 열 개」(1966.10)도 반외세의 민족 이념과 참여지식인 문제를 쟁점화하기 위해『청맥』이 기획한 특집에 실렸던 글이다. 한국전쟁을 거치면서 국

아정책의 일환으로서 재조명하고 한일체제 정당을 친미적, 반 한일체제 정당을 민족주 의적으로 양분했다(남재희, 「한일회담 뒤에 오는 것」, 위의 책, 36면).

9 「한국 지식인」과 나란히 실린 「지식인의 변」에는 넥타이, 영어, 유학으로 전형화된 서 구 지향의 지식인을 풍자하거나(이기영, 「바지저고리와 넥타이」,『청맥』 15, 청맥사, 1966.3, 63면) 또는 미국 실용주의에 경도된 세태를(이동희, 「철모와 지성」, 위의 책, 71~74면) 지식인 스스로 자기경험을 통해 성찰하는 글이 실려 있기도 하다. 김수영의 「모기와 개미」도 이 지면에 실렸다.

민국가의 반공이데올로기로 기능해온 민족주의가 대항이념으로 급부상하게 된 시기에, 김수영이 적극적으로 발언한 민족문학의 이념과 범주는 과연 1960년대 진보적 지식인의 좌표에서 어떤 위상을 차지하고 있으며, 또 어떤 시각과 연대하고 있는 것일까. 이 글은 김수영을 『청맥』의 지식인으로 재맥락화하는 가운데 그의 민족문학론의 역사적 의미와 한계를 살펴보고자 한다.

2. 내재적 민족주의의 두 양상

1960년대에 고조된 민족주의 담론은 4·19혁명 이후 개방된 통일 담론, 박정희 정권의 통치이념인 민족적 민주주의, 그리고 한일협정에 대한 저항담론에서 촉발된 것이다. 1963년 대선에 활용된 민족적 민주주의는 자립과 자주를 표방하며 4·19혁명의 반외세, 반매판 정신을 승계하는 것처럼 보였지만 실상은 개인의 자유를 억압하는 비민주적 산업화 이데올로기에 불과했다.[10] 주지하듯 민족적 민주주의가 약화된 계기는 1964년 한일협정에 있었다. 한일협정의 굴욕적인 외교와 이를 반대하는 6·3사태의 비민주적인 탄압을 거치면서 이 시기의 민족주의는 1950년대 반일, 반공의 민족주의론보다 반정부 대항담론으로서의 성격이 강해졌다. 그런 점에서 1960년대 민족주의의 이념과 성격은 『청맥』의 반체제적 민족주의의 맥락에서 좀 더 선명하게 드러난다.[11]

---

10 1960년대 민족주의 담론의 전개 및 문제성은 김주현, 「1960년대 '한국적인 것'의 담론 지형과 신세대 의식」, 『상허학보』 16, 상허학회, 2006, 379~410면.

1965년 6월 22일 도쿄에서 조인된 한일협정 이후 한국의 신식민지적 가능성에 대한 위기감이 고조됨에 따라 반외세 민족주의 담론이 급증했고, 『청맥』은 일련의 특집을 통해 한일외교를 정면으로 비판했다.[12] 이와 관련해 김질락의 권두언은 시사점이 많다. "차용은 빚이다"라는 의미심장한 표현은 "타민족으로부터 문명은 차용할 수 있으나 같은 방법으로 문화를 차용할 수는 없다"[13]라는 반외세 민족문화론의 문제의식을 뚜렷하게 각인시킨다. 이 권두언을 통해 김질락은 한일협상 중 가장 큰 논란이 된 차관 지원에 대해 우려와 비판의 입장을 표명한 것이다. 한일협정으로 인해 한국의 국제적 위상이 물질적, 외래적, 식민지적 관계에 종속되었다고 판단함과 동시에 정신적, 내재적, 탈식민적 가치에 기초한 대항담론을 긴급하게 요청했다. 자국의 문화는 민족

---

11 이러한 관점의 『청맥』 연구는 김종곤, 「1960년대 '민족주의'의 재발견과 질곡 그리고 문화」, 『진보평론』 69, 메이데이, 2016, 96~117면; 이동헌, 「1960년대 『청맥』 지식인 집단의 탈식민 민족주의 담론과 문화전략」, 『역사와 문화』 24, 문화사학회, 2012, 3~29면; 홍석률, 「1960년대 한국 민족주의의 두 흐름」, 『사회와 역사』 62, 한국사회사학회, 2002, 169~203면.

12 가령 「한국의 민족주의」(1965.11), 「문화식민론」(1966.6)과 「민족문화론」(1966.7), 「한국민족문화의 문제점」(1966.9), 「우리말 우리글」(1966.10) 등의 민족주의 특집이 그러하다. 계엄이 해제된 다음날 발간된 만큼 『청맥』은 '6.3사태'의 문제성을 첨예하게 다루며 민족적 민주주의를 비판하고 "민족적 지성의 순화와 자립의식의 앙양"(김진환, 「창간사」, 『청맥』 1, 청맥사, 1964.8, 9면)을 매체 이념으로 내세웠다.

13 김질락, 「문화는 차용할 수 없다」, 『청맥』 19, 청맥사, 1966.7, 12, 16면. '대한민국과 일본국 간의 기본관계에 관한 조약'이라는 명칭의 한일협정은 1951년에 일본거주 한국인의 법적 지위, 재산청구권, 문화재 반환, 어업 문제, 선박 문제 등 여러 문제를 중심으로 교섭이 시작되고 1965년 6월 국교정상화조약에 조인하고 동년 12월 발효되었다. 협상의 핵심 내용은 식민통치기간 중 체결된 제 조약의 폐지, 대한민국 정부 인정, 2억 달러의 정부차관과 3억 달러의 상업차관, 3억 달러의 원조를 포함한 8억 4,500만 달러의 차관 제공이 골자였다. 정진아, 「한일협정 후 한국 지식인의 일본 인식」, 『동북아역사논총』 33, 동북아역사재단, 2011, 98면 당시 지식인의 한일회담에 대한 논의는 위의 책에서 참조함.

의 고유성 외에는 외교적인 성격이나 특징으로 표현될 수 없다는 김질락의 논조는 당시 급변하는 한일관계 속에서 민족문화론이 지배와 종속의 식민지론에 저항 가능한 유일한 분야였음을 보여준다. 다시 말해, 굴욕적인 차관협상 과정에서 한국의 정치적 독립을 입증하는 중요한 근거가 될 만한 것은 바로 민족문화였다. 민족문화는 '문명'에 내재된 선진성/후진성의 가치판단을 중지시키고 『청맥』이 표방한 반외세론을 부각시키기에 가장 유효한 쟁점으로 이해되었다.

반외세론은 내재적 발전사관이 구체적으로 논의되면서 공론화될 수 있었다. 『청맥』은 한국-일본의 민족문화를 비교하는 학술기획을 통해 민족주체성 문제를 주요 이슈로 제시했다. 그에 따르면, 일본문화가 한반도, 대륙계통인의 이주와 문화적 이식을 통해 형성된 반면에[14] 한국문화는 외래문화에 대한 저항을 통해 구축되었다.[15] 여기서 한국-일본의 민족문화를 평가할 때 관점과 기준은 물론 근대 문화의 수준에 비례하지 않는다. 근대 이전, 식민지 이전의 전통성, 고유성, 주체성을 중심으로 한 한일 민족문화의 비교가 중요하다. 특집에 참여한 역사학자들은 식민사학을 탈피하는 데 역점을 두며 자주적인 한국사상사를 주장했다. 정재각의 경우 고대사 연구를 통해 아시아 대외관계를 고증하는 새로운 동양사 서술의 관점을 제기해 신진 학자들로부터 주목 받았는데, 특히 일본의 근대화 전략이 구문화권의 변두리적 위상, 전통문화에 대한 결핍감에서 비롯되었다는 점을 강조했다. 근대 이전에 나타난 타

---

14 정재각, 「외형적 서구화에 탐닉한 일본」, 『청맥』 19, 청맥사, 1966.7, 12・58면.
15 장기근, 「전통 속에 용해하려는 몸부림」, 위의 책, 51~58면; 김용덕, 「민족자존이 선행되었던 한국」, 위의 책, 68~78면.

율적인 일본문화와 주체적인 한국문화의 성격 대비는 굴욕적인 한일관계를 전도시키는 효과를 자아낸다.

민족문화론은 주체적 민속 표상을 통해 역사의 연속성을 자각하고, 이로써 한국의 내재적 특수성을 발견함과 동시에 잔재하는 식민성을 극복하는 데 의의를 둔다. 이 경우 민족정신의 실증적인 해명을 중시하고 민족성에 대한 선험적인 논의에 대해서는 엄격히 비판한다. 가령 『청맥』에서 조동일은 "가난"을 민족의 "팔자"라고 인식하는 숙명론에 대해 이의를 제기한다. 수동적, 패배적 민족정체성론에 대한 역사적 검토가 긴요한 까닭은 급증하는 선험적인 문화론이 자칫 "한국적인 무엇"을 하나의 유행으로 통속화하여 정부 주도의 민족주의 담론으로 수렴될 우려 때문이다.[16] 5·16 이후 정권의 민족문화 정책은 민족정신 혁신의 차원에서 강조되었다. 서구에서 받아들인 물질문명, 근대정신을 한국의 내재적인 정신문화, 전통과 구별하면서도 결국 양자의 조화를 내세우는 정책을 1970년대까지 강조했다. 따라서 정신문화에 대한 강조는 암암리에 민족중흥의 주체, 다시 말해 효율적이며 순종적인 주체를 강조하기 위한 것이었다.[17] 하지만 『청맥』은 「한국인의 이상기질」(1964.12)을 특집으로 기획해 '사꾸라', '엽전의식', '빽', '팔자소관', '외래광' 등의 유행어를 분석한 후 이는 민족정신의 본질적인 문제보다 특정 시기의 사회현상에 불과하다고 진단했다. 앞서 한국인의 팔자론과 그 왜곡된 정체성을 지적한 조동일의 글도 『청맥』의 기획 속에서 논

---

16 조동일, 「특집 : 한국인의 이상기질―골수에 찬 노예근성」, 『청맥』 4, 청맥사, 1964.12, 103면.

17 김원, 「한국적인 것의 전유를 둘러싼 경쟁」, 『사회와 역사』 93, 한국사회사학회, 2012, 193면.

의되었다. 민족정체성론 가운데 식민주의적 관습과 정신에서 비롯한 것을 구별하며 조동일은 내재적, 발전적, 주체적 민족 인식을 통해 민족문화론을 재구성할 것을 요청했다. 내재적 발전론의 관점은 이듬해에 기획된 「한국의 민족주의」 특집부터 본격적으로 논의되었다. 한국 민족주의의 형성 과정을 동학농민혁명 중심의 민중항쟁사에서 찾아 설명하는 방식이 대표적인데,[18] 서구 근대의 민족 이념에서 벗어나 한국의 특수한 역사적 배경을 전제로 한 민족주의 테제가 이 시기에 재등장한 것이다. 요컨대 민중적, 제3세계적, 탈식민적 민족주의의 시각은 한일협정 이후 민족의 정신적 예속을 경계하고 냉전 중심의 외교를 극복하는 과정에서 비로소 제기되었다.

3. 한글전용론과 「가장 아름다운 우리말 열 개」

1960년대 중반부터 김수영이 발표한 전통론도 한일협정에 대한 문제의식을 담고 있음은 주지의 사실이다. 『사상계』의 한일협정 특집호에 실렸던 「거대한 뿌리」에서 김수영은 식민지성, 전근대성을 극복과제로 내세운 민족주의에서 벗어나 제3세계 민중 중심의 독특한 전통론을 보여주었다.[19] 즉, 민족주의 이념의 거시적인 전망에 대해서는 무관심한 대신에 오히려 요강, 망건, 장죽, 곰보처럼 현대에는 더 이상 사용

---

18 송건호, 「한국 민족주의의 역사적 배경」, 『청맥』 13, 청맥사, 1965, 60~80면.
19 박연희, 「김수영의 전통 인식과 자유주의의 재론」, 『상허학보』 33, 상허학회, 2011, 213~242면.

되지 않는 민중적 삶의 소소한 품목들을 전통의 유력한 표상으로 거론하고 있다. 이렇듯 낡거나 사멸한 어휘들을 전경화한「거대한 뿌리」가 숭요한 이유는 무엇인가. 흥미롭게도 이 시의 창작추기인「가장 아름다운 우리말 열 개」는 한글전용론 문제를 다룬『청맥』의「가장 아름다운 우리말 열 개」특집 중 하나이다.

김수영의 전통론이 구체화될 수 있었던 또 다른 배경으로는 정부 주도의 강력한 한글정책이 있다. 박정희 정권은 한글학회의 최현배 등의 건의에 따라 1962년에 한글전용특별심의회를 설치하고 한자어를 한글로 바꾸도록 했으며, 1968년부터 한글전용 5개년 계획을 수립하기 시작해 1970년에 공포했다. 그런데 한글전용의 문제는 해방 이후에 벌어진 국어학계 내부의 대립 및 갈등 국면과 밀접하게 연동되어 있다. 김윤경을 포함해 주시경의 후계자들은 경성제대 조선어문학과 후신의 서울대 국어국문학과에 소속된 학자들이 한글운동에 동참하지 않는 것을 식민주의의 잔재라고 비판하며 언어민족주의를 바탕으로 한글전용을 주장했다. 반대로 조선어문학과 계열은 과학적 언어학을 중심으로 주시경 학파의 한글운동이 '비과학적 쇼비니즘'이라 비판했다.[20] 이는 학술적 논쟁이기보다 이른바 학파 간의 헤게모니 투쟁에 가깝다. 선행 연구에 의하면 언어학의 과학주의란 처음부터 주시경과 조선어학회의 민족주의를 탈신화하기 위한 이데올로기적 구호에 지나지 않았다. 식민지 제국대학의 유산을 청산하고 해방후 학술장에서 주류 집단이 되고자 조선어학회의 전통을 감정적, 비과적학적으로 타자화하는 전략이었

---

20 이숭녕의「민족 및 문화와 문화사회」(1954)은 이준식,「해방후 국어학계의 분열과 대립」,『한국근현대사연구』67, 한국근현대사학회, 2013, 98면 재인용.

던 것이다.[21] 해방 직후부터 1950년대까지 지속된 국어학자들 간의 대립 구도는 정부의 내셔널리즘이 강화된 1960년대에 들어서면서 중요한 변화가 일어난다. 예컨대, 한글운동에 관여했던 이희승은 1960, 1961년만 해도 한자의 폐지나 제한에 원칙적으로 동의했지만, 한글전용특별심의회의 설치 이후 문법통일안이 새롭게 제정되는 과정에서는 한글전용론을 비판하게 된다. 이희승의 태도 변화는 한글학회 회원을 중심으로 발족한 한글전용추진회(1966)가 한글전용의 법제화를 결의하는 상황에서 이루어진 것이다.[22] 학술장에서 한글전용의 문제는 정부 주도의 민족주의 사업의 일환으로 이해되었고, 이희승과 같은 학자들에게도 학술적 쟁점을 초과하는 사안이 되어 버렸다. 정치적 쟁점 속에 비판적으로 한글전용의 문제를 다룬 매체 중 하나가 『청맥』이었다.

『청맥』은 「한국민족문화의 문제점들」(1966.9)이라는 특집을 통해 정부의 민족주의 정책에 대한 비판론을 게재한다. 주로 국어학자와 국문학자들이 참여해 한자어, 한문학의 민족사적 평가를 내렸다. 김완진은 언어가 민족을 규정하는 단일하고 절대적인 기준이 될 수 없다면서 한자어를 배제하는 것은 수구세력의 "정치적 야심"이라 논평했고, 강신

---

21 김영환, 「'과학적' 국어학의 유산－경성제대와 서울대」, 『선도문화』 19, 국제뇌교육종합대학원대 국학연구원, 2015, 81~82면.

22 한글전용추진회에서 제출한 건의안의 내용이다. ① 1949년 한글날에 공포된 한글전용에 관한 법률 중에서 "다만 얼마동안 필요할 대에는 한자를 병용할 수 있다"는 단서를 삭제하는 개정법률안을 통과시켜 줄 것. ② 호적을 전부 한글로 고치도록 법적 조치와 예산조치를 다해줄 것. ③ 초등학교 교과서에서 한문을 전부 없앨 것. ④ 신문, 잡지 등에서 한글전용을 하도록 권장할 것. ⑤ 한글 기계화에 대한 연구기관을 과학기술연구소 또는 민족문화 센터 안에 설치 할 것. ⑥ 한글날은 기념식만 올리는 것이 아니라 구체적으로 한글전용을 촉진시킬 행사를 할 것 등. 이희승은 이에 대한 반발로서 한자 섞어 쓰기 운동을 펼친다.

항도 "천년이나 써와서 이제는 완전히 우리말이 되어버린 이런 한자어"를 일괄적으로 배제시키는 데에 항의했다. 김동욱도 한국적인 것에 대한 근본적인 성찰을 요청하면서 한자 사용의 귀족문학과 한글 사용의 평민문학이 공존해온 민족문학에 있어 한문학의 전통을 간과할 수 없다고 주장한다.[23] 1960년대 중반에 민족문학의 개념은 한글전용론을 내세운 관제적 민족주의론과 내재적 발전론을 중시하는 학제적 민족주의론 간의 경쟁관계 속에서 재규정되고 있었다. 여기서 김수영의 민족문학론이 지닌 성격이 분명해진다.

> 이 밖에도 옛적에 쓰이다가 한문전용의 세력에 쫓기어 오늘에 죽어버린 허다한 말이 많은데 나는 이러한 말들이 죽은 것을 퍽은 아깝고 아쉽게 여긴다. 소설가, 시인, 문필가, 기자들에게 이러한 좋은 말을 많이 살리어 다시 쓰도록 노력하여 달라고 부탁한다.[24]

> 아름다운 우리말이 따로 있는 것이 아니다. 언어란 상대적인 것. 만약 우리에게 한글만이 가장 아름답게 들린다면 이웃나라고 먼 나라고 간에 제 나라 말을 가진 나라들은 모두 자기들 말이 더욱 아름답다고 자부할 것이다. (…중략…) 그러므로 우리에게 가장 아름다운 말은 순 한국말이면서 또 한국의 생활을 가장 잘 표현하고 있는 말이라고 볼 수밖에 없다.[25]

---

23 김동욱, 「귀족문화와 평민문화의 대립과 극복」, 『청맥』 20, 청맥사, 1966.9, 63~65면.
24 김윤경, 「가장 아름다운 우리말 열 개」, 『청맥』 21, 청맥사, 1966.10, 55면.
25 송건호, 「가장 아름다운 우리말 열 개」, 위의 책, 62~63면.

민족주의는 문화에는 적용되어서는 아니 된다. 언어의 변화는 생활의 변화요, 그 생활은 민중의 생활을 말하는 것이다. 민중의 생활이 바뀌면 자연히 언어가 바뀐다. 전자가 주요, 후자가 종이다. 민족주의를 문화에 독단적으로 적용하려고 드는 것은 종을 가지고 주를 바꾸어보려는 우둔한 소행이다.[26]

위에서 인용한 「가장 아름다운 우리말 열 개」는 김수영을 비롯해 20명의 문학자, 문화인, 언론인, 정치인들이 10개의 아름다운 우리말을 선정하는 일종의 앙케이트였다. 그러나 1966년 10월호 『청맥』에는 「아름다운 우리말 열 개」를 비롯해 「우리말 우리글」, 「수필」 특집 등 한글전용론 문제를 다룬 글들이 주로 실려 있어 주목된다. 「우리말 우리글」에서 심재기, 이숭녕, 김열규, 안병희 등은 한글전용론이 한글의 우수성이나 문화적 위상과는 무관하다고 주장하며 한자가 차지하는 비중이 적지 않은 언어현실을 환기시킨다. 특집에서 한글전용론에 대한 학자들의 반발은 한글/한자 사용 문제를 획일화하려는 정부의 문화통제 정책, 더 나아가 한글사용을 애국심의 문제로 치환해 국민/비국민을 구별하려는 박정희식 민족주의에 대한 이의제기의 성격이 농후하다. 이렇듯 특집은 한글전용론에 대한 찬반 입장, 곧 '우리말'이라는 한국어 개념의 고유성과 주체성을 판별하기 위해 기획된 것이었다. 따라서 「가장 아름다운 우리말 열 개」에서 주목할 것은 우리말의 개념과 범주이다.

가령 첫 번째 인용문에서 김윤경이 나열한 우리말은 『두시언해』,

---

26 김수영, 「가장 아름다운 우리말 열 개」, 위의 책, 51면.

『훈몽자회』, 『용비어천가』 등 중세국어의 소멸된 한글에 있었다. 근대 이후에 사장된 어휘를 아름다운 우리말이라고 적으며 김윤경은 "한문 전용의 세력에 쫓기어 오늘에 죽어버린 허다한 밀"에 대해 아쉬움을 토로했다. 암암리에 한자어의 선택과 배제의 문제를 기준으로 '우리말'을 구분한다. 이처럼 훈민정음을 통해 우리말의 고유성을 강조하는 문맥에는 한글/한자, 한문학/국문학 등의 관계를 우리문화/외래문화로서 양분하는 사고방식이 전제되어 있다. 이 지면에서 많은 언론인들이 신어新語, 곧 외래어의 남용을 문제 삼으면서 고유어나 방언이 한국의 자연과 한국인의 생활을 반영한 언어임을 언급한 것처럼[27] 김윤경에게 한자는 우리말을 벗어나는 외래문화에 해당한다. 최현배 역시 한자로 표기할 수 없거나 일본어, 영어로 번역하기 어려운 어휘를 강조해 한글의 독창성과 고유성을 설명했다.[28] 다시 후술하겠지만 김윤경, 최현배 등의 일부 국어학자들은 전형적인 언어 민족주의의 태도를 보였던 반면에 다른 문학자, 언론인 등은 이를 비판하며 한글전용론에 반대하는 입장을 보여주었다.

즉, 한글/한자 사용의 문제는 단순히 언어 민족주의만이 아니라 그 당시 과잉된 보수적/진보적, 관제적/학제적 민족주의 담론에 대한 정치적 입장 표명이기도 했다. 세 번째 인용문에서 민족주의의 이념과 담론은 "문화"에 적용될 수 없다고 주장한 김수영의 경우도 마찬가지이다. "독단적"이라는 수식어를 통해 강조했듯 김수영의 비판적 민족주의론에는

---

27 남재희, 「가장 아름다운 우리말 열 개」, 위의 책, 55~56면; 서석규, 위의 책, 57~58면; 송건호, 위의 책, 58~63면.
28 최현배, 「가장 아름다운 우리말 열 개」, 위의 책, 74~75면.

소위 '민족문화'를 발명하는 정부 주도의 민족주의에 대한 저항의식이 있었다. 김수영의 글이 정확히 한글전용론에 반대 입장을 표방하는 것이라 확신할 수 없지만, 적어도 "매우 엉거주춤한 입장"이라고 고백한 그가 말미에서 "민족주의의 시대는 지났다"[29]라고 선언한 것은 획일적인 국민 통합의 방식으로 한글에 민족의 순수성을 주입하려는 시도에 반발한 것임은 분명해 보인다. 두 번째 인용문도 우리말, 곧 한국어의 범주가 오직 민족주의에 의탁해 구성되는 것을 경계한다. '언어가 상대적'이라는 논의에 따르면, 자국어의 발전과 위상은 선험적인 민족 이데올로기를 보증하는 것이 아니므로 민족뿐 아니라 세계의 차원에서 논의가 가능하다. 해방 직후부터 한글은 사회적 통합기제로 적극 활용되었는데 이는 탈식민이라는 민족적 상징성의 동원을 통해서였다.[30]

그런데 민족주의가 고조되고 한글선용론이 논란이 된 바로 그 시기에 김수영은 한자어는 물론 일본어마저 과감하게 사용한다. 선행 연구에서 보듯 이중언어자였던 김수영이 쓴 일본어는 단순히 세대적 한계를 시사하는 것보다 반일, 반공에 의해 공고해진 민족주의의 허구성을 폭로하고 진정한 탈식민의 출구를 만든 의미가 크다.[31] 「히프레스 문학론」에서 스스로 이중언어 세대로서의 불안 의식을 고백했듯 소위 '언어의 이민자'(「거짓말의 여운 속에서」)인 김수영에게 '전용'의 민족어란 그의 말을 빌어 "언어의 로테이션"을 진공의 상태로 만든 효과적인 기획

---

29 김수영, 앞의 글, 51면.

30 이혜령, 「언어 법제화의 내셔널리즘」, 『아시아여성학센타 학술대회 자료집』, 이화여대 아시아여성학센터, 2005, 86면.

31 한수영은 전후세대의 이중언어에 의한 자기인식을 판별하며 김수영의 경우에 식민주의의 극복가 냉전체제의 와해가 서로 다른 것이 아님을 일깨우고자 애썼다고 설명한다. 한수영, 「'상상하는 모어'와 그 타자들」, 『상허학보』 42, 상허학회, 2014, 490면.

품에 불과하다. 그 순간에 김수영이 「거대한 뿌리」를 떠올린 것은 실수로 기입된 "제3인도교"의 경우처럼 그저 "정설로 되어"[32] 있는 오해와 착오야말로 민속어를 설명하는 유일한 방편이있기 때문이다. 그리므로 한자어, 일본어, 한글 모두를 '우리말'로 사용했던 김수영에게 민족문학론이란 문학사적 관습이 아닌 현실정치의 문제였다.『청맥』이 한글전용론에 주목한 이유도 이와 다르지 않다. '한글전용'이 미디어의 공식적인 언어를 결정하는 문제라고 할 때, 상당한 분량의 지면을 할애하면서까지 이를 쟁점화한 것은 그것이 무엇보다 지식인론과 직결된 문제였기 때문이다.

4.『청맥』의 이어령론과 참여문학론의 도정

김수영의 참여문학 논쟁 속에는 국내외 정치현실의 변화에 민감할 수밖에 없는 지식인의 자기발견이 담겨져 있다. 이른바 불온시 논쟁 중 김수영이 이어령의 글을 직접적으로 거론했을 때,『청맥』에서도 노골적인 이어령 비판론이 전개되고 있었다. 이 무렵 이어령은 「장군의 수염」 (1966), 「무익조」(1966), 「암살자」(1966), 「전쟁 데카메론」(1966) 등을 연이어 발표했다. 이 소설들에 관해『청맥』은 「최악의 졸작」이라는 연재지면에서 직접적으로 이어령의 현실인식을 문제 삼거나 그의 소설을 중심으로 민족문학의 한계를 지적하기도 했다. 가령 「무익조」의 경우

---

32 김수영, 앞의 글, 48면.

이어령의 분신인 1인칭 화자 '나'의 세계관이 문제였는데, 가령 "아무리 좋게 해석해 주려고 해봐도 올바른 객관의 눈이 아니"[33]라는 것이다. 소설은 전쟁기에 한국의 후진적, 비극적 상황으로부터 벗어나기 위해 유학을 선택한 '나'가 외국인 친구에게 자신과 다른 선택을 한 친구 '박준'의 이야기를 편지로 전하는 내용이다. 공군 장교가 되었지만 죽음 직전에 대의를 저버린 친구의 이야기를 통해 작가는 인간의 실존적 한계를 말하려는 듯하다. 그러나 『청맥』은 이어령이 박준을 통해 나타내려는 "인간의 위진성僞眞性"이 "화제꺼리에 불과"[34]한 통속적인 소재로 전락했다고 비판한다. 화자 '나'를 빌어 한국적 휴머니즘을 거창하게 주제화했지만, 정작 소설에서 구체적인 민족현실은 증발되고 박준의 비겁함도 엉성하게 형상화되었다는 것이다. 세 번째 소설 「전쟁의 데카메론」을 비판하는 논조도 이와 크게 다르지 않아 "전쟁이라는 현실은 온데간데 없고 자기 취미의 '이데'만이"[35] 형식적으로 남아 있다고 혹평했다.

물론 그 당시 이어령의 소설은 영화로 제작되거나 번역서가 해외에서 출간되는 등 대중적인 측면에서는 성공한 작품들이었다. 「장군의 수염」은 대표적인 성공사례에 해당한다. 그럼에도 『청맥』은 이어령 소설의 흥행을 오히려 부정적인 현상으로 바라본다. 신동한에 따르면, 이어령 현상은 "대중과 유리되는 작품활동보다 더욱 해독을 끼치는 반문학행위"이며 그의 소설 역시 "사이비 소설"[36]에 지나지 않는다. 알다시피, 1960년대의 이어령은 『흙 속에 저 바람 속에』(1963)를 비롯해 베

---

33 「최악의 소설-이어령 작 무익조」, 『청맥』 19, 청맥사, 1966.7, 120면.
34 위의 글, 121면.
35 「최악의 졸작-이어령 작 전쟁 데카메론」, 『청맥』 21, 청맥사, 1966.10, 151면.
36 신동한, 「한국문학의 구조적 모순」, 『청맥』 20, 청맥사, 1966.9, 122~123면.

스트셀러 에세이집을 꾸준히 펴내고 여러 언론사에 직접 관여하기도 하는 등 다채로운 문학활동을 보여주고 있었다. 하지만 『청맥』의 논자들에게 이어령은 저널리스트 또는 에세이스트의 표본이지 "배금주의자"[37]로 타락한 지성에 불과했다. 언론파동(1964)만 떠올려보아도 짐작할 수 있듯 언론 통제의 시스템이 정교해지고 소비자본에 따라 재정비가 시작된 시기가 바로 1960년대이다. 저널리스트라는 명칭에는 통치체제와 상업자본에 기생하는 지식인에 대한 풍자적 뉘앙스가 다분하다. 에세이스트도 마찬가지여서, 오혜진의 지적처럼 1960년대 에세이 붐은 지배담론이 용인한 유일한 사회참여의 방식이 에세이였음을 방증한다.[38] 그러니까 이 시기에 『청맥』이 굳이 '이어령'을 호출한 이유는 참여문학과 지식인에 대한 반성적 평가 속에서 동시대의 누구보다 그가 대표성을 지녔기 때문이다. 『청맥』에서 이어령론이 본격화된 것은 구중서의 민족문학론에서였다.

서정주 씨의 신라관에는 역사의식이나 전통의식 같은 것은 없고, 다만 단층적인 신라의 하늘에로 향하는 복고주의가 있을 뿐이다. 그것은 적어도 역사를 취재하는 문학인의 태도로서는 근본적으로 불가한 것이다. (…중략…) 서정주 씨가 자기의 시정신을 거기에(헬리니즘—인용자) 결부시키려한다는 것은 너무도 피상적인 속단이라고 아니할 수 없다. '영적인 너무도 영적인' 서정주 씨의 정신세계는 차라리 헤브라이즘의 것이며, 아니 그보다는 일종의 공간공포증에 걸린 동양적 접신술가의 그것에 가차운 것이라고 보게 된다.[39]

37 위의 책, 123면.
38 오혜진, 「카뮈, 마르크스, 이어령」, 『한국학논집』 51, 계명대 한국학연구원, 2013, 167면.

또 다른 한 편 「무익조(無翼鳥)」. 그것은 그저 한 편의 수필처럼 안이한 작품이다. 그러면서도 이 소설이 또한 독자를 불쾌하게 한다. 작가는 이 소설을 통해 역사적으로 분명히 '승리의 함성'이었던 4·19데모 속에서 '등에 총탄을 맞고 비명을 지른 비겁'이 있었다는 겁에 채색을 하며 깐죽거리고 있다. 그렇다고 해서 이 작가가 순전히 용기의 예찬론자냐 하면 또 그렇지도 않다. 아니 그는 오히려 4·19의 데모기사 정도는 치지도외(置之度外)하여 안중에도 없다. 다만 어느 비명거부론자, 박준 대위가 L19기로 훈련비행중 사고로 추락했다는 짧은 기사에만 눈이 갈 뿐이다. 이 추락사고에서 박준은 목숨을 건졌지만 비명거부론자의 패기를 읽어 날개 읽은 새처럼 추락된 인생을 산다는 이야기다. 결국 '신과 영웅은 죽고, 평범한 인간으로 탄생해야하는 것'이 현대인의 운명이라고 작자는 결론짓고 있는 것이다.[40]

이 인용문들은 구중서가 『청맥』에 순차적으로 발표한 서정주론과 이어령론이다. 그는 「서정주와 현실도피」와 「소설가 이어령의 도로」에서 공히 역사적 사실을 도외시한 작가의 창작태도를 문제시한다. 한 해를 건너 쓴 저 글들은 '순수'의 가치를 내세운 전통주의자와 현대주의자 각각에 대한 구중서의 비판적 이해를 실감나게 보여준다. 공교롭게도 당시에 전통주의자 서정주는 '신'을 통해, 현대주의자 이어령은 '신의 죽음'을 통해 새로운 주체의 확립을 모색하고 있었다. 서정주가 1950년대 말부터 신라정신론을 개진하는 가운데 삼국유사나 삼국사기 등에서 신라의 영원인을 발췌해 공론화한 것[41]은 자신의 전통론에 '고

---

39 구중서, 「서정주와 현실도피」, 『청맥』 9, 청맥사, 1965.6, 117·124면.
40 구중서, 「소설가 이어령의 도로」, 『청맥』 19, 청맥사, 1966.7, 166~167면.

대 신라'라는 역사적 표상을 부여하기 위해서였다. 예를 들어, 『신라 초』(1961)에서 '신'으로 표상되는 전통주의도 역사를 전유하는 정치적 행위일 수 있다.

서정주를 가리켜 "공간공포증" 환자라고 신랄하게 지적한 구중서가 보기에도 '신라의 영원인'으로 재현된 설화적 인물들은 특정 과거를 초역사화하는 이데올로기적 수사에 지나지 않는다. 그에게는 이어령의 「무익조」의 경우도 다를 바 없다. 서정주가 형상화한 영원성의 신화처럼 이어령 소설에 등장하는 '박준 대위' 또한 자기정체성의 '죽음'을 맞이함으로써 불현듯 역사적 주체로 의미화된다. 이는 "비명"이라는 일차원적인 소재를 활용해 "승리의 함성이었던" 4·19혁명의 역사적 의의를 소거시킴으로써 가능했다. 구중서의 서정주론과 이어령론은 역사를 사실 그대로 반영했는가, 그렇지 못했는가를 따지는 사실주의적 리얼리즘론과는 거리가 있다.[42] 역사적 진실을 자의적으로 취사선택할 수 있는 작가의 특권, 곧 작가의 이념적 지향야야말로 참여문학을 재론하는 데 관건이 된다는 것이 인용한 작가론 두 편의 핵심이다.

『청맥』에서 작가의 현실참여 문제가 쟁점화된 시기는 비판적 지식인들에 대한 사찰과 통제가 강화된 때였다.[43] 기독교인들의 성명(1965.1),

---

41 서정주, 「신라인의 지성」, 『현대문학』 36, 현대문학사, 1958.1, 181면.

42 1960년대 초반에 이어령이 '리얼리티'를 "상상과 현실의 결혼 속에서만 태어날 수 있는 기이한 혼혈아"(이어령, 「한국소설의 맹점」, 『사상계』 113, 사상계사, 1962.11, 50면) 라고 표현한 부분이 주목된다. 시종일관 한국소설의 후진성에 집중하며 이어령은 한국 리얼리즘 문학의 전망을 '기법'에 대한 문제의식 속에서 역설한다. 구중서가 자신의 이어령론 말미에 '문학을 제작하는 솜씨와 능률은 개인의 것이지만 문학 자체는 공중의 것'이라고 명문화시킨 것은 이어령 식의 순수 지향의 리얼리즘문학론을 염두에 둔 것이라 생각된다.

43 한일협정 체결 이후 지식인론에 관해서는 허은, 「1960년대 후반 조국근대화 이데올로

문인들의 성명(1965.7.9), 역사학자들의 성명(1965.7.9), 교수들의 성명 (1965.7.12) 등 한일협정 체결을 두고 각계각층에서 반대투쟁이 거세게 확산되었고, 박정희 정권이 지식인들을 동원/추방시키는 시스템의 구축을 노골화하는 가운데 아카데미즘의 탈정치화 현상에 대한 위기의식은 고조되었다. 그에 따라 지식인의 역할과 성격 등을 재규정하려는 움직임이 일어났고, 특히 1965년 이후 지식인의 소시민성, 곧 무비판성에 대한 통렬한 비판과 반성이 제기되었다.[44] 그러한 분위기에 힘입어『청맥』은 해직교수나 언론탄압 같은 제한된 논의영역으로부터 벗어나 지식인 담론 자체를 당대의 쟁점으로 부각시킬 수 있었다. 6·3사태라는 임계점에서 형성된『청맥』의 지식인 담론은 "나치스 시대"[45]보다 못한 정권이라는 표현에서도 짐작되듯 초기부터 강한 어조로 정부를 비판했다.

『청맥』에서 이어령 소설이 계속 혹평될 무렵에 참여문학론이 본격적으로 제기되기에 이른다. 작가의 현실참여 문제를 새롭게 쟁점화하기 위해 우선『청맥』은「신풍토는 조성되어야 한다」라는 특집을 마련한다.[46] 이 특집을 계기로『청맥』은 작가의 현실참여 방법에 대한 구체

기 주조와 담당 지식인의 인식,『사학연구』86, 한국사학회, 2007, 247~291면.

44 강신표,「소시민적 지성의 반동성」,『청맥』9, 청맥사, 1965.6, 22~23면. 흥미롭게도 이 글은 박정희의 진해 비료공장 준공식 연설(1965.5.2)을 거론하면서 시작되는데, 이 날 박정희는 좌석에 학생들이 보이자 6·3데모를 국가 경쟁력을 떨어뜨리는 수치, 왜곡된 4·19 정신 등으로 꾸짖으며 비판적 지식인을 비애국, 옹졸, 무책임 등의 표현에서 비하했다. 강신표는 대통령의 발언이 "지식인의 부패를 막기 위한 비판"이라고 조롱하면서 지식인의 반성과 각성을 거듭 강조한다.

45 황산덕은 학원안정법이 제정된 이후 학문 연구, 학원질서의 독립성과 자율성이 통제되는 일련의 과정을 상세하게 설명하며 정부, 공화당은 학원안정법 등의 비합리적, 비민주적 정책을 조속히 수정할 것을 촉구했다. 황산덕,「아카데미즘의 위기」,『청맥』2, 청맥사, 1964.9, 28~29면

46 편집자가 특별하게 백낙청의「궁핍한 시대와 문학정신」을 강조했듯(「편자의 말」,『청맥』9, 청맥사, 1965.6, 212면) 특집 첫 장에는 백낙청의 참여론이 실렸다. 이 글은 작

적인 논의를 심화시키고자 했다. '신풍토의 조성'에 대한 문제의식 안에서 '이어령'은 여전히 중요하게 다루어졌다. 앞서 살핀 구중서의 서정주론도 포함된 이 특집에서 서본격에 해당하는 글은 주섭일의 「작가의 현실참여」이며, 우연하게도 이어령의 「작가의 현실참여」(1959)와 같은 제목이라서 더욱 주목된다. 주지하듯 이어령의 「작가의 현실참여」은 전후세대론의 맥락에서 그가 작가의 사회적 책임과 현실참여를 적극 주장했던 시기의 대표작 중 하나이다. 따라서 1950년대와 중첩된 주섭일의 저 제목에는, 적어도 다시 참여문학론의 "신풍토"를 조성하기 위한 논의라면 그 누구보다 '이어령'을 예로 들어 이전 세대의 참여문학론이 지닌 자기모순을 폭로하는 것이 효과적이라는 판단이 전제되어 있다. 즉 참여문학론의 쇄신을 제안하는 주섭일의 요점은 '참여'의 구체적인 이념과 방법을 고민하지 않고 '참여론'에만 의의를 둘 경우에 이어령과 같이 오히려 민족문학 발전에 "장애물"이 되고 만다는 것이다.[47] 특집에서 백낙청, 구중서, 주섭일 등은 이러한 문제의식 아래 현

가의 '직접적 현실참여'보다 참여문학의 '비평정신'이 긴요하다는 논점을 보여준다. 무엇보다 영국문명의 타락을 목격하며 시인에서 비평가로 변모한 매슈 아놀드의 이력을 설명하며, 백낙청은 작가의 현실참여란 개인적인 희생과 결심만이 아니라 작가가 참여할 역사적 상황에 좌우될 문제임을 강조한다. 그가 보기에 한국의 타율적 문화상황은 궁핍한 시대임이 분명하며, 작가는 비평정신을 통해 사태에 대한 정확한 판단, 해명을 할 수 있고 현실참여를 완수해야 한다(백낙청, 「궁핍한 시대와 문학정신」, 위의 책, 140~141면). 한 편의 한국작품도 예로 삼지 않고서 모호하게 언급된 비평정신이란 『창작과비평』의 창간사에 해당하는 「새로운 창작과 비평의 자세」에서 좀 더 구체적이다.

[47] "예컨대 이어령은 '작가의 현실참여'는 현실에 대한 올바른 인식과 파악이 선행되지 않는 맹목적인 개인의 환상에서의 탈피를 외치다가 제 나름으로 뻗어 현실도피에의 성문으로 기어들었는데 이러한 행동은 잡음만 소란하게 일으켰을 뿐 한국문학엔 오히려 장애물로 되었다. 한국문학이 지니고, 키워온 이러한 풍토에서 작가의 현실참여를 논하는 것은 극히 어려운 일이기도 하고 또 상식적인 예기로 될 수 있다. 그러나 상식적인 얘기가 항상 어떤 진리를 내포하고 있었다는 사실에 주목할 때 이에 관한 논의의 재검과 깊은 연구는 커다란 의미를 지니게 된다." 주섭일, 「작가의 현실참여—참여의 의미와 방

실을 올바르게 파악할 수 있는 작가의 비평정신, 이념성을 우선시했다. 즉, 이때부터 참여문학론은 순수-참여의 대립이 아닌 참여 자체에 내재된 편견과 통념을 재론하는 방식으로 전개된다. 김수영과 이어령 사이의 논쟁도 마찬가지였다.

5. 순수-참여문학 논쟁의 보론補論

1960년대의 순수-참여 논쟁은 김우종, 홍사중, 이형기, 서정주 등이 세대론의 맥락에서 문학본질론을 제기해 시작되었다고 하지만, 실은 김붕구가 세계문화자유회의에서 발표한 「작가와 사회」의 앙가주망론이 널리 회자되면서 본격화되었다.[48] 「작가와 사회」에서 김붕구는 작가정신을 구성하는 여러 요소 중 자아의 역동성에 주목해 작가와 사회의 관계를 고찰했다. 즉, 창조적 자아와 사회적 자아를 구별한 후 그가 강

법에 관한 시론」, 『청맥』 9, 청맥사, 1965, 147~148면.

48 순수-참여문학논쟁의 전개 과정은 김영민, 『한국현대문학비평사』, 소명출판, 2000, 229~298면. 세대, 민족, 반공, 검열, 불온 등을 중심으로 논쟁의 정치적, 문학적 계기와 효과에 천착한 연구로는 한강희, 「1960년대 중후반기 참여론의 지형과 변모 양상」, 『우리어문연구』 24, 우리어문학회, 2005, 357~396면; 김미정, 「1950~60년대 공론장의 상징구조와 '순수-참여 논쟁'의 형성」, 『동향과 전망』 59, 한국사회과학연구회, 2003, 303~340면; 강웅식, 「전체주의적 반공주의와 순수참여 논쟁」, 『상허학보』 15, 상허학회, 2005, 195~227면; 박지영, 「자본, 노동, 성」, 『상허학보』 40, 상허학회, 2014, 277~337면; 방민호, 「김수영과 '불온시' 논쟁의 맥락」, 『서정시학』 24, 서정시학, 2014, 178~201면; 임유경, 『불온의 시대』, 소명출판, 2017, 424~457면. 김수영 사후에도 순수참여 논쟁이 지속되고 한 논자가 "'참여'가 대폿집이 되어버린 느낌"(「나는 이렇게 생각한다」, 『경향신문』, 1968.3.20)이라고 소회를 밝힐 정도로 1960년대에 '참여'의 문제는 문학뿐 아니라 지식인 담론의 차원에서 중요한 쟁점이었다. 이 글은 순수참여논쟁 자체보다 지식인 매체에 나타난 민족문학론을 정리했다.

조한 바는 사르트르의 앙가주망처럼 창조적 자아를 구속하면 안 된다
는 것이었는데, 이렇듯 전후 실존주의 논쟁과 관련해 한 불문학자가 보
여준 인용과 논변은 한국문학인들 사이에서 작가의 정치참여 논란으로
이어졌다. 사르트르식의 앙가주망 개념을 한국에 적용하기 어렵다는
비판부터[49] 반공적인 논법의 지지까지[50] 극명한 찬반 입장이 나타났다.

　당시 신진비평가였던 김현도 김붕구의 서구적 발상이 지금-한국에
도움이 되지 않는다고 논평하고 있어 앙가주망론에 대한 평단의 폭넓
은 관심이 충분히 짐작된다. 김현에 의하면, 김붕구가 사르트르를 들어
좌경화를 언급한 대목이 유난히 회자되면서 정작 중요한 한국적 현실
에서 가능한 앙가주망에 대한 논의가 구체화되지 못했다. 김붕구와 마
찬가지로 불문학 전공자이기는 해도 김현은 참여 개념의 한국적 토착
화 문제에 더욱 골몰했기에, 그는 "우리문화의 고고학, 우리의 발상법"
을 모색하는 것이 앙가주망 비판론에 대한 "가장 올바른 반박"이 되어
야 한다고 지적했다.[51] 한국작가보다 사르트르를 빌어 벌어진 '앙가주
망의 좌경화' 논쟁은 현학적이고 새로울 것도 없는 결과로 마무리되었
지만, 그것은 6·8부정선거 이후 한층 가열된 참여지식인론을 문학장

---

49 토론자로 참석한 서기원, 남정현은 한국작가와 프랑스 작가와의 현격한 차이를 강조했
고 임중빈과 김승옥은 작품에 포함된 사회의식, 역사의식 자체가 사회참여라고 밝혔다.
「작가와 사회」, 『동아일보』, 1967.10.14.

50 선우휘, 「문학은 써먹는 것이 아니다」, 『조선일보』, 1967.10.19.

51 김현, 「참여와 문화의 고고학 김붕구 교수를 둘러싼 글을 읽고」, 『동아일보』, 1967.11.9.
이 무렵에 쓴 김현의 외국문학도로서의 자기고백(「외래문화수용의 한계」, 『시사영어
연구』 100, 시사영어사, 1967, 62~65면이 한국문학사 다시 쓰기의 서문이라는 점을
염두에 둘 수 있겠다. 김현 스스로 밝힌 1967~1968년 사이의 변화에 관해 박연희,
「1960년대 외국문학 전공자 그룹과 김현 비평」, 『국제어문』 40, 국제어문학회, 2007,
291~320면; 박연희, 「김현과 바슐라르」, 『구보학보』, 구보학회, 2018.

안에서 재론하는 데에 중요한 계기가 되었다. 후속 논쟁으로 이해되는 '불온시 논쟁' 역시 6·8부정선거와 결코 무관하지 않은 공안사건(동백림사건과 민비사건 등)에 대한 논평이 문학적으로 전개된 것이다. 그러므로 불온시 논쟁이든 순수-참여 논쟁이든 6·8부정선거 이후 한국사회의 정치적 변화를 고려하지 않고서는 충분히 이해될 수 없다.

알다시피 1960년대 후반에 치러진 제6대 대통령 선거(5·3)와 제7대 국회의원 선거(6·8)는 박정희 장기집권의 토대가 된다. 당시 6·8 부정선거에 항의하는 규탄 시위가 벌어졌고 불법선거의 정황이 잇따라 폭로되었다. "세 트럭의 보리쌀이 쏟아져" 나온 사건이나 "관의 협박사태"[52] 등 금권선거와 폭력선거에 대한 증언은 넘쳤고, 심지어 "10여 년 전에 사망한 사람"[53]의 위조투표가 발견되기도 했다. 그럼에도 불법적인 민주주의체제는 곧바로 유신이라는 합법적인 독재체제로 전환된다. 부정선거에 대한 지식인들의 반응은 즉각적이어서 선거가 끝난 직후인 1967년 8월에 세계문화자유회의 한국본부(1961)는 「6·8 총선의 반성」을 주제로 원탁토론회의를 개최했다. 김규택(정치학)의 발제를 비롯하여 오종식(신문연구소장), 이병용(변호사), 이웅희(동아일보정치부장), 이창렬(경제학), 이희호(여성문제연구소장) 등 언론, 출판, 법률, 여성 분야의 다양한 전문가들이 모여 부정선거의 비판과 공명선거의 전망을 놓고 토론했다.[54] 더욱이 그해 세계문화자유회의는 「우리경제는 성장하였는가」(9.22), 「작가와 사회」(10.12), 「대학의 권위」(11.18), 「지성인과 권력」(12.5) 등의 주

---

52 「캄캄한 공명선거, 5·3과 6·8의 반성 2」, 『동아일보』, 1967.6.13.
53 「유령-위조투표 학인」, 『동아일보』, 1967.8.23.
54 「관권개입은 게임 규칙 파괴」, 『동아일보』, 1967.9.2.

제로 지식인의 정치적 위상과 한계를 논의하는 원탁토론회의를 연이어 기획하였기에 주목된다. 이렇듯 순수-참여논쟁도 6·8 부정선거에 대한 학술적 평가의 공론화 과정에서 제기되었나고 볼 수 있다. 딜리 말해서 김수영이 참여문학 논쟁에 가담한 것은 '6·8선거' 이후, 그러니까 합법/불법의 경계가 무너진 한국사회의 문제점들이 치열하게 담론화되기 시작할 때였다.

가령 '현실참여'에서 '현실도피'로 변모하며 보여준 이어령의 놀라운 정치적 순응력을 지적하기 위해 김수영은 「지식인의 현실참여」라는 글을 쓴다. 불온시 논쟁에 해당하는 이어령과 김수영의 글을 함께 살펴보자.

> 방향의 문제에 있어서 잊을 수 없는 것은 동백림 사건이다. 그것이 비극적인 것은 문화인이 연루된 사건이면서 그 학문이나 작품이 문제되지 않고 간첩행위가 치죄의 대상이 되었다는 것은 이미 지적한 점이지만, 상당수 문화인이 그 사건에 관련되었다는 자체는 간첩행위 이상의 사건이 아닐 수 없다. 그 행위의 밑에 만의 일(一)이라도 인터내셔널한 생각이 깔린 소치였다면 이는 관련자에 국한할 것이 아니라 일반 문화인의 성향과 관련시켜 심각히 생각해볼 일이라는 말이다. 그것은 문화인이 우리의 현안상황을 어떻게 생각하느냐는 관건으로서 문화의 주체성 확립과 밀접히 관련지어지는 것이다. 이 점을 얼버무려 넘겨서는 씨알없는 문화밖에 이룩될 것이 없다. 논의에 논의를 거듭해서 금년에는 어떤 결론을 얻어야 할 줄 안다.[55]

---

55 이어령, 「우리 문화의 방향」, 『조선일보』, 1967.1.7.

'주장'은 독재를 보고 욕을 하고, 독재는 '주장'을 보고 욕을 한다. 그러다가 힘이 약한 '주장'이 명령을 넘어서서 어쩌다가 행동으로 나올 때, 독재가 어 떠한 수단을 쓰는가에 대한 최근의 가장 전형적인 예가 누구나 다 아는 6 · 8 총선거의 뒷처리 같은 것이다. 이것은 완전한 힘과 힘의 대결이다. '설득'이 허용되지 않기는커녕 '주장'이 지하로 그의 발언을 매장시키기 시작한다. 지 식인이 그의 의중의 가장 참다운 말을 못하게 되고, 대소의 언론기관의 편집 자들이 실질적인 검열관의 기능을 발휘하고, (…중략…) 금년 들어서 C신문 의 사설란에 「우리 문화의 방향」이란 문화론이 실린 것을 읽은 일이 있는데, 이런 논조가 바로 보수적인 신문의 문제의 핵심을 회피하는 가장 전형적인 안이한 태도다.[56]

첫 번째 인용문은 동백림사건을 문화인 전반의 색깔론으로 비약시킨 이어령의 「우리 문화의 방향」이고, 두 번째는 이에 대한 김수영의 반론인 「지식인의 사회참여」이다. 문학사적으로 볼 때 「지식인의 사회참 여」는 문화인의 경직된 창조성을 비판한 이어령의 「'에비'가 지배하는 문화」(『조선일보』, 1967.12.28)에 대해 김수영이 반박하며 불거진 소위 불온시 논쟁의 맥락 속에서 이해되어 왔다. 그러나 이는 이어령이 김수 영 반론의 핵심을 '불온시=참여시'로 (의식/무의식적으로) 오독한 나머지 순수참여 논쟁이 협소하게 이해된 결과이다.[57] 따라서 문학사적 상식에

---

56 김수영, 「지식인의 사회참여」(1968), 『김수영 전집』, 민음사, 2003, 213, 217면(이하 이 책은 『전집』으로 서지를 대신한다).

57 박지영에 의하면, 이어령이 「누가 그 조종을 울리는가」(『조선일보』, 1968.2.20)에서 김수영의 반론에 대해 참여문학의 한계성만을 반복했던 태도는 "자기 논리의 근원적 보수성을 정면에서 집어 반박한 김수영의 논리에 대응하기 쉽지 않았기 때문이다"(박 지영, 앞의 책, 309면). 박지영은 김수영-이어령의 논쟁을 순수-참여논쟁으로 단순화

서 다소 벗어나 이어령의 「우리 문화의 방향」을 중심으로 김수영 글을 재독한다면, 그것은 동백림사건을 문화 사설로 전유하려 한 저널리스트 이어령에 맞서 김수영이 제기한 지식인론, 곧 민족 현안에 대해 지식인의 소명과 책무를 강조하는 민족문학론으로 평가해야 온당하다.

동백림사건(1967)이 6·8부정선거 이후 부상한 반체제 세력의 정치적, 사회적, 문화적 운동을 원천적으로 봉쇄하고 정권을 재정비하기 위해 조작된 공안사건이었음은 널리 알려진 사실이다. 중앙정보부의 북괴 대남 적화 공작단 사건(1967.7) 발표 이후 문화예술계의 윤이상, 천상병, 학계의 황성모, 임석진 등을 비롯해 서울대 학생조직(민족주의비교연구회) 등 무려 203명의 관련자가 조사를 받고 최종심(1969)까지 장기간의 수사와 재판이 거듭되자, 김수영은 이를 "유상무상의 정치권력의 탄압"이라 언급했다. 그럼에도 이어령은 인용한 부분에서 드러나듯 "금년에는 어떤 결론을 얻어야 할 줄 안다"라면서 동백림사건의 조속한 판결을 촉구하고 있을 뿐이다. 그러므로 이어령에 대한 김수영의 비판은 단순히 문학장 내부의 문제만이 아니라 동백림사건으로 대표되는 분단민족의 정치적 격동이라는 컨텍스트 속에서 이해될 필요가 있는 것이다.

앞의 김수영 글에 따르면 이어령으로 대표되는 보수적 저널리즘은 통치세력과 저항세력 간의 대결에서 양자를 "설득"하는 중재자 역할을 자임했지만, 독재체제에서 그것은 또 하나의 "범죄"일 뿐이다. 가령 「우리 문화의 방향」에서 이어령이 강조한 "간첩행위 이상"이라는 중의

하는 데 검열 등의 복잡한 상황을 고려할 것을 주장한다.

적 태도가 그러하다. 동백림사건과 관련하여 문화에 잠재된 "인터내셔널한 생각"이 간첩행위보다 위험하다는 이어령의 사설은 박정희정권의 정치적 탄압만이 아니라 문화적 파시즘마저도 정당화할 우려가 있다. 이에 대한 반론에서 김수영이 문화인보다 '지식인'을, 참여문학보다 '사회참여'를 표제에서부터 두드러지게 강조한 이유는 저렇듯 동백림사건의 본질, 즉 "6·8총선거의 뒤처리"라는 문제성이 다른 차원으로 번지거나 희석되는 것을 경계했기 때문이다. 이어령과의 논쟁 속에서 때늦은 참여문학론이 문학사에 기록되었으나 저 글에서 김수영이 문화 회복의 대안으로 제시한 정치참여 혹은 불온성이야말로 인터내셔널한 지식인을 정의하는 방식의 하나였다.

6. 비판적 자유주의자 김수영과 『청맥』

『청맥』은 창간 초기부터 계엄령에 저격당한 아카데미즘의 분열 양상에 주목했고 지식인의 올바른 사회참여의 필요와 성격을 논의해갔다. 여러 선행 연구자들이 언급했듯 6·3사태 이후 5·16정권에 협력/저항하는 지식인 그룹이 분명해지자 이를 비판하는 지식인 담론이 눈에 띄게 급증한다.[58] 『청맥』에서 송건호의 「지성의 사회참여」(1964.11)

---

[58] 5·16 정권에 대한 지식인의 혼란한 해석은 비민주적으로 한일회담을 성사시키는 과정을 겪으면서 변모한다. 반정부적 저항적 지식인의 본격적인 등장은 이 무렵부터이다. 이에 대한 첨예한 분석은 다음에서 참조함(김건우, 「1964년의 담론 지형」, 『대중서사연구』15, 대중서사연구회, 2009, 71~90면; 오제연, 「1960년대 전반 지식인들의 민족주의 모색」, 『역사문제연구』25, 역사문제연구소, 2011, 35~76면). 이봉범은 여기서 더 나아가 참여/저항의 구도로 수렴되지 않는 지식인층의 존재양태를 실증적으로

와 강신표의 「소시민적 지성의 반동성」(1965.6)은 1960년대의 양분화된 지식인 집단의 문제를 다룬 글들이다. 이에 따르면 '5·16파 지식인'과 '반反 5·16파 지식인'으로 지식인 그룹의 대립 및 혼란이 가열된 이유는 5·16정권이 소위 지식인 정치를 표방했기 때문이다. 5·16 이후 3~4년간, 다시 말해 6·3사태 이전까지 대학교수가 정치와 행정에 대량 동원되면서 대중과 괴리된 어용지식인이 늘어났다.[59] 아카데미즘의 탈정치화를 상론한 글들은 6·3사태 이후 지식인 문제가 더욱 긴요해졌음을 보여준다. 그런 점에서 『청맥』의 주요한 필자 가운데 하나였던 김수영이 지식인의 참여(문학)론을 통해 민족주의 담론에 깊숙이 관여한 장면은 결코 가볍게 지나칠 수 없다.

『청맥』의 「가장 아름다운 우리말 열 개」에서 김수영이 언급한 '민족주의 시대의 종언'이란 단일혈통, 단일언어 등 초역사적 실체$^{ethnic\ nation}$를 전제로 해서는 더 이상 민족을 재현하지 못하는 새로운 상황의 도래를 의미했다. 「반시론」(1968)에서 민족주의만을 표방하는 참여시는 후진적이라고 신랄하게 비난하며 적어도 '지구를 고발할 정도의 스케일을 지닌 우주인의 시'가 필요하다고 역설한 김수영의 경우, 설령 에스닉 내셔널리즘이 여전히 관제적으로 위력을 지니고 저널리즘 중심으로 계속 재생된다고 해도 그것은 냉전의 산물일 뿐, 에스닉한 민족주의는 더 이상 불가능하다. 여기서 민족주의 중심의 통치담론이 냉전이념에

검토했다. 가령 "평가교수단은 학술의 아프티씨파송의 전형적 형태로 관학협동체제의 제도적 시원이라는 의의를 지니는데, 그들의 활동은 1960년대 학술의 공공성 실현의 모순적 양면성을 압축적으로 보여준다." 이봉범, 「1960년대 권력과 지식인 그리고 학술의 공공성」, 서은주 외편, 『권력과 학술장』, 혜안, 2014, 96면

59 송건호, 「지성의 사회참여」, 『청맥』 3, 청맥사, 1964.11, 22면.

불과하다는 김수영의 판단은 이어령과의 논쟁에서도 확인된다. 김수영은 유독 "인터내셔널한 생각이 깔린 소치"라는 이어령의 문장을 길게 인용해 '무슨 뜻인지 모르겠다'라고 비아냥거렸다. 다시 말해, 이어령을 "기관원의 논법"[60]이라고 비난하며 지금의 문학적 대치가 실은 반공체제의 검열 과정에 지나지 않음을 시사했다. 사회주의의 국제운동을 상기시키며 이어령이 의도적으로 꺼낸 '인터내셔널'이라는 용어가 동백림사건 이후에 벌어질 지식인의 사상 통제를 암시하고 있기 때문이다. 「시여, 침을 뱉으라」에는 이어령에게 느낀 정치적 탄압의 기시감이 적극적으로 표현되어 있다.

이를테면 문학이 성립되는 사회적 조건에 대해 장황하게 설명하면서 김수영은 이를 "고립된 단독의 자신이 되는 자유에 도달할 수 있는 간극이나 구멍"[61]이라고 형상화한다. '간극이나 구멍', 곧 차이와 간격을 통해 이전의 재현체계와는 다른 관점과 질서를 창출해내는 것이야말로 자유로운 개인에 도달하는 방식이라는 것이다. 적어도 이북 작품을 출판, 연구하여 통일 문학사를 재구상할 정도의 "리버럴리즘을 실천"[62]하는 것이 가능해야 한다. 위의 시론에서는 그 조건을 기인奇人, 집시, 범죄자, 바보 얼간, 주정꾼 등에서 찾는데 반드시 이것이 아니어도 일본, 북한 등 내셔널리즘을 위반하는 불온한 표상이라면 모두 똑같은 자유의 형상이 된다. 그렇다면 자유란 외부적인 억압으로부터 해방되는 문제가 아니라, 그와 반대로 기꺼이 타자를 자기 세계로 끌어들여 서로

---

60 김수영, 「'불온성'에 대한 비과학적인 억측」(1968), 『전집』, 226면.
61 김수영, 「시여, 침을 뱉어라」(1968), 『전집』, 401면.
62 김수영, 「시의 뉴 프런티어」(1961), 『전집』, 241면.

공존할 때 발휘된다. 지금까지 『청맥』의 지식인으로 김수영을 살핀 결과, 제3세계 민족주의 또한 마찬가지이다. 가령 「시여, 침을 뱉어라」로 돌아가서 범죄자, 수정분子 등의 사회적 불한당들이 "소팅"되이 "메콩 강변의 진주를 발견하기보다도 더 힘이 든다"[63]라고 참담함을 느낀 대목을 보자.

한국의 베트남 파병이 시작된 직후에 미처 파병반대를 외치지 못했던 시인 자신의 무력감을 토로한 시 「어느 날 고궁을 나오면서」(1965)만 보더라도, 위에서 언급된 '메콩 강변'이라는 심상지리가 베트남전쟁을 암시한다는 것은 쉽게 짐작된다. 당시에 존슨 행정부의 냉전정책을 비판하며 반전여론이 국제적으로 확산되고 있었고 베트남전쟁을 노골적으로 "제3세계에서 감행하는 범죄적 행동"[64]이라고 규정하는 비판론이 국내에도 번역되어 소개되고 있었다. 주지하듯 베트남전쟁은 제3세계 지역의 탈식민화 과정에 무력으로 개입한 미국의 대아시아정책이 지닌 심각한 문제성이 폭로된 결정적인 사건이었다. 가령 베트남전쟁으로 인한 미국의 경제적 효과는 당연한 수순으로 인식되었고[65] 냉전과 전쟁의 명분이 희석됨에 따라 한국에서도 파병 논란은 가장 중요한 쟁점이 되었다. 냉전체계의 일종의 전위前衛로서 선택된 제3세계 지역의 운명을 베트남전쟁이 일면 보여준 것이나 다름없었다.[66] 즉 김수영이 판문점 사진에 첨부될 송년시 한 편을 청탁 받고 '38선'을 느닷없이 빛

---

63 김수영, 「시여, 침을 뱉어라」(1968), 『전집』, 402면.
64 한스. J. 모겐소, 리영희 역, 「진리와 권력—존슨 행정부와 지식인」, 『창작과비평』, 1967.봄, 75면.
65 「월남전쟁과 미국경제」, 『매일경제』, 1966.4.5.
66 미국에 대한 비판론으로 베트남전쟁을 상세하게 다룬 『청맥』 주도의 제3세계 민족주의론에 관해 김주현, 앞의 책, 311~316면.

문제와 연관시켰던 것처럼, 냉전은 "돈을 앞에 놓고"[67] 벌이는 싸움 정도에 불과했다. 김수영의 시 「판문점의 감상」(1966)과 같이 냉전은 속물화된 개념으로 바뀌기 시작했다. 그러고 보면, 김수영이 「시여, 침을 뱉으라」에서 사용한 '메콩 강변'이라는 표현은 이 시기 그의 민족문학론과 관련하여 거듭 주목할 만하다.

6·3사태 이후에 유엔의 남북한 동시 가입을 제3세계회의를 통해 제안하는 내용을 기사화한 데서 『조선일보』의 편집국장인 선우휘와 문화방송사장인 황병주가 반공법 위반으로 구속된 필화사건이 있었다.[68] 요컨대 아시아·아프리카회의(1955), 비동맹회의(1961) 등 제3세계 지역의 국제회의는 당시에 금기된 인터내셔널리즘에 해당했다. 1970년대에 데탕트 국면에서 제3세계문학론이 등장했을 때와는 '제3세계적 시각'이 이해되는 이념적 좌표가 달랐던 것이다. 제3세계 민족주의의 탈냉전 과제는 급진적이거나 좌파적 정치운동의 성격에 가까웠다. 예를 들어 동백림 사건으로 가시화된 '인터내셔널리즘'의 불온성은 제3세계적 시각과 표상을 통해 오히려 진보 담론의 가능성을 열어 놓았다.[69] 또한 『청맥』의 문학 지면을 보면 저항담론의 비판 대상은 국가주의에 국한되지 않았다.

---

67 김수영, 「범한 진실과 안 범한 과오─시 「판문점의 감상」에 대한 비시인(非詩人)들의 합평에 작자로서」(1967), 『전집』, 466면.

68 김종욱, 「베트남전쟁과 선우휘의 변모」, 『우리말글』 63, 우리말글학회, 2014, 358면; 「황용주 씨 구속, 반공법 4조 위반 혐의로 북괴의 통한론을 동조고무, 법정서 말하겠다」, 『동아일보』, 1964.11.12.

69 임유경에 따르면 '불온'은 '통치 권력의 역사'이기도 하지만 더 중요하게는 '대항 권력의 역사', '예술의 역사'를 재구성하는 데 더없이 유용하다. 임유경, 「방법으로서의 '불온'」, 『한국현대문학회 학술발표자료집』, 한국현대문학회, 2015, 2·5면. 그런 점에서 임유경이 역설한 "방법으로서의 '불온'"에 제3세계적 시각도 포함될 수 있지 않을까?

『청맥』의 민족주의 담론은 무엇보다 한일협정이 미국의 냉전아시아 정책에 따른 결과임을 밝힘과 동시에 반둥회의 이후 제3세계 지역에서 제기된 중립 프로젝트에 주목했다. 아시아 및 아프리카 시억에서 달냉전의 국제정세를 포착하기도 하고, 핵무기를 보유한 중공의 위상을 긍정적으로 평가하는 등 급진적 관점을 견지했다. 탈냉전의 제3세계적 시각은 『청맥』에서 전개했던 반외세 민족주의론의 논리적 배경이라 할 수 있다. 『청맥』의 주요 필자 중 하나였던 김수영은 『청맥』의 '제3세계 민족주의' 담론을 전유함으로써 당내 내셔널리즘의 통념에 저항한 비판적 자유주의자의 면모를 보여준다. 그런 점에서 1970년대 후반 『창작과비평』에 등장한 민중문학론, 제3세계문학론에서 '김수영'이 누락되는 지점은 여러모로 재고할 여지가 있다.

제10장

『창작과비평』의
미국 흑인문학론과 민중문학론

1. 1970년대 냉전문학론과 아메리카니즘의 향방

해방 이후부터 1950년대까지의 냉전문학사 연구는 문화론적 방법론이 보여준 다양한 학문적 성과에 힘입어 상당히 진척되었다. 가령 문학, 잡지, 영화, 번역 등에 나타난 전후 한국의 미국화 현상이 면밀하게 고찰되었다.[1] 종속이론, 근대화론, 탈식민주의론 등의 관점과 방법론을 통해 아메리카니즘 연구가 축적된 상태에서 최근에는 미국의 문화원조

---

[1] 2000년대 이후 증가한 아메리카니즘 연구로는 상허학회,『1950년대 미디어와 미국표상』, 깊은샘, 2006; 김덕호·원용진 편,『아메리카나이제이션』, 푸른역사, 2008; 성공회대 동아시아연구소,『냉전 아시아의 문화풍경』1·2, 현실문화, 2008·2009; 권보드래 외,『아프레걸, 사상계를 읽다-1950년대 문화의 자유와 통제』, 동국대 출판부, 2009; 장세진,『상상된 아메리카』, 푸른역사, 2012 등이 있다.

가 한국에 끼친 공과가 밝혀짐에 따라 전후 냉전문학을 재인식할 시점에 이르렀다고 할 수 있다.[2] 가령 당대 한국 지식인들이 비민주적인 정치 현실을 비판하거나 분단국가와 후신국으로서의 자의식을 심화하기 위해 참조한 문화담론을 살펴보면 미국의 영향력은 여전히 핵심적이었다. 아메리카니즘에 편향된 지식의 유통 및 담론 효과가 어느 시기에 이르러 그 시효를 다하며 어떠한 계기와 방식으로 굴절되는가에 대한 고찰이 필요한 것은 그 때문이다.

그런 점에서 제3세계문학론은 미국 중심의 세계질서 재편 과정을 다층적으로 이해하는 데 유효한 관점을 제시한다. 제국 식민에서 신생 국민으로 자신을 새롭게 상상할 시기에 미국의 수신호는 해당 세대의 감성 구조와 형식에 지대한 영향을 끼쳤다. 이 과정에서 제3세계에 대한 인식은 서구 선진국과의 경제적 격차를 자각하는 것보다 냉전사의 과도기적 경계를 내면화하는 과정이었고, 단순히 지리적 장소가 아니라 "갈색 나라"들의 평화와 평등을 되찾기 위한 하나의 프로젝트였다.[3] 본

---

2 허은, 『미국의 헤게모니와 한국 민족주의』, 고려대 민족문화연구원, 2008; 오병수, 「아시아재단과 홍콩의 냉전(1952~1961)」, 『동북아역사논총』 48, 동북아역사재단, 2015; 이봉범, 「냉전과 원조, 원조시대 냉전문화 구축의 역동성−1950~60년대 미국 민간재단의 원조와 한국문화」, 『한국학연구』 39, 인하대 한국학연구소, 2015; 이순진, 「아시아재단의 한국에서의 문화사업−1954년~1959년 예산서류를 중심으로」, 『한국학연구』 40, 인하대 한국학연구소, 2016; 정종현, 「아시아 재단의 "Korea Research Center(KRC)" 지원 연구」, 『한국학연구』 40, 인하대 한국학연구소, 2016; 공영민, 「아시아재단 지원을 통한 김용환의 미국 기행과 기행 만화」, 『한국학연구』 40, 인하대 한국학연구소, 2016 등.
3 비자이 프리샤드, 박소현 역, 『갈색의 세계사』, 뿌리와이파리, 2015, 13면. 이 책은 단순히 반둥회의를 비롯한 제3세계의 정치적 연대 과정만을 나열하는 데 그치지 않는다. 오히려 아시아, 아프리카, 라틴 아메리카의 제 역사를 세계사의 보편적 관점에서 새롭게 기록하고 반성한다. 1970~1980년대 이후 제3세계의 정치적 프로젝트가 해산되는 역사는 세계사적 진보와 정의가 소멸되는 과정이기도 했다. 특히 "1970년대가 되면 신생국들은 더 이상 새롭지 않았다"(16면)라는 논평은 지배계급에 의해 실패한 제3세계

래 제3세계는 선진과 후진의 구별이 무의미할 정도로 대다수가 빈국인 구식민지를 총칭하는 냉전 용어였으나 점차 혁명적, 민중적, 탈식민지적 뉘앙스가 짙은 개념이 되었다. 다시 말해, 저개발국 그룹 또는 진보적인 성격의 국제사상운동 그룹으로 이해되는 제3세계의 개념은 서구 중심주의의 심상지리를 극복하는 차원에서 널리 활용되었다. 백낙청의 제3세계문학론 역시 마찬가지였다.[4]

『창작과비평』에서 백낙청이 제기한 제3세계문학론은 국제사회의 경제적 좌표를 통해 비로소 한국의 지정학적 표상이 제3세계로서 재인식되었기에 가능했다. 한국의 경우 '제3세계'의 용례는 1967~1968년 무렵 유엔무역개발회의^{UNCTAD} 개최 소식을 둘러싸고 등장했다. 「제3세계와 민중문학」(1979)에서 백낙청이 제3세계에 둔감했던 비평계의 현주소를 지적하기 위해 국제회의를 예로 삼은 이유가 여기에 있다. 그는 1955년 인도네시아 반둥에서 열린 아시아・아프리카인민연대회의, 1961년 비동맹회의, 1967년 알제리의 '77개국 그룹회의' 등 신생 독립국 간의 국제회의를 순차적으로 나열하며 그것이 세계사적으로 중요했

프로젝트의 한계를 여실히 보여준다. 한국에서 급부상한 제3세계 이념은 여기에 포함된다. 본고는 세계사적으로 위기를 맞이한 제3세계 프로젝트가 한국문학에서 재전유되는 맥락과 의미를 비판적으로 살피고자 한다.

4 제3세계문학에 대한 연구는 주로 백낙청의 민족문학론을 중심으로 전개된다. 오창은, 「제3세계문학론과 식민주의 비평의 극복」, 『우리문학연구』 24, 우리어문학회, 2008; 이상갑, 「제3세계문학론과 탈식민화의 과제−리얼리즘론의 정초 과정을 중심으로」, 『한민족어문학』 41, 한민족어문학회, 2002; 안서현, 「백낙청의 제3세계문학론 연구」, 『제2차 전국학술발표대회 발표집』, 한국현대문학회, 2014. 백낙청 이외의 『창작과비평』 논자들의 제3세계문학론은 고명철, 「구중서의 제3세계문학론을 형성하는 문제 의식」, 『영주어문』 31, 영주어문학회, 2015; 이진형, 「민족문학, 제3세계문학, 그리고 구원의 문학−구중서의 민족문학론 연구」, 『인문과학연구논총』 37, 명지대 인문과학연구소, 2016; 김예리, 「'살아있는 관계'의 공적행복−70년대 김종철 문학비평을 중심으로」, 『민족문학사연구소 발표문』, 민족문학사연구소, 2016 참조.

음에도 불구하고 정작 국내에서는 한국어로 번역된 선언문이나 관련 자료가 턱없이 부족한 점을 의미심장하게 비판하기도 했다.[5]

유엔무역개발회의는 비동맹회의처럼 국세징지 및 안보문제를 다루는 것이 아니라 경제, 금융, 발전에 관한 원칙과 정책을 마련하는 국제회의였다. 아시아, 아프리카, 중남미 국가의 정부대표가 새로운 무역기구의 설립을 요구한 카이로선언 이후 1964년에 제1회 유엔무역개발회의가 제네바에서 열렸고, 한국은 1967년 2차 알제리 회의부터 참석한다. 한국에서 '제3세계'의 화법은 이때부터 "제3세계의 번영"을 골자로 저개발국가를 명명하면서 본격화되었다.[6]

다시 말해 1960년대 후반에 한국이 저개발국가의 일원으로 무역국제회의에 참가한 이후 경제 선진국과 대립하는 후진국의 심상지리로서 제3세계 개념이 부각된다. 김치수와 박태순이 1968년을 기점으로 제3세계문학과 한국문학의 유비적 상상이 가능했다고 회고하는 대목 또한 이때부터 비서구문학에 대한 구체적인 명명법과 이념이 유통되었음을 증언해준다.[7] 『창작과비평』은 이와 같이 한국이 공식적으로 제3세계 사

---

5 백낙청, 「제3세계와 민중문학」, 『창작과비평』, 1979.가을, 49면.

6 제3세계가 세력 구분의 단위로 이해된 것이 유엔무역개발회의(UNCTAD)의 발족 이후라는 사실은 구중서의 회고에서도 충분히 드러난다. 가령 1964년 제네바에서 유엔무역개발회의 지도부와 위원회에 참석할 대표권을 서방측 그룹, 사회주의 국가 그룹, 개발도상의 77개국 그룹으로 구별해 배정했는데 여기서 세 번째 개발도상국 그룹이 제3세계권으로 명명되었다(구중서, 「라틴아메리카의 지적 풍토-제3세계와 라틴아메리카」, 『창작과비평』, 1979.가을, 81면). 한국에서는 1967년 2차 유엔무역개발회의 회의에 한국 대표단이 참석하면서부터 '제3세계'가 널리 사용되었다. 한국의 유엔무역개발회의 참석에 관해서는 다음의 기사를 참조. 「저개발국 회의 내일 개막」, 『동아일보』, 1967.10.9; 「우리대표 행동제한」, 『경향신문』, 1967.10.9; 「대선진국 공동전선태동」, 『매일경제』, 1967.10.10; 「시련 받는 코리아」, 『동아일보』, 1967.10.12; 「'제3세계 장전' 상정」, 『동아일보』, 1967.10.13.

7 "우리의 경우 4·19와 6·3사태를 거쳐 60년대 중후반, 특히 1968년경을 기점으로

회로 진입한 무렵에 창간되었고 초창기부터 1960년대 후반 미국 행정부의 정책 현황 및 변화에 주목했다. 한스 모겐소Hans J. Morgenthau의 「진리와 권력」을 번역해 싣는 등 베트남전쟁과 관련된 존슨 정부의 비도덕성을 폭로하기도 했다. 라인홀드 니부어Karl Paul Reinhold Niebuhr, 한나 아렌트Hannah Arendt 등과 함께 현실주의적 국제정치학자로 명성을 얻은 한스 모겐소는 이 글을 통해 "반전, 평화사상을 본격적으로 제기하고 미국정부의 지도부가 제3세계에서 감행하는 범죄적 행동"을 비판했다.[8] 저 글과 함께 『창작과비평』에 실린 미국 민란조사전국자문위원회의 흑인폭동 보고서 역시 정부 책임론이 강조된 번역 기사이다.[9] 또한 『창작과비평』의 창간 초기에 중점적으로 수록된 미국의 후진국 정책, 인권차별 관련 자료의 번역은 1972년부터 연재되기 시작한 리영희의 「베트남전쟁」을 비롯해 중국의 종교, 경제, 정치를 다룬 각종 기사[10]와 무관하지 않다. 제3세계적 인식은 물론 미국 주도의 아시아 데땅뜨 국면에서 가능한 것이었다. 1972년에 리영희의 번역으로 소개된 닉슨 독트린과 미중 외교

해서 제3세계문학으로서의 한국문학 또는 한국문학으로부터의 제3세계문학에 대한 최초의 인식 내용이 형성되었던 것으로 보여집니다." 김치수·박태순, 「왜 우리는 제3세계문학을 논하는가」, 『외국문학』 2, 열음사, 1984, 139면.

8 한스 J. 모겐소, 이영희 역, 「진리와 권력―존슨 행정부와 지식인」, 『창작과비평』 5, 1967.봄. 베트남전에 대한 비판론이 포함된 이 글의 당대 맥락에 관해서는 백영서, 「상품가치도 대단한 필자 리영희」, 창비 50년사 편찬위원회 편, 『한결같되 날로 새롭게―창비 50년사』, 창비, 2016, 87면.

9 이영 역, 「흑인폭동의 원인과 대책―민란조사전국자문위원회의 보고」, 『창작과비평』, 1968.봄.

10 A. L. 에리스먼, 정태기 역, 「1970년대 중공의 농업」, 『창작과비평』 38, 1975.겨울; F. W. 크룩, 정태기 역, 「중공의 인민공사제도」, 위의 책; J. 시거드슨, 정태기 역, 「중공의 농촌공업정책」, 『창작과비평』, 1976.봄; O. 라티모어·貝塚茂樹·岩村忍·李泳禧, 리영희 역, 「좌담: 중공을 말한다―전통중국과 공산중국」, 『창작과비평』, 1976.겨울 등 다수.

정책의 변화는『창작과비평』정치 지면의 주된 관심사가 무엇이었는지를 보여준다.[11]

『창작과비평』은 미국 정책의 다변화 속에서 한국문학의 내재적 가치를 재발견해나가는 가운데, 마침내 1979년에는 「제3세계의 문학과 현실」이라는 특집을 기획하기에 이른다. 창간 직후부터 제3세계를 주로 쟁점화했던『창작과비평』이 한편으로는 서구 식민주의와 자민족중심주의를 극복하고 다른 한편 세계화의 원리로 고양시킬 수 있는 이론적 원천으로 제3세계 지역 특유의 민중성 내지 전위성을 내세우기 시작한 것이다. 주지하듯 제3세계문학론은 1970년대에 급부상한 민족문학론 및 민중문학론이 세계사적 보편성을 자기화하는 과정에서 형성되었다. 따라서 세계문학 개념을 동원해 민족문학의 국제적 가치를 발굴하고 입증하는 문제가 주요 현안으로 대두될 수밖에 없었다. 이 글은 미국 중심주의와 관련해 상기한 문제의식 속에서 백낙청의 제3세계문학론을 분석하되, 특히 1970년대에 재발견된 '흑인문학'을 중심으로 제3세계문학의 수용 및 전유 양상을 고찰하고자 한다.

---

11 R. J. 바네트, 리영희 역, 「닉슨-키신저의 세계전략」,『창작과비평』, 1972.겨울. 이 글은 닉슨 행정부의 베트남 정책 실패 이후 변모한 미국의 세계관 및 외교 정책을 다루고 있다. 여기서 소련과 중국과의 평화공존을 모색하는 미국 정부의 공식적인 입장과 함께 아시아 데땅뜨가 쟁점화된다.

2. 1970년대 제3세계문학론―6·3세대의 경우

돌이켜보건대 1970년대 한국문학에서의 제3세계에 대한 관심은 이른바 민족문학론의 전개와 더불어 본격화되었다. 구미 선진공업국 문학에의 정신적 종속관계를 청산하면서도 어디까지나 인류사회 전체를 향해 개방된 문학의 자세를 정립하려는 것이 민족문학론이 뜻하던 바였던 만큼 제3세계와의 새로운 연대의식을 모색하게 된 것은 당연한 귀결이었다. 그리고 이것이 단순한 전술적 모색이 아니고 세계사와 세계문학 전체에 대한 인식의 진전을 보여준다는 것이 민족문학론의 입장이었다.[12]

백낙청의 제3세계문학론은 그가 민족문학의 개념에 대해 숙고했던 시기와 맞물려 등장했다. 백낙청은 「민족문학의 신전개」(1974)처럼 폐쇄적인 성격의 민족주의 문학을 경계하며 세계사적으로 보편화되고 개방된 민족문학 개념을 모색하는 가운데 제3세계문학에 주목하게 되었다. 다시 말해 "지구를 셋으로 갈아놓기보다 하나로 묶어서 보자"는 제3세계문학론은 "민족주의의 극복"이라는 애초의 목표에서 구상된 것이다.[13] 구중서의 말을 빌리자면, 세계문학과의 대응에서 확장된 민족문학의 개념과 의의가 바로 백낙청의 제3세계문학론이다.[14] 1970년대 초반은 자민족중심의 편협한 민족주의가 보수 문단과 관제 담론에서 득세하던 때였다. 그가 세계적인 가치를 지녔다고 호소한 민족문학과는

---

12 백낙청, 「제3세계의 문학을 보는 눈」, 백낙청·구중서 외, 『제3세계문학론』, 한벗, 1982, 14~15면.
13 위의 글, 22·39면.
14 구중서, 「70년대 비평문학의 현황」, 『창작과비평』, 1976.가을, 167~168면.

물론 극명한 차이를 드러낸다. 백낙청이 민족문학론을 발표하는 과정에서 특히『문학과 행동』(1974)의 서문과 편집 방향은 세계문학의 중심부에 대한 재인식을 단적으로 보여주는 사례에 해당한다.

백낙청의 제3세계문학에 대한 관심은『문학과 행동』부터 분명해진다. 그가 미국 유학(1972)에서 돌아와『창작과비평』에 복귀할 즈음에 책임편집을 맡아 발간한 이 책은 '20세기 서구문학에 관한 문학적 성과와 작가의 역할 등을 살피는 데' 목적을 둔 태극출판사의 신서였다.『문학과 행동』은 20세기 서구문학 속에서 한국 리얼리즘 문학의 가능성을 살핀 텍스트로서 의미가 크다.[15] 그러나 실제 목차를 보면 네루다, 파농, 루쉰 등의 비서구문학에 대한 소개가 두드러진다. 그 레퍼토리의 성격은 백낙청이 쓴 해설란을 통해 확인 가능한데, 여기서 "서구와 북미의 지배적 문학조류"를 극복하고 "현실을 우리의 눈으로 다시 보는 계기"로서 탈식민적 관점이 강조되어 있다. 백낙청의 문제의식은 현대문학을 보통 서구 중심으로 소개하는 책들의 "함정"[16]을 경계한다는 데 있었지만, 그렇다고 그것이 비서구라는 소외의식 때문만은 아니었다. 세계문학의 범주를 영미 지역에서 벗어나 민족문학의 관점에서 재검토한다는 것은 한편으로 영문학자로서의 고민과도 맞물린다.

일찍이 백낙청은 국내 영문학의 발전이 한국의 특수한 역사적 상황

---

15 백문임은 1970년대 리얼리즘론의 전개 양상에서『문학과 행동』이 차지한 역할과 비중에 대해 "리얼리즘의 개념을 서구 현대 문학이론과의 관계 속에서, 그리고 한국적 인상황에서 어떻게 정리할 것인가 하는 문제"를 제기했다고 설명했다. 백문임,「70년대 리얼리즘론의 전개」, 민족문학사연구소 현대문학분과,『1970년대 문학연구』, 소명출판, 2000, 264~266면.

16 백낙청,「해설―현대문학을 보는 시각」, 백낙청 편,『문학과 행동』, 태극출판사, 1974, 21면.

에 부합해야 한다고 역설했고,[17] 비서구/서구를 이분화하지 않고 역사와 사회의식까지 포함하는 광범위한 의미에서 서구문학을 수용할 것을 주장했다.[18] 이는 물론 서구적인 전통을 전유해 형성된 한국문학의 이념과 성격을 재고하고 문제성을 발견하기 위한 노력이다. 김현도 이 무렵에 외국문학도의 자의식을 토로한 바 있듯[19] 어떻게 민족문학과 서구문학의 관계를 새롭게 정립할 것인가의 문제가 1960년대 중반 이후 외국문학자의 주요 과제로 부각되었다. 이것은 1960년대를 민족 주체성 담론이 확산되는 시기로 파악하는 데 흥미로운 시사점을 제공한다. 그러므로 주체성의 결핍을 경계하며 문화 수용을 언급한 것은 단순히 백낙청과 김현에 국한되지 않았다. 예를 들어 1960년대 중반부터 서구문화의 주체적인 수용 자세와 가능성에 대한 논의가 활발했다. 『청맥』은 특집으로 문화 간의 교류가 일방적일 경우에 나타나는 식민화를 다루었다. 문화적인 불균형이 초래하는 식민성이 민족의 특수성을 희석, 변용, 소멸시킬 우려가 크다는 문제의식에서 출발한 것이 바로 문화식민지론이다.[20] 『청맥』의 한 필자는 세계문학이란 마치 불평등한 문

---

17 백낙청, 「신풍토는 조성되어야 한다―궁핍한 시대와 문학정신 : 문명의 위기와 문학인의 입장」, 『청맥』 2-5, 청맥사, 1965.6, 126~128면.

18 백낙청, 「서구문학의 영향과 수용―그 부작용과 반작용」, 『신동아』, 1967.1. 이 글에 관한 논평은 박지영, 「1960년대 『창작과비평』과 번역의 문화사」, 『한국문학연구』 45, 동국대 한국문학연구소, 2013, 96~100면.

19 김현은 1967년에 "20세기 초기에 얻어진 유럽 대륙의 불온한 공기를 (…중략…) 선험적으로 존재하는 것으로" 수용한 스스로를 "정신의 불구자"라고 고백하며 서구 추수적인 지적 편력을 반성적으로 회고한다(김현, 「외래문화수용의 한계―어느 외국문학도의 고백」, 『시사영어연구』 100, 시사영어사, 1967.8, 62~65면). 외국문학자의 자의식을 포함해 한국문학의 후진성에서 비롯한 문학장의 변화를 1980년대까지 살핀 연구로는 손유경, 「후진국에서 문학하기」, 『한국현대문학회 발표문』, 한국현대문학회, 2014.

20 김철순, 「우리문화와 서구문화―토착화, 세계화를 위한 문제점」, 『청맥』 4-4, 청맥사, 1967.7, 71~72면.

화 외교처럼 약소민족에게는 그저 불리한 패권문화일 뿐이라고 지적했고,[21] 당대 지식인들은 서구문화 수용에 대해 타율적인 문제성을 자각하거나 "사실상의 거부"[22] 입장을 표명했다. 이것은 주지하듯 한일협정 이후의 탈식민적 민족주의 담론과 중첩된다.

문화 수용에 대한 백낙청 등의 논의가 사실 문화식민지론에 관한 문제의식에 있음을 알 수 있다. 『청맥』에서 특집으로 다룬 문화식민지론은 물론이고 당시에 백낙청은 "선진국 역사에서 따온 통념에 의해 움직일 때 (초래되는-인용자) 갖가지 낭비와 부작용"을 서구문학에 경도된 후진국 문학의 한계로서 지적하며 그러한 문학을 가리켜 모호한 정체성의 "괴물"[23]이라고 표현하기도 했다. 『창작과비평』의 첫 지면에서 백낙청이 한국문학의 특수성을 강조한 이유는 "한일국교가 이제 기정사실이 되었다"[24]라는 탄식에서 연유한다. 이 글에서 그는 신식민지적 예속을 염려하며 '낭비와 희생이 아닌' 한국문학의 주체적인 전통을 재발견할 필요성에 대해 재차 강조했다. 박태순에 따르면 한일협정 이후 두드러진 민족적 굴욕감과 자기반성에 대한 요구가 제3세계적 시각을 견인했다.

지금 돌이켜 생각해 보면 63년에 시작해서 64년 65년에 걸쳐 더욱 심화 확

---

21 이진영, 「해방과 소비문화의 지배」, 위의 책, 38면.

22 김종태, 김진환, 김질락, 이진영, 신영복, 이재학 등 특히 통혁당에 직접 연루된 이들의 경우 『청맥』에서 서구문화 수용에 대한 거부감을 훨씬 강하게 표현했다. 이동헌, 「1960년대 『청맥』 지식인 집단의 탈식민 민족주의 담론과 문화전략」, 『역사와 문화』 24, 문화사학회, 2012, 16면.

23 백낙청, 「새로운 창작과 비평의 자세」, 『창작과비평』, 1966.겨울, 26면.

24 위의 글, 35면.

대되었던 한일회담에 대한 굴욕외교 저지 사건은 단순히 반일감정을 촉발시킨 것은 아니고 우리 자신을 제3세계적 시선 속에서 새로 확인해 봐야 하겠다는 자각을 갖게 한 역사적 상황을 제기시켰던 것으로 이해됩니다.[25]

위의 인용문은 제3세계문학론과 관련한 특집 대담에서 박태순의 회고 부분이다. 『창작과비평』의 백낙청, 박태순, 구중서 등은 한일협정을 전후로 하여 등단했다는 공통 이력이 있다. 여기서 박태순이 제3세계 문학론에 합류한 동기를 세대의식으로 반추해 설명한다. 즉, 한일협상 반대와 한일국교정상화회담 반대 시위가 제3세계적 시각을 드러내는 데 중요한 계기였다는 것이다. 베트남전쟁 및 중국 핵 실험 등의 불리한 정세 속에서 기존의 불개입 정책 대신에 한일관계에 적극적으로 관여한 미국은 청구권 교섭에서 불평등한 중재 역할을 했다. 한일협성 식후 무효화 반대운동은 미국에 대한 수위 높은 비판의 목소리였다. 규탄대회에서 낭독된 결의문에 따르면 "반미는 아니지만 미국이 우리의 민주주의에 저해되는 정책을 쓸 때 우리는 이를 거부할 수 있다."[26] 이는 곧 한국 내정에 관한 미국의 개입을 경계하는 저항적 입장을 밝힌 것이다. 반미의식은 1980년대에 심화되지만 한일협정 이후 미국의 우방 이미지가 급속히 달라진 것도 사실이다. 미국에 의해 냉전 아시아로 구획된 한국의 정체성을 내재적으로 재인식하려는 변화가 문학에서도 있었다. 이 무렵의 김수영 문학을 떠올려 봐도 알 수 있듯 한국의 세계사적 후진성과 열등감에서 영미 문화에 대한 타율성을 극복하려는 움직임이

---

25 김치수·박태순, 앞의 글, 138~139면.
26 「협정의 불리점(不利點) 규탄」, 『경향신문』, 1965.7.6.

뚜렷하게 일어났다. 『사상계』의 한일회담 특집(1964.5)에 실린 「거대한 뿌리」부터 「엔카운터지」, 「제임스 띵」, 「미역국」까지 김수영의 탈식민적 의지가 그 특유의 역설적인 시적 사유를 통해 부각되고, 『청맥』의 연재 에세이인 「제 정신을 갖고 사는 사람은 없는가」(1966)[27]에는 민족적 특수성과 보편성에 대한 김수영의 입장이 비교적 명료하게 표현되어 있다.

1965년 한일협정 직전에 창간된 『청맥』은 일본 경제의 급부상에 따른 박탈감 내지 위기감과 함께 반둥회의 이후 널리 확산된 아시아 민족주의 담론을 상당한 분량으로 소개했다.[28] 특히 「$와 해병대」라는 특집에서 아시아와 아프리카 지역에 대한 미국의 후진국 정책을 시대착오

---

27 이 글에서 김수영은 선험적인 이념과 가치를 전복하는 힘으로서 "제 정신"을 강조하며 이분법적인 사고에서 벗어나 유동적, 창조적, 윤리적인 관점의 필요성을 주장했다. 가령 '통행금지, 선거, 노동조합' 등의 소위 합리적인 제도 모두가 의심스럽다고 말하면서 "제 정신"의 중요성을 역설한다. 그의 모든 의심과 부정은 달력에서 '4·19'가 아직 공휴일이 아니라는 사실에서 비롯한다. 저 한 장의 달력이 김수영으로 하여금 확고하고 불변하는 지식과 정보 모두를 부정하게 만든 계기였다. "제 정신"이란 모든 전복의 사유 과정이다. 그것은 쉽게 옳다고 믿거나 사유를 정지해서는 안 된다는 점에서 유동적, 창조적, 발전적, 윤리적일 수밖에 없는 상태이다. 편집자에 의하면, 『청맥』의 4·19기념호에 연재된 「제 정신을 갖고 사는 사람은 없는가」는 "광막한 오늘의 현실"에 대한 올바른 인식을 문학, 종교, 철학 등의 다양한 분야에서 발견하고자 기획된 지면이다(「편집자의 말」, 『청맥』 3-2, 청맥사, 1966.4, 196면). 「제 정신 갖고 사는 사람은 없는가」에 참여한 필자로는 권중휘(1966.4), 김수영(1966.5), 서윤택(1966.6), 심재주(1966.8) 등이 있다. 연재 에세이 대부분은 김수영의 글과 마찬가지로 역사와 현실에 대한 자각을 다루었다. 가령 "우리의 역사는 눈 감은 역사"(서윤택, 「제 정신 갖고 사는 사람은 없는가 3」, 『청맥』 3-4, 청맥사, 1966.6)라는 식으로 학문과 지식의 서구 편향적 태도를 반성하고 민족적 주체성을 강조했다.

28 『청맥』의 경우 ① 아시아가 미소 중심의 냉전 질서로 수렴되지 않고 제3노선에서 논의된 점, ② 중공에 대한 관심이 증폭된 점, ③ A.A 지역의 비동맹운동 주체에 대한 담론형성 등의 특징을 보여준다. 이러한 분석은 미국 원조정책, 매판 재벌, 식민 문화청산 등의 국제 문제와 연동해 이루어진다. 김주현, 「『청맥』지 아시아 국가 표상에 반영된 진보적 지식인 그룹의 탈냉전 지향」, 『상허학보』 39, 상허학회, 2013.

〈사진 1〉 백낙청 편집의 『문학과 행동』(1974)　　　〈사진 2〉 백낙청·구중서 편집의 『제3세계문학론』(1981)

적인 것으로 비판하고 있듯 비동맹지역의 민족주의는 탈냉전의 징후였
다.[29] 제국주의 이후 독립한 신생국이 완전한 해방을 위해 2극체제에
반발하는 역사적 과정은 제3세계운동의 전사前史로서 중요하다. 어떤
측면에서는 『청맥』이 특화시킨 문화식민지론이란 서구문학 자체가 아
니라 서구 중심의 세계문학에 대한 저항이자 대안일 수 있었다. 제3세
계문학론은 한일협정 이후 서구, 즉 식민종주국 중심으로 위계화된 세
계문학에 대한 반발에서 점화되기 시작했기 때문이다.

---

29 「권두언-역사의 방향키를 돌리자」, 『청맥』 2-6, 청맥사, 1965.7, 10면. 「$와 해병대」
　 특집(『청맥』, 청맥사, 1965.7)에 실린 글은 다음과 같다. 조순환의 「'라틴 아메리카'의
　 포성」, 정연권의 「검은 대륙의 분노」, 전남석의 「동남아의 반작용」, 정종식의 「고독한
　 미국인」.

그런 맥락에서 제3세계문학을 중심으로 편집된『문학과 행동』은 1960
년대의 세대의식, 더 정확히는 6・3세대의 역사의식이 반영된 결과로 읽
을 수 있다. 무엇보다 이 책에서 백낙청은 프란츠 파농Frantz Fanon과 리처
드 라이트Richard Wright를 실천적인 흑인 작가로 나란히 배치함으로써 그
스스로 설정한 제3세계문학의 범주를 비교적 선명하게 구체화했다. 후
술하겠지만, 1970년대 후반 무렵 백낙청은『창작과비평』에서 아프리카
보다 미국 흑인문학을 제3세계문학의 선례로 각별하게 다루며 1960년
대 문화식민지론에 대한 문제의식을 심화시켜 나갔다. 미국 흑인문학은
영미문학으로부터 벗어나 흑인문학의 독자적인 위상과 함께 제3세계문
학의 전범이 된다. 백낙청에 의해 미국 흑인문학이 제3세계문학으로 전
유되는 과정은 1960년대 민족문학 담론, 즉 정신적 예속상태의 극복과
문화적 독자성의 확립 문제를 쟁점화하는 과정과 동궤에 있다. 백낙청은
흑인의 노예화가 제국주의 시대의 식민화보다 극심한 인종주의적 편견
과 고유문화 말살정책에 노출된 점,[30] 혹독한 압제와 소외를 겪고도 백인
사회에 경도되지 않는 점[31] 등을 거론하며 미국 흑인문학이 바로 제3세
계문학의 정점이라 이해했다.

---

30 백낙청, 「제3세계와 민중문학」, 『창작과비평』, 1979.가을, 60면.
31 백낙청, 「해설−현대문학을 보는 시각」, 백낙청 편, 『문학과 행동』, 태극출판사, 1974,
    45~46면.

3. 흑인문학 담론과 제3세계 표상—네그리튀드, 파농, 말콤 엑스

1) 아프리카 흑인문학과 네그리튀드

『창작과비평』(1979.가을)의 '제3세계의 문학과 현실' 특집에서 가장 비중 있게 다루어진 논의 대상은 흑인문학이었다. 총론에 해당하는 백낙청의 글을 포함해 이종욱과 김종철의 흑인문학론 두 편이 나란히 실려 있어 제3세계의 다른 지역에 비해서도 아프리카문학의 비중이 높은 편이다.[32] 아프리카 흑인문학은 신생 독립국이 증가하던 1960~1970년대에 더욱 활기를 띠며 제3세계의 민족문학 이념에 적지 않은 영향을 끼쳤다. 1960년대 아프리카문학에 대한 전반적인 소개는 『세계의문학』에 번역된 애디올라 제임스의 「1960년대의 아프리카문학」과 『창작과비평』의 제3세계문학 특집에 실린 이종욱의 「아프리카문학의 사회적 기능」을 통해 이루어졌다. 특히 「1960년대의 아프리카문학」은 일본, 미국 판본의 중역이 아니라 아프리카 문학지인 *Okike*와 동시에 『세계의문학』에 수록되었다는 점에서 아프리카문학의 최신 동향에 매우 근접해 있었다. 「1960년대의 아프리카문학」은 "각 작품에 드러난 정치의식의 수준 및 성질"이 제3세계로서 아프리카문학을 살피는 중요한 관점임을 역설하며 민족문학의 여러 지형을 첨예하게 다룬 중요한 텍스트였다.[33] 이종욱을 비롯해 백낙청, 구중서, 김종철 등의 제3세계문

---

[32] '제3세계의 문학과 현실' 특집에 실린 글은, 백낙청의 「제3세계와 민중문학」, 구중서의 「라틴 아메리카의 지적 풍토」, 이종욱의 「아프리카문학의 사회적 기능」, 김종철의 「식민주의 극복과 민중」, 김정위의 「이슬람세계와 그 문화」, 백영서의 「중국형 경제 발전론의 재평가」이다.

[33] 애디올라 제임스, 「1960년대의 아프리카문학」, 『세계의문학』, 1977.가을, 146면. 『세계의문학』 창간 1주년호에 실린 이 글은 김우창의 부인 설순봉 교수가 번역했다. 창간

학 논자들이 새로운 아프리카 작품을 소개할 때마다 「1960년대의 아프
리카문학」을 거의 반사적으로 참조하고 인용했음을 짐작할 수 있다.

가령 『창작과비평』의 제3세계문학 특집에서 이종욱은 오콧 프비텍
Okot p'Bitek의 『라위노의 노래*Wer pa Lawino*』를 장황하게 설명하는 가운데
애디올라 제임스의 글에 크게 의존했다. 『반시』 동인으로 활동하면서
번역한 아프리카 시편 대부분을 저 특집에서 반복해 열거한 것과는 사
뭇 달랐다.[34] 『라위노의 노래』는 전통적인 여성이 서구식 사고방식에
동화된 남편을 비판적으로 풍자하는 내용이다. 여기서 남성은 물론 서
구화, 식민화로 인해 자기정체성의 혼란을 겪는 흑인을 표상한다. 애디

2호(1976)부터 연재한 아우어바흐(Erich Auerbach)의 『미메시스』를 대체한 글이다.
주지하듯 김우창과 유종호가 1985년까지 연재한 『미메시스』는 초창기 『세계의문
학』을 대표한다.

34 이종욱은 1945년 경북 출신으로 고려대 영문학과를 졸업하고 『창작과비평』(1975.겨
울)에 시를 발표해 등단했다. 『반시』(1976~1983) 동인으로 활동하며 번역을 많이 했
는데 아래는 그가 『반시』에 번역해 실은 흑인시의 목록이다. 물론 한글로 음독한 것만
으로 원어명을 찾기 어려운 작가도 있지만, 상당수가 『창작과비평』에 발표한 아프리카
문학론에 포함된다.

『반시』 3집 (1978)	크웨시 브류(Kwesi Brew)의 「사형 집행인의 꿈」 외, 아고스틴호 네토(Antonio Agostinho Neto)의 「키낙씨씨」, 데이빗 디옵(David Diop)의 「독수리」, 비라고 디옵(Birago Ismael Diop)의 「헛되다」, 버나드 다디에(Bernard Binlin Dadie)의 「눈물을 닦아라, 아프리카여!」, 가브리엘 오카라(Gabriel Okara)의 「피아노와 북」, 엠벨라 디포코의 「자서전」, 워올소잉카(Wole Soyinka)의 「새벽의 죽음」, 코휘 어워너의 「전쟁의 슬픈 노래」 외 4편
『반시』 4집 (1979)	엠벨라디포코의 「우리의 역사」 외 3편, 크웨시브루의 「자비를 빎」 외 3편, 비라고 디옵의 「조상들의 숨결」 외 1편, 데이빗 디옵의 「아프리카」 외 4편, 버느드 다디에의 「감사합니다 하나님」 외 2편
「아프리카문학의 사회적 기능」 (『창작과비평』, 1979.가을)	치누아 아체베(Chinua Achebe)의 「아프리카와 아프리카작가」・「무너져내리다」・「민중의 사내」, 데이빗 디옵의 「독수리」・「순교의 시대」・「도전」・「배신자」, 제임스 엔구기의 「가운데로 흐르는 강」・「울지 마라 아이야」・「밀알」, 피터 에이브라함즈(Peter Abrahams)의 「광산의 소년」・「머 레이 캠프의 에피소드」, 라차드 라이트의 「벤치」, 까마라 레이의 「왕의 광채」, 루이스 엔코시(Lewis Nkosi)의 「죄수」, 페르디난드 오요드의 「늙은 흑인과 메달」, 오콧 프비텍(Okot p'Bitek)의 「라위노의 노래」, 프란시스 파크스의 「아프리카의 하늘」, 버나드 다디에의 「감사합니다」・「하나님」・「추도사」・「아프리카」・「손」, 쌍고르(L. S. Senghor)의 「빠레에 내리는 눈」, 쎄제르(A. Cesairee)의 「제3세계에 보내는 인사」・「예술가의 책임」

올라 제임스의 글과 그가 참조한 서평의 원문을 바탕으로 이종욱은 네그리튀드Negritude 운동을 흑인의 정체성, 식민주의에 대한 저항의식으로 이해한 후 "나의 남편의 죽음을 애도하자" 외치는 프리텍 시야말로 당대 아프리카문학에서 전통에 대한 민중적 자각이 심화된 결정적인 계기 중 하나였다고 평가했다. 즉 『세계의문학』에서 기획, 번역한 애디올라 제임스의 글은 당대 한국작가들이 네그리튀드 사상을 핵심으로 한 아프리카 흑인문학사를 이해하는 데 긴요한 자료가 되었다.

1970년대 이후 한국에서 제3세계문학에 대한 관심이 증폭되는 시기에 아프리카문학은 바로 이 '네그리튀드'를 중심으로 소개되고 있었다. 세제르Aime Cesairee의 장시 『귀향수첩』에 처음 등장했고 셍고르Leopold Sedar Senghor 이전에는 프랑스어 사전에 존재하지 않았던 네그리튀드 개념은 흑인 특유의 사고방식이나 정신을 지칭하는 말로 1930년대 흑인 문학 운동의 표어가 되었다. 아프리카문학의 네그리튀드 이념은 『세계의문학』의 「오늘의 세계문학」란에서 세제르와 셍고르를 무엇보다 중점적으로 다루면서 널리 알려졌다. 「검은 영혼의 춤−셍고르」(1976.겨울), 「에메 세젤」(1977.봄), 「프랑스어권의 흑인문학화 혼혈문학」(1978.봄) 등의 글이 대표적인데 특히 김화영은 "인종차별의 희생자"가 아닌 "흑인의 긍지"[35]이자 세네갈의 대통령으로 잘 알려진 셍고르의 일대기를 재조명하기도 했다.

그런데 이종욱은 네그리튀드 운동을 "하나의 무기로서, 해방의 도구로서, 20세기 휴머니즘에 기여로서 개발한 것"이라고 운동적인 의의를

---

35 김화영, 「검은 영혼의 춤−레오폴드 세다르 셍고르의 세계」, 『세계의문학』, 1976.겨울, 202면.

긍정하면서도 동시에 남아프리카 소설가 음팔렐레^{Ezekiel Mphahlele}, 나이지리아 작가 워울 소잉카^{Wole Soyinka}의 네그리튀드 비판론을 언급했다. 네그리튀드 운동이 오히려 인종주의, 자기부정, 열등콤플렉스를 조장한다는 것이다.[36] 아프리카문학이 본격적으로 소개될 무렵에 이미 네그리튀드 운동은 제3세계문학의 모순과 한계를 보여주는 사례로서 쟁점화되고 있었다. 백낙청이 아프리카문학이 아닌 미국 흑인문학의 제3세계성을 강조하는 과정 역시 네그리튀드 운동을 비판적으로 정리하면서였다. 백낙청에 의하면, 네그리튀드 운동과 관련해 문화적 해방을 정치적 해방보다 우선시한 '셍고르'와 '세제르'의 경우는 확연히 구별되어야 하며, 식민지기 총독부의 문화정책에 영합한 한국 문화주의 운동은 셍고르와 유사한 사례에 해당한다. 실은 김화영 또한 네그리튀드 시인의 "정치활동과 문학활동" 사이에 "아무런 모순도 없다"는 평가에 동조하기보다 "네그리튀드가 위험한 신화성을 지니거나 정치에 이용당하는 데 대해서 경계"했다.[37] 네그리튀드는 제3세계문학의 새로운 진보성이 폐쇄적인 관점에 의해 희석된 사례이면서 한국문학의 자기비판에도 그대로 적용될 만했다. 아시아·아프리카작가회의에 제출된 보고서에 네그리튀드 관련 내용이 누락된 사실을 굳이 강조하는 백낙청에게 네그리튀드란 제3세계문학의 이념과 성격을 범주화하는 데 결코 유용하지 않았던 것이다.[38]

---

36 이종욱, 「아프리카문학의 사회적 기능」, 『창작과비평』, 1979.가을, 113면. 이종욱이 참조한 글은 나이지리아의 정치 지도자 아지키웨 박사의 자서전이다.

37 민희식, 「에메 세젤」, 『세계의문학』, 1977.봄, 170면.

38 백낙청, 「제3세계와 민중문학」, 『창작과비평』, 1966.겨울, 62~63면.

2) 파농과 말콤 엑스

일례로 프란츠 파농[Frantz Fanon]은 네그리튀드의 한계를 극복한 선례이자 제3세계문학의 전형으로 인식되는 경향이 있었다. 파농의 견해에 따르면 네그리튀드는 전도된 식민주의였다. "유럽문화는 늙고 형식적이며 억압적인 데 반하여 흑인문화는 젊고 생동적이며 자유로운 것 이라는 생각", "백인의 '두뇌적인' 문화에 대하여 흑인의 '직관적인' 문화야말로 보다 근원적이고 창조적이라는 신념" 등 네그리튀드 운동의 이념적 토대란 제국주의의 논리와 마찬가지로 선험적인 위력을 행사한다는 것이다. 즉, 파농에게 있어 네그리튀드는 유럽과 흑인 문화를 구식과 신생, 억압과 자유, 더 나아가 이성과 직관 등의 오리엔탈리즘의 성격으로 이분화해 도식화한 "정서적" 표상에 불과했다.[39] 파농의 네그리튀드 비판론을 인용하며 파농을 제3세계문학의 전범으로 소개한 대표적인 논자는 김종철이다. 그는 파농을 선험적이고 정서적인 성격에서 벗어나 실천적이고 정치적인 비전에 입각한 제3세계 작가로서 고평했다. 주지하듯 제3세계문학의 민중적, 혁명적 성격은 무엇보다 '파농'을 재발견하면서 구체화된다. 파농은 정신분석가, 혁명가, 철학자, 문학자, 외교관 등의 여러 활동을 통해 탈식민의 사상을 고취시킨 중요한 사상가이다. 다시 말해 제3세계적 시각을 촉발시킨 계기 가운데 하나가 프란츠 파농의 탈식민지적 문학과 정치였다.

그런데 주목할 점은 1970년대 초반부터 국내에 소개된 파농[40]이 정

---

39 김종철, 「식민주의의 극복과 민중」, 『창작과비평』, 1979.가을, 138면.

40 선행 연구에 따르면 파농은 『대지의 저주받은 사람들』과 『알제리혁명 5년』을 중심으로 1970년대부터 널리 수용된다. 임헌영, 「민족문학에의 길」(『예술계』, 1970.겨울)에 인용되면서 처음 알려진 파농은 다음의 글을 통해 보다 적극적으로 소개되었다. 파농, 「폭력」,

신학과 의사와 제3세계 흑인 혁명가 등의 단절된 성격으로 이해되었다는 사실이다. 예를 들어 김종철은 파농 문학의 시사성을 개인적 성공과 민중적 성공으로 양분해 설명하면서 "『검은 피부, 흰 가면』(1952)이 불필요하게 모호하고 난해한 문체로 씌어졌음에 반하여 혁명 참가 이후로는 취급하는 주제의 성격에도 영향을 받았겠지만 훨씬 자연스럽고 생생한 것이 되었다"[41]라고, 알제리혁명을 기준으로 분리된 독해방식을 드러낸다. 정신의학자로서 알제리의 민족해방운동에 참여했던 파농은 『검은 피부, 흰 가면』으로 대변되는 프로이트적 혁명가의 모습, 더나아가 『대지의 저주받은 사람들』(1961)에서 폭력론을 주장하는 급진적 혁명가의 면모를 보여주었다. 이러한 맥락에서 김종철은 『검은 피부, 흰 가면』의 파농에 대해서는 신랄하고 비판적인 태도를 취한다. 가령 저 책이 네그리튀드 시인 세제르로부터 유독 강한 영향을 받았다는점, 식민지 중산층의 속물근성이 역력했다는 점, 주장의 논거마저 의심스럽다는 점 등을 들어 파농을 혹평한다.[42] 이에 비해, 『대지의 저주받은 자들』, 『몰락하는 식민주의』(『알제리혁명 제5년』)[43]를 통해서는 파농의 위상을 제3세계 정치사상가로 고양시킨다. 네그리튀드의 영향력에서 벗어나 알제리혁명에 참여한 파농 특유의 제3세계성은 민중적인 시

김용구 편, 『새벽을 알리는 지성들』, 현대사상사, 1971; 하동훈, 「프란츠 파농」, 『신동아』, 1971.1. 특히 인용한 김종철의 글은 "가장 심도 있는 분석"에 해당한다. 차선일・고인환, 「'프란츠 파농 담론'의 한국적 수용 양상 연구」, 『국제어문』 64, 국제어문학회, 2015.

41 김종철, 앞의 글, 136면.

42 위의 글, 120~122면.

43 『대지의 저주받은 자들』은 1973년부터 세 차례에 걸쳐 완역되고 글의 일부만 소개된 것도 다섯 차례에 이른다. 『알제리혁명 5년』 역시 일부는 세 차례 정도 번역되고 『몰락하는 식민주의』(1979)라는 제목으로 한 차례 완역된 바 있다. 이에 관해 차선일・고인환, 앞의 글, 221면 참조.

각에서 차별화된다.

『문학과 행동』에서 김종철은 파농의 「민족문화론」(『대지의 저주 받은 자들』의 제4장)을 번역하며 민중 개념을 재인식하고자 했다. 피식민자의 억압과 정체성을 심리학적으로 추적한 『검은 피부, 흰 가면』은 김종철이 쓰려는 민중론의 좌표에서 보면 차라리 성가시고 문제적인 글이었다. 유럽의 식민주의에 대항해 빈곤, 억압, 불평등을 해결하기 위해 표현된 제3세계라는 용어는 파농의 수용사에서 알수 있듯, 민중문학 담론의 맥락에

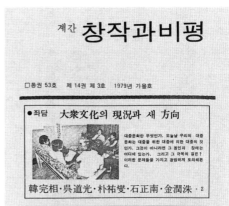

〈사진 3〉『창작과비평』의 '제3세계의 문학과 현실' 특집
(1979.가을)

서 전유된다. 구중서는 리얼리즘 문학론을 개진하면서 파농을 빌어 민중을 개념화했고[44] 백낙청도 파농의 탈식민적인 문학이 복고주의나 원시주의가 아니라 민중과의 연대성에 있기에 탁월하다고 분석했다.[45] 이렇듯 1970년대 후반 『창작과비평』의 핵심적인 문학론인 농민문학론, 민중문학론과 교차하면서 부르주아적 지성의 면모가 탈색된 '파농'이 제3세계 문학의 전형으로 부각된다. 그렇다면 같은 시기에 파농과 함께 대표적인 흑인문학으로 언급된 『말콤 엑스_Malcolm X』의 경우는 어떠한가.

---

44 구중서, 「오늘의 세계문학/한국─비평과 창작의 방향」, 『세계의문학』, 1978.봄, 211면.
45 백낙청, 「해설 : 현대문학을 보는 시각」, 백낙청 편, 앞의 책, 47면.

〈사진 4〉 김종철 외 번역의 『말콤 엑스』(1978)

『말콤 엑스』(창작과비평사, 1978)는 김종철과 이종욱에 의해 한국에 처음 소개되었다. 짐작컨대 『창작과비평』의 제3세계문학 특집에서 흑인 문학론이 큰 비중을 차지한 데에는 이렇듯 필자의 역할이 상당히 중요했다. 널리 알려진 대로 말콤 엑스는 마틴 루터 킹Martin Luther King과 더불어 미국 민권운동기를 대표하는 흑인 인권운동가이다. 전 세계적으로 『말콤 엑스』(1965)는 8개 국어로 번역되어 6백만 부 이상 팔린 베스트셀러였다. 말콤 엑스가 암살당했던 1965년에 자서전

이 출간되고 소위 말콤 엑스의 신화가 만들어졌는데, 한국의 경우에는 미국 내의 말콤 엑스 신드롬이 가라앉을 무렵에 뒤늦게 알려졌다.[46] 이렇듯 자서전의 번역 시기가 10년이나 뒤쳐진 것은 말콤 엑스를 "극렬한 인종주의자, 폭력주의자, 즉 깡패"[47] 등의 불온한 인물로 평가한 미국사회 내의 보수주의적 시각을 그대로 수용한 탓이다. 말콤 엑스의 급진적인 사상 때문에 비록 한국에는 뒤늦게 알려졌지만 『말콤 엑스』는 발간 당시

---

46 알렉스 헤일리, 김종철·이종욱·정연주 역, 『말콤 엑스』, 창작과비평사, 1978. 동아일보사 기자였던 김종철은 1975년 3월에 자유언론실천운동에 참여했다는 이유로 해직되고 종로에 사무실('종각 사무실')을 얻어 생계를 위해 다른 해직기자들과 번역에 몰두했는데 1977년 무렵에 한진출판사 주간이었던 이문구의 청탁으로 알렉스 헤일리의 『말콤 엑스』를 번역했다(김종철, 「오바마 시대와 한국 5」, 『미디어 오늘』, 2009.1.30). 한국에 『말콤 엑스』의 수용이 늦었던 것은 급진적인 흑인운동 때문이다. 요컨대 "당시 출판사 한두 곳에 출판의사를 타진했으나 '말콤 엑스는 금서'라면서" 어렵게 출간된 사정이 있었다. 「책 이야기 18-말콤 엑스」, 『한겨레』, 1990.12.22.
47 알렉스 헤일리, 김종철·이종욱·정연주 역, 위의 책, 68면.

396　제3부 | 제3세계문학의 수용과 전유

에 곧바로 베스트셀러 대열에 합류하는 저력을 보여주었다. 물론 원작자가 한국에서 선풍적인 인기를 모은 알렉스 헤일리Alex Palmer Haley였다고 해도 말콤 엑스에 대한 배경지식이 전혀 없던 상태에서 이 같은 대중적인 반응은 매우 이례적인 것이었다.

말하자면, 일반 독자들에게 말콤 엑스는 급진적인 투쟁 이력이 최소화된 미국의 보기 드문 흑인 위인 정도로 알려졌을 뿐이다. 유종호의 경우 말콤 엑스의 진보적 인권사상을 고평하면서도 그것이 "폭력의 수사학"으로 오역될 가능성을 경계하는 논조의 서평을 『세계의문학』에 발표하기도 했다. 말콤 엑스를 가리켜 "우리나라에서 극히 생소한 이름"이라면서 유종호는 그의 전기 『말콤 엑스』를 일종의 미국식 자기계발서 수준에서 언급한다. 이를테면 말콤 엑스를 벤자민 프랭클린, 카네기 같은 미국의 대표적인 정치인이나 경제인과 나란히 열거하며 "이 책은 성공담이라고 불리워질 권리를 가지고 있다"고 논평했다.[48] 유종호의 말콤 엑스에 대한 소개는 백낙청이 이해한 방식과는 사뭇 달랐다. 유종호에게 제3세계 흑인문학의 상징적 존재가 오로지 "제3세계의 대변자로 부상한 파농"[49]이었다면, 백낙청에게는 바로 말콤 엑스였다고 할 수 있다. 가령 『창작과비평』의 「제3세계의 문학과 현실」 특집에서 백낙청은 자신이 책임감수를 맡기도 했던 『말콤 엑스』를 제3세계의 독자에게 감명을 준 책으로 상세하게 소개한다. 『말콤 엑스』를 다른 미국 흑인문학과 함께 언급하면서 "흑인의 흑인됨을 강조하지 않으려는 엘리슨Ralph Eliison" 류와 구별해 백인 지식인이 아닌 제3세계 민중에게 널리 읽히는 책이라

---

48 유종호, 「서평 : 뿌리로부터의 자기교육」, 『세계의문학』, 1978.가을, 195~196면.
49 위의 글, 191면.

고 강조했다.[50] 즉,『창작과비평』에서는『말콤 엑스』를 제3세계문학의 에센스로 고평하는 가운데 다른 흑인문학과의 차별화를 시도했다. 당시에 번역 붐을 이루던 알렉스 헤일리의『뿌리』가 그 사례에 해당한다.

『뿌리』에는 노예화를 끝까지 거부하며 아프리카인으로서의 자기정체성을 보존한 쿤타 킨테와 아메리카인이 된 그 후손들이 등장한다. 즉 백인화, 서구화, 세계화를 점진적으로 체화한 흑인의 삶을 통해 알렉스 헤일리는 아프리카의 '뿌리'를 미국역사에 이식한다. 박태순이 아프리카문학과 상이한 미국 흑인문학의 한계를 지적하면서 통렬하게 비판한 부분도 이것이다.『뿌리』(중앙춘추사, 1978)를 번역한 박태순은 알렉스 헤일리가 소설의 서문에 쓴 '수많은 뿌리가 살아온 조국의 생일 선물로 바친다'는 문구를 풍자적으로 인용하며 다음과 같이 논평한다. "알렉스 헤일리의 소설『뿌리』는 몇 가지 점에서 세인의 관심을 끌고 매스콤의 각광을 받을 수 있는 요인을 가지고 있다. 미국 독립 2백 주년이다 해서 떠들썩했던 해에 이 소설이 출판된 것은 우연의 일치라고 치더라도, 이 소설이 바로 그 2백 년의 미국의 역사를 반성케 하는 계기가 되었다는 점은 지적될 만하다."[51] 박태순은 백인사회의 전통과 근대성으로부

---

50 백낙청,「제3세계와 민중문학」,『창작과비평』, 1966.겨울, 62면. 역자로서 참여하지 않았지만『말콤 엑스』의 출판에 있어 백낙청의 비중이 컸다. "일단 초고가 완성된 다음 백낙청 교수의 철저한 감수를 받으며 공동책임으로 다시 손질을 했다. 석 달이나 걸린 이 검토과정은 미숙한 번역과 오역을 많이 줄일 수 있었던 점에서 뿐 아니라 비슷한 처지의 사람들끼리 동지적 일체감을 다질 수 있었던 점에서도 뜻깊고 즐거운 체험이 되었다."「읽는 이를 위하여」, 알렉스 헤일리, 김종철·이종욱·정연주 역, 앞의 책, 7면.
51 박태순,「문학의 세계화 과정－알렉스 헤일리의『뿌리』를 중심으로」,『창작과비평』, 1978.봄, 366면. 알렉스 헤일리의『뿌리』는 1977년부터 1979년까지 2년 동안에 무려 18권 이상 국내에 출간될 정도로 '붐'을 일으켰다. 그럼에도 박태순은『뿌리』를 번역한 직후 다시 이에 대한 비판론을 본격적으로 다루었다. 요컨대『창작과비평』의 흑인문학 담론은 대중독자의 감각과는 상이했던 것이다.

터 소외된 미국 흑인 특유의 정체성에 주목하고, 그 문학적 형상화가 백인 중심의 위계화 구조를 어떻게 비판해내는지를 주의 깊게 살펴보았다. 『창작과비평』의 제3세계문학론을 통해 호출된 말콤 엑스가 새삼 중요해지는 것은 바로 이 지점에서이다.

> 『말콤 엑스 자서전』을 읽으면서 우리는 그의 역사적 중요성이 과연 무엇인 건 간에, 말콤의 이야기는 항구적이고 비극적인 진실로서 하나의 고전적 범례를 이루고 있음을 느낀다. 말콤과 미국 흑인의 곤경을 이해하기 위해서 우리가 흑인으로 태어나야 할 필요는 없다. 인간에 의한 인간의 예술과 수모와 핍박, 그리고 편견이 존재하는 한에 있어서 '아메리칸 니그로'는 단지 하나의 메타포일 뿐이다.[52]

『말콤 엑스』를 출간한 직후에 김종철은 『창작과비평』에 역자 후기 형태의 글을 기고했는데 인용글이 그것이다. 여기서 김종철은 『말콤 엑스』에 드러난 미국 흑인운동의 제3세계적 성격과 특질에 대해 상론하고자 했다. 인종차별에 저항한 미국 흑인운동사에서 마틴 루터 킹과 말콤 엑스는 이른바 흑백 통합주의와 흑인 민족주의라는 두 흐름을 각각 대표한다. 말콤 엑스는 다방, 극장, 공중변소 등을 백인과 함께 쓰는 등의 흑백 통합주의, 평화공존, 중도적인 흑인운동에 반대할 뿐만 아니라 흑인의 억압과 차별을 단순히 미국사회에 국한된 문제로 보지 않았다. 아프리카 순방부터 '아프리카계 아메리카인 단결기구'라는 비종교 단체의 조

---

52 김종철, 「흑인 혁명과 인간해방―말콤 엑스의 생애와 교훈」, 『창작과비평』, 1978.가을, 69·78면.

직까지 말콤 엑스의 모든 행적은 이를 더욱 분명하게 보여준다. 김종철은 세계사적 차원에서 미국 흑인운동이 지닌 의의를 역설한 말콤 엑스의 연설을 의미심장하게 다룬다. 즉 "흑인의 항거를 단순히 백인에 대항하는 흑인의 인종적 갈등으로서 또는 순전히 미국적인 문제로서 분류하는 것은 잘못이다. 오늘날 우리는 세계 전역에 걸쳐 압박자에 대한 피압박자의, 착취자에 대한 피착취자의 봉기"[53] 모두가 흑인 문제와 구분 불가능하다. 여기서 말콤 엑스와 미국 흑인운동은 미국 사회만이 아닌 세계 여러 지역에서 참조되어야 할 대상, 곧 "하나의 메타포"가 된다. 백낙청이 『말콤 엑스』를 제3세계적 공통감각과 연대의식으로 암시한 것도, 흑인문학을 새로운 민중 담론의 가능성으로 여겼던 것도 이러한 맥락에서 이해된다. 제3세계문학론에서 흑인문학이 하나의 전범이 된 결정적인 계기는 피압박자, 피착취자의 저항이 민중문학의 원천이었기 때문이다.

4. 중역된 미국—제3세계문학론, 혹은 아메리카니즘의 번안

이렇듯 흑인문학과 관련해 파농이 말콤 엑스보다 먼저 한국에 알려졌음에도 결국 민중문학론의 맥락에서 더 중요시된 인물은 말콤 엑스였다. 이를테면 파농만으로 온전히 구현될 수 없는 제3세계적 시각이 말콤 엑스를 통해서는 가능한 것으로 여겨졌다. 파농의 일부가 민중 문학론을 대변한다면 말콤 엑스는 민중 표상 자체였던 셈이다. 미국 흑인

---

53 위의 글, 79면.

문학에 천착해 주조된 민중 개념은 1970년대 민족문학론의 핵심이었다. 그런데 아프리카가 아닌 미국 흑인문학을 고평하는 과정에서 제3세계문학론이 드러낸 하나의 역설, 곧 중역된 미국이라는 문제는 재고할 필요가 있다. 아메리카니즘이 본격화된 1950년대의 제3세계에 대한 논의가 그 대표적인 사례이다.

최일수가 반둥회의 직후에 발표한 「동남아문학의 특수성」(1956)은 1970~1980년대 제3세계문학을 포함한 민족문학론과의 연속성을 보여 준다.[54] 저 글에서 최일수는 서구/비서구의 세계문학 지형에 동남아라는 지정학적 표상을 마련해 "후반기의 세계문학"을 새롭게 상상하고자 했다. 전반기의 세계문학이 서구문학에 한정된다면, 후반기의 세계문학이란 "이미 동남아문학의 후진성과 그 방향에 대한 일반적인 개념의 시대는 넘어섰다"[55]라는 판단과 함께 탈식민적 특수성을 내포한다. 이처럼 최일수가 세계문학을 재인식하게 된 중요한 계기는 후진국 간의 독자적인 정치 연대를 촉구한 반둥회의에 있었다. 그는 "영불화英佛和 등의 식민 정책"[56]에 종속된 세계문학사에서 벗어난 새로운 문학을 제안하고, 동남아문학의 특성을 탈식민성과 저항성으로 규정했다. 그가 보기에 서구문학으로부터 비약하는 동남아문학의 동력이란 민족주

---

[54] 1970~1980년대 제3세계문학론의 전사로서 최일수의 입장을 분석한 연구로는 이상갑, 앞의 글; 이상갑, 「민족과 국가, 그리고 세계 – 최일수의 민족문학론」, 『상허학보』 9, 상허학회, 2002; 한수영, 『한국현대 비평의 이념과 성격』, 국학자료원, 2000; 임지연, 「1950년대 최일수의 세계문학론 연구」, 『비평문학』 60, 한국비평문학회, 2016 등이 주목된다.

[55] 최일수, 「동남아의 민족문학」(1956), 『현실의 문학』, 형설출판사, 1976, 88면. 괄호 안의 연도는 첫 발표연도. 이하 동일.

[56] 위의 글, 81면.

의적 지향에서 연유한다. 민족 옹호의 정신은 인간 옹호의 서구 휴머니 즘의 역사와 변별되며 동남아 특유의 현대 문명의 가능성을 시사한다. 그러나 최일수는 민족정신이 어떻게 현대문학을 선취할 수 있는가에 대해서는 구체적인 사례나 방법을 제시하지 못했다. 즉 서구 개인의 분 열·대립/동남아 민족의 연대·결집 등으로 서구와 비서구문학을 이 분화하는 논리를 재생산했을 뿐 어떻게 동남아문학이 세계문학의 범주 에 합류 가능한지에 대한 전망을 명료하게 제출하지 못했다. 세계문학 의 일환으로서 후진문학의 위상은 1950년대 후반에 발표한 「문학의 세계성과 민족성」에서 좀 더 구체화된다. 그런데 『창작과비평』의 제3 세계문학론이 세계문학의 경로로서 민중적 연대를 강조했다면 최일수 는 각국의 국제적 교류에 주목했다.

신흥 미국문학만 보더라도 6대양에서 거의 사용하다시피 되어 있는 세계어 화해가는 영어를 사용하는 탓도 있겠지만 그 문학이 손쉽게 세계성을 띠게 된 유일한 요소는 다름이 아니라 2차에 걸친 대전으로 인하여 비약적인 경제 발전을 이룩한 그 선진 기반을 토대로 해서 세계 각국이 빠지는 곳이 없이 교 류하였기 때문이었다. 미국문학에 우수한 작품이 하나둘이 아니다. (…중 략…) 그것은 거트루드 스타인이나 헤밍웨이, 포크너처럼 잃어버린 세대의 작가들과 또는 미국을 버리고 외국으로 떠나버린 T. S. 엘리엇이나 에즈라 파 운드와 같은 시인들이 있었음에도 불구하고 오히려 그들이 미국문학의 세계 적인 지반을 닦게 해주었으며 더욱이 그 배경에는 미국이 현대 문명의 첨단 적인 발전을 담당함으로써 자기 문학으로 하여금 세계적인 공통성의 방향으 로 나아가게 했었던 데에 그 원인이 있기도 하다.[57]

역설적이게도 최일수가 후진국 문학의 선진화, 현대화, 세계화를 주장하며 거론한 사례란 바로 "신흥 미국문학"이었다. 괴테의 초국적 관계망과는 먼 차원에서 최일수가 세계문학의 한 계기로서 언급한 국제적 교류는 일종의 무역이나 외교 활동과도 같다. 따라서 인용한 위의 내용처럼 팍스 아메리카로서 미국문학은 "문학의 세계성"을 실현할 하나의 롤모델이 되기에 충분해 보인다. 여기서 미국 중심의 지정학적 상상은 바로 "신흥 미국"의 표현에서 노골적으로 드러난다. 아메리카니즘에 경도된 지식인 특유의 논리 가운데 하나인 미국의 신생 이미지는 동시에 그 대립항으로 구식의 낡은 유럽을 연상시킨다. 최일수의 민족문학론은 영미문학에서 "거트루드 스타인, 헤밍웨이, 포크너"[58] 등의 미국문학을 분리해 재구성한 미국발 세계문학의 스펙트럼을 포괄한다. 따라서 동남아문학을 포함하겠다는 "후반기의 세계문학"에는 유럽 중심의 서구 표상을 초월하는 미국 표상이 핵심임을 어렵지 않게 읽을 수 있다. 최일수가 즐겨 사용한 "현대"라는 진보적인 가치가 미국의 "담당"이 되어버린 위의 글은 민족문학을 혁신할 척도가 미국문학에 있음을 보여준다. 당대에 선진적으로 동남아문학의 민족성과 세계성을 논의했던 최일수가 보여준 아메리카니즘은 전후 지식인사에서 미국이라는 상징적인 위력을 실감하게 만든다. 어떻게 최일수는 제3세계적 민족문학론을 통해 이를테면 박인환과 마찬가지의 미국화된 논리를 드러낼 수밖에 없었는가.

---

57 최일수, 「문학의 세계성과 민족성(1957~1958) – 민족문학과 세계문학」, 위의 책, 109면에서 재인용.
58 위의 글, 109면.

앞에서 인용한 최일수의 글은 세계주의를 지향하는 1950년대 비평의 한 전형에 해당한다.[59] 동시대 다른 비평가와 마찬가지로 문화적 교류, 후진성, 세계성, 민족성의 담론을 구현하지만 탈식민의 역사인식을 간과하지 않았다는 점에서 그 특유의 탈식민적, 현실참여적 성격이 드러난다. 이 글에서 최일수의 목표는 민족문학의 세계성을 획득하는 독자적인 방법론을 찾는 것이다. 다만 "우리와 같이 정체된 민족문학"이라는 제3세계 아시아문학의 연대의식 속에서 "후진된 동양 민족문학들의 내면에 흐르는 세계적인 일관성을 문학사적으로 분석하고 비판하면서 서구문학과 대비하여 후반기 현대라는 특정한 역사적 시대"를 자각할 필요가 있었다. 요컨대 미국문학은 비판하거나 탈피하고 극복해야 할 "서구문학"과는 분명 다른 새로운 판본의 서구문학인 셈이다.[60]

다시 한번 박인환을 떠올릴 수밖에 없는데 비교적 이른 시기인 해 방기에 제3세계 아시아 민족의 탈식민적 인식을 재현했던 그는 주지하듯 1950년대 이후에는 아메리카니즘의 세계지향을 선택했다. 유럽에서 미국 중심으로, 대서양에서 태평양으로 이동하는 박인환의 미국 기행 문학과 미국 영화평론은 서구의 세계사적 변동에 민감하게 반응한 한국 지식인의 미국화 과정만을 시사하지 않는다. 영국(「인천항」)과 프랑스(「남풍」) 등의 식민주의를 비판하는 해방기 문학과 마찬가지로 미국화에 경도된 1950년대 문학도 서구 유럽을 타자화하며 여전히 탈서구

---

59 이은주는 제3세계문학론의 차원에서 최일수를 거론하지 않았으나 「문학의 세계성과 민족성」에 나타난 세계화의 내용이 미국이라는 표상에 포섭된다고 보았다. 이은주, 「1950년대 문학비평의 세계주의와 미국적 가치 지향의 상관성 – 김동리의 세계문학 논의를 중심으로」, 『상허학보』 18, 상허학회, 2006, 17면.

60 최일수, 앞의 글. 92~93면에서 재인용.

적, 탈식민적 가치를 보여주었다. 미국을 매개로 탈서구적인 신생의 자기정체성을 고안해내는 방식은, 최일수의 제3세계적 민족문학론에 내재된 아메리카니즘과 크게 동떨어진 것이 아닐 수 있다. 그런 측면에서 1970년대 이후 제3세계문학론에 있어서 핵심적으로 재배치된 흑인문학은 다시금 주목할 필요가 있다. 최일수가 거론한 "신흥 미국문학"의 민중적 버전이 미국 흑인문학이기 때문이다. 이를테면 파농만으로 온전히 구현될 수 없는 제3세계적 시각이 말콤 엑스를 통해서는 가능한 것으로 여겨졌다. 파농이 민중문학론을 대변할 수 있다면 말콤 엑스는 민중 표상 자체인 셈이다. 미국 흑인문학에 천착해 주조된 민중 개념이란 1970년대 민족문학론의 핵심이었다.

흑인문학에 대한 관심은 1970년대 중반 이후에 한국사회에 널리 유포된 미국에 대한 회의론과 무관하지 않다. 닉슨 독트린(1969) 이후 미국에 의존적인 한국 외교(통일정책)가 쟁점화되자 미국 문명에 대한 선망과 우호적 성향이 급속히 냉각되었다. 미국의 데땅뜨는 1972년에 베이징을 방문한 닉슨 행정부의 행보에서 분명해지는데, 미중의 관계개선과 맞물려 한국은 남북적십자회담, 7·4남북공동성명 등의 연이은 남북 관계의 정책 변화가 있었다. 그 기저에는 타율적인 통일관이 오히려 분단의 내면화, 공고화를 초래한다는 미국 비판론이 있었다.[61] 자국의 이익을 우선시하는 미국 데탕트 정책의 이중성이 거론되면서 연쇄적으로 미국의 타율성을 극복하자는 통일담론 속에 미국 비판론이 제기된 것이다. 예를 들어 흑인에 대한 인종 차별, 성도덕의 문제, 지나친

---

[61] 최혜성, 「분단 논리와 통일의 논리」, 『씨알의 소리』, 씨알의 소리사, 1972.9. 7·4성명을 전후로 하여 『씨알의 소리』는 정부의 통일정책 비판론을 대거 수록했다.

개인주의와 물질주의 등의 부정적인 미국에 대한 정보와 인식이 유통되기 시작했다.[62] 말콤 엑스와 파농을 제3세계의 실천적, 혁명적인 문학의 사례로 강조하면서도 결국 백낙청이 말콤 엑스를 더욱 중시한 이유는 내부 식민지internal colony로서의 미국 흑인의 발견에 있었다. 가령 "독립된 어느 후진국문학이라고 할 수 없겠지만 미국 내의 소수민족으로서 백인사회 내부의 어느 계층보다도 혹심한 차별대우를 받고 있는 흑인들"[63]을 다루는 내부 식민지로서의 서사와 담론은 1970년대 한국 민중문학론, 농민문학론의 맥락에서 유용할 뿐 아니라 새롭기까지 했다.

미국 흑인문학은 '제3세계 리얼리즘'이라는 새로운 개념을 구상하는 계기였을 정도로 단순히 영미문학으로 수렴되지 않는 고유한 문화 영역으로 강조되었다. 이를테면 『제3세계문학론』(1982)에서 김종철은 발자크적 현상, 부르주아 리얼리즘의 한계가 제3세계문학에서 결코 일어나기 어려운 이유를 설명하며 리처드 라이트 문학을 고평했다. 김종철에 따르면, 제3세계는 서구 시민사회와 달리 개인의 내부와 외부에 대한 총체적인 각성이 문학의 동력이 된다. 즉, 백인문화에 대한 지적, 정서적 종속관계와 여기서 촉발된 폭력과 저항을 고스란히 재현하기 위해서는 개인과 사회의 구조적인 존재방식을 통찰하고 그에 대한 철저한 깨달음이 선행되어야 한다. 따라서 "라이트는 이러한 깨달음을 그의

---

62 김연진, 「'친미'와 '반미' 사이에서」, 김덕호·원용진 편, 『아메리카나이제이션』, 푸른역사, 2008, 260면의 '1973년 전남대 조사' 재인용. 『청맥』은 4·19특집에서 미군의 폭력성, 미국식 학제의 문제성, 미국 정부의 부도덕성 등을 다루었다. 한일협정 이후 4·19 세대의 미국에 대한 비판론이 형성되기 시작한 것이다. 서철규, 「어두운 아메리카니즘」, 『청맥』 3-2, 청맥사, 1966.4.

63 백낙청·유종호, 「리얼리즘과 민족문학」(1974), 백낙청 회화록 간행위원회, 『백낙청 회화록』 1, 창비, 2007, 108면.

문학적 노력 속에 명확한 용어로 표현하고 그것을 그 자신의 이론적 및 실천적 행동의 바탕으로 삼은 최초의 그리고 아직까지 가장 중요한 흑인작가"[64]로서 주된 논의 대상이 된다.

리처드 라이트는 남부 미시시피에서 태어나 북부 시카고로, 다시 미국에서 유럽, 아시아, 아프리카로 이주하며 아프리카계 미국인의 반제국적인 탈주의 역사를 몸소 보여준 대표적인 미국 흑인작가이다.[65] 리처드 라이트는 인종차별과 냉전이념을 주제로 미국사회의 내적 식민화 문제를 비판적인 시각으로 다루었다. 백낙청은 유종호가 번역한 라이트의 『토박이』 서문을 『문학과 행동』에 수록하며[66] 리처드 라이트 문학의 선진성을 다소 장황하게 강조한다. 가령 『토박이』에서 라이트가 다

---

64 김종철, 「제3세계의 문학과 리얼리즘」, 백낙청·구중서 외, 앞의 책, 63면. 1970년대 제3 세계문학론과 관련해 김종철의 입장이 지닌 예외성을 검토한 연구가 있다. 김예리에 의하면, 김종철은 리처드 라이트의 작품 속 흑인을 탈식민적 민중이 아닌 자유로운 타자적 존재로 여겼다. 김종철의 제3세계문학론은 산업화의 문제성을 재고하는 과정에서 부각되며, 따라서 민중주의적 성격보다 "보편주의적 태도"를 드러낸다고 고찰했다. 김예리, 앞의 글.

65 구중서, 김종철, 백낙청 등 모두가 제3세계문학의 전범으로 평가한 리처드 라이트는 그의 사망 소식이 기사화된 1960년부터 한국에 알려지기 시작했는데 이때는 탈식민적 성격보다 공산당 탈퇴와 비판의 이력이 부각되었다(「흑인작가 라이트 씨 급서」, 『동아일보』, 1960.12.1). 따라서 반공 논리에서 벗어나 1970년대에 급부상한 미국 흑인문학 담론은 한국의 데땅뜨 분위기에 힘입어 수용된 것이다. 물론 리처드 라이트는 그 자체로 제3세계문학론에서 중요한 표상일 수밖에 없었다. 가령 그는 반둥회의 참관기 『인종의 장막』을 발표하고 여기서 아프리카와 아시아의 제3세계 연대의 가능성을 탐색했다. 라이트 문학에 나타난 탈식민성 및 제3세계성의 인식에 관해 김상률, 「아프리카계 미국인의 탈주의 정치학─리처드 라이트의 후기 논픽션에 나타난 망명의식」, 『한국아프리카학회지』 21, 한국아프리카학회, 2005; 김상률, 「디아스포라와 아프리카계 미국문학」, 『한국아프리카학회지』 19, 한국아프리카학회, 2004 참조.

66 유종호는 『토박이』의 서문을 번역하며 흑인 구역의 일개 불량소년이었던 버거가 폭력적인 저항을 통해 비로소 흑인으로서의 탈식민적 정체성을 자각한 후 흑인의 해방과 자유를 새롭게 이해하는 내용에 특히 주목했다. R. 라이트, 유종호 역, 「비거의 내력─그는 어떻게 태어났는가」, 백낙청 편, 앞의 책, 327·357면.

룬 흑인 현실에 대한 고발은 압제와 소외에 대한 비참과 분노의 표현에 멈추지 않고 백인문명에 대한 준엄한 역사의식으로까지 고양되었다고 평가했다. 다시 말해 라이트 문학을 통해 "20세기의 대다수 서양 소설가들이 이미 포기한 지 오래인 사실적, 자연주의적 직접성이 생생하게 살아 있음을 본다. 동시에 '비거'라는 주인공의 파악은 사르트르의 실존주의적 심리분석을 오히려 능가할 정도이며 (…중략…) 비거의 이야기를 리얼리즘의 정신에 입각해서 충실히 쓰기만 하면 그것이 곧 미국 전체의 이야기가 되고 러시아와 독일의 이야기가 되면, 나아가서는 격변기에 처한 전인류의 이야기"[67]가 된다. 백낙청이 보기에, 라이트 문학의 리얼리즘적 성취에는 흑인이나 미국을 넘어 인류사회로까지 확장 가능한 어떤 보편성, 곧 세계문학의 가능성이 내장되어 있었던 것이다.

1974년의 한 대담에서도 백낙청은 미국 흑인문학을 중심으로 세계문학으로서의 한국문학 또는 "새로운 리얼리즘 문학이 태동할 가능성"[68]을 언급한 바 있다. 이 경우에도 핵심은 물론 내부 식민지 문제가 된다. 그런데 백낙청의 지적대로 "제국주의가 피압박민중에게는 물론 압제자 자신들의 인간성도 얼마나 제약하며 그들의 문학에조차 얼마나 불건강한 영향을 가져올 수 있는가"[69]에 주목한다면 결국 미국문학은 제3세계문학의 자장 속에 압제자의 문학 일반으로 재인식될 수밖에 없다. 그럼에도 미국 흑인문학을 새로운 리얼리즘문학으로 부각시킨 것은 제3세계문학의 범주를 독자적으로 확장시키려는 입장 때문이다. 예컨대 그는

---

67 백낙청, 「해설 : 현대문학을 보는 시각」, 위의 책, 45~46면.
68 백낙청·유종호, 앞의 글, 108면.
69 위의 글, 108면.

"서양의 선진국들에도 적용"[70]될 수 있어야 진정한 의미에서의 제3세계문학론이고, 그런 차원에서 흑인문학만이 아니라 서양의 고전들을 새롭게 재독할 것을 요청하고 있었다.[71] 곧 제3세계문학으로서 한국문학이 지닌 잠재적 가치를 확인하는 과정은 미국의 재발견과 동시적으로 일어난 일이다. 그러나 미국 흑인문학을 통해 한국문학을 재독할 경우 서구 중심주의의 비판이라는 제3세계문학의 중요한 문제의식은 희석될 우려가 있다. 이를테면 그는 미국 중심주의를 명백히 경계했지만 '지구를 셋으로 갈아놓기보다 하나로 묶어서 보자'는 제3세계문학론의 매력적인 캐치프레이즈에는 이미 미국이라는 프리즘이 공고하게 내재해 있음을 간과하기 어렵다.

요컨대, 새로운 세계문학의 패러다임을 만들기 위해 1950년대에는 탈유럽적인 신생 표상이, 1970년대에는 흑인문학을 통한 민중 표상이 재발견되면서 미국문학이 새롭게 인식되었다. 1950년대 세계주의와는 물론 다른 맥락이지만, 1970년대 제3세계문학론 역시 미국이라는 중역을 거쳐 세계문학의 선진적인 범례를 재발견하고 있어 문제적이다. 미국문학은 유럽문학을 대신하여 세계문학으로 승격됨과 동시에 제3세계문학의 도전에 직면한 서구문학으로 명명된다. 다시 말해, 광의의 제3세계문학론은 비서구가 아닌 미국이라는 새로운 서구에 대한 욕망, 세계문학의 주변부가 아닌 중심부로서의 한국 리얼리즘 문학에 대한 상상을 자명하게 만드는 데 기여한 것이다.

---

70 백낙청, 「제3세계와 민중문학」, 『창작과비평』, 1966.겨울, 78면.
71 서남동 · 송건호 · 강만길 · 백낙청, 「1980년대를 맞이하며」(1980), 백낙청 회화록 간행위원회, 앞의 책, 531면.

5. 제3세계문학론의 안과 밖

지금까지 미국 흑인문학의 번역과 담론을 중심으로 『창작과비평』의 제3세계문학론을 살펴보았다. 백낙청은 『문학과 행동』(1974), 『창작과비평』(1979), 『제3세계문학론』(1982)에서 미국 흑인문학을 중요하게 다루었다.[72] 그가 보여준 제3세계문학론의 스펙트럼은 지역성보다 민중성을 확보함으로써 가능한 것이었다. 백낙청에게 있어 제3세계의 핵심 과제란 "비동맹, 평화공존의 이념"보다 "후진국 민중생활의 실질적인 향상"이 더욱 중요했다.[73] 제3세계가 후진국 민중을 대체하는 용어와 이념으로 확장된 것은 애초에 제3세계를 함의하는 비동맹의 위상이 달라진 데에서 연유한다. 가령 비동맹회원국의 자격요건이 점차 완화되고 비동맹의 개념이 제3세계로 소급된 측면, 더 중요하게는 평화공존의 비동맹노선의 방향이 동서 냉전관계의 정치적 문제보다 선·후진국 간의 경제적 측면으로 전환되는 과정에서 찾을 수 있다.[74] 더욱이 1970년대 후반 세계 경제의 다극화로 인해 제3세계가 산유국 중심으로 재편되면서 특히 아랍국의 석유수출금지 이후 "석유 같은 자원을 못 가진 진짜 빈

---

[72] 당시 학계에서 주목하기 시작한 흑인문학은 미국문학사의 맥락에서 고찰된다. 김원동, 「미국 흑인문학에 나타난 동화주의와 흑인종족주의」, 『동서문화』 7, 계명대 인문과학연구소, 1974.7; 김계민, 「흑인문학에 나타난 흑인상」, 『코기토』 15, 부산대 인문학연구소, 1976.12 등 영문학 논문 다수가 있다.

[73] 백낙청, 앞의 글, 49면. 한편 공임순은 백낙청의 제3세계문학론을 제3세계론에 영향을 미친 마오이즘과 관련해 주목했다. 공임순에 의하면 제3세계의 마오이즘은 인민주의의 신념과 수사를 동반하면서 1960년대가 아니라 1970년대의 한국사회에 비로소 만개했다. 공임순, 「1960∼70년대 후진성 테제와 자립의 반/체제의 언설들」, 『상허학보』 45, 상허학회, 2015, 105면.

[74] 서재만, 「비동맹의 개념과 현실국면의 사적 전개」, 김학준 외, 『제3세계의 이해』, 형성사, 1979, 40면.

국을 '제4세계'[75]로 규정하려는 혼란도 있었다. 백낙청의 표현대로 제3세계란 "어느 누구의 국제정치적 계산"[76]에서 규정되는 것이기 때문이다. 가령 제1세계는 미국 중심의 자본주의 진영, 제2세계는 소련 중심의 사회주의 진영, 제3세계는 거기에 해당하지 않는 신생국을 의미하지만 1974년 UN자원특별총회에서 중국의 등소평이 피력한 제3세계론이 갑자기 등장하듯,[77] 제3세계 용어는 정세 변화 내에서 움직이는 것뿐이다. 이를테면 "전문가라는 이들조차 서로 의견이 엇갈리고" 있듯 자명한 것이 아니므로 백낙청은 이를 "빌미로 필자 나름의 인상"을 자유롭게 논평하며 제3세계문학론을 제기할 비평적 토대를 마련한다. 제3세계 담론은 "어느 편에 동조"하는 민족성에서 벗어나 "어떤 관점에서 택하느냐" 하는 허구적, 상대적 개념인 것이다.[78]

그러면 이러한 우리 나름의 시각은 오늘날 제3세계 여러 나라들의 문학을 실제로 읽는 데 얼마나 도움이 되며 또 구체적인 작품들을 통해 어느 정도 밑받침되는가? 아시아, 아프리카, 라틴아메리카 나라들의 문학을 골고루 훑어본다는 것은 필자 자신은 더 말할 것도 없으려니와 어느 한 개인으로서는 불가능한 일이다. 아니, 현재로서는 개인에게 힘겨울뿐더러 제3세계문학을 주체적인 눈으로 정리하려는 목표 자체에 어긋나게 될 위험마저 따르는 작업이

---

75 백낙청, 앞의 글, 50면.
76 위의 글, 53면.
77 요컨대 미국과 소련을 제1세계, 나머지 자본주의 제국 및 동구 공산국을 제2세계, 여타의 모든 개발도상국을 제3세계로 간주하며 등소평은 제3세계권으로서 중국을 강조했다.(하경근, 「제3세계와 세계정치」, 김학준 외, 앞의 책, 11~14면) 백낙청은 주로 『제3세계의 이해』(형성사, 1979)를 참조해 제3세계 개념의 역사적 전개 양상을 언급한다.
78 백낙청, 「제3세계와 민중문학」, 『창작과비평』, 1966.겨울, 52면.

다. 그 많은 언어, 민족, 종족, 국가, 문화전통에 걸친 광범위한 자료의 수립과 번역을 위해서는 아직도 런던, 빠리, 뉴욕 또는 동경의 중개에 힘입어야 하는 실정이니만큼, 모르는 사이에 선진국 쪽의 시각에 수렴될 가능성도 무시할 수 없다.[79]

자료의 문제를 거론했지만, 아직도 한국의 일반 독자들에게는 제3세계의 문학을 깊이 있게 검토할 전제조건이 주어지지 못했다고 해도 과언이 아니다. (…중략…) 게다가 번역자나 연구자라 하더라도 제3세계와 직접 교류한다기보다 주로 선진국 문화시장의 중개에 의존하고 있다. 실제로 제3세계의 문학을 소개하는 작업이 이제까지는 전문가라기보다는 영문학이나 불문학 전공자들 아니면 외국어에 조예가 있는 문인들에 많이 의존해왔으며 번역 자체도 영어나 일어를 통한 중역이 큰 비중을 차지하고 있다.[80]

위의 글처럼 백낙청이 제3세계의 붐 현상을 여러 차례에 걸쳐 비판한 데에는 번역의 남용 및 중역의 문제가 있었다. 무엇보다 저 글에는 제3세계문학 수용의 과열된 양상과 번역 시장에 의존해 정전화가 이루어지는 상황에 대한 우려가 드러나 있다. 제3세계 지역에 대한 역사적, 사회적, 종교적 배경이 전제되지 않은 상태에서 영어나 프랑스어, 일본어 등으로 중역된 제3세계 텍스트란 백낙청이 보기에 또 다른 서구문학 담론일 뿐이다. 제3세계의 탈서구적 가치가 오히려 서구의 입장과 이념으로 수렴될 수 있다는 사실을 재차 강조하면서 백낙청은 제3세계

---

79 위의 글, 54면.
80 백낙청, 「제3세계의 문학을 보는 눈」, 백낙청·구중서 외, 앞의 책, 19~20면.

문학의 주체적인 수용 방법에 골몰했다. '제3세계'라는 위계화 된 기호를 둘러싼 그의 비평가적인 고민은 그것이 한국 민족문학의 세계사적인 위상과 직결된 문제였기 때문에 중요했다. 백낙청은 후진국 문학으로서 세계문학에 미달한 수준에 그치지 않고 도리어 "새로운 돌파구"로서 기능하는 제3세계문학을 발견하려고 했다.[81] 백낙청에게 있어 미국 흑인문학이야말로 미국이라는 세계주의 표상에 은폐되어 있던 비민주적, 인종차별적, 제국주의적인 성격을 폭로하며 서구의 헤게모니에 저항해 새롭게 등장한 엄연한 제3세계문학으로 여겨졌다. 미소공동위원회를 전후로 하여 해방기에 미국 흑인시가 짧게 붐을 이루던 시기와 오버랩되기도 하는데,[82] 앞서 서술한 것처럼 제3세계문학론에는 한미관계의 여러 정치적 난맥 속에서 아메리카니즘의 가치가 그 시효를 다했다는 현실 인식이 내포되어 있다. 그런데 백낙청은 서구중심주의를 경계했지만, 아프리카 아닌 미국 흑인문학을 제3세계 텍스트로 선별하는 과정에서 '중역된 아메리카니즘'에 연루되지 않을 수 없었다. 칼릴 지브란Kahlil Gibran에 대한 당시의 활발한 번역과 관심은 비평적 층위와 다른 차원에서 당시 제3세계문학의 리터러시를 보여주면서도, 동시에 미국에 의해 중역된 제3세계의 정전화를 예시해준다.

김병철의 목록에 의하면 단행본으로 출간된 제3세계문학은 인도의

---

81 『세계의문학』의 창간기념 좌담 중 세계문학과 민족문학의 관계에 대한 백낙청의 발언 참조. 김우창·유종호·백낙청, 「좌담 : 어떻게 할 것인가―민족, 세계, 문학」(『창작과비평』, 1976.가을), 백낙청 회화록 간행위원회, 『백낙청 회화록』 1, 창비, 2007, 228면.
82 영문학을 전공한 배인철의 흑인시 창작은 윤영천, 「배인철의 흑인시와 인천」, 『황해문화』 55, 새얼문화재단, 2007.여름; 엄동섭, 「色있는 슬픔의 연대성」, 문학과비평연구회, 『탈식민의 텍스트, 저항과 해방의 담론』, 이회, 2003. 해방기에 흑인시가 집중적으로 유입된 특이한 양상은 김학동, 『미국시의 이입과 그 영향』, 서강대 문과대학, 1970.

간디, 타고르 문학이 가장 큰 비중을 차지하고 그 다음으로 칼릴 지브 란의 시가 눈에 띈다.[83] 한국에 지브란이 본격적으로 알려진 것은 1960 년대에 함석헌이 번역하면서부터다. 그는 다시 1973년부터 『씨알의 소리』에 「사람의 아들 예수」(1973.1~1974.3)를 연재하는데, 번역 동기 는 이 책이 "가장 생생한 산 예수의 모습"[84]을 시사하고 있기 때문이라 고 했다. 재야운동에 적극적으로 가담하기 시작한 무렵에[85] 함석헌은 지브란의 글을 번역한 셈인데, 그렇다고 제3세계적 관점에서 지브란이 수용된 것은 아니었다. 오히려 아랍계 시인으로서의 지브란은 강은교 가 맡아 소개했다. 가령 "그를 만든 피의 특수성", 곧 레바논의 오랜 종 교적 전통, 피압박 민족의 고통, 신부의 혈통과 교양 모두를 언급해 지 브란 시 특유의 종교성 및 저항성을 "필연적"인 결과로서 강조했다.[86]

---

83 김병철, 『한국현대번역문학사연구』(하), 을유문화사, 1998, 720~737면.

84 함석헌, 「번역 광고」, 『씨알의 소리』, 씨알의소리사, 1972.12, 48면. 물론 독자를 향해 지브란의 책이 "어디까지나 예술품"이지 "직접 신앙과 관련시켜 교리나 신학의 토론을 일으켜서는" 안 된다고 첨언하기도 한다. 함석헌, 「옮기는 사람의 말」, 『씨알의 소리』, 씨알의소리사, 1973.1, 57면.

85 함석헌은 1974년 4월 긴급조치 4호 선포와 함께 재야운동에 더욱 헌신했다. '민주회복 국민회의'의 공동대표를 맡고(1974) 중앙정보부에 연행되거나(1975) 3·1민주구국 선언 사건으로 징역을 언도받는(1976) 등 그는 정권의 감시와 탄압에 맞서 투쟁하는 민중을 통해 하나님을 발견하고자 했다. 이상록, 「함석헌의 민중 의식과 민주주의론」, 『사학연구』 97, 한국사학회, 2010, 184~185면.

86 강은교, 「해설」, 칼릴 지브란, 강은교 역, 『예언자』, 문예출판사, 1976, 112~115면. 출간 직후부터 13년 동안 초판 55쇄, 개정판 6쇄에 달하는 스테디셀러로 애독되었다. 여기서 촉발된 '지브란' 바람 때문에 『사람의 아들 예수』도 빠르게 베스트셀러가 되었 다. 황필호, 「함석헌은 누구인가―지브란, 함석헌, 셸리를 중심으로」, 정대현 외, 『생각 과 실천』, 한길사, 2016, 92면. 다수의 지브란 시집과 함께 해설 지면에 실린 지브란론 도 상당했는데, 지브란을 제3세계시인으로 강조한 강은교와 달리 "주제의 빈혈증과 표 현의 소아마비에 신음하는 우리 시단에 보혈 보양"(칼릴 지브란, 유영 역, 『예언자』, 정음사, 1972, 131면), "어려운 시에 길들여진 현대의 독자들에게 퍽 쉬운 시"(정현종, 「해설」, 『매혹―세계시인선 18』, 민음사, 1974, 10면)의 표현 등 새로운 문학적 기폭 제로서 지브란 문학을 대중화된 외국문학 일반으로 수용했다.

〈표 1〉 칼릴 지브란 문학의 번역 목록(1970~1979)

역자	책 제목	출판사	발행연도
권명달	『예언자』	보이스사	1972
유영	『예언자』(세계명작선집1)	정음사	
양병석	『예언자』(문장 베어북 시리즈5)	규원출판사	1974
정현종	『매혹』(세계시인선18)	민음사	
박병진	『예언자』(지브란선집1)	육문사	1975
이종유	『부러진 날개』	육문사	
강은교	『영혼의 거울』	문예출판사	1976
김광섭	『예언자』	영흥문화사	
박병진	『스승의 목소리』	육문사	
함석헌	『사람의 아들 예수』	씨알소리사	
김광원	『눈물 그리고 미소』(대화문고3)	대화출판사	1977
이덕희	『부러진 날개』	문예출판사	
한길산	『예언자』	한국기독교문화원	1978
홍성표	『예언자』	학일출판사	
김한	『그대 타오르는 불꽃이여』(영 라이브러리15)	고려원	
김한	『그대 타오르는 불꽃이여』	수문서관	1979
유제하	『예언자』(범우에세이문고98)	범우사	
함석헌	『예언자』	생각사	

그런데 칼릴 지브란은 특히 뉴욕 펜클럽 문인과의 활발한 교우 관계를 맺으며 『예언자』가 무려 8백만 권 이상 팔릴 정도로 미국에서 환대를 받은 제3세계 작가였다. 가령 지브란 사후 60주년 기념식에 참석해 중동 평화를 연설한 부시 대통령의 이례적인 행보만 보더라도 짐작할 수 있듯 지브란의 문학은 미국의 대외정책과 결코 무관하지 않은, 미국에 의해 가속화된 아랍문학의 정전이라고 할 수 있다.[87]

---

87 「부시, 기념비 봉헌식 이례적 참석, 슈워츠코프도 『예언자』 애송」, 『경향신문』, 1991.6.2. 한 선행 연구자가 1970년대에 중동과의 교역에도 불구하고 중동문학이 번역, 소개되지 않았다고 지적하고 있듯(김능우, 「국내 중동문학의 번역 상황 고찰―아랍 문학을 중심으

이렇듯 1970년대 제3세계문학의 번역 및 비평 담론, 그리고 정전화 양상을 추적해 알 수 있는 사실은 제3세계문학이 미국 중심주의를 역설적으로 추동했다는 것이다. 가령 1980년대에 들어 에드워드 사이드가 한국에 처음 소개될 때 김성곤은 제3세계문학에 대한 본격적인 수용과 연구가 다시 필요하다고 역설했다. "한국의 제3세계문학이나 민족문학운동에 사이드의 이론이 아직까지도 소개되지 않았다면, 우리 인식의 지평과 한계를 보다 더 깊고 넓게 하기 위해서 지금부터라도 그에 대한 연구가 '시작'되어야만 할 것이다."[88] 에드워드 사이드의 『오리엔탈리즘』을 비롯해 탈식민주의 이론이 한국에 도래하기 이전에 1970 ~1980년대 탈냉전의 징후 속에서 산출된 제3세계문학론은 구식민지의 모순과 한계를 극복할 하나의 방법론이기도 했다. 1990년대 이후 탈식민주의 이론의 한국적 수용이 지닌 역사적 공과는 지금까지 살핀 1970~1980년대 제3세계문학론과의 비교 속에서 면밀하게 검토될 필요가 있다.

로, 1970년대 초부터 2011년 5월까지」, 『중동연구』 30-2, 한국외대 중동연구소, 2011, 29~31면) 지브란은 미국 발신의 제3세계문학에서 비로소 수용된 텍스트였다.
88 김성곤, 「에드워드 사이드의 시작과 오리엔탈리즘」, 『외국문학』, 1984.겨울, 235면.

1. 제3세계문학론에 대한 주석

『창작과비평』의 특집(1979)에서 백낙청은 다시금 제3세계를 민족문학론의 저력으로 소환한다. 그에 따르면 일본, 미국, 유럽도 "잠재적으로 제3세계의 일부"[1]이며 민중적인 것이야말로 세계문학의 보편성이다. 예를 들어 백낙청은 아프리카문학보다 미국 흑인문학을 각별하게 다루며 이를 미국이라는 세계주의 표상에 대한 저항임과 동시에 비민주적, 인종차별적, 제국주의적인 서구의 헤게모니를 폭로하는 제3세계문학의 핵심이라고 역설했다. 이렇듯 한국 비평계에 유입된 '제3세계'

---

1   백낙청, 「제3세계와 민중문학」, 『창작과비평』, 1979.가을, 78면.

는 반둥회의에서 촉발된 비동맹 이념을 훌쩍 넘어 미국 주도하의 아시아 데탕트 국면에서 부상한 탓에 냉전 신생국의 심상지리로만 읽을 수 없다. 가령 제3세계문학론과 민족문학론의 내재적 독해에 기반한 비판이나 옹호는 생각만큼 중요하지 않을 수 있다는 김예림의 지적은 참조할 만하다.[2] 뒤늦게 문학장에 마련된 제3세계에 대한 논의가『창작과비평』의 문학론으로 수렴되기에는 재고할 부분이 많다. 백낙청은『창작과비평』의 제3세계문학론 특집으로부터 3년 후『제3세계문학론』(1982)을 출간하며 "아직도 한국의 일반 독자들에게는 제3세계의 문학을 깊이 있게 검토할 전제조건이 주어지지 못했다"[3]라고, 번역시장에서 벗어나 비평적으로 제3세계문학의 이념과 성격을 규정할 필요성을 제기했다. 『제3세계문학론』은 출판계의 제3세계 열풍 속에서 유일하게 문학을 표제로 발간된 제3세계 연구서이다.[4] 그러나 여기에는 백낙청의 제3세계문학론에 동의하지 않는 입장들도 포함되어 있다.

이 책에는 아프리카(이종욱), 라틴아메리카(구중서), 중동 아시아(박태순), 인도(김역회 역), 일본(이호철 역) 등의 제3세계 지역 문학에 대한 소개와 더불어 백낙청, 김우창, 구중서의 제3세계문학론이 실려 있다. 대부분이『창작과비평』의「제3세계와 민중문학」특집(1979 가을)과『세

---

2 김예림,「1960~1970년대 제3세계론과 제3세계문학론」,『상허학보』50, 상허학회, 2017, 445면. 김예림은 제3세계문학론의 문학사적 공과를 검토하는 일보다 제3세계를 중심으로 당시의 언어, 개념, 지식이 어떤 방식으로 변형되어 1990년대 이후 지식사, 사상사에 영향을 끼쳤는지 고찰해야 한다고 주장한다. 이러한 문제의식에 동의하며 본고는 '김지하적인 것'의 사상사, 문학사적 전유 과정을 살핀다.
3 백낙청,「제3세계의 문학을 보는 눈」, 백낙청・구중서 외,『제3세계문학론』, 한벗, 1982, 19면.
4 조동일,『제3세계문학연구 입문』, 지식산업사, 1991, 12면.

계의문학』의 「오늘의 세계문학」란을 통해 지속적으로 논의된 결과에 해당한다. 일례로『세계의문학』은 보르헤스, 마르께스, 옥타비오 파스 중심의 라틴아메리카 문학을 심도 있게 분석했고 창간 1주년에서는 특집으로 마르께스 단편선을 기획하기도 했는데, 이를 바탕으로『제3세계문학론』에서 김우창은 라틴아메리카의 새로운 소설 경향을 다루었다. 그런데 김우창은 제3세계문학에 주목하더라도 백낙청의 경우처럼, 한국 민족문학과 제3세계의 국제적 연대를 특별히 강조하지는 않았다. 제3세계 지역에 등장한 새로운 문학을 소설의 종말론과 비교하며 세계문학사적 분기점으로서 주목했다. 그에 의하면 제3세계 소설이 그리는 제국주의적 비판의식은 고유하거나 절대적인 조건이 아니라 자국의 정치적 상황 속에서 부각되는 문제이고 이는 소설 장르의 특징에 부합된다. 이러한 비교문학적인 태도는 자국문학의 주변성을 극복하고 세계문학의 보편성을 확보한다는 문제의식 아래 제3세계문학론을 주창한『창작과비평』계열의 민족문학론에 대한 비판적 입장이었다.

백낙청의 제3세계문학론에 대한 문제성은 민족문학 진영 내부에서도 제기되었는데, 당시의 사정은『제3세계문학론』의 서문에서 어느 정도 확인된다.

근자에 최원식 씨가 「민족문학론의 반성과 전망」이라는 글에서도 꼬집었듯이, 정작 아시아의 문학, 그중에서도 우리와 가장 가까운 동아시아의 문학을 젖혀두고 먼 곳의 작품들을 주로 다루어 왔다. (…중략…) 이제까지의 제3세계문학 논의에서 동아시아의 문학이 별로 언급되지 못한 책임의 한 몫은 국문학 및 동양문학을 전공하는 연구자들에게 주어져야 할 것 같다. 말끝마다 제3세계를 들먹이며 연구할 필요는 없지만, 제3세계적인 자기인식을 바닥에 깔고 수행되는 국문학 연구, 중국문학 및 일본문학의 연구가 좀 더 많았더라면 우리의 제3세계문학론이 여태껏 서양문학의 언저리만을 헤매고 있지는 않을 것이다.

백낙청은 최원식이 지적한 제3세계문학론의 한계에 대해 공감하면서 그 원인을 아시아권문학 연구, 국문학 연구의 부진한 결과로 일축한다. 백낙청이『제3세계문학론』서문을 빌어 반론한 최원식의 주장이란 "제3세계에 대한 관심이 라틴아메리카, 아프리카, 아랍 등에 치우쳐 있는"[5] 문제를 일컫는데, 동아시아 문학이 누락된 제3세계문학론에 대한 국문학자로서의 평가였다. 당시에 최원식은 1950년대 후반, 60년대에 체감한 국문학 연구의 낙후성에 대해 여러 차례 논평을 이어갔는데, 김동욱을 중심으로 한 해방 후 국문학자 1세대의 비교문학적 국문학 연구에 대해 "국문학 발전의 독자성과 내적 동력을 간과"[6]하는 결과를 초래했다고 비판하고, 또한 "전적으로 외국문학 전공자들에게 의해 주도"[7]된 한국 근대문학과 근대비평 분야의 문제점을 지적했다. 백낙청의 말처럼 제3세계문학론이 관변화, 보수화하지 않고 세계사적으로 보편화되고 개방된 민족문학 개념을 모색하는 가운데 도달한 지점이라고 하더라도, 최원식의 경우에 민족문학론의 진정한 선진성을 획득하기 위해서는 "제3세계론의 동아시아적 양식을 창조"하는 작업이 중요했

---

5   최원식, 「민족문학론의 반성과 전망」, 『민족문학의 논리』, 창비, 1982, 368면.
6   최원식, 「비교문학 단상」, 위의 책, 286면.
7   최원식, 「우리 비평의 현단계」, 『창작과비평』 1979.봄.

다. 내재적 발전론이 임계점에 이른 시기에 최원식이 바라본 제3세계 문학론은 여전히 외국문학을 통해 한국문학을 파악하는 방식에 불과할 뿐 한국문학의 탈식민적, 민중적 위상을 실증적으로 구명하기에 최선의 관점일 수는 없었다. 최원식 스스로 "국문학 연구와의 광범한 제휴"[8] 라고 할 정도로 민족문학론, 민중문학론이 고조되면서 평민예술 중심의 국문학 전통이 활발하게 연구되던 터에 제3세계문학론을 통해 재구성되는 민족문학의 이념과 범주는 중요한 쟁점이었으리라 짐작된다.

이렇듯 1980년대는 동시대 지식인의 서로 다른 제3세계 인식과 그 비평적 전유가 전경화된 시기로 이해된다. 즉 백낙청 중심의 제3세계 문학론의 핵심이 여러 논자들에 의해 좀 더 다양하게 산포되는 가운데 한국문학 담론에 일어난 일련의 변화가 있어 주목된다. 따라서 이 글은 특히 김지하 시문학을 대상으로 1980년대 이후 제3세계문학 이념 및 시각의 한국적 전유 양상을 알아보려고 한다.

2. 1980년대 제3세계문학 담론과 '김지하 붐'

1980년대 제3세계문학 담론에서 김지하는 유신시대를 극복한 사례로 재차 언급된다. 그 스스로 '로우터스는 연꽃이다'라고 로터스 수상의 의미로 부연한 것처럼 정치적 폭압 속에 피어난 김지하의 문학에 대한 대중적, 비평적 관심은 높았다. 1984~1985년에 김지하의 저작 대

---

8   최원식, 「민족문학론의 반성과 전망」, 앞의 책, 368면.

부분이 베스트셀러로 집계되고 공연무대에도 김지하 작품이 연이어 올려졌다.[9] '김지하 현상'으로까지 불리며 독서계에서 일어난 김지하 붐은 사면복권과 저작의 판금조치 해제에 따른 대중적 관심의 낭연한 결과였다. 문학계도 김지하를 시대정신으로 반영하려는 움직임이 활발했다. 김병익은 김지하의 베스트셀러 상황이 아닌 민중론으로 암시되는 당대 의식 현상에 주목할 것을 강조했고,[10] 김종철과 임헌영 등은 장기간 베스트셀러를 기록한 김지하 현상이 오히려 그 문학의 본질을 왜곡시킬 수 있다고 우려하며 본격적인 김지하 연구서를 서둘러 발간하기도 했다.[11]

최초의 김지하 연구서인 『김지하─그의 문학과 사상』은 김지하 약전略傳과 연보가 정리되고 운동, 민중, 문학 등 김지하 비평의 입체적인 틀을 제시했다는 의의가 있지만 초기 연구에서 드러날 수밖에 없는 인상비평의 한계를 보여준다. 예를 들어 임헌영은 대설『남』의 주제에 나타난 제3세계문학의 특징을 분석했는데, 작품보다 1980년대 이후 김지하의 민중관의 변화를 지적하는 수준에 머물렀다. 즉, 대설『남』을 지탱하는 종교적 감성이 김지하 특유의 사회적 쟁점을 소거시켰다는 것인데, "이번『남』을 통해 나타난 시인 김지하의 참모습을 두고 볼 때 전후 4차에 걸쳐 옥고(용공이라든가, 동조라는 등)를 치른 이유가 이젠 더 이상 설득력이 없어 보"[12]인다는 평가는 당시 김지하 현상의 추이를 여실히 보여준다. 김지하 문학에 대한 비평가들의 정치적 상상은 김지하

9 「독서계에 "김지하 선풍"」, 『경향신문』 1984.9.19; 「공연무대에도 김지하 바람 판소리, 연극화 한창」, 『동아일보』, 1985.5.13; 「서점가 해금서적 불티」, 『동아일보』, 1985.7.1 등.

10 김병익, 「김지하 현상」, 『기독교사상』, 대한기독교서회, 1984.12, 194면.

11 「서문 : 최근의 '김지하 현상'과 관련해서」, 임헌영·윤구병 외, 『김지하─그의 문학과 사상』, 세계, 1984, 6~7면.

12 임헌영, 「김지하의 『대설 남』이 말하는 것」, 위의 책, 115면.

가 이 시기에 발표한 문학과 괴리가 컸다. 소위 '김지하의 문학'과 '김지하에 대한 비평' 사이에 생긴 격차, 곧 유신시대 저항시인으로 통념화된 김지하는 제3세계적 관점에서 재론되면서 오히려 여러 양상으로 분기되기 시작한 것이다. 1980년대 초에 이르면 제3세계문학 개념은 백낙청의 민족문학론에 국한되지 않고 외국문학의 새로운 특징 중 하나로 재론된다.

가령 '제3세계문학으로서의 한국문학'이라는 말마디가 암시하는 것은 개발도상국인 한국, 즉 제3세계의 하나인 한국에서 생산된 모든 문학이 자동적으로 참뜻에서의 제3세계문학은 아니라는 사실이다. 즉 세네갈의 문학, 나카라과의 문학, 레바논의 문학, 필리핀의 문학 등등이 우리가 말하는 제3세계문학의 실체를 구성하고 있는 것은 사실이지만 그렇다고 이들 개발도상국 혹은 저개발국의 문학이 모두 곧바로 제3세계의 문학은 아니라는 말이다. 여기에서 앞서 지적한 제3세계적 자기인식이 중요한 사실로 등장하는 바, 과연 저개발지역 문학의 어떤 속성이 그 문학을 제3세계의 문학으로 만들어주는가 하는 것, 즉 '제3세계성'이 문제로 제기된다. (…중략…) 백 교수(백낙청 ─ 인용자)가 들고 있는 제3세계문학의 핵심적 특징은 민족해방운동적 성격이다. 그런데 여기서도 참뜻에서의 제3세계 민족해방운동이 지향하는 바는 "지난날의 배타적인 민족주의, 국수주의와는 전혀 다른 차원"의 것인바, 이런 해방운동이 창조하려는 조국이란 다름 아닌 인간다운 삶의 현장이며, 이것은 근본적으로 사람다운 사람들의 친교에 터 잡은 인류공동체를 지향한다. 이상에서 지적된 제3세계문학의 기본적 특질과 관련하여 우리는 근본적으로 동일한 생각을 약간 시각을 달리하여 1) 인간의 연대성과 역사성에 대한 투철한 자각,

2) 언어의 역사성과 사회성에 대한 인식 3) 일체의 이중구조 배격 4) 궁극적 낙관주의 등 네 가지를 제3세계문학의 기본 성격으로 가정해 보려 한다.[13]

위와 같이 김영무는 「제3세계문학과 문화의 현실」이라는 『외국문학』(1984) 특집에서 제3세계문학 담론의 전개 양상과 그 당위적 입장을 검토했다. 백낙청의 문학론에는 제3세계성의 독자적인 문학이념이 뚜렷하지 않고 운동성, 현실성으로 수렴되는 문학 일반에 대한 주장이 강하다는 것이 김영무의 지적이다. 김영무와 백낙청 모두 경제, 지역 등에 국한되지 않고 제3세계문학을 규정하지만 수용방식은 사뭇 달랐다. 김영무가 제3세계문학의 특징을 전제로 『창작과비평』의 주요 시인들을 분석하는 과정에서 백낙청과의 차이는 두드러지게 나타난다. 고은 시에서 연대와 협동의 인간관, 나해철 시에서 민중서정시의 언어관과 예술관, 한용운과 김지하의 시에서 희망의 세계관이 제3세계문학의 특징으로 강조되었다. 이는 1970년대의 제3세계문학론이 과격한 전투성, 반지성적 민중신비화 등에 경도됨으로써 제3세계 개념을 왜곡시킨다는 비판을 포함한 것이다.[14] 그런 이유로 김영무가 언급한 낙관주의의 세계관은 기존의 제3세계문학론에서 부각된 바 없는 개인의 신앙, 신념이기에 주목된다.

김영무는 제2차 바티칸 공의회(1962~1965)의 획기적인 제도 변화를 바탕으로 가톨릭의 새로운 인간학적 구원론을 제3세계적 인식에 대응

---

13 김영무, 「제3세계의 문학—개념의 명료화와 대중화를 위하여」, 『외국문학』, 1984.가을, 227~230면.
14 김영무, 『대학신문』, 1978.5.1; 위의 글, 228면 재인용.

시킨다. 교황청, 성직자 중심의 교회제도가 지역교회, 평신도 중심으로 개방되면서 공의회의 정신이 제3세계적 인식, 민중론적 사고로 재론된 것이다. 김영무는 제3세계적 고통과 죽음의 공포에 대한 인식을 영적 체험으로 설명했다. 제3세계문학의 낙관주의는 "인간 예수의 모든 인간의 궁극적 '참 인간화'에 대한 믿음에 비길 수 있는 희망이요 낙관"[15]에 천착한 설명이다. 억압에 대한 폭로와 저항이 아닌 고통 속에서도 좌절하지 않는 낙관주의의 문학이야말로 인간의 자기완성과 행복한 삶에 대한 믿음을 구현하는 문학이다. 김영무가 공의회의 교회관을 통해 제3세계문학 특징을 짚어낸 것은 공의회 이후 교회가 현실정치, 인권문제에 적극적으로 개입하는 역할을 공식화한 것과 무관하지 않다.[16] 그런 점에서 유신시대에 탄압 받은 시인으로 박제화된 김지하를 각별하게 인용하고 있는지도 모른다. 여기서 김지하 시가 낙관주의 세계관으로 분석되면서 다시 한번 제3세계문학의 김지하 표상이 중요하게 거론된다.

> 신새벽 뒷골목에
> 네 이름을 쓴다 민주주의여
> 내 머리는 너를 잊은 지 오래
> 내 발길은 너를 잊은 지 너무도 너무도 오래
> 오직 한가닥 있어

---

15 위의 글, 237면.

16 「교회에 관한 교의 헌장 인류의 빛」, 『제2차 바티칸 공의회 문헌』, 한국천주교중앙협의회, 2002; 김선필, 「천주교회의 관료제적 특성이 한국교회의 제2차 바티칸공의회 수용에 미친 영향」, 『종교문화연구』 27, 한신인문학연구소, 2016, 155면 재인용. 공의회 폐막 직후 지학순 주교의 반정부 운동, 민청학련 사건 관련 연행 등의 교회 구성원의 사회참여가 증폭되었다.

타는 가슴 속 목마름의 기억이
네 이름을 남 몰래 쓴다 민주주의여

아직 동 트지 않은 뒷골목의 어딘가
발자국 소리 호르락소리 문 두드리는 소리
외마디 길고 긴 누군가의 비명소리
신음소리 통곡소리 탄식소리 그 속에 내 가슴팍 속에
깊이깊이 새겨지는 네 이름 위에
네 이름의 외로운 눈부심 위에
살아오는 삶의 아픔
살아오는 저 푸르른 자유의 추억
되살아오는 끌려가던 벗들의 피묻은 얼굴
떨리는 손 떨리는 가슴
떨리는 치떨리는 노여움으로 나무판자에
백묵으로 서툰 솜씨로
쓴다.

숨죽여 흐느끼며
네 이름을 남 몰래 쓴다.
타는 목마름으로
타는 목마름으로
민주주의여 만세

—김지하, 「타는 목마름으로」 전문[17]

김지하의 「타는 목마름으로」(1975)는 구속 전 피신처에서 쓴 시였던 만큼 유신시대에 항거하는 시적 자아의 형상이 뚜렷하다. "숨죽여 / 흐느끼며 (…중략…) 남몰래" 쓰는 구호는 「오적」의 민중적 저항시와는 다른 차원을 보여준다. "쓴다"라는 지적 행위를 하는 시적 화자가 등장하기 때문인데, "민주주의여 만세"는 비명소리, 신음소리, 통곡소리가 낭자한 가두행렬의 한복판이 아닌 인적 드문 새벽 뒷골목에서 남몰래 쓰인 자기고백적 글쓰기에 불과하다. 누군가에게 쫓겨 한껏 움츠러든 "내 머리"와 "내 발길"에서 망각된 민주주의를 "타는 가슴속 목마름의 기억"으로 다시 호명할 때 저항의 기록은 비로소 가능해진다. 메타적인 관점에서 "민주주의여 만세"라는 저항 문학은 고통의 경험과 망각의 반복을 거쳐 새로운 자각에 이르는 변증법적 순간에 완성된다. 김영무는 앞의 시에 대해 이렇게 논평한다. "'숨죽여 흐느끼며 (…중략…) / 타는 목마름으로 / 타는 목마름으로' 써 보는 이름 같은 희망이다. 그리고 이 희망과 믿음은 막무가내로 끈질기게 움돋아 나와 자유의 쓴 맛으로 그 열매를 무르익게 하는 여린 듯 다부진 나무의 생명 같은 것"[18] 즉, 낙관주의적 세계관에 의한 분석에서도 김지하가 지닌 제3세계 표상은 반복되는 것이다.

고통과 탄식으로 기억되는 '민주주의에의 갈망'은 1980년대 제3세계문학 담론 속에서 '희망, 낙관'의 세계관으로 재충전된다. 반둥회의 직후의 제3세계적 비동맹 프로젝트가 1980년대에 와서 사실상 무산되

17　이 시는 김지하가 1973년 겨울에 피신처에서 쓴 시인데 1975년 재구속된 다음에 어머니의 공개로 동아일보에 발표된다. 「타는 목마름으로」, 『동아일보』, 1975.2.17.
18　김영무, 앞의 글, 238면.

면서 아시아, 아프리카, 라틴 아메리카의 정치적 연대의식도 실종되었다는 것은 잘 알려진 사실이다. 억압적인 국내정치의 상황에서 생산된 반독재 투쟁의 자기서사가 세계사적 진보와 정의를 실현하는 자기 성찰적 계기로 재발견된 것은 제3세계문학 담론의 중요한 변화였다. 가령 김치수는 고통 받는 인물들의 삶을 상당한 수준으로 다루고 억압적인 한국현실을 적나라하게 드러낸 점, 박태순은 흑인문학의 '소울Soul', 네그리튀드 등에 부합하는 '한'의 문학성을 형상화한 점을 한국 제3세계문학의 특징으로 내세웠다.[19] 따라서 김영무가 말한 낙관주의의 제3세계문학론이란 고통의 경험을 패배주의적으로 재현하는 1980년대 문학에 대한 안티테제였다.

3. 제3세계문학론의 내파內破, 공간으로서의 생명

제3세계문학론이 한창 논의될 때에 한국문학의 제3세계성을 발견하는 비평적 노력은 번역작업에 비해 상대적으로 빈약한 편이었다. 『창작과비평』 특집의 경우에도 한국문학은 구체적으로 분석되지 않았는데,[20] 『제3세계문학론』에서 구중서가 제3세계문학으로서 한국문학을 열거하는 지면이 유일하다. 구중서가 강조한 것은 1960년대 이후 제3

---

19 김치수·박태순, 「왜 우리는 제3세계문학을 논하는가」, 『외국문학』, 1984.가을, 146~148면.

20 백낙청은 아랍 문학을 소개하며 만해 한용운을 거론하지만 이는 그대, 님이라는 비슷한 시적 심상구조를 통해 조국해방과 남녀사랑의 갈망을 보여주는 비교문학적 해석에 불과한 것일 뿐, 한용운을 제3세계문학론의 한국 판본으로 삼은 것이 아니다. 그는 한국문학의 제3세계성을 민족통일의 문제로 보면서도 그러한 텍스트를 하나도 언급하지 못했다.

세계 이념이 확산되면서 고조된 민족문학의 역사와 전통에 대한 자각이다. 제3세계문학으로서 한국문학을 개국신화부터 통사적으로 개관하는 가운데 마침내 도달한 텍스트는 김지하였다. 구중서는 아시아 아프리카 작가회의Afro-Asian Writers' Conference의 로터스상 수상자(1975) 김지하를 특별히 언급하며 제3세계 민족해방문학의 중요성, 세계문학의 주류로서 제3세계문학의 위상, 그리고 탈식민주의 문학의 연대를 강조했다.[21] 백낙청, 염무웅, 구중서, 박태순, 신경림 등이 결성한 자유실천문인협의회(1974)를 중심으로 국내에서 김지하 석방운동이 전개되고 국제적으로도 펜클럽을 비롯해 샤르트르, 보부아르 등의 세계적인 작가들과 종교인이 김지하 구명운동에 참여하는 가운데 민족문학론의 제3세계적 인식이 고조된 사실은 이미 알려진 바이다.

백낙청은 제3세계문학을 주제로 한 자유실천문인협의회의 강연 중 로터스상 수상의 의미를 되새기면서 김지하를 제3세계문학론의 한국문학 대표로 평가하기도 했다. "우리의 민족문학이라고 하면 뭐니뭐니해도 국내에서도 그렇지만 국제적으로도 상징적인 인물이 김지하 아니겠어요?"[22] 그러면서 백낙청은 당시의 구호성 짙은 민중시와 변별되는 "작품성 짙은" 민족문학의 성과에 대해 강조했다. 백낙청에 따르면 「1974년 1월」에서 시인이 비판한 것은 긴급조치보다 그 상황에 처한 내면의 두려움, 바로 그것에 대한 자기성찰이었다. 현실고발의 내용이지만 폭력에 노출된 감정들의 복잡한 인식을 통해 이 시의 현실성이 배가되는

---

21 구중서, 「제3세계문학으로서의 한국문학」, 위의 책, 296~298면.
22 백낙청, 「한국문학과 제3세계문학의 사명」, 『민족문학과 세계문학』 II, 창작과비평사, 1995, 272면.

것이다. 이와 같이 백낙청은 동시대 리얼리즘 시의 전투적이고 생경한 표현의 관행으로부터 벗어나 새로운 한국적 리얼리즘의 성격을 구명하고자 했다. 민중시가 만개하기 시작한 시점에서 신경림의 『농무』가 주목된 맥락도 그러하다. 백낙청은 신경림을 '난해하지 않는 김수영'으로 설명하고 현실적인 분노와 슬픔을 통제하되 현대적인 언어감각을 겸비한 시인으로 그의 위상을 배치하는 데 공을 들였다.[23] 유신 상황에서 탄생한 김지하를 제3세계문학의 모범으로 거론하는 문맥에도 "자기 안에 있고 인간 모두에게"[24] 있는 보편성에 대한 설명이 들어있다. 「1974년 1월」에서 현실극복에 대한 믿음과 불신이 교차되며 여과 없이 드러난 시적 자아의 두려움이란 세계 민중들이 경험해온 보편 감정이자 제3세계적 자기인식에 부합한다. 하지만 김지하의 저항성이 제3세계문학론 현상의 하나로 재인식된 1980년대에 정작 시인 자신은 그러한 경향으로부터 이탈하기 시작했다.

「오적」(1970) 필화사건 이후 투옥과 석방을 반복한 김지하는 국내외적으로 제3세계문학의 한 표본이 되었다. 김지하의 제3세계적 자기서사는 출옥 후 뒤늦게 이루어진 로터스상 수상 연설을 통해 먼저 확인된다. 「창조적 통일을 위하여」라는 제목의 이 글은 옥중 수상에 대한 소감, 수상의 의미, 제3세계 민중성, 생명론 등이 중심내용이다. 로터스상에 대해 김지하는 김수영 「풀」의 시구절을 차용해 민중의 생명력을 추구하는 작가에게 주어지는 상이라고 밝힌다. 바람에 의해 눕혀지고 일어서지만 언제나 바람보다 먼저 움직이는 「풀」의 생명력을 재차 인

---

23 김우창 · 김종길 · 백낙청, 「좌담회 : 시인과 현실」, 『신동아』, 1973.7, 291~292면.
24 백낙청, 「한국문학과 제3세계문학의 사명」, 위의 책, 274면.

용하며 수난 당한 민중만이 "존엄한 생명에 대한 존중과 사랑"에 헌신할 수 있다고 언급했다. 김지하에 따르면, 착취가 지속되면서 민중이 "살아 있는 중음신"으로 전락할 수 있지만 "한恨의 축적"[25]이 있기에 이를 이겨낼 수 있다. 1980년대 제3세계문학 담론에서 논의된 고통의 산물, 생명의 역설 등은 김지하의 생명론과 이어진다.

우선 그가 생명의 본성, 생명의 실체로서 민중 개념을 언급하는 독특한 관점을 이해할 필요가 있다. 이 무렵 김지하의 민중관이 선명하게 드러난 글 중 하나가 「생명의 담지자인 민중」(1984)이다. 여기서 "토대 문제를 너무 강조하고, 물질화된 생산관계를 너무 강조"하는 유물론적 사관에 대해 그가 "냉랭한 지식인의 관점"이며 "편협한" 서구중심의 이념이라고 비판한 대목은 향후 그가 설정한 토착적인 개념을 어느 정도 이해할 수 있게 해준다.[26] 1980년대는 사회구조와 역사발전 단계에 비판적 성찰이 잇따르며 사회과학서적이 증가하고 사회구성체 논쟁이 벌어지던 때였다. 김지하의 사상적 궤적은 동시대의 진보적 지성사로부

---

25 김지하, 「창조적 통일을 위하여─로우터스상 수상 연설 전문」, 『실천문학』 1982년 3호, 27면. '한'의 민중문학론적인 위상은 이미 「풍자냐 자살이냐」(1970)에 언급된 부분이다. 여기서 '한'은 시인의 축적된 비애경험이고 그 시적 폭력의 한 형태가 풍자이다. 물론 이 글은 김수영 문학을 "위험한 칼춤"으로 묘사하며 그의 민중관을 비판하는 내용이 핵심이지만 다른 한편, "시의 패배를 물신의 폭력에 대한 창조적 정신과 시의 승리로 뒤바꿀 수 있는 절호의 기회"라든가, "한은 생명력의 당연한 발전과 지향이 장애에 부딪혀 좌절되고 또다시 좌절되는 반복 속에서 발생하는 독특한 정서형태"(김지하, 「풍자냐 자살이냐」, 『타는 목마름으로』, 창작과비평사, 1982, 141면)로 강조되는 논리는 1980년대 생명론과 연속되는 지점이어서 주목된다. 생명주체의 동적 변화에 중요한 계기로서 '한'은 비애경험이 증가할수록 더욱 성공적인 창조적 정신으로 극복된다. 1970년대에 비해 1980년대에는 문학보다 사상의 측면에서 생명의 본성을 강조하는데 이때 제3세계적 관점이 추가된 부분을 살펴려는 것인 이 논문의 관심, 목적이다.

26 김지하, 「생명의 담지자인 민중」(『밥』, 분도출판사, 1984), 『김지하 전집』 1, 실천문학사, 2002, 220~237면.

터 동떨어져 나와 반서구의 차원에서 토착적 사상을 개척하는 데에 집중된다. 김지하 스스로 "'역사 안에서의 민중', '민중이 주체적으로 건설, 창조, 진전시키는 역사' ― 이런 범주"에 천착해서 '민중'을 제대로 파악할 수 없다고 주장한 것은 서구 편향의 민중관에서 벗어나자는 의도로 이해된다. 김지하에게 있어 제3세계의 등장은 서구 중심의 선험적인 민중 개념에서 벗어나게 되는 계기였다.

> 민중이란 것은 고전적인 계급개념과는 다르다. 이것은 제3세계가 '비동맹'이니 뭐니 하면서 전 세계사적인 새로운 역사의 실체로 등장하면서 '민중'이란 말이 따라서 등장한 새로운 실체다. 새로운 생명의 실체, 인간의 실체다. 따라서 고전적인 의미에 있어서의 노예나 임금노예, 봉건적인 농노와는 크게 다르다. (…중략…) 그러니까 현실적으로 봐서 제3세계의 경우, 민중의 실체는 고전적인 계급개념이나 계층개념으로는 잘 안 잡힌다. 따라서 우리가 이제까지 얘기해 온 것도 현실적인 얘기이고 제3세계적 현실이 요구하는 바에 따라 우리가 대응하는 것이지, 이상주의적인 판단도 아니며 황당무계한 형이상학적 얘기도 아니다. 현실이 그렇게 요구하고 있을 뿐이다. 예들 들어 각 나라마다 민중운동의 주도세력, 주체세력이 다르다. 어떤 때는 룸펜 프로가 주체다(알레리의 경우). 중남미에서는 어떤 경우 산업노동자가 반동적인가 하면 중산층이 오히려 혁명적이다.[27]

위의 인용문에 의하면 제3세계 민중에는 계급, 계층의 문제와 상관없이 반동적/혁명적 경험에 따라 노동자, 농민뿐만 아니라 중산층까지 포

---

27 김지하, 「생명의 담지자인 민중」, 앞의 책, 236~237면.

함된다. 김지하는 제3세계적 관점을 통해 지역화, 개별화된 민중 개념을 설명하고 그것이야말로 자신이 "이제까지 얘기해 온 것"임을 역설했다. 그러한 민중 개념을 가장 잘 응축한 단어가 바로 '남南'이다. 동학을 민중운동사가 아닌 종교적, 철학적 맥락에서 전유하며 증산 사상의 후천개벽을 바탕으로 '남'의 의미와 표상에 천착했다. 대설『남』(1982) 연작이 그 상징적인 결과물인데, 여기서 '남'이란 "남조선의 남", "세계의 남쪽인 제3세계", "바로 민중"으로 설명된다.[28] 김지하에게 민중은 고통과 구원, 죽음과 살림의 후천개벽의 공간, 즉 '남'으로 형상화 된다. '남'으로 일컬어지는 김지하의 민중 표상은 "황당무계한" 것이 아니라, 국가에 따라 상이해진 민중 개념과 제3세계성의 인식을 반영한 것이다. 일찍이 임헌영은『남』의 주제의식에 대해 서구 자본주의, 사회주의에 대한 편향적 의지를 거부하는 주체의 창조적 의지를 보여준다고 평가한바 있다.[29] 요컨대 김지하는 제3세계를 탈식민적 공간 개념으로 수용하며 민중을 생명의 파괴-회복의 전회적 공간으로 정의한다. 생명의 본성이 드러나는 "집단적 장소가 민중"인 것이다.[30] 특정 사회, 시대, 관점에 따라 달라지는 민중 개념을 제대로 파악하기 위해 그는 생명을 시간이나 역사가 아닌 공간 개념으로 변용시킨다. 최원식이 이를 탈중심화[31]라고 구명할 수밖에 없었던 것은 관성화된 역사적 민중관을 벗어났기 때문이다. 메를르-퐁티식으로 말해 공간의 주체는 몸이며 공간성은 의식주체의 행동체계, 능동적 구조로 구성된다. 따라서 '생명'의 장소는

---

28 김지하, 「남녘땅 뱃노래」, 앞의 책, 36~37면.
29 임헌영, 「김지하의『대설 남』이 말하는 것」, 임헌영·윤구병 외, 앞의 책, 109면.
30 김지하, 「생명의 담지자인 민중」, 앞의 책, 222면.
31 「시인 김지하 신작「남」을 낸「목소리」최원식 교수 대담」, 『동아일보』, 1984.10.2

후천개벽의 창조적 순환이 지속되는 혁명적 공간이며 동시에 정신/육체의 이원론을 넘어선 민중적 공간인 것이다.

여기서 김지하의 제3세계 민중론은 백낙청의 그것과 이미 상당한 거리를 보여줄 수밖에 없다. 실제로 백낙청은 김지하와의 대담 중 "근본적으로 제3세계 민중이 각성하면서 세계사에 전혀 새로운 어떤 국면이 열리고 있"다는 점에서는 공감하지만 "'선천시대'라는 말 속에 너무 많은 것이 싹 쓸려버리는 게 좀 불만이에요"[32]라면서 그의 민중 개념을 의문시하기도 했다. 김지하의 초역사적인 입장은 기존에 백낙청이 상정한 김지하 표상에도 심각한 균열이 아닐 수 없었다. 다른 한편 김지하의 제3세계 표상은 『문학과지성』에서 표방하는 문학적 저항성과도 맞물려 재독될 만한 부분이 있다.

4. 『창작과비평』의 제3세계문학론 이후—김현, 문지, 최승자

제3세계문학의 한국적 표상이 된 '김지하'로 말미암아 백낙청의 제3세계문학론은 사회과학이나 경제학의 입장에서 비판적인 문제제기를 받는다. 1980년대 민족문화운동을 정리, 전망하는 창비사의 좌담 중에도 김지하의 사상에 대해 박현채의 가혹한 비판이 있었다. 특히 박현채는 김지하의 생명사상, 후천개벽론을 가리켜 민족운동으로는 부적절하고 실효성도 없는 사상이라 평가절하했다. 박현채가 보기에는 "생명론

---

32 백낙청·김지하, 「김지하 시인과의 대담—민중, 민족 그리고 문학」, 『백낙청 회화록』
    2, 창비, 2007, 35면.

이랄지 제3세계론이랄지 우리 경제학에서는 제3세계론의 반영으로서 나타난 종속이론"이나 마찬가지이며, "후천개벽론이나 미륵사상을 고집하는 사람들은 (…중략…) 내용을 고집하는 것이 아니라 미륵이라는 종래 주어진 형식적 테두리 같은 것을 유지"하려는 것뿐이다.[33] 경제학자의 입장에서 김지하 또는 제3세계문학론은 전혀 새로울 것이 없는 지엽적인 사례에 불과했다. 물론 박현채의 주장에 문학적인 고려가 없는 한계도 있지만 유신시대 문학을 대표하는 김지하가 비판적으로 재론되는 장면은 인상적이다. 제3세계문학론이 결국 새로운 현실적 대안이 되지 못했음이 김지하 사상의 궤적을 통해 지적되었다는 사실이 무엇보다 중요하다.

이와 같이 김지하 문학이 1980년대 민중운동의 새로운 흐름 속에서 재평가된 시기에 그의 시를 읽고 진정한 울림을 경험했다고 말한 이는 흥미롭게도 김현이었다. 백낙청의 제3세계문학론에서 김지하의 표상이 그 효용성을 다했을 때 오히려 김현은 역사성을 소거시키는 방식으로 김지하 시문학의 전유를 시도한 것이다. 그는 『우리시대의 문학』 5집(1986)에 발표된 「무화과」에서 김지하가 새로운 자각이 드러난 시적 이미지를 보여줬다고 호평한다. 김현에 의하면, 「무화과」는 현실의 고통에 견디지 못한 화자가 자신을 무화과와 동일시하며 "내게 꽃시절이 없었어"라고 절망할 때 친구가 "속꽃 피는" 희망의 이미지로 무화과와 화자를 새롭게 이해하는 내용이다. '꽃 없이' 열매를 맺는 무화과를 '속에 꽃이 있음'으로 재인식한 이 시를 김현은 "내부 초월"로 설명한다.[34]

---

33 박현채·최원식·박인배·백낙청, 「80년대의 민족운동과 한국문학」, 『백낙청 회화록』 2, 창비, 2007, 134~137면.

화자인 '나'의 절망과 '친구'의 위로라는 상투적인 에피소드에서 김현이 발견한 내부 초월은 화자와 친구가 시인의 분열된 무의식일 수 있다는 해석에 따른 것이다. 요컨대 현실주의자의 고통과 절망이 극복되는 순간은 외부의 변혁에 의한 것이 아닌, 분열된 자아를 초월할 때 도래한다. 그런데 분열된 자아에 대한 관심은 김현이 일찍부터 제3세계의 정체성으로 언급했던 문제이기도 했다.

『창작과비평』에서 제3세계문학론의 특집을 마련했을 때 『문학과지성』은 「민족, 민족문화, 분단상황」 특집호를 통해 제3세계문학론에 대한 논평을 제출했다. 김주연은 제3세계 개념을 통해 정치적 연대는 가능하겠지만 문학적 연대는 일종의 착각이자 환상이라고 단언한다. 제3세계라는 카테고리가 어디까지나 국제사회의 한 세력을 의미하는 만큼 이로부터 인간적인 삶이 보장되는 보편의 원리, 민족문학의 극적 변화의 가능성을 이끌어낼 수는 없다고 주장한다. 오히려 제3세계 연대의 표상은 "또 다른 형태의 제국주의 심리"를 불러일으킬 수 있다고 보았다.[35] 제3세계 민족문학의 연대의식이 주변부 인식을 고착화 시킬 위험성을 경계한 후 그가 중요하게 언급한 것은 자기 자신을 향한 가혹하면서도 겸손한 성찰이었다. 그러고 보면 김현도 이 특집호의 「성찰과 반성」에서 제3세계문학이 한국문학에 미친 영향을 조심스럽게 상론한 바 있다.

제3세계 개념에 대한 김현의 관점은 파농의 정신분석학적 해석에 기반을 둔다. 피식민자의 억압과 분열된 정체성을 심리학적으로 집요하

---

34 김현, 「속꽃 핀 열매의 꿈」, 『김현문학전집』 7, 문학과지성사, 2003, 62~63면.
35 김주연, 「민족문학론의 당위와 한계」, 『문학과지성』, 1979.봄, 83면.

게 추적한 책이 파농의 『검은 피부 흰 가면』인데 1971년에 김남주가 번역했다. 선행 연구에 의하면 이 책은 파농의 다른 저서에 비해 활발히 번역되지 않은 편이다.[36] 김종철, 백낙청, 구중서 등은 제3세계문학으로서 파농을 적극적으로 번역, 비평하면서 알제리혁명에 참가하기 이전의 의사 파농에 대해서는 난해하고 식민지 부르주아 근성이 역력하면서 거리를 두기도 했다. 제3세계문학이 번역, 수용되는 과정에서 파농은 프로이트적 혁명가의 모습(『검은 피부, 흰 가면』), 폭력을 정당화하는 흑인 운동가의 모습(『대지의 저주받은 사람들』)으로 양분되는 경향이 있었고 『창작과비평』의 농민문학론, 민중문학론이 교차되면서 부르주아적 지성의 면모가 탈색된 파농이 제3세계문학론의 전형으로 부각되었다.[37]

그런데 「성찰과 반성」에서 김현은 파농의 폭력론을 경계하며 비서구인에 내재된 정신적 식민화의 문제에 더 집중했다. 그는 식민지화, 교양화 과정을 통해 유럽인의 대내적/대외적 삶을 모방해 온 비서구인의 분열된 정체성을 제3세계성으로 읽는다. 김현이 보기에 식민주의의 대외적 삶을 흉내낼 수 없는 원주민의 모순과 분열의식이야말로 제3세계문학 담론에서 반드시 쟁점화해야 할 심리적 탈식민화의 과제였다. 그런 맥락에서 김현의 「무화과」론의 '속꽃'은 범속한 현실에서는 부재하는 것, 즉 "꽃시절"을 강렬하게 의식할 때 현시되는 삶의 전체성, 보편적 삶이라 할 수 있다. 김현이 심취해있던 바슐라르의 관점에서 내부

---

36 차선일·고인환, 「프란츠 파농 담론의 한국적 수용 양상 연구」, 『국제어문』 64, 국제어문학회, 2015.
37 이에 관해 박연희, 앞의 글.

초월은 콤플렉스의 승화였다. 하지만 열매, 꽃의 의미를 김지하의 민중론에서 각별하게 인용한 김현의 이 글에서 초월은 화자, 친구로 분열된 자아가 일원화 되는 과정이자 민중의 창조적 주체성이 실현되는 순간을 의미한다.

「성찰과 반성」은 1970년대 후반 제3세계 서적의 번역과 출판의 급증 현상을 예민하게 들여다보며 세대론의 차원에서 번역자의 태도 변화를 언급한 글이기도 하다. "프란츠 파농의 두 저작은 영어(혹은 일본어?)의 중역이다. 한 역자는 그것을 오히려 분명하게 밝히고 있다. 그것은 자기가 이해한 대로 파농을 소개하겠다는 의도의 표시이다. 나는 그 태도가 자랑스럽다고 생각한다. 한국 문화의 역량은 일본어로 읽고 영어로 인용하는 것을 이제 뛰어넘고 있다. 거짓 없이 자기가 이해한 대로 자기가 이해한 것을 보여주는 것, 그것이 문화적 역량이다"[38]. 김현은 제3세계문학 번역에 대한 주체적인 태도를 후진성 극복의 문화적 역량으로 이해했다. 그는 이 시기 번역가들에게 서구 추수적인 태도와 탈식민적 욕망 사이의 모순은 더 이상 드러나지 않는다고 설명한다. 이 시기 『문학과지성』에 등단한 최승자는 김현이 주목한 바로 그 새로운 번역 세대 중 하나였다.

최승자는 『문학과지성』의 문학이념과 친연성을 지닌 대표적인 여성 시인이다. 1979년 『문학과지성』를 통해 등단해 무크지 『우리세대의 문학』에도 꾸준히 시를 싣고 문학과지성사 시인선으로 펴낸 시집은 황동규, 이성복 등과 함께 1980년대 베스트셀러로 기록되었다. 그런 최

---

38 김현, 「성찰과 반성 - 최근 간행된 번역서들」, 『문학과지성』, 1979.

승자가 등단 직전에 앨렌 페이튼^{Alan Paton}의 『울어라 사랑하는 조국이여』(1978)를 번역했다는 것은 크게 주목받지 않았다. 최승자 초기시의 독자성은 『울어라 조국이여』의 해설란에서 보여준 남아프리카공화국에 대한 문제의식을 감안하지 않으면 놓치기 쉽다. 최승자가 앨런 페이튼 소설을 번역한 1970년대 후반은 『창작과비평』을 중심으로 제3세계 문학론이 본격화 되면서 아프리카문학의 민중적, 혁명적 성격이 강조된 시기였다. 『울어라 조국이여』에서 최승자는 남아공 문학에 빈번하게 등장하는 흑백 인종 간의 갈등과 폭력, 인종차별 정책은 물론 남아공 문학사의 흐름도 상세하게 서술하며 무엇보다 제3세계적 자기인식을 여실히 보여주고 있다. "남아공화국은 바로 이 금광을 굳게 밟고서 세워진 나라이다. 그런데 이 금광은 흑인 원주민들의 땀 흘리는 등을 세차게 밟고서 이룩된 것이다. 그런데 그 금광에서 나오는 부는 과연 누구에게로 돌아가는가? 바로 여기에도 심각한 문제가 존재하고 있는 것이다."[39] 보어 전쟁 이후 남아공의 인종차별정책을 폭로하며 그가 반문한 주체성의 문제는 남아공 민중뿐 아니라 억압의 착시 현상을 일으키는 모든 고통에 대한 인식을 시사한다.

원주민이 떠나간 구식의 거리

주인 없는 개들이 떠돌고 있다.

숨죽인 파도의 밑뿌리가

비인 집집으로 스며들고

---

39 최승자, 「시와 발톱」, 앨런 페이튼, 최승자 역, 『울어라 사랑하는 조국이여』, 홍성사, 1978, 319면.

아직도 남아 있는 지난 여름의 죄와

질척이는 모래,

마카로니 웨스턴의 거리를 지나

그러나 만리포 앞바다에서

누가 어젯밤의 꿈을 헤아릴 것인가

나의 등 뒤에서 비인 집과 바람

떠도는 개들이 수상한 몸짓으로 흔들리고

나는 지금 보고 있다

큰바다의 이제 터지는 용암이

태양을 겨누어 일제히 솟구치는 것을.

죽은 기억들을 밀어내며

내 머릿 속에서 뜨겁게 뛰노는 물결

해변가 쏟아지는 햇빛 속에서

배가 고파 배가 고파

만리포 큰바다와 혼자서 살아 있다

『문학과지성』(1979.가을)에 발표된 최승자의 등단시 「만리포 마카로니 웨스턴」은 1960~1970년대에 선풍적인 인기를 얻은 유럽산 서부영화를 모티브로 한 시이다. 최승자는 서부극에 나오는 개척자들을 오히려 원주민을 잃은 떠돌이의 이미지, 구식의 세계인으로 전락시키고 이를 "만리포 앞바다"로 옮겨 놓는다. 어쩌면 마카로니 웨스턴에서나 있을 법한 만리포의 떠돌이 개의 수상한 행동이 결국 시인이 비판하고 싶은 내용인지 모른다. 화자가 등 뒤의 떠돌이 개와 더불어 정면에서 예의주시 하는 것은 태양에 맞서는 용암이다. 서부극과 만리포의 교차된 세계 인식이 "태양"을 향한 화자의 저항적 태도였음을 어렵지 않게 읽을 수 있다.[40] 「만리포 마카로니 웨스턴」에서 생경하게 충돌하는 두 시어, "만리포"와 "마카로니 웨스턴"은 박정희가 휴가철에 즐겨 머물던 한 호텔이 만리포에 있었다는 사실을 각주로 달 수도 있다. 이 독특한 시 제목을 통해 짐작할 수 있듯 시인은 서구 식민지 개척사에 빗대어 비민주적 경제개발정권을 비판한다. 최승자의 시에서 현실정치에 대한 비판의식과 반서구적 저항성은 결합된다. 다른 시에서도 서구는 탈식민지적 관점 아래 풍자적 대상이나 이미지로 등장한다. 귀족을 상징하는 '폰von'과 한글 '가갸'를 넣은 이름으로 "대한민국이 열렬하게" "찬양"했던 어느 외국인을 풍자 소재로 삼거나(「폰 가갸 씨의 초상」), "코리아의 유구한 푸른 하늘"에 사는 시민들이 "캄사캄사합니다"의 외국인 말투를 흉내내도록 등장시켜 이들이 꿈꾸는 중산층 삶을 조롱한다.(「즐거운 일기」)

그렇다고 최승자의 제3세계문학에 대한 번역체험이 시 창작의 소재주의적인 측면에만 영향을 끼쳤다고 볼 수 없다. 『울어라 사랑하는 조

---

40 만리포에서 태동하는 저항성은 느닷없이 "배가 고파"라는 반복 속에 전달된다. 저 시구절은 「걸인의 노래」 등 다른 최승자 시에 빈번하게 등장하는데, '배고픔'을 매개로 시인은 삶(생명)의 결여, 죽음에 대한 공포를 자각하며 새로운 의지를 저항적으로 드러낸다.

국이여』의 역자후기에서 제3세계 민중의 수탈과 폭력의 역사를 "심각한 문제"라고 비판할 적에, 동시에 그는 여성성을 둘러싼 사회적 억압에 모든 문학적 관심을 쏟았다. 남성/여성이라는 권력적 성별 체계의 문제성을 자기 파괴적인 여성성으로 표상화 하며 최승자 시는 지배/종속의 이분법적 관계에 저항하는 제3세계적 자기 인식을 보여주었다. 이는 『문학과지성』식 현실주의문학론의 표본으로 자연스럽게 기재된다.

> 그렇다면, 최승자 시의 비극은 방법적 비극인 것이다. '제가 먹는 게 제 살인 줄 모르는' 거짓 의식에 온통 젖어 있고, '월급봉투가 그를 호주머니에 쑤셔 넣는' '폰 가갸' 씨처럼 사물화되어 버린 우리의 삶에, 최승자의 시들은 그 삶이 비극임을 철저히 적나라하게 보여줌으로써, 그 비극의 의미를, 그 비극을 배태하는 현실의 위악성을 질문하고 충격적으로 깨닫게 해주면, 동시에 그 세계를 바꾸어야 한다는 당위를 가차없이 촉구하는 것이다. 최승자의 시들에서 섬뜩하도록 던져지는 극언적 말투들(개새끼!, 이년!, 등)은 사실, 비극을 유보 없이 보여 주고 그것의 극복을 가차없이 촉구하려는 시인의 기도의 산물이다.[41]

1970~1980년대 최승자 문학은 가부장적 질서를 맹렬히 공격하는 여성 주체의 자학적인 문법에서 그 파괴력을 유감없이 보여준다. "메스를 든 당신들"을 피해 도망 다닌 화자의 사랑은 "종기처럼 문둥병처럼" 짓물러 흉측한 모습이며(「이제 나의 사랑은」) 창가에 우는 여자는 "허공에

---

41 정과리, 「방법적 비극, 그리고—최승자의 시 세계」, 『즐거운 일기』, 문학과지성사, 1984, 116면.

그녀를 방임해 놓은 사랑의 저 무서운 손"에 도통 일어서지를 못한다 (「사랑받지 못한 여자의 여자」). 비천한 주체[42]의 형상은 사회적 언설에서 통용되기 어려운 여성의 고통을 적나라하게 보여준다. "풍지박산되는 내 뼈를 보고 싶다 / 뼈가루 먼지처럼 흩날리는 가운데 / 호호호 웃고 싶다"(「버려진 거리 끝에서」)와 같은 최승자의 시에 대해 일찍이 김현은 "자기 파멸의 언어"[43]라고 분석하며 그것이 나/세계와의 적대감을 부정적으로 해소하는 방식이라고 설명했다. 김현이 최승자에 주목한 이유는 가부장적 세계에 대한 환멸의식이 처리되는 방식의 새로움에 있었다. 최승자의 경우 나/세계의 적대적 관계는 당시 여성 시민의 텍스트에 나타난 화해불능(강경화)이나 도피(김옥영)에 그치지 않는다. 나/세계를 모두 죽음의 자리로 만들면서 세계와의 다른 관계 형성의 가능성을 적극적으로 탐색한다. 따라서 정과리가 최승자 시에 부각된 고통과 죽음을 "방법적 비극"이라고 평가한 이래로 '문지 시선'에서 최승자의 위상은 무엇보다 문학적 저항이라는 측면에서 강조된다.

주지하듯 『문학과지성』은 심리적 패배주의를 극복하고 현실 인식의 분석적 태도를 통해 "모든 힘에 성실하게 저항"하겠다는 매체의 성격을 창간사를 빌어 표방했다. 김현이 강조한 문학적 저항이란 단순히 현실 비판만이 아니라 그 이면의 억압된 현실을 지탱하는 우상숭배적 태도까지도 겨냥한 것이다. 그는 억압적 현실을 "날것 그대로" 드러내는

---

42 김건형, 「최승자 시에 나타난 비천한 주체의 변모 양상 연구」, 『한국문학이론과 비평』 65, 한국문학이론과 비평학회, 2014; 김신정, 「강은교와 최승자 시에 나타난 유기 모티프」, 『비평문학』 46, 한국비평문학회, 2012; 이광호, 「최승자 시의 애도 주체와 젠더 정치학」, 『한국시학연구』 45, 한국시학회, 2016.
43 김현, 「세 개의 변주─강경화, 김옥영, 최승자」, 『전집』 6, 174면.

참여문학을 부정의 문학으로 놓고 자기기만적이라고 비판한 데[44] 이어 현실의 방법론적 부정을 통해 은폐된 허구성을 파괴하는 작업을 강조한다. 『문학과지성』이 비판적 실천을 통해 그 저항성을 구현하는 과정에서 특히 주목한 시인 중 최승자가 포함된다. 최승자 시뿐 아니라 한국적 맥락에서 제3세계적 종속-자립의 지식과 이념을 문학적 언어로 재현한 텍스트가 있다면 적극적으로 재독할 필요가 있다. 예컨대 1970~1980년대 특수한 정치적, 문화적 상황과 사회 구조 속에서 배태된, '김지하'로 대표되는 제3세계문학의 한국적 표상은 후진성 극복의 비평적 실천의 한 궤적을 보여주었다. 김지하의 저항성이 제3세계적 민중론으로 읽히기 시작하면서 1980년대 민족/민중문학 개념에 소위 '김지하적인 것'을 통해 하나의 분기점이 마련되었다.

5. 진보적 문학담론과 제3세계성

1970~1980년대에 김지하는 아시아 아프리카 작가회의의 로터스상 특별상을 수상하며(1975) 제3세계문학에 대한 관심을 증폭시키는 계기가 되었다. 「오적」 및 「비어」와 관련된 필화사건 이후 김지하는 1970년대 저항시인으로서 독보적인 위상을 보여주었다. 이 글은 김지하에 대한 비평사적 평가가 가장 활발하게 진전된 1980년대에 주목해

---

44 김현, 「문학은 무엇에 대하여 고통하는가」, 『전집』 1, 57면. 물론 1970년대 김현의 시 비평은 바슐라르의 상상력과 이미지와 프랑크푸르트학파의 고통의 언어, 예술의 자율성 개념 등을 동시에 수용하며 진행된 것이다. 그러나 본문에서 밝히려는 김현의 입장을 명확하게 드러내기 위해 그 첨예한 비평관의 형성 과정은 다루지 않았다.

그 의미와 맥락을 파악하고자 했다. 1970년대 후반에 김지하에 대한 국제적인 관심을 적극적으로 소개한 백낙청은 그를 제3세계문학론의 한국문학 대표로 고평했고 이를 통해 리얼리즘 문학에서 한국문학 가능성을 논증했다. 하지만 1980년대에 들어 외국문학자 그룹은 제3세계문학론을 민족문학론의 차원이 아닌 문학 일반론으로 정립하고자 했다. 예를 들어 김영무는 김지하 시에서 시대적 고통을 희망으로 고양시키는 시적 자아를 발견하고 그러한 낙관주의야말로 한국문학의 제3세계성이라 평가했다. 그럼에도 김영무는 한국의 정치적, 문학적 후진성을 제3세계적 시각에서 보편화시키려는 논의를 반복했다는 점에서 백낙청과 크게 다르지 않다.

한편 대중적으로 김지하 붐이 일어난 것은 1984~1985년 무렵이다. 김지하 문학에 대한 독서계의 반응이 고조된 상황에서 김지하는 독특한 생명사상을 제시한다. 그 스스로 밝힌 바 철창 사이 작은 틈서리에서 싹이 돋고 잎이 나는 것을 보고 "무궁 광대한 우주에 가득 찬 하나의 큰 생명"을 자각하며 본격적으로 생명론을 구상했다.[45] 「생명의 담지자인 민중」(1984)에서 형상화된 민중은 역사적 실체로 규정되지 않는다. "생명이 가장 신선하고 활발하고 본성에 알맞게 살아 생동하면서 창조적인 노동을 통해서, 소외된 삶을 통해서 또는 저항하는 삶을 통해서 움직이는 집단적인 장소, 역사적 사회적인 살아 있는 집단적 장소가 민중"처럼 하나의 공간 개념이다. 김지하는 제3세계를 탈식민적 공간 개

---

45 김지하, 「타는 목마름에서 생명의 바다로」, 『동아일보』, 1990.10.21. 감옥에서 김지하가 경험한 우주적인 자아와 신학자 샤르댕의 영향에 관해 이철호, 「김지하의 영성」, 『동악어문학』 68, 동악어문학회, 2016 참조.

념으로 확장시키고 민중을 생명의 파괴, 회복의 전회적 공간으로 정의했다. 고통과 구원, 죽음과 살림의 후천개벽의 공간 개념에 제3세계적 탈식민의 가치가 덧붙여진 것이다. 출옥후 김지하가 본격적으로 문학 활동을 시작하면서부터 역설적이게도 종전의 김지하 표상에 대한 비판적 재평가가 이루어지기 시작했다. 『김지하 : 그의 문학과 사상』(1984)에서 임헌영은 후천개벽운동을 제3세계의 민중운동과 동일시하지만 저항의 형체를 구체적으로 언급하지 못해 종교적 계시를 방불케 한다고 비판했고, 김종철은 지배와 피지배의 관계에서 민중을 파악하는 역사관이나 지식인의 민중관을 배격한 나머지 그 자신도 추상적 역사관과 민중관에 경사된 한계를 지적했다. '투옥된 김지하'에서 비롯한 국내외적인 관심이 제3세계문학의 한국적 표상을 만들었다면 그 시기에 시작된 김지하의 생명사상은 오히려 제3세계문학론의 정합성에 흠집을 내는 계기가 되었다.

창비사에서 기획한 좌담(「80년대의 민족운동과 한국문학」, 1985) 중에 박현채의 김지하 비판론은 1980년대 진보사상의 중요한 전기를 보여주었다. 이 좌담은 사회구성체논쟁을 촉발시킨 역사적 장면으로서 주목되는데, 박현채는 주변부자본주의론을 비판하는 가운데 강한 어조로 제3세계문학론을 부정했다.[46] 문제는 제3세계문학론에 대한 박현채의 비판이 김지하 논평 중심으로 진행된 점이다. 그는 김지하의 생명론,

---

46 손유경은 이 좌담이 열린 지 몇 달 지나지 않아 박현채가 「현대 한국사회의 성격과 발전 단계에 대한 연구 1 – 한국자본주의의 성격을 둘러싼 종속이론 비판」을 발표하고 사회 구성체논쟁의 불씨를 지폈다는 사실을 밝힌다. 요컨대 박현채는 주변부자본주의론을 본격적으로 비판하기 전 문학비평가들과 벌인 이 좌담에서 백낙청을 문학계의 종속이론가로 자리매김한 후 작정하고 그를 공격한 것이다. 손유경, 「1980년대 학술운동과 문학운동의 교착」, 『상허학보』 45, 상허학회, 2015, 126면.

후천개벽론, 미륵사상이 경제학에서는 제3세계론의 반영으로서 나타난 종속이론에 해당한다는 논리를 앞세운다. 여기에는 "그것(인용자—후천개벽론)에 대치되는 현실변혁에 대한 이론은 없는가 하는 문제"가 포함되고, 이로써 김지하 문학의 저항적 성격과 표상은 그 시효를 다한 채 다른 문학진영으로 이월된다. 박현채와 백낙청은 김지하 사상의 이론적 좌표에 대해 비판적인 논쟁을 보여준 것이지만, 아이러니하게도 이후 1980년대의 급진적 문학운동 역시 변혁이론의 번성으로 말미암아 오히려 현실과 괴리되었다는 역사적 평가로부터 자유롭지 못했다.[47]

그런 점에서 김현의 「무화과」(『우리시대의 문학』, 1986) 비평은 의미가 크다. 「속꽃 핀 열매의 꿈」(1986)에서 김현은 김지하를 민중, 민족, 제3세계의 정체성에 그대로 대입시키지 않고 『문학과지성』이 표방하는 문학적 저항성으로 재해석하기 시작했다. 김현의 「무화과」론의 주된 논지는 '꽃시절 없다=속꽃 피다'라는 의미맥락 속에서 보편적 삶, 삶의 전체성에 대한 새로운 자각과 더불어 시적 자아의 분열이 극복되는 지점에 있다. 김현은 김지하 시에서 형상화된 분열된 시적 자아의 고통이나 절망이 외부의 변혁 없이 내부의 화해를 통해 해소된 점을 상세하게 설명하며 '내부 초월'을 김지하 시의 핵심으로 강조했다. 이는 파농의 정신분석학을 빌어 설명한 제3세계적 정체성과 무관하지 않다.

김지하의 제3세계문학 표상은 진보문학 운동의 분화 과정에서 약화되다가 중도 진영의 문학적 저항성에 부합되면서 다시 고평된다. 신두

---

47 최원식, 「80년대 문학운동의 비판적 점검」, 앞의 책, 50면. 민중적 민족주의를 도화선으로 80년대 민족문학론은 민족해방문학론, 민주주의민족문학론 등으로 분화되면서 급격하게 고조되었고 동시에 급속히 퇴조되었다. 김지하의 제3세계적 민중문학의 표상은 이러한 기류를 대변하는 사례이기도 한 것이다.

원에 의하면, 민족적 상상력을 기반으로 삼은 문학이 정점을 이루다 차츰 퇴조함과 동시에 개인들이 세계와 벌이는 고투가 문학 중심으로 재정위되는 시기가 바로 1980년대였다. 1980년대 문학은 근대적 민족문학의 종언을 극적으로 보여주면서 1990년대 이후 한국문학의 전환을 잉태하는 하나의 전사前史로서 입체적으로 살펴야 한다.[48] 『문학과지성』과 친연성을 지닌 최승자가 돌연 이 무렵에 등장한 것은 1970~1980년대 민족, 민중, 제3세계의 편향된 이념 못지 않게 개인의 자유를 위협하는 일체의 폭력에 대한 자기 통찰과 전망이 저항적 가치로 확산되고 있었기 때문이다. 제3세계문학론은 '김지하적인 것'의 분기점을 만들며 1970, 1980, 1990년대 문학의 연속된 언어, 입장을 다층적으로 개방시키는 역할을 했다. 최승자, 황동규, 이성복, 기형도, 황지우 등 문지 계열의 시인들이 제3세계 시각의 어느 결절점에서 등장했는지 재독하는 것도 제3세계문학의 한국적 전유 양상을 해명하는 또 다른 방식이 될 것이다.

---

48 신두원, 「1980년대 문학의 문제성」, 『민족문학사연구』 50, 민족문학사연구소, 2012, 170면.

참고문헌

기본자료

『경향신문』, 『국제문제』, 『동아일보』, 『문예』, 『문학과지성』, 『문학사상』, 『민성』, 『반시』, 『백민』, 『사상계』, 『새가정』, 『새벽』, 『세계의문학』, 『세계일보』, 『신천지』, 『씨알의 소리』, 『아리랑』, 『여원』, 『월간문학』, 『외국문학』, 『자유신문』, 『조선일보』, 『창작과비평』, 『청맥』, 『현대문학』

단행본

구중서 백낙청 외, 『제3세계문학론』, 한벗, 1982.
구중서・강형철 편, 『민족시인 신동엽』, 소명출판, 1999.
구중서・백낙청・염무웅 편, 『신경림 문학의 세계』, 창작과비평사, 1995.
권보드래 외, 『아프레걸 사상계를 읽다』, 동국대 출판부, 2009.
김경연・김용규 편, 『세계문학의 가장자리에서』, 현암사, 2014.
김광균 외, 『세월이 가면』, 근역서재, 1982.
김규동・이봉래, 『영화입문』, 삼중당, 1960.
김남주, 『문학에세이 ─ 불씨 하나가 광야를 태우리라』, 시와사회사, 1994.
김덕호・원용진 편, 『아메리카나이제이션』, 푸른역사, 2008.
김병길, 『한국현대번역문학사연구』 상, 을지문화사, 1998.
김병철, 『한국현대번역문학사연구』 하, 을유문화사, 1998.
김수영, 『김수영 전집』, 민음사, 2009.
김수용 외, 『한국문학의 외국어 번역』, 연세대 출판부, 2004.
김우창, 『심미적 이성의 탐구』, 솔, 1992.
_____, 『김우창 전집』 2, 민음사, 1993.
김우창 외, 『유종호 깊이 읽기』, 민음사, 2006.
김용직, 『한국문학의 비평적 고찰』, 민음사, 1974.
김응교, 『박두진의 상상력 연구』, 박이정, 2004.
김윤식・김재홍 외, 『한국현대시사연구』, 시학, 2007.
김지하, 『김지하 전집』 1, 실천문학사, 2002.
김학준 외, 『제3세계의 이해』, 형성사, 1979.
김현, 『김현문학전집』 1~7, 문학과지성사, 2003.
맹문재 편, 『박인환 깊이 읽기』, 서정시학, 2006.

문지영, 『지배와 저항』, 후마니타스, 2011.

문학과비평연구회 편, 『한국 문학권력의 계보』, 한국출판마케팅연구소, 2004.

민족문학사연구소 편, 『1970년대 문학연구』, 소명출판, 2000.

박인환, 『박인환 전집』, 실천문학사, 2008.

백낙청, 『백낙청 회화록(1968~1980)』 1, 창비, 2007.

_____, 『백낙청 평론집』 1, 창비, 2011.

백낙청 편, 『문학과 행동』, 태극문화사, 1974.

백문임 외, 『매혹과 혼돈의 시대』, 소도, 2003.

사상계연구팀, 『냉전과 혁명의 시대 그리고 『사상계』』, 소명출판, 2012.

서은주 외, 『권력과 학술장』, 혜안, 2014.

신경림, 『신경림 시론집 ─ 삶의 진실과 시적 진실』, 전예원, 1983.

신욱희 편, 『데땅뜨와 박정희』, 논형, 2010.

신주백 외, 『권력과 학술장』, 혜안, 2014.

아시아재단, 『The ASIA FOUNDATION IN KOREA 1964』, 아시아재단, 1964.

염무웅 · 임홍배, 『김남주 문학의 세계』, 창비, 2014.

오문석 편, 『박인환』, 글누림, 2011.

유영, 『예언자』, 정음사, 1972.

유종호, 『내가 본 영화』, 민음사, 2009.

유종호 외, 『한국 현대 문학 50년』, 민음사, 1995.

유희석, 『한국문학의 최전선과 세계문학』, 창비, 2013.

이명자, 『신문, 잡지, 광고 자료로 본 미군정기 외국영화』, 커뮤니케이션북스, 2011.

임유경, 『불온의 시대』, 소명출판, 2017.

임헌영 · 윤구병 외, 『김지하 ─ 그의 문학과 사상』, 세계, 1984.

정과리, 『문학, 존재의 변증법』, 문학과지성사, 1985.

정인섭, 『한국문단논고』, 신흥출판사, 1958.

조강석, 『비화해적 가상의 두 양태』, 소명출판, 2011.

조동일, 『제3세계문학연구 입문』, 지식산업사, 1991.

창비 50년사 편찬위원회 편, 『한결같되 날로 새롭게 ─ 창비 50년사』, 창비, 2016.

최승자, 『즐거운 일기』, 문학과지성사, 1984.

최원식, 『민족문학의 논리』, 창비, 1982.

최일수, 『현실의 문학』, 형설출판사, 1976.

한수영, 『한국 현대비평의 이념과 성격』, 국학자료원, 2000.

한국문인협회 편, 『해방문학20년』, 정음사, 1966.

_____, 『문단유사』, 월간문학 출판부, 2002.

홍석률, 『분단의 히스테리』, 창비, 2012.

황동규 외, 『김수영 전집 별권-김수영의 문학』, 민음사, 1997.

기시 도시히코・쓰치야 유카 편, 김려실 역, 『문화냉전과 아시아』, 소명출판, 2012.
비자이 프리샤드, 박소현 역, 『갈색의 세계사』, 뿌리와이파리, 2015.
알렉스 헤일리, 김종철・이종욱・정연주 역, 『말콤 엑스』, 창작과비평사, 1978.
앨런 페이튼, 최승자 역, 『울어라 사랑하는 조국이여』, 홍성사, 1978.
요시미 순야 외, 허보윤 외역, 『냉전 체제와 자본의 문화』, 소명출판, 2013.
크리스팀 글레드힐 편, 조혜정 외역, 『스타덤-욕망의 산업』 1, 시각과언어, 1999.
파블로 네루다, 박봉우 역, 『네루다 시집』, 성공문화사, 1972.

논문
강경화, 「백낙청 초기 비평의 인식과 구조」, 『정신문화연구』 29-2, 한국학중앙연구원, 2006.
강웅식, 「전체주의적 반공주의와 순수참여 논쟁」, 『상허학보』 15, 상허학회, 2005.
고명철, 「구중서의 제3세계문학론을 형성하는 문제의식」, 『영주어문』 31, 영주어문학회, 2015.
공임순, 「'1960~70년대 후진성 테제와 자립의 반/체제의 언설들」, 『상허학보』 45, 상허학회, 2015.
_____, 「스캔들과 반공」, 『한국근대문학연구』 17, 한국근대문학회, 2008.
곽명숙, 「1970년대 한국시에 나타난 민중의 의미화와 재현 양상」, 서울대 박사논문, 2006.
권보드래, 「4월의 문학혁명, 근대화론과의 대결」, 『한국문학연구』 39, 동국대 한국문학연구소, 2010.
_____, 「『사상계』와 세계문화자유회의」, 『아세아연구』 144, 고려대 아세아문제연구소, 2011.
김건우, 「1964년의 담론 지형」, 『대중서사연구』 15, 대중서사연구회, 2009.
_____, 「국학, 국문학, 국사학과 세계사적 보편성-1970년대 비평의 한 기원」, 『한국현대문학연구』 36, 한국현대문학회, 2012.
김건형, 「최승자 시에 나타난 비천한 주체의 변모 양상 연구」, 『한국문학이론과 비평』 65, 한국문학이론과비평학회, 2014.
김경리, 「전후 미국에서 지역연구의 성립과 발전」, 『지역연구』 5-3, 서울대 국제학연구소, 1996.
김나현, 「1970년대 『창작과비평』의 한용운론에 담긴 비평전략」, 『대동문화연구』 79, 성균광대 출판부, 2012.
김능우, 「국내 중동문학의 번역 상황 고찰-아랍 문학을 중심으로」, 『중동연구』 30-2, 한국외대 중동연구소, 2011.
김미정, 「1950~60년대 공론장의 상징구조와 '순수-참여 논쟁'의 형성」, 『동향과전망』 59,

한국사회과학연구회, 2003.

김미란, 「문화 냉전기 한국펜과 국제 문화 교류」, 『상허학보』 41, 상허학회, 2014.

김연수, 「조선의 번역운동과 괴테의 '세계문학' 개념 수용에 대한 고찰 – 해외문학파를 중심으로」, 『괴테연구』 24, 한국괴테학회, 2011.

김영환, 「'과학적' 국어학의 유산 – 경성제대와 서울대」, 『선도문화』 19, 국제뇌교육종합대학원대 국학연구원, 2015.

김김원, 「한국적인 것의 전유를 둘러싼 경쟁」, 『사회와 역사』 93, 한국사회사학회, 2012.

김상률, 「디아스포라와 아프리카계 미국문학」, 『한국아프리카학회지』 19, 한국아프리카학회, 2004.

_____, 「아프리카계 미국인의 탈주의 정치학 – 리처드 라이트의 후기 논픽션에 나타난 망명의식」, 『한국아프리카학회지』 21, 한국아프리카학회, 2005.

김수남, 「시와 회화의 시각, 그리고 영화사적 탐구와 비평 담론」, 『공연과 리뷰』 57, 현대미학사, 2007.

김수림, 「4·19혁명의 유산과 궁핍한 시대의 리얼리즘 – 1960~70년대 백낙청의 비평과 역사의식」, 『상허학보』 35, 상허학회, 2012.

김승구, 「영화 광고를 통해 본 해방기 영화의 특징」, 『아시아문화연구』 26, 가천대 아시아문화연구소, 2012.

김신정, 「강은교와 최승자 시에 나타난 유기 모티프」, 『비평문학』 46, 한국비평문학회, 2012.

김예리, 「'살아있는 관계'의 공적행복 – 70년대 김종철 문학비평을 중심으로」, 『민족문학사연구』 60, 민족문학사학회, 2016.

김원, 「'한국적인 것'의 전유를 둘러싼 경쟁 – 민족중흥, 내재적 발전 그리고 대중문화의 흔적」, 『사회와 역사』 93, 한국사회사학회, 2012.

김은영, 「김규동의 시세계 연구」, 『국어국문학』 156, 국어국문학회, 2010.

김양선, 「1950년대 세계여행기와 소설에 나타난 로컬의 심상지리」, 『한국근대문학연구』 22, 한국근대문학회, 2010.

김예림, 「냉전기 아시아 상상과 반공 정체성의 위상학」, 『상허학보』 20, 상허학회, 2007.

_____, 「1960~70년대 제3세계론과 제3세계문학론」, 『상허학보』 50, 상허학회, 2017.

김종원, 「비평의 불모지에서 출발한 '영평' 30년의 발자취 – 한국 영화평단의 형성과 영화평론가협회의 결성 전후」, 『공연과 리뷰』 5, 현대미학사, 1995.

김정인, 「내재적 발전론과 민족주의」, 『역사와현실』 77, 한국역사연구회, 2010.

김종곤, 「1960년대 '민족주의'의 재발견과 질곡 그리고 분화」, 『진보평론』 69, 메이데이, 2016.

김종욱, 「베트남전쟁과 선우휘의 변모」, 『우리말글』 63, 우리말글학회, 2014.

김주현, 「1960년대 '한국적인 것'의 담론 지형과 신세대 의식」, 『상허학보』 16, 상허학회, 2006.

_____, 「『청맥』지 아시아 국가 표상에 반영된 진보적 지식인 그룹의 탈냉전 지향」, 『상허학
　　　　보』 39, 상허학회, 2013.

김준현, 「1940년대 후반 정치담론과 문학담론의 관계」, 『상허학보』 27, 상허학회, 2009.

김지형, 「1960~1970년대 박정희 통치이념의 변용과 지속－민주주의와 반공주의 및 상호
　　　　관계를 중심으로」, 『민주주의와 인권』 13-2, 전남대 5・18연구소, 2013.

김창환, 「'후반기' 동인의 시론과 영화의 상관성에 관하여」, 『사이』 2, 국제한국문학문화학
　　　　'전후'와 '센고(戰後)'회, 2007.

김창락, 「민중의 해방투쟁과 민중신학(1)」, 『신학연구』 28, 한신신학연구소, 1987.

김춘식, 「해방기 청년문학가협회 시론과 박두진」, 『동악어문학』 68, 동악어문학회, 2016.

김현균, 「한국 속의 빠블로 네루다」, 『스페인어문학』 40, 한국스페인어문학회, 2006.

_____, 「라틴아메리카 비교문학의 동향과 전망」, 『이베로아메리카』 9-2, 부산외대 이벨로
　　　　아메리카연구소, 2007.

남원진, 「반공국가의 법적 장치와 〈예술원〉의 성립 과정 연구」, 『겨레어문학』 38, 겨레어문
　　　　학회, 2007.

박광현, 「'전후'와 '센고(戰後)'」, 『국제언어문학』 10-2, 국제언어문학회, 2004.

박연희, 「1950~60년대 냉전문화의 번역과 김수영」, 『Comparative Korean Studies』 20,
　　　　국제비교한국학회, 2012.

_____, 「김수영의 전통 인식과 자유주의 재론」, 『상허학보』 33, 상허학회, 2011.

박유희, 「문예영화의 함의」, 『영화연구』 44, 한국영화학회, 2010.

박지영, 「김수영 문학과 '번역'」, 『민족문학사연구』 39, 민족문학사학회, 2009.

_____, 「1960년대『창작과비평』과 번역의 문화사」, 『한국문학연구』 45, 동국대 한국문학
　　　　연구소, 2013.

_____, 「1950년대 번역가의 의식과 문화정치적 위치」, 『상허학보』 30, 상허학회, 2010.

_____, 「자본, 노동, 성」, 『상허학보』 40, 상허학회, 2014.

박찬승, 「한국학 연구 패러다임을 둘러싼 논의」, 『한국학논집』 35, 계명대 한국학연구원,
　　　　2007.

박태일, 「전쟁기 광주지역 문예지『신문학』연구」, 『영주어문』 21, 영주어문학회, 2011.

박헌호, 「1950년대 비평의 성격과 민족문학론으로의 도정」, 『식민지 근대성과 소설의 양
　　　　식』, 소명출판, 2004.

방민호, 「김수영과 '불온시' 논쟁의 맥락」, 『서정시학』 24, 서정시학, 2014.

번문균, 「한국에서의 솔 벨로우 작품 번역에 관한 고찰」, 『미국소설연구』 2-1, 미국소설학
　　　　회, 2005.

서은주, 「번역과 문학 장의 내셔널리티」, 민족문학사연구소 편, 『한국 근대문학의 형성과
　　　　문학장의 재발견』, 소명출판, 2004.

손유경, 「1980년대 학술운동과 문학운동의 교착」, 『상허학보』 45, 상허학회, 2015.

_____, 「후진국에서 문학하기」, 『한국현대문학회 발표문』, 한국현대문학회, 2014.

손혜민, 「잡지 『문화세계』 연구―전후 문화주의, 세계주의, 그리고 아메리카니즘」, 『한국근대문학연구』 29, 한국근대문학회, 2014..

송은영, 「1960~70년대 한국의 대중사회화와 대중문화의 정치적 의미」, 『상허학보』 32, 상허학회, 2011.

_____, 「비평가 김현과 분단에 대한 제3의 사유」, 『역사문제연구』 31, 역사문제연구소, 2014

송정현, 「초월주의적 관점에서 본 『험볼트의 선물』」, 『인문과학연구』 41, 강원대 인문학연구소, 2014.

신주백·홍석률·정창현, 「통일운동의 역사」, 『역사와 현실』 16, 한국역사연구회, 1995.

신두원, 「전후 비평에서의 전통논의에 대한 시론」, 『민족문학사연구』 9, 민족문학사연구소, 1996.

안서현, 「백낙청의 제3세계문학론 연구」, 『한국현대문학회 학술 발표회 자료집』, 한국현대문학회, 2014.

오병수, 「아시아재단과 홍콩의 냉전(1952~1961)」, 『동북아역사논총』 48, 동북아역사재단, 2015.

오제연, 「1960년대 전반 지식인들의 민족주의 모색」, 『역사문제연구』 25, 역사문제연구소, 2011.

오창은, 「'제3세계문학론'과 '식민주의 비평'의 극복」, 『우리문학연구』 24, 우리문학회, 2008.

오혜진, 「카뮈, 마르크스, 이어령」, 『한국학논집』 51, 계명대 한국학연구원, 2013.

옥창준 외, 「미국으로 간 '반둥 정신'」, 『사회와 역사』 108, 한국사회사학회, 2015.

우정덕, 「김찬삼의 『세계일주무전여행기』 고찰」, 『한민족어문학』 56, 한민족어문학회, 2010.

이경란, 「1950~70년대 역사학계와 역사연구의 사회담론화」, 『동방학지』 152, 연세대 국학연구원, 2010.

이광호, 「최승자 시의 애도 주체와 젠더 정치학」, 『한국시학연구』 45, 한국시학회, 2016.

이동헌, 「1960년대 〈청맥〉 지식인 집단의 탈식민 민족주의 담론과 문화전략」, 『역사와 문화』 24, 문화사학회, 2012.

이나미, 「박정희 정권과 한국 보수주의의 퇴보」, 『역사비평』 95, 역사비평사, 2011.

이명자, 「미군정기 외화의 수용과 근대성」, 『영화연구』 45, 한국영화학회, 2010.

이봉범, 「냉전과 원조, 원조시대 냉전문화 구축의 역동성」, 『한국학연구』 39, 인하대 한국학연구소, 2015.

_____, 「민족과 국가, 그리고 세계―최일수의 민족문학론」, 『상허학보』 9, 상허학회, 2002.

_____, 「제3세계문학론과 탈식민화의 과제―리얼리즘론의 정초 과정을 중심으로」, 『한민족어문학』 41, 한민족어문학회, 2001.

이상갑, 「제3세계문학론과 탈식민화의 과제―리얼리즘론의 정초 과정을 중심으로」, 『한민족어문학』 41, 한민족어문학회, 2002.

이상경, 「제37차 국제펜서울대회와 번역의 정치성」, 『외국문학연구』 62, 외국문학연구소, 2016.

이상록, 「함석헌의 민중 의식과 민주주의론」, 『사학연구』 97, 한국사학회, 2010

_____, 「1970년대 민족문학론」, 『실천문학』 108, 실천문학사, 2012.

이선미, 「1950년대 여성문화와 미국영화」, 『한국문학연구』 37, 동국대 한국문학연구소, 2009.

이선미, 「'미국'을 소비하는 대도시와 미국영화」, 『상허학보』 18, 상허학회, 2006.

이순진, 「한국영화의 세계성과 지역성, 또는 민족영화의 좌표」, 『한국어문학연구』 59, 한국어문학연구학회, 2012.

이영호, 「'내재적 발전론' 역사인식의 궤적과 전망」, 『한국사연구』 152, 한국사연구회, 2011.

이은주, 「1950년대 문학비평의 세계주의와 미국적 가치 지향의 상관성 – 김동리의 세계문학 논의를 중심으로」, 『상허학보』 18, 상허학회, 2006.

이진형, 「민족문학, 제3세계문학, 그리고 구원의 문학 – 구중서의 민족문학론 연구」, 『인문과학연구논총』 37, 명지대 인문과학연구소, 2016.

이준식, 「해방후 국어학계의 분열과 대립」, 『한국근현대사연구』 67, 한국근현대사학회, 2013.

이철호, 「김지하의 영성」, 『동악어문학』 68, 동악어문학회, 2016.

이현석, 「4·19혁명과 60년대 말 문학담론에 나타난 비-정치의 감각과 논리」, 『한국현대문학연구』 35, 한국현대문학회, 2011.

이혜령, 「언어 법제화의 내셔널리즘」, 『아시아여성학센타 학술대회 자료집』, 이화여대 아시아여성학센터, 2005.

임종명, 「해방 이후 한국전쟁 이전 미국기행문의 미국 표상과 대한민족의 구성」, 『사총』 67, 역사학연구회, 2008.

임지연, 「60년대 세계문학론의 코드화 과정」, 『우리문학연구』 49, 우리문학회, 2016.

장상철, 「1970년대 '민중' 개념의 재등장」, 『경제와사회』 74, 비판사회학회, 2007.

장세진, 「상상된 아메리카와 1950년대 한국 문학의 자기 표상」, 연세대 박사논문, 2007.

_____, 「해방기 공간 상상력의 전이와 '태평양'의 문화정치학」, 『상허학보』 26, 상허학회, 2009.

_____, 「안티테제로서의 반동정신과 한국의 아시아 상상(1955~1965)」, 『사이』 15, 국제한국문학문화학회, 2013.

전소영, 「월남 작가의 정체성, 그 존재태로서의 전유 – 황순원의 해방기 및 전시기 소설 일고찰」, 『한국근대문학연구』 32, 한국근대문학회, 2015.

정우택, 「유네스코의 권력구조 및 정치적 성격 연구」, 서강대 박사논문, 1999.

_____, 「해방기 박인환 시의 정치적 아우라와 전향의 방향」, 『반교어문연구』 32, 반교어문학회, 2012.

정종현, 「'노벨문학상'과 한국 문학의 자기 인식—가와바타 야스나리의『설국』과 마르케스의『백년 동안의 고독』을 중심으로」, 『반교어문연구』 43, 반교어문학회, 2016.

정진아, 「한일협정 후 한국 지식인의 일본 인식」, 『동북아역사논총』 33, 동북아역사재단, 2011.

정희모, 「1970년대 비평의 흐름과 두 방향—민족문학론을 중심으로」, 『비평문학』 16, 한국비평문학회, 2002.

조광, 「나의 학문 나의 인생 강만길 분단 극복을 위한 실천적 역사학」, 『역사비평』 21, 역사비평사, 1993.

조연정, 「주변부 문학의 (불)가능성 혹은 문학 대중화의 한계」, 『인문학연구』 51, 조선대 인문학연구원, 2016.

조재룡, 「정인섭과 번역의 활동성」, 『민족문화연구』 57, 고려대 민족문화연구원, 2012.

주창윤, 「1950년대 중반 댄스 열풍」, 『한국언론학보』 53, 한국언론학회, 2009.

차선일·고인환, 「프란츠 파농 담론의 한국적 수용 양상 연구」, 『국제어문』 64, 국제어문학회, 2015.

최재철, 「일본문학의 특수성과 국제성」, 『일어일문학연구』 36-1, 한국일어일문학회, 2000

한강희, 「1960년대 중후반기 참여론의 지형과 변모 양상」, 『우리어문연구』 24, 우리어문학회, 2005.

한명희, 「박인환과 김수영, 그 영향의 수수 관계」, 『어문논총』 43, 한국문학언어학회, 2005.

한수영, 「'상상하는 모어'와 그 타자들」, 『상허학보』 42, 상허학회, 2014.

한영인, 「1970년대『창작과비평』민족문학론 연구」, 연세대 석사논문, 2012.

허은, 「1960년대 후반 조국근대화 이데올로기 주조와 담당 지식인의 인식」, 『사학연구』 86, 한국사학회, 2007.

홍석률, 「1970년대 민주화 운동세력의 분단문제 인식」, 『역사와 현실』 93, 2014.

홍성식, 「1970년대 민족문학론의 성격과 변모 과정」, 『새국어교육』 69, 한국국어교육학회, 2005.

_____, 「1970년대 농민문학론의 형성과 한계」, 『한국문예비평연구』 16, 한국현대소설학회, 2005.

홍준기, 「변증법적 이미지, 알레고리적 이미지, 멜랑콜리 그리고 도시」, 『라깡과 현대정신분석』 10-2, 한국라깡과현대정신분석학회, 2008.

황동규, 「냉전시기 미국의 지역연구와 아시아 인식」, 『동북아역사논총』 33, 동북아역사재단, 2011

황종연, 「한국문학의 변증법적 이성」, 도정일 외, 『사유의 공간』, 생각의나무, 2004.

_____, 「무엇이 한국문학의 보람인가—문학평론가 백낙청과의 대화」, 『창작과비평』, 2005.봄.

'동아시아 심포지아'와 '동아시아 메모리아'는 한국연구원과 성균관대학교 비교문화연구소가 공동으로 기획하여 출간하는 총서다. 향연을 뜻하는 라틴어에서 딴 심포지아는 플라톤의 『심포지온』에서 비롯되었으며, 오늘날 학술토론회를 뜻하는 심포지엄의 어원이자 복수형이기도 하다. 메모리아는 과거의 것을 기억하고 기념하기 위해 현재의 기록으로 남겨 미래에 물려주어야 할 값진 자원을 의미한다. 한국연구원과 성균관대학교 비교문화연구소는 지금까지 축적된 한국학의 역량을 바탕으로 새로운 동아시아 인문학의 제창에 뜻을 함께하며, 참신하고 도전적인 문제의식으로 학계를 선도하고 있는 신예 연구자의 저술을 적극적으로 지원하기 위해 학술 총서 '동아시아 심포지아'와 자료 총서 '동아시아 메모리아'를 펴낸다.

한국연구원은 학술의 불모 상태나 다름없는 1950년대에 최초의 한국학 도서관이자 인문사회 연구 기관으로 출범하여 기초 학문의 토대를 닦는 데 기여해 왔다. 급속도로 달라지고 있는 학술 환경 속에서 신진 학자와 미래 세대에 대한 후원에 공을 들이고 있는 한국연구원은 한국학의 질적인 쇄신과 도약을 향한 교두보로 성장했다. 성균관대학교 비교문화연구소는 2000년대 들어 인문학 연구의 일국적 경계와 폐쇄적인 분과 체제를 극복하기 위해 분투해 왔다. 제도화된 시각과 방법론의 틀을 벗어나기 위해서는 서로 다른 영역이 끊임없이 대화하고 소통하면서 실천적인 동력을 찾아내야 한다는 것이 성균관대학교 비교문화연구소가 지닌 문제의식이자 지향점이다. 대학의 안과 밖에서 선구적인 학술 풍토를 개척해 온 두 기관이 힘을 모음으로써 새로운 학문적 지평을 여는 뜻깊은 계기가 마련되리라 믿는다.

최근 들어 한국학을 비롯한 인문학 전반에 심각한 위기의식이 엄습했지만 마땅한 타개책을 찾지 못하고 있다. 한편으로는 낡은 대학 제도가 의욕과 재량이 넘치는 후속 세대를 감당하지 못한 채 활력을 고갈시킨 데에서 비롯되었고, 또 다른 한편으로는 시대의 변화를 선도하는 학문 정신과 기틀을 모색하지 못했기 때문이라는 것이 우리의 진단이자 자기반성이다. 의자 빼앗기나 다름없는 경쟁 체제, 정부 주도의 학술 지원 사업, 계량화된 관리와 통제 시스템이 학문 생태계를 피폐화시킨 주범임이 분명하지만 무엇보다 학계가 투철한 사명감으로 대응하지 못했을 뿐 아니라 오히려 자발적으로 길들여져 온 것이 엄연한 현실이다.

지금 우리에게 절실한 과제는 새로운 학문적 상상력과 성찰을 통해 자유롭고 혁신적인 학술 모델을 창출해 내는 일이다. 이를 위해서는 다음 시대의 학문을 고민하는 젊은 연구자에게 지원을 망설이지 않아야 하며, 한국학의 내포와 외연을 과감하게 넓혀 동아시아 인문학의 네트워크 속으로 뛰어들기를 두려워하지 말아야 한다. 그 첫걸음을 '동아시아 심포지아'와 '동아시아 메모리아'가 기꺼이 떠맡고자 한다. 우리가 함께 내놓는 학문적 실험에 아낌없는 지지와 성원, 그리고 따끔한 비판과 충고를 기다린다.

한국연구원·성균관대학교 비교문화연구소

동아시아 총서 기획위원회